SCIENCE FICTION

Herausgegeben
von Wolfgang Jeschke

Von Robert Silverberg erschienen in der Reihe
HEYNE SCIENCE FICTION & FANTASY:

Gast aus der Zukunft · 06/3193
Das heilige Atom · 06/3224
Die Sterne rücken näher · 06/3248, auch ↗ 06/1001
Die Seelenbank · 06/3256
Exil im Kosmos · 06/3269
Schwingen der Nacht · 06/3274, erneut · 06/3929
Macht über Leben und Tod · 06/3282, auch ↗ 06/1006
Dimension 12 · 06/3309
Die Mysterien von Belzagor · 06/3345, auch ↗ 06/4337
Der Gesang der Neuronen · 06/3392, auch ↗ 06/1005
Kinder der Retorte · 06/3441, auch ↗ 06/1003
Es stirbt in mir · 06/3445
Ein glücklicher Tag im Jahr 2381 · 06/3477, auch ↗ 06/1007
Der Seher · 06/3590, auch ↗ 06/4354
Schadrach im Feuerofen · 06/3626, auch ↗ 06/4337
Mit den Toten geboren · 06/3644, auch ↗ 06/4337
Drei Romane in einem Band · 06/4337
(Die Mysterien von Belzagor/Schadrach im Feuerofen/Mit den Toten geboren)
König Gilgamesch · 06/4420
Tom O'Bedlam · 06/4456
Zigeunerstern · 06/4541

Zyklus NACH DER DUNKELHEIT

Am Ende des Winters · 06/4585
Der neue Frühling · 06/4894

Als Herausgeber:

Die Mörder Mohammeds · 06/3264
Menschen und andere Ungeheuer · 06/3378
Das neue Atlantis · 06/3755

ROBERT SILVERBERG

Der neue Frühling

Roman

Aus dem Amerikanischen übersetzt
von Roland Fleissner

Deutsche Erstausgabe

Science Fiction

WILHELM HEYNE VERLAG
MÜNCHEN

HEYNE SCIENCE FICTION & FANTASY
Band 06/4894

Titel der amerikanischen Originalausgabe
THE NEW SPRINGTIME
Deutsche Übersetzung von Roland Fleissner
Das Umschlagbild malte Dieter Rottermund

Redaktion: Wolfgang Jeschke

Printed in Germany 1992
Umschlaggestaltung: Atelier Ingrid Schütz, München
Technische Betreuung: Manfred Spinola
Satz: Schaber Datentechnik, Wels
Druck und Bindung: Elsnerdruck, Berlin

ISBN 3-453-05820-8

Inhalt

Für Malcolm Edwards

Die Zeit ist nicht Abfolge und
Übergang, sondern der immerwährende Klang
des bestimmten Jetzt, in dem alle Zeiten,
vergangene und künftige,
enthalten sind.

Octavio Paz

Prolog

Die Sterne des Todes waren erschienen, immer wieder waren sie gekommen, durch hunderttausend Jahre hin, und waren als Kehricht eines vagabundierenden Gestirns bei seinem Durchgang durch die äußeren Regionen des Sonnensystems auf die Erde gefegt worden. Sie brachten eine Zeit nicht endenwollender Dunkelheit und Kälte. Derlei geschah alle sechsundzwanzig Millionen Jahre immer wieder, und es gab dagegen keine Abhilfe. Doch nun war all dies vorbei. Die Todessterne regneten endlich nicht mehr nieder, das Firmament des Himmels klärte sich von Staub und Asche, und die Sonnenwärme vermochte wieder durch die Wolken herabzustrahlen. Die Gletscher entließen die Erde aus ihrem eisigen Würgegriff; der Lange Winter nahm ein Ende, und der Neue Frühling setzte ein. Die Welt wurde neu geboren.

Nunmehr war jedes neue Jahr wärmer als sein Vorgänger. Die hellen Jahreszeiten des Frühlings und Sommers, deren die Welt so lange bar gewesen, kehrten mit wachsender Macht zurück. Und das VOLK der MENSCHEN, das die Zeiten der Finsternis in versiegelten Kokons überdauert hatte, begann nun damit, sich rasch über das fruchtbare Land auszubreiten.

Dort aber wohnten bereits die Anderen. Die *Hjjk*, das düstere kaltäugige Insektenvolk, war nie zurückgewichen, nicht einmal in den Zeiten der tiefsten Kälte. Und so war ihnen, mangels andrer Wettstreiter, die Erde anheimgefallen, und siebenhunderttausend Jahre lang waren sie allein Herren und Meister gewesen. Und es war wenig wahrscheinlich, daß sie die Herrschaft nun fröhlichen Herzens mit anderen teilen würden.

1. Kapitel

Der Emissär

Als Kundalimon den messerscharfen Grat des von Felsbrocken übersäten Berges erreicht hatte und sich zum Abstieg in das grüne warme Tal anschickte, das sein Ziel war, spürte er den veränderten Wind. Durch Wochen hin hatte ihm der Wind auf seiner Reise vom Innern des Kontinents zur Küste im südlichen Westen scharf und trocken in den Rücken gebissen. Nun aber wehte der Wind aus dem Süden her: ein weicher, ein wohliger Wind, beinahe wie eine Liebkosung, und er trug ihm unzählige Düfte zu aus der Stadt der Fleischlinge dort unten.

Was diese verschiedenen Duftsignale bedeuteten, das konnte er nur ahnen.

Einer der Gerüche, so vermutete er, war ähnlich dem der Lust der Schlangen; ein anderer wie der von brennenden Federn; und es gab eine dritte Duftkomponente, von der er annahm, sie rühre von Meereswesen her, die heftig schlagend in Netzen ans Land geschleppt werden. Aber dann war da noch dieser andere Duft, der beinahe der des vertrauten *Nests* hätte sein können — das Aroma von schwarzem Wurzelerdreich aus den untersten Schächten tief unter der Erdoberfläche.

Doch er wußte, daß er sich einer Täuschung hingab. Sein jetziger Ort hätte kaum weiter vom Nest und seinen vertrauten Duft- und Tastnoten entfernt sein können.

Mit einem Pfiff und einem Druck der Hacken brachte Kundalimon seinen Zinnobären zum Halten. Er nutzte die Rast und sog heftig und tief die vielgeschichteten Dünste der Stadt in seine Lungen ein, weil er hoffte, das fremde Duftgeflecht werde ihn wieder verfleischlichen. Und er brauchte an diesem Tag die Inkarnation. Er war jetzt ein Hjjk, aus ganzer Seele, wenn auch nicht dem Körper nach. Heute jedoch mußte er seine ganze Hjjkhaftigkeit abstreifen und diesen Fleischkreaturen entgegentreten, als wäre er einer von ihnen. Einstmals, vor langer Zeit, war er dies ja auch wirklich gewesen.

Er würde zu ihnen in ihrer Sprache sprechen müssen, mit den paar kärglichen Brocken, die er noch aus seiner Kindheit behalten hatte. Er würde ihre Nahrung essen müssen, und wenn ihn dabei noch so stark der Ekel würgte. Und es mußte ihm gelingen, zu ihren Seelen vorzudringen und sie zu berühren. Von ihm hing sehr viel ab.

Kundalimon war hergekommen, um dem Volk der Fleischlinge das Geschenk der Königin-Liebe zu überbringen, die höchste Gabe, die er sich vorzustellen vermochte. Er sollte sie, diese Fleischlinge, bestürmen, daß sie IHR die Herzen auftaten, den Fleischlingen laut zurufen, sich IHRER Umarmung hinzugeben. Sie anzuflehen, daß sie von IHRER Liebesflut ihre Seelen durchströmen lassen sollten. Denn dann, und nur dann, würde es fortan weiter den Frieden der Königin in der Welt geben. Wenn Kundalimon in seiner Mission versagte, mußte dies das Ende des Friedens bedeuten, und es würde schließlich wieder zum Krieg kommen zwischen den Fleischlingen und den Hjjk: Zwist, Vergeudung und nutzloses Sterben würden die Folge sein, die Unterbrechung der Nest-Überfülle.

Einen solchen Krieg wollte die Königin nicht. Überhaupt waren Kriege grundsätzlich kein zwangsläufiger Integralaspekt des Nest-Planes; sie waren nur der allerletzte Ausweg. Aber die Sachzwänge der Nest-Planung waren unzweideutig. Wenn die Fleischlinge sich weigerten, die Liebeskönigin zu umarmen, auf daß SIE Fröhlichkeit in ihre Herzen bringe, dann würde der Krieg wohl unmöglich noch abzuwenden sein.

»Weiter!« befahl er seinem Reittier, und das wuchtige rote Zinnobär begann den steilen Hang ins üppig begrünte Tal hinabzuschlittern.

In wenigen Stunden würde er jetzt die Stadt Dawinno erreichen, die große Metropole im Süden, das Mutter-Nest der Fleischlinge. Den Ort, an dem der größte Schwarm dieser Rasse (*seiner,* Kundalimons, eigener früherer Rasse, aber das war vorbei) wohnte.

Er begaffte mit einem Gemisch aus Verblüffung und Verachtung die Szenerie, die sich ihm bot. Die Üppigkeit in allem war beeindruckend, ja erschreckend; dennoch empfand er irgendwo in seinem Innern Verachtung, unklar, aber stark gegenüber diesem Ort der Verweichlichung und des schamlos übertriebenen Überflusses. In welche Richtung er auch blickte, überall sah er ein Übermaß, das ihm den Schädel mit einem Brausen der Verwirrung erfüllte. All das Blattwerk, schimmernd von Tau in der Morgensonne! Diese grüngoldenen Schlingreben, die sich in aberwitziger Üppigkeit mit irrsinniger Kraft an gewaltigen Bäumen emporrankten! Von den Zweigen geduckter langästiger Sträucher hingen schwere rote Früchte, die aussahen, als könnten sie den Durst für einen ganzen Mondwechsel stillen. Dichte Büsche mit bläulich-feucht schimmerndem pelzigen Laub trugen unglaublich große Büschel glänzender lavendelblauer Beeren. Das Gras stand dicht und voller saftiger scharlachschimmernder Halme und schien geradezu auf die entzückte Gier hungernder Wanderer zu warten.

Und diese ausgelassenen Schwärme träge lärmender Vögel; leuchtendweiß im Gefieder mit auffälligen karmesinroten Streifen über den mächtigen Schnäbeln ... die kleinen lauten großäugigen Vierfüßer, die durch den niedren Pflanzenwuchs wuselten ... die kleinen geflügelten Insekten mit ihrem regenbogenfarbenen Schwingenschwirren ...

Zu viel, dachte Kundalimon, zu viel, zu viel. Viel, viel

zu viel. Er vermißte die Kargheit der nördlichen Heimat, die trockenen kargen Ebenen, wo ein Streifen dürren Grases Anlaß zu Freudengesängen war und wo man seiner Nahrung sich mit der schicklichen Ehrfurcht näherte, weil man wußte, was für ein Glück einem zuteil wurde, wenn man ein Säcklein harter altersgrauer Saatkörner und einen Schnitz braunen Trockenfleisches bekam.

Ein Land so wie dies hier, das von allerlei Nahrung strotzte, die man sich überall einfach nur zu nehmen brauchte, erweckte irgendwie den Eindruck der Disziplinlosigkeit, ja sogar der Verzärtelung. Ein Ort für gemütlichen Schlendrian und ein scheinbares Paradies: Aber mußte dies nicht am Ende alles — unter dem Deckmantel der Wohlfahrt — sich als Schaden für die arglosen Landesbewohner erweisen? Wo dem Menschen die Nahrungsaufnahme zu leicht gemacht wird, folgt daraus unvermeidlich die Schädigung der Seele. An einem Ort wie diesem hier kann man mit vollem Bauch rascher verhungern als mit einem leeren.

Und doch war genau dieses Tal der Ort, an dem Kundalimon geboren worden war. Nur hatte eben der Ort ihn kaum nachhaltig genug geprägt. In zu jungen Jahren war er von hier fortgenommen worden. Kundalimon stand in seinem siebzehnten Sommer, und seit dreizehn Jahren hatte er unter den Dienern der Königin hoch droben im Norden gelebt. Er war nun Angehöriger des ›Nests‹. Nichts an ihm verriet noch den ›Fleischling‹ — außer seiner Fleischhaftigkeit selber. Sein Denken war nestklares Denken, seine Seele die Seele eines Nestlings. Wenn er sprach, waren die Laute, die ihm am geläufigsten über die Zunge kamen, die des scharfzischenden Tonfalls der Hjjk. Aber, so sehr er sich auch dagegen sträuben mochte, Kundalimon wußte, daß tief unter dem allem unentrinnbar die Wahrheit seiner Fleischlichkeit lag. Seine Seele, sein Denken mochten nesthaft sein, aber sein Arm war Fleisch; sein Herz war

Fleisch; und auch seine Lenden waren Fleisch ... und nun endlich kehrte er hierher zurück, an diesen Ort der Fleisch-Leibhaftigkeit, an dem sein Leben begann.

Die Stadt der Fleischlinge war ein Labyrinth aus weißen Mauern und Türmen, das sich an wohlgerundete Berghügel am Ufer eines unermeßlichen Ozeans schmiegte. Genau so hatte es der Nest-Denker gesagt. Die Stadt schwang sich hinauf und quoll wie ein gigantisch wuchernder Organismus über die hohen grünen Hügelkämme hinaus, die um die geschwungene Bucht lagen.

Es war so merkwürdig, so oberirdisch, so — ausgesetzt zu sein in diesem verwirrenden Gewirr verschiedenartiger und ineinander verstrickter Strukturen ... und sie waren alle so starr und hart, so ganz unähnlich dem weichen geschmeidigen Gang in den Korridoren des Nests ... und dazwischen diese unvertraut gähnenden offenen Räume.

Wirklich, ein fremdartig abstoßender Ort! Und dennoch: auf seine Art schön. Wie war so etwas möglich, schön und widerwärtig zugleich? Für einen Augenblick geriet sein Mut ins Wanken. Ihm wurde wieder deutlich, daß er weder Fleischling noch Nestling war, und er kam sich auf einmal sehr verloren vor, wie eine Kreatur im unbestimmten dünnen Nebeldunst, keiner der zwei Welten zugehörig.

Es währte nur kurz. Seine Ängste verflogen, und Nestkraft erfüllte ihn aufs neue. Er war ein getreuer Diener der Königin, wie also sollte er versagen können?

Er warf den Kopf zurück und saugte die warme aromageschwängerte Brise in die Lungen, die von Süden wehte. Schwerbeladen mit Stadtdüften und dem Geruch der Fleischlinge, wie dieser Wind war, stachelte er Kundalimons Körper zu einer akuten Hitzereaktion an: die Antwort auf den Ruf des Fleisches. Und das ist recht so, dachte er, denn ich bin Fleisch; und trotzdem bin ich Teil des Nests. Ich bin der Emissär der Königin-der-Königinnen, die Stimme des Nests-der-Nester. Ich bin die Brücke zwischen den Welten.

Er gab ein vergnügtes klickendes Geräusch von sich. Dann ritt er gelassen weiter. Eine Weile später erblickte er in der Ferne winzige Gestalten, Fleischlinge, die ihm entgegensahen, auf ihn zeigten, etwas riefen. Kundalimon nickte grüßend und winkte ihnen zu. Dann gab er seinem Zinnobären die Sporen und ritt dem Ort, genannt Dawinno, entgegen.

Einen Tagesritt nach Südosten, in den Moorseen, die landeinwärts hinter den Küstenbergen der Stadt Dawinno lagen, zogen die Jäger Sipirod, Kaldo Tikret und Vyrom vorsichtig durch die gelbleuchtenden Moosblumenfelder. Die Luft schimmerte von einem dichten goldenen Dunst. Das war der Pollen der männlichen Blütenstände der Moosblume, der in dichten Schwaden auf die Felder weiblicher Pflanzen weiter südlich zutrieb. Vor den Jägern erstreckte sich eine Kette langgezogener schmaler phosphoreszierender Seen, die in wuchernden Geflechten von Blaualgen fast erstickten. Es war noch früh am Tag, doch es war bereits erstickend heiß.

Hresh, der Alte, der Chronist, hatte die drei hierher gesandt. Sie sollten ihm Pärchen von diesen Caviandis fangen, diesen flinken geschmeidigen Fischjägern, die in solchen Wasserregionen hausten.

Die Caviandis waren harmlose friedliche Tiere. Ansonsten jedoch gab es in dieser Region kaum etwas Harmloses, und so bewegten sich die drei Jäger mit höchster Achtsamkeit voran. Der Tod konnte in diesen Sümpfen sehr schnell sein. Hresh hatte ihnen ein fettes Bündel Tauschmarken versprechen müssen, ehe sie sich überhaupt an die Aufgabe wagten.

»Ob er die essen will, was meint ihr?« fragte Kaldo Tikret. Er war von kurzem groben Wuchs, ein Mischling mit schütterem schokoladebraunen Fell, das einen Hauch der Goldfärbung des Beng-Stammes aufwies, und seine Augen waren wie stumpfer Bernstein. »Caviandi soll gut schmecken, hab ich mir sagen lassen.«

»Ach, essen wird er sie bestimmt«, sagte Vyrom. »Ich kann es jetzt schon richtig vor mir sehen. Das ganze Bild. Wie er und seine Gemahlin-Häuptling und diese irre Tochter von ihnen sich in ihren feinsten Feierkleidern an den Tisch setzen, ja. Und gebratene Caviandistücke mit beiden Händen sich hineinstopfen und mit Bächen vom guten Wein nachspülen.« Er lachte und fuhr mit seinem Sensororgan in einer leidlich obszönen Geste von einer Seite zur andren. Vyrom hatte Zahnlükken, und seine Augen waren verkniffen, doch sein Leib war lang und stark. Er war ein Sohn des kräftigen Kriegers Orbin, der im Vorjahr gestorben war. Deshalb trug Vyrom noch immer das rote Trauerband am Arm. »So leben die nämlich, die gesegneten Reichen. Sie fressen und saufen und saufen und fressen — und blöde Trottel wie uns schicken sie hier raus in den Seensumpf und lassen sich ihre Cavendisse von uns fangen. Wir sollten wirklich eins mehr fangen, für uns selber, und es auf dem Heimweg braten, wo wir doch schon den ganzen weiten Weg gelatscht sind, um welche für Hresh zu fangen.«

»Trottel seid ihr wahrhaftig«, sagte Sipirod und spuckte aus. Sipirod war Vyroms geschmeidiger, flinkäugiger Partner und eine weit geschicktere Jägerin als die beiden anderen. Sie gehörte zum Stamme Mortiril, einer weniger großen Gruppe, die längst von der Stadt geschluckt worden war. »Ihr zwei Helden! Habt ihr denn nicht gehört, daß der Chronist gesagt hat, er will diese Caviandis für seine wissenschaftlichen Forschungen haben? Daß er sie studieren will? Mit ihnen sprechen, damit sie ihm ihre Geschichte berichten können?«

Vyrom schmatzte vulgär. »Was können denn Caviandis schon groß an Geschichte haben? Die sind doch bloße Tiere, weiter nichts.«

»Pscht!« zischte Sipirod scharf. »Es gibt hier noch andre Tiere, denen es eine Lust wäre, heut euer Fleisch zu essen. Also, lenke deinen Verstand auf deine Aufgabe, Freund. Denn wenn wir klug sind, werden wir hier ungeschoren herauskommen.«

»Ja, klug und glücklich«, sagte Vyrom.

»Möglich. Doch Klugheit zieht das Glück herbei. Los, ziehen wir weiter!«

Sie wies nach vorn in die dampfende Tropenwildnis. Khut-Fliegen, halb so groß wie ein Mannskopf, mit glitzernden Facettenaugen surrten durch die gelbe Luft, fingen mit den klebrigen Tentakeln blitzschnell kleine Vögel ein und saugten ihnen die Lebenssäfte aus dem Leib. Ringelstreptoren hingen am Schwanzende von den Ästen fettborkiger Bäume und lauerten im schwärzlichen Brackwasser der Sumpfseen auf Beutefische. Ein langschnäuziges rundliches Geschöpf mit schlammfarbenem Fell und Augen wie grüne Schalen watete auf hohen kahlen Stelzbeinen im seichteren Uferbereich umher und schaufelte zappelnde graue Schlickkriecher mit trotz der unbeholfen wirkenden Stöße erstaunlichem Erfolg in sich hinein. In weiter Ferne gab ein Geschöpf, das offenbar von beträchtlicher und schrecklicher Größe sein mußte, unentwegt unheilverkündende, dunkle grollende Laute von sich.

»Ja, aber wo sind denn die ganzen Caviandisse?« fragte Vyrom.

»An raschfließendem Wasser«, sagte Sipirod. »Die diese üblen stinkenden Pfützen hier speisen. Drüben werden wir auf ein paar von ihnen stoßen.«

»Also, mir wäre es recht, wenn wir die Sache da in einer Stunde hinter uns bringen könnten«, sagte Kaldo Tikret. »Und wenn ich dann heil und im Ganzen wieder in der Stadt bin. Was für eine Idiotie, daß wir hier für ein paar stinkende Tauschfetzen unser Leben riskieren ...«

»Also, so wenige sind's ja auch wieder nicht«, sagte Vyrom.

»Trotzdem. Die Sache ist es nicht wert.« Auf dem Anmarsch hatten sie darüber geredet, daß ihnen da in der Wildnis möglicherweise was Scheußliches über den Weg laufen könnte. Und wäre es dann die paar Tauschlinge wert, hier zu sterben? Gewiß nicht. Aber so war die Sache nun einmal: Du ißt gern und möglichst regelmäßig, also ziehst du los und jagst, wo sie es dir befehlen, und da fängst du eben, was sie haben wollen. So ist das nun mal. Die befehlen — wir tun es.

»Also, bringen wir's hinter uns«, sagte Kaldo Tikret.

»Genau«, sagte Sipirod. »Aber vorher müssen wir erst einmal durch den Sumpf.«

Sie ging voran. Auf Zehenspitzen, als rechnete sie damit, daß der schwammige Grund sie verschlucken könnte, wenn sie mit vollem Gewicht auftrat. Während sie südwärts vordrangen, auf den nächsten See zu, verdichtete sich der Pollendunst in der Luft mehr und mehr. Der Samenstaub setzte sich in ihrem Pelz fest und verklebte ihnen die Nüstern. Die Luft schien zum Greifen dick, und die Hitze war drückend. Sogar in den Eistagen des Langen Winters mußte hier ein milderes Wetter geherrscht haben, und nun, wo der Neue Frühling von Jahr zu Jahr mit größerer Wärme heraufzog, keuchte das Land im Griff einer fast unerträglichen schwülen Hitze.

»Schon irgendwo 'nen Caviandis gesichtet?« fragte Vyrom.

Sipirod schüttelte den Kopf. »Hier doch nicht. An den Flußläufen, den Bächen.«

Sie zogen weiter. Das ferne polternde Gebrüll wurde lauter.

»Hört sich fast an wie ein Gorynth«, bemerkte Kaldo Tikret nachdenklich. »Wir sollten vielleicht 'ne andre Richtung einschlagen?«

»Es sind aber Caviandis hier«, sagte Sipirod.

Und Kaldo Tikret sagte finster: »Ja, und wir setzen unser Leben aufs Spiel, damit der Chronist nur ja seine

Caviandisse zum Studieren kriegt. Bei der Heiligen Fünffaltigkeit, der ist geil auf ihre Kopulationstechnik, meint ihr nicht auch?«

»Der nicht«, sagte Vyrom mit einem Lachen. »Ich wette, den interessiert sowas ebensowenig wie ein feuchter Hjjk-Furz, so wie der ist.«

»Also, aber er muß doch wenigstens *einmal*«, sagte Kaldo Tikret. »Immerhin gibt's da ja Nialli Apuilana!«

»Seine wilde Tochter. Stimmt.«

»Andrerseits, wer weiß, ob er überhaupt was mit ihrer Entstehung zu tun hat? Also, wenn ihr mich fragt, dann ist Nialli Apuilana ganz ohne Hreshs Mitwirkung dem Bauch Tanianes entsprossen. Sie hat so gar nichts von ihm. Wie Schwestern sehen die zwei aus, nicht wie Mutter und Tochter.«

»Seid still«, sagte Sipirod und warf den zwei Männern einen drohenden Blick zu. »Das ganze Geschnatter ist hier wirklich nicht grad nützlich für uns.«

Kaldo Tikret sprach dennoch weiter: »Aber man sagt, daß Hresh zu sehr in seinen Studien und Zaubersprüche vertieft ist, als daß er die Zeit für eine Kopulation erübrigen kann. Was für eine Verschwendung! Ich will euch mal was sagen, wenn ich eine von den beiden, die Mutter oder die Tochter, ha, oder beide, nur mal für eine Stunde bei mir im Bett haben dürfte ...«

»Schluß!« sagte Sipirod mit diesmal schärferem Ton. »Wenn ihr schon keinen Respekt vor dem Häuptling oder ihrer Tochter habt, so zeigt doch wenigstens ein bißchen für euren eigenen Hals. Solche Rede ist Hochverrat. Außerdem haben wir zu tun. Da, seht ihr?«

»Ist das ein Caviandi?« flüsterte Vyrom.

Sie nickte. Hundert Schritt weiter vorn, wo sich ein hurtiges schmales Bächlein in den stagnierenden algenversumpften See ergoß, kauerte eine Kreatur von der Größe eines halbwüchsigen Kindes und fischte mit seinen breiten Händen vom Ufer aus. Sein purpurfarbener Körper war schlank, und vom Hals zog sich eine steife gelbe Haarmähne das Rückgrat hinab. Sipirod bedeutete den Männern mit einer Kopfbewegung, sie sollten still sein, und schlich sich lautlos an. Im letzten Augenblick blickte sich das völlig überraschte Caviandi um. Es stieß einen leisen Seufzer aus und duckte sich wie gelähmt an Ort und Stelle zu Boden.

Dann richtete es sich auf den Hinterläufen auf und hob die Vorderhände zu einer Art Geste der Unterwerfung. Die Arme waren dick und kurz, und die ausgestreckten Finger sahen nicht sehr anders aus als die der Jäger. Die Augen schimmerten violett und blickten unerwartet intelligent.

Keiner bewegte sich.

Nach einer langen Pause machte das Caviandi plötzlich einen Satz und versuchte zu fliehen. Dabei beging es jedoch den Fehler, in den Wald hinter ihm entkommen zu wollen, anstatt zum See hin, und Sipirod war zu schnell. Sie stürzte schlitternd und springend über den schwammigen Boden und hinterließ eine tiefe Spur. Sie packte das Tier an der Gurgel und an der Leibesmitte und schwang es in die Höhe. Das Caviandi quiekte vor Angst und strampelte, bis Vyrom kam und es in einen Sack stopfte. Kaldo Tikret verschnürte diesen.

»Das war Nummer eins«, sagte Sipirod mit Befriedigung. »Ein Weibchen.«

»Du bleibst da und paßt drauf auf«, sagte Vyrom zu Kaldo Tikret. »Und wir suchen noch eins. Dann können wir von hier verschwinden.«

Kaldo Tikret wischte sich ein gelbes Moospollenklümpchen von seinem struppigen Schnauzer. »Dann beeilt euch mal! Es gefällt mir gar nicht, hier allein rumzustehen.«

»Klar«, höhnte Vyrom. »Es könnten sich ja ein paar Hjjks ranschleichen und dich verschleppen.«

»Hjjks? Meinst du, ich fürchte mich vor Hjjks?« Kaldo Tikret lachte. Mit raschen kantigen Handbewegungen zeichnete er die Umrisse eines Insektenmenschen in die

Luft: den hochragenden verlängerten Körper, die scharfen Einschnürungen zwischen Schädel und Thorax und Thorax und Abdomen, den langen schmalen Kopf, den vorgestülpten Rüssel, die mehrfach artikulierten Gliedmaßen. »Ich würde jedem Hjjk glatt die Beine ausreißen, wenn er versucht, mir lästig zu werden«, sagte er und demonstrierte es gleich in einer wilden Pantomime. »Und dann stopfe ich sie ihm in sein Spundloch. Außerdem, was hätten denn Hjjks in so 'ner heißen Gegend zu suchen? Aber gefährlich genug ist es hier trotzdem, also beeilt euch, ja?«

»Wir machen so schnell, wie es geht«, versprach Sipirod.

Doch das Glück hatte sie verlassen. Eine Stunde und noch eine halbe stapfte sie mit Vyrom fruchtlos durch die Sümpfe, bis ihr Fell elendig naß und überall leuchtendgelb gefärbt war. Die Moosblüten pumpten unermüdlich ihren Pollen und verdunkelten den Himmel damit, und alles, was in der Dschungel phosphorisch oder lumineszent war, fing an zu glühen und zu pulsen. Manche der Laternenbäume begannen zu strahlen wie Leuchttürme, das Moos selbst glühte hell, und von der Seenfläche stieg eine düstre bläuliche Strahlung auf. Und sie fanden keine Spur von irgendwelchen weiteren Caviandis.

Also kehrten sie schließlich um. Fast wieder an der Stelle zurück, an der sie Kaldo Tikret verlassen hatten, hörten sie plötzlich einen heiseren, unheimlich erstickt klingenden Hilferuf.

»Schnell!« rief Vyrom. »Er steckt in der Klemme.«

Sipirod packte ihren Partner am Handgelenk. »Warte!«

»Warten, wieso?«

»Wenn da was nicht stimmt, wäre es sinnlos, daß wir beide uns da reinstürzen. Ich geh mal vor und schau nach, was dort los ist.«

Sie glitt durch den Bruch und trat auf die Lichtung.

Und sah den schwarzen glitzernden Hals eines Gorynthen aus dem See ragen; vielleicht war es das Ungeheuer, das sie vorher heulen gehört hatten. Der Leib des Riesengeschöpfes lag unter Wasser. Nur die gebogene obere Partie war als ein Strang halb abgesoffener Fässer sichtbar; aber der Hals, fünfmal mannslang und geschmückt mit stumpfen schwarzen Stacheln in Dreieranordnung, ragte empor und krümmte sich wieder abwärts, und an seinem Ende zappelte Kaldo Tikret in den gewaltigen Kiefern. Er rief noch immer um Hilfe, aber es klang bereits ziemlich schwach. Im nächsten Augenblick würde er ins Wasser gezerrt werden.

»Vyrom!« schrie Sipirod.

Er kam wild mit seinem Speer fuchtelnd angetapst. Doch gegen welches Ziel hätte er ihn schleudern sollen? Das Wenige, das vom Leib des Gorynthen sichtbar war, steckte unter dicken überlappenden Panzerschuppen, von denen sein Speer einfach abprallen mußte. Der lange Hals war verwundbarer, aber weniger leicht zu treffen. Und dann verschwand auch dieser und tauchte mit Kaldo Tikret in das trübe dunkle Wasser hinab, aus dem schwärzliche Blasen aufstiegen.

Das Wasser schäumte eine Zeitlang. Sie schauten dem zu, eine Weile lang, und brachten verlegen ihren Pelz wieder in Ordnung.

Plötzlich sagte Sipirod: »Da, schau, da ist ein andrer Caviandi, dort bei dem Sack. Vielleicht versucht er, seinen Partner zu befreien.«

»Ja, aber wollen wir denn nichts für Kaldo Tikret tun?«

Sie schnitt mit einer Bewegung durch die Luft. »Was denn? Sollen wir hinter ihm her ins Wasser springen? Er ist futsch, begreifst du das nicht? Vergiß ihn! Wir müssen Caviandis fangen. Dafür werden wir schließlich bezahlt. Je rascher wir noch eins erwischen, desto rascher können wir von diesem Scheißort weg und zurück nach Dawinno.« Da begann die schwarze Fläche des

Sees gerade sich wieder zu glätten. »Futsch ist er eben, ja. Genau wie du vorhin gesagt hast: Klug sein und Glück haben ... darum geht es.«

Vyrom schauderte es. »Und Kaldo Tikret hatte kein Glück ...«

»Nein. Und er war auch nicht besonders klug. — Also, ich werd jetzt im Bogen rumschleichen, und du kommst mit dem zweiten Sack hinterher ...«

Dawinno-Zentrum, Verwaltungssektor, ein Labor in der zweiten Tiefetage des Hauses der Wissenschaft: Helle Beleuchtung, überhäufte Arbeitstische, überall verstreut die Bruchstücke uralter Zivilisationen. Plor Killivash drückt behutsam den Startbuckel auf dem kleinen Schneidewerkzeug in seiner Hand. Ein bleicher Lichtstrahl badet den stinkenden unförmigen Klumpen von Ich-weiß-nicht-was in Helligkeit. Das Ding ist scheffelgroß und stumpf gerundet wie ein Ei, und er hat dieses Ei schon seit einer ganzen Woche in jeder Weise bebrütet. Er zentriert das Ding und setzt einen raschen Oberflächenschnitt an, einen zweiten und einen dritten, vierten und hat eine feine Inzision der Außenseite.

Letzte Woche war es gewesen, da hatte ein Fischer das Ding abgeliefert und behauptet, es sei ein Relikt aus der Großen Welt, eine Schatztruhe der uralten Rasse der Seelords. Nun gehörte alles, was möglicherweise seelordisch sein konnte, zum Aufgabenbereich von Plor Killivash. Die Oberfläche des Objekts war von einer schleimigen Kruste von Spongien, Korallen und weichen rötlichen Algen bedeckt, und aus dem Innern träufelte unablässig säuerlich trübes Meerwasser. Wenn man mit einer Zwinge darauf klopfte, klang es hohl und dumpf. Nein, er setzte nicht die geringste Hoffnung in das Ding.

Wäre Hresh hier gewesen, vielleicht hätte er sich dann weniger mutlos gefühlt. Aber der Chronist war an diesem Tag nicht im Haus der Wissenschaft; er weilte zu

Besuch in der Villa seines Halbbruders, Thu-Kimnibol. Denn die Lady Naarinta, Thu-Kimnibols Gefährte, war ernstlich erkrankt; und so fiel es denn Plor Killivash, welcher einer der drei Assistenz-Chronisten war, wie gewöhnlich schwer, seine Arbeit in Hreshs Abwesenheit gebührend ernstzunehmen. Wenn dieser sich nämlich im Komplex aufhielt, gelang es ihm stets irgendwie, jedem in seinem Aufgabenbereich das Gefühl von bedeutsamer Wichtigkeit der jeweiligen Arbeit einzuflößen. Sobald er jedoch den Bau verlassen hatte, versandete die ganze trübselige Scherben- und Fetzchenmanipulation historischer Relikte zur puren Absurdität, zum sinnlosen, zwecklosen Herumstochern im Schutt einer mit vollem Recht in Vergessen versunkenen fernen Vergangenheit. Das Studium der verflossenen Tage erschien einem dann immer stärker wie ein unsinniger Zeitvertreib, wie eine erbärmlich dumpfe Herumsucherei in versiegelten Grabgewölben, die nichts weiter preisgaben als den Gestank des Todes.

Plor Killivash war ein kräftiger untersetzter Mann aus der Koshmar-Linie. Er hatte die Universität besucht und war darauf sehr stolz. Früher hatte er eine Weile die Hoffnung gehegt, eines Tages selbst Chef-Chronist zu werden. Er war sicher, daß er sich auf dem richtigen Aufsteigertrip bewegte, denn unter den Assistenten war er der einzige Koshmar; Io Sangrais gehörte zu den Beng, und Chupitain Stuld sogar zu dem kleinen Stamm der Stadrain.

Natürlich waren auch seine Kollegen Universitätsleute; doch es gab gute politische Gründe, warum man die Position des Chronisten keinem Beng überantworten wollte, und kein Mensch hätte je daran gedacht, sie könnte jemals einem Kandidaten aus einer derart lächerlich-unbedeutenden Stammesgruppe wie jener der Stadrains zufallen. Aber was Plor Killivash hier und jetzt anging, konnten die den Job haben, alle und jeder. Soll doch sonstwer Chef-Chronist werden nach Hresh!

So waren jetzt die Gefühle in Plor Killivash. Soll doch ein andrer die Verantwortung übernehmen für die jahrtausendedicken Anhäufungen von Schutt, durch den es sich zu graben galt.

Einst war auch er (wie Hresh früher) von einer nahezu leidenschaftlichen unkontrollierbaren Sucht beherrscht gewesen, einzudringen in den geheimnisvollen gewaltigen Sockel, auf dem sich die Erd-Geschichte türmte und an dessen Spitze diese neu-geborene Zivilisationsleistung des VOLKES klebte wie ein erbsengroßer Krümel über dem Scheitelpunkt einer Pyramide ... Es hatte ihn heftig danach verlangt, sich tief in die Bereiche der eisigen Unfruchtbarkeit jenseits der Zeitspanne des Langen Winters hinabzugraben — bis zu den Wunderüppigkeiten der Großen Welt. Oder viel mehr noch — denn warum sich Grenzen setzen — wozu überhaupt Beschränkung? — warum nicht vordringen, hinabdringen in die allertiefsten Schichten der Menschheitsgeschichte, jene völlig unbekannten Reiche der nahezu ›unendlich‹ fernen Frühära der Menschen, die auf der Erde herrschten, noch ehe die Große Welt entstanden war. Es mußte doch menschliche Ruinen und Relikte geben, tief dort unten, unter dem Schutt der Zivilisationen, die sie überlagert hatten.

Das alles war ihm als wundervoll-verführerisch erschienen. Milliarden Leben mitzuleben, nachzuleben, die sich im Verlauf von Millionen von Jahren ereignet hatten ... Auf der Alten Erde zu stehen und zu fühlen, daß ›man‹ schon vorhanden war, als sie der Schnittpunkt der Sternenbahnen war ... Sich das Gehirn überschwemmen lassen von fremdartigen Bildern, unvertrauten Sprachen, dem Denken fremdartiger Bewußtheiten, die von unaussprechlich hoher Geistesschärfe waren ... Aufzusaugen und zu umgreifen, zu verstehen, was immer sich auf diesem großartigen Planeten jemals ereignet hatte, der so unendlich vieles im Lauf seiner Umdrehungen und seiner langen Lebensspanne erfahren hatte … Schicht auf Schicht getürmt bis tief hinunter in die Frühdämmerung der Geschichte.

Doch damals war Plor Killivash ein Knabe, und es waren die Gedanken eines Knaben gewesen, von praktischen Erwägungen unbehindert. Nun war er zwanzig und wußte genau, wie schwierig es war, die verlorengegangene, verschüttete Vergangenheit wieder zum Leben zu erwecken. Unter dem harten Druck der Realität entglitt ihm mehr und mehr von seiner feurigen Lust an der Entdeckung uralter Geheimnisse, ebenso wie man es auch bei Hresh mit jedem Jahr deutlicher wahrnehmen konnte. Hresh allerdings hatten wundersame Maschinen aus der Großwelt zur Verfügung gestanden, die nun nicht mehr einsetzbar waren, von denen er seine Visionen der Welten vor dieser jetzigen Welt bezogen hatte. Aber einem Chronisten, dem die Vorzüge solcher Wundermaschinen nicht zugänglich waren, mußte seine Arbeit mehr und mehr als bloße trübselig-mühsame Plackerei erscheinen, die viele Enttäuschungen brachte und kärglich geringen Ertrag.

Düstre Gedanken an einem düstren Tag. Und in gedrückter Stimmung schickte sich Plor Killivash an, das Artefakt aus dem Meer aufzuschneiden.

Die schlanke Gestalt der Chupitain Stuld erschien im Türrahmen. Sie lächelte, die dunkelvioletten Augen blitzten fröhlich.

»Bohrst du immer noch? Ich dachte, du bist längst drin in dem Ding.«

»Nur noch ein Stückchen. Bleib doch und warte auf die große Enthüllung.«

Er bemühte sich um einen leichten Ton. Es ging nicht an, sie seine Bedrückung merken zu lassen.

Sie hatte selbst Frustrationen zur Genüge, wie er wußte. Auch sie kam sich inmitten der angehäuften Fragmente zerbröselnder ausgewaschener Vergangenheit, die das Haus des Wissens barg, mehr und mehr verloren vor.

Er streifte sie mit einem Blick und fragte: »Was war mit den Relikten, mit denen du herumgespielt hast? Das Zeug, das diese Bauern in der Senufit-Schlucht gefunden haben.«

Sie lachte ohne Fröhlichkeit. »Der Kasten voller Schrott? Nichts außer Sand und Rost.«

»Ah? Und ich dachte schon, du sagtest, es stammt aus einer Prägroßweltschicht von sieben, acht Millionen Jahren?«

»Dann ist es eben sieben, acht Millionen Jahre alter Sand und Moder. Ich hatte gehofft, du hast hier mehr Glück.«

»Bei meinem Glück?«

»Das kann man nie wissen«, sagte Chupitain Stuld und trat an den Arbeitstisch. »Darf ich helfen?«

»Klar, gern. Bring die Zugkrampen da in Position. Ich hab den Schnitt jetzt fast fertig, und wir können dann die obere Hälfte abheben.«

Chupitain Stuld zog die Krampen herunter und befestigte sie. Plor Killivash nahm die letzte Stärkejustierung an seinem Skalpell vor. Seine Finger fühlten sich wie geschwollen an und waren grob und ungeschickt. Er ertappte sich bei dem Wunsch, daß Chupitain Stuld in ihrem eigenen Arbeitsbereich geblieben wäre. Sie war ein so bezaubernder Anblick — klein und zierlich, und mit dem für ihren Stamm typischen weichen limonengrünen Pelz war sie außerordentlich schön. Und heute trug sie überdies eine gelbe Schärpe und eine königsblaue Mantilla ... sehr elegant. Sie waren nun schon seit einigen Monden Kopulationspartner und hatten sogar bereits ein paarmal getvinnert. Aber trotzdem, in diesem Moment wollte er sie einfach nicht hier haben. Er war überzeugt, daß er beim letzten Schnitt alles versauen werde, und der Gedanke, daß sie ihm dabei zuschauen sollte, war ihm zuwider.

Schluß! Kein fürdres Zaudern, befiehlt er sich. Kontrolliert seine Kalibrierung zum letztenmal. Holt heftig

Luft. Und zwingt sich schließlich dazu, den Auslöser zu drücken. Der Strahl züngelt und beißt sich in die muschelähnliche Wandung des Artefakts. Ein rascher Nagebiß. Er schaltet den Strahl ab. Eine dunkle Inzisionslinie zeichnet sich ab. Der obere Teil des Objektes hebt sich unmerklich von der unteren Hälfte.

»Soll ich ein bißchen mehr Zug geben?« fragte Chupitain Stuld.

»Ja. Aber nur ganz wenig.«

»Es gibt nach, Plor Killivash! Gleich hebt es sich!«

»Vorsichtig jetzt ... behutsam ...«

»Wäre es nicht wunderbar, wenn das Ding voll von Amuletten und Juwelen der Seelords steckte! Vielleicht noch ein Geschichtsbuch aus der Großen Welt, geschrieben auf unvergänglichen Goldmetallplatten ...«

Plor Killivash lachte glucksend. »Wieso nicht gleich einen ganzen richtigen Seelord im Tiefschlaf, der bloß drauf wartet, erweckt zu werden, damit er uns alles über sich selber sagen kann, he?«

Die Schalenhälften hoben sich voneinander. Das wuchtige Oberteil stieg um Fingersbreite, dann noch einmal und noch einmal. Als die letzte innerste Schutzhülle brach, ergoß sich eine Fontäne von Meerwasser aus dem Spalt.

Einen Moment lang verspürte Plor Killivash kurz wieder die zuckende Erregung wie in der ersten Zeit, als er hier ein Neuling war, vor fünf, sechs Jahren, als ihm ein jeder neue Tag als wunderbarer Fortschritt auf dem Weg der Erkenntnis der Rätsel der Vergangenheit erschienen war. Aber die Chancen standen wohl eher so, daß das Ding wertlos war. Es war nicht mehr viel aus der Großwelt übrig, siebentausend Hundertjahre nach ihrem Zusammenbruch, das man hätte finden können. Die Gletscher, die über die Oberfläche des Landes auf und ab gehobelt hatten, hatten nur allzu gute Arbeit geleistet.

»Siehst du was?« fragte Chupitain Stuld und versuchte über die Kante des geöffneten Behältnisses zu spähen.

»Voll von Amuletten und Juwelen, klar doch. Und dazu ein ganzes Sortiment grandioser Maschinen in perfektem Wartungszustand.«

»Ach, hör schon auf!«

Er seufzte. »Also schön. Da, schau selbst ...«

Er hob sie hoch und ließ sie auf seinem Arm sitzen, und dann blickten sie beide ins Innere des Objekts.

Dort lagen neun rotbläuliche lederartige, aber durchscheinende Kugelblasen von der Größe eines Männerschädels, die durch stramme gummiartige Hautbänder an der Wandung des Behälters klebten. In ihrem Innern waren undeutlich Formen erkennbar. Irgendwelche verschrumpft und zersetzt wirkende Körperorgane. Ein fauliger Verwesungsgestank stieg auf. Sonst geschah nichts. Und da war nichts sonst außer einer feuchten weißen Sandschicht an der Wand des Behälters und eine flache undurchsichtige Wasserpfütze auf seinem Grund.

»Keine Relikte der Seelords, leider«, sagte Plor Killivash.

»Nein.«

»Der Fischer bildete sich ein, er hat die zertrümmerten Steinsäulen einer Ruinenstadt aus dem Sand am Grund der Bucht ragen sehen, dort wo er das Ding hier eingefangen hat. Der hat an dem Tag bestimmt zuviel Wein zum Mittagbrot getrunken.«

Chupitain Stuld starrte schaudernd in das geöffnete Behältnis. »Was ist das? Irgendwelche Eier?«

Plor Killivash zuckte eine Achsel.

»Das ganze Ding war möglicherweise ein einziges Riesenei, und ich möchte dem Geschöpf ungern begegnen, das es gelegt hat. Die Klumpen da sind die Embryonen von Seeungeheuern, vermute ich. Tot natürlich. Ich mache wohl besser einen Bericht darüber und schau, daß ich sie hier rauskriege. Sie werden ziemlich rasch gräßlich stinken.«

Er hörte ein Geräusch in seinem Rücken. Vom Gang spähte Io Sangrais herein. Seine rubinroten Bengaugen blitzten amüsiert. Io Sangrais war ein pfiffiger verspielter, gewandter und leichtherziger junger Mann. Sogar der Stammeshelm auf seinem Kopf war verspielt: eine eng anliegende Kappe aus dunkelblauem Metall, aus der absurd drei Korkenzieherspiralen aus rotlackierten Schilfstengeln wild emporragten.

»Hoppla! Hast es endlich doch aufgekriegt, wie ich sehe.«

»Ja, und es ist ein wundervolles Schatzkästchen, genau wie ich das erwartet habe«, sagte Plor Killivash mürrisch. »Ein Haufen vergammelter kleiner ungeschlüpfter Seeungeheuer. Ein weiterer großer Triumph für den kühnen Erkunder der Vergangenheit. Bist du gekommen, um dich an meinem Glanz zu weiden?«

»Warum sollte ich das denn wollen?« Io Sangrais' Stimme war honigsüß vor gespielter Unschuld. »Nein. Ich bin natürlich nur hier runtergekommen, um *dir* von dem grandiosen Triumph zu berichten, den *ich* mir grad geleistet habe.«

»Ach ja? Hast du endlich deine alte Beng-Chronik fertigübersetzt? Und sie strotzt von Zaubersprüchen und Beschwörungsformeln, wie man Wasser in Wein verwandeln kann — oder Wein in Wasser, je nachdem, was man gerade lieber hat. Stimmt's?«

»Spar dir deinen Spott. Wie sich herausstellte, ist es überhaupt keine Beng-Chronik, sondern stammt von irgendeinem neuntklassigen kleinen Stamm, den die Beng vor langer Zeit geschluckt haben. Und es ist bemerkenswerterweise ein ausführlicher und gründlicher beschreibender Katalog der Sammlung dieses Stammes von geheiligten — Kieseln. Die Steine selbst gingen vor zehntausend Jahren verloren, kapierst du?«

Chupitain Stuld gluckste. »Und so erhebt sich gewaltiges Jauchzen im Land. Die Aufdröselung der Rätsel der Vergangenheit durch die Experten des Hauses des

Wissens schreitet unaufhaltsam im gewohnten bestürzenden Trott voran.«

An diesem Nachmittag hatte Husathirn Mueri wieder Throndienst unter der großen Zentralkuppel der Basilika, eine Pflicht, in der er sich in täglicher Rotation mit den Prinzen Thu-Kimnibol und Puit Kjai abwechselte. Müde hörte er die Petitionen zweier grobstimmiger Getreidehändler, die von einem dritten Kornschieber Wiedergutmachung forderten, der sie vielleicht betrogen hatte, vielleicht aber auch nicht, als man ihm Nachricht brachte von der Ankunft des Fremden in der Stadt.

Kein Geringerer als Curabayn Bangkea, der Hauptmann der Stadtwache persönlich, überbrachte ihm die Nachricht: ein Mann von herzhaftem Wuchs und breitspurigem Gehabe, der in der Regel mit einem kolossalen blitzenden Goldhelm bedeckt war, anderthalbmal so groß wie sein Schädel und verziert mit geschmacklosen zahllosen Hörnern und Klingen. Er trug den Helm auch jetzt. Husathirn Mueri empfand dies als zugleich amüsant und ärgerlich.

Natürlich war es durchaus in Ordnung, daß er einen Helm trug. Die meisten Bürger taten das jetzt, ohne Rücksicht darauf, ob sie wirklich Abkömmlinge des einstigen helmtragenden Stammes der Beng waren oder nicht. Curabayn Bangkea war immerhin Vollblut-Beng. Doch Husathirn Mueri, väterlicherseits selber ein Beng, während seine Mutter eine Koshmar war, fand denn doch, der Hauptmann der Wachen übertreibe das Prinzip über Gebühr.

Er selbst legte auf Formalitäten keinen besonderen Wert. Ein Wesenszug, den er möglicherweise von seiner Mutter hatte, die eine freundliche umgängliche Frau war. Und außerdem konnten ihn Männer wie dieser Wachsoldat nicht weiter tief beeindrucken; Leute, die breitbeinig durchs Leben stampften und sich durch Körpermasse und protziges Gehabe Bahn brachen. Er selbst war von leichtem Körperbau, hatte eine schmale Taille und abfallende Schultern. Sein Pelz war schwarz und dicht, mit scharfen weißen Streifen an einigen Stellen und beinahe so seidig wie der einer Frau. Allerdings war seine körperliche Leichtigkeit trügerisch, er war schnell und gewandt, und sein Körper verfügte über eine raffiniert plötzliche Kraft — wie eine Peitsche (seine Seele im übrigen gleichfalls).

»Nakhaba sei dir hold«, erklärte Curabayn Bangkea mit grandiosem Helmkopfneigen, als er sich dem Thron näherte. Und um noch eins draufzusetzen schlug er auch noch die Zeichen Yissous-des-Beschützers und Dawinno-des-Zerstörenden. Die waren zwei Hauptgötter der Koshmar. (So etwas ist stets nützlich, wenn man es mit Gemischtrassischen zu tun hat!)

Husathirn Mueri war insgeheim überzeugt, daß alle Welt mit derartigen Segenssprüchen und Gestenritualen viel zuviel Zeit vergeude, und antwortete mit einer Andeutung des Yissou-Zeichens. Dann sprach er: »Was gibt's denn, Curabayn Bangkea? Ich muß mich da mit diesen erzürnten Bohnensäcken herumplagen, und ich habe eigentlich nicht vor, mir heut nachmittag noch mehr Ärger zuzumuten.«

»Vergebung, Throngnaden. Man hat einen Fremdling arretiert, direkt vor der Stadtmauer.«

»Einen Fremden? Was für einen Fremden?«

»Das weiß ich ebensowenig wie du«, sagte der Hauptmann und schüttelte so heftig den Kopf, daß ihm fast der klirrende Riesenhelm davongeflogen wäre. »Es ist ein sehr fremder Fremdling, ja, das ist er. Ein Jüngling noch, sechzehn, siebzehn, dünn wie eine Zaunlatte, als wie wenn er sich sein Leben lang bis jetzt durchgehungert hätte. Und dann kommt der aus dem Norden hier angeritten und sitzt auf dem größten Zinnobären, den man je gesehen hat. Ein Haufen Bauern hat ihn aufgespürt, weil er ihnen draußen im Emakkis-Tal die Felder zertrampelt hat.«

»Soeben, sagst du?«

»Vor zwei Tagen, oder so etwa. Also, zwei und einen halben, um genau zu sein.«

»Und er ritt auf einem *Zinnobären?*«

»Ja, so groß wie anderthalb Häuser«, sagte Curabayn Bangkea und breitete die Arme aus. »Doch warte, es kommt noch besser. Das Zinnobär trägt am Hals eine Hjjk-Flagge, und seine Ohren sind mit Hjjk-Abzeichen bestickt. Und der Kerl hockt da droben und gibt Laute von sich — genau wie ein Hjjk.« Curabayn Bangkea legte beide Pranken an den Hals und stieß trockne rasselnde Kehllaute aus: »*Khkhkh, Sjsjsjsss, Gggggggjjjjk.* Du weißt schon, was die für einen gespenstischen Lärm machen. Seit die Bauern ihn abgeliefert haben, haben wir ihn ununterbrochen verhört, aber mehr ist einfach nicht aus ihm rauszukriegen. Ab und zu stottert er ein Wort, das wir mehr oder weniger verstehen: *Frieden,* sagt er ... *Liebe,* sagt er ... *die Königin,* sagt er.«

Husathirn Mueri verzog nachdenklich die Stirn. »Was ist mit seiner Schärpe? Irgendein Stamm, der uns bekannt ist?«

»Er trägt keine Schärpe. Und auch keinen Helm. Überhaupt nichts, was darauf schließen lassen würde, daß er aus Yissou City kommt. Natürlich kann er auch aus einer der Städte im Osten gekommen sein, aber ich bezweifle das stark. Ich denke, es ist ziemlich klar, was er ist, Herr.«

»Und das wäre?«

»Ein Flüchtling der Hjjks.«

»Ein Entflohener ...«, sagte Husathirn Mueri nachdenklich. »Ein entsprungener Gefangener? Meinst du das?«

»Na, das ist doch einleuchtend, Herr! Alles an ihm riecht nach Hjjk! Nicht bloß das Gekrächze, das er von sich gibt. Er trägt auch ein Armband, das aussieht, wie wenn es aus geglättetem Hjjkpanzer gemacht ist — leuchtendgelb, ja so ist es, und mit 'nem schwarzen Band ... und einen Brustpanzer aus dem gleichen Zeug.

Weiter hat er nichts an, nur die zwei Stücke aus Hjjk-Panzer. Was sonst, deine Gnaden, könnte er denn andres sein als ein Flüchtling?«

Husathirn Mueri zog die Augen zu Schlitzen zusammen. Die Augen waren bernsteingolden, ein Merkmal seiner Mischrassigkeit, und sehr scharf.

Hin und wieder geschah es, daß ein umherwandernder Trupp von Hjjks auf ein streunendes Kind stieß, das sich an einem Ort aufhielt, an dem es nicht sein sollte, und sich dann mit dem Streuner aus dem Staub machte. Niemand wußte zu sagen, warum. Aber es war nun einmal die abgründige Besorgnis eines Elters, daß die Hjjks ihr oder ihm ein Kind stehlen könnten. Von den meisten dieser Kinder vernahm man nie wieder etwas. Aber hin und wieder gelang es doch einem, nach Tagen, Wochen oder sogar Monden der Abwesenheit zu entfliehen und zurückzukehren. Dann wirkten diese Heimkehrer zutiefst verwirrt und auf unglaubliche Weise verwandelt, als hätten sie in der Zeit der Gefangenschaft unvorstellbar Entsetzliches durchlitten. Nicht einer der Zurückgekehrten hatte sich jemals bereit gefunden, auch nur mit einem Wort zu schildern, was für Erfahrungen er bei den Insektenleuten durchleben mußte. Und es galt als grob taktlos, sie danach zu fragen.

Allein schon der Gedanke an Hjjks erregte Übelkeit in Husathirn Mueri. Die Vorstellung, unter ihnen leben zu müssen, war für ihn die elendigste Quälerei, die er sich auszudenken vermochte.

Mit eigenen Augen hatte er Hjjk-Leute nur einmal in seinem Leben gesehen, als kleiner Knabe, der unter den Beng in Vengiboneeza heranwuchs, der alten Hauptstadt der Saphiräugigen, in der sich einige Stämme des ›Volkes‹ am Ende des Langen Winters niedergelassen hatten. Doch diese einmalige Erfahrung hatte ihm genügt. Niemals würde er sie vergessen: die hageren, hochragenden Insektenkreaturen, viel größer als jeder ausgewachsene Mann, diese fürchterlichen abstoßenden Fremden. Sie waren in derart gewaltigen Schwärmen herangezogen und hatten Vengiboneeza dermaßen penetriert, daß der gesamte Stamm der Beng, der sich dort nach Jahren der Wanderschaft in den Großweltbauten niedergelassen hatte, schließlich gezwungen war, die Flucht zu ergreifen. Unter gewaltigen Schwierigkeiten, in einer Periode voll Nässe und Stürme hatten sie die endlosen Küstenebenen und die Täler durchquert. Und sie waren schließlich in Dawinno angelangt, in der großen neuen Stadt im Süden, die der Stamm Koshmar, angeführt von Hresh, nach dessen eigenem Auszug aus Vengiboneeza errichtet hatte. Und hier hatten sie Zuflucht gefunden.

Diese beschwerliche Wanderschaft war noch immer tief in seine Erinnerung gebrannt. Er war damals fünf gewesen, seine Schwester, Catiril, ein Jahr jünger.

»Warum müssen wir denn aus Vengiboneeza fort?« hatte er wieder und immer wieder gefragt. Und seine liebsanfte Mutter hatte ihm geduldig stets die gleiche Antwort gegeben:

»Weil die Hjjks beschlossen haben, daß sie die Stadt für sich haben wollen«, hatte Torlyri gesagt.

Und er hatte sich zornig seinem Vater zugewandt: »Aber warum gehst du und deine Freunde dann nicht hin und bringt sie um?«

Und Trei Husathirn antwortete immer gleich: »Das würden wir tun, Junge, wenn wir es könnten. Aber es sind in Vengiboneeza zehnmal mehr Hjjks, als du Haare auf dem Kopf hast. Und da, wo sie herkommen, im Norden, sind noch viel, viel mehr.«

In den endlosen Wochen der Wanderschaft nach Süden, nach Dawinno, war Husathirn Mueri Nacht für Nacht aus furchtbaren Alpträumen aufgeschreckt, in denen die Hjjk angriffen. In der Dunkelheit, im Schlaf, sah er sie über sich stehen, ihre Bürstenklauen bewegten sich, die gewaltigen Kiefermäuler mahlten krachend, die Riesenaugen funkelten von Bösartigkeit.

Das war nun fünfundzwanzig Jahre her. Aber manchmal träumte er auch heute noch von ihnen.

Sie waren eine uralte Art — die einzige von den Sechs Völkern, die in den Tagen der Glückseligkeit vor dem Langen Winter auf der Welt lebten, der es gelungen war, das Äon der qualvollen Finsternis und Kälte zu überdauern. Er empfand ihre Altersüberlegenheit als eine Art Affront, er, der selbst einem so sehr viel jüngeren Erbstamm entsprossen war, einer Linie, deren Vorfahren in den Großwelttagen schlichte — Tiere gewesen waren. Es gemahnte ihn daran, wie brüchig-fragwürdig dieser Suprematsanspruch war, den das VOLK aufzustellen versucht hatte; außerdem machte es ihm auch wieder bewußt, daß das VOLK seine derzeitigen Lebensräume quasi nur bewohnen konnte, weil anscheinend die Hjjk kein Interesse an diesen Regionen zu haben schienen — und weil die übrigen Altpopulationen der Großen Welt — die Saphiräugigen, die Seelords, die Vegetalischen, die Mechanistischen und die Menschhaften — schon seit langem den Schauplatz verlassen hatten.

Die Hjjk dagegen, die sich von dem Langen Winter im Gefolge der Todessterne nicht hatten vertreiben lassen, beherrschten noch immer den größten Teil der Welt. Das Nordland gehörte zur Gänze ihnen, möglicherweise auch ein Großteil des Ostens, obwohl dort immerhin wenigstens fünf Städte von Stämmen des VOLKES gegründet worden waren; Orte, die man allerdings in Dawinno nur dem Namen nach und gerüchteweise kannte. Diese Ansiedlungen — Gharb, Ghajnsielem, Cignoi, Bornigrayal und Thisthissima — lagen in derart weiter Ferne, daß die Verbindung zu ihnen fast ein Ding der Unmöglichkeit war. Alles übrige war von den Hjjk beherrscht. Und sie waren auch das Haupthemmnis für eine weitere Ausbreitung des VOLKES in diesen Tagen konstant wachsender Wärme im Neuen Frühling. Für Husathirn Mueri war das schlicht ›der Feind‹, und das würden die Hjjk für ihn immer bleiben.

Er würde sie, wenn es ihm möglich wäre, allesamt vom Angesicht der Erde hinwegtilgen.

Aber er wußte — wie es auch sein Vater Trei gewußt hatte —, daß dies unmöglich war. Das Äußerste, worauf das Volk gegen die Hjjk hoffen konnte, war, daß es ihrem Andringen standzuhalten vermochte: also die bereits in Besitz genommenen Gebiete zu sichern und unbeeinträchtigt zu bewahren und ein Vordringen der Hjjk, in welcher Weise auch immer, zu verhindern. Möglicherweise würde es ja dem VOLK sogar gelingen, sie schrittweise ein wenig zurückzudrängen und ein Stückchen weit auf einige der von den Hjjk kontrollierten Regionen vorzudringen, die den eigenen völkischen Zwecken dienlich sein mochten. Aber die Vorstellung — wie sie bekanntlich von einigen anderen Prinzen der Stadt gehätschelt wurde —, daß man die Hjjk insgesamt niederwerfen könne, war nach Husathirn Mueris klarer Erkenntnis schlichter Aberwitz. Dieser Feind war unbesiegbar. Und so würde es immer bleiben.

»Es gibt noch eine andere Möglichkeit«, sagte Curabayn Bangkea.

»Und die wäre?«

»Daß der Junge nicht nur ein Überläufer ist, sondern praktisch so eine Art Gesandter von den Hjjksen.«

»Ein — *was?*«

»Ist ja nur 'ne Vermutung, deine Throngnaden. Wir haben keinerlei Beweis, bitte das zur Kenntnis zu nehmen. Aber da ist was an dem Kerl — dem Jüngling ... die Art, wie er sich beträgt ... so ruhig, so höflich, so — also, so ernsthaft ... und wie er sich bemüht, uns etwas zu sagen ... immer wieder mal ein Wort wie *Frieden* oder *Liebe* oder *die Königin* ... also, ganz ehrlich, deine Lordgnaden, mir kommt der einfach nicht so vor, als wie wenn er ein ordinärer Ausreißer wäre. Mir ist da so urplötzlich die Idee gekommmen, daß der vielleicht sowas wie 'ne Art Botschafter ist sozusagen, ein Abgesandter, den uns die wunderbare Königin dieses Ungeziefervolks geschickt hat, damit er uns eine besondere Botschaft oder so überbringt. Also, das ist jedenfalls, was ich glaube, deine Throngnaden. Falls du mir die Aufdringlichkeit vergeben willst ...«

»Ein Botschafter?« Husathrin Mueri schüttelte den Kopf. »Bei allen Göttern, was für einen Grund könnten die haben, uns einen Botschafter zu senden?«

Curabayn Bangkea stierte ihn ausdruckslos an, bot aber keine weitere Erklärung.

Wutbebend erhob sich Husathirn Mueri vom Richterthron und schoß in gleitender Bewegung davor auf und ab. Die Hände hatte er auf dem Rücken verschränkt.

Curabayn Bangkea war kein Idiot; so zögerlich er seine Einschätzung der Sache auch vorbrachte, sie verdiente Beachtung. Und wenn die Hjjks tatsächlich einen Emissär geschickt hatten, jemand, der im VOLK geboren war, jedoch so lange Zeit unter den Wanzen gelebt hatte, daß er seine eigene Wiegensprache vergessen hatte und nur noch des groben knirschenden Geschnarres der Hjjk fähig war ...

Während er auf und ab stapfte, drängte sich einer der Kaufleute an ihn, zupfte ihn an der Amtsschärpe, um so seine Aufmerksamkeit auf sich zu ziehen. Husathirn Mueris Augen blitzen zornig, und er hob den Arm, wie um den Mann zu schlagen. Der Kaufmann blickte ihn erstaunt an.

Im letzten Augenblick konnte er sich zurückhalten. »Euer Fall wird zur weiteren Untersuchung vertagt«, beschied er den Händler. »Findet euch wieder vor Gericht ein, wenn ich das nächstemal den Stuhl innehabe.«

»Und wann mag dies sein, deine Lordschaft?«

»Woher soll ich das wissen, du Tor? Lies die Anzeigetafeln!« Husathirn Mueris Finger bebten. Er war dabei, die Haltung zu verlieren, und dies beunruhigte ihn gelinde. »Nächste Woche muß es sein, an Friit oder Dawinno, glaube ich«, sagte er, ein wenig milder. »Jetzt geh! Geh!«

Die Kaufleute stoben davon. Er wandte sich dem Wachhauptmann zu. »Wo befindet sich dieser Hjjk-Gesandte jetzt?«

»Deine Thron-Gnaden, es war doch nur eine bloße Vermutung, daß ich ihn einen Abgesandten nannte. Ich kann nicht mit Gewißheit sagen, daß er wirklich sowas ist.«

»Sei dem, wie es wolle — wo ist er?«

»Gleich hier. Draußen, in der Verwahrzelle.«

»Dann bring ihn herein!«

Er ließ sich wieder auf den Thron nieder. Er war verärgert, verwirrt und ungeduldig, Es verstrichen einige Augenblicke. Er tat sein möglichstes, um sich wieder unter Kontrolle zu bringen; er baute in seinem Innern einen Kern der Ruhe auf, wie ihn seine Mutter Torlyri das gelehrt hatte. Heftigkeit führte stets nur zu Fehleinschätzung und Irrung. Sie selber — möge die Seele dieser warmherzigen, sanftmütigen Frau im Frieden der Götter ruhen! — war weit weniger feinnervig und reizbar gewesen. Doch Husathirn Mueri war eben ein Mischling und behaftet mit der Stärke und der Gefühlsintensität der Mischrassischen, aber auch mit deren Mängeln. In seiner Entstehung hatte sich schattenhaft die spätere Verschmelzung der zwei Stämme vorgezeichnet. Torlyri war die Opferfrau des Koshmar-Stammes gewesen, und der unbezwingbare Beng-Krieger Husathirn hatte die koshmarische Priesterin zu unerwarteter Liebe und ganz unschicklicher Kopulation und Partnerschaft hingerissen, vor langer Zeit, als das Volk der Beng und das der Koshmari noch in unbehaglicher Zwangsnachbarschaft in Vengiboneeza lebten.

Er saß da und wartete; und er war jetzt ruhiger. Schließlich drang der Schatten von Curabayn Bangkeas Gigantenhelm in die Kuppel vor, und dem folgte Curabayn Bangkea selber, und er führte den Fremdling an einem langen geflochtenen Weidenstrick herein. Bei seinem Anblick richtete sich Husathirn Mueri straff auf, und seine Finger umklammerten fest die Armstützen des Thrones, die klauenumklammerte Kugeln waren.

Der Fremdling wirkte wahrhaftig *sehr fremd.*

Er war jung, am Ende seiner Knabenjahre vielleicht, vielleicht schon im Frühstadium der Mannheit; schmale, gebogene Schultern, Arme, die aussahen wie vertrocknete Halme, kurz: von geradezu schmerzender Magerkeit war der Fremde. Was er an Schmuck trug, der Armreif und die schimmernde Brustplatte, schienen in der Tat polierte Fragmente eines harten Hjjk-Panzers zu sein (ein etwas gruseliger Akzent). Der Pelz war schwarz, jedoch nicht von dem tiefen, üppigen Schwarz wie bei Husathirn Mueri; ihm haftete ein stumpfgrauer Schimmer an, und insgesamt war es, was einen Pelz angeht, eine erbärmlich struppige Angelegenheit: stellenweise schütter, ja beinahe *abgewetzt.* Husathirn Mueri begriff: Dieser junge Mann wurde seiner Lebtage lang unterernährt; er hat gelitten.

Und diese Augen! Bleich, kalt und starr wie Eis! Sie schienen wie über einen viele Welten weiten Abgrund zum Gerichtsthron heraufzustarren. Die fürchterlichen, erbarmungslosen Augen eines Feindes. Doch je mehr er in diese Augen blickte, desto mehr begann Husathirn Mueri sie als von Trauer erfüllt und mitleidsvoll zu sehen, als die Augen eines Propheten und Heilbringers.

Wie war das möglich? Der Widerspruch brachte ihn durcheinander.

Auf jeden Fall — wer immer und was immer dieser Jüngling sein mochte — gab es wohl keinen Grund, ihn so in Fesseln zu halten. »Befreit ihn!« befahl er.

»Aber wenn er flieht, deine Thron-Gnaden ...!«

»Er ist in bestimmter Absicht hergekommen. Durch eine Flucht würde er sie nicht fördern. Setzt ihn frei!«

Curabayn Bangkea knüpfte den Knoten auf. Der Fremdling wirkte auf einmal größer, aber er bewegte sich weiter nicht.

Husathirn Mueri sprach: »Ich bin hier, um für diesen

Tag die Thronpflichten dieses Gerichts wahrzunehmen. Mein Name ist Husathirn Mueri. Wer bist du, und zu welchem Behufe kamst du in unsere Stadt Dawinno?«

Der Knabe gestikulierte mit heftigen, hastigen flatternden Fingerzuckungen und produzierte tief in der Brust heiser-zirpende Hjjk-Laute, als wollte er sie Husathirn Mueri sozusagen vor die Füße spucken.

Husathirn Mueri überlief ein Schauder, und er lehnte sich zurück. Das war ja fast so, als hätte man einen leibhaftigen Hjjk hier im Thronsaal. Er spürte, wie der Abscheu in ihm wuchs.

»Ich spreche kein Hjjk«, sagte er eisig.

»Shhhtkkkk«, antwortete der Junge (oder so ähnlich). *»Gggk thhhhsp shtgggk.«* Und dann sagte er, und er mußte sich das Wort aus dem Rachen reißen, als wäre es ein widerspenstiger Knorpel, den er herauswürgen mußte: »Frieden.«

»Frieden.«

Der Knabe nickte. »Frieden. Liebe.«

»Liebe«, sagte Husathirn Mueri bedächtig und schüttelte den Kopf.

»Genauso war's, wie ich ihn verhört hab«, brummte Curabayn Bangkea.

»So sei doch still!« Und zu dem jungen Fremden sagte Husathirn Mueri überdeutlich und überlaut (wie wenn damit etwas gewonnen wäre): »So befrage ich dich denn erneut: Wie lautet dein Name?«

»Frieden. Liebe. *Ddddkdd ftshhh.*«

»Dein *Name!*« wiederholte er noch einmal. Dann pochte er gegen die eigene Brust, wo die weißen Krauszeichnungen, die er von seiner Mutter ererbt hatte, diagonal über den schwarzen Pelz liefen. »Ich bin Husathirn Mueri. Mein Name ist Husathirn Mueri. *Mein* Name. *Sein* Name ...« — er deutete auf ihn — »ist Curabayn Bangkea ... Wie ist *dein* Name ...«

»Shthhhjjk. Vtstsssth. Njnnnk!« Der Junge schien sich unendliche Mühe zu geben, etwas genau zu artikulie-

ren; die Muskulatur seiner eingefallenen Wangen arbeitete heftig; die Augen rollten; er verkrampfte die Fäuste und grub die Ellbogen in seine dürren Flanken. Und auf einmal brach ein vollkommen verständlicher Satz aus ihm heraus: »Ich komme in Frieden und in Liebe von der Königin.«

»Also doch! Ein Gesandter, siehste!« blökte Curabayn Bangkea und grinste überheblich.

Husathirn Mueri nickte. Curabayn Bangkea wollte noch weiterschwatzen, doch Husathirn Mueri gebot ihm ungeduldig mit einem Wink Stillschweigen.

Ganz gewiß, das muß ein Kind sein, das die Hjjks aus der Wiege gestohlen haben, dachte er. Und dann mußte der arme Kleine seitdem in ihrem undurchdringlichen nördlichen Reich bei ihnen leben. Und nun haben sie ihn zurückgesandt in seine Geburts- und Heimatstadt, und er bringt uns — Yissou-mag-wissen! — *was* für eine Forderung von dieser Insektenkönigin.

Die Ziele der Hjjks aber waren unerforschlich, das wußte jeder. Die Botschaft jedoch, die dieser Jüngling so qualvoll zu übermitteln sich mühte, mochte vielleicht den Beginn einer neuen Phase in den instabilen Beziehungen zwischen dem VOLK und den Insektenleuten ankündigen. Husathirn Mueri, der nur einer von mehreren Stadtprinzen war und jenen Punkt im Mannesleben erreicht hatte, an dem man sich entscheiden muß, ob man nach Höherem strebt, betrachtete es als ein glückliches Omen, daß der Fremdling an einem Tag erschienen war, an dem er selber die Amtsgeschäfte führte. Gewiß würde sich daraus etlicher Vorteil für ihn ziehen lassen. Zunächst jedoch galt es, herauszufinden, was der Gesandte zu sagen versuchte.

Ihm fiel wie selbstverständlich auch sogleich der geeignete Dolmetsch ein: der berühmteste von allen je in die Stadt zurückgekehrten Gefangenen, das einzige Mädchen von edlem Blut, das je entführt worden war: Nialli Apuilana, Tochter der Taniane und des Hresh.

Wenn überhaupt jemand, dann würde sie einige Kenntnisse der Hjjk-Sprache haben. Drei Monate der Gefangenschaft bei ihnen — und erst vor wenigen Jahren. Direkt vor der Stadt hatten sie sie entführt, und es erhob sich ein großes Geschrei, und warum auch nicht — das einzige Kind des Häuptlings und des Chronisten — gestohlen von den Wanzen! Laute Weheklag erscholl, viel Unruhe entstand. Ausgedehnte Suchaktionen in der weiteren Umgebung. Aber alles blieb erfolglos. Doch Monate später war das Mädchen plötzlich zurückgekehrt, als wäre es vom Himmel gefallen. Sah verwirrt aus, wies jedoch sonst keinerlei äußerliche Anzeichen auf, daß ihr ein Schaden zugefügt worden wäre. Aber wie alle Heimkehrer aus der Hjjk-Gefangenschaft weigerte sie sich, über ihre Erlebnisse zu sprechen; und wie bei den anderen war auch ihre Persönlichkeit irgendwie verändert, und sie war viel verschlossener und stärkeren Stimmungsschwankungen unterworfen als je zuvor. Und launenhaft genug war sie auch damals schon gewesen.

Konnte er Nialli Apuiana ohne Risiko in diese Sache hineinziehen? Sie war eigenwillig, unberechenbar, eine gefährliche Verbündete. Von ihrer starken Mutter und dem geheimnisvollen Visionär von Vater trug sie ein Erbe aus vielerlei unwägbaren Unbeständigkeiten in sich. Und niemand vermochte es, sie zu lenken. Sie war nun einige Monde über ihr sechzehntes Jahr, und stürmte frei wie ein Wildbach durch die Stadt: Soweit Husathirn Mueri wußte, hatte sie nie eine Kopulation mit irgendwem zugelassen, noch angeblich jemals getvinnert, außer natürlich an ihrem Tvinnr-Tag mit der Opferfrau Boldirinthe, doch war das ja nur eine bloße Ritualhandlung, als sie dreizehn wurde, um ihren Übergang ins Weibesalter zu fixieren. Das mußten alle tun. Und genau einen Tag später hatten die Hjjks sie entführt. Es gab Leute, die behaupteten, sie sei überhaupt nicht geraubt worden, sondern ganz einfach ausgerissen, weil sie ihre erste Tvinnr-Erfahrung so verwirrt hätte. Husathirn Mueri hingegen argwöhnte andres: Sie war bei ihrer Rückkehr zu sonderbar gewesen; nein, sie hatte wohl wirklich unter den Hjjks gelebt.

Ein weiterer Faktor wog schwer in seinen Erwägungen: Er begehrte Nialli Apuilana mit einer dunklen Glut, die in seinem Innersten brannte wie die Feuer im Herzen der Welt. Er sah in ihr den Schlüssel, der ihm die Tore zur Macht in der Stadt aufschließen mußte, wenn sie, ja wenn sie nur seine Partnerin werden würde. Er hatte nicht gewagt, ihr gegenüber ein Wort darüber zu sagen, und auch sonst zu keinem. Aber vielleicht, wenn er sie heute in das Geschehen einbezog, vielleicht half ihm dies dann, das Band zu schmieden, auf das seine kühnsten Hoffnungen zielten.

Er wandte sich an Curabayn Bangkea und sprach: »Befiehl einem von diesen Nichtstuern von Gerichtsdienern, die draußen auf den Fluren herumlungern, mir Nialli Apuilana herbeizuführen!«

Es lebte aber Nialli Apuilana im Nakhaba-Haus, in einer der kleinen Kammern im obersten Stock des Nordflügels dieses gewaltigen weitläufigen Bauwerks aus Türmen, Spitzen und verschachtelten Gängefluchten. Daß sich hier die Dormitorien für die Priester und Priesterinnen befanden, bedeutete ihr nichts. Daß es sich um die Diener und Dienerinnen eines *Beng*-Gottes handelte, wo sie selber doch aus dem Blute des *Koshmar*-Stammes war, bedeutete ihr sogar noch weniger. Derlei altmodische Stammesunterschiede verloren immer rascher mehr und mehr an Gewicht.

Als sie sich entschloß, das Haus Nakhabas zu ihrer Wohnstatt zu wählen, hatte Prinz Thu-Kimnibol wissen wollen, ob sie dies bloß getan habe, um alle Welt zu schockieren. Dabei hatte er in seiner gewohnten Art freundlich gelächelt, um seiner Frage den Stachel zu nehmen. Verletzt hatte es sie dennoch.

»Wieso? Bist du schockiert?« hatte sie zurückgefragt.

Thu-Kimnibol war der Halbbruder ihres Vaters, und er war von ihrem Vater so verschieden, wie die Sonne vom Mond verschieden ist. Aber der massige, riesenhafte Kriegspanzer Thu-Kimnibol und der zerbrechlich wirkende zurückgezogene Gelehrte Hresh waren beide Söhne ein und derselben Mutter, Minbain mit Namen. Hresh war ihr in den Tagen des Kokons geboren worden, als ein gewisser Samnibolon, inzwischen lange tot und vergessen, ihr Kopulationspartner war. Thu-Kimnibol war ihr Sohn aus einer anderen Partnerschaft in späterer Zeit, nämlich mit dem grimmigen, gewalttätigen und streitsüchtigen Kriegsmann Harruel. Von diesem Vater hatte er die körperliche Größe und Kraft geerbt, und teilweise auch seinen heftigen Ehrgeiz; nicht aber — wie man Nialli Apuilana versichert hatte — seine dumpf-brütende verwirrte Seele.

»Nichts, was du tust, schockiert uns«, sagte Thu-Kimnibol. »Nicht, seit du von den Hjjks zurückgekommen bist. Aber wieso willst du bei den Bengpriestern leben?«

Ihre Augen funkelten, amüsiert und ärgerlich zugleich. »Gevatter, ich lebe allein!«

»Im obersten Stock eines riesigen Gebäudes, das von Beng-Dienern wimmelt, die Nakhaba verehren.«

»Irgendwo muß ich ja wohnen. Und ich bin eine erwachsne Frau. In Nakhabas Haus bin ich ungestört. Die Akoluthen beten und singen zwar den ganzen Tag und die halbe Nacht lang, aber sie lassen mich in Frieden.«

»Stört dir das denn nicht den Schlaf?«

»Oh, ich schlafe sehr gut«, antwortete sie. »Das Singen lullt mich in den Schlaf. Und wenn sie zu Nakhaba beten, was geht's mich an? Oder daß sie Beng sind? Sind wir nicht alle heutzutage mehr oder weniger Bengs? Schau doch dich selber an, Oheim, du selbst trägst doch einen Helm! Und unsere Sprache — was ist die denn, wenn nicht bengisch?«

»Es ist die Sprache des VOLKES ...«

»Ja, und es ist die gleiche Sprache, die wir während des Langen Winters im Kokon gesprochen haben?«

Thu-Kimnibol zupfte verlegen an den dichten roten Pelzbüscheln; die fast wie ein Bart an seinen massiven Kinnbacken wuchsen. »Ich hab nie im Kokon gelebt«, sagte er. »Ich wurde erst nach dem Auszug geboren.«

»Oh, du weißt schon, was ich meine. Was wir jetzt sprechen, ist mindestens soviel bengisch wie koshmarisch, vielleicht sogar noch ein bißchen mehr. Wir beten zu Yissou, und wir beten zu Nakhaba, und eigentlich besteht zwischen dem Koshmar-Gott und dem Beng-Gott für uns überhaupt kein Unterschied mehr. Ein Gott ist wie der andere. Und nur eine Handvoll von den Alten erinnert sich überhaupt noch daran, daß wir ursprünglich einmal zwei verschiedene Stämme waren. Und es kümmert uns auch nicht mehr. Laß noch aberdreißig Jahre verstreichen, und nur noch der Chronist wird überhaupt was davon wissen. Mir gefällt der Platz, an dem ich lebe, Oheim. Ich denke gar nicht daran, jemandem ein Ärgernis zu bieten, und du weißt das. Ich will nur ganz einfach für mich sein dürfen.«

Dieses Gespräch hatte vor über einem Jahr stattgefunden, nein, es waren schon beinahe zwei Jahre. Und danach hatte keiner aus ihrer Familie sie weiter wegen der Wahl ihres Domizils belästigt. Schließlich war sie ja volljährig über sechzehn, alt genug für Tvinner- und Kopulationspartnerschaften, auch wenn sie es vorzog, das nicht zu tun, schon gar nicht, sich einen Kopulator zu nehmen. Nein, sie konnte tun und lassen, was ihr beliebte. Alle hatten das hinzunehmen.

Tatsächlich aber war Thu-Kimnibol der Wahrheit ziemlich nahe gekommen. Ihr Einzug ins Haus Nakhabas war wirklich eine Art Protest gewesen; wogegen allerdings, dessen war sie sich selbst nicht sicher. Seit ihrer Rückkehr von den Hjjk war sie von einer groben, tiefinnerlichen Unrast erfüllt gewesen, von wachsender

Ungeduld gegenüber allen herkömmlichen Sitten und Gebräuchen der Stadt. Ihr kam es so vor, als sei das VOLK vom rechten Pfad abgeirrt. An Maschinen hängte man jetzt seine Liebe, an Bequemlichkeit und Luxus, und ganz besonders vergötterte man dieses neue Konzept, das sie Wechselkurse und Aktienanteile nannten und das es den Reichen erlaubte, die Armen zu kaufen. Da ist etwas faul, hatte sie immer häufiger gedacht, und da sie über keine Macht verfügte, den Lauf der Stadt zu ändern, ertappte sie sich immer häufiger bei stummen, heimlichen Akten der Rebellion dagegen. Die anderen hielten sie für eigensinnig und aufmüpfig. Aber was die von ihr halten mochten, spielte weiter keine Rolle für sie. Der Aufenthalt unter den Hjjk hatte ihre Seele in einer Weise verändert, wie sie kein anderer begreifen konnte, ja, sie selbst begann erst jetzt und allmählich, damit ins reine zu kommen.

Es pochte wer an der Tür: Nialli Apuilana öffnete einem feisten nach Atem ringenden Gerichtsbeamten, für den offensichtlich die Kletterpartie ins oberste Stockwerk des Nakhaba-Hauses an einem so warmen Nachmittag eine allzu große Herausforderung bedeutet hatte. Der Mann troff von Schweiß. Sein Fell klebte in steifen Büscheln, und seine Nüstern bebten, während er versuchte zu Atem zu kommen. Die Atmosphären und Rangabzeichen hingen schief und triefnaß an ihm herum.

»Nialli Apuilana?«

»Du weißt doch, daß ich das bin. Was willst du von mir?«

Ein schniefendes Keuchen. »Vorladung in die Basilika.« Wieder Keuchen und das Bemühen, sich den klitschnassen Pelz glattzustreichen. Noch ein Keuchen und Schnaufen. »Auf Anordnung von Husathirn Mueri, derzeit amtierender Gerichtsoberling.«

»In die Basilika? Wieso? Wirft man mir ein Vergehen

vor? Glaubt Seine Lordschaft Husathirn Mueri das etwa? Werde ich vor Gericht gestellt?«

Der Gerichtsdiener gab keine Antwort. Er glotzte mit klaffendem Maul an ihrer Schulter vorbei in ihr Zimmer. Kahl wie eine Gefängniszelle: fast keine Möbel, nur eine niedrige Pritsche, ein kleiner Stapel Bücher auf dem Boden und als einziger Schmuck ein aus Gras geflochtenes sternförmiges Amulett, das Nialli Apuilana aus der Hjjk-Gefangenschaft mitgebracht hatte und das nun an der kalkweißen Wand, der Tür direkt gegenüber, prangte wie ein Siegeszeichen, das dort von den Wanzenleuten höchstselbst angebracht worden war.

»Ich hab dich gefragt, ob ich eines Vergehens beschuldigt werde.«

»Nein, meine Dame. Nein.«

»Also, warum werde ich dann vor Gericht zitiert?«

»Weil ... weil ...«

»Wohin glotzt du denn die ganze Zeit so? Hast du noch nie einen Hjjk-Stern gesehen?«

Der Gerichtsdiener wandte schuldbewußt den Blick ab und begann sich unsicher mit hastigen Bürststrichen das Fell zu glätten. »Seine Lordschaft Gerichtsoberling ersucht dich um deine Mitarbeit, mehr nicht«, platzte er schließlich heraus. »Als Gerichtsdolmetscherin. Man hat einen Fremden gefangen und in die Basilika gebracht ... einen jungen Mann, und der kann anscheinend keine andre Sprache als die der Hjjkse ...«

In Nialli Apuilanas Seele erhob sich ein plötzliches betäubendes Sausen. Ihr Herz begann zu rasen, schmerzhaft, so daß sie fast Angst bekam.

Solch ein Trottel! Braucht der so lange, um sie zu informieren!

Sie packte den Gerichtsdiener an einer Schärpe. »Warum hast du das denn nicht gleich gesagt?«

»Das war ja nicht möglich, meine Dame. Du ...«

»Es muß ein heimgekehrter Gefangener sein. Du hättest es mir sofort sagen müssen!«

Aus den untersten Tiefen der Erinnerung schossen Bilder herauf. Überwältigende Visionen von jenem Tag, an dem alles zerspellte und ihr Leben verändert worden war.

Sie sah sich selber, jünger, bereits langbeinig und weibsgeschmeidig, doch mit noch kaum knospenden Brüsten, unschuldig die blauen Chilly-Blüten in den Bergen jenseits der Mauern der Stadt pflücken. Es war am Tag nach ihrem ersten Tvinnr. Und dann: Schwarzgelbe Gestalten mit sechs Gliedmaßen, fremdartig und schrecklich, größer als irgendein Mann in der Stadt, größer sogar als Thu-Kimnibol, brechen ohne Vorwarnung aus einem tiefen Spalt im gelblichen Fels hervor. Entsetzen. Starre Ungläubigkeit. Die ganze sichere Welt, wie sie sie dreizehn Jahre lang gekannt hatte, zerbrach um sie herum in Trümmer. Scharfschnäblige Schädel von Ungeheuern, riesige vielfacettierte Augen, mehrfach artikulierte Arme mit gräßlichen Klauen am Ende. Der zirpende Lärm, das Klicken und Summen. Nein, doch nicht mir, sagt sie sich, das geschieht doch nicht wirklich *mir.* Wißt ihr nicht, wessen Tochter ich bin? Aber die Worte kommen ihr nicht über die Lippen. Wahrscheinlich wissen die es ja sowieso. Ein Fang wie sie — um so besser! Und dann umringt sie die ganze Horde, begrapscht sie, hält sie fest. Und dann — das Entsetzen ist urplötzlich verschwunden. Eine unheimliche, traumhafte Gelassenheit überkommt irgendwie mächtig ihre Seele. Die Hjjk schleppen sie fort. Ein langer Marsch, endlos und durch unvertrautes Land. Und dann — das hitzigfeuchte Dunkel des NESTS — dies befremdend völlig andere Leben, das wie eine gänzlich andere Welt war, obwohl doch genau hier, auf der *Erde* — die Kraft und Stärke der Königin, gewalttätig pakkend, umfassend, verschlingend, verwandelnd ...

Und seither immer — die Einsamkeit, das bittere Gefühl, es gebe nirgends auf der Welt jemand ihresgleichen. Und nun war da endlich ein anderer, dem widerfahren war, was sie erlebt hatte. Endlich! Einer, der *wußte.*

»Wo ist er?« rief sie hastig. »Ich muß ihn sehen! Schnell!«

»In der Basilika, Edle. Im Thronsaal bei Seiner Lordschaft Husathirn Mueri.«

»Dann rasch! Gehen wir!«

Und sie stürzte aus ihrer Kammer, ohne sich auch nur um ihre Schärpe zu kümmern. Ihre Nacktheit bedeutete ihr im Augenblick gar nichts. Sollen sie ruhig gaffen, dachte sie. Der Gerichtsdiener hastete verzweifelt unter Schnaufen und Keuchen hinter ihr drein, als sie die Treppen im Nakhababa-Haus hinabeilte. Verdutzte Sakraldiener in Priesterhauben stoben vor ihrem Ansturm zur Seite und starrten ihr erzürnt nach, brabbelten. Doch sie kümmerte sich nicht darum.

An diesem Spätfrühlingstag stand die Sonne noch hoch im westlichen Firmament, obschon der Nachmittag bereits dem Abend zuschwand. Die Stadt lag in der Tropenwärme, wie von einem Mantel umhüllt. Der Gerichtsbote hatte draußen einen Wagen warten, ein Gespann von zwei sanften grauen Xlendis. Sie sprang neben ihm auf, und die Tiere setzten sich gemächlich und mit stetigem langsamen Trott in Bewegung und zogen sie durch die gewundenen Straßen in Richtung Basilika.

»Kannst du sie nicht ein wenig rascher laufen lassen?« fragte sie.

Der Büttel zuckte die Achseln und gab den Tieren die Peitsche. Es bewirkte nichts. Nur das eine Xlendi krängte den langen Hals und blickte mit großen ernsten Goldaugen nach hinten, als wäre es verblüfft, daß da jemand ein rascheres Tempo von ihm erwartete, als es sowieso vorlegte. Nialli Apuilana zwang sich, ihre Ungeduld zu zügeln. Der Heimkehrer, der Entronnene oder was sonst er war, der Fremde aus dem NEST, würde nirgendwohin gehen. Er wartete auf sie.

»Wir sind da, edle Dame«, sagte der Büttel.

Der Wagen hielt. Die Basilika lag vor ihnen, der hohe, von fünf Kuppeln gekrönte Palastbau am östlichen Rand des Hauptplatzes der Stadt. Die sinkende Sonne lag auf den grüngoldenen Mosaiken der Fassade und entflammte sie zu hellem Leuchten.

Drinnen glühten in dunklen Metalleuchtern flackernde Glühkugeln. Beamte standen steif im Gang herum und schienen weiter keine Aufgabe zu haben, als sie mit Kopfnicken und Verbeugungen zu grüßen, während sie vorbeigingen.

Der Fremde war die erste Person, die Nialli Apuilana erblickte: Er stand als scharfumrissene Silhouette in der Lichtpyramide, die von einem dreieckigen Fenster hoch droben, fast an der Spitze der Zentralkuppel, herabfiel. Er stand bedrückt da, die Schultern hängend, die Augen gesenkt.

Am Handgelenk trug er ein Nestband: An einer Schnur um seinen Hals hing ein Nestschutz.

Nialli Apuilanas Herz flog ihm entgegen. Wären sie alle gewesen, sie wäre auf ihn zugestürzt und hätte ihn unter Freudentränen umarmt.

Doch sie hielt sich zurück. Sie blickte vielmehr zu dem reichgeschmückten Thron des Richters unter dem bronzenen Bögengeflecht, das die Kuppel bildete, auf dem Husathirn Mueri saß, und erlaubte sich, seinen scharfen, nachdenklich prüfenden Augen zu begegnen.

Er wirkte irgendwie steif und verkrampft. Ein deutliches Duftsignal — ähnlich wie der Geruch von brennendem Holz — ging von ihm aus. Die Sprache seines Körpers war deutlich und keineswegs schwer zu entziffern.

In seinen glitzernden Bernsteinaugen stand hungriges Verlangen — nach ihr.

Ein anderes Wort vermochte sie dafür nicht zu finden. Nicht bloße geschlechtliche Lust, obwohl dies mitschwang; nicht eine Sehnsucht nach ihrer Freundschaft, obwohl er das durchaus so empfinden mochte; auch nicht ein zartes Gefühl, das man leichthin als Liebe hätte gelten lassen können. Nein, es war *Hunger.* Einfach, aber keineswegs klar. Und eigentlich auch gar nicht so einfach. Ihr schien es, als wollte er sich auf sie stürzen, sie verschlingen, ihr Fleisch zu seinem eigenen machen. Es war jedesmal das gleiche, wenn sie mit ihm zusammentraf (und dies war so selten, wie sie es anständigerweise einrichten konnte). Aber jetzt, als Husathirn Mueri sie über die Weite der Gerichtshalle hin anstarrte, hatte sie fast das Gefühl, als läge sein Gesicht zwischen ihren Schenkeln und bohre sich dort gierig ein. Was für ein sonderbarer Mann! Dabei doch äußerlich durchaus anziehend: schlank, elegant, geschmeidig, sogar schön (sofern es konventionell möglich gewesen wäre, einen Mann als ›schön‹ zu bezeichnen). Und intelligent und in seinem Betragen sanft und höflich. Aber seltsam eben. Nein, Nialli Apuilana mochte ihn ganz und gar nicht!

Rechts vom Thron stand der gewaltige Muskelheld und Hauptmann der Wachen, Curabayn Bangkea, und sah unter seinem Riesenhelm halb begraben aus. Auch er glotzte sie ziemlich lasziv an, aber sie wußte, das, was sich in seinem Hirn abspielte, war weit weniger kompliziert. Sie war es gewöhnt, von Männern aller Art angestarrt zu werden. Natürlich wußte sie, daß sie attraktiv war: Alle Welt versicherte ihr, sie sei das Abbild ihrer Mutter Taniane, als diese jung war und einen seidigschimmernden rotbraunen Pelz und lange schlanke Beine hatte … und ihre Mutter hatte als die schönste Frau ihrer Zeit gegolten. Sogar heute noch sah sie außergewöhnlich attraktiv aus. Also — bin auch ich schön … also … starren sie mich an. Das geht bei denen ganz automatisch. Doch sie hatte auch irgendwie eine Ahnung, daß die Aura absoluter Unnahbarkeit, mit der sie sich gewöhnlich umgab, sie für manche Leute nur noch attraktiver machte.

Salbungsvoll begann Husathirn Mueri zu sprechen:

»Dawinno lenke dich, Nialli Apuilana! Nakhaba erhalte dich und sei dir hold!«

»Verschone mich mit derlei verlogenem Honigbrei«, gab sie scharf zurück. »Du brauchst meine Hilfe bei einer Übersetzung, sagt dein Büttel. Was soll ich übersetzen?«

Er wies auf den Fremden. »Die Wächter haben ihn vor kurzem hergebracht. Er spricht nur Hjjk und ein paar Brocken unsrer Sprache. Also dachte ich, du erinnerst dich vielleicht noch an genug Wörter aus der Sprache des Wanzen-Volks und könntest mir übersetzen, was er sagen will.«

Sie blickte Husathirn Mueri kalt und abweisend an. »Sprache des *Wanzen*-Volkes?«

»Äh ... Ach so, tut mir leid. Ich meine natürlich die Sprache der Hjjks.«

»Ich empfinde die andere Bezeichnung als beleidigend.«

»Bitte um Euren Pardon, Edle. Ehrlich. Es ist mir einfach so herausgerutscht. Es soll nicht wieder geschehen.« Er schien sich geradezu zu winden und sah ehrlich bekümmert aus. »Würdest du dann mit ihm sprechen? Jetzt? Und bitte versuche herauszufinden, warum er zu uns gekommen ist.«

»Ich will mich bemühen«, antwortete sie eisig.

Sie trat zu dem Fremden, stellte sich ihm gegenüber auf, so nahe, daß auch sie in dem Lichtkegel stand und die Spitzen ihrer Brüste beinahe den Nest-Schutz berührten, der ihm auf der Brust hing. Und er hob die Augen und blickte sie an.

Er war älter, als sie zunächst geglaubt hatte. Aus der Ferne hatte er kaum reifer als ein Knabe gewirkt; dies war aber wohl auf seinen fragilen Körperbau zurückzuführen, denn er mußte mindestens so alt sein wie sie, vielleicht sogar ein, zwei Jahre älter. Aber er trug eben kein Gran Fett am Leib und war auch erbärmlich wenig muskulös.

Bei einer Diät von Körnern und Trockenfleisch wird man so. Nialli Apuilana wußte das, weil sie es selbst so erlebt hatte.

Der Fremdling hatte höchstwahrscheinlich jahrelang bei den Hjjks gelebt. Lang genug jedenfalls, daß sein Leib von ihrer kargen Kost geformt werden konnte. Er hatte auch die steife spröde Haltung eines Hjjk, als wären der Pelz und das Fleisch an ihm nur eine Hülle, die die hagere Insektengestalt darunter verbarg.

»Also, sprich schon mit ihm.«

»Einen Augenblick. Ich brauche noch einen Augenblick.«

Sie zwang sich zur Konzentration. Der Anblick der Hjjk-Talismane an seinem Handgelenk und auf seiner Brust hatte tiefe Gefühle in ihr aufgewühlt. Und sie war dermaßen aufgeregt, daß es ihr unmöglich war, auch nur eine einzige Silbe der Hjjk-Sprache hervorzubringen, von dem wenigen, das sie vor Jahren gelernt hatte.

Die Hjjks verständigten sich auf vielerlei Weise. Sie hatten eine gesprochene Sprache: die Klick-, Summ-, Zirp- und Zischlaute, aus welchem Grund das VOLK sie mit dem Namen ›Hjjks‹ bezeichnete. Aber sie waren auch fähig, miteinander — und mit Angehörigen des VOLKES, wenn sie ihnen begegneten — in einer stummen Sprache des Bewußtseins, ganz so als sprächen sie unsichtbar-unhörbar auf einer zweiten Ebene. Außerdem verfügten sie auch noch über ein hochentwickeltes Kommunikationssystem vermittels chemischer Absonderungen, einen Geruchssignalcode.

Während ihres Aufenthaltes im NEST hatte Nialli Apuilana hauptsächlich per Mentalsprachtransfer mit den Hjjks kommuniziert. Sobald sie diese Methode anwandten, konnten die Hjjks sich ihr völlig klar verständlich machen und umgekehrt begreifen, was sie ihnen sagte. Es war ihr dann gelungen, einige hundert Wörter der gesprochenen Sprache zu lernen, doch inzwischen hatte sie sie großenteils wieder vergessen.

Und die chemosekretorische Kommunikationsform war ihr sowieso ein Buch mit siebzehn Siegeln geblieben.

Um das endlos scheinende lastende Schweigen zu brechen, hob sie die Hand und berührte sacht den NEST-Schutz an der Brust des Fremdlings, neigte sich ihm zu und lächelte ihn dabei freundlich an.

Fast war es, als zucke er zurück. Doch er hielt stand und sagte etwas in der scharfen Hjjk-Sprachfärbung zu ihr. Sein Gesicht war düster-starr. Es schien nicht imstande, den Ausdruck zu wechseln. Es war wie etwas aus Holz Geschnittenes.

Wieder berührte sie den NEST-Schutz auf seiner Brust, dann ihre eigene Brust.

Dann schossen plötzlich ein paar Hjjk-Worte in ihr auf, und sie sprach sie — mit einigen Kehllautschwierigkeiten — halberstickt aus. Es klang wie ein Gurgeln. Es waren aber die Worte für NEST, KÖNIGIN und NESTFÜLLE.

Der Fremde verzog die Lippen in einer Grimasse, die beinahe ein Lächeln hätte sein können. Oder vielleicht war es ein echtes Lächeln, das nicht umhin konnte, wie eine Grimasse auszufallen.

Liebe, sprach er in der Sprache des VOLKES. »Frieden.«

Ein Anfang war gemacht, immerhin.

Aus irgendeinem Hirnwinkel flossen ihr weitere Hjjk-Wörter zu: die Begriffe NEST-Stärke, KÖNIGIN-Weg, DENKER-Denken.

Der Fremde entkrampfte sich.

»Liebe«, sagte er noch einmal. »Königin-Liebe.«

Er hob die geballten Fäuste, als ringe er um weitere Wortbegriffe der Sprache des VOLKES, die seit langem in tieferen Schichten seines Bewußtseins verschüttet gelegen hatten. Das schmale Gesicht drückte schmerzliche Anspannung aus.

Schließlich krächzte er ein weiteres Hjjk-Wort, das sie als ungefähres Äquivalent für ›Fleischlinge‹ erkannte, der Begriff, den die Hjjks als Bezeichnung für das VOLK verwendeten.

»Was sprecht ihr zwei da miteinander?« verlangte Husathirn Mueri zu wissen.

»Soweit nichts von Bedeutung. Ich versuche nur, erst einmal Kontakt aufzubauen.«

»Hat er dir gesagt, wie sein Name ist?«

Sie warf ihm einen verächtlichen Blick zu. »In der Hjjk-Sprache gibt es kein Wort für *Namen*. Sie haben keine Eigennamen als Personen.«

»Könntest du ihn dann fragen, wozu er hergekommen ist?«

»Das versuche ich doch! Siehst du das denn nicht?«

Aber es war hoffnungslos. Zehn Minuten lang ackerte sie unentwegt weiter, um einen Durchbruch zu erlangen. Ohne Erfolg.

Sie hatte sich von dieser Begegnung so viel erhofft. Sie sehnte sich verzweifelt danach, mit diesem Fremden ihre Nest-Zeit wiederaufleben zu lassen. Über Königin-Liebe und Nest-Stärke mit ihm zu reden und über alle jene anderen Dinge, die zu erfahren sie während ihrer zu kurzen Gefangenschaft kaum die Chance gehabt hatte: Dinge, die ihre Seele ebenso gewiß geformt hatten, wie die karge Hjjk-Nahrung den hageren Leib dieses Fremden da gestaltet hatte. Doch die Hürden zwischen ihnen waren widerwärtig hoch.

Anscheinend waren sie unüberwindlich. Sie vermochten beide nichts weiter zu tun, als einander unzusammenhängende Worte und Ideenfetzen zuzustottern. Hin und wieder schien es, als kämen sich ihre Bewußtheiten nahe, und dann erhellten sich die Augen des Fremdlings, und auf seinem Gesicht zeigte sich sogar der Anflug eines Lächelns, aber dann stießen sie erneut an ihre Begriffsgrenzen, und die trennende Wand wuchs wieder zwischen ihnen auf.

»Kommst du voran?« fragte Husathirn Mueri nach etlicher Zeit.

»Nein. Kein bißchen.«

»Du kannst nicht einmal erraten, was er sagen will? Ode wozu er hergekommen ist?«

»Er ist als eine Art Gesandter gekommen. Soviel scheint mir sicher zu sein.«

»Hast du dafür einen handfesten Hinweis, oder ist es bloße Vermutung?«

»Siehst du die Stücke von Hjjk-Schalen an ihm? Das sind Abzeichen für hohe Autorität«, sagte sie. »Das Stück auf seiner Brust heißt Nest-Schutz und ist aus dem Panzer eines toten Hjjk-Kriegers gefertigt. Man hätte ihm nie gestattet, es aus dem Nest zu entfernen, es sei denn zum Zeichen, daß er in einer Sondermission unterwegs ist. Es ist gewissermaßen der Häuptlingsmaske bei uns vergleichbar. Der andere Schmuck, der Armreif, war vielleicht das Geschenk seines Nest-Denkers und sollte seine Gedankenkonzentration steigern. Die arme verirrte Seele, es nützt ihm nicht viel, nicht wahr?«

»Nest-Denker?«

»Sein Mentor. Sein Lehrer. Verlang doch nicht, daß ich das alles jetzt erkläre. Für dich sind sie ja sowieso nur Wanzen.«

»Ich sagte dir schon, daß es mir leid tut ...«

»Ja, du hast gesagt, es tut dir leid. Jedenfalls, er ist bestimmt mit einer besonderen Botschaft hergekommen, und das bringt nicht bloß das verschwommene, nebulöse Zeug, das uns Heimkehrer berichten, wenn sie überhaupt was sagen. Aber er kann nicht in unserer Sprache sprechen. Er muß seit seinem dritten oder vierten Lebensjahr im Nest gewesen sein, und er kann sich kaum noch an ein Wort unsrer Sprache erinnern.«

Husathirn Mueri strich sich nachdenklich den Backenpelz.

Nach einer Weile fragte er: »Hast du irgendeinen Vorschlag?«

»Nur das Offensichtliche. Laß meinen Vater rufen.«

»Ja, kann denn der Chronist Hjjk sprechen?« fragte Curabayn Bangkea.

»Idiot! Der Chronist hat doch den *Wunderstein* Barak Dayir!« sagte Husathirn Mueri. »Natürlich! Er braucht ihn nur ganz leicht zu berühren, und alle Rätsel lösen sich!«

Er klatschte in die Hände. Der feiste Gerichtsbüttel erschien.

»Suche Hresh. Und lade ihn vor.« Er blickte sich um. »Ich vertage, bis Hresh erscheint.«

Der Chronist befand sich zu eben dieser Stunde in seinem naturhistorischen Garten, der im westlichen Quadranten der Stadt lag, und überwachte die Ankunft seiner Caviandis.

Vor vielen Jahren hatte Hresh in einer Vision das Vengiboneeze der Großen Welt besucht und dort eine Örtlichkeit mit dem Namen der ›Lebensbaum‹ betreten. Dort hatten die Saphiräugigen allerart wildlebende Geschöpfe gesammelt und sie in Kammern gesteckt, die ein Abbild ihrer natürlichen Lebensumgebung nachahmten. In schrecklicher Scham und Betrübnis hatte Hresh in seinem Traum dort unter den eingesperrten Tieren auch seine eigenen Vorfahren gefunden. Und so hatte er über jeden Zweifel an jenem Tage die Erkenntnis erlangt, daß sein VOLK, das sich einstmals für die Menschen hielt, in keiner Weise etwas so Hocherhabenes war, sondern daß sie in den Tagen der Großen Welt ebenfalls als nichts weiter als Tiere angesehen worden waren, die man einfing und in Käfigen hielt.

Nahezu alle Geschöpfe, die Hresh damals bei seiner Wanderung in die ferne Vergangenheit gesehen hatte, waren während des Langen Winters ausgelöscht worden, und ihre Art war für immer von der Erde verschwunden. Auch der Sammlungsort ›Lebensbaum‹ war längst zu Staub zerfallen. Aber Hresh hatte sich einen eigenen Baum des Lebens gepflanzt, in der Stadt

Dawinno über der stillen Meeresbucht: einen labyrinthischen Garten, in dem Geschöpfe aus allen Regionen des Kontinents versammelt wurden, auf daß er sie studieren könne. Er hatte da Kreaturen, die übers Wasser schreiten konnten, Trommlerbäuchlinge, Tänzerhörner und eine große Schar andrer Wesen, denen das VOLK auf seiner Wanderschaft über das Antlitz der Erde nach dem Aufbruch aus dem urelterlichen Kokon begegnet war. Er hatte Exemplare von blauhaarigen Langbein-Stinchitolen, die über ein Hirnverbindungsystem verfügten, das er in seinen Tiefenbereichen noch kaum zu erforschen begonnen hatte. Und Hresh hatte Scharen von kurz- und dickbeinigen rötlichen Dürftlingen. Er hatte die rosa langmäuligen Strickwürmer, die länger waren, als ein Mann groß war, die im dampfenden Schlick der Seesümpfe beheimatet waren. Er hatte die Kmurs und die Crispalls und die Stanimander in seiner Sammlung. Und Gabools. Und Streptors. Er hatte einen Trupp der affenähnlichen grünen Spottfiguren, die auf Bäumen lebten und die das VOLK gröblich mit ihren Exkrementenwürsten beworfen hatten, als man nach Vengiboneeza einzog.

Und nun hatte er sogar ein Caviandi-Pärchen, das soeben aus dem Sumpfland zu ihm gebracht worden war.

Er würde an dem Wasserlauf, der den Garten durchfloß, ein bequemes Habitat für sie einrichten, in den Bach würden ihre Lieblingsfische ausgesetzt werden, und sie würden ausreichend Platz haben für die Höhlenbauten, in denen sie zu leben liebten. Und sobald sie sich an das Leben in der Gefangenschaft gewöhnt hatten, wollte Hresh versuchen, vermittels des Zweiten Gesichts, falls nötig unter Verwendung des Wundersteines, in ihr Bewußtsein einzudringen. Er wollte ihre Seelen betasten, sofern sie so etwas wie Seele besaßen, und ihre Tiefen auszuloten versuchen.

Die Caviandis hockten bebend nebeneinander in ihrem Transportkäfig und starrten ihn aus riesigen flachen Augen voll Elend und Angst an.

Hresh erwiderte seinerseits diese Blicke mit faszinierter Neugier. Es waren grazile, elegante Tiere, und zweifellos besaßen sie Intelligenz. Und deren genauen Grad beabsichtigte er herauszufinden. Die Lektion, die er in dem alten Lebensbaum-Park der Großwelt gelernt hatte, war schließlich die, daß Intelligenz sich bei vielerlei Geschöpfen zeige.

Es gab Angehörige des Volkes, die — wie Hresh wußte — auf die Caviandis wegen ihres Fleisches Jagd machten. Angeblich sollten sie recht schmackhaft sein. Doch dem würde man ein Ende machen müssen, sollte es sich erweisen, daß der Helligkeit ihrer Augen ein vergleichbar reicher Intellekt entsprach. Eine Art Schutzgesetz vielleicht — sicher unpopulär, aber notwendig ...

Er fühlte sich versucht, gleich jetzt rasch eine Sondierung, einen ersten Test ihres Bewußtseins vorzunehmen. Nur um einen allgemeinen Eindruck zu erhalten.

Er lächelte den zitternden Tieren beruhigend zu und richtete sein Sensororgan auf, um nur für einen Moment, für einen kurzen Einblick das Zweite Gesicht einzusetzen.

»Edler? Euer Gnaden Chronist?«

Die Störung war heftig, wie ein Schlag in die Nieren. Hresh wirbelte herum und erblickte einen seiner Helfer und neben ihm einen klobigen Kerl, der die Schärpe eines Büttels vom Gericht trug.

»Was ist denn?«

Der Büttel stolperte vorwärts. »Um Vergebung, gnädiger Chronist, aber ich habe eine Botschaft vom Gericht zu überbringen, von Husathirn Mueri, derzeit amtierender Richter in der Basilika. Ein Fremdling wurde ergriffen, ein junger Mann, der anscheinend aus der Gefangenschaft bei den Hjjks zurückgekehrt ist, und der versteht keine Sprache und gibt nur dieses Gezische der Wanzenleute von sich. Und so ersucht Prinz Husathirn Mueri dich respektvoll ... also, ob du ihm vielleicht helfen könntest — vielleicht dich in die Basilika bemühen und bei dem Verhör mitwirken könntest ...«

Man hatte sie für die Dauer der Vertagung in eine Verwahrzelle gebracht, wo sie warten sollte, einen schweißdumpfen kleinen Raum, der sich nicht wesentlich von den Zellen unterschied, in denen man die Verbrecher warten ließ, bis der Prinz-Richter sich ihrem Fall zuzuwenden geruhte; den Hjjk-Abgesandten hatten sie in eine ähnliche Zelle auf der anderen Seite der Kuppel gesteckt. Nialli Apuilana hatte gemeint, es wäre doch vielleicht nützlicher, wenn man sie beide im selben Raum auf Hresh warten ließe, auf daß sie ihre Kommunikationsversuche fortsetzen könnten, bis Hresh eintreffen würde, aber nein, nein, sie geht in die Zelle, der in jene andere! Sie begriff mit einiger Verblüffung, daß Husathirn Mueri offensichtlich nicht genug Vertrauen zu ihnen beiden hatte, als daß er sie irgendwo unbeaufsichtigt alleinzulassen wünschte. Darin zeigte sich einmal mehr, wie kleinlich und erbärmlich argwöhnisch er in seinem Herzen war. Wie klein und bürokratisch, wie ein Plebejer!

Sie fragte sich: Ahnt er vielleicht, daß es zwischen uns eine Nestbindung gibt? Befürchtet er, wir könnten eine konspirative staatsfeindliche Aktion ausbrüten, wenn man uns die Möglichkeit gibt, eine Stunde allein in einer gemeinsamen Zelle zu verbringen? Oder fürchtet er ganz primitiv, wir könnten die Zeit zu ein paar verschwitzten Kopulationsübungen verwenden? Eine absurde Vorstellung. Der Fremdling — klapperdürr und Haut und Knochen — sollte die kurze Zeit zwischen den Verhören dazu benutzen, um sich in sexueller Rage auf sie zu stürzen? Sie fand ihn ganz und gar nicht attraktiv. Doch war es für Husathirn Mueri wohl gar nicht so abwegig, so etwas zu argwöhnen. Was glaubt der denn eigentlich, wer ich bin? fragte sie sich.

Wütend stapfte sie in dem schmalen keilförmigen Gemach unher, bis sie dessen Ausmaße fünfzigmal bemessen hatte. Sodann ließ sie sich auf einer schwarzen Steinbank unter einer Nische nieder, in der ein Ikon Dawinnos-des-Verwandlers stand, lehnte sich zurück und faltete die Arme über den Brüsten. Sie war jetzt etwas ruhiger. Sog aus ihrem Selbst Geduld herauf. Es konnte schließlich lang dauern, ehe der Gerichtsdiener ihren Vater aufgespürt hatte.

Als sie allmählich ruhiger wurde, überkam sie mehr und mehr ein traumhaftes Gefühl. Etwas Seltsames hob sich nun in ihr. Visionen schweben durch ihr Gehirn. Das NEST? Ist es das? Ja. Von Atemzug zu Atemzug klarer, als würden dünne Stoffhüllen Schicht um Schicht weggezogen. Alte Erinnerungen erwachen wieder aus langem Schlaf. Was hat sie in Bewegung gesetzt? Der Anblick der Amulette an *seiner* Brust, an *seinem* Arm? War es das? Die Nest-Aura, die er mit sich trug und die einzig sie allein zu sehen vermochte?

Sie hört ein Rauschen, ein Dröhnen in sich. Und dann ist sie dort. In jener Anderwelt, in der sie die merkwürdigsten drei Monde ihres Daseins verbracht hat, und sie ist leibhaftig wieder lebendig für sie.

Alle umdrängen sie in dem engen Tunnelgang, heißen sie nach der langen Abwesenheit willkommen, fahren ihr sanft mit den Klauen über das Fell, um sie zu grüßen: ein Halbdutzend Wärter der Königin, ein Paar Ei-Macher und ein Nest-Denker, und eine Handvoll Militär. Der scharftrockene Duft, den sie absondern, klirrt in ihren Nüstern. Die Luft ist warm und lastend. Das Licht — ein schwaches rosiges Glühen, das vertraute angenehme Nest-Licht, dünn, aber ausreichend. Sie umarmt alle, einen nach dem anderen, und schmeckt genießerisch die Berührung ihrer zweigetönten Panzer und der schwarzborstigen Vorderarme. Wie schön, wieder bei euch zu sein, sagt sie zu ihnen. Danach habe ich mich gesehnt, seit ich von hier fortging.

In diesem Moment gibt es am Ende des langen Durchgangs eine Turbulenz: ein Prozessionszug der jungen Männer ist es, und sie schubsen und drängen einander. Sie sind unterwegs in das königliche Gemach, um dort durch die Berührung der Königin zur Zeugungsfähigkeit stimuliert zu werden. Es ist das letzte Stadium in ihrem Reifungsprozeß. Endlich werden sie zur Paarung zugelassen sein, sobald die Königin getan hat, was immer zu tun ist, um die Jugend zur Fruchtbarkeit zu bringen. Nialli Apuilana beneidet diese Jugend darum.

Aber reif ist ja auch sie selbst. Bereit für die Partnerschaft, bereit für die Erweckung des Lebensfunkens in ihr, bereit, die ihr bestimmte Rolle im Ei-Plan zu spielen. Die Königin muß das wissen. Die Königin weiß alles. Bald, denkt Nialli Apuilana, bald schon, an einem der nächsten Tage, bin ich an der Reihe und darf vor die Königin treten, und Ihre Liebe wird sich über mich ausgießen, und meine Lenden werden üppig und fruchtbar lebendig werden durch Ihre Berührung ... und schließlich ... am Ende ... werde auch ich ...

... auch ich werde ...

»Edle, das Gericht tagt weiter.« Die Stimme sägte durch sie hindurch wie eine stumpfe rostige Klinge.

Sie öffnete die Augen. Vor ihr stand ein Gerichtsdiener, es war ein anderer als zuvor. Sie funkelte ihn dermaßen wildwütend an, daß es ein Wunder war, wenn ihm nicht der Pelz vom Leib weggesengt wurde. Aber der Kerl stand bloß da und gaffte stupide. »Edle, die wollen, daß du wieder ...«

»Ja. Aber *ja doch!* Meinst du, ich hab dich nicht verstanden?«

Hresh schien noch nicht eingetroffen zu sein. Alles war wie vorher, mehr oder weniger. Der Fremde stand genau im Zentrum des Raums, vollkommen bewegungslos, als wäre er seine eigene Statue. Er schien kaum zu atmen. Das war ein Hjjk-Trick. Diese Leute verschwendeten keine Energie. Ohne Grund bewegten sie sich überhaupt nicht.

Husathirn Mueri hingegen war ständig in Bewegung. Er schlug die Beine übereinander und entflocht sie dann wieder; er rutschte unruhig herum, als würde der Thron unter ihm plötzlich eisigkalt oder glühendheiß; er zuckte mit dem Sensororgan umher, rollte es bald um die Schienbeine, bald krümmte er es hinter sich hoch, so daß die Spitze ihm über die Schulter lugte. Sein intensiver Bernsteinblick irrte in alle Richtungen in dem großen Saal, außer zu Nialli Apuilana; aber dann plötzlich ertappte sie ihn wieder mit einem dieser gierig-saugenden Blicke. Aber sobald sich ihre Augen trafen, schaute er beiseite.

Seltsamerweise empfand sie irgendwie Mitleid mit ihm. Weil er dermaßen gehetzt war, so gereizt. Man sagte, daß seine Mutter, Torlyri, von geradezu heiligmäßiger Liebenswürdigkeit gewesen sei und sein Vater der ehrenhafteste Krieger. Aber Husathirn Mueri wirkte nicht im geringsten wie ein Heiliger, und Nialli Apuilana bezweifelte stark, daß er sich in einem Kampf auf dem Schlachtfeld hervortun würde. Er war wohl kaum ein würdiger Nachfahr seiner Älteren. Vielleicht trifft es ja wirklich zu, dachte sie, was die alten Leute immer so gern plappern, daß wir in unserem modernen Zeitalter der Verstädterung zu einer richtungslosen, angstgetriebenen Masse geworden sind, völlig ohne klare Orientierung im Leben. Schwächlinge also, dekadent.

Aber ist das wirklich so, überlegte sie. Sind wir innerhalb einer einzigen Generationenfolge vom Primitivismus zu schwächlicher Dekadenz gelangt? All diese endlosen Zeiten eingesperrt im Kokon, kaum eine Änderung, und dann brechen wir aus und errichten uns eine gewaltige Stadt, und sozusagen über Nacht gehen alle unsere alten Tugenden verloren ... unsere Gottähnlichkeit, unsere Würde?

Husathirn Mueri, dachte sie, ist vielleicht dekadent. Ich bin es vielleicht ebenfalls. Aber ist er ein Schwächling? Bin ich es?

»Der Chronist! Hresh-der-die-Antwort-weiß! Erhebe sich ein jeglicher vor dem Chronisten Hresh!« Die blökende Hammelstimme des Gerichtsdieners, der nach Hresh ausgeschickt worden war.

Sie schaute sich um und sah ihren Vater in den Thronsaal treten.

Wie lange war das jetzt her, seit sie ihn zuletzt gesehen hatte? Sie wußte es nicht genau: Wochen sicher, vielleicht schon Monde. Es war nie so etwas wie eine deutliche Abkühlung zwischen ihnen eingetreten; es war nur einfach so, daß seine Wege und die ihren sich in letzter Zeit nur selten gekreuzt hatten. Er war beständig mit seiner Erforschung der vergangenen Welten befaßt und ging darin auf, und sie lebte ihr isoliertes, in gewisser Weise abwartendes Leben in den höheren Rängen des Nakhaba-Hauses und verspürte wenig Neigung oder sah kaum Gründe, in die innerstädtischen Viertel hinabzusteigen.

Sobald auch sie den Saal betreten hatte, wandte sich Hresh ihr zu, als wäre sie das einzige Wesen im Raum, und streckte ihr die Arme entgegen. Und sie flog ihm bereitwillig blitzschnell entgegen.

»Vater ...«

»Nialli — ach, meine kleine Nialli ...«

Er war in den wenigen Monaten seit ihrer letzten Begegnung stark gealtert, fast so, als lastete jede Woche wie ein ganzes Jahr auf ihm. Natürlich war er an einem Punkt seines Lebens angelangt, an dem die Zeit im Sausegalopp dahinrauschte. Einiges jenseits des fünfzigsten Jahres: ein *alter Mann* nach den durchschnittlichen Lebenserwartungen im VOLK. Sein Fell war schon lange ergraut. Nialli Apuilana, sein einziges, sehr spät geborenes Kind, konnte sich nicht erinnern, daß es je eine andre Färbung gehabt hätte. Seine schmalen Schultern waren gebeugt, die Brust eingefallen. Einzig seine riesigen dunklen scharlachgefleckten Augen, die wie Leuchtfeuer unter der breiten Stirn flammten, strahlten noch die Vitalität aus, die er in jenen längstvergangenen Tagen besessen haben mußte, als er — kaum mehr als ein Knabe — das VOLK aus dem ererbten Kokon der Vorfahren über die flachen Ebenen nach Vengiboneeza geführt hatte.

Sie umarmten sich ruhig, fast feierlich. Dann wich sie von ihm zurück, und ihre Blicke trafen sich kurz.

Hresh-der-die-Antwort-weiß hatte der Gerichtsdiener ihn genannt. Nun ja, so lautete sein voller Zeremonialname. Er hatte ihr einmal erzählt, daß er ihn sich an seinem Benamungstag selber gewählt hatte. Zuvor, in seinen Knabentagen, hieß er Hresh-voller-Fragen. Beide Namen paßten gut zu ihm. Nirgendwo gab es einen Verstand wie den seinen — stets bohrend, immer suchend. Wahrhaftig, er war sicher der weiseste Mann auf der Welt. Dachte Nialli. Sagten alle.

Sie fühlte sich von seinen erstaunlichen Augen eingesogen, aufgezehrt, die Wunder und Rätsel gesehen hatten, welche sie kaum zu erfassen vermocht hätte. Hresh hatte die Große Welt im Leben gesehen: Er hatte ein Gerät in der Hand gehalten, das dies alles wieder herbeibrachte in inneren Gesichten, das ihm das gewaltige Volk der Saphiräugigen zeigte und die Seelords und die Mechanischen und all die anderen toten Rassen — sogar die Menschen, die das VOLK mit dem Namen ›Traum-Träumer‹ bezeichnete in den Tagen des Kokons — diese rätselhaften verwirrenden Menschlichen, die Herrscher über die Erde gewesen waren, lang ehe irgendeine andere Art entstand, vor so unendlicher Zeit, daß man allein vom bloßen Drandenken ganz benommen wurde.

Hresh wirkte so sanft, so unauffällig — bis du ihm in die Augen schautest. Dann war er plötzlich furchteinflößend. Er hatte so vieles gesehen. So vieles erreicht. Alles, was aus dem VOLK seit dem Ende des Langen Winters geworden war, war durch Hreshs formendes Tun geschehen.

Er lächelte. »Welche Überraschung, dich hier zu treffen, Nialli.«

»Husathirn Mueri hat mich rufen lassen. Er glaubte, ich könnte die Sprache der Hjjks noch verstehen. Aber natürlich habe ich alles längst vergessen, alles, bis auf ein paar Brocken.«

Hresh nickte. »Man kann kaum erwarten, daß du dich erinnerst. Es war vor zwei Jahren. nicht wahr?«

»Drei, Vater. Beinahe vier.«

»Beinahe vier. Aber ja.« Er gluckste vor sich hin, voll Nachsicht mit der eigenen Zerstreutheit. »Und wer wollte dir böse sein, daß du das aus deinem Gedächtnis verbannt hast. Einen derartigen Alptraum.«

Sie wandte den Blick ab. Er hatte nie verstanden, was sich bei ihrem Aufenthalt bei den Hjjks in Wahrheit ereignet hatte. Niemand hatte das verstanden. Wahrscheinlich würde es auch nie jemand verstehen können. Außer diesem schweigenden Fremdling da, und zu dem fand sie keinen brauchbaren Kommunikationsweg.

Husathirn Mueri kam vom Thronstuhl herab und führte den Fremden vor Hresh. »Er wurde am Mittag im Emakkis-Tal, auf einem Zinnobär reitend, aufgegriffen. Er stößt Hjjk-Laute aus, spricht aber auch einige Worte unsrer Sprache. Nialli Apuilana sagt, das sind Hjjk-Amulette an seinem Hals und Handgelenk.«

»Er sieht halbverhungert aus«, sagte Hresh. »Mehr als halb. Er ist ja nur noch ein wandelndes Skelett.«

»Weißt du nicht mehr, wie ich ausgesehen habe, Vater, als ich von den Hjjks zurückkam?« fragte Nialli. »Man ißt sehr wenig bei den Hjjks. Dort bevorzugt man Knappheit, in der Nahrung, in allem. So sind sie nun einmal. Ich hatte dort die ganze Zeit Hunger.«

»So hast du auch ausgesehen, als du wieder da warst«, sagte Hresh. »Ich erinnere mich genau. Schön, vielleicht finden wir einen Weg, uns mit diesem jungen Mann zu verständigen. Im übrigen sollte man ihm zu essen geben. Wie wär's, Husathirn Mueri? Etwas Nahrhaftes, damit er ein bißchen Fleisch auf seine Knochen bekommt. Aber sehen wir erst einmal, was wir tun können.«

»Wirst du den Wunderstein benutzen?« fragte Husathirn Mueri.

»Den Wunderstein, ah ja. Den Barak Dayir.« Hresh holte einen abgeschabten Samtbeutel aus einer Tasche seines Umhangs und zupfte an der Verschnürung. In seine Handfläche kullerte ein spitz zulaufendes poliertes Steinstück, wie eine sauber gearbeitete Speerspitze. Die Farbe war fleckiges Purpurbraun, und entlang den Kanten zog sich ein gekerbtes Muster komplizierter dünner Linien. »Keiner komme mir nahe!« befahl Hresh.

Nialli zitterte. Sie hatte den Wunderstein höchstens fünf-, sechsmal in ihrem Leben zu Gesicht bekommen, und das war zuletzt vor vielen Jahren gewesen. Er war der erlesenste und kostbarste Besitz des VOLKES. Und niemand — nicht einmal Hresh selbst — wußte, was es war. Man sagte, er sei aus Sternenmaterial (was immer das heißen mochte). Und man sagte, der Stein sei älter noch als die Große Welt, ein Menschen-Ding, ein Instrument aus jener unbekannten fernen Welt, die da war, ehe die Saphiräugigen über die Erde herrschten. Vielleicht stimmte das ja. Das einzig Gesicherte war, daß Hresh herausgefunden hatte, wie man damit Wunder wirkte.

Nun schmiegte Hresh den Stein in die Biegung seines Sensororgans und faßte fest zu. Sein Gesichtsausdruck veränderte sich seltsam und wurde abweisend. Er rief jetzt sein Zweites Gesicht herauf und entfesselte die gewaltigen Kräfte seines Bewußtseins und konzentrierte sie in dieses seltsame Gerät namens Barak Dayir.

Der Fremde stand bewegungslos da, und seine Augen

hafteten, ohne zu blinzeln, fest auf Hresh. Es waren ungewöhnliche Augen, von einem reinen leuchtenden Grün, wie das Wasser an den seichten Stellen der Dawinno Bay, aber viel kälter. Der Fremde schien ebenfalls in tiefer Konzentration gefangen, und wieder legte sich dieses merkwürdige halbe Lächeln auf sein Gesicht.

Hresh hatte die Augen geschlossen. Er schien kaum zu atmen. Er war in seinem eigenen Beschwörungszauber versunken, und sein Geist war völlig der Kraft des Barak Dayir überantwortet. Doch nach einer Ewigkeit sah man, daß er zurückkehrte. Es war sehr still im Saal.

»Sein Name lautet Kundalimon«, sagte Hresh.

»Kundalimon«, wiederholte Husathirn Mueri ernst, als besäße der Name für ihn irgendeine tiefe Bedeutung.

»Jedenfalls glaubt er das. Er ist sich da nicht völlig sicher. Er ist auch nicht völlig sicher, ob er weiß, was ein Name überhaupt ist. Unter den Hjjks hat er keinen Namen. Aber Spuren des Namens *Kundalimon* haften noch in seiner Erinnerung — wie die Reste der Grundmauern einer Ruinenstadt. Er weiß, daß er hier geboren wurde — vor siebzehn Jahren.«

Husathirn Mueri sprach leise zu dem Büttel: »Geh ins Haus des Wissens. Überprüfe, ob sie dort irgendwelche Aufzeichnungen haben über ein verlorenes Kind namens Kundalimon.«

Hresh schüttelte den Kopf. »Nein. Laß das. Darum kümmere ich mich persönlich. Später.« Er wandte sich wieder dem Fremden zu. »Wir werden dich lehren müssen, deinen Eigennamen zu kennen. In dieser Stadt hat jeder einen Namen, einen, der nur ihm ganz persönlich gehört.« Und mit klarer hoher Stimme sagte er: *»Kundalimon.«* Und zeigte auf den Jungen.

»Kundalimon«, wiederholte der Fremde, nickte und klopft sich auf die Brust. Etwas, das schon beinahe ein richtiges Lächeln war, lag auf seinem Gesicht.

Hresh berührte seine eigene Brust. *»Hresh.«*

»Hresh«, sprach der Fremde nach. »Hresh.«

Dann blickte er Nialli an.

»Er will auch deinen Namen wissen«, sagte Hresh. »Also, los. Sag ihn ihm.«

Nialli nickte. Aber zu ihrem Entsetzen war ihre Stimme nicht da, als sie sprechen wollte. Aus ihrem Hals kam nur ein Husten und ein gequältes heiseres Krächzen, das fast schon wie ein Hjjk-Laut klang. Bestürzt und beschämt riß sie die Hand vor den Mund.

»Sag ihm deinen Namen«, befahl Hresh erneut.

Stumm tippte sie sich mit den Fingerspitzen an die Kehle und schüttelte den Kopf.

Hresh schien sie zu verstehen. Er nickte Kundalimon zu und deutete auf seine Tochter. *»Nialli Apuilana«*, sprach er mit der gleichen klaren hohen Stimme wie zuvor.

»Nialli — Apuilana«, wiederholte Kundalimon sorgfältig und starrte sie dabei an. Die geschmeidigen Vokale und fließenden Konsonanten schienen ihm nicht leicht über die Lippen zu kommen. »Nialli ... Apuilana ...«

Sie wandte den Blick ab, als hätte sie sich an seinen Augen versengt.

Hresh nahm erneut den Barak Dayir, schloß die Augen und zog sich wieder in seine Trance zurück. Kundalimon stand bewegungslos wie eine Statue vor ihm. Es herrschte äußerste Stille im Raum.

Kurz darauf schien Hresh zurückzukehren, und nach einer Weile sagte er: »Wie seltsam sein Bewußtsein ist! Er hat bei den Hjjks gelebt, seit er vier Jahre alt war. Hat im großen Hauptnest gewohnt, dem Nest der Nester, hoch oben im Norden.«

Im Nest der Nester! In der Umgebung der Königin der Königinnen höchstselbst! Nialli verspürte eine Welle von Neid in sich aufsteigen.

Sie fand ihre Stimme wieder und fragte leise: »Und hast du erfahren, warum er hierher gekommen ist, Vater?«

In seltsam gedämpftem Ton antwortete Hresh: »Die Königin will einen Vertrag mit uns schließen.«

»Einen *Vertrag?*« sagte Husathirn Mueri.

»Ja, einen Vertrag über einen ewigen Frieden.«

Husathirn Mueri sah wie betäubt aus. »Was sind die Bedingungen? Hast du das erfahren?«

»Sie wollen, daß quer über den Kontinent eine Linie gezogen wird, irgendwo direkt nördlich der Stadt Yissou. Alles, was nördlich von dieser Grenzlinie liegt, soll danach Hjjkerland sein, alles südlich davon bleibt VOLKS-Gebiet. Kein Angehöriger unserer verschiedenen Rassen darf künftig das fremde Territorium betreten.«

»Ein Vertrag«, wiederholte Husathirn Mueri verwundert. »Die Königin will einen *Vertrag* mit uns schließen? Ich kann es nicht glauben.«

»Ich ebensowenig«, sagte Hresh. »Das klingt doch fast zu schön, um wahr zu sein, wie? Klare festgelegte Grenzen. Ein Abkommen über territoriale Unverletzlichkeit. Alles ganz klar, alles ganz direkt. Mit einem Streich das Ende unserer Furcht vor einem Krieg mit denen, die uns unser ganzes Leben lang bedrückte.«

»Falls wir ihnen trauen können.«

»Ja. Falls wir ihnen trauen können.«

»Haben sie auch nach Yissou einen Gesandten geschickt, hast du da etwas erfahren?« fragte Husathirn Mueri.

»Ja. Wie es scheint, haben sie Emissäre in jede der Sieben Städte entsandt.«

Husathirn Mueri lachte. »König Salamans Gesicht möchte ich gern sehen! Plötzlich aus dem Nichts bricht der Frieden aus! Ein Ewiger Frieden mit dem mächtigen Erzfeind, den Insekten! Was würde denn dann aus seinem ›Heiligen Vernichtungskrieg‹, auf den er in den letzten zehn, zwanzig Jahren so entsetzlich scharf ist?«

»Glaubst du, es war Salaman mit seinen Kriegsdrohungen gegen die Hjjks je wirklich ernst?« fragte Mialli.

Husathirn Mueri blickte zu ihr her. »Was?«

»Das Ganze ist doch bloße Politik, oder? Damit er einer Grund hat, seine große Mauer immer höher und höher und noch höher zu bauen. Andauernd sagt er, die Hjjks bereiteten sich darauf vor, seine Stadt zu erobern, dabei haben sie zuletzt einen Angriff gewagt, als die meisten von uns noch gar nicht geboren waren. Damals, als Harruel dort oben König war und Yissou gerade erst gegründet.«

Er wandte sich wieder Hresh zu. »Da hat sie ein stichhaltiges Argument. Trotz all dem Gezeter von Salaman hat es seit Jahren zwischen den Hjjks und dem VOLK keine wirklichen Feindseligkeiten mehr gegeben. Sie haben ihre Territorien, wir die unsern, und außer ein paar Scharmützeln in der Grenzzone passiert doch nie was Ernstes. Wenn bei diesem Vertrag nichts weiter rausschaut als die Ratifizierung des Status quo, was hat er dann überhaupt für eine Bedeutung? Oder handelt es sich um eine Falle?«

»Es gibt noch weitere Vertragspunkte, außer diesem einen«, sagte Hresh gelassen.

»Was soll das heißen?«

»Ich glaube, das heben wir uns besser für die Aussprache im Präsidium auf«, antwortete Hresh. »Im Moment haben wir hier einen erschöpften fremden Gast. Weise dem Jungen eine Unterkunft zu, Husathirn Mueri. Und seht zu, daß ihr etwas zu essen auftreibt, das ihm schmeckt. Versorgt sein Zinnobär ebenfalls gut. Er ist sehr besorgt um sein Reittier.«

Husathirn Mueri winkte einen der Gerichtsdiener heran, der linkisch vorwärtsstolperte.

»Nein!« sagte Nialli Apuilana. Ihre Stimme war schon wieder nur ein scharfes Krächzen, doch es gelang ihr, sich Gehör zu verschaffen. »Nicht *du!*« Sie streckte dem Fremden die Hand entgegen. »Ich werde mich darum kümmern, daß er ihm angenehme Nahrung erhält. Ich weiß, was er ißt. Und ich weiß es wirklich besser als irgendwer sonst hier. Vergeßt nicht, ich war selbst einmal im Nest.« Sie warf herausfordernde Blicke durch den Saal. »Also? Gibt es Einwände?« Aber niemand sagte etwas.

»Komm!« sprach sie zu Kundalimon. »Ich werde für dein Wohlbefinden sorgen.«

Ganz wie es richtig ist, dachte sie.

Wie könnte ich auch zulassen, daß es jemand anderer tut? Was wissen die denn schon? Alle zusammen? Aber wir zwei, wir sind beide aus dem Nest. Du und ich. Wir sind beide aus dem Nest.

2. Kapitel

Verkleidungen unterschiedlicher Art

Als er später wieder allein ist, schließt Hresh die Augen und läßt seine Seele schweifen, stellt sich vor, sie breite in einer Traumvision weit ihre Flügel aus und schwebe über den Bezirk der Stadt hinaus weit über die windgepeitschten nördlichen Ebenen, bis zu jenem unbekannten fernen Reich, wo die Scharen des Insektenvolks in gewaltigen unterirdischen Höhlentunnels umherwimmeln. Sie sind ihm ein absolutes Rätsel. Im wahrsten Wortsinn abgründig geheimnisvoll. Er sieht die Königin (oder was er dafür hält), diese unermeßliche, zurückgezogene, unauslotbare Monarchin, schlaftrunken ruhend in ihrer schwerbewachten Kammer ... sich nur träge mit bewegend, während ihre Leibdiener mit scharfen schwirrenden Hjjk-Gesängen ihren Lobpreis singen: Ihr, der Hjjk der Hjjks, der Großen Königin. Welche Hjjk-Träume der totalen Weltbeherrschung träumt sie gerade jetzt in diesem Augenblick? Wann werden wir je erfahren, fragt sich Hresh, was diese Geschöpfe von uns wollen?

»Deine Abdankung?« rief Minguil Komeilt erstaunt. »*Abdankung,* Edle? Wer würde so etwas wagen? Laß mich mit dem Papier zum Hauptmann der Wachen gehen! Wir werden herausfinden, wer dahintersteckt, und dafür sorgen, daß ...«

»Gib Ruhe, Weib!« sagte Taniane. Die nervöse Aufgeregtheit ihrer Privatsekretärin war ärgerlicher, als die Petition selbst es gewesen war. »Glaubst du denn, es ist der erste derartige Schrieb, den ich bekomme? Oder der letzte? Das bedeutet nichts. *Nichts!*«

»Aber dich mit einem Stein zu bewerfen, der in so einen Schrieb gewickelt ist ...«

Taniane lachte. Sie las noch einmal den Fetzen Papier in ihrer Hand. DU HOCKST SCHON VIEL ZU LANG DA, hieß es da in krakeligen Buchstaben. HÖCHSTE ZEIT, DASS DU PLATZ MACHST UND DIE RECHTMÄSSIGEN LEUTE HERRSCHEN LÄSST.

Die Worte und die Handschrift waren bengisch. Der Stein war aus dem Nirgendwo vor ihren Füßen gelandet, als sie von der Kapelle der Fürsprache die Koshmar-Allee entlang zurück zu ihren Gemächern im Haus der Regierung entlangging, wie sie dies fast an jedem Tag nach dem Morgengebet zu tun pflegte. Dies war die dritte derartige anonyme Drohung, die sie erhalten hatte — nein, es ist schon die vierte, korrigierte sie sich — in den letzten sechs Wochen. Und das nach beinahe vierzigjähriger Häuptlingschaft.

»Du willst also, daß ich gar nichts dagegen unternehme?« fragte Minguil Komeilt.

»Ich möchte, daß du den Schrieb in der Akte ablegst, die du für derartige Ausbrüche angefertigt hast, und die Sache dann vergißt. Ist das klar? Vergiß es! Es ist absolut bedeutungslos.«

»Aber ... Edle ...«

»Bedeutungslos«, wiederholte Taniane.

Sie trat in ihre Privatgemächer. Von den dunklen punktierten Wänden starrten die Masken ihrer Amtsvorgänger auf sie herab.

Es waren wilde, lebendige, fremdartige, barbarische Masken. Zeichen der Macht aus einer verflossenen Zeit. Taniane gemahnten sie daran, wie gewaltig die Veränderungen waren, die sich in einer einzigen Lebensspanne seit dem Auszug des VOLKES aus dem Kokon ergeben hatten.

»Es wird Zeit, daß ich Platz mache«, erklärte sie flüsternd den Masken. »Gibt man mir jedenfalls zu verstehen. Steinwürfe in den Straßen. Bengs, denen die

Unionsabmachung nichts mehr bedeutet. Nach all dieser Zeit. Unruhige Narren, weiter nichts. Wollen noch immer, daß einer von ihnen regiert. Als hätten sie eine bessere Methode parat. Vielleicht sollte ich ihnen geben, was sie haben wollen, dann wird sich ja zeigen, wie ihnen das dann gefällt.«

Hinter ihrem Arbeitstisch hing die Maske Lirridons, die Koshmar getragen hatte ... an jenem längst entschwundenen Tag, an dem der Stamm den Vorstoß in die wiederaufgetaute frostbefreite Welt begann. Es war eine furchteinflößende Maske, grausam, scharfkantig, abstoßend. Sicherlich war sie aus einer alten Stammeserinnerung an das Hjjk-Volk heraus geformt worden, an einen ererbten kollektiven Alptraum, denn die Maske war gelb und schwarz und trug einen schrecklichen vorstoßenden scharfen Schnabel.

Daneben Sismoils Maske, rätselhaft, ausdruckslos, ein flaches unentzifferbares Gesicht mit winzigen Augenschlitzen. Thekmurs ganz schlichte Maske hing daneben. Weiter drüben hing die Maske Niallis, und die war nun wahrlich schrecklich: schwarz und grün mit einem Dutzend langer blutroter starr abstehender Stacheln. Die Nialli-Maske hatte Koshmar getragen, als das Angriffsheer der Behelmten — des Beng-Volkes in Vengiboneeza erschienen war und das VOLK zum Kampf herausgefordert hatte.

Und dort waren Koshmars eigene Masken: die schimmernde graue mit den roten Augenschlitzen, die sie im Leben getragen hatte, und jene edlere, die der Künstler Striinin zu ihrem Gedächtnis nach ihrem Tode gefertigt hatte: die kräftigen Züge in poliertem Schwarzholz geformt. Taniane selbst hatte diese Maske am Tage des Auszugs aus Vengiboneeza getragen, als das VOLK zu seiner zweiten Wanderung aufbrach, die es am Ende an den Ort führte, wo das VOLK sich Dawinno-Stadt erbauen sollte.

Glitzerspuren aus einer verschwundenen Vergangenheit. Erinnerungsfunken, eine blasse Leuchtspur nach rückwärts durch die dämpfenden Wickelschichten der Zeit zu jenen vergessenen Tagen klaustrophobischer Bedrängtheit.

»Soll ich abdanken?« fragte Taniane Koshmars Maske. »Haben sie recht? Hab ich lange genug geherrscht? Und ist es Zeit, daß ich jetzt Platz mache?«

Koshmar war die letzte der Alten Häuptlinge gewesen — hatte über einen Stamm geherrscht, der so klein war, daß der Führer noch jeden namentlich kannte, und in dem Strittigkeiten vom Häuptling entschieden wurden, als wären sie nichts weiter als ein kleiner Zwist unter Freunden.

Wieviel einfacher es doch damals noch war! Und die Leute so ohne Arg und so naiv!

»Also, vielleicht sollte ich es tun«, sagte Taniane. »Wie? Was meinst du dazu? Verlangen die Götter von mir, daß ich jeden mir noch im Leben bleibenden Augenblick für diese Aufgabe opfere? Oder ist es mein Stolz, der mich zwingt, Jahr um Jahr erneut an meinem Amt zu kleben? Oder weil ich nicht wüßte, was ich dann mit mir anfangen soll?«

Aber die Masken Koshmars gaben ihr keine Antwort.

In Koshmars Tagen war das ›Volk‹ nur eine kleine Horde gewesen; ein bloßer kleiner Stamm. Jetzt hingegen war das VOLK zivilisiert und lebte urban; jetzt zählte man es nach Tausenden, statt nach Manipeln, und es hatte sich als zwangsläufig und Not abwendend erwiesen, immer neue Konzepte zu erfinden, eine sinnenverwirrende Flut von Dingen zu produzieren, damit diese neue expandierte Ordnung überhaupt funktionierte. Man hatte sich an den Gebrauch dieser neuen Sache namens ›Tausch-Einheiten‹ gewöhnt, anstatt der einfach gleichmäßigen Verteilung an jeden; man zankte giftig über Profit, Besitztümer, die Größe der Wohnungen, die Zahl der beschäftigten Arbeiter, über Wettbewerbstaktiken auf dem Marktplatz und ähnliches derart absurdes

Zeug. Sie hatten sich in ›Klassen‹ zu spalten begonnen: in herrschende, besitzende, arbeitende und arme Klassen. Aber auch die alten Stammeszugehörigkeiten waren nicht völlig verschwunden. Gewiß, sie verwischten sich mehr und mehr. Doch hatten weder die Koshmaris noch die Beng ganz vergessen, daß sie eben koshmarisch und bengisch waren; und hinzu kamen noch alle die übrigen: die Hornbelions und Debethins und Stadrains und Mortirils und der Rest all der stolzen kleinen Stämme, die nach und nach in den größeren Stämmen aufgingen, die sich jedoch verzweifelt abmühten, noch Fetzchen ihrer alten Identität zu bewahren.

All dies brachte immer neue Probleme mit sich und wurde dem Häuptling als Höchster Instanz zur Entscheidung vorgelegt. Und alles war dermaßen schnell gegangen. In einer einzigen Generation war die Stadt — dank Hreshs unermüdlicher Erfindungskraft und seiner Forscherbeute aus den Archiven der Vorzeit — hochgeschossen und gewachsen wie ein Pilz und versuchte keck und hoffnungsschwanger, die großen Städte der vergangenen Großwelt zu imitieren.

Taniane betrachtete die Masken.

»Du mußtest dich nie mit Bevölkerungsstatistik und Steuerlisten herumplagen, nicht wahr? Oder mit den Protokollen der Präsidialsitzungen. Mit der Zahl der gerade in Umlauf befindlichen Tausch-Einheiten.« Taniane fuhr mit den Fingern durch den Berg von Papieren auf ihrem Tisch: Gesuche von Kaufleuten für eine Importlizenz für Waren aus Yissou; Expertengutachten über Stadtsanierungsprobleme in suburbanen Vierteln; ein Bericht über den schlechten Zustand der Thaggoran-Brücke im Südende der Stadt. Und so weiter und weiter und weiter. Und ganz obenauf lag Hreshs kurzes Memorandum: *Bericht zu dem Vertragsangebot der Hjjks.*

»Ach, wärt ihr doch bloß an meinem Platz«, sagte Taniane heftig zu den Masken an der Wand, »und ich hinge statt dessen da droben!«

Sie hatte noch nie eine eigene Maske gehabt. Anfangs genügte es ihr völlig, bei den Anlässen, die Masken erforderten, die von Koshmar zu tragen. Später, nachdem die Beng nach Dawinno gekommen waren und sich mit dem VOLK vermischt hatten, als man den Unionsvertrag schloß, erlaubte der politische Kompromiß zwar einen Häuptling aus Koshmari-Blut, verlangte jedoch eine Beng-Majorität im Präsidium, und als die Stadt in ihre höchst sensationelle Wachstumsphase geriet, war Taniane der Maskenzauber als leidlich überholt erschienen, als ein ziemlich törichtes Relikt aus alter Zeit. Seit Jahren hatte sie keine Maske mehr aufgesetzt.

Dessen ungeachtet behielt sie die Masken aber dennoch um sich, in der Nähe, in ihrem Arbeitszimmer. Teils, weil sie ja recht dekorativ waren, teils aber zur mahnenden Erinnerung an jene dunklere, primitivere Zeit, in der Eis das Land bedeckte und ihr VOLK nichts weiter war als ein kleiner Haufen unbedarfter nackter oder pelziger Kreaturen, die sich angstvoll in einer versiegelten Erdkammer in der Flanke eines Berges aneinandergepreßt hatten. Die grobschlächtige Form und die leuchtendgrellen Farben dieser Masken stellten jetzt für sie das einzige Verbindungsglied zur anderen Epoche dar.

Taniane setzte sich hinter den geschwungenen Onyxblock, der auf einem Fuß aus rosa Granit ruhte und an dem sie arbeitete, und griff sich eine Handvoll der Papiere, die Minguil Komeilt dort für sie deponiert hatte. Trübsinnig blätterte sie den Aktenstoß wieder und wieder durch. Vor ihrem Blicke schwammen Wörter vorbei: *Volkszählung ... Steuern ... Thaggoran-Brücke ... Hjjk-Vertrag ... Hjjk ... Hjjk ... Hjjk ... Vertrag ...*

Sie schaute zu der Lirridon-Maske hinauf, zu dem Hjjk-Gesicht mit dem riesigen scheußlichen Greifschnabel.

»Würdest *du* einen Vertrag mit ihnen machen?« fragte sie. »Überhaupt mit denen verhandeln?«

Diese Hjjks! Wie sehr sie dieses Volk verabscheute —

und fürchtete! Von Kindesbeinen an wurde einem beigebracht, sie zu verachten. Sie waren häßlich, sie waren riesige, gräßliche Wanzengeziefer, wie aus einem Alptraum, erbarmungslos böse und eiskalt, fähig jede nur denkbare Greueltat zu begehen.

Ständig gab es Gerüchte über sie, über umherstreifende Hjjk-Banden, die im freien Land überall im Osten und Norden lauerten. In Wahrheit steckte hinter fast all diesen Horrorgeschichten keinerlei Realität. Trotzdem — die Hjjks hatten ihr ihr einziges Kind entführt, direkt vor den Mauern der Stadt hatten sie sie geraubt; und daß Nialli nach ein paar Monaten zurückgekehrt war, hatte Tanianes Abscheu vor ihnen nicht mildern können, denn das Mädchen war nachher auf geheimnisvolle Weise anders geworden. Nein, die Hjjks blieben die große Bedrohung. Sie waren der Feind, gegen den das VOLK eines Tages zum Kampf um die Vorherrschaft in der Welt würde antreten müssen.

Und dieses Vertragsangebot — diese angebliche Botschaft von ihrer gräßlichen Königin ...

Taniane stieß Hreshs Bericht beiseite.

Ich bin jetzt schon so lange Häuptling, dachte sie. Schon seit meinen Mädchentagen. Mein ganzes Leben lang, wie es aussieht ... fast vierzig Jahre lang ...

Sie war zum Häuptling gewählt worden, als der Stamm noch winzigklein und sie selbst gerade erst Frau geworden war. Koshmar lag im Sterben, und Taniane war unter den jungen Frauen die stärkste und mit dem größten Weitblick begabte. Alle hatten ihr per Akklamation das Vertrauen ausgesprochen. Und sie hatte nicht gezögert. Sie wußte, sie war für das Häuptlingsgeschäft geschaffen, ebenso wie das Amt für sie. Allerdings hatte ihre Weitsicht nicht genügt, *diese* Entwicklung vorherzusehen: derartige Berichte und Untersuchungen und Importgenehmigungen. Und Gesandte von den Hjjks. Niemand hätte so etwas vorhersehen können. Wahrscheinlich nicht einmal Hresh.

Sie nahm einen weiteren Vorgang — die Sache mit den Rissen im Trassengrund der Thaggoran-Brücke. Dies schien ihr im Augenblick von vorrangiger Dringlichkeit zu sein. Du willst dich damit bloß vor dem wirklichen Problem drücken, schalt sie sich selbst. Und dann tauchten wieder diese anderen Wortgebilde vor ihren Augen auf ...

DU HOCKST SCHON VIEL ZU LANG DA
HÖCHSTE ZEIT, DASS DU PLATZ MACHST
UND DIE RECHTMÄSSIGEN LEUTE
HERRSCHEN LÄSST

(»Abdanken, Edle? Du sollst *abdanken?*« — »Ach, das ist doch bedeutungslos ...«)

HÖCHSTE ZEIT ...

(Bericht ... Vertragsangebot ... Hjjks
»... abdanken, Edle?«
»Würdest du mit denen einen Vertrag unterzeichnen?«
»Mutter? Mutter, geht es dir nicht gut?«
»Abdanken?«
»Mutter, hörst du mich denn nicht?«)

HÖCHSTE ZEIT ... DASS DU PLATZ MACHST ...

»Mutter? Mutter!« — Taniane hob den Blick. In der Tür zu ihrer Suite stand eine Gestalt. Und diese Tür stand jedem Bürger in Dawinno immer offen (allerdings wagten sich nur sehr wenige zu solcher Kühnheit vor). Mühsam konzentrierte Taniane den Blick. Sie begriff, daß sie sich in einer Art Dämmerzustand befunden hatte. War das Minguil Komeilt, die Sekretärin? Nein, bestimmt nicht. Minguil Komeilt war ein weiches, mollig rundes, verhuschtes Weibchen, und die Gestalt da war hochgewachsen, kräftig, athletisch und vibrierte von Ungeduld.

»Nialli?« sagte Taniane nach einer Weile.

»Du hast mich rufen lassen.«

»Ja. Ja, natürlich. Ja. Dann komm doch herein. Kind!«

Aber das Kind hing unschlüssig in der Tür herum. Nialli hatte eine grüne Mantilla beiläufig über die eine Schulter geworfen und trug um die Taille die orangerote Schärpe der Edelgeborenen. »Du siehst heut so merkwürdig aus«, sagte sie mit einem unverschämt festen Blick. »Ich hab dich noch nie so gesehen, Mutter. Was ist denn mit dir? Du bist doch nicht etwa krank?«

»Nein. Es ist gar nichts. Überhaupt nichts.«

»Ich hab gehört, sie haben dich heut früh mit Steinen beworfen ...«

»Ach, du weißt es schon?«

»Alle wissen es. Hunderte von Leuten haben es selbst gesehen, und alle reden jetzt davon. Es macht mich so zornig, Mutter! Daß jemand es wagen darf ... es *wagt* ...«

»In einer derart großen Stadt muß es zwangsläufig auch eine beträchtliche Menge Narren geben«, sagte Taniane.

»Aber mit Steinen zu werfen, Mutter ... dich gar verletzen zu wollen ...«

»Da bist du falsch unterrichtet. Der Stein fiel weit vor mir zu Boden. Niemand hat versucht, mich zu treffen. Er sollte nur eine Nachricht zu mir bringen. Irgendein bengischer Agitator ist der Überzeugung, ich sollte abdanken. Ich hätte viel zu lang an meinem Amt geklebt, war die Botschaft. Zeit, daß ich Platz mache. Für einen Beng-Häuptling, nehme ich an.«

»Kann wirklich jemand soviel Frechheit besitzen, so etwas vorzubringen?«

»Nialli, die Leute maßen sich an, in allem und jedem mitzureden. Der Vorfall von heute früh ist bedeutungslos. Irgendein Verrückter, weiter nichts. Ein Agitator. Ich kann durchaus noch zwischen einem vereinzelten Drohbrief eines Spinners und dem Ausbruch einer Revolution unterscheiden.« Sie schüttelte den Kopf. »Aber genug davon. Es gibt andres, worüber wir diskutieren müssen.«

»Du nimmst das so leicht, Mutter.«

»Na, sollte ich mich davon ernstlich beunruhigen lassen? Dann wäre ich eine Närrin.«

»Nein«, sagte Nialli in hitzigem Ton, »ich bin ganz und gar nicht deiner Meinung. Wer kann sagen, was für Kreise das noch ziehen wird, wenn man dem nicht sofort Einhalt gebietet? Du solltest den Kerl aufspüren lassen, der diesen Stein geworfen hat, und ihn an der Stadtmauer aufhängen lassen.«

Verkrampft starrten sie einander an. In Tanianes Augen begann es zu pochen, und sie spürte einen Knoten im Magen. Säfte gurgelten dort wütend und erstarrten. Mit jeder anderen Person, dachte sie, wäre dies hier eine bloße Diskussion; mit Nialli ist es eine Schlacht. Sie bekämpften sich ständig. Warum ist das nur so? Hresh hatte einmal gesagt, sie seien einander so ähnlich, und daß Gleiches Gleiches abstoße. Dann hatte er etwas mit kleinen Metallstäben gemacht, Experimente damit, wie der eine den anderen am einen Ende anzog, während bei umgekehrter Anordnung nichts geschah. Du und Nialli, hatte Hresh gesagt, seid einander zu ähnlich. Darum wirst du sie nie wirklich beeinflussen können. Dein Magnetismus kann bei ihr nicht wirksam werden.

Das mochte wohl so sein. Allerdings vermutete Taniane, daß noch etwas anderes mitspielte — eine Art Verwandlung, die mit Nialli während ihrer Zeit unter den Hjjks stattgefunden hatte und die sie nun so schwierig machte. Die Ähnlichkeit zwischen ihnen beiden allerdings war unbestreitbar. Sie waren beide aus demselben Holz. Und das war unheimlich und zuweilen beunruhigend. Wenn sie Nialli ansah, war das, als blickte sie in einen Spiegel, der zeitverschobene Bilder reflektierte. Fast hätte man sie für Zwillinge halten können, die auf geheimnisvolle Weise drei und eine halbe

Dekade voneinander getrennt geboren wurden. Nialli war ihr einziges Kind, das Kind ihrer mittleren Jahre, das sie wie durch ein Wunder empfangen hatte, nachdem Hresh und sie schon längst die Hoffnung aufgegeben hatten, jemals Kinder zu bekommen; und das Mädchen hatte anscheinend so gar nichts von Hresh mitbekommen — außer vielleicht die Hartnäckigkeit und den unabhängigen Verstand. Sonst jedoch war Nialli wirklich wie eine wiedergeborene Taniane. Diese eleganten Beine, kräftigen Schultern und hohen Brüste, dieser seidig-prachtvolle rotbraune Pelz. Ja, dachte Taniane, sie wirkt königlich. Und ihre Haltung ist die eines Häuptlings. Etwas Strahlendes geht von ihr aus. Das war aber nicht immer ein erfreulicher Gedanke. Manchmal fühlte sich Taniane beim Anblick ihrer Tochter nur allzu schmerzlich an den eigenen alternden Leib erinnert. Dann spürte sie oft, wie sie bereits abwärts, in die Erde zu wachsen begann, dem Ruf der Mächte des Verfalls gehorchend, niedergedrückt von der Masse sich zersetzenden Fleisches und mürbe werdender Knochen — viel zu früh! Sie vernahm das Schwirren von Mottenflügeln, sah die grauen Staubstränge auf den Steinböden. Es gab Tage, da roch für sie die Luft nach Tod.

Nach einem langen Schweigen sagte Taniane: »Müssen wir immer streiten, Nialli? Wenn ich glaubte, daß bei der Sache Anlaß zu Besorgnis gegeben ist, würde ich ja Maßnahmen ergreifen. Aber wenn jemand mich wirklich stürzen wollte, würde er das ja nicht gerade mit Steinwürfen auf offener Straße tun. Das verstehst du doch?«

»Ja.« Es war kaum mehr als ein Flüstern. »Ja, ich verstehe.«

»Schön.« Taniane schloß einen Augenblick die Lider und mühte sich, die Erschöpfung und Anspannung loszuwerden. »Und jetzt können wir uns vielleicht der Sache widmen, deretwegen ich dich zu dieser Besprechung habe rufen lassen. Und zwar ist das der angebliche Gesandte, der von den Hjjks zu uns gekommen ist, und der angebliche Vertrag, den zu unterzeichnen er uns angeblich auffordern soll.«

»Warum soviel *angeblich*, Mutter?«

»Weil bisher alles, was wir über diese Sache wirklich wissen, von Hresh und dem Barak Dayir stammt. Der junge Mann selbst hat bisher noch nichts Sinnvolles von sich gegeben, oder?«

»Bisher noch nicht, nein.«

»Meinst du, es wird noch kommen?«

»Je mehr er sich wieder an unsere Sprache erinnert, vielleicht. Er hat dreizehn Jahre im NEST verbracht, Mutter.«

»Und wenn du nun in *seiner* Sprache mit ihm reden würdest?«

Nialli blickte verlegen drein. »Das kann ich nicht.«

»Du kannst überhaupt kein Hjjk sprechen?«

»Nur eine Handvoll Wörter, Mutter. Es ist Jahre her... und ich war doch nur ein paar Monate bei ihnen ...«

»Aber du bringst ihm sein Essen?«

Nialli Apuilana nickte.

»Wie wäre es, wenn du die Gelegenheiten dazu benutztest, dein Hjjk aufzufrischen? Oder ihm einiges von unsrer Sprache beizubringen?«

»Das könnte ich ja versuchen«, antwortete Nialli mürrisch.

Das offenkundige Widerstreben war aufreizend. Taniane spürte den Widerstand geradezu körperlich. Das Kind war von Natur aus widerspenstig, immer in Opposition, dachte sie. Also sagte sie, vielleicht ein wenig zu scharf: »Du bist die einzige in dieser Stadt, die für uns als Dolmetsch in Frage kommt. Deine Mitarbeit ist entscheidend, Nialli. Das Präsidium wird bald zusammentreten und diese ganze Vertrags-Sache behandeln. Ich darf mich leider nicht ausschließlich auf Tranceerkenntnisse und Wundersteine verlassen. Der Barak Dayir, das ist ja schön und gut; aber wir brauchen handfeste wirkliche Sätze von diesem Jungen. Du wirst bitte einen Weg der verbalen Kommunikation mit ihm finden und so in Erfahrung bringen, was es mit der ganzen Sache auf sich hat. Dann will ich einen ausführlichen Bericht haben. Mit allem, was er zu dir sagt.«

Etwas war schiefgelaufen. Nialli biß trotzig die Zähne zusammen und schwieg. In ihren Augen war ein kaltes hartes Leuchten. Sie starrte nur wortlos vor sich hin, und das Schweigen dehnte sich über viel zu viele knisternde Augenblicke hin aus.

»Irgendwas problematisch dabei?« fragte Taniane.

Nialli blickte mürrisch vor sich hin. »Ich mag mich nicht als Spitzel mißbrauchen lassen, Mutter!«

Spitzel? Das kam unerwartet. Es wäre Taniane nie in den Sinn gekommen, daß jemand die Betätigung als Übersetzer im Dienste des eigenen Volks für hinterhältig und für Spitzelei halten könnte. Wegen der Hjjks? überlegte sie.

Ja, ganz gewiß, es hängt damit zusammen, daß Hjjks hier involviert sind. Sie setzte sich betäubt und bestürzt nieder. Zum erstenmal erkannte sie, daß ihre Tochter sich in einem echten Loyalitätskonflikt befinden könnte.

Seit der Rückkehr aus der Gefangenschaft hatte Nialli zu keinem Menschen ein Wort über ihre Erfahrungen unter den Hjjks verloren: über das, was sie mit ihr gemacht hatten, kein Wort, nichts über das, was sie zu ihr sagten, kein Bröcklein Information darüber, wie das Leben im NEST war. Nialli hatte sämtliche Fragen unbeirrt abgebogen, war ausgewichen oder hatte auf Einzelfragen mit einer merkwürdigen Mischung von Bekümmertheit und stahlharter Wut reagiert, bis man es überhaupt aufgab, sie zu verhören. Bisher hatte Taniane angenommen, daß das Kind ganz einfach nur seine Intimsphäre nicht preisgeben oder sich gegen wiedererweckte schmerzliche Erinnerungen schützen wolle. Wenn Nialli jedoch in der Aufforderung, über ihre Kontakte mit Kundalimon zu berichten, so etwas wie Verrat und Bespitzelung sah, dann mochte es sehr wohl sein, daß es sich um intime Geheimnisse der Hjjks handelte, die zu schützen sie sich so stark bemühte, nicht ihre eigenen. Die Sache bedurfte weiterer Nachforschungen.

Zum jetzigen Zeitpunkt allerdings konnte sich die Stadt den Luxus derartiger zwiespältiger Loyalitäten nicht leisten. In ihren Mauern befand sich ein leibhaftiger Gesandter der Hjjks — auch wenn seine Zunge stumm blieb und er sich unkommunikativ verhielt. An seiner eventuellen Botschaft herumzurätseln oder sich auf Hreshs durch den Wunderstein gesteigerte telepathische Intuition und Betastung des Bewußtseins des Gesandten zu verlassen, das genügte einfach nicht. Der Mann mußte irgendwie dazu gebracht werden, seinen Auftrag in Worte zu fassen. Also mußte Nialli einfach nachgeben. Ihre Mitwirkung war einfach zu wichtig.

Brüsk sagte Taniane also: »Was ist denn das für ein Unsinn? Das hat doch mit Bespitzelung ganz und gar nichts zu tun. Wir sprechen von einem Dienst an deiner Stadt. Ein Fremder taucht auf, mit Nachrichten, daß die Königin mit uns verhandeln möchte. Doch er kann unsere Sprache nicht sprechen, und keiner hier die seine, mit Ausnahme einer jungen Frau, die zufällig die Tochter des Häuptlings ist, die jedoch irgendwie zu glauben scheint, es sei irgendwie ethisch fragwürdig, wenn sie uns hilft zu begreifen, was der Abgesandte einer fremden Rasse uns mitteilen möchte.«

»Du verdrehst alles, wie es dir paßt, Mutter. Mir gefällt ganz einfach die Vorstellung nicht, wenn es mir gelingt, zu einer Art Kommunikation mit Kundalimon zu gelangen, daß ich dann verpflichtet sein soll, alles, was er mir anvertraut, an dich weiterzugeben.«

Taniane verspürte einen Anflug von Verzweiflung. Einst hatte sie geglaubt, Nialli Apuilana würde einmal ihre Nachfolge als Häuptling antreten; aber das konnte offensichtlich nie geschehen. Das Kind war unmöglich. Nialli war verwirrend: unstet, starrköpfig, launenhaft.

Es war ihr jetzt klar geworden, daß der langen Folge von Häuptlingsherrschaft, die sich bis in die fernen Tage der Kokonzeit zurückverfolgen ließ, nun das Ende drohte. Und es sind die Hjjks, die mir das antun, dachte Taniane. Ein weiterer Grund, sie zu verabscheuen. Trotzdem, ich darf nicht zulassen, daß Nialli in dieser Auseinandersetzung siegt.

Sie raffte alle ihre Kraft zusammen und sagte: »Du *mußt* es tun. Es ist für unsere Sicherheit von allergrößter Wichtigkeit, daß wir herausfinden, worum es bei der Sache geht.«

»Ich *muß?*«

»Ich will, daß du es tust. Ja, du mußt.«

Schweigen. Der innere Widerstand zeigte sich an den Trotzfalten auf Niallis Stirn. Taniane starrte sie kalt und mitleidlos an und setzte dem scharfen Blick ihrer Tochter einen noch unbeugsameren Ausdruck entgegen, mit dem sie Nialli zu beugen versuchte. Um dies noch zu unterstreichen, gestattete sie ihrem Zweiten Gesicht sich aufzurichten, und Nialli schaute sie verwirrt an. Taniane setzte den Druck fort.

Aber Nialli Apuilana ihrerseits widersetzte sich gleichfalls weiter.

Schließlich gab sie nach, so schien es jedenfalls. Kühl, beinahe verächtlich sagte sie: »Also gut. Wie du willst. Ich werde tun, was ich kann.«

Ihr Gesicht, diese wundersame zeitliche Spiegelung von Tanianes eigenem Gesicht, war dabei ausdruckslos, eine völlig gefühlsleere, unentzifferbare Maske. Taniane fühlte sich versucht, auf der intimsten Stufe des Zweitgesichts sich in ihre Tochter hineinzutasten, die verbotenen Kräfte einzusetzen und diesmal hinter dieser verdrossenen Maske vorzudringen. Verbarg Nialli Zorn oder nur Widerwillen — oder etwas anderes, ein wildes aufflammendes rebellisches Feuer?

»Sind wir dann fertig?« fragte Nialli Apuilana. »Darf ich mich dann entfernen?«

Taniane schaute sie trübe an. Alles war sehr arg schiefgelaufen. Sie hatte das kleine Gefecht gewonnen. Vielleicht. Aber sie spürte, daß sie einen Krieg verloren hatte. Sie hatte Nialli liebevoll und freundschaftlich zu begegnen gehofft. Statt dessen war sie scharf und knurrig gewesen, hatte plump die Stärke ihrer Stellung eingesetzt und kalt Befehle erteilt, als wäre Nialli weiter nichts als ein geringrangiger Funktionär ihres Stabes. Sie wünschte, sie hätte sich erheben, um den Tisch herumgehen und Nialli in die Arme schließen können. Doch irgendwie war es ihr unmöglich. Sie hatte oft dieses Gefühl, als ragte zwischen ihr und ihrer Tochter eine Mauer auf, höher als die Wälle König Salamans.

»Ja«, sagte sie. »Du kannst gehen.«

Nialli schritt rasch zur Tür. Aber ehe sie in den Gang trat, wandte sie sich um und blickte zurück.

»Mach dir keine Sorgen«, sagte sie, und in ihrer Stimme klang zu Tanianes Erstaunen ein versöhnlicher, fast sanfter Ton mit. »Ich werde es richtig machen. Ich werde herausfinden, was du wissen mußt, und es dir berichten. Und ich werde auch dem Präsidium berichten.«

Dann war sie verschwunden.

Taniane wandte sich um und blickte zu den Masken an der Wand. Sie schienen sie zu verspotten. Die Gesichter waren unversöhnlich.

»Was wißt ihr schon?« brummte sie. »Keine von euch hatte je einen Partner oder Kinder! Oder? Oder?«

»Edle?« Eine fragende Stimme von draußen. Minguil Komeilt. »Darf ich eintreten?«

»Was gibt es?«

»Eine Delegation, Edle. Von der Gerber- und Färber-Gilde aus dem Norddistrikt, wegen der Reparaturarbeiten an ihrer Hauptwasserleitung, die, wie sie angeben, durch ungesetzliche Abfallimmissionen von Mitgliedern der Gilde der Weber und Wollkrempler verstopft ist, was dazu führt ...«

Taniane stöhnte laut auf.

»Ach, delegiere sie an Boldirinthe«, sagte sie, halb zu sich selber. »Sowas kann die Opferfrau ebensogut erledigen wie der Häuptling.«

»Edle?«

»Boldirinthe kann für sie beten. Sie kann die Götter anflehen, die Leitung wieder freizumachen. Oder ihren Zorn auf die Gilde der Weber und so herabrufen und ...«

»Edle?« sagte die Sekretärin erneut, diesmal bestürzt. »Verstehe ich dich richtig, Edle? Es ist ein Scherz, nicht wahr? Nur ein kleiner Scherz?«

»Ja. Es war nur ein Scherz«, sagt Taniane. »Du darfst mich nicht so ernstnehmen.« Sie preßte die Finger auf die Augen und holte dreimal hastig tief Luft. »Also, schick sie mir herein, die Delegation der Gilde der Gerber und Färber ...«

Ein dunstiger Hitzeschleier bedeckte den Himmel, als Nialli vor dem Regierungshaus auf die Straße trat. Sie winkte einen vorbeikommenden Xlendiwagen heran.

»Zum Nakhaba-Haus«, befahl sie dem Fahrer. »Ich bleibe dort nur so etwa fünf Minuten. Dann sollst du mich weiterfahren.«

Das zweite Ziel sollte das Mueri-Haus sein, in dem man den Emissär untergebracht hatte: ein Hospiz, das zumeist von Stadtfremden frequentiert wurde, und wo man den Gesandten gut und ständig observieren konnte. Es war nun Zeit, daß Nialli ihm sein Mittagsmahl brachte. Täglich zweimal suchte sie Kundalimon auf: mittags und in der Abenddämmerung. Er bewohnte ein kleines einfenstriges Gemach (eher schon eine Zelle) im dritten Geschoß, nach hinten, auf einen umschlossenen Hof hinausgehend.

Die Auseinandersetzung mit ihrer Mutter hatte eine dumpfe Leere in ihr hinterlassen. Jedesmal, wenn sie mit Taniane zu tun hatte, kämpften in ihr Liebe und Furcht gegeneinander. Bei Taniane wußte man nie vorher, wann ihr starker Sinn für die Nöte der Stadt alle sonstigen Überlegungen und Rücksichten, jeden Gedanken an die schmuddeligen kleinen privaten Bedürfnisse und Probleme der einzelnen Bürger verdrängen würde; wobei es dann gleichgültig war, ob es die eigene Tochter traf oder einen völlig Fremden. Für Taniane kam die Stadt stets und immer an erster Stelle. Zweifellos mußte man so werden, wenn man vierzig Jahre lang Häuptling war; die Zeit machte einen hart, engsichtig, stur. Vielleicht hatte der Beng, der diesen Stein geworfen hatte, völlig recht? Vielleicht war es Zeit, daß Taniane den Platz räumte.

Nialli überlegte, ob sie tatsächlich für Taniane spionieren würde, wozu sie sich so plötzlich zur eigenen Verblüffung bereiterklärt hatte.

Wahrscheinlich war es ein Fehler, das Ganze in Zusammenhang mit Bespitzelung zu bringen. Schließlich war sie ja Bürgerin Dawinnos und zudem die Tochter des Häuptlings und des Chronisten. Und sie besaß ja wirklich einige, wenn auch minimale Kenntnisse in der Hjjk-Sprache, und das war mehr, als sonstwer hier von sich behaupten durfte. Warum sollte sie also *nicht* als Dolmetsch fungieren, freudig und stolz darauf, daß sie ihrer Stadt dienen konnte? Es bedeutete doch schließlich nicht, daß sie Taniane und dem Präsidium jedes einzelne Wort aus den Gesprächen mit Kundalimon wiederholen mußte ... Oder daß sie ihr gesamtes Wissen über die Hjjks ihrer Inquisition preiszugeben hatte. Sie konnte sorgsam auswählen, konnte sich in ihrem Bericht recht leicht auf die Kernpunkte des Vertragsangebotes beschränken. Doch der Gedanke war so schrecklich gewesen, daß man sie peinlich über alles ausquetschen könnte, was sie über das NEST und seine Herrscherin wußte. Es hatte Nialli mit Entsetzen erfüllt, daß man den Schutzpanzer ihrer Intimsphäre durchbrechen könnte, hinter dem sie sich nun fast vier Jahre lang versteckt hatte. Sie gedachte diesen Schutz höchstselbst abzulegen, und zwar wenn und wann sie die rechte Zeit für gekommen hielt. Die Vorstellung, die anderen könnten sie vorzeitig dieses Schirms berauben, ehe sie dazu bereit war, erfüllt sie dennoch mit Entsetzen. Vielleicht eine Überreaktion? Vielleicht.

Sie hielt sich im Nakhaba-Haus nur kurz auf, um Kundalimons Mittagsmahl zu holen. Heute hatte sie ein gekochtes Vimbor-Lendenstück für ihn. Meistens brachte sie ihm Gerichte aus der Hjjk-Küche: Saatkörner und Nüsse, Dörrfleisch, nicht mit reichen, üppigen Saucen ... Doch sie setzte ihn auch ab und zu behutsam der Verführung der herzhafteren *völkischen* Kochkunst aus, immer nur jeweils ein, zwei kleine Häppchen. Auch Essen konnte als sprachhelfende Kommunikation dienen, und die gemeinsam eingenommenen Mahlzeiten förderten ihren gegenseitigen Lernprozeß.

Einmal — es war das dritte-, viertemal, daß sie ihm sein Essen brachte — hatte er lange Zeit nachdenklich einen Mundvoll Nüsse und Früchte gekaut, ohne zu schlucken, und dann schließlich einen Teil davon in seine Hand gespuckt. Den Brei hatte er ihr dann entgegengehalten. Niallis erste Reaktion war Verblüffung und Ekel. Doch er hielt ihr weiterhin drängelnd die Handvoll feuchten Brei hin und nickte und deutete dabei unablässig.

»Was ist das?« hatte sie benommen gefragt. »Ist was nicht in Ordnung damit?«

»Kein ... Essen ... Du ... Nialli Apuilana?«

Sie begriff noch immer nicht und starrte ihn an.

»Nehmen ... nehmen ...«

Und dann fiel es ihr plötzlich wieder ein. Im NEST teilten die Hjjks halbverdaute Nahrung die ganze Zeit miteinander. Zum Zeichen der Solidarität, der Nest-Bindung und vielleicht noch einiges mehr, das in einem Zusammenhang stand mit dem Nahrungsmetabolismus im Körper der Hjjks, was sie jedoch nicht verstand. Aber sie erinnerte sich jetzt daran, wie ihre Nestgefährten einander vorgekauten Nahrungsbrei aufgedrängt hatten. Dieses Teilen der Nahrung war etwas ganz allgemein Selbstverständliches unter ihnen.

Zögernd hatte sie angenommen, was Kundalimon ihr darbot. Er lächelte und nickte heftig. Sie zwang sich, etwas davon zu essen, obschon alles in ihr sich instinktiv dagegen wehrte. »Ja«, sagte er. »O ja!«

Sie kämpfte ihre Übelkeit nieder und schluckte. Er schien sich zu freuen.

Pantomimisch hatte er sie dann aufgefordert, etwas von der mitgebrachten VOLKS-Speise zu nehmen, es ihm nachzutun und ihrerseits ihn zu füttern. Sie nahm eine gebratene Gilandrin-Keule und biß hinein, und nachdem sie eine Weile daran herumgekaut hatte, holte sie den ganzen Fleischpfropfen aus dem Mund, verbarg möglichst ihre Befangenheit und reichte ihn Kundalimon.

Er probierte zurückhaltend. Das Fleisch selbst schien ihm irgendwie nicht geheuer; doch ganz sichtlich freute es ihn, daß sie es zuerst im Mund gehabt hatte. Sie spürte die Wärme und Dankbarkeit, die von ihm zu ihr herüberflutete. Es war beinahe, als befände sie sich wieder im Nestverband.

»Mehr«, forderte er.

Und so gelang es ihr — weil sie bereit war, seine Hjjk-Bräuche anzunehmen — schrittweise, sein Nahrungsspektrum zu erweitern. Und sobald ihm bewußt geworden war, daß die Gerichte, die Nialli ihm brachte, nicht schädlich für ihn waren, aß er sie mit Genuß. Auf seinen Knochen wuchs ein wenig Fleisch nach, sein dunkler Pelz war dichter und hatte sogar einigen Glanz bekommen. Und die seltsamen-grünen Augen wirkten nicht länger so hart und eisig.

Also — eine Art Kommunikation.

Er blieb zwar scheu und zurückhaltend, doch schien er sich über ihre Besuche zu freuen. Hatte er sich vielleicht inzwischen ausgerechnet, daß auch sie einst im

NEST gelebt hatte? Manchmal hatte Nialli den Eindruck; aber sie konnte noch nicht sicher sein. Der verbale Kontakt zwischen ihnen war noch immer sehr ungenau. Kundalimon hatte ein Dutzend Stadtwörter aufgeschnappt, und Nialli war dabei, ihre Hjjk-Kenntnisse aufzufrischen. Doch noch waren Vokabelkenntnisse und Begriffszusammenhänge zwei verschiedene Dinge.

Lerne seine Sprache oder lehre ihn, die unsere zu sprechen! So lautete Tanianes Befehle, und das ließ keine Ausflüchte zu. *Und beeil dich damit. Und dann sagst du uns, was du herausbekommst.*

Den ersten Teil der Order gedachte Nialli jedenfalls exakt zu befolgen. Und sobald Kundalimon und sie sich geläufig verständigen konnten, sie sich besser kannten, er vielleicht mehr Vertrauen zu ihr hatte, würde er mit ihr vielleicht über NEST-Angelegenheiten sprechen: über KÖNIGINliebe, DENKERgedanken, den EIplan und alle jene anderen derartigen Dinge, die im Kern ihrer Seele warteten. Taniane brauchte von alledem nichts zu erfahren. Das übrige, dieses Vertragsangebot, die diplomatischen Verhandlungen, o ja, was ich darüber in Erfahrung bringe, werde ich ihr gern mitteilen, dachte Nialli. Aber kein Wort über das Tiefere, über das wirklich Wichtige.

Sie stieg in den wartenden Xlendiwagen.

»Und nun zum Mueri-Haus!« befahl sie dem Fahrer.

In der prachtvollen Villa des Prinzen Thu-Kimnibol im Südwestquadranten der Stadt hatten sich wieder die Heilkundigen am Lager der Edlen Naarinta versammelt. Es war die fünfte Nacht der laufenden Bemühungen. Die Lady war seit vielen Monden schon krank und versank mehr und mehr in immer tiefere Schwächezustände. Nun jedoch näherte sie sich der kritischen Phase.

In dieser Nacht hielt Thu-Kimnibol in dem schmalen Vorraum zum Krankenzimmer Wache. Die Heiler hatten ihm untersagt, näher an die Kranke heranzukommen.

In dieser Nacht war nur Frauen der Zutritt zu Naarintas Gemach gestattet. Die Düfte von Medizinen und aromatischen Kräutern hingen in der Luft. Aber auch der Geruch das nahenden Todes machte sich dort breit.

Sein Sensororgan bebte im Bewußtsein des gewaltigen Verlustes, der auf Thu-Kimnibol zuraste.

Im Krankenzimmer saß die Opferfrau Boldirinthe neben Naarinta. Wann immer man zauberische Sprüche und Tränke brauchte, wenn die Himmlische Fünffaltigkeit angerufen werden mußte, hievte die feiste alte Boldirinthe ihren massigen Leib in ein Vehikel und begab sich dienstbeflissen an Ort und Stelle. Die alte Fashinnatanda, die Patin des Häuptlings — so blind gebrechlich sie war —, verpaßte gleichfalls kaum je eine Gelegenheit, sich am Sterbebett von Schwerkranken eifernd einzufinden. Dann war da auch noch so ein bengischer Kräuterdoktor, ein verhutzeltes Weiblein mit einem rostfleckigen mit dunklen Federn verzierten Helm. Und zwei, drei andere Weiber, die er nicht zu erkennen vermochte. Sie brabbelten und summten mit stumpfen Stimmen leise durcheinander.

Thu-Kimnibol wandte sich ab. Er brachte es einfach nicht mehr über sich, zuzuhören. Es klang mehr wie eine Totenklage.

Im Gang draußen waren Bündel von Purpurblumen mit dunkelroten Stielen aufgestellt wie Tempelgaben. Ihr penetranter Duft ließ ihn schniefen, niesen und husten. Er eilte hastig vorbei und zu dem weiträumigen hochgewölbten Raum, der ihm als Audienzzimmer diente. Dort in trübem Licht erwartete ein Grüppchen von Männern: Maliton Diveri, Staip, Si-Belimnion, Kartafirain und Chomrik Hamadel. Seine Spieß- und Spielfährten und langjährigen Freunde. Sie drängten sich um ihn, rissen Witze und ließen einen gewaltigen Weinballon kreisen. Es war nicht der Moment, eine Trauermiene aufzusetzen.

»Auf glücklichere Tage!« sagte Si-Belimnion und ließ

den Wein in seinem Becher kreisen. »Die der Vergangenheit und die, die noch kommen werden.«

»Glücklichere Tage«, respondierte Chomrik Hamadel. Er stammte aus bengischem Fürstenblut und war ein kleinwüchsiger Mann mit stumpfem Gesicht und stechenden Scharlachaugen. Er trank heftig, wobei er den Kopf so stark in den Nacken warf, daß ihm beinahe der Helm davongeflogen wäre.

Maliton Diveri und Kartafirain schlossen sich dem Toast grinsend und mit lautem Becherklirren an. Zwei grobschlächtige Kerle, der eine kurz, der andere lang. Nur Staip blieb still. Er war älter als die anderen, was teilweise seine Zurückhaltung erklärte; doch er war auch Boldirinthes Partner, und zweifellos hatte diese ihm gesagt, wie gering die Hoffnung war, daß Naarinta am Leben bleiben würde. Und Staip hatte Verstellung noch nie gelegen: soldatische Schlichtheit, das war sein Stil.

Thu-Kimnibol nahm sich einen Becher, hielt ihn Maliton Diveri zum Füllen hin und sprach: »Glücklichere Tage, ja. Glück und Wohlstand uns allen — und auf die rasche Genesung meiner Gemahlin!«

»Glück und Wohlstand! Rasche Genesung!«

Fünfzehn Jahre war es her, seit er sein Leben mit Naarinta teilte. Er war ihr begegnet, als er gerade erst aus dem Norden in die Stadt gekommen war, die sein Halbbruder Hresh errichtet hatte, um sich hier niederzulassen, und er und Naarinta waren seitdem unzertrennlich gewesen. Sie stammte von den Debethin, war eine Häuptlingstochter — zweifellos nicht gerade eine rühmliche Linie, wenn man bedachte, daß nur noch ganze vierzehn Debenthins noch am Leben waren, als nach unseliger Wanderung von Osten her der ›Stamm‹ um Einbürgerung in Dawinno bat; dennoch — ein Häuptling war nun einmal ein Häuptling. Naarinta war hochgewachsen und graziös und strahlte eine stille Kraft aus. Sie waren ein großartiges Paar, fast hätte man sie majestätisch nennen können: Thu-Kimnibol, groß wie ein Turm, und seine stattliche Dame. Die Götter hatten ihnen Kindersegen versagt, was für ihn der tiefste Schmerz war; doch hatte er sich durchaus mit Naarinta allein zufrieden gegeben: Sie teilte seine Mühewaltungen, war die Gefährtin seiner Tage. Und dann war sie von dieser verzehrenden Krankheit befallen worden, von diesem unbegreiflich schrecklichen Ratschluß der HIMMLISCHEN, gegen den es anscheinend keinen Einspruch gab.

Chomrik Hamadel fragte: »Gibt's was Neues, Thu-Kimnibol?«

»Sie ist sehr schwach. Aber ich bin ja kein Arzt.«

»Ich meinte eigentlich, über diesen Gesandten von den Hjjks«, sagte Chomrik Hamadel hastig. »Ich hab gehört, sie haben ihn im Mueri-Haus eingelocht, und Tanianes Tochter rennt jeden Tag zu ihm hin. Aber was ist eigentlich los? Worum geht es überhaupt bei diesem Besuch von einem vom Wanzenvolk?«

»Sie wollen über einen Friedensvertrag verhandeln, soweit ich informiert bin«, sagte Kartafirain lachend. Er war ein großer silberpelziger Mann aus der Koshmar-Linie und ragte Thu-Kimnibol fast bis in Schulterhöhe, und er war von Natur aus jovial, aber streitsüchtig. Sein Erzeuger war der Kriegsmann Thhrouk gewesen. »Frieden? Ja, wer sind die denn, daß die von Frieden reden dürften? Die wissen ja nicht einmal, was das Wort bedeutet!«

»Vielleicht hat Hresh das ja mißverstanden«, sagte Si-Belimnion und kratzte sich an den Fettwülsten unter seinem dichten graublauen Fell. Ein reicher Mann, dieser Si-Belimnion, und sehr wohlgenährt. »Vielleicht bringt der junge Mann uns ja nicht eine Friedensbotschaft, sondern die Kriegserklärung. Hresh wird allmählich ganz schön alt, wenn ihr meine Meinung hören wollt.«

»Ja, das geht uns allen so«, erwiderte Chomrik Hamadel. »Aber willst du damit sagen, Hresh kann nicht mehr zwischen Frieden und Krieg unterscheiden? Er hat den Wunderstein genommen und damit das Hirn des jungen Mannes erforscht, hat mir Curabayn Bangkea gesagt. Man muß dem Heiligen Stein, und was er sagt, trauen.«

»Ein Friedensvertrag«, sagte Maliton Diveri und schüttelte bedenklich den Kopf. »Und das mit den Hjjks! Was werden wir tun? Unsre Stirn in den Staub pressen und den Göttern für solche Gnadenfülle danken, nehme ich an!«

»Selbstverständlich«, erwiderte Thu-Kimnibol scharf. »Und dann schwänzeln wir los und kleben unsre Sigille unter diesen Vertrag. Ich werde zuerst unterschreiben, wenn sie mich lassen. Wir müssen doch unsere tiefe Dankbarkeit zum Ausdruck bringen. Für die Freundlichkeit der Wanzlinge! Daß sie sich dazu herablassen, uns im Besitz unsrer eigenen Stadt zu lassen, soweit ich informiert bin, und sogar vielleicht noch etlicher Morgen Agrarnutzland vor der Stadt ...«

»Sind das die Vertragsbedingungen?« fragte Si-Belimnion. »Ich habe da was für uns viel Günstigeres gehört. Daß die Hjjks sich von Vengiboneeza fernhalten werden, vorausgesetzt, wir streben keine Expansion an über ...«

»Wie es auch aussehen wird«, sagte Kartafirain plump, »wir werden dabei die Verlierer sein. Darauf könnt ihr eure Ohren wetten — und eure Sensororgane dazu. Wenn das Präsidium tagt, müssen wir in der Debatte diese Geschichte abschmettern.«

»Und wann passiert das?« fragte Chomrik Hamadel.

»In einer Woche, zehn Tagen, vielleicht schon eher. Während Tanianes Tochter diesen Kundalimon versorgt, soll sie ihn in seiner Sprache über die Einzelheiten des Vertrags aushorchen. Die kann ja bekanntlich dieses Kauderwelsch verstehen. Die hat sie gelernt, als sie selber unter den Wanzen gelebt hat. Dann sagt sie Taniane, was sie herausgekriegt hat, und dann kommt das alles vors Präsidium und wird in einer Generaldebatte ...«

In diesem Moment verließ Staip, der die ganze Zeit keinen Laut von sich gegeben hatte, plötzlich den Raum. Und zwar mit hochgerecktem Sensor. Es hatte den Anschein, als sei der altehrenwerte Krieger einem Ruf gefolgt, den keiner außer ihm hören konnte. Es breitete sich eine peinliche Stille aus.

Nach einer Weile brachte Kartafirain mühsam das Gespräch wieder in Gang. »Ich kann überhaupt keinen Nutzen darin erkennen, wenn man Nialli Apuilana in die Geschichte involviert.« Er schaute Thu-Kimnibol an. »Was kann sie denn schon im Idealfall bewirken?«

»Warum sagst du sowas?«

»Weil sie so ... anders ist. Lieber Freund, du weißt doch viel besser als einer von uns, was für ein Typ sie ist. Glaubst du, es ist wahrscheinlich, daß sie was Brauchbares herausfindet? Und wenn, daß sie es uns sagt? Hat sich dieses Mädchen jemals zur Kooperation mit irgendwem bereitgefunden? Hat sie auch nur eine Silbe darüber preisgegeben, was zwischen ihr und diesen Hjjks vorgefallen ist, als sie dort Gefangene war?«

Thu-Kimnibol sagte: »So sei doch ein bißchen großmütiger. Sie ist intelligent und nimmt das Leben ernst. Und sie ist kein kleines Mädchen. Durchaus zur Wandlung und Veränderung fähig. Vielleicht bewirkt ja diese Ankunft des Gesandten, daß sich in ihr so etwas wie Verantwortungsgefühl gegenüber der Stadt entwickelt, oder doch wenigstens gegenüber ihrer eigenen Familie. Und wenn überhaupt jemand aus diesem Fremden aus dem Norden für uns nützliche Informationen herausholen kann, dann sie. Außerdem ...«

Er brach mitten im Satz ab. Staip war zurückgekehrt. Er stakte straff herein, und der Ausdruck auf seinem Gesicht war ernst. Leise sagte er zu Thu-Kimnibol: »Boldirinthe würde dich gern sprechen.«

Die Opferpriesterin war aus dem Krankenzimmer gekommen und wartete im Vorzimmer. Boldirinthes gewaltige Fleischmassen quollen über die Ränder eines geflochtenen Rohrsessels, dem es sichtlich schwerfiel, die Last zu tragen. Sie machte eine Andeutung, als wolle sie sich erheben, aber es blieb bei der Geste, und sie sank sofort wieder tief in den Sitz, sobald Thu-Kimnibol ihr mit einer Bewegung bedeutet hatte, sie möge Platz behalten. Sie wirkte bedrückt, und dies war atypisch für sie, denn normalerweise sprudelte sie über von Lebensfreude und Fröhlichkeit — sogar in Zeiten äußerster Düsternis.

»Also — es geht zu Ende?« fragte Thu-Kimnibol ohne Umschweife.

»Ja. Sehr bald. Die Götter rufen sie zu sich.«

»Und du kannst nichts tun?«

»Alles, was möglich war, wurde getan. Das weißt du doch. Aber gegen den Willen der Fünffaltigkeit sind wir machtlos.«

»Ja. Das sind wir wohl.« Er nahm die Hand der Opferpriesterin zwischen seine beiden Hände. Nun, da die Entscheidung klar war, fühlte er sich ruhig und gelassen. Er verspürte einen unklaren Drang, Boldirinthe dafür zu trösten, daß sie in ihrem Bemühen, ein Leben zu retten, gescheitert war, und dies, während sie ihrerseits ihm Trost zuzusprechen versuchte. Einen Augenblick lang schwiegen sie beide. Dann fragte er: »Wie lang noch?«

»Du solltest — jetzt Abschied nehmen«, sagte Boldirinthe. »Später ist es vielleicht zu spät.«

Er nickte. Dann ging er in das Gemach, in dem Naarinta lag. Sie wirkte gefaßt, und seltsamerweise sah sie unglaublich schön aus, als habe das lange Leiden jede kleinste fleischliche Unklarheit aus ihr herausgebrannt. Ihre Augen waren geschlossen, und ihr Atem ging sehr schwach, doch sie war noch immer bei Bewußtsein. Die alte Blinde, diese Fashinatanda, hockte an ihrem Bett und salbaderte vor sich hin. Als er in den Raum trat, unterbrach sie ihre Litanei, stand auf und verließ lautlos das Sterbezimmer.

Dann sprach er kurz mit Naarinta; aber was sie sprach, war wolkig-unklar, und er wußte nicht, ob sie etwas von dem begriff, was er zu ihr sagte. Und dann schwiegen sie beide. Es sah so aus, als hätte sie schon mehr als den halben Weg in die nächste Welt hinter sich gebracht. Und dann sah Thu-Kimnibol, wie die überirdische Schönheit von ihr zu schwinden begann, je näher der letzte Augenblick kam. Leise sprach er weiter zu ihr, sagte ihr, was sie ihm bedeutete. Er hielt ihre Hand fest und fest, so lange, bis es zu Ende war. Dann küßte er sie auf die Wange. Das Fell dort schien bereits so seltsam anders, war nicht mehr so weich wie früher. Ein Schluchzer (aber nur einer) stieg ihm in die Kehle und brach sich Bahn über die Lippen. Er war erstaunt, daß seine Reaktionen nicht heftiger waren. Doch der Schmerz war wirklich und trotzdem sehr tief.

Er ging dann. Zurück in das Audienzzimmer, wo seine Freunde stumm in einem kleinen engen Kreis zusammenstanden. Er überragte sie, breit wie eine hohe Mauer. Er fühlte sich auf einmal abgesetzt, isoliert von ihnen, abgeschnitten durch den schmerzlichen Verlust und den Mantel der Einsamkeit, der ihn umhüllte. Dieser abrupte Einbruch in ein Leben, das bisher von Glückseligkeit und Erfolg gekennzeichnet gewesen war und offenkundig ausgezeichnet durch die Gunst der Götter. Er fühlte sich wie ausgehöhlt, aber er begriff, daß diese seltsame Gelassenheit, die nun über ihn gekommen war, nur auf seine Erschöpfung zurückzuführen sei. Dann überwältigte ihn das starke Gefühl, daß sein bisheriges Leben jetzt, heute, mit dem Tod von Naarinta beendet war, daß nun auch er eine Verwandlung durchlaufen müsse — zu einer Wiedergeburt. Doch ... wiedergeboren werden zu was? In was?

Er verdrängte diese Ideen vorläufig. Später war genug Raum, dieses frische Leben in das leere Gefäß seiner Seele strömen zu lassen.

»Sie ist von mir gegangen«, sagte er schlicht. »Kartafirain, schenk mir noch Wein nach! Und dann ... Laßt uns ein Weilchen hier sitzen und über Politik plaudern, oder über die Jagd ... oder über die freundlichen Absichten der Hjjks. Doch zuerst den Wein, Kartafirain. Wenn du so freundlich sein magst ...«

Hresh sprach zuerst bei der Feier, er sprach die Worte, die er oft genug bereits gesprochen hatte: die Tröstungen Dawinnos. Daß Tod und Leben zwei Hälften einer Ganzheit seien, denn alles, was lebt, entsteht aus allem, was einst lebendig war, doch nun nicht mehr ist, und muß seinerseits sein Leben dahingeben, auf daß neues Leben entstehe. Danach sprach Boldirinthe das Totengebet. Auch Taniane sagte ein paar ruhige Sätze. Dann legte Thu-Kimnibol, der den Leib Naarintas wie eine Puppe in den Armen hielt, das in Tücher gehüllte Bündel auf den Scheiterhaufen. Die Flammen verschlangen sie, und in der lodernden Helle entschwand sie den Blicken.

Danach kehrte die Trauergesellschaft vom Ort der Toten in die Stadt zurück. Taniane und Hresh fuhren zusammen in der Staatskarosse des Häuptlings. »Ich habe eine siebentägige Volkstrauer angeordnet«, erklärte sie ihm. »Damit gewinnen wir etwas Zeit, über die Hjjk-Pläne nachzudenken, bevor wir damit vor das Präsidium gehen müssen.«

»Die Hjjks, ach ja«, sagte Hresh leise. »Das Präsidium.«

Er war im Geiste noch bei Thu-Kimnibol und Naarinta. Was Taniane gerade gesagt hatte, erschien ihm zunächst wie ein sinnleeres Geräusch, blecherne, bedeutungslose Worthülsen, die wie aus weiter Ferne zu ihm drangen. Präsidium? Hjjks? Ach ja? *Die Hjjk-Pläne.* Was war das? Die Hjjks ... Hjjks ... Hjjks. Er fühlte wieder das fremdartige Wispern in seinem Bewußtsein, wie so oft, wenn Gedanken an die Hjjks auftauchten. Das Rascheln von Borstenkrallen ... Die klickenden gewaltigen Schnäbel ...

Sie brach heftig in seine Gedanken ein. »Wo wanderst du jetzt wieder herum, Hresh?«

»Wie?«

»Du wirkst auf einmal, als wärst du auf der anderen Seite des Mondes.«

»Äh ... Was sagtest du gerade, meine Liebe?« Er blickte sie verständnislos an.

»Ich sprach von den Hjjks. Von ihrem Vertragsangebot. Ich muß wissen, wie du darüber denkst, Hresh. Können wir uns wirklich darauf einlassen? Daß uns die Hjjks in unsrer eigenen kleinen Provinz isolieren? Wir von der restlichen Welt ganz abgeschnitten sind?«

»Das ist unvorstellbar, gewiß«, antwortete Hresh

»Eben. Doch du scheinst das Ganze recht gelassen zu nehmen. Als wäre es für dich überhaupt nicht wichtig.«

»Müssen wir denn gerade jetzt darüber sprechen, Taniane? Heute ist ein Tag der Trübsal. Ich habe gerade gesehen, wie mein Bruder seine geliebte Gefährtin auf den Scheiterhaufen gelegt hat.«

Sie schien steif zu werden. »Bei der Himmlischen Fünffaltigkeit, Hresh, wir sehen sie doch alle, einen nach dem anderen ins Feuer gehen! Und eines Tages sind dann wir an der Reihe, und es wird kaum so fein und nett werden, wie du das in deinem kleinen Sermon immer predigst! Aber die Toten sind nun einmal tot, und wir sind noch da, und wir müssen mit Bergen von Problemen fertigwerden. Hresh, an diesem *Vertragsangebot* — es ist wohl eher die *Forderung* eines Friedensabkommens — ist nichts harmlos oder freundschaftsbereit. Es muß sich um ein Manöver in einem größeren Spiel handeln, das wir bisher noch nicht begreifen können. Wenn wir unterschreiben ...«

»Taniane ... *bitte!*«

Sie ignorierte ihn. »... so wäre das wirklich unvorstellbar leichtfertig. Genau, wie du sagst. Die wollen uns drei Viertel der Welt abnehmen, unter dem Vorwand, mit uns einen Friedensvertrag zu schließen, und du willst dazu nicht einmal deine Stimme erheben?«

Nach einer Weile sagte er: »Du weißt genau, daß ich einer Unterwerfung unter die Hjjks niemals zustimmen werde. Doch ehe ich öffentlich Stellung beziehen kann, brauche ich mehr Informationen. Die Hjjks sind mir völlig rätselhaft. Wie übrigens allen anderen auch. Und unsere Ignoranz beeinflußt uns in der Art und Weise, wie wir ihnen begegnen. Was sind sie *wirklich?* Übergroße Ameisen? Ein gigantischer Haufen seelenloser Wanzen oder Käfer? Wenn sie nur das wären, wie hätten sie dann Teile der Großen Welt bilden können? Möglich, daß sich hinter ihnen weit mehr verbirgt, als wir ahnen. Und ich will das eben *wissen!*«

»Du willst immer bloß *wissen!* Aber wie willst du zu diesem Wissen kommen? Du hast dein ganzes Leben damit zugebracht, alles zu studieren, was es in dieser Welt jemals gegeben hat — und in den Welten davor ... Und nach alledem hast du nichts Besseres zu sagen, als daß dir die Hjjks ein völliges Rätsel sind!«

»Vielleicht wird Nialli ...«

»Ja, Nialli. Ich habe ihr befohlen, mit dem Gesandten zu sprechen und mir alles zu hinterbringen, was sie herausfinden kann. Aber wird sie das auch tun? Was glaubst du? Wer könnte das sagen? Sie verbirgt sich hinter einer Maske, dieses dein Kind. Sie ist noch viel rätselhafter als die Hjjks selber!«

»Nialli ist ein schwieriger Mensch, zugegeben. Aber ich bin überzeugt, daß sie uns in dieser Sache enorm helfen wird.«

»Möglich«, sagte Taniane, aber es klang nicht sehr überzeugt.

Im Stadtzentrum: die vertrauten Bereiche des Hauses des Wissens. Ein guter Zufluchtsort an einem schwierigen Tag. Hresh stieß in einem der Erdgeschoßlabors auf seine Assistenten, Chupitain Stuld und Plor Kilivash, die über einigen Fragmenten brüteten. Sein Erscheinen überraschte sie. »Wirst du denn heute hier arbeiten?« fragte Plor. »Wir haben geglaubt ...«

»Nein. Ich arbeite heute nicht«, sagte Hresh. »Ich will bloß hier sein. Oben. Und ich möchte nicht gestört werden.«

Das Haus des Wissens war ein schlanker weißer Turm wie ein Speer; kaum einen Steinwurf im Durchmesser, aber viele Stockwerke hoch. Überhaupt das höchste Bauwerk in der Stadt. In den engen Rundgalerien hatte Hresh die Früchte lebenslanger Forschungsarbeit niedergelegt, und sie stiegen nach oben zu immer schmaler werdend wie eine große, sich an die Innenwandung des Turmes schmiegende Schlange empor. Auf der Spitze umgab eine Schutzwehr einen obersten Umgang, der so wie ein hocherhabener Balkon war. Von dort aus vermochte Hresh fast in jeden Winkel der großen Stadt zu blicken, die er geträumt und geplant und schließlich verwirklicht hatte.

Es wehte ein warmer Wind träge herein. Hresh hielt in seiner Rechten eine kleine silbrige Kugel, die er vor langer Zeit in den Ruinen von Vengiboneeza gefunden hatte. Mit ihrer Hilfe hatte er einstmals Visionen der vergangenen Hochzeiten der Großen Welt heraufbeschwören können. In der linken Hand ruhte ein ähnlicher, aber goldenbronzefarbener Ball. Es war das Zentralkontrollinstrument für die Großwelt-Baumaschinen, die er benutzt hatte, um Dawinno an einem Ort zu bauen, an dem es vordem nichts weiter gab als Sümpfe und Marschen und tropischen Wald.

Sowohl die silbrige wie die goldbronzene Kugel waren seit langem leergebrannt. Sie waren für Hresh — und jeden sonst — wertlos geworden. Durch ihre durchlässige Hülle konnte Hresh den blinkenden Quecksilberkern und die schwärzlichen Korrosionsflecken erkennen.

Er hielt die zwei toten Instrumente in Händen, und Großweltgedanken tauchten in seinem Gehirn auf. Ein heftiger Neid auf die Angehörigen jener verschwundenen Ära überkam ihn. Wie gefestigt ihre Welt gewesen sein mußte, wie geruhsam und heiter! Die unterschiedlichen Teile jener grandiosen Zivilisation hatten ineinandergegriffen wie das Räderwerk eines von den Göttern entworfenen Instrumentes. Saphiräugige und Menschliche, Hjjks und Seelords, Vegetabilische und Mechanische — sie alle hatten harmonisch und vereint zusammengelebt, und es war Zwietracht unter ihnen unbekannt. Ganz gewiß, dies mußte das allerseligste Zeitalter gewesen sein, das der Welt jemals beschert gewesen war.

Dennoch war da ein Paradoxon; denn die Große Welt war zum Untergang bestimmt, und ihre Völker hatten im Bewußtsein des drohenden Untergangs Millionen Jahre lang weitergelebt. Aber — wie konnten sie dabei glücklich sein?

Na ja, dachte Hresh, eine Million Jahre, das ist ja ganz schön lange. Die Leute in der Großen Welt müssen ja eigentlich eine Menge Spaß gehabt haben — unterwegs zu dem unausweichlichen Untergang. Dagegen besitzt *unsre* Welt die fragwürdige Gefährdetheit des Neugeborenen. Nichts ist noch gesichert, nichts hat feste Fundamente, und wir haben keine Garantie, daß unsere noch unflügge Zivilisation eine Million Stunden, oder auch nur eine Million Minuten dauern wird.

Düstere Vorstellungen. Er müht sich, sie beiseite zu schieben.

Von der Brüstung aus schaute er über Dawinno hinaus. Die Nacht begann sich herabzusenken. Die verschwindenden purpurnen und grünen Wirbelschleier des Sonnenuntergangs im westlichen Firmament begannen zu verblassen. In der Stad flammten da und dort die Lichter auf. Es war eine sehr großartige Stadt, gewiß, soweit man dies von Städten des Neuen Frühlings sagen konnte. Und dennoch, an diesem Abend wirkte alles an ihr irgendwie traumhaft und ungreifbar. Die Bauten, die er so lange für majestätisch gehalten hatte, kamen ihm auf einmal vor, als wären sie weiter nichts als leere Fassaden, über Holzstreben gespannte Kulissen aus Papiermaché. Alles nur eine Schein-Stadt, dachte er schließlich niedergeschlagen. Sie hatten in allem nur improvisiert, alles so aussehen lassen, wie sie geglaubt hatten, daß es aussehen müsse. Aber war das auf die richtige Weise geschehen? Hatten sie überhaupt *irgend etwas* richtig gemacht?

Schluß damit, befiehlt er sich.

Er schloß die Augen, und fast sofort tauchte Vengiboneeza wieder vor ihm auf, das Vengiboneeza aus der Zeit, in der es die lebenspulsierende Metropole der Großen Welt gewesen war. Die gewaltigen schimmernden Türme, die geschäftigen Hafenkais und Werften, die wimmelnden Märkte, und Angehörige von sechs drastisch verschiedenen Rassen, die friedsam nebeneinander lebten; die blitzenden Sternenschiffe, die von fernen Planetensystemen zurückkehrten und Ladungen mit fremdartigen Geschöpfen und unbekannten Gütern brachten ... Wie grandios war das alles, wie üppig, wie reich und vielfältig, wie gewaltig die hereinkommenden Ideenströme ... der Zufluß an dichterischem, an philosophischem Potential, an Träumen und Planen, an unermeßlicher Vitalität ...

Die vielfältige Schönheit überwältigte ihn momentan, wie dies stets der Fall gewesen war. Aber es dauerte nicht, und er fand sich wieder in seiner Trübsal gefangen.

Wie klein wir doch sind, denkt Hresh mit Bitterkeit. Was für einen kläglichen Abklatsch verschwundener Größe haben wir da geschaffen! Und sind noch dermaßen stolz darauf! Dabei haben wir in Wahrheit so wenig getan — wir haben nur nachgeahmt — als die Affen, die wir ja sind. Und nachgeahmt habe wir den Schein, nicht die Substanz. Und auch das könnten wir im kurzen Zittern eines Lidschlags verlieren …

Eine dunkle Nacht heute. Abgründig dunkel. Mond und Gestirne leuchten, wie sie es immer tun. Aber in deinem Innern tiefste Finsternis, nicht wahr, Hresh? Du hast einen Mantel über deine Seele gebreitet. Stolperst in erstarrter Schwärze tapsig umher, wie?

Der Gedanke durchfuhr ihn, er solle die nutzlosen Kugeln über die Brüstung werfen. Doch nein. Nein! So ausgebrannt sie sein mochten, sie konnten noch immer verlorene Welten in seinen Gedanken wachrufen. Sie waren Talismane, genau. Und sie würden ihn aus dieser Trostlosigkeit hinausführen. Er streichelt die seidigglatten Hüllen, und die unendliche Vergangenheit tut sich vor ihm auf. Und schließlich befreit er sich ein wenig aus seinem erdrückenden, erstickenden lautlos schreienden Elendsgefühl, in das er eingetaucht war. Dann kehrt auch bald die rechte Perspektive zurück. Heute, gestern, vorgestern, was bedeutet das schon angesichts des unermeßlichen Bogens der Zeit? Er trägt das Bewußtsein von Millionen Jahren geschichtlicher Vergangenheit in sich: nicht nur der Schichten der Großen Welt, sondern einer noch älteren Welt, von verschwundenen Reichen, vergessenen Königen, ausgestorbenen Geschöpfen; einer Welt, in der es noch kein VOLK gab, nicht einmal die Hjjks oder die Saphiräugigen, sondern nur die Menschen. Und vielleicht könnte es ja davor noch wieder eine andere Welt gegeben haben, auch wenn einem davon das Hirn schwindlig wird. Welten um Welten, und eine jede erwächst und blüht und verfällt und geht zugrunde: So ist eben der Wille der Götter, daß nichts vollkommen sein und nichts für immer und ewig dauern soll. Und was, wenn nicht dies, hätten ihn all seine historischen Forschungen lehren sollen? Eigentlich lag in dieser Erkenntnis auch eine starke Tröstung.

Sein ganzes Leben hindurch hatte er die Welt in sich hineingefressen, ihre bestürzenden Wunder hungrig aufgesogen. Als er noch klein war, hatten sie ihm den Spitznamen ›Hresh-der-ewige-Fragegeist‹ gegeben. In hahnenstolzer Überheblichkeit hatte er sich später umbenannt — zu ›Hresh-der-die-Antwort-weiß‹. Auch dies traf zu. Aber der Kindheitsname war dennoch der Wahrheit näher gewesen. In jeder Antwort verborgen liegt bereits die nächste Frage und bohrt und drängt.

Seine Gedanken schweifen zurück zu seinem achten Lebensjahr, zu einem Tag in der Zeit vor der ›Zeit des Auszugs‹, als er sich durch die Luke des Kokons geschlichen hatte, um zu sehen, was da draußen war.

Wohin war dieser Knabe jetzt entschwunden? Nun, er war noch immer da. Ein wenig abgeschabt und zerschlissen zwar, aber immer noch Hresh, der unentwegt fragt. Torlyri, die liebreizende sanfte Opferfrau, hatte ihn damals erwischt. Ach, sie war schon seit langem tot. Fast fünfzig Jahre war das nun her. Wäre sie nicht gewesen, auch Hresh wäre seit langem schon tot und ebenfalls längst vergessen ... — wenn sie nach ihrem Frühgebet die Luke wieder hinter sich geschlossen hätte, wäre er bis zum Einbruch der Nacht von den Rattenwölfen gefressen, oder von den Hjjks verschleppt worden, oder er wäre einfach in der eisigen Kälte, die damals herrschte, elendig erfroren.

Doch Torlyri hatte ihn am Bein erwischt und ihn zurückgerissen, als er über den Sims in die freie Welt zu klettern versuchte. Und als Häuptling Koshmar ihn für sein Sakrileg zum Tode verurteilt hatte, war Torlyri es gewesen, die sich erfolgreich für ihn eingesetzt hatte.

Wie lang war das her, wie weit, weit lag das zurück. Heute erscheint es ihm wie ein ganz anderes Leben. Oder wie eine ganz andere Welt.

Doch trotz allem gab es Kontinuität. Dieses unstillbare Verlangen, zu sehen, zu tun, zu lernen, war nie von Hresh gewichen. *Du willst immer bloß wissen,* hatte Taniane gesagt.

Er zuckte die Achseln. Und er ging hinein und legte die beiden Kugeln auf seinen Arbeitstisch. Das Dunkel drohte ihn erneut zu verschlingen.

Der Raum hier war sein Privatgemach. Niemand sonst hatte hier Zutritt. Hier bewahrte er den Barak Dayir auf und die anderen Weissagungsinstrumente, die von seinen Vorgängern auf ihn gekommen waren. Auch seine Manuskripte lagerten hier: Essays über die Vergangenheit. Meditationen über den Sinn des Lebens, über die Bestimmung des VOLKES. Er hatte die Historie von der Größe und dem Niedergang der Rasse der Saphiraugen niedergeschrieben, so gut er sie eben verstand. Er hatte über die Menschlichen geschrieben, die ihm sogar noch größere Rätsel aufgaben. Und er hatte auch Spekulationen über das Wesen der Götter angestellt.

Niemals hatte er einem andern etwas von diesen Niederschriften zu lesen gegeben. Manchmal überkam ihn die Furcht, sie könnten vielleicht nichts weiter sein als ein Haufen hochgestochenen überkandidelten Un-Sinns. Und oft hatte er auch schon erwogen, das alles zu verbrennen. Warum auch nicht? Warum nicht diese toten Seiten den Flammen übergeben, so wie Thu-Kimnibol vor ein paar Stunden den Körper Naarintas ins Feuer gelegt hatte?

»Du wirst gar nichts verbrennen«, kam eine Stimme aus dem Schattendunkel. »Du hast nicht das Recht, Erkenntnis zu vernichten.«

Oft kamen ihm in den allerdunkelsten Stunden Visionen — manchmal war es Thaggoran, der alte, längst tote Thaggoran, sein direkter Vorgänger als Chronist; manchmal war es der Weise Alte Mann Noum om Beng vom Volk der Helmträger; manchmal sogar einer der Götter. Hresh bezweifelte solche Visionen niemals. Sie mochten sehr wohl Produkte seiner Einbildung sein, aber er wußte genau, sie sagten stets nur die Wahrheit.

Also sagte er jetzt zu Thaggoran: »Aber ist es wirkliche Erkenntnis? Was, wenn ich hier nur einen Berg von Lügen kompiliert habe?«

»Du weißt doch gar nicht, was Lügen heißt, Junge. Irrtümer können dir unterlaufen, möglich. Aber lügen, das wirst du niemals. Also verschone deine Bücher. Und schreibe weitere. Erhalte das Vergangene für die, die nach dir kommen werden.«

»Das Vergangene! Wozu soll das gut sein? Die Vergangenheit ist doch bloß eine Bürde!«

»Was plapperst du da, Knabe?«

»Es ist sinnlos, nach rückwärts zu schauen. Das Vergangene ist fort und dahin. Kann nicht bewahrt werden. Es entgleitet uns mit jeder Stunde unseres Hierseins. Und fort damit, den Himmlischen sei Dank! Die Zukunft, das ist es, woran wir denken müssen.«

»Nein«, sagt Thaggoran. »Die Vergangenheit ist der Spiegel, in dem wir erkennen können, was kommen wird. Das weißt du doch. Hast es stets gewußt! Was plagt dich denn heute mal wieder, mein Kleiner?«

»Ich war heute auf der Stätte der Toten und habe zugesehen, wie die Gefährtin meines Bruders zu Staub und Asche wurde.«

Thaggoran lacht dazu. »Ganze Welten sind zu Staub und Asche geworden. Neue Welten sind aus ihnen erstanden. Wieso muß ich dich eigentlich an derart einfache Dinge erinnern? Genau das hast du doch gerade heute vor ein paar Stunden den anderen auf dem Totenplatz gesagt.«

»Ja«, sagt Hresh und schämt sich auf einmal. »Ja, das habe ich zu ihnen gesagt.«

»Und ist es nicht der Wille der Götter, daß aus Leben Tod wird und aus dem Toten neues Leben?«

»Ja. Aber ...«

»Aber ... — nichts! Die Götter beschließen, und wir fügen uns ihrem Beschluß.«

»Die Götter verspotten uns«, sagt Hresh.

»Ach, meinst du wirklich?« sagt Thaggoran ungerührt.

»Die Götter überhäuften die Große Welt mit Glückseligkeit über alles Begreifen — und schleuderten dann die Todessterne auf sie. Würdest du das nicht einen üblen Hohn bezeichnen? Und dann holten die Götter uns aus dem Langen Winter heraus und setzten uns in die Erbschaft der Welt, obwohl wir ein absolutes Nichts sind. Ist nicht auch dies übler Hohn und Spott?«

»Die Götter spotten unser niemals«, sagt Thaggoran. »Sie sind jenseits unseres Begriffsvermögens. Aber ich will dir eines sagen: Was die Götter beschließen, das tun sie aus guten, weisen Gründen. Ihre Wege sind geheimnisvoll und rätselhaft für uns, doch sie sind niemals bloße Bosheit und Launenhaftigkeit.«

»Ach, wenn ich das nur glauben könnte?«

»Aber, Kleiner«, sagt Thaggoran, »was sonst bleibt dir denn, woran du glauben könntest?«

Glauben, ach ja. Die letzte Zuflucht für den Verzweifelnden. Hresh ist bereit, das gelten zu lassen. Und er ist inzwischen auch beinahe besänftigt. Doch selbst, wo es um Glaubenssachen geht, klammert er sich noch immer an die Logik. Was der Alte ihm begreiflich zu machen versucht, befriedigt ihn nicht restlos, und er sagt:

»Dann sag mir doch — wenn wir schon die Beherrscher der Welt sein sollen, wie uns das in unseren alten Schriften gelobt wird —, wieso haben dann die Götter uns mit der beglückenden Gegenwart der Hjjks beschenkt, die unsere Widersacher sind? Angenommen, die Hjjks sägen uns ab, noch ehe wir wirklich haben wachsen können? Wo bleibt dann der weise Plan der Götter, Thaggoran? Das erklär du mir mal!«

Es kam keine Antwort. Thaggoran war verschwunden. Sofern er jemals dagewesen war.

Hresh glitt in seinen altvertrauten abgenutzten Sessel und legte die Hände auf das glatte Holz seines Arbeitstisches. Seine Vision hatte ihn nicht ganz so weit geführt, wie es nötig gewesen wäre, doch ihren Zweck hatte sie dennoch erfüllt. Seine innere Gestimmtheit war irgendwie verändert. Vergangenheit, Zukunft — alles beides in Dunkelheit gehüllt. Alles undurchdringlich, dachte er. Und im Schutz der Gedankenfinsternis findet die Verzweiflung gute Schlupfwinkel, um dort zu lauern. Dann jedoch fragte er sich: Aber ist das Ganze denn wirklich so übel? Was sonst sollte das Künftige sein als ein dunkles Unbekanntes? Und das Vergangene? Wir leuchten mit unsern schwachen Erkenntnisfunzeln hinein und versuchen es mangelhaft zu erhellen, und was wir daraus lernen können, leitet irgendwie weiter in das zweite gewaltige Unbekannte. Also ist unser Wissen für uns Trost und Schutz zugleich.

Aber ich weiß doch so wenig, dachte Hresh. Und ich muß so sehr viel mehr wissen. (*Immer willst du nur wissen …* wie Taniane gesagt hatte.)

Ja. Ja. Und JA! Ich will wissen!

Auch jetzt noch. Auch wo ich so müde bin. Auch jetzt noch!

»Wir haben deine Herkunft in den Registern im Haus des Wissens ausfindig gemacht«, erklärte Nialli Kundalimon. »Du bist tatsächlich hier geboren. Im Jahr 30. Also bist du jetzt siebzehn. Ich bin 31 geboren. Verstehst du?«

»Ich verstehe«, sagte er und lächelte. Vielleicht tat er das ja wirklich. Ein bißchen.

»Deine Mutter war Marsalforn, dein Vater war Ramla.«

»Marsalforn. Ramla.«

»Du wurdest 35 von den Hjjks entführt. So steht es im Stadtregister. Geraubt von einem Überfallkommando dicht vor den Mauern der Stadt. Genau wie ich. Marsalforn verschwand spurlos, als sie nach dir in den Bergen suchte. Ihre Leiche hat man nie entdeckt. Dein Vater verließ kurz darauf die Stadt, und niemand weiß, wo er sich jetzt aufhält.«

»Marsalforn«, wiederholte Kundalimon. »Ramla.« Das übrige Informationsmaterial, das sie ihm zu übermitteln versucht hatte, schien für ihn keinen Sinn zu ergeben.

»Begreifst du, was ich mit dir vorhabe?« fragte sie mit leiser, eindringlicher Stimme und rückte mit ihrem Gesicht dem seinen ganz nahe. »Ich will mit dir über das Leben im NEST sprechen. Ich will, daß du mir das alles wieder richtig leibhaft nahebringst. Wie es roch, die Farben, die Klänge. Was der Nest-Denker sagt. Ob du jemals mit dem Heer marschiert bist, oder ob du in der Ei-Produktion zurückbleiben mußtest. Ob sie dich jemals in die Nähe der Königin gelassen haben. Ich will alles wissen. Alles.«

»Marsalforn«, wiederholte er. »Mutter. Vater. Ramla. Marsalforn ist Ramla. Mutter ist Vater.«

»Du kapierst wirklich nicht viel von dem, was ich sage, was? Was, Kundalimon?«

Er lächelte. Es war das wärmste Lächeln, das ihr bisher von ihm zuteilgeworden war. Wie die Sonne, die durch eine Wolkenformation bricht. Aber er schüttelte den Kopf.

Sie mußte etwas anderes versuchen. So dauerte es zu lange.

Ihr Herz begann zu hämmern.

»Wir sollten am besten tvinnern«, sagte sie in plötzlicher Kühnheit.

Wußte er, was das bedeutete? Nein. Er gab keine Reaktion von sich, sondern behielt nur dieses starre Lächeln bei.

»Tvinnern — ich will mit dir tvinnern, Kundalimon. Was das ist, weißt du auch nicht? *Tvinnr.* Das tun wir vom VOLK mit unseren Sensoren. Weißt du überhaupt, was das ist, ein Sensororgan? Das Ding da, das bei dir da hinten herunterhängt wie ein Schwanz. Ich nehme an, es ist ein Schwanz. Aber eben viel mehr als ein Schwanz. Es steckt voller Rezeptoren, die durch dein Rückgrat direkt mit deinem Gehirn verbunden sind.«

Er lächelte immer noch. Lächelte und begriff anscheinend gar nichts.

Sie gab nicht auf. »Dieses Gefühlsorgan benutzen wir unter anderem auch dazu, um mit anderen Geschöpfen Kontakt aufzunehmen. Einen tiefen, starken und intimen Kontakt von Bewußtsein zu Bewußtsein. Vor unserem dreizehnten Lebensjahr dürfen wir das nicht einmal versuchsweise probieren, aber dann zeigt uns die Opferfrau, wie es geht, und dann dürfen wir uns selber Tvinnr-Partner suchen.«

Er starrte sie nichtverstehend an. Schüttelte den Kopf.

Sie griff nach seiner Hand. »Alle zwei Personen können Tvinnr-Partner werden — ein Mann und eine Frau, ein Mann und ein Mann, eine Frau und eine Frau, jeder. Es hat nichts mit Partnerbindung und Kopulation zu tun, begreifst du. Es ist eine Vereinigung der Seelen. Man tvinnert mit jedem, dessen Seele man teilen möchte.«

»Tvinnr«, sagte er und lächelte sogar noch mehr.

»Tvinnr, ja. Ich hab es erst einmal gemacht — als ich dreizehn war, verstehst du? — mit Boldirinthe, der Opferfrau. Seitdem — nie wieder. Hier interessiert mich niemand in dieser Beziehung. Aber wenn ich mit dir tvinnern könnte, Kundalimon ...«

»Tvinnern?«

»Wir würden zu einem Kontakt gelangen, wie wir ihn in unserem ganzen Leben bisher nicht gekannt haben. Wir könnten Nest-Wahrheiten miteinander teilen, und wir brauchten dazu nicht einmal die Sprache des anderen zu sprechen, denn die Tvinnr-Verständigung ist jenseits bloßer Worte.« Sie blickte über die Schulter, um zu sehen, ob die Tür verriegelt sei. Sie war. Auf einmal fühlte sich Nialli wie von einem Fieber gepackt. Ihr Pelz war feucht, ihre Brüste hoben und senkten sich hastig. Ihr eigener Körperduft stieg ihr penetrant und süßlich-scharf in die Nüstern, der Gestank eines Tieres.

Vielleicht würde er allmählich begreifen.

Vorsichtig richtete sie ihren Sensor auf, stülpte ihn vor und ließ ihn sacht über den seinen gleiten.

Einen kurzen Moment lang war der Kontakt da. Es war wie ein Blitzschlag. Mit erstaunlicher Klarheit fühlte sie seine Seele: ein glattes fahles Pergament, auf dem in einer dunklen, kühnen, unvertrauten Handschrift seltsame Texte geschrieben waren. Sie waren voll von einer großen Zärtlichkeit und Süße und — Fremdheit. Das dunkle klösterliche Mysterium des Nests war in allem spürbar. Aber er war für Nialli offen und zutiefst verletzlich, und es würde nicht schwierig werden, den Tvinnr-Prozeß zu vollenden und ihrer beider Bewußtheiten in höchster Intimität zu verknüpfen. Erleichterung, Freude, ja sogar beinahe etwas wie Liebe strömte durch Niallis Seele.

Dann jedoch, nach diesem ersten überwältigenden Augenblick, entriß er ihr sein Sensororgan, zerbrach den Berührungskontakt abrupt und schneidend schmerzhaft. Er stieß einen scharfen brüchigen Laut aus, halb ein Knurren und halb das insektenhafte Zirpen der Hjjks, und schlug blindlings mit beiden Armen gleichzeitig auf sie ein, genau wie ein Hjjk es getan hätte. Seine Augen funkelten in wilder Panik. Dann sprang er nach rückwärts, kauerte sich in Abwehrhaltung in einen Winkel, fest gegen die Wand gepreßt, und keuchte vor Abscheu und Entsetzen. Sein Gesicht war eine in Furcht und Schock erstarrte Maske: die Nüstern gebläht, die Lippen waren scharf zurückgezogen und gaben beide Reihen der gebleckten Zähne frei.

Mit weiten Augen starrte Nialli Apuilana ihn an. Sie war entsetzt über das, was sie angerichtet hatte.

»Kundalimon?«

»Nein! Weg! Nein.«

»Ich wollte dich doch nicht erschrecken. Nur ...«

»Nicht! *Nein!*«

Er hatte zu zittern begonnen und klickte unverständliche Hjjk-Worte vor sich hin. Nialli streckte ihm die Arme entgegen, doch er schreckte vor ihr zurück und preßte sich nur noch fester an die Wand. Beschämt und beklommen ergriff sie schließlich die Flucht.

»Kommst du irgendwie voran?« fragte Taniane.

Nialli reagierte mit einem hastigen unbehaglichen Blick. »Ein bißchen. Nicht so rasch, wie ich gern möchte.«

»Kann er unsere Sprache schon sprechen?«

»Er lernt noch.«

»Und die Hjjk-Wörter? Erinnerst du dich jetzt wieder an sie?«

»Wir benutzen keine Hjjk-Wörter«, sagte Nialli mit gedämpfter Stimme heiser. »Er bemüht sich, das NEST hinter sich zu lassen. Er will wieder fleischlich werden.«

»Fleisch?« sagte Taniane. Die seltsame Wortwahl ihrer Tochter ließ ihr ein Schaudern über den Rücken laufen. »Du meinst, er will wieder Teil des VOLKS sein?«

»Genau das meinte ich, ja.«

Taniane beugte sich vor, um schärfer zu sehen. Wie stets wünschte sie sich, sie könnte hinter diese Maske blicken, hinter der ihre Tochter ihre Seele vor ihr verbarg. Zum millionstenmal fragte sie sich, was mit Nialli geschehen sein mochte während jener Monde, die sie in dem geheimnisvollen Labyrinth des NESTES unter der Erde zugebracht hatte.

»Und der Vertrag?« sagte sie.

»Nicht ein einziges Wort. Noch nicht. Wir verstehen uns noch nicht gut genug, als daß wir mehr als ganz simple Dinge behandeln könnten.«

»Das Präsidium tritt nächste Woche zusammen.«

»Ich arbeite, so rasch wie ich kann, Mutter. So schnell, wie er mitmacht. Ich habe die Sache zu beschleunigen versucht, aber da gab es — Probleme.«

»Was für welche?«

»Eben Probleme«, wiederholte Nialli und wendete den Blick ab. »Ach, laß mich doch zufrieden, Mutter! Glaubst du wirklich, sowas ist leicht?«

Drei Tage lang brachte sie es nicht über sich, zu ihm zu gehen. An ihrer Stelle schickte man einen Mann der Wache mit dem Essen. Dann ging sie doch wieder selbst und brachte ihm ein Tablett mit eßbaren Samenkörnern und den kleinen rötlichen Insekten, die man ›Rubine‹ nannte. Sie hatte die Nahrung persönlich am Morgen auf den kargen dürren Nordwesthängen der Berge gesammelt. Wortlos und scheu bot sie ihm die Nahrung dar. Er nahm ihr das Tablett ebenso stumm aus den Händen und fiel darüber her, als hätte er seit Wochen nichts mehr gegessen, und schaufelte die rötlichen kleinen Kadaver beidhändig in sich hinein.

Danach blickte er auf und lächelte. Jedoch bewahrte er während der ganzen Visite dieses Tages Nialli gegenüber eine vorsichtige Distanz.

Sie hatte also keinen unheilbaren Schaden angerichtet. Dennoch würde es einige Zeit dauern, bis der Riß verheilte. Der Tvinnr-Versuch war zu kühn, zu überstürzt erfolgt, das wußte sie. Vielleicht begriff er ja auch kaum, was sein Sensororgan überhaupt war. Vielleicht war diese flüchtige intimste Berührung zwischen ihnen beiden eine zu heftige Empfindung für ihn, der unter Wesen herangewachsen war, deren Emotionen sich auf ganz andere Weise ausdrückten; vielleicht war auch sein bereits instabiles Gefühl, zu welcher Rasse er wirklich gehörte, dabei erschüttert worden.

Er sah in sich selbst wohl einen Hjjk in der Körper-Gestalt eines Fleischlings, dachte Nialli. Und dann mußte eine derartige Intimität mit einer Person der

Fleischlingsrasse als widerwärtig und obszön erscheinen. Und doch, etwas in ihm war ihr liebevoll und eifrig entgegengeströmt. Etwas in ihm hatte danach verlangt, daß sich ihrer beider Seelen ineinander stürzten und eins würden. Dessen war sie ganz sicher. Doch vor dem Akt selbst war er bei allem Verlangen zurückgeschreckt, und er hatte sich in schmerzhafter Verwirrung zurückgezogen.

An diesem Tag blieb sie nur kurz bei ihm und mühte sich, die Sprachbarriere zu durchbrechen. Sie ging mit ihm ihren knappen Wortschatz der Hjjk-Sprache durch, nannte ihm die Entsprechungen in der Sprache des VOLKS und nahm Gesten und Zeichnungen dabei zuhilfe. Und Kundalimon schien wirklich Fortschritte zu machen. Sie fühlte, daß ihn die Unfähigkeit, sich ihr verständlich zu machen, zutiefst frustrierte. Es gab da Dinge, die er zu sagen wünschte, Ergänzungen der Botschaft, die Hresh ihm mit Hilfe des Barak Dayir entlockt hatte. Aber er vermochte ihnen nicht Ausdruck zu verleihen.

Kurz erwog sie, ob sie mittels des Zweiten Gesichts zu ihm vorstoßen solle. Dies war die nächstbeste Kontaktmöglichkeit nach dem Tvinnr. Sie könnte ihre seelischen Visionen senden und seine Seele damit zu berühren versuchen.

Doch höchstwahrscheinlich würde Kundalimon den Versuch wahrnehmen und ihn als erneuten Angriff, als erneute Grenzverletzung seiner innersten Seelenbereiche verstehen: als beleidigend, beängstigend, genau wie bei ihrem Tvinnr-Versuch. Nein, das durfte sie nicht wagen. Ihre Beziehung mußte langsamer neu aufgebaut werden.

»Also, was kannst du uns sagen?« fragte Taniane sie am Abend. Brüsk, ohne Umschweife sofort bei der Sache, Business as usual, ganz Häuptlingstil, kein bißchen Mutter. Das war sie sowieso fast nie, eine Mutter. »Habt ihr endlich über den Vertrag zu sprechen begonnen?«

»Er verfügt noch immer nicht über das ausreichende Vokabular.« Sie sah den Argwohn in Tanianes Blick aufkeimen, und in ihrer Bedrängnis fragte sie: »Glaubst du nicht, daß ich mich wirklich bemüht habe, Mutter?«

»Doch. Ja, ich glaube schon, Nialli.«

»Aber ich kann keine Wunder bewirken. Ich bin nicht wie mein Vater.«

»Nein«, antwortete Taniane. »Natürlich nicht.«

Am Abend der Präsidialsitzung, zur sechsten Stunde nach Mittag, begannen sich die Führer Dawinnos in ihrem noblen Sitzungssaal mit den dunklen geschwungenen Deckenbalken und den granitenen Wänden zu versammeln.

Taniane nahm ihren Platz an dem hohen spiegelblanken Tisch aus rotem Ksultholz unter der großen Spirale ein, welche Nakhaba, die Beng-Gottheit, und die Fünf Götter des Koshmar-Stammes in Himmlischer Verschlungenheit symbolisierte. Hresh saß zu ihrer Linken. Auf den geschwungenen Bankreihen vor ihnen nahmen die verschiedenen Prinzen der Stadt ihre Plätze ein.

In der ersten Reihe die drei Prinzen der Justiz: der quicke elegante Husathirn Mueri neben dem massiven Thu-Kimnibol, der trübselig noch immer in den rotgeflammten Umhang und die Binde der Trauer gekleidet war, und der Beng Puit Kjai, steif und gestrafft daneben. Dann kam Chomrik Hamadel, Sohn des letzten unabhängigen Beng-Häuptlings vor der Vereinigung. Auf der Bankreihe dahinter saßen der Krieger-Veteran Staip und seine Gefährtin, die Opferfrau Boldirinthe, und Simthala Honginda, ihr ältester Sohn, mit seiner Gefährtin Catiriil, die Husathirn Mueris Schwester war. Um sie her ein halbes Dutzend der wohlhabenden Kaufleute und Manufakturbesitzer, die einen Sitz im Präsidialgremium ergattert hatten, und verschiedene Angehörige der Adelsfamilien, die Häupter einiger der Gründerfamilien der Stadt: Si-Belimnion, Maliton Diveri,

Kartafirain, Lespar Thone ... Gestalten von geringerer Bedeutung — Vertreter der kleineren Stämme und der Handwerker-Gilden saßen in der hintersten Reihe.

Alles trug Umhänge und Festkleidung. Und alle trugen auch grandiosen Helmschmuck, wie es dem Formzwang des offiziellen Anlasses entsprach: ein Sammelsurium raffiniertester, absurdester Kopfzier überall in dem weiten Saal. Der Helm von Chomrik Hamadel überstrahlte alle anderen ohne Schwierigkeit an Auffälligkeit: ein hochgetürmtes Agglomerat aus Metall und funkelnden Juwelen, das sich über seinem Kopf zu einem unmöglichen Gebirge türmte. Nur Puit Kjai, der einen Helm aus Kupferbronze mit gewaltigen nach vorn und hinten ausladenden Silberzacken balancierte, übertraf ihn noch um etliches.

Es kam nicht gerade überraschend, daß diese Beng-Prinzen sich dermaßen aufgetakelt hier zur Schau stellten. Schließlich waren die Bengs ja die ursprünglichen ›Behelmten‹. Auch war es kaum verblüffend, daß Husathirn Mueri, der ja ein Halb-Beng war, sich mit einem mächtigen goldenen Kuppelhelm mit scharlachroten Stacheln herausgeschmückt hatte.

Aber sogar die reinblütigen Koshmaris — Thu-Kimnibol, Kartafirain, Staip, Boldirinthe — hatten sich ihren prachtvollsten Kopfschmuck aufgesetzt. Und was noch ungewöhnlicher war, Hresh, der vielleicht alle fünf Jahre einmal einen Kopfhelm aufsetzte, trug jetzt ebenfalls einen, eine kleine, raffiniert aus dunklen rauhen Fasersträngen geflochtene und von einem einzelnen Goldband gefaßte Angelegenheit. Aber ein Helm war es eben doch.

Einzig Taniane war unbehelmt. Dafür aber lag auf dem Präsidialtisch neben ihr eine der bizarren alten Masken der früheren Häuptlinge, die sonst an der Wand ihres Arbeitszimmers hingen.

Als die für die Versammlung anberaumte Stunde schlug und ereignislos weiter verstrich, sagte Hitsathirn Mueri: »Worauf warten wir denn noch?«

Thu-Kimnibol schien dies zu amüsieren. »Hast du es denn dermaßen eilig, lieber Vetter?«

»Aber wir sitzen hier schon stundenlang herum und warten.«

»Ach, das sieht nur so aus«, sagte Thu-Kimnibol. »Im Kokon haben wir viel länger warten müssen, ehe wir den Auszug wagen durften. Siebenhundertmal tausend Jahre, waren es nicht so viele? Das hier ist doch nur ein Augenzwinkern.«

Husathirn Mueri grinste säuerlich und wandte den Blick ab.

Und dann stürzte überraschend Nialli Apuilana herein, atemlos und mit ganz unordentlicher Mantilla und Schärpe.

Sie sah aus, als wäre sie bestürzt, daß sie auf einmal an diesem Ort war. Sie blinzelte, rang nach Luft und starrte eine ganze Weile die versammelten Notablen in unverhohlener Ehrfurcht an. Dann huschte sie zu einem freien Sitz in der vordersten Bankreihe neben Puit Kjai.

»Sie?« sagte Husathirn Mueri. »Auf *die* haben wir die ganze Zeit gewartet? Das verstehe ich nicht.«

»Still, Gevatter!«

»Aber ...«

»So sei doch *still!*« wiederholte Thu-Kimnibol beißender.

Taniane erhob sich und strich mit den Händen sacht über die Häuptlingsmaske vor ihr. »Nun können wir beginnen. Dies ist die abschließende Sitzung mit Beschlußfassung bezüglich eines Vertragsvorschlages über bilaterale Anerkennung territorialer Ansprüche, den die Hjjks unterbreitet haben. Ich rufe als ersten Redner auf: Hresh-den-Chronisten.«

Der Chronist erhob sich langsam.

Er räusperte sich, blickte sich im Saal um, ließ den

Blick auf diesem und jenem Hochwohlgeborenen eindringlich ruhen und sagte schließlich: »Ich möchte mit der Rekapitulation der Bedingungen dieses Vertragsangebots der Hjjk beginnen, wie ich sie vermittels des Barak Dayir aus dem Bewußtsein des hjjkischen Emissärs Kundalimon eruiert habe.« Er hielt ein breites glattes gelbliches Pergament in die Höhe, auf dem in kräftigen braunen Linien eine Landkarte gezeichnet war. »Hier unten ist die Stadt Dawinno, wo das kontinentale Land sich zum Meer hinausstülpt. Hier ist die Stadt Yissou, nördlich von uns. Und hier, jenseits von Yissou, liegt Vengiboneeza. Alles, was nördlich von Vengiboneeza liegt, ist unbestreitbares Hjjk-Gebiet.«

Hresh hielt inne und blickte erneut durch den Saal, als prüfte er die Anwesenheitsliste.

»Die Königin«, fuhr er sodann fort, »schlägt uns eine Demarkationslinie vor zwischen Vengiboneeza und Yissou, von der Küste des Meeres quer durch die Nordhälfte des Kontinents, vorbei an dem großen Zentralfluß, der einst als der Hallimalla bekannt war, und dann weiter bis zum Gestade des anderen Meeres, das unserer Überzeugung nach am östlichen Rand des Kontinents die Begrenzung bildet. Könnt ihr alle diese Demarkationslinie sehen?«

»Klar, wir sehen, wie die Linie verläuft!« sagte Thu-Kimnibol.

Die scharlachrot gefleckten Augen des Chronisten begannen ärgerlich zu funkeln. »Natürlich. Ja, also sicher könnt ihr. Verzeih mir, Bruder.« Und ein flüchtiges Proforma-Lächeln. »Aber weiter: Die Grenzlinie ist so angesetzt, daß die derzeitige Territorialaufteilung erhalten bleibt. Was die Hjjks jetzt in Besitz haben, soll für ewige Zeiten unbestritten ihnen gehören. Unser Teil gehört dann ebenfalls unstrittig uns. Die Königin bietet die Garantie an, sämtliche Hjjks unter Ihrem Regime — und, soweit ich es verstanden habe, herrscht die Königin über *sämtliche* Hjjks der ganzen Welt — per Dekret am

Betreten des VOLKS-Territoriums zu hindern, es sei denn, es geschehe durch unsere ausdrückliche Einladung und mit unserer Billigung. Und kein Angehöriger des VOLKES soll ohne Erlaubnis der Königin das Hjjk-Territorium nördlich von Yissou betreten.

Dies ist die erste Vertragsbedingung. Aber es gibt weitere.

Erstens bietet die Königin uns ›spirituelle Leitung‹ an; also etwa Unterweisung in Glaubenskonzepten, die vage als ›Nest-Wahrheit‹ und ›Königin-Liebe‹ bekannt sind. Dabei scheint es sich um speziell hjjkische religionsphilosophische Ideen zu handeln. Wieso die Königin glaubt, daß diese für uns von Interesse sein könnten, vermag ich mir nicht vorzustellen. Jedenfalls wird vorgeschlagen, daß Spezialberater und Instruktoren der Nest-Wahrheit und Königin-Liebe bei uns in der Stadt — also, in sämtlichen Sieben Städten — sich niederlassen und uns die wahren Grundsätze dieser Konzepte lehren sollen.«

»Das kann doch wohl nur ein Witz sein!« blökte Kartafirain. »Hjjk-Missionare, hier mitten unter uns, die uns ihr verrücktes Blahblah vorsabbern? Hjjk-Agenten, das würde ich sagen. Und mitten in unsrer Stadt! Glaubt denn die Königin, wir sind wirklich so blöd?«

»Das ist nicht alles«, sagte Hresh unbeiirt, hob aber die Hand zum Zeichen, daß er Gehör wünschte. »Es gibt eine weitere Vertragsklausel der Königin, nämlich daß wir uns auf die derzeit von uns besetzten Territorien beschränken werden. Das bedeutet einen dauernden Verzicht auf unser Recht, auf irgendwelche andere Kontinente vorzustoßen, sei es zu reinen Forschungszwecken oder um dort tatsächlich Siedlungen zu errichten.«

»*Was?*« Diesmal kam der ungläubige Zwischenruf von Si-Belimnion. »Absurd!« sagte Maliton Diveri und fuchtelte wütend mit dem Arm. Und Lespar Thone stieß eine Kaskade von perlendem Gelächter aus.

Hresh wirkte leicht bestürzt. Taniane rief den Saal zur Ordnung. Als der Lärm sich gelegt hatte, blickte sie den Chronisten an und sprach: »Hresh, du hast noch immer das Wort. Ist dies der vollständige Bericht über die Vertragsbedingungen?«

»Ja.«

»Also, was hältst du von dem Ganzen?«

»Ich bin in einem Zwiespalt. Einerseits räumt man uns die unbestrittenen Besitzrechte an dem wärmsten und fruchtbarsten Teil des Kontinents ein. Und wir wären für immer frei von den Gefahren und Zerstörungen eines Krieges.«

»Vorausgesetzt, die Hjjks halten sich an ihren Vertrag«, gab Thu-Kimnibol zu bedenken.

»Vorausgesetzt, sie tun dies, ja. Aber ich glaube, das werden sie. Sie gewinnen dabei sehr viel mehr als wir«, sagte Hresh. »Ich meine, indem sie uns von den anderen Kontinenten fernhalten. Natürlich haben wir nicht die geringste Ahnung davon, was es auf diesen Kontinenten gibt. Noch besitzen wir vorläufig die Mittel, um die gewaltigen Ozeane zu überwinden, die uns von ihnen trennen. Doch eines weiß ich: Es könnte dort Ruinenstädte aus der Großen Welt geben, und manche sind vielleicht ebenso voll von Schätzen wie einst Vengiboneeza.« Wieder ließ er den Blick durch den Saal schweifen. »Damals, als wir noch in Vengiboneeza lebten«, fuhr er fort, »stieß ich auf ein Instrument, das mir die Vision aller vier Weltkontinente ermöglichte und aller Städte, die einst auf ihnen existierten: Städte mit Namen wie Mikkimord oder Tham oder Steenizale. Aller Wahrscheinlichkeit nach warten die Überreste dieser Städte auf uns, ebenso wie damals Vengiboneeza. Vielleicht liegen sie unter hunderttausendjährigem Schutt begraben, oder vielleicht haben Reparaturmaschinen, wie in Vengiboneeza, sie nahezu funktionsfähig erhalten. Ihr alle wißt, von welch hohem Nutzen die in Vengiboneeza gefundenen Instrumente für uns waren.

Nun, diese anderen antiken Städte — und ich hege nicht den geringsten Zweifel daran, daß es sie gibt — enthalten möglicherweise Dinge von noch größerem Wert. Wenn wir diesen Vertrag unterzeichnen, begeben wir uns auf immer des Rechts, nach ihnen zu forschen.«

»Aber was ist, wenn unsere Chancen, zu diesen Orten zu gelangen, ebenso groß sind, als wollten wir zum Mond schwimmen?« fragte Puit Kjai. »Oder wenn wir sie tatsächlich erreichen, und die Götter allein mögen wissen, wie viele Leben das kosten mag, und es stellt sich heraus, daß es dort gar nichts gibt, was die Mühe lohnt? Ich sage, schenkt den Krempel den Hjjks, mitsamt den Wundern und allem andern. Der Vertrag da erlaubt uns, die Landstriche, die wir bereits in Besitz haben, unstrittig und risikolos zu behalten. Das scheint mir doch wirklich wichtiger.«

»Du hast nicht das Wort«, sagte Taniane scharf. »Noch spricht der Chronist.« Sie sah Hresh an und fragte: »Ist es also die Überzeugung des Chronisten, daß wir das Vertragsangebot der Hjjks in Bausch und Bogen ablehnen sollten?«

Hresh starrte sie an, als bereite es ihm schwere Pein, eine dermaßen direkte Frage zu beantworten.

Nach einer Pause sagte er: »Den ersten Vertragspunkt, die Festlegung der Grenzen, kann ich akzeptieren. Den zweiten, die Entsendung von Lehrern der NEST-Wahrheit zu uns, verstehe ich ganz und gar nicht. Aber der dritte ...« Er schüttelte den Kopf. »Die Vorstellung, den Hjjks diese Schatzgruben für immer und alle Zeit zu überantworten, das gefällt mir überhaupt nicht.«

Taniane fragte: »Sollen wir also den Vertrag ratifizieren, Hresh, oder nicht?«

Er zuckte die Achseln. »Das muß das Präsidium entscheiden. Ich habe meinen Standpunkt dargelegt.« Und er setzte sich.

Wieder entstand Unruhe und Gezeter. Alle redeten

gleichzeitig durcheinander, und es war ein Gewirr von nickenden Helmen und wedelnden Armen.

»Die Vorsitzende hat das Wort!« rief Taniane laut und hämmerte erneut auf den Hochtisch.

In den verebbenden Lärm des ungebärdigen Gremiums hinein sprach sie: »Wenn auch der Chronist zu keiner klaren Stellungnahme zu unserem strittigen Tagesordnungspunkt bereit ist, der Häuptling ist es sehr wohl!«

Sie beugte sich nach vorn und funkelte die Frontbänkler scharf an. Beiläufig, beinahe als sei ihr nicht bewußt, was sie tat, nahm sie die Häuptlingsmaske und drückte sie, das Gesicht zum Saal, an die Brust. Es war eine monströse, eine prachtvolle gelbe Maske mit schwarzer Spitze, einem gewaltigen grausamen Schnabel und gezackten Projektionen an den Kanten: beinahe eine Hjjk-Maske. Die Wirkung dabei war so, als nagte sich ein Hjjk aus ihrem Innern heraus und sei urplötzlich mit dem Kopf voraus auf ihrer Brust ans Licht gebrochen.

Schweigend stand sie da. Nur um einen Lidschlag zu lang. Das Gemurmel hob erneut an, und lautere Auseinandersetzungen brachen aus.

»Will die Versammlung mich jetzt reden lassen?« schrie Taniane. Und dann mit zornbebender Stimme: »Laßt mich reden! Ich will reden!«

»Götter! Werdet ihr sie endlich reden lassen?« brüllte Thu-Kimnibol mit Donnerstimme und richtete sich halbwegs zu seiner gigantischen Länge auf, und Augenblicke später wurde es still im Saal.

»Ich danke euch«, sagte Taniane mit wütendem Gesichtsausdruck. Ihre Finger glitten geschäftig über den Rand der Maske, die sie an die Brust gepreßt hielt. »Es gibt nur eine einzige Frage«, sprach sie, »mit der wir uns befassen müssen: Was bringt uns dieser Vertrag effektiv an Positivem, wenn wir dafür unseren Anspruch auf drei Viertel der Welt verschenken?«

»Frieden«, sagte Puit Kjai.

»Frieden? Wir *haben* Frieden. Die Hjjks sind für uns keine Bedrohung. Das einzige Mal, daß sie uns bekriegt haben, haben wir sie niedergemetzelt. Habt ihr das denn vergessen? Das war, als sie Yissou angriffen, die Harruel damals soeben erst gegründet hatte, und wir alle eilten ihm zu Hilfe. Du warst doch dabei, Staip, und du auch, Boldirinthe. Und Thu-Kimnibol — du warst damals nur ein Knabe, aber ich habe gesehen, wie du die Hjjks an jenem Tag zu Dutzenden niedergemacht hast, Seite an Seite mit deinem Vater Harruel. Als der Tag sich neigte, war das Feld übersät von den Gefallenen der Hjjks, und die Stadt war gerettet.«

»Es war aber Hresh, der sie geschlagen hat«, sagte Staip. »Mit seinem Zauberzeug, das er in der Großweltstadt gefunden hat. Das hat sie verschlungen. Ich war dort. Ich hab es gesehen.«

»Ja, das spielte teilweise eine Rolle«, konterte Taniane. »Aber nur zum Teil. Der Feind war nicht fähig, unseren Kriegern zu widerstehen. Wir hatten an jenem Tage nichts zu befürchten von den Hjjks. Wir brauchen sie auch heute nicht zu fürchten. Sie hängen da droben im Norden herum wie zornige summende Bienen, doch wir wissen, sie haben keine wirkliche Macht über uns. Sie sind abscheulich, gewiß. Es sind widerliche, abstoßende Kreaturen. Doch sie ziehen nicht länger in größerer Zahl auf Raubzüge aus. Hin und wieder dringt ein kleiner Spähtrupp ein, und das ...« — sie warf Nialli Apuilana einen bedeutungsvollen Blick zu — »bringt uns dann ab und zu Kummer und Leid. Doch sind derartige Vorfälle, Yissou sei Dank, immer seltener geworden. Wenn wir pro Jahr auf drei Hjjks in unserer Provinz stoßen, dann ist das bereits die Ausnahme. Also brauchen wir uns nicht in Angst und Schrecken vor ihnen zu winden. Gewiß, sie sind unsere Feinde, aber wir können ihnen standhalten, wann immer sie es wagen, uns herauszufordern. Wenn sie über uns herfallen, dann können und werden wir sie zurückschlagen! Warum also sollten wir ihnen gestatten, uns ein Vertragsdiktat aufzuzwingen? Hier und heute bieten sie uns großzügig an, daß wir unser eigenes Land behalten dürften, falls wir nur den Rest der Welt ihnen überlassen. Was ist denn dies für eine Offerte? Wer unter euch kann darin etwas Verdienstvolles sehen? Wer von euch sieht da einen Nutzen für uns?«

»Ich!« sagte Puit Kjai.

Taniane nickte, Puit Kjai erhob sich und trat ans Rednerpult. Er war ein hagerer, kantiger, nicht mehr ganz junger Mann mit dem üppigen Goldpelz und den leuchtenden Sonnenuntergangsaugen des reinrassigen Beng. Er hatte die Nachfolge seines Vaters, des weisen verschrumpelten Noum om Beng als Hüter der Beng-Historie angetreten. Doch nach der Verschmelzung der Stämme hatte er seine Amtspflichten an Hresh abgetreten und statt dessen eine Stellung im Justizministerium übernommen. Er galt als ein stolzer, unbeugsamer Mann, der mit Leidenschaft einmal gefaßte Meinungen verfocht.

»Ich gehöre nicht zu jenen, die für feige Unterwürfigkeit und ängstliche Nachgiebigkeit plädieren«, begann er und machte eine kleine Wende, damit das Licht von oben besser auf seinen majestätischen Silber-Bronze-Helm falle und sich höchst effektvoll dort widerspiegele. »Ich bin vielmehr der Überzeugung — und die meisten unter euch teilen sie —, daß es unsere von der Vorsehung gewollte Bestimmung ist, daß wir eines Tages über die ganze Welt herrschen sollen. Und wie Hresh möchte auch ich nicht so beiläufig und leichtfertig per Unterschrift auf unser Recht verzichten, die Großweltstädte auf anderen Kontinenten zu erforschen. Doch ich glaube auch an die Vernunft. Und an die Klugheit.« Er blickte kurz Taniane an. »Der Häuptling sagt, die Hjjks seien für uns keine Gefahr. Du sagst, die Krieger des Stammes Koshmar haben den Feind mit Leichtigkeit in der Schlacht von Yissou geschlagen. Nun, ich war in diesem Kampf nicht dabei. Aber ich habe ihn studiert, und ich kenne den Verlauf gut. Ich weiß, daß an jenem Tag viele Hjjks fielen — aber daß es auch zahlreiche Verluste auf seiten des VOLKES gab, ja, daß sogar Harruel, König von Yissou, selbst den Heldentod starb. Und ich weiß ebenfalls, daß Staip wahr spricht, wenn er sagt, daß es der Zauber durch diesen Apparat aus der Großen Welt war, den Hresh gegen die Hjjks einsetzte, der an jenem Tag die Schlacht zugunsten des VOLKES entschied. Ohne diese Wunderwaffe hätten sie euch alle vernichtet. Ohne sie gäbe es heute keine Stadt Dawinno.«

»Lauter Lügen«, murmelte Thu-Kimnibol krächzend. »Bei der Heiligen Fünffaltigkeit! *Ich* war *dort!* Zauberei hatte mit unserem Sieg nichts zu schaffen. Wir haben heldenhaft gekämpft ... Ich hab an dem Tag mehr Hjjks erschlagen, als *der da* je in seinem ganzen Leben gesehen hat! Und ich war ein bloßes Kind damals. Mein Name lautete da Samnibolon, und das war mein Knabenname ... Wer wagt zu bestreiten, daß Samnibolon-Sohn-Harruels in jener Schlacht gekämpft hat?«

Puit Kjai fegte den lauten Ausbruch mit weiter Armgeste beiseite. »Die Zahl der Hjjks sind Millionen, wir dagegen sind selbst jetzt nur Tausende. Und ich habe mehr hjjkische Aggression erlebt als die meisten unter euch. Wie ihr wißt, bin ich Beng. Ich war unter denen, die nach dem Auszug des Koshmar-Stammes weiter in Vengiboneeza lebten. Ich ersuche euch, erinnert euch daran, daß wir die Stadt zehn Jahre lang ganz für uns hatten, dann kamen die Hjjks, zuerst fünfzig, danach hundertfünfzig und dann viele Hunderte, und dann waren es dermaßen viele, daß man sie nicht mehr zählen konnte. Sie wurden uns gegenüber nie tätlich, aber sie vertrieben uns dennoch — kraft ihrer großen Zahl. Und so ist es, wenn die Hjjks friedlich sind. Wenn sie es aber *nicht* sind ... Nun, ihr, die ihr in Yissou gekämpft habt, erlebtet sie ja anders. Ihr habt sie zurückgeschlagen, gewiß. Doch beim nächstenmal, wenn es ihnen einfällt, uns zu bekriegen, haben wir ja vielleicht Hreshs Großweltwaffen nicht zur Verfügung.«

»Was meinst du also?« fragte Taniane. »Daß wir sie bitten sollen, uns gnädig unser eigenes Land zu überlassen?«

»Ich sage, wir sollten diesen Vertrag ratifizieren — und Zeit gewinnen«, sagte Puit Kjai. »Durch den Vertrag sichern wir uns gegen eine Einmischung der Hjjks in unseren derzeitigen Territorien ab, bis wir stärker sind, stark genug, um uns gegen eine noch so starke Hjjk-Armee zur Wehr zu setzen. Und dann können wir noch immer an eine Gebietsexpansion denken. Dann können wir uns auch mit jenen anderen Kontinenten und den Wundern befassen, die sie möglicherweise bergen, die zu erreichen uns zum jetzigen Zeitpunkt sowieso die Mittel fehlen. Verträge können nämlich auch leicht gebrochen werden, wißt ihr? Wir schenken mit unserer Unterschrift nichts für ewig weg. Aber mit dem Vertrag handeln wir uns Zeit ein ... Er hält uns die Hjjks von unserer Grenze fern ...«

»Buh!« brüllte Thu-Kimnibol. »Laß mich antworten, ja? Laß mich dazu ein, zwei Sachen sagen!«

»Hast du geendet, Puit Kjai?« fragte Taniane. »Gibst du das Podium frei?«

Puit Kjai zuckte die Achseln und bedachte Thu-Kimnibol mit einem verächtlichen Blick. »Ja, ich kann auch gern abbrechen. Ich überlasse also den Platz dem Gott des Krieges.«

»Laßt mich durch!« fauchte Thu-Kimnibol und drängte ungestüm aus der Sitzreihe, wobei er fast über Husathirn Mueris ausgestreckte Beine gestolpert wäre. Mit hastigem Wutgestampfe schoß er nach vorn, baute sich hinter dem Pult auf und klammerte sich mit beiden Pranken daran. Er war dermaßen riesig, daß das Pult wie ein Kindertischchen wirkte.

Das Trauercape umgab die massiven Schultern wie eine Corona aus Feuer. Heute war sein erstes öffentliches Erscheinen seit Naarintas Bestattung. Er wirkte deutlich verändert, betont reservierter, viel ernster, kaum noch der gemütliche unbekümmert polternde Kriegsmann. Mehreren war dies an diesem Tage bereits aufgefallen, und sie hatten Bemerkungen darüber gemacht. Er trug sichtlich an der Bürde seiner Stellung als einer der Prinzen der Stadt. Seine Augen wirkten dunkler und lagen tiefer in den Höhlen. Er betrachtete sich die Versammlung mit langsam schweifenden, suchenden Blicken.

Als er zu sprechen anhob, geschah dies in einem pompösen, höhnisch-überheblichen Ton.

»Puit Kjai sagt, er ist kein Feigling. Puit Kjai sagt, er plädiert nur für Klugheit. Aber wer soll ihm das glauben können? Wir wissen doch alle, was Puit Kjai wirklich damit zum Ausdruck bringt: Daß ihm bei dem bloßen Gedanken an die Hjjks vor Angst die morschen Knochen schlottern. Daß er sich in Alptraumvisionen suhlt, wie sie in gewaltigen Horden vor den Mauern unserer Stadt darauf lauern, hereinzubrechen und ihn — *ihn*, den einzigartigen, den unersetzlichen Puit Kjai (unwichtig, was mit dem Rest von uns anderen passiert) zu winzigkleinen Fetzchen zerfleischen. Am Morgen wacht er in kalten Schweiß gebadet auf und sieht Hjjk-Soldaten über seinem Bett schweben, die sich gleich daranmachen werden, ihm Fetzen Fleisch aus seinem Leib zu beißen und sie zu fressen. Um mehr geht es ihm, dem Puit Kjai, wahrhaftig nicht. Nämlich darum, einen Vertrag, ein Stück Papier, zu unterzeichnen, durch das die schrecklichen Hjjks in sicherer Entfernung gehalten werden ... solange er selbst noch lebt. Ist dem nicht so? Ich frage euch: Ist es nicht wirklich so?«

Seine Stimme schallte widerhallend durch den Saal. Er wölbte sich über das Rednerpult und schoß herausfordernd heldisch-blitzende Blicke durch den Raum.

»Dieser Vertrag«, fuhr er nach einer Pause fort, »ist nichts weiter als eine Falle. Dieser Vertrag ist ein Indiz der höhnischen Verachtung, die uns die Hjjks entgegenbringen Doch Puit Kjai drängt uns, das zu ratifizieren! Puit Kjai zerschmilzt vor Friedenssehnsucht! Brecht den Vertrag doch einfach zu einem uns genehmeren Zeitpunkt, schlägt uns der ehrenwerte Puit Kjai vor. Aber vorläufig laßt uns demütig vor den Hjjks auf dem Bauch kriechen, denn ihrer sind viele, und wir sind nur ein paar, und der Frieden ist wichtiger als alles übrige. Ist das nicht so, Puit Kjai? Lege ich deine Argumentation nicht fair und klar vor?«

Wieder erhob sich Gemurmel im Saal, diesmal vor Überraschung, denn das war ein neuer Thu-Kimnibol, den man da zu hören bekam. Niemals zuvor hatte er in der Präsidialversammlung derart beredt, mit solch feurigem Furor gesprochen. Gewiß, Thu-Kimnibol war ein gewaltiger Krieger, von beinahe göttergleicher Leibesfülle und Energie, ein gigantischer Feuerbrand, voll Kampfeslust und lautstarkem Kriegsgebrüll. Sein Name schon drückte das deutlich aus. Denn obwohl er — wie er soeben gesagt hatte, als Samnibolon geboren ward, hatte er sich an seinem Benamungstag im Alter von neun Jahr gemäß der Sitte der Koshmari seinen neuen, den Erwachsenennamen gewählt, und zwar Thu-Kimnibol, was da heißt: ›Schwert der Götter‹. Andere Männer scharten sich um ihn und gierten nach seinem Rat und seiner Protektion. Einige jedoch — wie Husathrin Mueri, der in ihm den großen persönlichen Rivalen im Kampf um die Macht in der Stadt sah — neigten dazu, seine Führungsqualitäten einzig aus seiner immensen körperlichen Stärke abzuleiten und zu glauben, er habe in seiner Seele weder Witz noch Feinheit. Nun sahen diese Leute sich unerwartet gezwungen, ihre Ansichten zu revidieren.

»Und nun laßt mich euch sagen, was *ich* glaube«, sprach Thu-Kimnibol weiter. »Ich glaube, daß die Welt rechtmäßig *uns* gehört ... die *gesamte Welt* ... Und zwar auf Grund unserer Abstammung von den MENSCHEN, die einst über sie herrschten. Ich glaube, daß es uns vom Schicksal bestimmt ist, voranzuschreiten, weiter und weiter, bis wir bis an die allerfernsten Horizonte vorgestoßen sind. Und es ist ebenso meine Überzeugung, daß die Hjjks, diese gräßlichen widerwärtigen Überbleibsel einer früheren Welt, mit Stumpf und Stiel ausgerottet werden müssen wie Ungeziefer — das sie ja sind.«

»Kühne Worte, Thu-Kimnibol«, sagte Puit Kjai mit vor Verachtung eisiger Stimme. »Wir werden uns also aus ihren toten Leibern Flöße zusammenbasteln und darauf übers Meer zu den anderen Kontinenten paddeln.«

Thu-Kimnibol schoß einen Mordblick auf ihn ab. »Ich rede noch, mit Erlaubnis des Präsidiums, Puit Kjai!«

Puit Kjai warf in einer komischen Geste der Resignation die Arme in die Luft. »Ich ziehe meinen Einwand mit Bedauern zurück.«

»Und hier nun mein Vorschlag«, sprach Thu-Kimnibol weiter. »Wir senden den Hjjks ihren Gesandten zurück, und zwar mit ihrem Vertrag auf seiner Haut aufgenäht. Gleichzeitig sendet Botschaft an unseren Gevatter, Cousin Salaman von Yissou, daß wir tun werden, worum er uns schon so lange ersucht hat, nämlich unsere Streitkräfte mit den seinen vereinigen und einen Vernichtungsschlag führen gegen die umherschweifenden Hjjk-Banditen, die seine Grenzen bedrohen. Danach verlegen wir unsere Streitmacht — mit jedem körperlich tauglichen Mann und Weib, über die wir verfügen — nach Norden — nein, du selbst brauchst nicht mitzukommen, Puit Kjai! —, und im Verbund mit König Salaman werden wir zum großen NEST-ALLER-NESTER vorstoßen, ehe die Hjjks auch nur ahnen, was da auf sie zukommt, und wir werden ihre KÖNIGIN-der-KÖNIGINNEN als die widerliche Kakerlake, die sie ist, zerquetschen und ihre Streitmacht in alle Winde zerstreuen. So sollten wir meiner Überzeugung nach reagieren auf dieses Angebot von Liebe und Frieden, das uns die Hjjks hier machen.«

Und damit begab sich Thu-Kimnibol wieder auf seinen Vorderbänklersitz zurück.

In der Deputiertenkammer herrschte eine betäubte Stille.

Dann erhob sich Husathirn Mueri, und er kam sich vor wie in einem Traum, und bahnte sich einen Weg zum Podium. Er wußte noch keineswegs genau, was er sagen würde. Er hatte kein Redekonzept und keine klare Position vorbereitet. Doch er wußte, wenn er sich jetzt nicht zu Wort meldete, sozusagen im Windschatten von Thu-Kimnibols überraschendem Ausbruch, dann würde er den Rest seiner Tage für immer im Schatten des anderen stehen, und es würde Thu-Kimnibol sein, und nicht Husathir Mueri, der an die Herrschaft über die Stadt gelangte, wenn Tanianes Zeit zu Ende war.

Während er sich vor dem Präsidialtisch aufbaute, flehte er die Götter (an die er nicht glaubte) an, ihm die rechten Worte zu verleihen, und die Götter waren großmütig ihm gegenüber: Er fand die Worte.

Er blickte das immer noch verblüffte Plenum an und begann leise: »Prinz Thu-Kimnibol hat uns soeben mit einer Rede von großem Gewicht und visionärem Weitblick beglückt. Es sei mir erlaubt, hier festzustellen, daß ich seine Überzeugungen über die schicksalhafte Endaufgabe unserer Rasse teile. Und laßt mich euch ebenfalls hier und jetzt sagen, daß ich ebenfalls mit Prinz Thu-Kimnibol einig bin in der Überzeugung, daß wir — sei es früher, sei es später — um die apo-ka-lyp-tische Konfrontation mit den Hjjks nicht herumkommen werden. Es ist das Kriegerblut in mir, das bei Thu-Kimnibols bewegenden Worten zu brodeln beginnt, denn ich bin der Sohn Trei Husathirns, an den einige unter euch sich noch erinnern mögen. Doch meine Mutter Torlyri, an die ihr euch vielleicht ebenfalls noch erinnert, denn sie war allseits und von allen geliebt, hat in mein Herz einen Abscheu gesenkt vor Hader, Zwist und Kampf, wo diese vermeidbar sind. Und in dieser unserer heutigen Lage, finde ich, besteht nicht nur keinerlei Anlaß für Zwist, sondern er wäre auch unseren Zielen zutiefst feindlich und zuwiderlaufend.«

Husathirn Mueri holte tief Luft. Auf einmal schwirrte es in seinem Kopf nur so von Ideen.

»Ich lege euch einen Kompromiß zwischen Puit Kjai und Thu-Kimnibol vor: Akzeptieren wir den Hjjk-Vertrag nach Puit Kjais Vorschlag und erkaufen wir uns dadurch Zeit. Aber gleichzeitig schicken wir Botschaft zu König Salaman von Yissou, jawohl, und schließen ein Bündnis mit ihm, damit wir stärker sind, wenn die Zeit für den Krieg gegen die Hjjks endlich gekommen ist.«

»Und wann wird diese Zeit gekommen sein?« wollte Thu-Kimnibol wissen.

Husathirn Mueri lächelte. »Die Hjjks kämpfen mit Schwertern und Lanzen und Schnäbeln und Klauen«, sagte er. »Obwohl sie eine uralte Rasse und tatsächlich echte Überlebende aus der Großwelt sind, haben sie es nicht weiter gebracht. Was immer sie an Größe in jenen fernen Zeiten besessen haben mögen, sie haben es verloren, denn die Saphiräugigen und die Menschlichen sind nicht mehr da, um sie zu lehren, was sie tun sollen. Heutzutage verfügen sie über keinerlei Wissenschaft mehr. Sie besitzen keine Maschinen. Sie haben nur allerprimitivste Waffen. Und warum? Weil sie bloße Insekten sind ... bloße hirnlose, seelenlose *Wanzen!*«

Er hörte, wie jemand dicht vor ihm heftig und zornig einatmete. Natürlich, Nialli Apuilana.

»*Wir* sind anders«, sagte er. »Wir sind Entdecker — oder Wiederentdecker«, fügte er mit einem diplomatischen Blick auf Hresh hinzu. »Tag um Tag entdecken wir Neues, neue Geräte und neue Geheimnisse aus der Altwelt. Ihr — jedenfalls die, die sich noch an die

Schlacht um Yissou erinnern — habt bereits gesehen, wie verletzlich die Hjjks gegen derartige wissenschaftliche Waffen waren. Nun, es wird andere, neue solche Waffen geben. Ja, wir wollen Zeit gewinnen — und in dieser Zeit werden wir Methoden entwickeln, um tausend Hjjks mit einem einzigen Schlag zu erledigen ... zehntausend ... hunderttausend! Und dann endlich werden wir den Krieg in ihr Gebiet hineintragen. Wenn dieser Tag einmal gekommen ist, werden wir den Blitz in unserer Hand halten. Und wie sollten sie uns dann standhalten — mag ihre Zahl auch um noch so viele größer sein als die unsrige? Laßt uns den Vertrag heute unterzeichnen, sage ich. Krieg führen wir dann später!«

Es folgte erneuter Tumult. Alle waren aufgesprungen und brüllten gestikulierend durcheinander.

»Abstimmung!« schrie Husathirn Mueri. »Ich verlange eine Abstimmung!«

»Abstimmung, jawoll!« Dies kam von Thu-Kimnibol, aber auch von Puit Kjai.

»Vorher gibt es noch eine Wortmeldung«, fuhr Tanianes Stimme messerscharf in den brodelnden Lärm.

Husathirn Mueri starrte sie verblüfft an. Unbemerkt hatte Taniane während der letzten Augenblicke die Lirridon-Maske aufgesetzt, und der Häuptling stand nun neben ihm am Sprecherpult wie eine Gestalt aus einem Alptraum, hochgereckt, starr, düster-ernst, und das furchteinflößende hjjkische Maskengesicht zog die Aufmerksamkeit aller gebieterisch auf sich. Der Anblick war zugleich lächerlich und beängstigend, doch letzteres weitaus stärker: Da war nicht mehr diese müde ältliche Frau, sondern ein Wesen von erhabener, schrecklich gebieterischer Kraft.

Obwohl ihm nichts mehr zu sagen einfiel, klammerte sich Husathirn Mueri an den Platz am Rednerpult, als wären ihm die Füße im Boden festgewachsen. Dann wies ihn Taniane mit einer Geste, der man sich kaum widersetzen konnte, vom Platz. Mit dieser Maske über dem Gesicht war sie der Born der Macht, und es gab keinen Widerspruch gegen sie. Benommen tapste er wieder zu seinem Sitz an der Seite Thu-Kimnibols zurück.

Und Nialli Apuilana trat ans Pult.

Sie stand zunächst völlig bewegungslos da und starrte in die verschwommene Gesichtermasse unter ihr. Anfangs konnte sie keinen unterscheiden, dann hoben sich ein paar einzelne Gestalten heraus. Sie blickte Taniane an, die hinter der Maske bestürzend verborgen war. Und Hresh. Dann sah sie die träge Massigkeit Thu-Kimnobols vorn in der Mitte, neben ihm den abscheulichen kleinen Husathirn Mueri. Ein Sturm widersprüchlicher Gedanken jagte ihr durch den Kopf.

Am Morgen war sie zu Taniane gegangen, um ihr Versagen einzugestehen: Es war ihr nicht gelungen, mehr über dieses Vertragsangebot der Hjjks herauszufinden, als Hresh sowieso bereits mittels des Barak Dayir erfahren hatte. Nicht daß sie irgendwelche Informationen unterschlagen hätte, aber die Kommunikation mit Kundalimon hatte sich eben als viel schwieriger erwiesen, als sie — oder Taniane — dies erwartet hätten. Also hatte sie sich als unbrauchbarer Spitzel erwiesen. Zu der Vertragssache hatte sie nichts Brauchbares beizubringen. Dies war die Wahrheit. Und Taniane schien es auch so zu akzeptieren.

Und damit hätte alles zu Ende sein können, und ihre staatswichtige Aufgabe wäre damit in sich zu einem Häuflein staubigen Nichts zusammengeschrumpft. Doch anstatt sie zu entlassen, hatte Taniane gezögert, als erwarte sie noch etwas anderes. Und natürlich gab es da auch noch etwas. Nialli hörte sich selber verblüfft zu, als aus ihrem Herzen unerwartete Worte sich lösten und ihr über die Zunge sprangen.

Laß mich trotzdem vor dem Präsidium sprechen, Mutter. Über die Hjjks. Über die Königin ... über das NEST. Über Dinge, von denen ich noch nie zuvor sprechen konnte ... die ich aber nicht länger verheimlichen kann.

Verwirrte Reaktion Tanianes.

Du willst vor der Präsidialversammlung sprechen?

Ja und zwar bei der Vertragsdebatte.

Sie sah, wie erregt Tanianes Gedanken waren. Der Vorschlag war eine aberwitzige Kühnheit. Ein Mädchen wie Nialli — als Redner — in der Präsidialversammlung? Gestatten, daß dieses Kind mit seinen kapriziösen, wirren, impulsiven schwärmerischen Phantasiegespinsten das Höchste Gesetzgebende Gremium der Stadt besudle? Dennoch, die Vorstellung war verführerisch: endlich bricht die störrisch-launenhafte Nialli Apuilana ihr Schweigen. Sagt endlich aus, enthüllt endlich die Geheimnisse des NESTS. Legt alle die scheußlichen Einzelheiten bloß. In Tanianes Augen der Schimmer der Versuchung. Ein wenig — endlich! — zu erfahren, was in ihrer Tochter vorgeht. Sogar wenn dies in der Präsidialversammlung zu einem öffentlichen Spektakel an Enthüllungen würde. *Laß mich reden, Mutter! Laß mich! Bitte — laß mich sprechen!* Und der Häuptling nickt Zustimmung.

Und so unwirklich es ihr erscheint, hier ist sie. Am Rednerpult, und aller Augen warten auf sie. Endlich die wahre, die wirkliche Geschichte. Nach beinahe vier Jahren die große Offenbarung. Wagte sie es? Wie würde man darauf reagieren? Für Augenblicke versagte ihr die Stimme. Man wartete. Sie spürte die Ungeduld, die Feindseligkeit, die ihr aus dem Saal entgegenschlug. Für die Mehrzahl der Leute da unten war sie nichts weiter als ein Freak, ein Monster ... Ob man sie auslachen würde? Sie verhöhnen? Sie war immerhin die Tochter des Häuptlings. Das wenigstens müßte einige Zurückhaltung bewirken, hoffte sie. Aber es war so scheußlich schwer, den Anfang zu finden. Sollte sie kneifen und davonlaufen? Nein ... Nein! Auf keinen Fall! Also, rede zu ihnen ... Fang an mit der Show, Nialli!

Und das tat sie dann endlich und begann zu sprechen. Leise, so leise, daß es ihr als zweifelhaft erschien, ob man sie auch nur in der vordersten Reihe hören werde.

»Ich danke dem Hohen Haus und euch allen für die Auszeichnung. Ich stehe hier heute vor euch, weil es Dinge gibt, die ihr wissen müßt — und ich allein kann sie euch sagen —, bevor ihr über eine Antwort auf die Botschaft der KÖNIGIN entscheidet.«

Ihr Herz raste. Ihre Zunge war pelzig vor Beklemmung. Sie zwang sich, ruhig zu werden.

»Im Gegensatz zu euch allen«, sprach sie weiter, »habe ich wirklich unter Hjjks gelebt, wie ihr wißt. Denn ihr habt ja kaum vergessen, daß ich ihre Gefangene war. Und ich jedenfalls kann es niemals vergessen. Ich kenne sie also aus nächster persönlicher Erfahrung — dieses Ungeziefer, von dem ihr sprecht, diese widerwärtigen Wanzen und Kakerlaken, die eurer Überzeugung nach mit Stumpf und Stiel ausgerottet werden müßten. Ich aber sage euch, sie sind alles andere als die abscheulichen seelenlosen Ungeheuer, als die ihr sie darstellt ...«

»Sie haben uns überfallen und wollten uns töten, als wir Yissou gründeten!« unterbrach lautstark Thu-Kimnibol. »Wir waren unser nur zu elft und ein paar Kinder. Ein erbärmliches Bretterbudendörfchen, ein paar hundert Meilen von ihrem Gebiet entfernt. Also nicht gerade eine ernsthafte Bedrohung für sie. Aber *sie* zogen zu Tausenden heran, um uns zu vernichten. Und sie hätten uns ausgelöscht, wenn wir nicht ...«

Ruhig sprach Nialli gegen seine tiefdröhnende Stimme an. »Nein! Sie waren nicht gekommen, um euch zu ermorden.«

»Es sah aber ganz so aus für uns — ein Riesenheer kreischender Krieger, die wild mit ihren Speeren herumfuchtelten. Aber natürlich — jeder kann sich mal irren. Also vermute ich, es handelte sich damals nur um einen netten kleinen Höflichkeitsbesuch.«

Der weite Saal dröhnte vor Gelächter.

Nialli klammerte sich an die Pultkanten. Mit fast zersplitternder Stimme sprach sie weiter. »Ja. Genau, Gevatter, es *war* ein Irrtum. Aber wie hättet ihr wissen sollen, was sie dort wollten? Habt ihr auch nur ein minimales Begriffsvermögen dafür, warum sie Dinge tun, die sie tun? Verfügt ihr auch nur über den winzigsten Einblick in ihre Denkstruktur?«

»Ihre *Denk*struktur?« sagte Puit Kjai mit breitem Sarkasmus.

»Ihre *Denk*struktur, genau! Ihr Denken und ihre Seele. Ihre Weisheit ... Nein, jetzt laßt mich bitte ausreden! Ich will ausreden!« Plötzlich war alle Furcht von ihr gewichen. Nialli ging zum Angriff über und forderte heraus. Sie schien vor Leidenschaft zu lodern. »Ihr kennt mich alle, denke ich. Ihr haltet mich für ein widerspenstiges wildes Kind, eine Gottlose. Vielleicht habt ihr ja recht. Ganz gewiß war ich stets unkonventionell und fiel aus eurem Rahmen. Ich denke nicht daran, es zu leugnen, daß ich nicht besonders viel Gefühl aufbringe für eure Himmlische Fünffaltigkeit — oder für Nakhaba — oder die Fünf-und-den-Einen — oder für irgendeine sonstige Götterkombination, die ihr euch auszudenken beliebt. Sie bedeuten mir nichts, sie sind nu ...«

»Gotteslästerung! Anathema!«

Sie hämmerte mit finsterem Gesicht auf das Rednerpult und verschoß wütende Blicke nach allen Seiten. Dies war ihr Auftritt, ihr großer Augenblick, und sie würde sich das nicht rauben lassen. So muß Taniane sich fühlen, dachte sie, wenn sie so ganz auf Großer Häuptling macht.

Mit großem Applomb sprach sie weiter: »Verschont mich mit euren entrüsteten Zwischenrufen. *Ich* spreche jetzt. Die Fünf Namen sind genau das für mich, was sie besagen: *Namen*. Unsere eigene Erfindung, ein Trost für uns in schweren Zeiten. Vergebt mir, Vater, Mutter, ihr alle. Aber das ist meine Überzeugung. Einst glaubte ich an anderes, genau wie ihr. Doch als ich zu den Hjjks kam — als sie mich mitnahmen —, teilte ich ihr Leben und ihr Denken. Und ich begann die wahre Natur des Göttlichen zu begreifen, wie mir dies hier niemals möglich gewesen wäre.«

»Müssen wir uns den Unsinn wirklich noch länger anhören, Taniane, den deine Tochter da verzapft?« rief ein Hinterbänkler. »Willst du gestatten, daß sie uns mitten ins Gesicht unsere Götter verhöhnt?«

Doch die Häuptlingsmaske antwortete nicht.

Unerschüttert sprach Nialli weiter: »Diese Königin, die Thu-Kimnibol zu Fetzchen zerhacken will ... Ihr habt keine Ahnung von ihrer Größe und Weisheit, nicht einer unter euch! Nicht die geringste Ahnung! Habt ihr je auch nur den Begriff *Nestdenker* gehört?« Sie war inzwischen gut in Fahrt, und es machte ihr richtig Spaß. »Was könntet ihr mir über *Nest-Philosophie* sagen? Über *Königinliebe,* über *Nest-Bindung*? Ihr wißt nichts davon! Gar nichts! Ich aber sage euch, dieses euer *Ungeziefer,* diese *Wanzen,* diese *Kakerlaken,* wie ihr sie nennt, stehen weit über eurer Verachtung. Sie sind keineswegs Ungeziefer, keine Monster und auch nicht hassenswert oder abstoßend — ganz im Gegenteil. In Wirklichkeit nämlich sind sie Vertreter einer großartigen menschlichen Zivilisation!«

»*Was? — Wie?* — Die Hjjks *menschlich?* Jetzt ist sie vollends irre geworden!«

In das ungläubige Gebrüll, das nun von allen Seiten heranbrandete, fuhr Nialli mit lauter, fast donnernder Stimme: »Ja — menschlich! Sie sind *Menschen!*«

»*Was* hat sie gesagt?« fragte der alte Staip verwirrt. »Die Hjjks sind Insekten, keine Menschen. Die Träume-Träumer das waren die Menschlichen. Die rosighäutigen Haarlosen ohne Sensororgan.«

»Die Träume-Träumer waren eine *Gattung* der Menschlichen, ja. Aber sie waren nicht die einzige. Hört mich an! *So hört doch zu!*« Sie umklammerte das Pult und schleuderte ihnen die Worte mit der Kraft des Zweitgesichts entgegen. In vollem Schwall ergoß sich die aufgestaute Flut auf einmal. »Die Wahrheit ist«, erklärte sie in hohem vibrierenden Ton, »daß alle Sechs Völkerschaften der Großen Welt als Menschen gelten müssen, ungeachtet der Gestalt, die ihr Leib gehabt haben mag. Die Träumer und die Saphiraugen, die Vegetalischen, Mechanischen und die Seelords … und die Hjjks! *Ja, auch die Hjjks!* Sie alle waren menschlich: Sechs zivilisierte Völkerstämme, die friedfertig nebeneinander leben konnten, lernen konnten, wachsen und bauen. Das nämlich bedeutet es, menschlich zu sein. Mein Vater hat mich dies gelehrt, als ich ein Kind war — er hätte es auch euch lehren sollen. Und ich habe es dann neu gelernt — im NEST.«

»Was ist dann mit uns?« rief jemand. »Du sagst, die Hjjks sind menschlich. Gestehst du uns dann das Prädikat gleichfalls zu? Ist alles, was lebt und denkt, menschlich?«

»In der Großwelt-Zeit waren wir nicht menschlich, nein. Damals waren wir bloße Tiere. Jetzt aber beginnen wir endlich selbst Menschen zu werden, nämlich seit wir den Kokon verlassen haben. Aber was die Hjjks angeht — sie traten bereits vor einer Million Jahren über die Schwelle zur Menschlichkeit. Oder noch länger zurück. Wie dürften wir daran denken, sie zu bekriegen? Sie sind nicht unsere Feinde! Der einzige Feind, den wir haben, sind wir selbst!«

»Das Mädchen ist wahnsinnig«, hörte sie Thu-Kimnibol murmeln, und sie sah, wie er betrübt den Kopf schüttelte.

»Wenn euch der Vertrag nicht zusagt«, schrie Nialli, »dann lehnt ihn ab! *Lehnt ihn ab!* Aber lehnt auch den Krieg ab! Die Königin meint es aufrichtig. Sie bietet uns Liebe und Frieden. Unsere größte Hoffnung liegt in ihrer Umarmung. Sie wird warten, bis wir allesamt erwachsen werden — die volle Menschwerdung erreichen, ihres Volkes würdig geworden sind —, und dann wird es uns freistehen, uns mit ihnen in einer neuen Solidargemeinschaft zu verbinden, so wie einst die Sechs Völker der Großen Welt verbunden waren, ehe die Todessterne niederstürzten! Und dann ... dann ...«

Plötzlich rang sie schluchzend nach Luft. Alle Kraft wich urplötzlich von ihr. Sie hatte sich über das Maß verausgabt. Ihre Augen zuckten wild umher, ihr Körper wurde von Schaudern geschüttelt.

»Holt sie da runter«, sagte jemand — Staip, oder Boldirinthe? — hinter Husathirn Mueri.

Alle schrien und brüllten wild durcheinander. Nialli klammerte sich wie in heftigem Fieberschauder fröstelnd an das Rednerpult. Sie glaubte sich kurz vor einem Krampfanfall. Sie wußte, sie war zu weit gegangen, viel zu weit! Sie hatte Unaussprechliches gesagt, die Wahrheit, die sie all die Jahre hindurch vor ihrem Volk zurückgehalten hatte. Und nun hielten sie alle für verrückt. Vielleicht war sie es.

Der Saal um sie herum schwankte, Thu-Kimnibols roter Trauerumhang waberte und pulste wie eine tobsüchtig gewordene Sonne. Hresh, am Präsidialtisch wirkte, als sei er in einer Betäubung erstarrt. Sie blickte zu Taniane, doch der Häuptling stand unergründlich hinter der Maske verborgen, vollkommen reglos inmittens des Chaos, das durch den Saal tobte.

Nialli Apuilana merkte, daß sie zu taumeln begann.

Was für eine schreckliche Szene, dachte Husathirn Mueri. Schockierend. Beängstigend. Erbarmenswürdig. Er hatte Nialli mit wachsender Verblüffung und Bestürzung zugehört. Allein schon ihr Erscheinen an diesem Ort — so jung, so mysteriös, so herzzerreißend schön — hatte eine ungeheuerliche Wirkung auf ihn gehabt. Nie wäre ihm der Gedanke gekommen, Nialli Apuilana könnte jemals vor dem Präsidium sprechen. Aber ganz gewiß hätte er nicht damit gerechnet, daß sie derartige

Dinge sagen würde — und überdies noch mit einer derartigen unerschrockenen Kühnheit. Sie jedoch so wild und stark eine Sache vertreten zu hören, das hatte Nialli für ihn nur um so erstrebenswerter gemacht: Ja, eigentlich war sie damit geradezu unwiderstehlich für ihn geworden.

Dann aber war ihre Rede zu chaotischem Gestammel abgesunken, und Nialli selbst war vor ihrer aller Augen von einem hysterischen Anfall gepackt worden.

Und nun war offensichtlich, daß sie jeden Moment zusammenbrechen konnte.

Husathirn Mueri zögerte keinen Atemzug lang, ja er dachte überhaupt nicht, sondern stürzte nach vorn, schwang sich auf das Podium, ergriff Nialli an beiden Ellbogen und hielt sie sicher und aufrecht.

Das Mädchen warf heftig den Kopf und keuchte: »Laß — mich — los!«

»Bitte, komm von da herunter.«

Sie funkelte ihn wild an — doch war es wirklich Haß oder nur ihre Benommenheit? Sanft zog er sie, und sie gab ihm nach. Behutsam führte er sie vom Podium und zog sie, den Arm schützend um sie gelegt, zur Seite weg. Er setzte sie auf einen Platz. Sie starrte wie aus völlig blinden Augen zu ihm auf.

Dann schmetterte Tanianes Stimme in seinem Rücken wie eine Trompete.

»Hört unseren Beschluß! Es erfolgt heute keine Abstimmung. Der Vertrag wird weder zurückgewiesen noch akzeptiert, und es erfolgt auch keine Antwort an die Königin. Der gesamte Vertragskomplex ist auf unbestimmte Zeit zurückgestellt. Inzwischen beabsichtigen wir, Gesandte nach Yissou zu entsenden, um mit König Salaman die Bedingungen eines bilateralen Verteidigungsbündnisses auszuhandeln.«

»Ein Bündnis gegen die Hjjks also?« rief jemand.

»Gegen die Hjjks, ja. Gegen unseren Feind.«

3. Kapitel
König Salaman empfängt Besuch

In der nebelkühlen Frühe eines Mittsommermorgens begab sich der König Salaman von Yissou zusammen mit seinem Sohn Biterulve, seinem Liebling unter seinen zahlreichen Söhnen, hinaus, um die gewaltige, immer noch nicht fertiggestellte Befestigungsmauer um seine Stadt zu inspizieren.

An jeglichem Tag, ohne Ausnahme, fuhr der Herrscher von seinem Palast im Herzen der Stadt aus, um den Fortschritt der Arbeiten zu besichtigen. Dann stand er am Fuß des Walls und starrte zu den Zinnen und Laibungen hoch droben hinauf und verglich ihr Wachstum mit dem brennenden Zwang, den er in seiner Seele verspürte. Dann erstieg er über eine der zahlreichen inneren Treppen den Bau und trieb sich auf dem obersten Umlauf herum. Die gewaltige schwarze Wehranlage, so hoch sie auch gewachsen sein mochte, war ihm für seinen inneren Zwang niemals ganz hoch genug. In Augenblicken fieberisch-beklommener Furcht stellte er sich vor, wie da plötzlich an der Mauerkrone die Sturmleitern der Hjjks auftauchten. Er malte sich Legionen wildwütiger Hjjks aus, die über die oberste Brustwehr und herab in die Stadt drangen.

Gewöhnlich fanden diese Inspektionsstreifzüge des Königs im Morgengrauen statt, und er war dabei stets allein. Und Bürger, die um diese Stunde bereits auf den Beinen waren, pflegten die Augen abzuwenden, um den König auf der Mauer nicht zu stören. Niemand — nicht einmal seine Söhne — hätte es gewagt, ihn anzusprechen.

Doch an diesem Morgen hatte Biterulve gebeten, ihn

begleiten zu dürfen, und Salaman hatte ihm dies sofort gewährt. Es gab nichts, was Salaman Biterulve abschlagen konnte. Biterulve war vierzehn Jahre alt, der sechste von den acht Prinzen, die Salaman gezeugt hatte, Sinithistas einziges männliches Kind — und so zart und sanft war er und den anderen so unähnlich, daß Salaman einst Zweifel gehegt hatte, ob Biterulve aus seinem Samen entsprossen sei. Allerdings hatte er derartige Zweifel für sich behalten, und heute war er darüber froh. Biterulve war von schlankem, langknochigem Körperbau, wohingegen Solomon und die anderen Söhne untersetzt und vierschrötig waren; Solomon und der Rest seiner Brut waren dunkel, doch Biterulves Pelz besaß einen elfenhaft fahlen Glanz — wie ein Schneefeld im Mondenschimmer. Seine kühlen grauen Augen hingegen waren unzweideutig die des Königs; und den geschmeidigen Verstand, obschon weniger stark und wild als bei ihm selbst und den anderen Söhnen, erkannte der König als dem seinen verwandt.

Also ritten sie in der Stunde vor Sonnenaufgang vom Palast los. Aus dem Augenwinkel beobachtete Solomon den Jungen genau. Er machte sich gut auf seinem Xlendi, hielt das zappelige Tier am kurzen Zügel, während sie durch die engen krummen Gassen zogen, retirierte gekonnt, als ein früh aufgestandener Werktätiger mit einem Rollwagen unerwartet um eine scharfe Ecke kam.

Es war eine der großen heimlichen Befürchtungen Salamans, daß dieser sein sanfter Sohn vielleicht zu sanft sei: Es war überhaupt nichts Kriegerisches an ihm; was, wenn Biterulve nicht fähig sein würde, eine prinzlich angemessene Rolle zu spielen, wenn die Hjjks zu dem langerwarteten Zug ansetzten und das große Kataklysma hereinbrach. Salaman fürchtete nicht so sehr die Schmach, denn schließlich hatte er ja einen ganzen Stall von Söhnen, die sich zur Genüge als Helden erweisen würden. Nein, er wollte nicht, daß der Junge litt, wenn die furchtbaren Heerscharen der gottlosen Insekten zum Angriff ansetzten.

Vielleicht habe ich ihn falsch eingeschätzt, dachte er, als Biterulve sein klapperndes Xlendi kühn durch die stillen Straßen traben ließ.

Der König gab seinem Tier die Sporen und holte ihn ein, gerade als er aus dem engen Gewirr der inneren Straßen zu den breiteren äußeren Avenuen vorstieß, die zum Wall führten.

»Du sitzt sehr gut im Sattel«, rief der König. »Viel besser als letztesmal.«

Biterulve blickte grinsend über die Schulter zurück. »Ich bin fast jeden Tage mit Bruikkos und Ganthiav ausgeritten. Die haben mir ein paar Tricks beigebracht.«

Der König war beunruhigt. »Willst du damit sagen, außerhalb der Mauern?«

Der Junge kicherte keck: »Aber Vater, wir können doch schlecht *in* der Stadt reiten, oder?«

»Ja, allerdings«, sagte Salaman widerwillig. Und was kann es eigentlich schaden, dachte er, was kann ihm schon passieren, da draußen? Bruikkos und Ganthiav sind ja doch zweifellos vernünftig genug und werden sich nicht sehr weit in Gebiete vorwagen, wo gefährliche Hjjk-Banden herumstreunen könnten. Nein, wenn der Kleine mit seinen älteren Brüdern ausreiten will, dann werde ich dazu nichts sagen. Ich darf ihn nicht verhätscheln, wenn ich will, daß ein echter Königssohn aus ihm werde, ein echter Kämpfer.

Inzwischen hatten sie den Mauerwall erreicht. Sie sprangen von ihren Xlendis und banden sie an Pfosten. Am Himmel zogen die ersten grauen Morgenschimmer auf, und der Nebel begann sich aufzulösen.

Salaman fühlte in sich eine ganz uncharakteristische Leichtigkeit. In der Regel war sein Gemüt von düsterer Spannung bedrückt; doch an diesem Morgen fühlte er sich im Geiste frei und ungezwungen, und sein Körper war in einem Zustand ruhiger Gelassenheit. Die vergangene Nacht hatte er mit Vladirilka verbracht, seiner vierten und jüngsten Gemahlin. Ihr Duft hing ihm noch im Pelz, und ihre Wärme durchströmte noch immer beglückend sein Fleisch.

Er war gewiß, er hatte bei der Kopulation der verflossenen Nacht einen Sohn mit ihr gezeugt. Das weiß man immer, glaubte Salaman fest, wenn man einen Sohn macht; und dies war gewiß eine sohnesbringende Vereinigung gewesen.

An Töchtern hatte er dermaßen viele, daß es ihm Mühe bereitete, sich alle ihre Namen zu merken, und sein Bedarf an ihnen war wirklich gedeckt. Die Weiber hatten damals im Kokon die Herrschaft ausgeübt, und ein Weib regierte immer noch in Dawinno, soweit er wußte. Doch Yissou war von allem Anfang an eine Stadt und Stätte für Männer gewesen. Er, Salaman, hatte der alten Koshmar Respekt gezollt und stets gut von Taniane gedacht, doch hier, in *seiner* Stadt, würde es keine weiblichen Könige geben.

Söhne wollte er haben, zahlreiche, in solcher Menge, daß die Erbfolge gesichert war. Ein König, glaubte er, kann nie genug Söhne haben. Eine Dynastie, das ist wie der Bau einer Befestigungsmauer: Man muß über das unmittelbar Nächstliegende hinausblicken und sich auf die schlimmste Eventualität einstellen. Darum hatte Salaman bisher acht Söhne gezeugt, und in der letzten Nacht, wie er hoffte, einen neunten. War es nicht Chham, der ihm auf dem Thron nachfolgen würde, dann würde es eben Athimin sein; und wenn nicht Athimin, dann Pukor oder Ganthiav, Bruikkos oder einer der noch jüngeren Prinzen. Vielleicht würde gar der, den er in eben dieser Nacht in Vladirilkas Schoß gepflanzt hatte, der nächste König sein. Oder ein künftiger noch zu zeugender Knabe von einer anderen noch zu erwählenden Konkubine. Nur einer Sache war Salaman sich gewiß: Er würde die Herrschaft nicht Biterulve übertragen. Dieser Junge war zu empfindsam, zu vielschichtig in seinem Wesen. Er soll Berater des Königs sein, dachte Salaman. Und einer wie Chham oder Athimin soll die unangenehmen Entscheidungen treffen, welche die Herrschaft mit sich bringt.

Aber es blieb ja noch genügend Zeit, die Thronfolge zu regeln. Salaman war gerade in sein sechzigstes Jahr gekommen. Er wußte, manche hielten ihn für alt, doch er war da ganz anderer Meinung. Er sah sich noch in voller starker Mannesblüte. Und vermutlich, dachte er, wird mir meine weiche junge Vladirilka, die jetzt süß mit meiner Glut noch in ihrem Schoße schlummert, da recht geben ...

Biterulve deutete auf den nächsten Aufgang zur Mauerkrone.

»Gehen wir rauf, Vater?«

»Gleich. Komm, tritt hier neben mich.« Er nahm das Bauwerk gern zuerst aus der Tiefe in sich auf. Um es zu begutachten. Um seine Wucht in seine zagende Seele bestärkend eindringen zu lassen.

Er schaute also an der Mauer empor und an ihr entlang, soweit sein Blick reichte. Das hatte er schon Zehntausende Male getan, aber er wurde den Anblick niemals leid.

Die gewaltige Befestigungsmauer um Yissou war aus zyklopischen harten schwarzen Steinquadern errichtet, deren jeder eine halbe Mannslänge hoch, doppelt so lang und über eine Armeslänge tief war. Seit Dekaden schon arbeiteten Trupps von Steinmetzmeistern vom frühen Morgen bis in die Dämmerung, an jedem Tag das Jahr über langsam und unermüdlich in einem Steinbruch in einer steilen Bergschlucht westlich der Stadt und schlugen die Blöcke maß- und kantengenau zu und glätteten sie. Klaglos schleppten die Zinnobärgespanne die schweren Blöcke über das wilde Hochplateau an den Rand des weiten flachen Kraters, in dessen Schutz die Stadt lag. Bei seinem Eintreffen am vorbestimmten Platz an der ständig wachsenden Mauer hievten Salamans geschickte Mauerbauer ihn mittels raffinierter hölzerner Maschinen in Halterungen aus festgedrehten Weidenruten in die Höhe und setzten ihn kühn an die rechte Stelle.

Der König wies mit dem Kinn zur Mauer. »An dieser Stelle ist vor fünf Jahren ein Quader herabgestürzt. Das war der einzige derartige Unfall, den es je gab.«

In seinem Herzen regte sich Bitterkeit, als er daran dachte, wie dies stets geschah, wenn er hier weilte. Drei Werktätige waren von dem stürzenden Stein zerschmettert worden, zwei weitere auf Salamans Befehl hingerichtet, weil sie ihn hatten fallenlassen. Seine eigenen Söhne Chham und Athimin hatten ihm Vorhaltungen wegen des grausamen Urteils gemacht. Aber der König war unerbittlich geblieben. Die Männer waren selbigen Tages weggebracht und im Namen Dawinnos-des-Zerstörenden geopfert worden.

»Ich erinnere mich daran«, sagte Biterulve. »Du hast die Männer, denen der Quader entglitt, töten lassen. Ich denke noch oft an die armen Kerle, Vater.«

Salaman warf ihm einen bestürzten Blick zu. »Wirklich, Junge?«

»Daß sie für einen Unfall mit dem Tod büßen mußten war — das deiner Überzeugung nach wirklich gerecht, Vater?«

Der König zügelte mühsam seinen Zorn. »Wie hätten wir eine derartige Ungeschicklichkeit dulden dürfen? Diese Mauer ist unsere gewaltigste völkische Unternehmung, sie ist heilig. Und Unachtsamkeit bei ihrem Bau ist eine Verhöhnung aller Götter.«

»Glaubst du das wirklich, Vater?« Biterulve fragte es mit einem Lächeln. »Wenn wir in allen Stücken vollkommen wären, dann wären wir ja selber Götter. So sehe ich das jedenfalls.«

»Verschone mich mit deinen schlauen Gedankenspielchen«, sagte Salaman und versetzte dem Jungen eine zärtlich-leichte Kopfnuß. »Drei gute Arbeiter mußten sterben, weil diese Maurer Idioten waren. Der Vorarbeiter Augenthirn starb. Die Mauer war sein Lebenswerk. Das schmerzte mich, auf ihn verzichten zu müssen. Und wer weiß, wieviel am Werk arbeitende Leute noch hätten sterben müssen, wenn ich solche Schlamper hätte weiterleben lassen? Der nächste Quader, der ihnen ausrutschte, hätte mir selber auf den Kopf fallen können. Oder dir.«

Tatsächlich hatte Salaman sich sofort gefragt, ob sein grausamer Urteilsspruch weise sei, kaum hatte er ihn gefällt. Das brauchte Biterulve jedoch nicht zu wissen. Das Todesurteil war ihm einfach in einem ersten Anfall von roter brüllender Wut über die Lippen gekommen, als er den herabgestürzten Block erblickt hatte, diesen schön behauenen und jetzt unwiederbringlich zertrümmerten Stein, und diese sechs blutüberströmten Beine, die so elend darunter hervorragten.

Doch einmal getroffene Entscheidungen darf man als König nicht widerrufen: Der König muß gnädig sein, aber gerecht, das wußte Salaman, aber zuweilen passiert es auch einem König, daß er gedankenlos und unbedacht grausam ist, denn dies liegt zuweilen im Wesen des Herrschertums. Und wenn der König schon grausam ist, muß er bemüht sein, niemand merken zu lassen, daß er eventuell an seiner eigenen grausamen Entscheidung zweifelt, oder das Volk könnte ihn für jenen übelsten Typ von Tyrannen halten, den es gibt: den sprunghaft-launischen. Die bloße eklatante Ungerechtigkeit seines vorschnell gesprochenen Todesurteils machte es ihm unmöglich, es zu widerrufen. Und darum mußte Blut vergossen werden zur Sühne für das beim Bau der Großen Schwarzen Mauer Salamans vergossene Blut. Wenn das Volk darüber murrte, so doch nur höchst insgeheim.

»Komm, Junge, laß uns hinaufsteigen.«

In gleichmäßigem Abstand stiegen am inneren Perimeter des Walls achtzehn wohlgestalte Treppen zu dem schmalen aus Ziegeln gefügten Umlauf an der Mauerkrone empor. Als Salaman die ersten dieser Aufgänge errichten ließ, hatten einige seiner Berater und Söhne sie für absurd, ja sogar zweckwidrig gehalten. »Vater, das hätten wir nie bauen dürfen«, erklärte Chham mit jenem affektiertem Ernst, den er sich als Ältester Prinz schuldig zu sein glaubte. »Das macht es den Hjjks doch nur um so leichter, in die Stadt herabzusteigen, wenn sie einmal von außen die Mauern erklommen haben.«

Und Athimin, Chhams Vollbruder und der einzige andere Sohn von Salamans erster Gefährtin, Weiawale, respondierte volltönend: »Wir sollten sie abreißen. Sie machen mir Angst, Vater. Chham hat recht. Sie machen uns zu verletzlich.«

»Die Hjjks werden diesen Wall niemals übersteigen«, hatte Salaman sie zurechtgewiesen. »Doch wir brauchen diese Treppen selbst, damit wir blitzschnell Truppen zur Verteidigung hinaufbewegen können, falls jemals jemand versuchen sollte, sie zu übersteigen.«

Darauf hatten die Prinzen den Punkt fallengelassen. Sie wußten aus Erfahrung, daß es zu nichts führte, wenn man mit dem Vater über irgend etwas zu argumentieren versuchte. Er hatte die Stadt mit sicherer und geschickter Hand regiert, soweit sie sich zurückerinnern konnten; doch in jüngster Zeit und mit zunehmendem Alter war er mehr und mehr leicht erzürnbar geworden und starrsinniger in seinem Herzen. Jedermann — sogar Salaman selbst — begriff, daß ›die Mauer‹ kein Gegenstand für eine vernünftige Diskussion sein konnte. Wo es um seine Große Mauer ging, war der König Vernunftgründen nicht zugänglich. Ihn interessierte nur eines: Er wollte sie so hoch auftürmen, daß die Gefahr, sie könnte jemals erstürmt werden, gänzlich irrelevant sein würde.

Bei seinen Inspektionen im Morgengrauen wählte er sich jedesmal einen anderen Treppenaufgang, stieg jedoch unweigerlich über die zweite Treppe links von der seines Aufstiegs wieder nach unten, so daß er sechs Tage brauchte, um den vollen Kreis des Bollwerkes abzugehen. Von diesem Ritual wich er niemals ab, weder im Winter noch im Sommer, nicht bei Regen oder Gluthitze. Ihm war, als hinge die Sicherheit der Stadt davon ab.

Biterulve schoß die Treppe hinauf. Salaman folgte ihm in etwas gemessenerem Tempo. Oben angelangt, stampfte er kräftig auf die festgefügten Ziegel des Umlaufs, der über den mächtigen schwarzen Steinquadern lag wie eine widerstandsfähige Hautschicht über mächtigen Muskelbergen.

Salaman lachte. »Spürst du, wie fest das unter deinen Füßen ist, Junge? Da hast du mal einen Wall! Das ist eine Mauer, auf die man stolz sein kann!«

Er legte dem Jungen den Arm um die Schultern und starrte in die dunstige Ferne des Landes um den Stadtbereich.

Die Stadt Yissou lag in einem lieblichen fruchtbaren Talstrich. Im Norden und Osten begrenzten dichte Wälder und Berge die Gegend, südlich erhoben sich sanftere Hügel, und gen Westen erstreckte sich rauhes wildes Land bis ans ferne Meer.

Der gewaltige Krater, der die Stadt enthielt, lag tief in dem von dichtem roten und grünen Gras bewachsenen Gebirgsschatten. Der Krater war kreisrund und von einem hohen, scharfgezeichneten Rand umgeben. König Salaman glaubte, obschon er dafür nie einen Beweis hatte finden können, daß er durch die Wucht des Aufschlags eines Todessterns entstanden sei, der in den frühen Tagen der Finsternis des Langen Winters gegen die Erdwölbung gestürzt war.

Aber so hoch dieser Kraterrand auch war, er bot wenig Schutz gegen Eindringlinge. Deshalb bauten sie nun schon seit fünfunddreißig Jahren unablässig an der Großen Yissou-Mauer.

Salaman hatte den Bau im sechsten Jahr der Stadtgründung begonnen, dem dritten Jahr seiner Regierung nach dem Tode des unruhigen seelenumdüsterten Harruel, des ersten Königs von Yissou. Während seiner langen Regierungszeit hatte Salaman erleben dürfen, daß die Mauer fast überall bis zur Höhe von fünfzehn Schrittlängen emporgewachsen war und auf dem Kraterrand einen gewaltigen Befestigungsring um die ganze Stadt bildete.

In den frühesten Tagen hatte eine einfache Palisadenbarriere dort gestanden und der Stadt einen wenig wirksamen Schutz geboten. Aber Salaman, damals noch ein Jungkrieger — doch schon ehrgeizig davon träumend, wie er Harruel als König nachfolgen werde —, hatte gelobt, den Zaun eines Tages durch einen unüberwindlichen Wall aus Stein zu ersetzen. Und dieses Gelöbnis hatte er gehalten.

Ja, wenn der Wall nur hoch genug gewesen wäre! Aber wie hoch ist ›hoch genug‹?

Während seiner Herrschaft hatte es bislang keinen Angriff seitens der Hjjks gegeben — entgegen allen seinen Befürchtungen. Sie streiften durch das weitere Umland, gewiß. Zuweilen näherte sich auch ein kleiner Trupp von zehn oder zwanzig Mann, die aus irgendwelchen unerfindlichen Hjjk-Gründen von dem Vorposten Vengiboneeza ausschwärmten, der Stadt. Doch wagten sie sich nie näher als auf Sichtweite heran — waren nichts weiter als gelb-schwarze Punkte, scheinbar nicht größer als Ameisen, ihre entfernten Verwandten. Dann drehten sie stets wieder nordwärts ab, nachdem sie anscheinend den Drang gestillt hatten — oder was immer sie zu dem Vorstoß veranlaßt hatte. Hjjks sind auf ewig undurchschaubar, dachte Salaman.

Und so herrschte Jahr um Jahr weiterhin der von den Hjjks so genannte ›Königinfrieden‹. Doch das konnte sehr leicht nichts weiter als eine Falle sein, eine Lüge oder eine Wahnvorstellung, ein momentaner Zufall. Die Hjjks konnten damit nach Belieben jederzeit Schluß machen. Jederzeit konnte der Krieg ausbrechen. Und früher oder später würde der Krieg ausbrechen.

Wie also hätte Salaman sich in Sicherheit wiegen dürfen, daß ein Schutzwall von fünfzehn Lagen Höhe ausreichend hoch sei? Im Geiste sah er die feindlichen Hjjks immer längere und längere Sturmleitern bauen und über seine Mauer eindringen, so hoch er sie auch auftürmen mochte, selbst wenn er seinen Wall bis durch die Himmelsdecke hinaufbaute.

»Ich glaube, wir machen sie noch ein bißchen höher«, sagte Salaman dann oft, indem er mit beiden Händen durch die Luft fuhr. »Drei Lagen mehr, vielleicht auch vier.«

Und die Baumeister und Maurer seufzten. Denn je mehr Salamans Bollwerk in die Höhe wuchs, desto öfter mußten sämtliche Brustwehren und Zinnen und Umgänge und Ausluge und Wachtürme, die bereits an den höchsten Stellen errichtet waren, abgerissen werden, um den neuen Lagen von Steinquadern Platz zu machen; und hinterher mußten sie dann wieder neu erbaut werden, und dann wurden sie wieder abgerissen, wenn Salamans unstillbare Gelüste ihn veranlaßten, wieder eine oder zwei Lagen mehr zu fordern. Und so ging es eben immer weiter.

Doch man war daran gewöhnt. Diese Mauer war eine Zwangsvorstellung bei Salaman, und sie war zugleich sein liebstes Spielzeug und das Denkmal, das er sich setzen wollte. Sie würde höher und immer höher wachsen, so lange er König war. Das wußte ein jeglicher in der Stadt. Und es hätte große Ratlosigkeit geherrscht, hätte Salaman eines Nachmittags erklärt: »So, Leute, jetzt ist die Mauer fertig. Wir sind gegen jeden nur erdenklichen Feind geschützt. Also geht schön brav nach Hause, ihr alle, und morgen sucht ihr euch einen neuen Job.«

Daß dies geschehen würde, war kaum zu befürchten. Die Mauer würde nie hoch genug sein.

Der König stampfte erneut mit dem Fuß auf. Er stellte sich vor, sein Wall schicke lange feste Wurzeln aus und verhafte sich damit tief im Innern der Erde. Er lachte. Zu Biterulve sprach er: »Junge, begreifst du, was ich hier geschaffen habe? Ich habe eine Mauer gebaut, die zehnmal hunderttausend Jahre lang stehen wird — ach was, tausendmal hunderttausend. Die Welt wird alt werden und greis, und sie wird einmal eine Größe erreichen, neben der die Große Welt wie ein klägliches Nichts erscheinen wird, und dann werden die Menschen diese Mauer sehen und sagen: ›Dies ist die Mauer König Salamans, der in Yissou herrschte, als die Welt noch jung war.‹«

Ein schlaues Lächeln breitete sich auf Biterulves Gesicht aus, als er sagte: »Ach, ist die Welt jetzt jung, Vater? Ich hab immer geglaubt, sie ist sehr alt, und wir leben in den letzten Tagen.«

»Das tun wir. Aber für die nach uns wird unsere Epoche wie eine Frühzeit erscheinen.«

»Aber wie alt ist dann die Welt, was glaubst du?«

Der König lächelte in sich hinein: Der Kleine erinnerte ihn an Hresh manchmal. An den jungen Hresh, der immer voller Fragen war. Achselzuckend sagte er: »Die Welt ist mindestens zwei Millionen Jahre alt, vielleicht auch drei.«

»Ach, meinst du wirklich? Aber wenn seit dem Untergang der Großen Welt siebenmal hunderttausend Jahre vergangen sind und wenn es vor der Großen Welt eine Zeit gab, in der die Menschlichen alles beherrschten ... und es muß ja davor noch eine Zeit gegeben haben, in der sogar die Menschlichen nicht weiter als normale Leute waren ... wie kann das alles in bloßen drei Millionen Jahren geschehen sein?«

»Na, vielleicht waren es ja auch vier«, antwortete Salaman. Es ergötzte ihn köstlich, wenn man ihn so neckte ... allerdings nur, wenn Biterulve es tat. »Na, vielleicht auch fünf. Die Welt erneuert sich unablässig, mein

Junge. Zuerst ist sie jung, dann wird sie allmählich alt und dann wieder jung. Und wenn sie dann das nächstemal wieder altgeworden ist, blicken die Leute zurück und nennen die frühe Zeit, an die kaum noch Erinnerung besteht, die aber direkt vor ihrer eigenen Zeit kam, die Zeit, in der die Welt jung war, ohne daran zu denken, daß es vorher die alte Zeit war. Kannst du mir folgen, Sohn?«

»Ich glaub schon.« Die Stimme klang immer noch spöttisch. Salaman versetzte Biterulve wieder einen zärtlichen Knuff.

Sie gingen in südlicher Richtung weiter zu dem Kuppelpavillon aus schimmerndem glatten Graustein, der sich über dem südlichsten der achtzehn inneren Treppenaufgänge auf der Mauer erhob. Der Himmel wurde langsam immer heller.

Dieser Pavillon stand ausschließlich Salaman zu seiner persönlichen Nutzung zur Verfügung. Er hielt sich dort oft lange auf. Stundenlang zuweilen, während seiner morgendlichen Meditationen, aber auch zu anderen Zeiten.

Hier — und nur hier — wich die Mauerkonstruktion von der alten Kraterbegrenzung ab. Hier stieß die Bastion ein Stück südwärts vor und zog sich über eine Erderhebung so hoch hinauf, daß man von hier aus das ferne Meer im Westen, die östlichen Wälder und die Berge im Süden sehen konnte.

In den frühen Tagen, als Harruel noch König war und sogar der hölzerne Palisadenwall noch unfertig, und die Stadt bestand aus nichts weiter als sieben schiefen, von Lianen zusammengehaltenen Bruchbuden aus Holz, war Salaman häufig (meist allein, gelegentlich mit seinem Partner, der Weiawala) zu diesem erhöhten Aussichtspunkt gegangen. Dort saß er dann und träumte von den Tagen des Ruhms, die für ihn anbrechen würden. Dabei hatte er immer wieder dieselbe Vision: Yissou, seine zu Glanz und Größe gewachsene Stadt, prächtiger und größer noch als das alte Vengiboneeza der saphiräugigen Rasse ... eine mächtige Stadtmetropole eines gewaltigen Reichs, das sich bis an die Horizonte — und über sie hinaus — erstreckte, und darüber herrschten nicht die Abkömmlinge des Grobschlackses Harruel, sondern seine, Salamans Söhne und Enkelsöhne.

Und teilweise war es denn auch so gekommen. Bisher. Nicht in allen Stücken.

Die Stadt war über ihre anfänglichen Grenzen hinausgewachsen ... wenn auch nicht gerade bis an die Horizonte. Und da die Hjjks nun fest in Vengiboneeza saßen und seine imperialen Expansionsträume im Norden und Osten gekappt hatten, das Meer eine weitere unüberwindliche Barriere im Westen darstellte, blieb ihm nichts weiter als der Süden. Dort waren in jüngeren Tagen nach und nach kleinere bäuerliche Siedlungen entstanden, von denen jedoch nur die in allernächster Nähe Salamans Oberherrschaft anerkannten. Die übrigen bewahrten sich einen vagen Unabhängigkeitsstatus oder betrachteten sich, sofern sie sehr weit südlich saßen, als tributpflichtige Vasallen von Tanianes Dawinno.

Salamans argwöhnische Furcht war, daß seine eigene Stadt nicht einmal halb so groß und bedeutend sein könnte wie Dawinno-City, die Hresh und Taniane im tiefen Süden erbaut hatten. Aber noch blieb ihm Zeit, um sein Imperium zu errichten. Dennoch stand er immer wieder in dem Pavillon, den er sich an der Stelle erbauen ließ, an der er vor langer Zeit seinen Träumen nachgehangen hatte, und schaute über das Land hin und malte sich im Geiste die Größe des Reiches aus, das hier einst bestehen würde.

Biterulve sagte plötzlich, als sie schon fast am Pavillon angelangt waren: »Ich spüre etwas Fremdes, Vater.«

»Was Fremdes? Was meinst du damit?«

»Es kommt von Süden. Nähert sich uns jetzt: Es ist was Starkes, eine Kraft. Ich hab es die ganze Nacht lang schon gespürt und den ganzen Morgen über. Und jetzt ist es noch stärker.«

Salaman lachte. »Ich selbst habe hier einmal ein höchst seltsames Gefühl gehabt, weißt du, Junge? Es war Nachmittag, klarer Sonnenschein, und ich war hier mit Weiawala. Vor langer Zeit, und ich war nur ein paar Jahre älter als du jetzt. Und ich spürte den trommelnden Puls einer auf uns zumarschierenden Armee. Es war eine heranbrausende Streitmacht der Hjjks, eine gewaltige Schar, und sie trieben ganze Herden ihrer zottigen mottenzerfressenen Zinnobären vor sich her und stürzten wie eine Flut aus dem Norden über uns herein. Spürst du das, mein Junge? Ein Heer der Hjjks?«

»Nein, Vater. Es ist ganz anders. Keine Hjjks.«

Aber Salaman hatte sich inzwischen in den Wirrgängen seiner Jugenderinnerungen verirrt. »Es war eine gewaltige Völkerwanderung, die auf uns zukam. Es klang wie der Donner, dieses Dröhnen von tausendmal tausend Hufen. Und dann kamen sie. Aber wir haben sie besiegt! Wir haben sie vertrieben. Aber du kennst doch unsere Geschichte, Junge?«

»Wer kennte sie nicht? Das war der Tag, an dem Harruel starb und du zum König wurdest.«

»Ja. Genau. Das war der Tag.« Einen Augenblick lang gedachte Salaman Harruels, des meisterlichen Helden im Kampf, der dennoch zu dumpf und primitiv und zu gewalttätig und melancholisch gewesen war, als daß er ein erfolgreicher König hätte werden können, wie er tapfer und heldenmütig an jenem Tag in der Schlacht gegen die Hjjks seinen hundert Wunden erlegen war. Es war so lange her! Damals, als die Welt noch jung war! Wieder legte er den Arm um seinen Sohn. »Biterulve, komm! Komm mit mir in meinen Pavillon!«

»Aber — ich hab gedacht, du erlaubst keinem ...«

»Komm!« wiederholte Salaman mit etwas barscherem

Ton. »Ich bitte dich, an meiner Seite zu bleiben. Willst du es mir abschlagen, wenn ich dich so auffordere? Komm, tritt an meine Seite, und dann werden wir herausfinden, was für ein fremdartiges Gefühl es ist, das du angeblich spürst.«

Rasch umschritten sie die Mauerkrümmung und traten dann in den kleinen Aussichtspavillon. Dort stellten sie sich Seite an Seite an dem langen Aussichtsfenster auf und stützten sich nebeneinander mit den Händen auf den gekerbten Sims. Wie ungewohnt seltsam, dachte Salaman, daß da plötzlich einer hier neben mir ist. Ich kann mich nicht erinnern, daß ich sowas jemals gemacht hätte. Aber es war ja Biterulve, und für ihn war er zu jedem Regelbruch bereit ... Für Biterulve, aber nur für ihn!

Er spähte nach Süden und ließ seine Seele aufsteigen und umherstreifen, doch er fühlte nichts Außergewöhnliches.

Dann schweiften seine Gedanken ab, zurück zu der vergangenen Nacht. Er dachte an Vladirilka, die jetzt in seinem Palast schlummerte, und sein jüngster Sohn — er war ganz sicher, daß es ein männliches Kind sein würde — begann bereits in ihrem Leib zu wachsen. Erst sechzehn war sie, und ihr Fleisch so weich, und ihr Geist so lebhaft. Wie liebreizend sie war, wie bezaubernd zärtlich! Allerdings, sie wird auch nicht die letzte Gefährtin sein, die ich mir erwähle, dachte Salaman. Das Königtum lädt uns beträchtliche Bürden auf. Also ist es nur gerecht, daß es dafür auch großen Lohn gibt. Nirgendwo stand es festgeschrieben, daß die Götter bestimmten, ein König dürfe nur eine Bettgenossin haben. Und darum ...

Deine Gedanken schweifen umher wie die eines alten Narren, sagte er zu sich. Er war ziemlich ärgerlich auf sich selbst.

Und zu Biterulve sagte er: »Also? Spürst du es hier?«

Der Junge stand gespannt nach vorn gebeugt, seine

Nüstern zuckten, der Kopf war hochgereckt: er wirkte wie ein bebendes Vollblut, das gegen die Fessel ankämpft.

»Es ist sogar noch stärker, Vater. Im Süden. Spürst du es denn nicht?«

»Nein. Nein, ich spüre nichts.« Salaman konzentrierte sich stärker. Er griff weit hinaus, sondierte das Land bis weit von der Mauer entfernt. »Nein, nichts ... — doch, wart mal!«

Was war denn das?

Etwas hatte den Saum seiner Seele gestreift. Etwas unerwartet Mächtiges. Salaman packte fest die Fensterbrüstung und beugte sich weit hinaus. Er starrte gespannt in den Dunst, der noch über dem Flachland im Süden lag.

Dann richtete er sein Sensor-Organ auf und ließ sein Zweites Wahrnehmungsvermögen hinausschweifen.

Bewegung, weit entfernt. Nur ein verschwommener grauer Fleck, eine kleine Wolke dicht über dem Boden, eine Trübung über dem Horizont nahe der Stelle, an der das Tal zu den Südbergen aufzusteigen begann. Allmählich wurde der Fleck größer, doch er konnte noch immer keine Einzelheiten ausmachen.

»Spürst du es, Vater?«

»Ja, jetzt fühl ich es.«

Hjjks? Unwahrscheinlich. Selbst über diese Distanz war Salaman sich da sicher, denn er konnte keinen Hauch ihrer dürren, trostlosen Seelen erspüren.

»Ich sehe Wagen, Vater!« rief Biterulve aufgeregt.

Salaman, mit gezwungenem Lachen: »Ach ja! Der Scharfblick der Jugend!«

Dann sah er es auch, und vor die Wagen gespannt waren langbeinige ungeschlacht daherzockelnde weichbeinige Xlendis. Hjjks benutzten niemals Xlendi-Gespanne. Sie reisten zu Fuß, und wenn sie schwere Lasten transportieren mußten, verwendeten sie dafür Zinnobären. Nein, die sich da nahten, mußten zum VOLK gehören. Kauffahrer aus dem Süden, aus Dawinno, das mußten sie sein. Oder?

Aber es war um diese Jahreszeit keine Karawane aus Dawinno angesagt. Der Frühsommer-Treck war bereits durchgezogen; die Herbstkarawane sollte erst in knapp zwei Monden kommen.

»Wer sind sie, kannst du was erkennen?« fragte Biterulve aufgeregt.

»Aus Dawinno«, sagte Salaman. »Siehst du die rotgoldenen Wimpel an den Zeltstangen? Einer, zwei, drei, vier, fünf Planwagen kommen die Südstraße herauf. Wahrlich seltsam und ungewöhnlich — mein Junge, du sagtest es!« Aber sind es wirklich Händler, fragte er sich. Wozu sollten außer der Zeit Händler anreisen, wo es für sie keine Güter gab, die sie hätten einkaufen können?

Oder hatten die Dawinnaner plötzlich Eroberungsgelüste entwickelt? Unwahrscheinlich. Krieg paßte nicht zu Taniane und schon gar nicht zu Hresh, und in jedem Fall sahen diese absurden Xlendi-Wagen nicht aus wie Militärfahrzeuge.

»Bei der Karawane befindet sich jemand, der sehr stark ist«, sagte Biterulve. »Es war sein Geist, den ich die ganze Nacht über näher kommen gespürt habe.«

»Es muß eine Gesandtschaft sein«, murmelte Salaman.

Irgendwo gibt es Ärger, dachte er, und sie kommen her und wollen mich da mit hineinziehen. Oder wenn es noch keinen Ärger gibt, dann läßt er bestimmt nicht mehr lang auf sich warten.

Er gab Biterulve ein Zeichen, und sie stiegen vom Wall hinab. Dann ritten sie rasch in den Palast zurück. Es war noch immer sehr früh am Morgen. Der König ging und weckte seine anderen Söhne.

Das Ringen um die Bestallung als Gesandter Dawinnos am Hof König Salamans war in vielem der geifernden

Hektik nicht unähnlich gewesen, die ausbricht, wenn man ein Stück zartes Fleisch in einen Käfig voller hungriger Stanimander oder Gaboole wirft. Der Botschafter würde viele Monde fort sein; ihm stand ausreichend Zeit zur Verfügung, ein festes Bündnis mit dem mächtigen Salaman zu schmieden; er würde eine höchst bedeutende politische Figur in der Allianz der beiden Städte sein, wie immer die letztlich aussehen mochte. Und so umtänzelten die bedeutenden Männer des Stadtstaates einander in wildem Gerangel um den saftigen Bissen: Puit Kjai, Chomrik Hamadel, Husathirn Mueri, Si-Belimnion und noch ein paar andere.

Am Ende wählte Taniane dann aber Thu-Kimnibol für die Gesandtschaft in den Norden.

Sie traf diese Wahl nicht ohne beträchtliche Bedenken und mit einigem Zögern, denn Thu-Kimnibol und Salaman hatten einst einen Legende gewordenen Streit ausgefochten, vor langer Zeit, als Thu-Kimnibol noch in der von seinem Vater Harruel gegründeten Stadt lebte und über die jetzt Salaman herrschte. Es war allseits bekannt. Es hatte zornige Worte gegeben, wechselseitige Drohungen sogar, und am Ende war Thu-Kimnibol geflohen und hatte in Hreshs neugegründeter Stadt im Süden Asyl gefunden. Viele — unter ihnen besonders Husathirn Mueri und Puit Kja — hielten es für abwegig und unweise, Thu-Kimnibol in diplomatischer Mission zu seinem alten Feind zu entsenden.

Doch Thu-Kimnibol vertrat seine Sache mit großer Beredsamkeit und argumentierte, daß er den Charakter des Königs von Yissou besser verstehe als irgendwer sonst, und daß er darum die einzige vernünftige Wahl für diese Aufgabe sei. Und was den Streit angehe, den er mit Salaman gehabt habe, sagte er, so sei das eine uralte Geschichte, eine unbedeutende Episode aus seiner hitzköpfigen Jugend, ausgelöst von törichtem Stolz, längst von ihm überwunden und abgetan — und gewißlich für Salaman nach so vielen Jahren ebenfalls bedeutungslos geworden. Zudem, gab Thu-Kimnibol mit großem Nachdruck zu verstehen, verlange es ihn danach, seiner Stadt nunmehr in einer neuen, einer möglichst aufreibenden gehobenen Funktion zu dienen, damit ihm die kummervolle Trauerarbeit nach dem Verlust seiner Gefährtin leichter falle. Wenn er alle seine Energie auf diese Mission bei Salaman lenken könne, werde ihn dies von seinem Schmerz ablenken.

Letztlich war es dann Hresh, der bei der Entscheidung für seinen Halbbruder den Ausschlag gab. »Er ist der richtige Mann dafür«, erklärte er Taniane. »Er ist der einzige, der Salaman als Gleichgewichtiger gegenübertreten kann. Die anderen, die sich um die Aufgabe bewerben, sind kleine Lichter und engstirnig. Und das kann keiner von Thu-Kimnibol behaupten. Im Gegenteil, mir will scheinen, daß er seit Naarintas Tod sogar gewachsen ist. Es ist jetzt etwas an ihm, das ich vordem nie bemerkt hatte — er wächst innerlich zur Größe heran, Taniane. Ich kann es spüren. Ihn sollten wir senden.«

»Ja, vielleicht«, sagte Taniane.

Vor Antritt seiner Reise unterzog sich Thu-Kimnibol einem Gebets- und Fastenritual und ausgedehnten Konsultationen mit Boldirinthe; denn er war auf seine Weise ein frommer Mann und getreuer Diener der Himmlischen Fünffaltigkeit. Es gab Leute, die ihn für einen Einfaltspinsel hielten, weil er in diesen modernen Zeiten an seinem Glauben festhielt. Doch was solche Leute sagten, beeinflußte ihn in keiner Weise.

»Selbstverständlich werde ich Yissou für dich einspannen«, sagte Boldirinthe schnaufend und keuchend, während sie in ihrem Schrein nach den Talismanen und Amuletten kramte. Boldirinthe, die Weise Frau, die Heilhexe und Zauberpriesterin des VOLKS, war schon sehr, sehr alt, ja, sie war sogar noch eine im Kokon Geborene und hatte als Letzte seit den Tagen des Auszugs überlebt. In den jüngsten Jahren hatte die vierschrötige kräftige Frau gewaltige Fettmassen angesetzt und sah nun aus wie ein Faß. »Yissou — zu deinem Schutz«, sagte sie. »Und Dawinno — damit du gegen alle Feinde obsiegst, die sich dir in den Weg stellen.«

»Aber bitte auch Friit, um mich zu heilen, falls die Feinde schneller waren«, sagte Thu-Kimnibol grinsend.

»Ja, gewiß doch, Friit, gewiß ...« Lachend setzte sie die Steinfigurinen auf den Tisch. »Und dann die Göttin Mueri, damit sie dich tröste, wenn dich in den Nordlanden das Heimweh überkommt. Und Emakkis, um deine Diät zu garantieren. Wir werden alle Großen Fünf für dich um ihre Huld anflehen, Thu-Kimnibol. Das ist immer das Gescheiteste.« Ihre Äuglein blitzten. »Sollte ich vielleicht auch Nakhaba für dich anrufen?«

»Boldirinthe, bin ich ein Beng?«

»Aber ihr Gott hat große Macht. Und wir behandeln ihn wie einen von den unsrigen ... heutzutage, seit wir ein Stamm geworden sind.«

»Ich werde meine Reise ohne Nakhabas Beistand machen«, sagte Thu-Kimnibol unerschüttert.

»Wie du es wünschst. Wie du es wünschst.«

Und Boldirinthe entzündete ihre Kerzen und streute Weihrauch. Die Hände zitterten dabei ein wenig. Das Alter machte ihr in letzter Zeit mehr und mehr zu schaffen. Thu-Kimnibol überlegte, ob sie vielleicht krank war. So eine nette alte Frau, dachte er. Vielleicht ein paar boshafte Zahnstummelchen da und dort, aber keine echte Bösartigkeit, nichts wirklich Übles. Jedermann liebte sie. Er selbst war nicht alt genug, sich noch deutlich an Torlyri zu erinnern, die vor Boldirinthe die Opferfrau gewesen war. Aber jene, die sich erinnern konnten, sagten, Boldirinthe sei eine gute Nachfolgerin und so herzlich und freundlich wie Torlyri zu ihrer Zeit. Und das war ein gewaltiges Lob, denn selbst heute noch, nach so vielen Jahren, sprachen die älteren Leute noch mit großer Liebe von Torlyri. Sie war die Opferfrau des VOLKS in den Tagen Koshmars gewesen, zunächst im Kokon, dann nach dem Auszug, in Vengiboneeza. Aber dann hatte das VOLK Vengiboneeza wieder verlassen und war zur zweiten Wanderung aufgebrochen, und Torlyri war zurückgeblieben, denn sie war in Liebe entbrannt zu dem Beng-Krieger Trei Husathirn, und den hatte sie nicht verlassen wollen. Und damals war Boldirinthe als Opferfrau an Torlyris Stelle getreten.

Ziemlich schwer zu verstehen, dachte Thu-Kimnibol, wie ein so allseits geliebtes Weib wie Torlyri einen Sohn wie Husathirn Mueri gebären konnte, diese giftige, wendegeschickte Schlange. Nun, womöglich war es das Beng-Erbe, das Husathirn Mueri zu dem gemacht hatte, was er war.

Boldirinthe fragte: »Wie lang, glaubst du, wird deine Fahrt dauern?«

»Bis ich dort bin. Nicht mehr, aber auch nicht weniger.«

»Ich erinnere mich an Yissou. Damals bestand die Stadt aus sieben erbärmlichen hölzernen Schuppen, und die waren zudem noch recht unbeholfen zusammengenagelt, sogar der, den sie als Königlichen Palast bezeichneten.«

»Die Stadt ist inzwischen etwas größer geworden«, sagte Thu-Kimnibol.

»Ja ja, das wird schon so sein. Aber ich erinnere mich eben daran, wie es damals war — beinahe nicht vorhanden. Weißt du, ich war nämlich einmal dort. Auf dem Marsch von Vengiboneeza hierher sind wir dort vorbeigekommen. Und dich, dich hab ich dort auch gesehen, damals. Du warst noch ein ganz kleiner Junge. Na, also nicht ganz so klein, wenn ich bei der Wahrheit bleiben muß. Du warst schon damals überentwickelt für dein Alter und sehr kampfeslustig. Du hast in einer gewaltigen Schlacht, die damals in Yissou stattfand, sogar schon Hjjks getötet.«

»Ja, habe ich«, sagte Thu-Kimnibol nachsichtig. »Ich erinnere mich auch noch daran. Sollte ich mich jetzt nicht neben dich knien, Mutter Boldirinthe?«

Sie warf ihm einen schlauen Blick zu. »Wieso schickt Taniane dich als Gesandten?«

»Wieso sollte sie nicht?«

»Es ist irgendwie seltsam. Wie ich gehört habe, gibt es zwischen dir und König Salaman böses Blut. Oder ist es nicht wahr, daß du sein Rivale warst, als es um den Thron von Yissou ging? Und jetzt wirst du als Botschafter zu ihm zurückkommen, aber ich frage mich, ob er dir vertrauen wird. Muß er nicht glauben, daß du ihn immer noch verdrängen willst?«

»Die ganze Sache war vor so langer Zeit«, sagte Thu-Kimnibol. »Ich habe wirklich keine Absichten auf seinen Thron. Und das weiß er. Außerdem, ich könnte ihm den Thron gar nicht nehmen, selbst wenn ich wollte. Nein, Taniane entsendet mich, weil ich Salaman besser kenne als sonst einer, ausgenommen vielleicht Hresh und Taniane selbst, und die können ja kaum selbst hinfahren. Also, erbete mir eine sichere Reise, Mutter-Boldirinthe, und laß uns gemeinsam für meine Gefährtin Naarinta beten, deren Seele sich ebenfalls auf einer Reise befindet. Und dann laß mich ziehen.«

»Ja ... ja.«

Sie stimmte die Yissou-Anrufungen an. Doch gleich brach sie wieder ab und zog sich in ein anhaltendes Schweigen zurück, so daß er schon dachte, sie sei vielleicht eingeschlafen. Dann kicherte sie.

»Ich hab mal mit Salaman kopuliert. Das war noch im Kokon. Er war viel jünger als ich, vier, fünf Jahre jünger, ein Kerlchen, so zehn, elf. Aber schon damals stramm und prall vor Lust ... Und er kam zu mir ... Ganz ruhig und leise war er damals ... Ein kleiner dunkler Knabe, sehr breit in den Schultern ... und so stark, daß du es nicht für möglich halten wirst. Und er kam zu mir und faßte nach meinen Brüsten ...«

»Mutter Boldirinthe, könntest du bitte ...«

»Und dann haben wir es eben gemacht, Salaman und ich ... Mitten auf dem Fußboden in der Gewächskammer. Da haben wir uns unter den Samtbeerenreben herum und herum und herum gewälzt. Er sagte kein einziges Wort. Vorher nicht und nicht dabei. Danach auch nicht. Er sprach überhaupt nicht viel damals. Und es war das einzige Mal, daß wir zusammen waren, das einzige Mal überhaupt, daß ich irgendwie mit ihm zu tun hatte. Danach gab es nur noch Weiawala für ihn. Na ja, und ich war ja sowieso dann mit Staip zusammen. Wenn ich gewußt hätte, daß Salaman einmal König sein würde — aber wie hätte ich sowas wissen sollen, wir hatten doch gar keine Könige, das Wort selbst bedeutete gar nichts für uns ...«

»Mutter Boldirinthe!« drängte Thu-Kimnibol heftiger. Er befürchtete, die Alte würde ihm ihre ganze Lebensgeschichte herunterbeten, jede einzelne Kopulation, jedes Tvinnr-Erlebnis der letzten fünfzig Jahre *en detail.* Doch sie hatte anscheinend ihren Rückerinnerungssalto beendet. Ihr Geist konzentrierte sich nun ganz auf ihre Aufgabe. Sie berührte Thu-Kimnibol behutsam mit ihrem Sensor. Dann schlug sie die heiligen Fünf Zeichen, sprach die angemessenen Formeln, überreichte ihm die Talismane, brachte die Götter herab in das Gemach und weitete Thu-Kimnibols Seele für sie, so daß sie Eingang fänden. Sie erschienen vor ihm ganz leibhaft lebendig, in so starker Wirklichkeit, daß er sie alle nach ihrem Aussehen erkannte, obwohl sie gestaltlos und bloße göttliche Aura waren. Leuchtende Lichtwolken waren sie, die ihn im Dunkel umkreisten. Da war die liebevolle Mueri, und dies war der grimme unerbittliche Dawinno, und dort Emakkis-der-Ernährer, und da Friit, da Yissou, der ihn beschützen würde. Im heiligen Schutz, den Boldirinthes Opferkammer bot, tat er sich auf und streckte sich den Göttern entgegen, und er fand sie: die Fünf Himmlischen, die über die Welt herrschten. Und er umhüllte seine Seele mit dem schützenden Mantel ihrer schützenden wärmenden Nähe. Es war die innigste Kommunion, die er jemals erlebt hatte, jedenfalls kam es ihm so vor in diesem Augenblick. Ein Gefühl großer Befriedigung kam über ihn — und tiefer anhaltender Friede.

Er fühlte sich zum Aufbruch bereit. Die Götter waren mit ihm, *seine* Götter, die er begriff und liebte. Sie würden ihn geleiten und beschützen auf seiner Reise in den Norden.

Mit den in jüngerer Zeit im VOLK aufgekommenen komplizierteren (weniger simplen) Theologismen hatte Thu-Kimnibol nichts im Sinn. Da gab es Gruppen, die verehrten die verschwundenen Menschlichen — ja, sogar solche, die behaupteten, diese Menschen seien größere Götter gewesen als die Heiligen Fünf. Andere beugten vor dem Beng-Gott Nakhaba die Knie und behaupteten, sogar er nehme im Himmlischen Bereich einen höheren Rang ein als die Fünf, da er der Vermittler sei, der mit den Menschlichen sprechen und die Sache des VOLKS vertreten könne.

Und dann gab es da noch andere — das waren meist Leute von der Universität, eben die Gruppe um den alten Hresh —, und die redeten von einem Gott, der über allen anderen sein sollte, höher als die Menschlichen und Nakhaba und die Fünffaltigkeit. Der Sechste, so nannten sie diesen Gott. Der Schöpfer-Gott. Von ihm (oder ihr) war gar nichts bekannt, und sie sagten, es könnte auch nie etwas bekannt sein, da ER-SIE-ES grundsätzlich nicht ge- oder erkannt sein könne.

Thu-Kimnibol wußte nichts mit einem derartigen Überangebot von Göttern anzufangen. Ihm erschien es als nutzlos, sich mit noch mehr als den Fünfen herumzuschlagen. Jedoch fiel es ihm leichter, die Bereitschaft zu einer Verehrung dieser anderen Götter zu verstehen, als die Haltung dieser VOLKS-Minorität, die wie seine unmögliche Nichte Nialli Apuilan anscheinend an überhaupt keine Götter glaubte. Was war das doch für ein trostloses Dasein, gottlos unter dem feindseligen Himmel einherzugehen! Wie konnten diese Leute das nur ertragen? Erstarrte ihnen denn nicht das Herz in eisiger Angst in dem Wissen, daß da keiner war, der sie beschützte? Ein solches Glaubens- oder Unglaubens-Konzept erschien Thu-Kimnibol als schlichtweg verrückt. Immerhin — Nialli Apuilana konnte man eine gewisse Entschuldigung zubilligen. Es war schließlich allgemein bekannt, daß die Hjjks irgendwie ihren Verstand manipuliert hatten.

Allmählich tauchte Thu-Kimnibol aus seiner Göttersunkenheit wieder auf. Er merkte, er saß zusammengesunken an Boldirinthes rohem Holztisch, und sie watschelte herum und stellte die Götter wieder in den Schrein zurück. Sie sah aus, als wäre sie mit sich selbst recht zufrieden. Sicher wußte sie, wie stark die Vereinigung mit den Göttern gewesen war, die sie für ihn bewirkt hatte.

Stumm umarmte er sie. Das Herz floß ihm über vor Liebe zu ihr. Nach und nach schwand der heftige Eindruck des Kontakts mit den Numina, und er schickte sich an, sich zu verabschieden.

»Sei auf der Hut vor König Salaman!« sagte Boldirinthe, als er bereits unter der Tür der Kammer stand. »Salaman ist ein sehr schlauer Bursche.«

»Als ob ich das nicht wüßte, Mutter Boldirinthe.«

»Viel schlauer als du!«

Thu-Kimnibol lächelte. »Ich bin nicht ganz so verblödet, wie man allgemein zu glauben scheint.«

»Dennoch ist er schlauer als du. So gescheit wie Hresh ist er, der Salaman. Glaub mir! Sei auf der Hut vor ihm. Er wird dich irgendwie austricksen wollen.«

»Aber ich durchschaue Salaman. Wir verstehen einander durchaus.«

»Ich hab gehört, er ist in seinen späten Jahren wild und gefährlich geworden. Er hat die Macht schon so lange inne, daß er davon wahnsinnig geworden ist.«

»Kaum«, sagte Thu-Kimnibol. »Gefährlich, ja, das vielleicht. Aber ganz gewiß ist er kein Verrückter. Ich hab Salaman über eine lange Zeit gekannt, als ich in Yissou lebte. Und man merkt, ob einer den Wahnsinn in sich trägt oder nicht. *Er* ist ein stabiler Typ.«

»Ich hab mal mit ihm kopuliert«, sagte Boldirinthe. »Also weiß ich Dinge von ihm, die *du* nie wissen wirst. Fünfzig Jahre ist das nun her, aber ich hab es niemals vergessen. So ein stiller Bub war der damals. Aber in ihm drin, da brannte ein Feuer, und so ein Feuer, das brennt sich in fünfzig Jahren nach außen durch. Sei auf der Hut, Thu-Kimnibol!«

»Ich danke ergebenst, Mutter Boldirinthe.«

Und er kniete nieder und küßte das Ende ihrer Stola.

»Sei auf der Hut ...«

Auf dem Weg von der Klosterzelle der Opferpriesterin in die Unterstadt kreuzte sich Thu-Kimnibols Weg mit dem der Nialli Apuilana, die ihm auf dem Kopfsteinpflaster der steilen Minbain-Gata entgegenkam. Es war ein heller Tag voller Goldlicht, und von Westen her wehte ein duftgeschwängerter Wind aus den Berggärten über der Bucht, wo die gelbblättrigen Sthamidien-Bäume in voller Blüte standen. Nialli trug ein Tablett mit Essen und eine Karaffe hellen Würzweins für Kundalimon.

Ihre Stimmung hatte sich ein wenig, wenn auch nicht viel, gehoben. Nach dem bestürzenden Zusammenbruch vor der Präsidialversammlung hatte sie sich mehr oder weniger in eine Klausur zurückgezogen. Tagelang hatte sie sich kaum in der Öffentlichkeit blicken lassen und sich nur zweimal täglich zum Mueri-Haus geschlichen und sobald Kundalimon sein Essen erhalten hatte, war sie wieder in ihr Zimmer gekrochen. An mehreren Tagen war sie erst gar nicht selbst gegangen, sondern hatte es einem Wachmann überlassen, den ›Staatsgast‹ zu füttern. Yissou allein mochte wissen, was sie dem Armen dabei vorsetzten. Die meiste Zeit blieb Nialli für sich, meditierte, brütete, wiederholte sich im Geiste immer und immer wieder neu, was sie vor der Versammlung gesagt hatte, wünschte, daß sie die Hälfte oder mehr als das zurücknehmen könnte. Dabei war es doch aber von solch großer Wichtigkeit für sie gewesen, endlich einmal laut Stellung zu beziehen: Dieses ganze üble Gerede anzuprangern ... Von den Hjjks als Ungeziefer, den Hjjks als kaltblütigen Killern, den Hjjks dies, den Hjjks das ... Dabei wußten sie nichts, gar nichts. Also hatte sie sprechen müssen. Aber seither fühlte sie sich gereizt und als hätte sie sich irgendwie entblößt. Aber erst jetzt wurde ihr bewußt, daß ja kaum eine Seele in der Stadt bisher von ihrem Ausbruch etwas gehört hatte, daß die meisten, oder gar alle, die Zeugen gewesen waren, es vorzogen, darin nichts weiter zu sehen als einen kleinen hysterischen Anfall, eben ein exzentrisches Verhalten, wie man es von so einer wie Nialli Apuilana nicht anders erwarten konnte. Nein, schmeichelhaft war das gar nicht. Andererseits brauchte sie so aber auch nicht zu befürchten, daß man sie auf den Straßen auspfeifen würde.

Der Anblick Thu-Kimnibols freute sie. Gewiß, sie war in nahezu allen Stücken anderer Ansicht als er, besonders was die Hjjks anging; doch ihr gewaltiger Gevatter hatte eine Kraft und eine Würde an sich, die sie als stabilisierend empfand. Ja, und auch eine gewisse Herzenswärme. Zu viele von diesen Kriegerprinzen gefielen sich in ostentativen martialischen Machoposen. Thu-Kimnibols Stil war da weitaus schlichter.

Sie sprach: »Kommst du von Boldirinthe, Gevatter?«

»Wie kannst du das wissen?«

Nialli warf den Kopf in den Nacken und wies auf die Klause der Opferpriesterin auf der Spitze des Hügels hin. »Sie lebt doch genau dort droben. Außerdem leuchtet das Licht der Götter noch in deinen Augen.«

»Ah. Du kannst das erkennen?«

»Aber sicher, man sieht es doch.«

Sie verspürte einen scharfen neidvollen Stich. Auf

seinen breiten Gesicht lag ein Ausdruck so tiefer Seelenruhe und Selbstsicherheit.

Thu-Kimnibol lächelte breit zu ihr herab. »Ach, und ich hab gedacht, du bist eine Gottlose, Kindchen. Was weißt denn du vom Licht der Götter?«

»Ich brauche schließlich nicht an Yissou und den restlichen Haufen zu glauben, um zu erkennen, daß du vor kurzem von einer anderen Welt gestreift worden bist. Außerdem bin ich auch gar nicht so gottlos, wie du glaubst. Ich sag dir, in deinen Augen leuchtet der Glanz der Götter. So hell wie das Licht von einem Laternenbaum in einer mondlosen Nacht.«

»Aha, also nicht gottlos?« Thu-Kimnibol runzelte die Stirn. »Du sagst, du bist nicht gottlos, Mädchen, trotz all *dem?*«

»Ich hab meine persönliche Art von Glauben«, sagte sie. Die Wendung, die das Gespräch nahm, bereitete ihr zunehmend Unbehagen. »Auf meine Weise bin ich doch irgendwie gläubig, ja. Also jedenfalls sehe ich es so, auch wenn andere Leute hier das nicht gelten lassen würden. Aber ich spreche nicht gern über sowas. Glauben und Überzeugungen sind was höchst Persönliches, findest du nicht?« Sie brachte ein bezaubernd-verwirrendes Lächeln zustande. »Aber ich bin glücklich um deinetwillen, daß Boldirinthe dir den Trost spenden konnte, dessen du bedurftest.«

»Boldirinthe, ach ja!« sagte er mit einem leisen Lachen. »Boldirinthe lebt jetzt mit einem Fuß in der Vergangenheit und mit dem anderen in der nächsten Welt. Es war gar nicht leicht, sie bei der Sache zu halten. Aber schließlich hat sie es doch geschafft, und ich habe tatsächlich die Nähe der Gottheiten verspürt. Sie waren da, direkt vor mir, alle Fünf. Und mir wurde großer Trost von ihnen, immer schon, seit ich Trauer trage. Aber auch vorher war das so, und so wird es immer bleiben. Ich wünsche für dich, Nialli Apuilana, daß ihre Freude auch dir eines Tages zuteil werde.« Er wies auf das Tablett und die Flasche. »Du besuchst deinen Hjjk? Bringst ihm wohl was ganz besonders Feines?«

»Gevatter!« fuhr Nialli ihn scharf an. »Nenne ihn nicht einen Hjjk!«

»Nun, wenn er kein Hjjk ist, so klingt er doch wie einer, sagen die Leute. Er äußert sich nur in krächzenden und zischenden Lauten, oder irre ich mich?« Onkelhaft-freundlich versuchte Thu-Kimnibol scharfe Krächzlaute tief aus seiner Kehle zu produzieren. Es war eine ziemlich ungeschickte Parodie der Hjjk-Sprache. »Also, für mich ist einer halt ein Hjjk, wenn er weiter nichts als hjjkisches Gekrächze von sich gibt. Und hjjkische Amulette am Hals hängen hat, und hjjkisch denkt und sich wie ein Hjjk kleidet und aufführt. Du weißt schon, als hätte man ihm einen langen steifen Stock durch den Rumpf getrieben.«

»Also, wenn es genügt, daß einer als Gefangener unter den Hjjks gelebt hat, um für dich ein Hjjk zu sein — schön, dann bin auch ich eine Hjjk«, sagte Nialli mit beträchtlichem Ernst. »Aber davon mal abgesehen, Kundalimon macht wirklich inzwischen recht gute Fortschritte in unserer Sprache. Es fallen ihm mehr und mehr Wörter wieder ein. Und er erinnert sich allmählich, daß er früher einmal einer von uns war. Es ist nicht anständig von dir, dich über ihn lustig zu machen. Oder über mich, auf dem Umweg über ihn.«

»Wirklich.«

»Thu-Kimnibol, warum haßt du die Hjjks so?«

»Tue ich das denn?« Es klang, als wäre ihm noch nie ein derartiger Gedanke gekommen. »Tja, vielleicht stimmt das ja. Aher warum tu ich es dann? Laß mich nachdenken.« In seine Augen trat ein irritiertes Funkeln. »Könnte es sein, weil sie uns gern an einem kleinen Ort der Welt zusammenpferchen möchten, wo uns doch die ganze Welt zusteht? Und ich hab was dagegen, daß sie uns derartige Beschränkungen auferlegen? He, das ist es vielleicht, ja? Oder ist es vielleicht sehr viel einfacher, was ganz Persönliches und hat mit einer Sache zu tun, daß einmal vor langer Zeit ein Trupp von Hjjks an den Ort kam, in dem ich im Norden damals lebte, genau jenen Ort, zu dem ich jetzt bald wieder reisen werde, und daß sie dort eine Handvoll unschuldiger Menschen überfallen und einige getötet haben? Mein eigener Vater war einer von denen, die sie getötet haben, weißt du. Vielleicht ist das der Grund, Nialli Apuilana, wie? Ein lächerliches kleines Ressentiment meinerseits? Unreflektierte primitive Rachegelüste?«

»Aber nein, Thu-Kimnibol. Ich wollte doch nicht …«

Er schüttelte den Kopf. Aus seiner gewaltigen Höhe senkte er die Hände auf sie herab und ließ sie flüchtig, aber zärtlich auf ihren Schultern ruhen. »Aber ich verstehe dich doch, Nialli! Das alles ist geschehen, lang ehe du geboren warst. Warum solltest du auch nur einen Gedanken daran verschwenden? Aber laß Friede sein zwischen uns beiden, ja? Wir sollten nicht miteinander so herumzanken. Geh du zu deinem Freund und bringe ihm seinen Wein und sein Fleisch. Und bete für mich, willst du? Bete zu welchem Gott immer du magst. Ich ziehe morgen los in die Nordlande. Und es wäre mir lieb, wenn deine Gebete mich begleiten würden.«

»Das werden sie«, sagte Nialli. »Und meine Liebe auch, Oheim. Möge deine Fahrt sicher sein.«

Wenn sie nicht dermaßen beladen gewesen wäre, sie hätte ihn umarmt und geküßt. Der Wunsch überraschte sie. Sie hatte ihm gegenüber eigentlich nie eine derartige warme Zärtlichkeit verspürt: Bis zu diesem Augenblick war er eben nur der gewaltige massive Berg von einem Onkel für sie gewesen … Fast halb so groß wie ein Zinnobär … und kaum hirnmäßig heller (so war es ihr jedenfalls immer vorgekommen). Auf einmal erblickte sie ihn in einem anderen Licht; er war ja viel komplexer, als sie sich das vorgestellt hatte, und sehr viel verwundbarer. Und plötzlich hatte sie Angst um ihn und wünschte, es möge alles gutgehen mit ihm.

Das ist bestimmt das Götterlicht, das noch von ihm ausging, was das bei mir auslöst, dachte sie. Ob ich nicht vielleicht ebenfalls zu einer Kommunion zu Boldirinthe gehen sollte? Vielleicht stellt sich dann ja heraus, daß die Götter sogar mit mir sprechen ...

»Eine sichere Fahrt, ja«, wiederholte sie. »Und ein glückbringendes Ergebnis ... und baldige Heimkehr!«

Thu-Kimnibol bedankte sich und zog seines Weges. Und Nialli Apuilana stieg weiter den Hang zum Hueri-Haus hinan.

Der Wächter am Tor war Curabayn Bangkeas jüngster Bruder, Eluthayn, ein flachgesichtiger Fleischbrocken, den ein lächerlich protziger Helm schmückte. Als Nialli auf ihn zutrat, sagte er: »Er wartet schon die ganze Zeit auf dich, der Kerl von den Hjjks. Löchert mich den ganzen Morgen, warum du heut so spät kommst. Jedenfalls glaube ich, daß er das meint. Weil — sein Gezischgurgeln versteh ich natürlich nicht.« Und Eluthayn Bangkea beugte sich ihr so dicht entgegen, daß sie in seinem Atem die Kharnigs riechen konnte, die er zum Frühstück gegessen hatte. Und zu Niallis Verblüffung gloste er sie in verletzend eindeutiger Zudringlichkeit an. »Kann nicht behaupten, daß ich es ihm verüble. Ich hätte auch nichts dagegen, mal so 'nen ganzen Nachmittag mit dir da drin eingeschlossen zu sein.«

»Und worüber würden wir dann reden können, du und ich, wenn wir gezwungen wären, einen ganzen Nachmittag lang zusammen zu verbringen?«

»Ach, Nialli Apuilana, es geht ja nicht um das, was wir *reden* würden.«

Und wieder schaute er sie lüstern an, noch eindeutiger als vorher, ließ die Augen rollen, peitschte mit dem Sensororgan durch die Luft und stieß sein Gesicht beinahe gegen das ihre.

Er war natürlich ein viel zu großer Narr, als daß man ihn hätte ernstnehmen dürfen. Derartige unerbetene

Aufmerksamkeiten konnten schlechterdings nur scherzhaft gemeint sein. Aber wenn sie ein Witz waren, dann bestimmt ein recht grober. Wie durfte der Kerl es wagen? Als nächstes würde er sie begrapschen!

Urplötzlich explodierte der Zorn in ihr, und sie spuckte ihm heftig ins Gesicht. Der Speichel blieb im Fell zwischen seinen weit auseinanderliegenden Augen hängen.

Er gaffte sie ungläubig an. Dann wischte er sich langsam über das Gesicht. Seine Stirn runzelte sich in Entrüstung und kaum gebändigter Wut.

»Warum hast du das gemacht? Das hättest du nicht tun müssen!«

Sie reckte sich hoch. »Deine Art ödet mich an.«

»Meine *Art?* Was meinst du damit, meine *›Art‹*. Ich bin ich, der einzige Ich, den es gibt. Und ich hab es nicht bös gemeint. Du hast keinen Grund, sowas zu machen.« Er senkte die Stimme: »Hör mal, wär es denn wirklich dermaßen schlimm, wenn wir uns für ein Stündchen verdrücken und kopulieren würden, Edle Nialli? Ein Mann von der Garde ist durchaus imstande, auch einer Häuptlingstochter Vergnügen zu bereiten, mußt du wissen. Oder meinst du, Kopulieren macht keinen Spaß? Ist es vielleicht das? Zu stolz dazu, wie? Oder zu ängstlich? Was ist los mit dir?«

»Bitte!« sagte sie in ungläubigem Staunen. Ihr kam es vor wie ein Traum. Wie erniedrigend das alles war! Sie war zornig und benommen und gleichzeitig den Tränen nahe. Aber es war entscheidend, angesichts derartiger Sachen Festigkeit zu bewahren. Sie funkelte ihn an. »Das reicht! Was bist du doch für ein vulgärer witzloser Wicht!«

»Du wirst mich dafür strafen lassen, ich weiß. Das wirst du doch? Aber ich werde ihnen sagen, daß du mir ins Gesicht gespuckt hast. Dabei hab ich dich mit keinem Finger angerührt. Ich hab bloß mit den Augenbrauen gewackelt.«

»Geh mir aus dem Weg und laß mich rauf!« befahl Nialli heftig. »Und geb's der Himmel, daß mir dein Anblick in Zukunft erspart bleibt!«

Er starrte sie in dumpfer Verwirrtheit an, dann stieß er die Schranke für sie auf. Mit abgewandtem Blick schoß sie an ihm vorbei ins Haus. Sobald sie in Sicherheit war, blieb sie schaudernd stehen. Sie war durcheinander, kam sich verletzt und besudelt vor, als wäre sie es, die angespuckt worden war. Ihr ganzer Leib war vor Zorn und Schock wie verkrampft. Sie atmete ein paarmal tief durch und spürte, wie ihr Puls nach und nach zu rasen aufhörte. Ruhiger stieg sie dann die Treppen zu dem Zimmer Kundalimons im dritten Stock hinauf und klopfte an.

Sofort ging die Tür auf, und Kundalimon spähte heraus. Er lächelte schüchtern. Die grünen, oft so eisigen, abweisenden Augen wirkten heute lebhaft und freundlich; Nialli fühlte von ihm eine so weiche Woge unschuldiger Zärtlichkeit auf sich zukommen, daß in einem kleinen Augenblick der Makel, die Beschmutzung durch die betrübliche Begegnung mit dem Posten drunten wie weggewischt erschien.

»Also kommst du doch endlich zu mir!« rief Kundalimon mit vor Freude schwankender Stimme. »Das gut, sehr gut. Endlich du kommst. Ich misse dich, Nialli Apuilana, ich misse dich sehr. Ich warte hier ganze Zeit stundenlang.«

Seine Hand glitt an ihr Handgelenk, und er zog sie sacht ins Zimmer und schloß die Tür. Er nahm ihr das Tablett und die Weinkaraffe aus den Händen, kniete nieder und stellte sie auf den Boden. Danach stand er stumm eine Weile vor ihr und blickte sie schweigend an. Danach faßte er sie wieder am Handgelenk.

Irgendwas ist verändert an ihm heute, dachte sie. Da ist etwas seltsam Neues an ihm.

Zögernd sprach er dann: »Ich viel denke. Wie Gefühl ist, weißt du? Ich bin so sehr viel einsam. Nest — so weit fort. Nest-Denker, Königin. So fern-weit. Überall Fleischleute um mich.«

Mitgefühl mit seiner Einsamkeit schwoll überwältigend in ihr auf. Impulsiv sagte sie zu ihm: »Du brauchst dir keine Sorgen zu machen, Kundalimon. Bald wirst du zurückkehren.«

»Wirst zurückkehren? Ich?«

Er wirkte wie vom Blitz getroffen. Aber auch sie selbst war über ihre Worte erstaunt. Gab es denn schon eine Absicht, ihn freizulassen? Sie wußte es nicht. Thu-Kimnibol hatte zwar davon gesprochen, man solle ihn mit einem Schreiben bezüglich der Zurückweisung des Vertragsangebots ins NEST zurücksenden, gewiß, doch Taniane hatte durch nichts erkennen lassen, daß sie darauf eingehen werde. Viel wahrscheinlicher erwartete sie wohl, daß Kundalimon nach Beendung seiner Gefangenschaft bei den Hjjks sich nun anschicken werde, ganz einfach wieder ein normales Leben in der Stadt seiner Geburt zu führen, ganz so, als wäre er nur ein paar Wochen oder Monde fortgewesen.

Dennoch, er wirkte heute so bedürftig. Und darum waren ihr die tröstlichen Worte einfach so über die Lippen gerutscht. Na, dann mach ich es aber lieber gleich richtig und bis zu Ende, dachte Nialli, und sag ihm das, was er hören will.

»Aber sicher wirst du zurückgehen. Du wirst von unserm Häuptling eine Botschaft an die Königin überbringen. Ich bin sicher, es dauert nicht mehr lange, bis sie dich entsenden.«

Kundalimons Hand spannte sich ganz fest um ihr Gelenk.

»Du dann gehst mit mir?«

Damit hatte sie allerdings nicht gerechnet.

»Ich?«

»Wir gehen zusamm! Hier kein guter Ort für dich. Du hast in dir Nest-Wahrheit! Weiß ich das. Hast du gefühlt Königin-Liebe!« Er bebte am ganzen Leib. In seinem

Rücken schwang sein Sensor-Organ in weiten Kurven langsam von Seite zu Seite, und seine Zunge zuckte immer wieder über die Lippen, um sie zu befeuchten. »Du und ich — wir-du-ich-beide, Nialli Apuilana —, wir sind aus dem NEST! Oh, komm, komm, komm ganz nah zu mir, nah ...«

Mueri, steh mir bei! dachte sie verzweifelt. Will er etwa mit mir tvinnern?

Vielleicht. Im Verlauf der letzten Wochen hatte sein Sprachverständnis beträchtlich zugenommen, und sie waren in eine neue Bezugsphase eingetreten, und die schien heute sich einem Kulminationspunkt zu nähern. Zweifellos, Kundalimon war heute weit stärker zugänglich, ihr gegenüber offen, als es je zuvor der Fall gewesen war. Bestimmt war er gerad heute von einem starken inneren Drang erfüllt, einem ganz neuen zwanghaften Bedürfnis. Alles an ihm — wie er so dastand, der Ausdruck in seinen Augen, die Bewegungen des Sensors, ja sogar der scharf-bittere Duft, der von ihm ausging, unterstrich dies.

Aber — ein Tvinnr?

Sie wußte wirklich nicht. Damals, zu Beginn ihrer Freundschaft, hatte er mit derart heftiger Angst, ja Entsetzen reagiert, als sie mit ihrem Sensor seinen berührte und ihn in das Anfangsstadium der Kommunion zu führen versucht hatte. Ganz so, als wäre für ihn schon die Vorstellung der Einheit, die sie ihm anbot, ganz unerträglich; als wäre schon der Gedanke an eine Verschmelzung mit jemandem, der nicht aus dem NEST war, dermaßen abstoßend, daß Akzeptanz ganz hoffnungslos war.

Andererseits kannten sie einander inzwischen aber viel besser. Anscheinend war es Kundalimon bewußt geworden, daß auch sie wirklich aus dem Nest stammte; nicht ganz in so hohem Maße wie er, aber dennoch nest-geprägt, eine Nest-Seele im Leib der Fleischlichen, ebenso wie er. Und vielleicht sah er darum in ihr nicht mehr das Andersartig-Abartige, eine feindliche Ausgeburt. Und wenn das so war ...

Flehentlich starrte er sie an. Sie lächelte und hob ihr Sensor-Organ und berührte damit ganz, ganz flüchtig das seine.

»Nein«, sagte er sofort und peitschte seinen Sensor hastig aus ihrer Reichweite. »Nicht — tvinnern. Nicht — bitte nein!«

»Nein?«

»Angst macht. Immer noch. Zuviel, das Tvinnr.« Er bewegte den Kopf her und hin. Ein heftiger Schauder durchlief seinen Körper. Er schien tief nachzudenken. Aber dann erhellte sich sein Gesicht wieder. »Du-und-ich — oh, komm näher! Du willst komm näher?«

»Was möchtest du denn?« fragte sie verwirrt.

Er gab einen unbestimmten Laut von sich, ein Hjjk-Geräusch, es war noch nicht einmal ein Wort: nur wie eine in verrosteten Angeln kreischende Tür, die jemand aufstößt. Ein Sturzbach von Empfindungen, die ihr alle unergründlich blieben, schoß blitzschnell über sein Gesicht. Nialli glaubte, daß sie da blankes Entsetzen wahrnehmen könne, Verlegenheit, etwas wie beinahe Nest-Liebe — und ein irgendwie verzweifeltes Verlangen ... aber auch etwas viel Bekannteres, etwas, das sie erst vor kurzem in den roten von stumpfer Lust erfüllten Bengaugen Eluthayn Bangkeas erblickt hatte.

Seine Hände irrten zu ihren Schultern, über die Unterarme zur Brust. Er streichelte sie wild und hastig. Seine Begattungsrute ragte steif hervor.

Oh, Mueri, Dawinno und Yissou! dachte sie benommen und leicht bestürzt. Er will *kopulieren!*

Es war unbezweifelbar. Sein Atem brannte ihr heiß auf den Wangen. Er brabbelte ungereimtes Zeug auf sie ein, in einem verschwommenen Gemisch von Hjjk-Klickgeräuschen und völkischen Grunzern. Er wirkte wie betrunken, wie ertrinkend in einem heißen Hexengebräu sexuellen Verlangens.

Es war beinahe drollig. Aber es war auch beängstigend. Nialli hatte noch nie kopuliert. Sie scheute davor ebensosehr zurück wie anscheinend Kundalimon vor dem Tvinnr. Immer hatte es für Nialli so etwas wie das Niederreißen einer geheimnisvollen Barriere bedeutet, die sie nicht preiszugeben wagte.

Sie wußte, die anderen taten ›es‹ auf ein Fingerschnippen hin, und manche fingen damit bereits mit knappen neun oder zehn Jahren an. Sie klatschten ganz unbekümmert ihre Leiber aneinander und vollzogen hastig und verschwitzt eine Vereinigung und fanden weiter gar nichts dabei. Doch Nialli hatte sich in jüngeren Jahren stets peinlich von alledem ferngehalten; aber jetzt, wo sie schon weit in ihre weibliche Reife getreten war, hatte sie manchmal das Gefühl, daß sie sich zu lange zurückgehalten habe, daß sie gerade durch die bloße Vermeidung den Kopulationsvorgang zu einem Akt von solch hoher Bedeutung erhoben hätte, daß es schon der höchst-bedeutsamen vorstellbaren Gründe bedürfen würde, wenn sie sich jemals darauf einlassen sollte. Aber ein solcher Grund war ihr bislang nie begegnet. Auf gar keinen Fall war er für sie in dem überheblichen Machogeäugle eines Eluthayn Bangkea oder dem subtileren Hungerblick eines Husathirn Mueri gegeben.

Aber jetzt ... jetzt hier ...

Kundalimon bedrängte sie am ganzen Körper, er betatschte sie und schnaubte, und es war genauso, wie sie sich die Männer dabei immer vorgestellt hatte. Er besaß kaum noch Kontrolle über sich. Dennoch verspürte sie keinen Widerwillen gegen ihn, sondern nur Mitgefühl. So isoliert und abgeschottet wie er, allein Tag um Tag in dieser kleinen Zelle mit nur einer Fensterluke — da mußte ihn ja schließlich die Einsamkeit überwältigen, das Trennungsgefühl vom NEST, bis in seinem Geist die Bedrückung so hoch anschwoll, daß sie eben jetzt die Flutmarken überspülte. Nialli hatte keine Ahnung, wie sie ihn zurückhalten konnte.

»Warte«, sagte sie. »Bitte!«

»Ich ... will ...«

»Aber, Kundalimon, bitte ... bitte ...« Er ließ von ihr ab, fast sofort, als habe er wirklich verstanden, was sie ihm mitzuteilen versuchte. Vielleicht spürte er auch nur die angstvolle Aufgeregtheit ihres unbereiten Körpers. Immer noch aber schien er sprungbereit und begierig weiterzumachen. Einer plötzlichen wilden Eingebung folgend, sagte sie: »Ich *darf* nicht. Die Kopulation ist mir verboten.« Und auf hjjkisch erklärte sie: »Ich brauche erst noch die Berührung der Königin.«

Es bestand eine ganz kleine Chance, daß er sich diesem Argument beugen werde. Im NEST gab es keine Paarung, ehe einen nicht die Königin zur Reife und Fruchtbarkeit gebracht hatte — in einem Ritual, dessen Wesen Nialli nicht bekannt war, das jedoch für jeden Hjjk den Übergang ins Erwachsenenleben bestimmte.

Aber Kundalimon, den nun unbezweifelbar seine nicht länger verleugnete Fleischlichkeit gepackt hatte, würde vielleicht nicht begreifen, warum ein Weib des Fleischlingsvolks sich weigern sollte, sich freudig dem starken Verlangen hinzugeben, das ihn jetzt durchtobte. Mußte sie nicht ein ebenso heftiges Sehnen fühlen wie er, da sie ja auch aus dem Fleische war? Ja, schön und gut: Aber er war außerstande, ihre Besorgnisse zu begreifen. Das konnte sie ja nicht einmal selber. Doch vielleicht würde er ja auf das andere Argument, die Jungfräulichkeit, reagieren, das im Nest einzigartig war.

Doch sein Fleischesaspekt stand im Aszendenten. Kein Argument würde ihn ins Wanken bringen.

»Auch ich hatte die Königliche Berührung noch nicht«, sagte er. »Aber wir sind ... jetzt nicht im Nest, und ...« Er atmete mit einem tiefen Zischen ein, und in seinen Augen gloste ein Ausdruck der Pein, vermischt mit Leidenschaft. Er war ebenso unberührt wie sie. Mit wem hätte er auch im Nest kopulieren können? Jetzt aber überwältigte ihn die Not, die Fleisches-Not, das heftige Bedürfnis, das allen eingeboren ist, die wie er von unvermischter Rasse sind.

Und plötzlich begriff sie, daß dies auch auf sie zutraf.

Beinahe ohne daß sie sich dessen bewußt wurde, erwärmte sie sich unter seiner Berührung. Während er sie streichelte, erwachten in ihrem Leib Sinnesempfindungen, wie sie solche nie zuvor gefühlt hatte. Ihr war heiß, die Haut juckte sie, sie fühlte ungeduldige Gespanntheit. An den Schenkeln, dem Bauch, der Brust spannten sich Muskeln und begannen zu zucken. Ihr Atem ging stoßweise.

Das waren lustvolle Empfindungen. Und irgendwie wußte sie, daß noch höhere Lust ihr bevorstand, fast in Reichweite lag. Sie brauchte sich nur davon überwältigen zu lassen.

Und dann wußte sie es, ohne Zweifel: Das ist der Augenblick, die rechte Zeit, der rechte Ort, der richtige Mann. Ihre Barrieren sanken in sich zusammen. Und sie nickte ihm lächelnd zu. Wieder griff er nach ihr und stammelte Hjjk-Laute, und sie antwortete ihm — hjjkisch und in zusammenhanglosen Lautgebilden der Volkssprache, und sie glitten engumschlungen zu Boden, stießen die Weinflasche um, das Tablett mit dem Essen, das sie für ihn hergetragen hatte. Das war unwichtig. Seine Hände waren überall zugleich an ihrem Körper. Er schien nicht so recht zu wissen, wie und was zu tun sei, und sie wußte selber auch kaum mehr, also gab es nur unklare Vermutungen und Näherungsversuche; doch irgendwie fanden sie dann die richtige Position, und Nialli zog ihn zu sich, öffnete die Schenkel, und er glitt in sie hinein.

Also *so* ist das, dachte sie.

Das ist die große Sache, von der sie alle soviel hermachen. Die Leiber fügen sich passend zusammen und bewegen sich. Und mehr ist nicht dabei. Aber es fühlt sich wundervoll angenehm an! Wie einfach das doch ist, wie richtig!

Und dann hörte sie ganz auf zu denken, außer, flüchtig, daran, ob sie die Tür auch richtig verriegelt hatten. Aber auch der Gedanke verflüchtigte sich rasch. Sie rollten umher und herum, lachten und stöhnten in zwei Sprachen, umklammerten einander, nagten und bissen und saugten aneinander und keuchten vor ganz neuer unbekannter Erregtheit; und dann vernahm Nialli einen tiefen heiseren Laut, wie sie ihn von Kundalimon nie zuvor gehört hatte, und eine Art Krampf schien durch seinen Leib zu fahren. Und zu ihrem Erstaunen fühlte sie in sich selbst ein Gefühl der Wärme anschwellen, so stark, als müsse sie davon bersten, und einen Augenblick später drang auf einmal ein Laut über ihre Lippen, der dem Stöhnen Kundalimons nicht unähnlich war. Sie erkannte: Das ist die Stimme der Freude, der Laut der Ekstase, der Schrei der Befreiung nach selbst-auferlegter Askese.

Sie lagen stumm da, voll des Wunders, und schauten einander hin und wieder tief in die Augen. Dann griff er wieder nach ihr.

Später, viel später, als sie wieder ruhig geworden waren und die Leidenschaft sanfter Zärtlichkeit wich, sagte Kundalimon: »Ist noch was, das mir fehlt.«

»Sag es, sag es mir!«

»Ist zu trüb und grau hier, ganz allein ich immer nur in diese eine Kammer«, sagte er und fuhr zärtlich mit den Fingerspitzen über Niallis Rückenfell. »Du machst, sie mich rauslassen, ja? Mich gehen lassen in Stadt wie freier Mann? Du machen das für mich, Nialli Apuilana? Du machen?«

Thu-Kimnibol standen fünf schmucke, gutgebaute Reisewagen zur Verfügung, mit je einem Zuggespann von Xlendis, die er persönlich wegen ihres Feuers und ihrer Stärke ausgewählt hatte; hinzu kam ein Quartett gleich guter Tiere als Ersatz, für den Fall, daß eins der anderen unterwegs ausfallen sollte. Er beabsichtigte nicht, seine Fahrt in der Manier der Kaufleute zu absolvieren und gemächlich Mond um Mond nordwärts zu wackeln. Nein, er wollte die Strecke in einem einzigen wilden Spurt schaffen — wie eine Sternschnuppe, die durch die Himmel zieht, und nur haltmachen, wenn es nicht anders ging, ansonsten jedoch die Zugtiere und seine Gefährten bis an die Grenzen der Leistungsfähigkeit voranpeitschen. Es drängte ihn heftig, sich rasch in diese Unternehmung zu stürzen, wie ein Blitz vor König Salaman aufzutauchen und sich dann mit ihm hinzusetzen und das so lange überfällige Bündnis zu schmieden.

Doch die Reise verlief trotz all seiner hehren Entschlüsse nur langsam, und er begriff sehr rasch, daß er nur wenig tun konnte, die Dinge zu beschleunigen. Sein Treckführer, Esperasagiot, war ein strahlendblonder Beng reinsten Blutes, und er kannte sich mit Xlendis ebenso gut aus wie mit seiner eigenen Genealogie; und Esperasagiot trieb die Tiere bis zum äußersten voran, aber er wußte eben genau, wie weit er gehen durfte mit ihnen.

»Wir sollten anhalten und Rast machen«, sagte er am Nachmittag des Aufbruchstages von Dawinno, als die Sonne noch hoch im Westen stand.

»So früh schon? Fahren wir noch eine halbe Stunde!« befahl Thu-Kimnibol.

»Die Xlendis werden dabei sterben.«

»Nur noch eine halbe Stunde, dann ...«

»Prinz, willst du die Tiere bereits am allerersten Reisetag umbringen?«

Etwas im Ton des Mannes verriet Thu-Kimnibol, daß er ihn wohl lieber ernstnehmen sollte. »Würden sie tatsächlich sterben, wenn wir verlangen, daß sie uns nur ein kleines Wegstück weiterziehen?«

»Wenn nicht heute, dann morgen. Und wenn nicht schon morgen, dann am Tag darauf. Hier ist der Ort, an dem wir rasten müssen. Ich wette meinen Helm darauf, wenn wir heute abend noch weiterziehen und morgen die gleiche Strecke zu schaffen versuchen, werden wir innert drei Tagen ein paar krepierte Xlendis haben. Hinter ihrer Kraft verbirgt sich Empfindsamkeit, Prinz. Das da sind keine Xlendis für Holzlasten. Du hast dir Tiere mit Temperament und Feuer ausgesucht, und sie bringen uns schnell genug voran, solange sie frisch sind. Doch sobald sie zu ermüden beginnen ...« Esparasagiot nahm den Helm ab — ein kunstvolles Stück mit einer Krone aus fünf silbermetallenen stracks nach hinten ragenden Federn — und legte ihn in Thu-Kimnibols Hände. »Ich setze meinen Helm darauf, Prinz. Gegen deine Schärpe. Zwei sind in drei Tagen tot, wenn wir in diesem Tempo weiterfahren.«

»Nein«, antwortete Thu-Kimnibol. »Wir rasten, wenn du es für richtig hältst.«

Der Sommer stand noch hoch, und die Luft war dicht und schwer. Häufig regnete es. Das Land hier nördlich von Dawinno war fruchtbar, es gab viele Bauernhöfe. Manchmal sah Thu-Kimnibol an den Gemarkungen ihrer Felder Häuflein ängstlicher Bauersleute stehen, die sich fragen mochten, ob er sie zu überfallen und zu plündern beabsichtige.

Doch dann stieß die Karawane bald in bergigeres Land vor. Hier war es viel trockener, und es gab keine Bauerngehöfte mehr. Die Erde war braun, steinig und kahl, und der aus Norden wehende Wind war scharf. Wildtiere, die in der Nähe der Siedlungsgebiete bereits selten geworden waren, streiften hier frei umher. Scharen von krumschnäbligen aasfressenden Vögeln mit weiten Schwingen zogen am Himmel unheilvoll ihre Kreise. In den Nächten bestrahlte das große runzelige Silberauge des von den Todessternen zernarbten Mondes das unfruchtbare Land mit einem kalten flirrenden Licht.

Unter Esperasagiots sachkundiger Hand zeigten die Xlendis gute Leistungen. Von Tag zu Tag schienen sie mit größerem Eifer voranzueilen. Es waren schlanke graue Tiere, also mit schmalen Lenden, aber stolzem Nacken und edlen runden Köpfen mit weitgeblähten Nüstern, und wenn sie in Gang kamen, schnaubten sie heftig und tänzelten.

Thu-Kimnibol verstand jetzt, warum sein Zugführer zu Beginn der Reise die Xlendis so geschont hatte. Es waren in der Stadt gezüchtete Tiere, gewöhnt, vor die Karossen von Prinzen gespannt zu werden, und sie hatten keine Erfahrung über weite Strecken im freien Land. Wenn man sie also gleich in den ersten Tagen, in denen es noch reichlich Futter gab, übermäßig beanspruchte, welche Reserven würden sie dann in den kommenden, kargeren Tagen zur Verfügung haben? Nein, man mußte sie schrittweise umgewöhnen, damit sie ganz abgehärtet sein würden, wenn ihnen der schwierigste Teil der Reise bevorstand. So jedenfalls lautete Esperasagiots Theorie.

Nach zehntägiger Fahrt sprach Thu-Kimnibol seinen Zugführer an: »Ich muß mich bei dir entschuldigen! Deine Weise, mit den Xlendis umzugehen, ist richtig!«

Esperasagiot gab nur ein Knurren von sich. Entschuldigungen oder Lob waren ihm schnurzegal, und alles andere auch — außer seinen Xlendis.

Sie hatten das gewaltige windgepeitschte Küstenplateau erreicht, das sich zwischen Dawinno und Yissou erstreckt. Kleine verkrümmte graue Pflanzen wuchsen hier auf einem fahlen geröllübersäten Erdreich. Den Karawanenweg entlang lagen Ruinenstädte aus der Großen Welt. Aber es war von ihnen nichts weiter erhalten geblieben als blasse weißliche Linien im Boden, kaum erkennbare Spuren von Fundamenten und Straßenbefestigungen. Hresh hatte schon die Studenten der Universität hergeschickt, um nach weiteren Relikten zu graben, doch es gab da einfach nicht mehr zu finden.

Bei der ersten dieser uralten Stätten befahl Thu-Kimnibol einen Halt. Er schaute sich um. Er stellte sich vor, daß er einst eine Vielzahl von Saphiräugigen hier gelebt hatten. Mächtige reptilienhafte Fleischberge mit gewaltigen Kiefern und großen Schädeln und schweren Hinterschenkeln mochten hier langsam umhergezogen sein wie Philosophen der Peripatetikerschule, und hatten die riesigen Schwänze als eine Art Krücke zur Stütze benutzt, und in ihren vortretenden blauen Augen brannte das Feuer der Genies.

Unter anderen Umständen hätte er es sich nicht entgehen lassen, eine derartige antike Stätte nach ein paar Fundstücken als Souvenirs aus der Großen Welt für Naarinta abzusuchen. Solch kleine Geschenke hatten ihr immer Freude bereitet, ein Fragment eines fossilen Knochens, der Schnipsel von einem rätselhaften Instrument. Sie hatte die Wände ihrer Villa mit einer bizarren, ein wenig gespenstischen Kollektion von verwitterten und verbogenen antiken Bruchstücken dekoriert und manche Stunde damit verbracht, sie zu betrachten.

Jetzt aber stocherte er in traurigem Erinnern in diesem Ruinenfeld herum, vielleicht auch nur aus einer Laune heraus. Wenn man sich vorstellte, daß man dabei zufällig auf irgendein blitzendes Instrument, eine Maschine aus alten Tagen stoßen könnte, die Wunder vollbringen konnten, etwas, das einem da einfach vor der Nase auf dem Boden lag, das keinem vorher aufgefallen war, und man brauchte es nur mitzunehmen. Eine Waffe vielleicht, mit der man die Hjjks auslöschen konnte. Oder gar die Knochen eines Saphiräugigen. Keiner hatte je welche gefunden. Er bohrte mit der Stiefelspitze im kalkigen Grund. Doch er fand nichts.

Aus einer Laune heraus befahl er das Ausheben eines kurzen Grabens. Seine Leute arbeiteten eine Stunde oder länger, brachten ihm jedoch nichts als einen braunen Rostklumpen, der ihm in der Hand zu Staub zerfiel. Er warf den Fund achselzuckend weg.

Mächtig überkam ihn sodann die Erkenntnis, wie

sehr alt doch die Welt sei und daß sich frühere Welten wie ein durchsichtiger Mantel, wie eine Kruste um die jetzige schlossen.

Es gab hier verwischte Echos der Geschichte, auch der verlorenen Zauber — und der noch lebendigen; doch sie entzogen sich seinem Zugriff. Eine bedrückende Schwermut bemächtigte sich seiner immer stärker. Sein Geist weilte bei der Großen Welt und allem, was sie bedeutet hatte. Warum war sie trotz all ihrer Größe untergegangen? Warum starben große Kulturen — genau wie der einzelne lebendige Mensch?

Die Unzulänglichkeit seines Wissens kam ihm bitter zu Bewußtsein; ja, die Mangelbehaftetheit seines Geistes schlechthin. Hresh kennt sich mit solchen Dingen aus, dachte Thu-Kimnibol. Und wir sind von einem Fleisch und Blut, er und ich, oder doch so ziemlich, und dennoch weiß er alles, und ich — ich weiß gar nichts! Ich bin bloß der große starke Thu-Kimnibol, den manche anderen für dumm halten, obschon ich das gar nicht bin. Unwissend, ja. Aber nicht dumm.

Ich muß mit Hresh reden, sobald ich zurück bin.

»Ich frage mich, wie es möglich ist«, sagte er zu Simthala Honginda, seinem Ersten Botschaftssekretär, »daß Vengiboneeza all die vielen Jahre überdauert hat, oder doch immerhin zu einem guten Teil, immerhin soweit, daß wir einziehen und uns dort niederlassen konnten. Und hier ist von den alten Städten nichts übrig als Flekken von Rost und Staub.«

Simthala Honginda war ein Koshmariblütiger, drahtig und von hitzigem Temperament, ein Mann mit hochreichenden Familienverbindungen; ältester Sohn Boldirinthes und Staips, durch seine Partnerschaft mit Husathirn Mueris Schwester Catiriil zudem noch mit der Torlyri-Linie verknüpft. Jetzt kickte er träge mit dem Fuß gegen die Erde. »Vengiboneeza war eine Stadt der Saphiraugen. Und diese ollen Krokodile hatten gescheite Maschinen, die für sie die ganze Arbeit verrichteten, sagt mein Vater. Und diese Maschinen sind dort geblieben und haben noch Tausende von Jahren, nachdem der Lange Winter alle Saphiräugigen ausgelöscht hat, alles immer weiter gewartet und repariert.«

»Das müssen aber wirkliche Wunderdinger gewesen sein, wenn sie so lange durchhalten konnten.«

»Die Saphiräugigen hatten Maschinen, die ihre Maschinen reparieren konnten. Und solche, die konnten die Reparaturmaschinen der andern Maschinen reparieren. Und so weiter ...«

»Aha. Ich verstehe.« Thu-Kimnibol kratzte mit dem Absatz eine komische Fratze in die trockne Erde. »Und hier? Hier hatten sie keine solchen Maschinen, meinst du?«

»Vielleicht war es eine Stadt der Vegetabilischen. Die müssen sehr zart gewesen sein, dieses Pflanzenvolk. Die sind damals wohl erfroren und verdorrt und wurden vom Winde verweht, als die Kälte kam, genau wie ihre Städte. Vermute ich. Vielleicht war es auch eine Stadt der Menschlichen. Aber die Menschen entziehen sich unserem Begriffsvermögen. Vielleicht lag ihnen nichts daran, sich solch dauerhafte Städte zu errichten wie die Saphiräugigen. Es könnte sein, daß ihre Städte weiter nichts waren als Gebilde aus Dunst und Hauch, und als sie fortgingen, blieb nichts von ihnen als eine schwache Ahnung von ihren Städten. Aber wie soll ich da was Verbindliches sagen? Es ist doch alles schon so unendlich lange her, Thu-Kimnibol.«

»Ja, so ist es wohl.« Er kniete nieder, schaufelte mit der Hand ein Häufchen Erde auf und warf es in den Wind. »Hier ist ein elender und trauriger Ort. Für uns gibt es hier nichts zu finden. Wir vergeuden nur unsere Zeit, wenn wir hier verweilen.«

Und er befahl den Aufbruch der Karawane. Er stierte trüb voraus über das dürre fahlgelbe Land und spürte, wie er tiefer und tiefer in eine für ihn wesensfremde düster-gereizte Stimmung versank.

Seit seiner Kindheit wußte er, daß es vor der gegenwärtigen Welt eine andere gegeben hatte, in der die ganze Erde ein leuchtendes Paradies gewesen war und in der sechs sehr unterschiedliche Rassen prächtig und im Überfluß zusammen hier lebten. Groß-Vengiboneeza war damals ihre Hauptstadt, so stand es in den Chroniken. Er hatte es nie selber gesehen, doch sein Bruder Hresh hatte ihm davon erzählt. Und in Thu-Kimnibols Denken waren all die wundersamen Beschreibungen seitdem unauslöschlich verhaftet geblieben: die himmelhohen Türme, türkisblau und rosa und schillernd-violett, die auf irgendeine Weise aus der fernen Antike überdauert hatten, und alle die wundersamen Maschinen, die man in ihnen noch finden konnte ... Was für Wunder, was für erstaunliche Dinge! In jenen uralten Tagen, da die Welt im Besitz der langsamen, schwerfälligen Reptilienrasse der Leuchtend-Saphiräugigen war, deren Hirn von solch starker Intelligenz glühte, war das VOLK — oder die Geschöpfe, aus denen eines Tages das VOLK werden sollte, nichts weiter gewesen als ausgelassen tobende Dschungeltiere. Und Vengiboneeza war der Nabel und die Nabe des Kosmos, und Reisende aus vielen Ländern kamen zu Besuch, sogar — auf zauberische Weise — Gäste von anderen Sternen.

Damals lebten auch die zarten Vegetabilischen, Geschöpfe mit Petalgesichtern und harten knotigen Stengeln. Und die braunpelzigen Seelords, die in den Meeren lebten, aber mit ihren Flippergliedmaßen an Land kommen und in klug-konstruierten Karossen umherfahren konnten. Und die Mechanischen mit ihren Kuppelköpfen, eine künstliche Spezies, aber doch eben mehr als bloße Maschinen.

Und die Hjjks, natürlich; auch sie hatten zur Großen Welt gehört, jedenfalls ließ sich ihre Genealogie soweit zurückverfolgen. Und schließlich die Menschlichen — dieses große geheimnisvolle Rätsel: Eine zahlenmäßig karge, seltene Spezies von königlich-anmaßenden Geschöpfen, die der Gestalt nach den Angehörigen des VOLKES nicht unähnlich waren, aber eben haarlos und ohne Sensororgan. Sie waren die Beherrscher der Welt gewesen, bevor die Saphiräugigen zu Macht und Größe gelangten, so sagten die Chroniken. Und hatten sich dann entschieden, diesen die ganze Macht und Herrschaft zu überantworten.

Das fiel Thu-Kimnibol nicht leicht, das zu verstehen: dieses Aufgeben der Macht. Doch noch seltsamer erschien ihm dieses passive Verhalten, mit dem die gesamte Große Welt so einfach ihren Tod hingenommen hatte, als offenkundig wurde, daß diese Todessterne vom Himmel herabstürzen und so schreckliche Wolken von Staub und Rauch emporwirbeln würden, daß das Licht der Sonne nicht mehr bis auf die Erde herabströmen konnte und daß für eine nichtkalkulierbare Folge von Jahrhunderten alle Wärme dahin sein würde.

Hresh behauptete, die Große Welt hätte seit mindestens einer Million Jahren gewußt, daß diese Todessterne kommen würden. Und trotzdem hatten die Leute damals es vorgezogen, *nichts* dagegen zu tun ...

Thu-Kimnibol machte die Vorstellung rasend, daß da eine ganze Große Welt bereitwillig und ohne Gegenwehr in den Tod ging. Es war vernunftwidrig, es war unbegreiflich! Beim bloßen Gedanken daran begannen sich seine Muskeln zu verhärten, und seine Seele wand sich in Qual.

Wenn die schon dermaßen groß waren, sagte er zu sich, wieso haben sie dann nicht die Todessterne im Himmel zertrümmert, bevor die runterknallten? Warum haben sie nicht sowas wie ein Fangnetz über das Firmament gespannt? Anstatt gar nichts zu tun und den Tod aus den Sternen einfach hinzunehmen?

Die Saphiraugen und die Vegetabilischen waren in ihren großen Städten schlicht erfroren; wahrscheinlich auch die Seelords, als die Ozeane zu Eis wurden; die Mechanischen verrosteten und verfielen einfach; die

Menschlichen waren verschwunden, keiner wußte, wohin; allerdings hatten sie sich vorher noch die Mühe gemacht, einfachere Kreaturen wie etwa die vom VOLK vorher noch bei deren Rasserettungsversuch zu unterstützen, indem sie sie in die Kokons führten, in denen sie geschützt überdauern und das Ende des Langen Winters abwarten konnten.

Einzig die Hjjks, denen Kälte nichts ausmachte und die nahezu sämtlichen sonstiger Unbill gleichfalls überheblich trotzten, hatten die Katastrophe überstanden. Aber sogar sie waren von dem Gipfel an Größe, den sie in der früheren Ära erlangt hatten, ziemlich weit wieder abgerutscht.

Simthala Honginda, der neben Thu-Kimnibol an der *Tête* der Karawane fuhr, fiel nach einiger Zeit die gedrückte Stimmung seines Chefs auf.

»Was bedrückt dich, Prinz?«

Thu-Kimnibol wies mit der Hand auf die Karstebene. »Das da, wo wir herkommen.«

»Es ist doch bloß ein Ruinenfeld. Warum beunruhigen dich denn Trümmer dermaßen?«

»Mich beunruhigt die Große Welt. Und ihr Untergang. Daß die so gar nichts getan haben, damals, um sich zu schützen.«

»Vielleicht hatten sie keine andere Wahl.«

»Hresh glaubt aber, sie hätten die Wahl gehabt. Sie hätten den Sturz der Todessterne verhindern können, wenn sie gewollt hätten. Hresh sagt, es gibt eine Erklärung dafür, warum sie das nicht gewollt haben; aber er will nicht sagen, was für eine. Du mußt es selber herausfinden, sagt Hresh. Du würdest es nicht verstehen, sagt er, wenn ich es dir einfach sagen würde.«

»Stimmt. Sowas hab ich auch von ihm gehört, als das Thema mal aufkam.«

»Aber, wenn er nicht die Wahrheit sagt? Wenn er selbst ganz einfach die Wahrheit nicht weiß?«

Simthala Honginda lachte. »Ich glaube, es gibt nur

ganz wenig, was Hresh nicht weiß. Aber ich hab es eigentlich nie erlebt, daß Hresh, wenn er etwas *nicht* weiß, das nicht zugibt, oder so tut, als wüßte er es. Und ich habe auch nie erlebt, daß er gelogen hätte. Aber du kennst ihn natürlich viel besser als ich.«

»Nein, ein Lügner ist er nicht«, sagte Thu-Kimnibol. »Und du hast recht, er würde immer klar und unzweideutig sagen, daß er etwas nicht weiß. Also muß es eine Antwort auf die Frage geben — und Hresh hat sie. Und es dürfte ja nicht gar zu schwierig sein, sie zu finden, wenn wir nur ein wenig nachdenken.« Er schwieg einige Zeit und knetete einen verspannten Muskel an seinem Hals. Dann wandte er sich wieder Simthala Honginda zu und lächelte. »Ehrlich, ich glaube, ich habe die Antwort selber schon gefunden.«

»Wirklich? — Und wie lautet sie?«

»Auf einmal ist mir das alles ganz klar. Man braucht nicht mal ein Zehntel so gescheit zu sein wie Hresh … Willst du wirklich wissen, warum die Saphiräugigen es zugelassen haben, ohne was dagegen zu tun, daß sie ausgestorben sind? Weil sie eine Rasse von Trotteln waren. Dümmliche Idioten, das waren sie, und sie hatten einfach nicht genug Hirn, um sich an einen Rettungsversuch ihrer Art zu wagen. Verstehst du? So einfach war die Sache, mein Freund!«

Curabayn Bangkea saß an seinem Schreibtisch im Hauptquartier der Stadtwache und blätterte scheinbar geschäftig in Aktenordnern, als überraschend und unangemeldet Nialli Apuilana eintrat. Überrascht und von ihrem Anblick bestürzt, blickte er auf. Und als sein Blick über ihre hohe, schlanke Gestalt glitt — so weich war sie und dabei von solch königlicher Haltung —, blühten in seinem Herzen sofort üppige hocherregte Phantasien auf. Es hatte ihn stets nach ihr gelüstet, doch er wußte, daß er eben nur einer von vielen war, denen das Maul wässerte.

Während er sie jetzt ansah, dachte er: Sie ist so scheu wie ein schreckhaftes Xlendi. Und sie flieht jeden, der sie einzufangen versucht. Dabei fehlt ihr doch bloß die richtige feste Hand, damit sie richtig spurt. Und warum sollte das nicht meine Hand sein?

Er war sich natürlich völlig darüber im klaren, wie absurd seine Lustvorstellungen waren. Die Chance, daß sie hierher, in seine Amtsstube, kommen könnte, sich dem Hauptmann der Stadtwache zu Liebesdiensten anbieten würde, war nun wahrhaftig äußerst gering. Und wenn er daran je Zweifel gehegt hätte, so brauchte er ihr nur jetzt ins Gesicht zu blicken. Ihr Ausdruck war völlig kühl und geschäftsmäßig distanziert.

Er sprang hastig auf. »Ach, Edle, was verschafft mir dieses unerwartete Vergnügen?«

»Ihr haltet Kundalimon quasi in Hausarrest fest. Und ich frage, warum, Curabayn Bangkea?«

»Aha. Er bereitet dir Kummer?«

»Es bereitet *ihm* Kummer ... In dieser Stadt ist er geboren, sie ist seine Heimat ... Also, warum soll er wie ein Gefangener behandelt werden?«

»Er kam von den Hjjks zu uns, Edle.«

»Ja. Als Gesandter. Und demzufolge hat er Anspruch auf die üblichen Höflichkeitsformen, die einem Diplomaten zustehen, in diesem Falle: Immunität und Sonderprivilegien. Entweder man räumt ihm ungehinderte Bewegungsfreiheit in der Stadt ein, weil er ein Bürger von ihr ist, oder aber weil er der Repräsentant einer souveränen Nation ist, mit der wir uns nicht im Kriegszustand befinden.«

Ihre Augen blitzten vor Zorn, die Nasenflügel blähten sich, ihre Brust wogte. Curabayn Bangkea geriet bei ihrem Anblick ebenfalls in Erregung. Sie trug weiter nichts als eine Schärpe und ein paar Schmuckbänder über den Schultern. Keineswegs eine ungewöhnliche Kostümierung in dieser warmen Jahreszeit, dennoch aber spärlicher, als es heutzutage bei unvermählten

Frauen üblich war. Eine solche Fast-Nacktheit mochte in der Epoche des Kokons tolerabel gewesen sein, dachte Curabayn Bangkea, aber wir sind jetzt denn doch ein wenig zivilisierter geworden. Warum mußte dieses Mädchen nur dermaßen provozieren!

Ausweichend sagte er: »Das Procedere schreibt vor, daß alle Fremden für eine gewisse Zeit ins Mueri-Haus zur Beobachtung verbracht werden, bis wir Gewißheit haben, ob sie Spione sind oder nicht.«

»Er ist kein Spion. Er ist ein Abgesandter der Königin.«

»Nun, es gibt Leute, die argumentieren würden — und dein Gevatter, Prinz Thu-Kimnibol beispielsweise gehört zu ihnen —, daß das mehr oder weniger auf eins hinausläuft.«

»Dem mag sein, wie immer ihr wollt«, entgegnete Nialli. »Er hat sich mir gegenüber beschwert, daß er quasi in Haft gehalten werde. Er empfindet das als unfreundlichen und rechtswidrigen Akt. Und ich schließe mich dieser Meinung an. Ich möchte dich daran erinnern, daß mir die Verantwortung für sein Wohlergehen übertragen ist. Der Chronist höchstpersönlich hat ihn in meine spezielle Obhut gegeben, wenn ich dich daran erinnern darf.«

Curabayn riß daraufhin momentan seine Augen einen Spaltweit auf. »Wenn es nach mir ginge, Edle, ich würde ihn sofort aus jeglicher Beschränkung befreien. Aber er untersteht der Jurisdiktion von Husathirn Mueri. *Er* saß auf dem Richterthron, an dem der Fremdling in Gewahrsam gebracht wurde. Du solltest dein Ersuchen an ihn richten, nicht an mich.«

»Ich verstehe. Ich dachte, das fällt unter die Befugnisse des Hauptmanns der Wachen.«

»In dieser Sache habe ich keinerlei Autorität. Doch wenn du es wünschst, werde ich bei Husathirn Mueri zu deinen Gunsten vorstellig werden.«

»Du meinst, zu Kundalimons Gunsten!«

»Ja, richtig. Ich werde versuchen, daß der Befehl abgeändert wird. Wenn es mir gelingt, wird man dich heute im späteren Tagesverlauf benachrichtigen, hoffe ich. Du wohnst noch im Nakhaba-Haus, ja?«

»Ja. Ich danke dir. Ich weiß deine Hilfe zu schätzen, Curabayn Bangkea.«

Aber sie klang nicht übertrieben dankbar. Ihr Blick war steinkalt, kein Anflug von Wärme darin, und auch der Zorn schwelte dort noch immer. Irgendwas war ganz eindeutig schiefgelaufen, und sein Hilfsangebot hatte daran nichts ändern können.

»Gibt es sonst noch was, was ich für dich tun kann, Edle?«

Nialli schwieg eine Weile. Sie gestattete sich ein kurzes Senken ihrer Augenlider, ehe sie sprach: »Doch. Da ist etwas sehr Törichtes, und ich zögere eigentlich fast, dir davon zu sprechen; es war so — beleidigend. Es gibt da einen Bruder von dir, der Wachdienst am Mueri-Haus hält — Elythayn, ja, so heißt er, glaub ich ... Er ist doch dein Bruder?«

»Eluthayn, ja. Mein jüngster Bruder.«

»Also gut. Vor einigen Tagen, ich kam zu meinem regelmäßigen Besuch ans Haus, hat dieser dein Bruder versucht, mich zu belästigen. Es kam zu einem häßlichen Auftritt.«

Curabayn fragte verständnislos: »Dich zu belästigen, Edle?«

Wieder blähten sich ihre Nasenflügel. »Du verstehst schon, was ich meine! Er machte mir grob-unzüchtige Angebote, dieser dein Bruder. Völlig überraschend und ohne daß ich ihn im geringsten herausgefordert hätte, trat er mir zu nahe, blies mir seinen stinkenden Atem ins Gesicht und ... und er ...«

Sie brach ab. Curabayn Bangkea war alarmiert. War sein Bruder wirklich dermaßen idiotisch gewesen, sich sowas zu erlauben? Na, also sie hat ihn bestimmt ganz schön provoziert, dachte er, und starrte Niallis entblößte

Brüste an, die langen seidigen Schenkel unter dem glatten rotbraunen Pelz ... Doch wenn Eluthayn es wirklich gewagt hatte, unaufgefordert Hand an die Häuptlingstochter zu legen ...

»Er hat dich *berührt*, Edle? *Annäherungsversuche?*«

»Annäherungsversuche, ja. Sekunden später hätte er mich auch noch angefaßt.«

»*Yissou!*« rief Curabayn und breitete die Arme aus. »Wie abgrundblöde von dem Jungen! Was für eine Unverschämtheit!« Der Hauptmann der Wache stürzte dermaßen hastig und ungeschickt auf Nialli zu, daß er fast mit dem Helm gegen den von der Decke hängenden Beleuchtungskörper geprallt wäre. »Ich werde mir den Burschen vornehmen, sei dessen versichert, Edle. Ich werde die Sache genau untersuchen, und er wird eine Disziplinarstrafe erhalten. Und ich werde ihn auch zu dir schicken, damit er sich gebührlich entschuldigt. Annäherungen, sagst du? *Annäherungen?*«

Ein fast unmerkliches Zucken glitt über ihre Schultern, ein Schaudern des Widerwillens, und ihre Brüste erbebten. Sie wandte den Blick ab. Mit weicherer Stimme als bisher, wie wenn Bekümmerung und Scham die Oberhand über ihren Zorn gewönnen, sagte sie: »Strafe ihn, wie du magst. Ich will keine Entschuldigungen von ihm hören. Ich will ihn nur nie, niemals wieder zu Gesicht kriegen.«

»Aber, ich versichere dir, Edle ...«

»Genug! Ich möchte über die Sache wirklich nicht weiter sprechen, Curabayn Bangkea!«

»Zu Befehl, Edle! Ich werde mich um alles kümmern. Ich möchte um alles nicht, daß du dermaßen beleidigt wirst — sei es durch meinen eigenen Bruder oder irgendwen sonst!«

Wurde sie ein wenig nachgiebiger? Zum erstenmal seit ihrem Eintreten lächelte sie dünn, aber immerhin — sie lächelte. Möglich, daß ihr Zorn nun verschwand, nachdem sie gesagt hatte, was zu sagen sie hergekommen war. Curabayn glaubte sogar so etwas wie Dankbarkeit in ihren Augen zu lesen — vielleicht noch etwas mehr. Vielleicht war ja etwas über die Kluft gesprungen, die ihn von ihr schied. Einen ähnlichen Blick hatte er oft in den Augen anderer Frauen erkannt, denen er seinen Beistand und anderes angedient hatte. Er war jetzt ganz sicher, diesen Blick auch hier wieder gesehen zu haben. Er war ein von Grund auf selbstsicherer Mann. Und nun überströmte ihn eine Woge von Selbstgefälligkeit und Selbstsicherheit, ja beinahe von Kühnheit. Wo Brüderchen Eluthayn, der junge, ungehobelte Flaps, gescheitert war, bestanden für ihn doch durchaus Erfolgschancen. Es würde die Erfüllung seiner wildesten Wunschträume sein. Und so griff er ohne Zögern nach Nialli Apuilanas Händen und begann sie zärtlich zu betätscheln.

»Darf ich es wagen, Edle, die unglückselige Tölpelhaftigkeit meines Bruders wieder gutzumachen? Wenn du vielleicht die Güte haben möchtest, mir die Ehre antun, mein Abendessen — mit Wein, selbstverständlich! — mit mir zu teilen ... Heute abend oder am morgigen Abend ... Ich wollte mich wohl bemühen, dir zu beweisen, daß nicht alle Männer aus dem Hause Bangkea so plump und hirnlos sind ...«

»*Was?*« Nialli schrie fast und riß ihm die Hände fort, als wären seine von Schleim bedeckt. »Fängst du jetzt auch noch an, Curabayn? Seid ihr denn alle verrückt geworden? Du beschuldigst deinen Bruder der Indezenz, und dann befummelst du selber mich mit deinen Händen? Lädst mich zum *Abend*essen ... ein. Erbietest dich, mir zu beweisen — daß ... O nein, nein, nein, Wachhauptmann. Nein!« Sie begann zu lachen.

Curabayn starrte sie entsetzt an.

»Muß ich in einem Panzermantel herumlaufen? Muß ich voraussetzen, daß jeder Soldat der Stadtwache zu sabbern anfängt und mich angeilt, sobald ich in seine Reichweite komme?« Ihre Augen waren jetzt wieder kalt wie Flintstein. Und sie sah ihrer Mutter wie aus dem Gesicht geschnitten ähnlich. Vor ihrer kalten Wut schreckte Curabayn zurück, als stünde er dem Häuptling selbst gegenüber. Ihre Stimme war eisig, als sie sagte: »Sprich mit Husathirn Mueri, wenn du gütig sein willst, über die Angelegenheit mit dem Hausarrest. Und was deinen Bruder angeht, so möchte ich, daß er auf einen anderen Posten versetzt wird, weit weg vom Mueri-Haus. Guten Tag, Curabayn Bangkea!«

Sie stürmte aus dem Raum.

Er saß erstarrt eine Weile da, während seine Rute erschlaffte. Lange brütete er dumpf darüber nach, wieso er dermaßen schamlos hatte sein können. Wie konnte ich bloß so idiotisch sein, grübelte er.

Auch wenn sie hier angetanzt kam, mit nichts weiter am Leib als Bändern und einer Schärpe. Auch wenn sie dich mit diesem warmen zerschmelzenden Lächeln der Dankbarkeit angestrahlt hat. Aber ihre Zartheit, ihr Duft hatten ihn überwältigt, die Nähe — und seine eigene närrische Selbstüberheblichkeit. Aus all diesen Gründen hatte er sich zu einem Übergriff in einem Bereich hinreißen lassen, der für ihn tabu hätte bleiben sollen. Er überlegte, wie sehr er sich damit selbst geschadet haben konnte. Vielleicht hatte er sich ja die Karriere ruiniert? Eine ungewohnte Furcht ließ ihn erzittern.

Dann Zorn, wilder zielloser Zorn gegen das Universum ganz allgemein, der in ihm aufquoll und die Furcht vertrieb. Er brüllte seinem Assistenten im Flur zu: »Bringt mir meinen Bruder Eluthayn her!«

Der junge Wachsoldat kam lässig und mit unbekümmerter Miene herein. Doch das änderte sich, sobald er das Gesicht seines älteren Bruders sah.

Kalt fuhr Curabayn Bangkea ihn an: »Du Schwachkopf! Stimmt es, daß du versucht hast, die Tochter des Häuptlings zu vergewaltigen?«

»Ver-gewaltigen? Was quatschst du da, Mann?«

»Sie war grad hier und hat ausgesagt, daß du sie belästigt hast. Ihr obszöne Anträge gemacht hast. Sie hat *mich* wütend abgekanzelt, du sabbernder kleiner Mistbock. Ich hab sie zu beruhigen versucht, und vielleicht ist mir das gelungen. Vielleicht nicht. Bis sie damit fertig ist, bricht sie mir vielleicht das Genick, genau wie dir. Was — in Nakhabas Namen — hast du bloß gemacht, he? Sie am Hintern begrapscht? Ihre Brust gedrückt?«

»Ich hab ihr doch bloß einen ganz unschuldigen kleinen Vorschlag gemacht, Bruder. Also, vielleicht nicht ganz unschuldig, aber doch nur im Scherz. Da stand sie vor mir, fast nackt, wie sie halt die ganze Zeit herumläuft, das weißt du ja, und wollte zu dem Jungen rauf, der von den Hjjks gekommen ist, und ich hab irgendwie was gesagt, daß ich ebenfalls nichts dagegen haben würde, mit ihr 'ne Weile allein in einem Zimmer zu sein. Mehr nicht.«

»Mehr war da nicht?«

»Ich schwör es dir bei unsrer Mutter. Bloß 'ne ganz kleine Anmache, weißt du, nichts Ernstes — allerdings wär ich bestimmt nächsten Moment zur Sache gekommen, sag ich dir ganz ehrlich, wenn sie angebissen hätte. Bei diesen Hochgeborenen weiß man ja nie. Aber sie hat glatt durchgedreht. Fängt an zu geifern und zu kreischen. Sie hat mich angespuckt, Curabayn.«

»Angespuckt?«

»Direkt ins Gesicht, hier. Ein dicker saftiger Speichelbrocken war das, und ich bin mir stundenlang ganz dreckig vorgekommen. So, wie die getobt hat, hätte man glauben können, daß ich sie bis in den Grund ihrer Seele beleidigt habe. Mich anzuspucken, wie wenn ich ein Tier wär — oder schlimmer als ein Tier, Bruder! Was bildet die sich denn ein, wer sie ist?«

»Sie ist die Tochter des Häuptlings, und das ist nun mal Tatsache. Und des Chronisten«, sagte Curabayn Bangkea mit Nachdruck.

»Es ist mir egal, von wem sie die Tochter ist. Sie ist auch bloß eine Schlampe, die die Beine breitmacht wie die andern alle, Bruder.«

»Vorsicht! Es ist gefährlich, Hochgeborenen was Übles nachzusagen, Eluthayn.«

»Was denn für üble Nachrede? Ist die denn solch ein Muster an Tugendhaftigkeit? Sie und der Junge im Mueri-Haus, die treiben es miteinander wie Xlendis in der Brunft. Von dem läßt sie sich stundenlang ficken, Bruder!«

Curabayn erhob sich mit einem überraschten Grunzen von seinem Stuhl. »Was war das? Was hast du da gesagt?«

»Bloß die Wahrheit. Als sie mich da angespuckt hatte, bin ich raufgeschlichen und hab an der Tür gehorcht, ob die wirklich ein Recht hat, so großmächtig und erhaben zu tun. Und da hab ich gehört, wie sie drauflos nagelten. Auf dem Fußboden noch dazu — wie die Tiere. Ich bin ganz sicher. Außerdem, der Lärm, den sie machten, das Grunzen und Ächzen, war eindeutig. Und inzwischen hab ich das noch ein paarmal gehört. Glaubst du im Ernst, Hresh wäre erfreut, wenn er wüßte, daß sie mit *dem* Kerl kopuliert? Oder der Häuptling, wenn sie es wüßte?«

Die Worte seines Bruders durchbohrten Curabayn wie eine Lanze. Dadurch war die ganze Situation völlig verändert. So, sie kopulierte also mit Kundalimon. Ging es um nichts weiter bei diesen gemütlichen kleinen Begegnungen? Dann war er in Sicherheit, und Eluthayn auch. Denn warum sollte nicht der Wachhauptmann (oder sogar sein blöder jüngerer Bruder) ebenfalls ihre Dienste der hochwohlgeborenen Nialli Apuilana für ein bißchen Kopulationsspaß anbieten dürfen, wenn sie sich bereitwillig mit einem Schwanz aus dem Hjjk-Nest auf dem Boden herumwälzte, der bloß klickend und schnarrend reden konnte?

Streng fragte er: »Bist du dessen absolut sicher?«

»Bei der Seele unsrer Mutter, ja.«

»Gut. Sehr gut. Was du mir grad erzählt hast, wird sehr nützlich sein.« Er ließ sich wieder auf seinen Stuhl fallen, saß eine Weile vollkommen still da und wartete, bis sich der Stress dieses Morgens verflüchtigt hatte. Schließlich sprach er: »Es ist dir doch klar, daß ich dich zu einer anderen Wache einteilen muß, um sie zufriedenzustellen. Das ist dir natürlich spinnenfurzegal. Und wenn du ihr auf der Straße begegnen solltest, dann sei um Yissou willen demütig und tief respektvoll. Verneige dich vor ihr, schlag die Heiligen Zeichen, knie hin und küsse ihr die Zehen, wenn nötig. Nein, das lieber doch nicht. Küsse sie nirgendwohin. Aber zeige Respekt. Du hast sie tödlich beleidigt, und sie hat Macht über uns, und das müssen wir berücksichtigen.« Curabayn grinste. »Aber jetzt, jetzt glaube ich, auch ich habe ein bißchen Macht über sie. Und das dank dir, du blöder geiler Bock.«

»Möchtest du mir das erklären, Bruder?«

»Nein. Verdrück dich jetzt von hier! Und sei in Zukunft zurückhaltender bei hochgestellten Weibern. Steck deinen Schwanz sonstwo rein, Kleiner. Denk immer dran, wer und was du bist.«

»Aber ins Gesicht hätte sie mir nicht spucken müssen, Bruder«, sagte Eluthayn trotzig.

»Weiß ich, Junge. Aber sie ist eben was Besseres, und die denken eben anders über sowas.« Er machte scheuchende Handbewegungen vor dem Gesicht seines Bruders. »Also, verschwinde jetzt, Eluthayn. Verzieh dich!«

Das Landschaftsbild änderte sich immer wieder auf Thu-Kimnibols Nordlandfahrt zur Stadt Yissou. Inzwischen zog die Karawane durch weite für die westlichen Seewinde offene Ebenen, die Luft war feucht und salzig, und an jedem Strauch und Busch hingen blaugrüne Schuppenmoosbärte. Und dann wieder führte die Straße durch breite, flache totenstille Trockentäler im Schutz von kahlen steilen Bergketten zur See hin, und auf der sandigen Erde lagen die bleichenden Schädel unbekannter Tiere. Dann drangen die Fahrenden in bewaldetes Hochland vor, wo sich verkrümmte blattlose Bäume mit fahlen spiraligen Stämmen an gefährlich steil überhängende Vorsprünge von schwarzer Erde klammerten; und aus dem noch höheren Land im Osten hörte man fremdartiges Geheul und Pfeifen herabwehen.

Mit Betroffenheit spürte er in sich ein tiefes Bewußtsein wachsen: für die gewaltige Weite der Welt, für die Größe und das Gewicht der unermeßlichen Kugel, über deren Oberfläche er, Thu-Kimnibol, dahinkroch.

Ihm war, als zöge jede Handbreit Erde, die er beschritt, in sein Inneres ein und werde Teil von ihm: als schlinge er sie in sich hinein, verzehrte sie und machte sie sich für alle künftige Zeit zu eigen. Dies trieb ihn nur um so heftiger vorwärts und weiter voran über das Antlitz der Erde. Er erkannte, daß er sich in diesem Punkt von dem Rest des VOLKS unterschied, den Alten, die noch im Stammeskokon geboren waren und die, wie er argwöhnte, immer noch heimlich den Drang verspürten, sich zurück an einen engen, warmen, sicheren Ort zu verkriechen und die Luke hinter sich zu versiegeln. Aber nicht so er. Nein, er nicht! Mehr als wohl jemals zuvor und tiefer begriff er nun diesen Hunger in seinem Bruder Hresh: zu wissen, zu entdecken, zu durchschauen.

Er war bereits einmal durch diese Landstriche gezogen. Damals war er achtzehn und auf der Flucht nach Süden von Yissou nach Dawinno. Aber er hatte nur noch schwache Erinnerungen an diese frühere Fahrt. Die meiste Zeit war er in vollem Galopp geritten, den Kopf über den Hals seines Xlendi gebeugt, von Wut und bitterem Gram vorangehetzt. Dieser erbarmungslose, wuterfüllte Ritt ruhte in seinem Gedächtnis jetzt, über zwei Dekaden später, nur mehr als ein harter verkapselter Knoten, der allerdings immer noch schmerzte, wenn man ihn drückte — wie die Erinnerung an einen schrecklichen Verlust oder an eine tödliche Krankheit, die man nur unter schwerer seelischer Belastung überstand. Er rührte an dies alles nicht mehr, als unumgänglich war.

Inzwischen hatten sie die Hälfte der Strecke hinter sich gebracht und fuhren durch Tributarländer Salamans. Thu-Kimnibols Laune war in diesen Tagen meist umdüstert. Die Wende war eingetreten, als sie diese Ruine aus der Großen Welt passierten, was Erinnerungen an Naarinta in ihm wachgerufen hatte und diese düsteren unfruchtbaren Gedanken an die ferne Vergangenheit. Nun aber hatten sich die Erinnerungen an die verschwundenen Tage seines persönlichen Lebens lastend über ihn gesenkt: an verpaßte Gelegenheiten, falsche Richtungen, die er eingeschlagen hatte, an den geliebten ihm entrissenen Gefährten ... seine Naarinta.

Er gab sich große Mühe, seinen Seelenzustand vor den anderen zu verbergen: Doch als dann die Karawane aus dem Bergland in eine fruchtbare Ebene hinabstieg, die von zahlreichen hurtigen Bächen und eilenden Flüssen durchzogen war, sprach Simthala Honginda brüsk und unaufgefordert: »Mein Prinz, ist es der Gedanke an die Wiederbegegnung mit Salaman, was dich so tief bedrückt?«

Bestürzt blickte Thu-Kimnibol auf. War er denn tatsächlich so leicht durchschaubar?

»Warum sagst du das?«

»Ihr beide wart einmal erbitterte Feinde. Das weiß man doch!«

»Nein, Freunde waren wir wohl nie, glaube ich. Und eine Zeitlang stand es zwischen uns gar nicht zum besten. Aber das ist doch Ewigkeiten her!«

»Aber ich glaube, du haßt ihn noch immer.«

»Ich habe in fünfzehn Jahren kaum jemals einen Gedanken an ihn verschwendet. Nein, Salaman, das ist abgetan und eine erledigte Geschichte für mich.«

»Ja, sicher. Ja, gewiß wird das wohl so sein.« Und dann, mit übertriebenem Takt: »Aber je mehr wir uns Yissou nähern, desto tiefer versinkst du in düsteren Gram.«

»Düster? Gram?« Thu-Kimnibol zwang sich ein Lachen ab. »Du meinst also, ich versinke in Trübsal, Simthala Honginda?«

»Das würde ein Blinder sehen!«

»Schön, falls es stimmt, so hat es nicht das geringste mit Salaman zu tun. Ich habe vor kurzem einen schweren persönlichen Verlust erlitten. Oder hast du das bereits vergessen?«

Simthala Honginda tat zerknirscht. »Aber ja, ja natürlich. Vergib mir, Prinz! Und mögen die Götter der Edlen Naarinta Frieden gewähren!« Er schlug hastig das Zeichen Mueri-der-Trösterin.

Nach einer langen Pause sagte Thu-Kimnibol: »Es wird schon seltsam sein, Salaman nach so langer Zeit wiederzusehen. Aber Probleme, nein, es wird keine geben ... Was kann das heute schon noch für eine Rolle spielen, wie giftig wir früher, vor so langer Zeit, einmal aufeinander waren? Worum es geht, das sind die Hjjks! Und in dem Punkt denkt Salaman genauso wie ich. Es war uns von Anfang an vom Schicksal bestimmt, daß wir Seite an Seite gegen sie kämpfen ... Und bald wird es so sein. Das Bündnis, das wir aufbauen wollen, das ist es, was zählt. Wozu sollte er uralten Groll ausgraben wollen? Oder ich?«

Er wandte das Gesicht wieder dem Aussichtsfenster zu und setzte so dem Gespräch ein vorläufiges Ende. Später streckte er die Hand hinaus und signalisierte Esperasagiot, daß die Karawane anhalten solle. Die Xlendis mußten hier getränkt werden; und überdies war es ein angenehmer Ort, um das Abendmahl einzunehmen.

Das vor ihnen liegende Land war üppig-grün. Ein Gewirr von Wasserläufen schimmerte wie geschmolzenes Silber im Nachmittagsschein. Guter, ertragreicher Boden hier. Mit etwas Drainage würde das hier vielleicht den Bedarf einer Großstadt wie Dawinno decken. Thu-Kimnibol überlegte, wieso Salaman diesen Distrikt nicht längst erobert und agrarisch nutzbar gemacht hatte. Er lag doch gar nicht dermaßen weit südlich von Yissou.

Na ja, typisch Salaman, dachte er verächtlich, solch einen fruchtbaren Landstrich ungenutzt vergammeln zu lassen. Eine derartige Zentralisierung und Expansionsverzicht, damit er sich hinter seiner grotesken Mauer verschanzen konnte.

Simthala Honginda hat recht, sagte er sich: Du haßt den Kerl immer noch, was?

Nein. Aber nicht doch, *hassen* war ein viel zu heftiger Ausdruck. Aber entgegen allen Beteuerungen, die er Honginda um die Ohren geschmeichelt hatte, er hegte doch den leisen Argwohn, daß die uralten Ressentiments immer noch heimlich in ihm weiterbrodelten.

In Dawinno lief die offizielle Version um, daß er ›irgendwie‹ Salaman den Thron von Yissou habe streitig machen wollen. Das stimmte natürlich ganz und gar nicht. Thu-Kimnibol hatte schon sehr früh erkannt, daß er nie der Beherrscher der Stadt sein würde, die sein Vater begründet hatte, nachdem sein Vater dahingegangen war. Er war noch viel zu jung gewesen, als Harruel in der Hjjk-Schlacht fiel, um die Königsherrschaft zu übernehmen. Also war Salaman damals der einzige akzeptable Thronkandidat gewesen. Und sobald er einmal an der Macht geleckt hatte, war es kaum zu erwarten, daß er sie aus reiner Herzensgüte wieder aufgeben würde, sobald Thu-Kimnibol seine Volljährigkeit erreicht hatte. Das war allen und jedem klar. Thu-Kimnibol war von Anfang an willens, Salaman als König anzuerkennen. Und verlangte als Gegenleistung nichts weiter als ein wenig Achtung und Respekt, wie sie ihm als dem Sohn des Ersten Königs der Stadt gebührten:

angemessene Privilegien, Vorzugsstellung, ein anständiges Palais, ein erhöhter Vorzugsplatz neben Salaman bei offiziellen Staatsfeierlichkeiten.

Dies hatte Salaman ihm gewährt, für einige Zeit. Bis dann der König in seinen mittleren Lebensjahren sich zu verändern begann, bis er immer reizbarer wurde und sein Gemüt unruhig, und er ein neuer umdüsterter Salaman war, bitter und voll Argwohn.

Erst dann gewann der König die Erkenntnis, daß Thu-Kimnibol Ränke wider ihn schmiede. Doch dieser hatte ihm nie einen Anlaß für solche Vermutungen geboten. Vielleicht hatte ja ein Feind dem König Lügenmärchen ins Ohr geflüstert. Wie dem immer, die Beziehung zwischen ihnen verschlechterte sich danach rasch. Es hatte Thu-Kimnibol nicht gestört, daß Salaman ihm seinen eigenen Sohn, Chham, vorzog, denn dies war ja nur natürlich. Dann aber wurde der zweitgeborene Sohn an der königlichen Tafel über ihn gesetzt, und dann auch der dritte, und als Thu-Kimnibol sich eine der Töchter des Königs zur Gefährtin erbat, wurde er abgewiesen; und dem folgten weitere Demütigungen. Er war ein Königssohn; er durfte sich eine bessere Behandlung von Salaman erwarten. Der letzte Zündfunken war dann eine Geringfügigkeit protokollarischer Art gewesen, so unbedeutend, daß Thu-Kimnibol sich heute nicht mehr erinnern konnte, um was es gegangen war. Jedenfalls gerieten sie in lauten Streit darüber, und er bedrohte den König mit der Faust und hätte ihn beinahe geschlagen. Er wußte, dies war sein Ende in der Stadt Yissou. In selbiger Nacht noch floh er und war nie wieder zurückgekehrt.

Zu Simthala Honginda sprach er: »Da schau, Dumanka hat uns etwas fürs Abendmahl erlegt.«

Der Quartiermeister war von seinem Wagen gestiegen und hatte unten, südlich vom Weg, am Ufer eines Baches mit dem Speer ein Tier erbeutet und schickte sich gerade an, ein zweites zu fangen.

Thu-Kimnibol war froh über diese Ablenkung. Das Gespräch hatte eine bedrückende Wendung genommen und alte Erinnerungen an schwierige Zeiten in ihm wachgerufen — und er hatte sich in Widersprüchen verfangen. Er erkannte nun, daß er zwar seinen alten Streit mit Salaman beiseitelegen konnte, daß es ihm aber doch, entgegen allen Beteuerungen, schwerer fallen würde, zu vergeben und zu vergessen.

Er legte die Hand an den Mund und rief: »Was jagst du uns da unten, Dumanka?«

»Caviandis, mein Prinz!« Der Quartiermeister, ein muskulöser, wenig zu Unterwürfigkeit neigender Mann koshmarischer Abstammung, trug einen zerbeulten glanzlosen Benghelm lässig über den Schultern. Er hatte gerade ein zweites Tier erjagt und hielt nun stolz mit beiden Händen die purpur-gelben Körper in die Höhe. Schlaff hingen sie herab, die stämmigen Ärmchen baumelten, und hellrot sickerte das Blut aus ihrem glatten Fell. »Frisches Fleisch — mal 'ne Abwechslung!«

An Thu-Kimnibols Seite stand Pelithhrouk, ein junger adliger Offizier und Günstling Simthala Hongindas. Er fragte: »Ist es recht, daß wir sie töten? Was meinst du, Prinz?«

»Warum denn nicht? Es sind doch nur Tiere. Fleisch, weiter nichts.«

»Auch wir waren einst nur Tiere«, sagte Pelithhrouk.

Thu-Kimnibol fuhr erstaunt zu ihm herum. »Was sagst du da? Daß wir nicht besser sind als Caviandis?«

»Ganz und gar nicht. Ich meine nur, daß die Caviandis vielleicht mehr sind, als wir glauben.«

»Das ist keck gesprochen«, sagte Simthala Honginda betreten. »Das gefällt mir nicht besonders.«

»Habt ihr je ein Caviandi genau aus der Nähe angesehen?« fragte Pelithhrouk mit einer verzweifelten drängenden Hast. »Ich ja. In ihren Augen leuchtet eine Seele. Ihre Hände sind so menschenhaft wie unsere. Ich glaube, wenn wir mit dem Zweitgesicht ihr Bewußtsein sondieren würden, wir wären überrascht von dem Intelligenzgrad, den wir dort finden würden.«

Simthala Honginda schnaubte: »Ich schließe mich Thu-Kimnibol an, es sind weiter nichts als Tiere.«

Doch Pelithhrouk hatte sich zu weit vorgewagt, um aufzugeben. »Aber *intelligente* Tiere! Sie warten nur auf die *Berührung,* den *Hauch,* um zur nächsten Stufe aufzusteigen, das jedenfalls glaube ich. Statt sie zu jagen und zu verzehren, sollten wir sie mit Achtung behandeln — sie sprechen lehren, vielleicht auch lesen und schreiben, wenn sie dazu fähig sind.«

»Du hast den Verstand verloren«, sagte Simthala Honginda. »Den Keim zu diesem Aberwitz mußt du von Hresh aufgeschnappt haben.« Er blickte mit einem angewiderten Ausdruck zu Thu-Kimnibol empor, als wollte er sagen, daß ein dermaßen absurdes Gerede aus dem Munde eines jungen Menschen, dem er Mentor gewesen, ihm höchst peinlich sei (was wohl wirklich der Fall war), und sprach: »Bis zum heutigen Morgen habe ich diesen Jungen für einen unsrer tüchtigsten Beamten gehalten. Aber jetzt sehe ich ...«

»Nein«, unterbrach Thu-Kimnibol mit erhobener Hand. »Was er sagt, ist interessant. Aber es ist wirklich noch zu früh, daß wir uns Gedanken darüber machen sollten, wie wir anderen Geschöpfen das Lesen und Schreiben beibringen«, sagte er lachend zu Pelithhrouk. »Zuerst müssen wir unser Leben besser und sicherer organisieren, ehe wir uns daranmachen können, den Geschöpfen der Wildnis die Zivilisation beizubringen. Vorläufig jedenfalls sind die Caviandis leider noch auf sich selber angewiesen, und vorläufig sind sie Tiere und werden es auch bleiben müssen. Und wenn du mir sagst, auch wir sind Tiere, schön, so mag es so sein. Auch wir sind Tiere. Aber hier und heute gehören wir zu den Fressern, und sie eben zu denen, die gefressen werden, und da liegt der ganze Unterschied.«

Dumanka war inzwischen heraufgekommen und hatte dem Gespräch mit ausdrucksloser Miene zugehört. Nun warf er die Caviandisleichen Thu-Kimnibol vor die Füße. »Ich geh und mach ein Feuer, Prinz. Wir können in einer halben Stunde schmausen.«

»Wohlgetan«, sagte Thu-Kimnibol. »Und ein Ende mit dem ganzen Gerede ... der Fünffaltigkeit sei Dank!«

Das Caviandifleisch schmeckte köstlich, o ja. Thu-Kimnibol verzehrte seinen Anteil ohne Skrupel, auch wenn sekundenkurz der Gedanke in ihm aufzuckte, daß Pelithhrouk möglicherweise recht haben könne und daß diese geschmeidigen kleinen Kreaturen, die als Fischjäger an schnellfließenden Gewässern hausten, in Wahrheit vielleicht intelligente Wesen waren, eine gesellschaftliche Organisation besaßen, eine Sprache und Namen und Götter, ja sogar eine eigene Geschichte. Was wußte man schon über sie? Wer vermochte schon zu bestimmen, welche Lebewesen bloße beseelte Tiere, Animalia, waren und welche zu den Intelligenzbegabten gerechnet werden mußten? Er selber jedenfalls nicht. Und so verdrängte er den Gedanken rasch. Allerdings fiel ihm sehr wohl auf, daß Pelithhrouk seine Portion Fleisch unberührt ließ. Er hat immerhin den Mut, zu seinen Überzeugungen zu stehen, dachte Thu-Kimnibol. Das spricht stark für den Jungen.

Tags darauf ließen sie den Gürtel der Bäche und Marschlande hinter sich und drangen in ein trockeneres Gebiet mit üppigem dunklen Erdreich und Grasmatten vor. In der Dämmerung sahen sie im Norden Laternenbäume wie Leuchttürme aufflammen. Dies war ein gutes Zeichen. Es bedeutete, daß die Karawane sich der Stadt näherte.

Die Laternenbäume waren von Tausenden von kleinen Vögeln bewohnt, die vermittels farbiger Stellen an Hals und Brust ein kaltes, aber helles Licht auszustrahlen vermochten. Unermüdlich blinkten sie ihre hellen Signale, die über weite Entfernung hin sichtbar waren, die ganze Nacht hindurch in stetigem pulsierenden Rhythmus. Tagsüber verhielt sich das winzige stumpffarbige Federvieh reglos in den Nestern auf. Niemand wußte, warum sie sich diese speziellen Bäume als Wohnsitz wählten. Sobald sie sich jedoch einmal solch eines Baumes bemächtigt hatten, gaben sie ihn anscheinend nie mehr auf. Auf diese Weise wurden die Laternenbäume zu geschätzten nächtlichen Wegzeichen, zu verläßlichen Landmarken und vertrauten Orientierungspunkten für den Reisenden.

Hinter diesen Laternenbäumenhainen lagen die Farmen von Yissou. Und wie im Hinterland von Dawinno vor vielen Wochen kamen auch hier die Bauern stumpf und mürrisch und stellten sich an ihren Gemarkungssteinen auf, um die vorbeiziehende Karawane anzuglotzen.

Das Land stieg inzwischen zu der steilen Erhebung im Süden der Stadt an, und dahinter lag dann die Stadt Yissou selbst, behaglich in den Krater gebettet, den der Todesstern geschlagen hatte.

Sie zogen weiter und dann den äußeren Kraterhang hinauf. Kurz darauf zwang sie der gewaltige schwarze Schutzwall zum Halten, eine Mauer um Yissou, die den ganzen Horizont zu verdecken und sich zu fast unglaublicher Höhe emporzuwölben schien.

Der Anblick verschlug Thu-Kimnibol den Atem. Das war so ziemlich das Erstaunlichste, was er je zu sehen bekommen hatte.

Er erinnerte sich, wie die Mauer vor Jahren gewesen war: vier oder fünf massige Lagen massiver Kantquader... Und wie stolz war Salaman gewesen, als der Neue Wall endlich die Stadt von allen Seiten her umringte und man endlich die alte hölzerne Palisadenbefestigung abbrechen konnte! Natürlich wußte Thu-Kimnibol, daß Salaman seinen Wall Jahr um Jahr unablässig weiter erhöht hatte. Doch er hatte nie erwartet, eines Tages vor so etwas Grandiosem zu stehen. Das Bollwerk wuchtete sich beängstigend und als überwältigende Masse in die Höhe und war eine schreckliche Aufschichtung von schwarzem Gestein, die fast den Himmel verdeckte.

Vor welchem Feind fürchtete sich Salaman, daß er einen solchen Schutzwall nötig fand? Was für düstere Dämonen hatten sich in seiner Seele eingenistet, in den Jahren seit ihrer letzten Begegnung?

Auf der Mauerkrone standen in enger Formation etwa tausend Speerkrieger. Ihre Lanzen hoben sich stachelscharf gegen den hellen Himmel ab. Sie standen starr, fast bewegungslos. Und die Höhe der Mauer machte sie zu Zwergen: Sie sahen kaum größer aus als Ameisen.

Unterhalb von ihnen war ein gewaltiges mit Erzriegeln armiertes Holztor. Als die Karawane sich näherte, öffnete es sich mit lautem Knarren und Quietschen, und ein halbes Dutzend (nicht eine mehr) unbewaffneter Gestalten trat daraus hervor und begab sich etwa hundert Schritt weit ins offene Gelände vor der Mauer. Das Tor schloß sich hinter ihnen. Anführer der Gruppe war ein untersetzter, breitschultriger Mann, den Thu-Kimnibol zunächst für Salaman selber hielt, bis ihn ein zweiter Blick belehrte, daß der Mann viel zu jung war, als daß er der König in Person hätte sein können. Einer der Söhne, zweifellos. War es Chham? Oder vielleicht Athimin? Thu-Kimnibol fühlte, wie bei diesem Anblick die alte Wut wieder in ihm heraufzubrodeln begann, als er dachte, wie diese Salamanssöhne ihn vor langer Zeit vertrieben hatten.

Er stieg aus, trat vor und hob die Hand zur Friedensgeste.

»Ich bin Thu-Kimnibol«, brüllte er. »Der Sohn Harruels und Prinz der Stadt des Dawinno.«

Der Breitschultrige nickte. Wirklich, er sah dem Salaman seiner Erinnerung unheimlich ähnlich: die robusten Arme, die kurzen stämmigen Beine, die wachsamen, wißbegierigen Augen, weit auseinanderstehend in dem runden, aber kräftig gezeichneten Gesicht. Nein, der Mann war zu jung, viel zu jung, als daß er Chham oder Ahtimin hätte sein können. »Hier steht Ganthiav, Sohn des Salaman. Mein Vater, der König, entbietet dir durch mich den Willkomm und heißt mich, dich in die Stadt zu geleiten.«

Also einer der jüngeren Söhne. Vielleicht war er zur Zeit der Flucht Thu-Kimnibols noch nicht einmal geboren. Aber bedeutete die Entsendung dieses Ganthiav zum Empfang möglicherweise irgendwie eine versteckte Beleidigung?

Nur die Ruhe bewahren, mahnte sich Thu-Kimnibol. Gleichgültig, was passiert, laß dich nicht aus der Ruhe bringen!

»Wenn du mir folgen möchtest?« bat Ganthiav höflich, als das Tor sich erneut zu öffnen begann.

Thu-Kimnibol warf noch einmal einen Blick zur Mauerkrone und zu der erstaunlichen Schar regloser Bewaffneter hinauf. Dort oben gab es auch eine Art Pavillon, einen kuppelförmigen Auswuchs aus glatteren, weniger schwarzen Steinen, eher grauen, als denen der Mauerkonstruktion. Durch ein Langfenster hatte man Ausblick über die Ebene vor der Mauer. Flüchtig haftete Thu-Kimnibols Blick auf diesem Auslugfenster. Er sah den Schatten einer Gestalt dahinter, und dann trat diese Gestalt ins Licht, und Thu-Kimnibol sah in die unverwechselbaren grauen Augen Salamans, des Königs von Yissou, die ihn düster und unversöhnlich und kalt musterten.

4. Kapitel

Das Opfer

Auf spezielle Anordnung Husathirn Mueris, den Guarabayn Bangkea ersucht hatte, war Kundalimon vom Hausarrest entbunden worden und durfte sich frei in der Stadt bewegen. Wann immer es ihm beliebte, konnte er die kleine Zelle im Mueri-Haus verlassen und frei durch alle Stadtteile streifen, auch die heiligen Stätten und Amtsgebäude besuchen. Nialli hatte ihm dies genau erklärt: »Keiner wird dich anhalten. Niemand dir was Böses tun.«

»Auch wenn ich in die Königinkammer gehe?»

Sie lachte. »Du weißt doch, wir haben keine Königin.«

»Aber — deine — Mutter. Die Frau, die herrscht?«

»Ja, meine *Mutter.*« Kundalimon hatte noch immer Schwierigkeiten mit Begriffen wie ›Mutter‹ und ›Vater‹. Derartige Sozialkonzepte der Fleischlinge begannen ihm erst allmählich begreifbar zu werden. Die ›Mutter‹, das war der Eiproduzent. Der ›Vater‹ war der Lebenszünder. Und Kopulieren — eben was er auf so höchstvergnügliche Weise mit Nialli Apuilana tat — war die bei den Fleischlingen angewandte Methode, um Eiern den Lebensfunken zu geben. Es war ähnlich dem Verfahren im NEST, und dennoch so anders, so grundverschieden. »Was ist mit meiner Mutter?« fragte Nialli.

»Ist sie denn nicht die Königin der Stadt?«

»Tanianes offizieller Titel ist *Häuptling,* nicht *Königin.* Es ist ein sehr alter Titel, und er stammt noch aus der Zeit, in der wir nur ein ganz kleines Stammesvolk waren und in einem Höhlenloch in einer Gesteinswand hausten. Sie regiert die Stadt — und mein Vater und die

Opferpriesterin und der ganze Rat der Prinzen beraten sie —, aber sie ist nicht unsre Königin. Nicht in dem Sinn, wie du und ich *Königinlichkeit* verstehen. Sie ist *meine* Mutter, gewiß. Doch sie ist nicht die Mutter *der ganzen Stadt.*«

»Wenn ich also in ihre Kammer gehe, wird mich keiner aufhalten?«

»Das kommt darauf an, was sie gerade tut. Doch normalerweise kannst du einfach zu ihr hineingehen. Du kannst überall hingehen, wo du willst. Aber sie werden dich vermutlich überwachen lassen.«

»Wer wird mich überwachen?«

»Die Stadtwachen. Sie trauen dir nicht. Curabayn Bangkeas ganze Bande. Sie glauben, du bist ein Spion.«

Er begriff nicht so recht. Vieles von dem, was Nialli zu ihm sagte, blieb ihm rätselhaft. Selbst jetzt noch, nach wochenlangen tagtäglichen Lektionen, bei denen sein Kopf von der Sprache der Fleischlinge überschwemmt wurde und er sogar bereits manchmal in ihren Begriffen, nicht denen des NESTS dachte, war ihm der Sinngehalt von Niallis Rede rätselhaft. Doch er hörte zu und mühte sich, es zu behalten, und hoffte, daß er mit der Zeit auch begreifen würde.

Jedenfalls, seine Aufgabe hier erfüllte er, und darauf kam es an. Er war gekommen, um die Liebe der KÖNIGIN zu bringen und er tat es. Zuerst Nialli Apuilana, in der diese Liebe bereits erweckt war, denn sie hatte ja bereits ihre Zeit im NEST zugebracht; aber nun, da er sich endlich frei in der Stadt bewegen durfte, brachte er diese Liebe allen andren, die noch ganz ohne NEST-Erkenntnis waren.

Er hatte damit gerechnet, daß er bei seinem ersten Ausflug allein in die Stadt Furcht haben würde. Nialli hatte ihn zwar ein paarmal ausgeführt, ihm die Haupttransversalen gezeigt und das Straßenmuster erklärt; doch dann hatte er eines Morgens beschlossen, alleine loszuziehen. Es war eine Prüfung, der er sich unterzog, um festzustellen, ob er es fertigbringen würde, mehr als nur ein paar zaghafte Schritte in die fremde Welt zu tun, ohne daß es ihn sofort wieder in die Sicherheit seines Gefängnisses zurückdrängte.

Eine so gewaltige Stadt, so viele Straßen ... und überall die wimmelnden Massen von Fleischlingen! Und diese feuchtwarme klebrige südliche Luft, die sich so völlig anders atmete als die vertraute im trocknen, kühlen Norden. Die unvertrauten fremd-süßen Düfte hier. Der völlige Mangel an NEST-Bindungssicherheit. Auch die Möglichkeit, daß die Menschen an diesem Ort ihm mit Haß oder Verachtung begegnen könnten.

Doch er war völlig furchtlos. Er schritt an den schiefmäuligen, sauertöpfischen Wachen vorbei, das Katzenkopfpflaster der Minbain-Gate hinunter und stieß in einer Seitengasse, durch die er mit Nialli nicht gegangen war, auf einen offenen Markt. Er ging von Stand zu Stand, bestaunte die Berge von Früchten und Gemüsen und die hängenden Fleischviertel. Eigentlich blieb er dabei ziemlich gelassen. Und als er den Eindruck hatte, sein Ausflug hätte nun lang genug gedauert, fand er seinen Weg zum Mueri-Haus zurück ohne Schwierigkeiten.

Danach ging er fast jeden Tag aus. Noch nie war sein Leben so aufregend gewesen. Wenn er nur einfach an einer Straßenecke stehenblieb, einem Balladensänger lauschte, oder einem Glaubensprediger, oder einem anderen Verhökerer billigen Spielzeugs ... Wie ganz anders war dies hier vom Leben im NEST! Er konnte in eine Garküche treten, mit staunenden großen Augen die auf der Platte brutzelnden Fleischstücke anstarren, und dann konnte er mit der Hand zeigen und lächeln, und man lächelte ihm zur Antwort entgegen, und er bekam irgendein fremdartiges, gegartes Stück Fleischlings-Nahrung gereicht und durfte das essen — wie wunderbar! Wie gestalttransformativ das doch war! Als gleite man durch einen höchst leibhaftigen Traum.

Die fortgesetzte Ernährung à la Fleischlinge zeitigte beträchtliche Auswirkungen bei ihm. Sein Pelz war nun weit dichter und dunkler geworden. Sein Körper wurde beinahe schon etwas rundlich, und wenn er sich in die Haut kniff, hatte er einen beachtlichen Streifen Fleisch zwischen den Fingern, und das war in seinem ganzen bisherigen Leben noch nie der Fall gewesen. Aber diese neue reichliche Nahrung wirkte sich auch auf seine Seele aus, und er fühlte in sich neuen Lebensmut und neue Lebenskraft. Der unvertraute Energiezuwachs machte ihn unruhig, ja geradezu reizbar und sprunghaft. An manchen Tagen zog er Nialli, wenn sie zu ihm auf sein Zimmer kam, noch ehe sie ein Wort sagen konnte, an sich und drängte sie auf den Boden oder auf sein Lager, um seine sich augenblicklich aufrichtende Rute in ihr zu versenken und sie mit kraftvollen Stößen zu nehmen. Auch auf den Straßen schritt er weit und kraftvoll dahin und genoß den Widerstand des Pflasters unter den Füßen. Auch dies war neu für ihn: auf befestigten Straßen zu gehen. Überhaupt war alles neu und erregend.

Alle Leute schienen zu wissen, wer er war. Sie zeigten auf ihn und wisperten. Einige wenige sprachen ihn an, höflich, aber ein bißchen unsicher, als wüßten sie nicht so recht, ob es ungefährlich sei, sich ihm zu nähern. Bei den Kindern war das anders. Die liefen scharenweise hinter ihm drein. Überdies wimmelte es hier überall von Kindern; und manchmal hatte Kundalimon das Gefühl, als lebte außer kleinen Jungen und Mädchen kaum jemand in dieser Stadt. Die Kinderhorden tanzten johlend und kreischend hinter ihm drein und riefen: *»Hjjk-Hjjk! Schaut, da geht er, der Hjjk!«*

»Sag uns was auf *hjjkisch*, Hjjk?«

»He, Hjjk, he, Hjjk! Wo haste denn dein Rüsselstück?«

Sie wollten ihn nicht verhöhnen. Schließlich waren es ja nur Kinder. Die Stimmchen klangen fröhlich und verspielt.

Und er wandte sich zu ihnen um und winkte sie heran. Anfangs waren sie ebenso mißtrauisch wie die Erwachsenen, aber allmählich kamen sie nahe heran und scharten sich um ihn. Und ein paar reichten ihm auch scheu die Händchen, und er durfte sie festhalten.

»Sag, bist du echt ein Hjjk?«

»Ich bin wie ihr. Ein Fleischling wie ihr.«

»Ja, aber warum sagen sie dann, du bist ein Hjjk?«

Kundalimon lächelte und sagte behutsam: »Die Hjjks haben mich mitgenommen, als ich noch sehr klein war, und dann haben sie mich im NEST aufgezogen: Aber ich bin hier geboren, müßt ihr wissen, hier in dieser Stadt.«

»Ehrlich? Wer issen dann deine Mutter? Und dein Vater?«

»Marsalforn«, sagte er, »und Ramla.« Er gab sich Mühe, sich zu erinnern, wer was war. Die Mutter, also die Eiproduzierende, war Marsalforn gewesen, hatte Nialli ihm gesagt. Und die andre Person, der Lebenszünder, war dann Ramla gewesen. Oder war es andersrum? Nie konnte er das recht auseinanderhalten. Im NEST spielte es keine Rolle, wer dein Eiproduzent war und wer der Lebenszünder. Dort waren alle und jeder ganz wirklich und unzweideutig Kind der Königin. Und nur ihre Berührung ermöglichte neues Leben, ohne sie gab es keines. Die Produzenten und die Anreger — sie alle dienten dem WILLEN der KÖNIGIN.

»Wo leben sie denn, deine Eltern?« fragte ihn ein kleines Mädchen. »Besuchst du sie manchmal, deine Mamma und deinen Pappa?«

»Sie wohnen jetzt woanders. Oder vielleicht wohnen sie auch nirgendwo mehr. Keiner weiß, wo sie geblieben sind.«

»Ach. Das ist aber traurig. Magst du mal kommen und meine Mammi und meinen Pappi besuchen, wo du doch selber keine hast?«

»Das würde ich gern tun«, antwortete Kundalimon.

»Wie bisten du überhaupt hergekommen?« fragte ein anderes Kind. »Bist du geflogen — wie ein Vogel?«

»Nein. Ich bin auf einem Zinnobären geritten.« Und er beschrieb mit weitausholenden Armbewegungen das gigantische Tier. »Von weit droben im Norden, von dem Ort, an dem das NEST der NESTER liegt. Tag um Tag, Woche um Woche bin ich gereist und geritten auf meinem Zinnobären bis zu dieser Stadt hier, der Stadt Dawinno. Die Königin hat mich hierher entsandt. Geh du nach Dawinno, hat sie gesagt. Und sie hat mich hergeschickt, auf daß ich zu euch spreche ... euch kennenlernte und ihr mich. Auf daß ich euch ihre LIEBE bringe und ihren FRIEDEN.«

»Und wirst du uns mit dir fortnehmen, zurück in euer Nest?« fragte ein Junge aus dem Hintergrund. »Bist du hergekommen, um uns wegzustehlen, wie sie dich damals weggeholt haben?«

Kundalimon schaute das Kind verblüfft an.

»Ja! Sag schon!« riefen die Kinder. »Bist du gekommen, um uns zu den Hjjks mitzunehmen?«

»Würdet ihr denn gern dahingehen?«

»Nein!« Sie schrien es so laut, daß ihm die Ohren klangen. »Bring uns nicht weg! Bitte nicht!«

»Ich bin mitgenommen worden. Und ihr seht doch, daß mir dabei nichts Schlimmes passiert ist.«

»Aber die Hjjks, die sind doch Monster. Scheußliche gefährliche Ungeheuer! Scheußliche riesige Ungeziefer, das isses, was die sind!«

Er schüttelte den Kopf. »Das ist nicht wahr. Ihr versteht das nicht, weil ihr sie nicht kennt. Keiner hier kann das. Sie sind voller Liebe. Wenn ihr doch nur *wissen* könntet. Wenn ihr begreifen, fühlen könntet, was NESTgebundenheit ist, was die LIEBE der Königin bedeutet.«

»Der redet, als wär er verrückt«, sagte ein Junge. »Was soll das überhaupt?«

»Pscht!«

»Kommt«, sagte Kundalimon. »Setzt euch her zu mir in diesem Baumgarten. Es gibt so vieles, was ich euch kundtun möchte, damit ihr wißt. Aber laßt mich euch zuerst sagen, wie es im NEST wirklich ist ...«

Von der Stadt Yissou seiner Jugend war nichts mehr übrig, woran Thu-Kimnibol sich hätte erinnern können. Wie die ersten primitiven Holzunterstände von Harruels Erstgründung Yissous weggefegt worden waren, um den frühen Steinbauten der Salaman-Stadt Platz zu machen, war inzwischen auch jegliche Spur dieser zweiten Stadtgründung verschwunden. Eine neuere, eine mächtigere Baustruktur war dem übergestülpt worden und hatte das Altvertraute ausgelöscht ... Und es war nichts mehr, nicht die kleinste Spur, von den Palästen und Höfen und Häusern und allem anderen übrig.

Salaman sagte: »Das gefällt dir, eh? Sieht aus wie eine richtige große Stadt, was?«

»Es sieht überhaupt ganz anders aus, als ich erwartet hätte.«

»Sprich lauter, lauter!« sagte Salaman scharf. »Ich kann die Hälfte von dem nicht hören, was du sagst.«

»Bitte tausendmal um Vergebung«, sagte Thu-Kimnibol mit doppelt so lauter Stimme. »Ist es so besser?«

»Du brauchst nicht zu brüllen. Mit meinen Ohren ist alles in Ordnung. Es sind bloß diese verfluchten Bengwörter, die du dauernd benutzt. Du redest mit 'nem Benghelm vorm Maul. Wie soll man da was Vernünftiges verstehen? Na ja, wenn ich dauernd mit den Bengs als Schoßhündchen leben würde, so wie ihr Leute ...«

»Wir sind jetzt ein Volk«, sagte Thu-Kimnibol.

»Ach ja? Wirklich? Seid ihr das? Schön, sprich aber trotzdem nicht so viel bengisch, wenn du willst, daß ich verstehe, was du sagst. Wir sind hier konservativ, weißt du. Wir reden noch in der reinen Sprache, der unverfälschten Zunge Koshmars und Torlyris und Thaggorans. Du erinnerst dich an Torlyri? Und an Thaggoran, he? Aber nein, wie könntest du! Der war ja der Chronist vor Hresh. Die Rattenwölfe haben ihn zerfleischt, gleich nach dem Großen Auszug, damals, als wir die Ebene durchzogen. Da warst du ja noch nicht einmal geboren. Es hätte mir klar sein müssen, daß du dich an gar nichts von alledem erinnern kannst. Ich hätte bedenken müssen, daß ich ein vergeßlicher alter Kracher mit Gedächtnisschwund geworden bin. Und sehr zänkisch, Thu-Kimnibol. Wirklich, ausgesprochen giftig!«

Salaman grinste entwaffnend, wie um die eigenen Worte zu entkräften. Doch es war nicht zu überhören, daß er die Wahrheit sprach. Er war giftig und zänkisch geworden, reizbar und scharfzüngig.

Die Zeit hatte Salaman verändert, genau wie seine Stadt. Thu-Kimnibol erinnerte sich an den Salaman der frühen Tage: Damals war sein Verstand geschmeidig und einfallsreich gewesen, der Mann selbst ein kluger und schlauer Planer, intelligent, vorausschauend, eine geborene Führernatur, und im Grunde ein sehr angenehmer Kerl. Dann jedoch war diese Veränderung in ihm eingetreten, der neue Salaman begann sich zu zeigen: düsterer, verdrießlich und verworren im Herzen, ein schwieriger und argwöhnischer Mann. Und nun, zwanzig Jahre später, war dieser Entwicklungsprozeß weit fortgeschritten. Der König wirkte frostig und grämlich, wie gepackt von zehrendem Unwohlsein, oder vielleicht aus seinem Innern heraus befleckt von der absoluten Macht, die er hier an sich gerissen hatte. Man sah das in seinem Gesicht, das maskenhaft war, mit eingefallenen Wangen und hohlen Schläfen, und an seiner angespannten wachsamen Haltung. Sein Fell war völlig altersweiß geworden. Um ihn hing ein bitterkalter winterlicher Hauch.

Auch seine Schöpfung, die Stadt, war so. Es gab hier keine breiten sonnigen Prachtstraßen, keine farbenfroh gekachelten Türme vor einem blauen Himmel, keine üppig begrünten Parks und Gärten, wie Thu-Kimnibol sie Tag um Tag in Dawinno sah. Die Stadt Yissou — eingepfercht in ihren Kraterwulst und den titanischen Wall aus schweren schwarzen Steinquadern — war ein bedrückend enges trostloses Gewirr von schmalen Gäßchen mit niederen dickwandigen Steinbauten mit bloßen Schlitzen als Fenster. Das Ganze sah eher wie eine Festung aus als wie eine Stadt.

Thu-Kimnibol fragte sich: War es *dies,* was meinem Vater vorschwebte, als wir aus Vengiboneeza auszogen, um uns eine eigene Stadt zu erbauen? Dieses düstere, geduckte, ungemütliche — Kaff?

Im Siegestaumel nach der gewonnenen Schlacht gegen die Hjjks, nach jenem betrüblichen Tag, an dem König Harruel im Kampfe gegen die Insektenhorden gefallen war, hatte Salaman im Freudenüberschwang seines frischen Königtums gesagt: »Wir werden diese Stadt Harruel nennen, um ihn zu ehren, der vor mir König war.« Später jedoch — auf Verlangen des Volkes, behauptete Salaman, das angeblich lieber dem Gott Yissou Ehre erweisen wollte, der es beschützt hatte, als dem Mann, der es hierhergeführt hatte — hatte er den ursprünglichen Namen wiedereingeführt. Na ja, dachte Thu-Kimnibol jetzt, es ist ja fast eher ein Segen. Ihm wäre es im Grunde gar nicht besonders angenehm gewesen, wenn der Name seines Vaters auf ewig mit diesem düsteren freudlosen Nest verknüpft geblieben wäre, dieser Yissou-›Stadt‹ Salamans.

Dennoch hatte Salaman es über sich gebracht, ihn freimütig, ja sogar fröhlich zu begrüßen. Es war ihm kaum anzumerken, daß da auch nur der Hauch einer Erinnerung an die bösen Worte in ihm wach war, die einst zwischen ihnen gefallen waren. Vielmehr war er von seinem Pavillon auf der Mauerkrone herabgestiegen, als Thu-Kimnibols Wagenkarawane durch das große Stadttor zog, hatte ihn ruhig und mit überkreuzten Armen erwartet, und dann war in dem strengen starren Gesicht unerwartet ein Lächeln aufgebrochen, und er war mit ausgestreckten Armen auf ihn zugegangen und hatte nach seinen Händen gefaßt.

»Cousin! Nach sooo langen Jahren! Wie verstehen wir denn dies? Kehrst du zu uns zurück und willst endlich dein altes Leben hier wieder aufnehmen — das einen solch abrupten Abbruch erfuhr?«

»Nein, König. Ich bin ausschließlich in der Funktion eines Gesandten gekommen«, erwiderte Thu-Kimnibol ruhig. »Ich überbringe dir Botschaft von Taniane und möchte einige Dinge mit dir besprechen. Aber meine Heimat ist jetzt in Dawinno.« Selbstverständlich aber erwiderte er Salamans königliche Embrassade seinerseits, bückte sich und schloß ihn in die Arme. Das erwies sich als leidlich kompliziert, aber nur deshalb, weil Salaman eben so viel kleiner war.

Zu seiner Verblüffung blieb sein Herz nicht kalt, als er den Akt vollzog und Salaman an die Brust drückte, und die Geste war auch vollkommen aufrichtig. Also entsprach es wirklich der Wahrheit? Daß jeglicher Groll, den er gegen Salaman gehegt hatte (oder hegen zu müssen geglaubt hatte), im Laufe der Zeit zu einem Nichts verdunstet war. Die schnöden Demütigungen, die Salaman ihm zugefügt hatte, als er ein Jungmann war, zählten nicht mehr.

»Wir haben für dich unser nobelstes Gästehaus vorbereitet«, sagte Salaman. »Und sobald du dich dort eingerichtet hast — ein Festempfang, ja? Und da reden wir dann. Nein, nicht über Staatsgeschäfte, nicht so rasch. Wir plaudern einfach, du und ich, eben wie zwei gute Freunde aus alter Zeit. Na, was hältst du davon, Thu-Kimnibol?«

Das war angemessen. Ja, es ist sogar recht freundlich, dachte Thu-Kimnibol. Und er ließ sich zu seinen Gemächern führen. Esperasagiot machte sich auf die Suche nach Stallungen für die Xlendis, Dumanka kümmerte sich um die Unterbringung der Entourage des Gesandten, und Simthala Honginda begab sich zu einer Konferenz mit den Stadtbehörden, um das schon ortsübliche Protokoll bei diplomatischen Anlässen abzusprechen.

Doch erst viel später und in der düsteren riesigen steinernen Festhalle des Palastes, nach dem Festmahl und viel zuviel Wein, und nachdem Thu-Kimnibol die mitgebrachten Geschenke von Taniane an Salaman überreicht hatte — die edlen Weißgewebe und grünglasierten Porzellane —, und die prachtvoll gebundenen Chroniken, die Hresh sandte, und auch einige persönliche Gaben für den König (einige Fäßchen Wein aus seinen eigenen Weinbergen, Felle seltener Tiere von weit her aus den Südlanden, eingelegte Früchte und vieles mehr) — erst da begann die Spannung zwischen den beiden Männern langsam an die Oberfläche zu dringen.

Vielleicht lag es am Sprachproblem. Das hatte ihn vom ersten Moment an irritiert, und vielleicht hatte es schließlich zu dem Ausbruch geführt. Denn Salaman, der reinstes Koshmarisch sprach, schien wahrhaftig verärgert über die Worte und Klangfärbungen aus dem Bengischen, wie Thu-Kimnibol sie gewohnheitsmäßig gebrauchte. Thu-Kimnibol war nicht bewußt, wie stark die Sprache des VOLKS in Dawinno sich seit der Vereinigung mit den Beng gewandelt und wieviel Beng-Ausdrücke Eingang in sie gefunden hatten. Aber Salaman hatte die Bengs noch nie gemocht, und zwar seit die goldfelligen Helmträger seine Einladung abgelehnt hatten, sich in Yissou niederzulassen, nach der Vertreibung durch die Bengs aus Vengiboneeza, und es statt dessen vorgezogen hatten, bei Hresh in seinem neugegründeten Dawinno zu leben ... Anscheinend hatte der König seiner Groll nie überwunden, wenn ein paar Beng-Ausdrücke in Thu-Kimnibols Reden ihn dermaßen erzürnen konnten.

Dennoch kam es für Thu-Kimnibol völlig überraschend nach dem langen nächtlichen Festgelage und vielerlei Lustbarkeit, als Salaman, während sie voll und bequem nebeneinander in den üppigen Pfühlen der Luxusdiwans ruhten, auf einmal unfein und direkt sagte: »Bei der Himmlischen Fünffaltigkeit, ich muß deine Kühnheit bewundern! Daß du so einfach mal frech wieder hier in Yissou antanzen würdest ... nach allem, was du mir in der Nacht, in der du verduftet bist, ins Gesicht gesagt hast.«

Thu-Kimnibols Rückgrat wurde steif. »Ach, das kratzt dich immer noch? Nach diesen vielen Jahren?«

»Damals hast du gesagt, du schmeißt mich ganz oben von der Mauer runter. Na? Hast du das vergessen? Na, Thu-Kimnibol? Bei den Himmlischen Fünfern, *ich* hab es nicht vergessen! Und was hab ich aus deinen Reden gehört, he? Glaubst du wirklich, ich hätte das für einen leichten neckischen Spaß gehalten? O nein, nein, mein Bester. Nein! Die Mauer war damals zwar viel niedriger, aber ich hab das trotzdem als eine Morddrohung aufgefaßt. Und ich denke, ich hatte recht.«

»Aber ich hätte sowas doch nie getan ...«

»Du hättest es nie tun *können*. Chham und Athimin hatten dich nämlich die ganze Zeit unter Beobachtung. Wenn du auch nur einen Finger gegen mich erhoben hättest, sie hätten dich in Stücke tranchiert.«

Thu-Kimnibol hob den Wein an die Lippen und nahm einen tiefen Zug. Es war der süße starke Regionalanbau, und er hatte ihn seit vielen Jahren nicht mehr gekostet. Über den Becherrand beobachtete er den König. Außer ein paar erschöpften Tänzern des abendlichen Festes, die erschöpft wie fallen gelassene Kissen an der Wand gegenüber herumlagen, war niemand sonst bei ihnen. Lauerten die Söhne Salamans hinter den Vorhängen und schickten sich an, hervorzustürzen, um die uralte Unbill zu rächen, die er ihrem Vater zugefügt hatte? Oder würden die Tänzer plötzlich wieder lebendig werden mit Mordmessern und Würgeschlingen?

Nein, dachte er, Salaman treibt nur seine Spielchen mit mir.

»Auch du hast mich bedroht«, sprach er. »Du hast gesagt, du wirst mir jeden Rang und alle Prärogative aberkennen lassen und mich auf den Marktplatz schicken, damit ich dort die Futtertröge saubermache.«

»Aber das war doch nur im Zorn so dahingesagt. Wenn ich bei Sinnen gewesen wäre, ich hätte einen Prachtkerl von deiner Größe und Kraft zum Mauerbau verdonnert, nicht als Viehknecht oder Straßenfeger auf den Markt.«

Des Königs Augen funkelten. Er schien seine Witzigkeit ungeheuer zu genießen.

Am besten, er ignorierte die Beleidigung. Er sagte bloß: »Wieso bringst du das alles jetzt wieder hoch, Salaman?«

Salaman streichelte sein Kinn und lächelte. Dort sproßten lange weiße Haarbüschel, die ihm ein merkwürdig gutartiges, ja beinahe komisches Aussehen verliehen, das wahrscheinlich nicht in seiner Absicht lag. »Wir haben seit — na, wieviel Jahren? — zwanzig? — fünfundzwanzig? — nicht mehr miteinander gesprochen. Sollten wir da nicht wenigstens den Versuch machen und Klarheit zwischen uns schaffen?«

»Und? Tust du das? Klarheit schaffen?«

»Aber gewiß doch. Meinst du im Ernst, wir könnten das Geschehene einfach ignorieren? So tun, als wäre es nie gewesen?« Salaman schenkte in die Weinbecher nach. Er beugte sich herüber und fixierte ihn ganz nahe. Leise fragte er: »Hast du wirklich statt meiner König werden wollen?«

»Niemals! Ich verlangte nur die Ehren, die mir als Harruals Sohn gebührten.«

»Mir hat man gesagt, du wolltest mich stürzen.«

»Wer sagte das?«

»Was spielt das für eine Rolle? Sie sind alle längst tot und vermodert. Ach ja, das war Bruikkos. Erinnerst du dich noch an den? Und Konya.«

»Ach ja. Die begannen mich zu hassen, als ich volljährig wurde, weil mein Rang höher war als der ihre. Aber was hatten die eigentlich erwartet? Sie waren einfache Soldaten, ich der Sohn eines Königs.«

»Und Minbain«, sprach Salaman weiter.

Thu-Kimnibol mußte blinzeln. »Meine *Mutter?*«

»Aber ja. Sie kam zu mir und sagte: Thu-Kimnibol treibt es um. Thu-Kimnibol gelüstet es nach Macht. Sie fürchtete, du könntest was Törichtes anstellen, so daß ich dich hinrichten lassen müßte, und das wäre ihr natürlich ein gewaltiger Kummer gewesen. Sie sagte zu mir: ›Sprich mit ihm, Salaman, erleichtere seine Seele, verleihe ihm wenigstens den Schein dessen, wonach ihn verlangt, damit er sich nicht selber Schaden zufügt.‹«

Und wieder lächelte der König.

Thu-Kimnibol fragte sich, wieviel Wahrheit an dem Ganzen war und was einfach nur düstrer verquerer Spaß. Gewiß, es war durchaus plausibel, daß Minbain besorgt war, ihr Sohn könnte sich lebensgefährlich überheben, und darum Schritte unternommen hatte, um schlimmes Unheil abzuwenden. Aber eigentlich entsprach das ganz und gar nicht ihrem Wesen. Sie hätte gewiß zuerst mit ihrem Sohn selbst gesprochen. Nun ja, leider konnte man sie ja nicht mehr fragen.

»Ich hätte nie auch nur daran gedacht, dir den Thron streitig zu machen, Salaman. Bitte, glaub mir das. Ich habe dir einen Eid geschworen — wieso sollte ich ihn brechen? Außerdem wußte ich doch recht gut, daß ich viel zu jung und hitzköpfig war, um König spielen zu können. Und außerdem, du warst doch viel zu sicher etabliert.«

»Ja, das glaub ich dir.«

»Wenn du mir die mir gebührenden Ehrentitel und Privilegien gegeben hättest, die ich haben wollte, es hätte zwischen uns nie irgendwelche Probleme gegeben. Ich sag dir das ganz ehrlich und weil es wahr ist, Salaman.«

»Ja«, sagte der König. Plötzlich klang seine Stimme

ganz anders, und alle Ranküne und Schärfe war aus ihr verschwunden. »Ja, es war ein Fehler, daß ich dich so behandelte, wie ich es tat.«

Thu-Kimnibol war sofort auf der Hut. »Du redest im Ernst?«

»Ich rede immer im Ernst, Thu-Kimnibol.«

»Ja, das mag stimmen. Aber gestehen Könige jemals ihre Fehler ein?«

»Der hier tut es. Manchmal. Nicht besonders oft, aber manchmal doch. Und hier und jetzt ist so ein Anlaß ...« Salaman erhob sich, reckte sich und lachte. »Ich hatte nur vor, dich auszureizen, dich an dein Limit zu treiben — dich aus Yissou zu vertreiben. ich fand einfach, du warst zu groß für diese Stadt, ein zu potenter Rivale, der im Laufe der Jahre nur noch stärker werden würde. Das war meine Fehleinschätzung. Ich hätte dich favorisieren müssen, dich mit Ehren überhäufen, um dich so zu entwaffnen. Und deine Stärke hätte ich dann *hier* nutzbringend einsetzen müssen. Das habe ich später begriffen. Natürlich zu spät. Nun, lieber Cousin, du bist hier erneut herzlich willkommen!« Und dann tauchte im Blick des Königs ein seltsamer Ausdruck auf, eine Mischung aus Belustigung und Argwohn, und er fragte: »Du bist doch nicht etwa zurückgekommen, weil du mir schließlich doch noch meinen Thron rauben willst, oder?«

Thu-Kimnibol beantwortete das mit einem eisigen Blick. Doch es gelang ihm dann doch, so etwas wie ein Kichern und ein bläßliches Grinsen zu produzieren.

Salaman stieß ihm die Hand entgegen. »Geliebter alter Freund! Nie hätte ich dich von meiner Brust vertreiben dürfen! Es erfreut mich höchlich, dich wieder bei mir zu haben ... sei es auch nur kurz.« Er gähnte. »Wollen wir uns nun vielleicht doch zur Ruhe begeben?«

»Der Gedanke ist verführerisch.«

Der König ließ den Blick über die verstreuten erschöpften Tänzer schweifen, die sich bisher nicht bewegt hatten.

»Möchtest du gern sowas in deinem Bett haben, um dich zu wärmen?«

Auch dies kam überraschend. Die Erinnerung an Naarinta, die kaum ein paar Wochen tot war, tauchte in ihm auf. Andererseits wäre es grob unhöflich, Salamans gastliches Angebot zurückzuweisen. Und was bedeutete es denn auch schon, ein Kopulationsvorgang mehr oder weniger, und noch dazu so weit von zu Hause weg? Er war müde. Er war nach dem merkwürdigen Gespräch irritiert ... Die Umarmung eines jungen frischen Körpers im Dunkel der Nacht, ein bißchen heimliche Entspannung, ehe die wirkliche Arbeit begann ... Warum denn nicht? Ja, wieso eigentlich nicht? Immerhin hatte er ja nicht die Absicht, für den Rest seines Lebens keusch und abstinent zu bleiben. Also sagte er: »Doch, ja. Ich glaube, das wäre mir angenehm.«

»Wie wär es mit der da?« Salaman wies mit der Spitze seines Pantoffels auf ein Mädchen mit kastanienrotem Fell. »Auf, Kindchen! Hopp-hopp! Wach schon auf! Heut nacht gehörst du dem Prinzen Thu-Kimnibol!«

Und damit verzog sich der König. Er schlich langsam und kaum merklich gebückt.

Wortlos winkte das Mädchen Thu-Kimnibol zu dem für ihn bereiteten, mit Wandteppichen und Kissen wohlausgestatteten Bettgemach im rückwärtigen Teil des Palastes. In dem schwachen honiggoldenen Licht an dem Bettlager betrachtete er sich das Mädchen nicht ohne Interesse. Sie war klein und wirkte kräftig und für ein Mädchen ziemlich breit in den Schultern. Auch das Kinn war recht ausgeprägt. Die grauen Augen standen weit auseinander. Das Gesicht kam ihm bekannt vor. Plötzlich stieg ein wilder Verdacht in ihm empor.

»Wie heißt du, Mädchen?«

»Weiawala.«

»Den Namen hast du nach der Gefährtin des Königs?«

»Herr, der König ist mein Vater. Er nannte mich nach

seiner ersten Liebe, doch in Wirklichkeit bin ich eine Tochter seiner dritten Gemahlin. Die Edle Sinithista ist meine Mutter.«

Ja, ja. Also die Tochter Salamans. Damit hatte er immerhin rechnen müssen. Aber es war verblüffend. Salaman, der ihm einst die Hand einer Tochter als feste Partnerin verweigerte, legte ihm jetzt eine Tochter als Spielzeug für eine Nacht ins Bett. Und das Kind war außerdem noch merkwürdig gelassen bei dem Ganzen. Oder hatte Salaman dabei tiefere Hintergedanken? Höchstwahrscheinlich war mit dem letzten Karawanenzug der Kaufleute aus Dawinno die Nachricht zu ihm gedrungen, daß Naarinta im Sterben liege. Aber falls er nun tatsächlich darauf abzielen sollte, die Beziehungen zwischen Yissou und Dawinno vermittels einer dynastischen ehelichen Verbindung zu verfestigen, dann war das doch eine recht merkwürdige Verfahrensweise. Aber schließlich — Salaman *war* seltsam geworden. Und er besaß zweifellos zahlreiche Töchter. Vielleicht waren es ihm mittlerweise zu viele geworden.

Ach was. Es war spät in der Nacht. Und das Mädchen war da und bereit.

»Komm näher zu mir, Weiawala«, flüsterte er. »Ja, ganz nah zu mir. So ist es schön. Ja.«

»Er predigt den Kindern«, sagte Curabayn Bangkea. »Meine Leute beschatten ihn überall, wohin er geht. Sie verfolgen alles, was er tut. Er zieht die Jugend an sich, er gibt ihnen Antwort auf alle ihre Fragen, er erzählt ihnen vom Leben im Nest. Er sagt, es ist falsch, daß wir die Hjjks als Feinde betrachten. Er setzt der Jugend Wahngespinste vor über die Königin und die unendliche Liebe, die sie für alle Lebewesen angeblich hat, nicht nur für die Geschöpfe ihrer eigenen Art.«

»Und die Kinder schlucken, was er ihnen da verzapft?« fragte Husathirn Mueri. »Sie glauben ihm?«

»Er ist ziemlich überzeugend ...«

Sie befanden sich im Empfangszimmer in Husathirn Mueris prachtvollem Haus im Koshmari-Bezirk und genossen den Ausblick über die Meeresbucht. »Das kann man sich eigentlich kaum vorstellen«, sagte Husathirn Mueri. »Ich meine, daß er es tatsächlich schafft und unsre Kinder von ihren Vorurteilen gegen die Hjjks wegkriegt. Ich meine, Kinder haben doch scheußliche Angst vor denen. Immer schon haben sie die gehabt. Große gräßliche Käfermonster mit haarigen Beinen, die heimlich durch die Gegend kriechen und versuchen, kleine Jungen und Mädchen wegzuschnappen — wer würde sowas nicht für abscheulich halten? Ich fand sie in meiner Kindheit jedenfalls widerlich. Du wahrscheinlich bestimmt ebenfalls. Ich hatte Angstträume, als ich klein war, wegen dieser Hjjks, mit kaltem Schweiß, und wachte schreiend auf. Manchmal hab ich sie heute noch.«

»Ich auch«, gestand Curabayn Bangkea.

»Was also ist dann das Geheimnis von dem Kerl?«

»Er ist sehr sanft und sehr freundlich. Sie spüren, daß er harmlos und unschuldig ist. Sie sind gern in seiner Nähe. Er lehrt sie — zu meditieren — *nachzudenken!* Und dann fangen mehr und mehr von ihnen an und singen mit, wenn er singt. Ich glaube, er fängt mit dieser Singerei irgendwie ihr Bewußtsein ein. Und das macht er dermaßen unmerklich und geschickt, daß sie gar nicht merken, wie er ihnen einen Haufen gräßlicher Monstrositäten verkauft. Wenn er von den Hjjks spricht, dann sehen diese Kinder gar keine echten Hjjks, glaub ich. Sie sehen nur Märchenfiguren, die sanft sind und lieb. Aber, deine Gnaden, man kann jedes Ungeheuer zu 'ner ziemlich süßen Puppe machen, wenn man die Geschichte nur auf die richtige Weise erzählt. Und wenn er die Kinder erst einmal soweit hat, daß sie keine Angst mehr vor den Hjjks haben und sie nicht mehr verabscheuen, dann sind die armen Kleinen alle verloren. Ach, er ist ungeheuer schlau, dieser Junge. Er greift direkt in ihre Seelen hinein und entwendet sie uns!«

»Aber der Kerl spricht doch kaum ein Wort unsrer Sprache!«

Curabayn Bangkea schüttelte den Kopf. »Stimmt nicht. Der ist nicht mehr der ungehobelte Wilde wie damals, als er hier aufgetaucht ist, nein, wirklich nicht. Unsere Nialli Apuilana hat sich enorm angestremgt, ihm was beizubringen. Und jetzt kann er's alles wieder prima. Er muß früher mal, wie er noch ganz klein war, weißt du, ehe die ihn weggeholt haben, unsre Sprache ganz gut gekonnt haben, und jetzt hat er die ganzen Wörter auf einmal wiedergefunden und alles, einfach so. Also, wer damit geboren ist, der verlernt das ja nie wirklich. Also, der sitzt jetzt da — es gibt da 'nen Park, in den er gern geht, und die Kinder kommen dort zu ihm ... Und da sitzt er und redet von der Königin-Liebe, der Nest-Bindung und Denker-Gedanken, Königin-Frieden — na, eben der ganze dreckige verrückte Hjjk-Quatsch. Und die Kerlchen schlucken das runter, ehrlich, deine Gnaden! Im Anfang waren sie ganz angewidert von der Vorstellung, daß anständige Leute im Nest leben könnten — und daß es ihnen sogar noch Spaß machen kann, daß man einen Hjjk berühren kann, und der dich, und daß das irgendwie was mit Liebe zu tun hat. Aber inzwischen, inzwischen *glauben* die Kinder das. Du solltest sie da mal sitzen sehen. Und wie ihre Augen leuchten, wenn der seinen Sabber über sie ausgießt.«

»Dem muß Einhalt geboten werden.«

»Ja. Das meine ich auch.«

»Ich werde mit Hresh reden. Nein, besser mit Taniane. Wie ich Hresh kenne, findet der es ungeheuer interessant, daß Kundalimon so Sachen wie Königin-Liebe und Nest-Bindung an minderjährige Jungs und Mädchen verhökert. Der zollt dem Gedanken vielleicht gar noch Beifall. Wahrscheinlich möchte er selber gern mehr über derlei Zeug erfahren. Aber Taniane wird wissen, was zu tun ist. Sie wird sicherstellen wollen, was für eine Kreatur wir uns da mitten in unsre Mitte hereingelassen haben, und wieso ihre Tochter mit sowas so viel Zeit verschwendet, das ganz nebenbei.«

»Da gibt's aber noch was, deine Gnaden«, sagte Curabayn Bangkea. »Vielleicht wäre es gut, wenn du das weißt, ehe du mit Taniane sprichst.«

»Ja? Und?«

Der Wachhauptmann zauderte ein wenig. Er sah auf einmal verklemmt aus. Schließlich sagte er hastig und mit unsauberer Stimme, die schwankte wie eine mißgestimmte Laute: »Nialli Apuilana und der angebliche Hjjk-Gesandte sind ein Liebespaar.«

Es traf Husathirn wie ein Blitzschlag. Benommen ließ er sich in den Sessel zurückfallen. Auf einmal spürte er einen Schmerz in der Magengrube, sein Mund wurde ganz trocken, und zwischen den Augen begann ein stechender Schmerz zu bohren.

»*Was?* Sie *kopulieren* miteinander?«

»Ja. Wie geile brünstige Affen.«

»Und das ist dir als hundertprozentige Tatsache bekannt?«

»Also, weißt du, bis vor kurzem war mein Bruder Eluthayn zum Wachdienst am Mueri-Haus eingeteilt. Und da kam er eines Tages an Kundalimons Zimmer vorbei, während sie drin bei dem war. Und die Geräusche, die er dabei von drinnen hörte — das Bumsen und Keuchen und leidenschaftliche Stöhnen ...«

»Wenn sie ihm aber Fußringen beigebracht hat?«

»Das glaube ich nicht, deine Gnaden.«

»Wie kannst du dessen sicher sein?«

»Deine Gnaden, weil ich selbst dort war, nachdem Eluthayn mir das berichtet hat, und an der Tür lauschte. Ich sage dir, ich kann den Lärm durchaus unterscheiden, der beim Kopulieren und beim Fußringen entsteht. Ich habe selbst einige Erfahrung im Kopulieren, deine Gnaden. Im Beinringkampf übrigens auch.«

»Aber sie will doch sonst mit keinem kopulieren! Das weiß doch die ganze Stadt!«

»Aber sie war im Nest«, sagte Curabayn Bangkea. »Vielleicht hat sie ja bloß auf einen gewartet, dessen Fell ebenfalls von oben bis unten nach Hjjks riecht.«

Ungezügelte Bilder sprangen ungerufen in Husathirn Mueris Vorstellung auf: Kundalimons Hand zwischen den weichen Schenkeln Niallis, seine Lippen auf ihrer Brust, ihre Augen flackernd vor erregter Bereitschaft, die Körper, die sich zusammenfügen, die umherpeitschenden Sensororgane, Nialli, die sich umdreht und ihm ihre geschwollene Geschlechtsregion darbietet ...

Nein. Nein. Nein. Nein.

»Du hast dich geirrt«, sagte er nach einer Weile. »Die tun etwas anderes da in dem Zimmer. Was du da an Geräuschen hörtest ...«

»Es war nicht bloß der Lärm, deine Gnaden.«

»Ich verstehe nicht.«

»Wie du gerade gesagt hast, die Geräusche genügten mir nicht als Beweis. Darum habe ich in die Wand des Zimmers neben seinem ein kleines Loch zur Observation gebohrt.«

»Du hast sie *ausspioniert?*«

»*Ihn,* nicht sie, deine Gnaden. *Ihn.* Er stand zu der Zeit in meinem Gewahrsam, wenn ich dich daran erinnern darf. Es war also korrekt, daß ich mir Gewißheit über die Art seiner Aktivitäten verschaffte. Ich hab ihn observiert. Und sie war auch dort. Und sie haben nicht Beinringen geübt, Edler. Jedenfalls bestimmt nicht, als er mit seinen Händen ihre ...«

»Genug!«

»Ich kann dir versichern ...«

Husathirn Mueri hob gebieterisch die Hand. »Bei Nakhaba, ich sagte *genug, Mann!* Ich will die schmutzigen Einzelheiten nicht hören.« Er mühte sich um Fassung. »Ich verlasse mich auf deine Versicherung«, sagte er kalt, »daß dein Bericht akkurat ist. Verstopfe dein

Spähloch und bohre keine weiteren. Aber komm und berichte mir täglich über die Aktivitäten des Gesandten und seinen Predigten vor der Jugend.«

»Und wenn ich ihn in Gesellschaft der Nialli Apuilana sehe, deine Gnaden? Auf der Straße, meine ich. Oder in einem öffentlichen Speisehaus. Oder sonstwo, allem Anschein nach in aller Harmlosigkeit? Soll ich dir auch davon berichten?«

»Ja. Berichte mir auch davon.«

»Ich will mit dir ins NEST gehen«, sagte Nialli. »Um wieder die Nestbindung zu fühlen, Nest-Wahrheit zu sprechen.«

»Das wirst du. Wenn die Zeit gekommen ist. Wenn mein Werk hier getan ist.«

»Nein, ich meine, hier, heute, jetzt.«

Es war ein stiller Nachmittag. Der warme feuchte Sommer war vorbei, und es wehte ein kräftiger Herbstwind, heiß, aber trocken und scharf von Süden her. Sie waren nach der Kopulation und lagen dicht nebeneinander zusammengerollt auf Kundalimons Lager, engumschlungen und striegelten sich gegenseitig das zerwühlte Fell.

Er sagte: »Jetzt? Wie soll das geschehen?«

Sie bedachte ihn mit einem forschenden Blick. Hatte sie den Zeitpunkt falsch eingeschätzt? War für ihn tvinnern — oder überhaupt jegliche seelische Intimität noch immer so beängstigend wie zu Beginn? Er hatte sich so stark verändert, seit er allein die Stadt durchwanderte. Er war anders, wirkte stärker, weniger verkrampft, sicherer in seiner Fleischlings-Identität. Doch noch immer zögerte sie, sein Zutrauen aufs Spiel zu setzen, indem sie die unausgesprochene Grenzlinie überschritt, die zwischen ihnen verlief.

Jetzt aber wirkte er ganz ruhig und betrachtete sie offen und mit sanftem Blick.

Vorsichtig begann sie: »Du könntest mich durch deine

Nest-Erinnerungen führen. Durch die Berührung unserer Gedanken.«

»Du meinst diese Tvinnern«, sagte er.

Sie zögerte. »Ja, das wäre eine Möglichkeit. Oder indem wir unser Zweitgesicht einsetzten.«

»Du sprichst oft davon. Aber ich weiß nicht, was das ist.«

»Eine Art Sehen — eine Wahrnehmung in die Tiefen unter der Oberfläche der Dinge ...« Nialli schüttelte den Kopf. »Und du hast das noch nie selbst erlebt? Aber jeder kann es. Sogar schon ganz kleine Kinder. Allerdings im Nest vielleicht, ohne das Bewußtsein andrer Fleischlinge in der Nähe, das dir zeigen könnte, wozu dein eigenes in der Lage ist ...«

»Zeig es mir jetzt«, bat er.

»Und du wirst dich nicht fürchten, wenn ich dich berühre?«

»Zeig es mir!«

Er hat sich wirklich verändert, dachte sie.

Dennoch fürchtete sie, sie könnte in ihm Angst auslösen und ihn damit sich entfremden. Aber er hatte sie ja gebeten. *Zeig es mir*... Sie rief ihr Zweites Gesicht herauf und richtete es nach außen und weitete das Feld rings um ihn aus. Er fühlte es. Ganz zweifellos. Sie empfing unmittelbar die Reaktion seines Gehirns — ein bestürztes Zurückweichen. Und er zitterte. Dennoch blieb er dicht in ihrer Nähe und blieb offen und zugänglich. Es gab keinerlei Anzeichen, daß er irgendwelche der üblichen Schutzmechanismen auffuhr, wie man sie einsetzt, um sich gegen die Fremdeinwirkung des Zweitgesichts abzuschirmen. Hatte er einfach keine Ahnung, wie das geht? Nein. Nein, er schien sich ihrer Sondierung bereitwillig auszuliefern.

Sie holte tief Luft und trieb ihr erweitertes Wahrnehmungsfeld so tief in sein Bewußtsein, so tief sie es wagte.

Und sie sah das NEST.

Alles war verschwommen, undeutlich, unbestimmt:

Entweder waren seine Mentalkräfte noch unentwickelt, oder er hatte eine Hjjk-Methode der Denkmaskierung erlernt. Denn was sie in ihm erblickte, sah sie wie durch viele Schichten eines dunklen Gewässers.

Ja, es war das Nest, wirklich. Sie sah die dämmerigen unterirdischen Gänge und die gewölbten Decken. Dunkle Gestalten, Hjjk-Gestalten bewegten sich dort steif. Aber alles blieb undeutlich. Sie konnte keine Kastenunterschiede erkennen. Sie konnte nicht einmal Weib von Mann unterscheiden, Soldat von Arbeiter. Was jedoch vor allem fehlte, war der ›Geist des Nestes‹, die Dimension der seelischen Wirklichkeit, die fundamentale tiefe Nest-Bindung, die alles umfassen, einhüllen, tragen sollte, der alles durchdringende Strom der Königin-Liebe in diesen schwach erhellten unterirdischen Gängen, das alles beherrschende Gebot des Ei-Plans. Es war kein Wohlgeruch da. Und keine Wärme. Es gab keine Nahrung. Nialli schaute in das NEST und blieb dennoch von ihm abgeschnitten, ein Außenseiter, allein und verloren in den eisigen Bereichen der Schwärze zwischen den gefühllosen Sternen.

Enttäuscht versuchte sie etwas tiefer vorzudringen. Es wurde nicht besser. Dann verspürte sie einen sanften Stoß.

Kundalimon mühte sich, ihr zu helfen. Irgendwie war er an die Quelle seiner eigenen Zweitsichtpotentiale vorgedrungen, die er wahrscheinlich noch nie vorher benutzt hatte, oder wenn, dann ohne zu wissen, was es war, und nun strengte er sich an, die Vision für Nialli zu verstärken. Doch auch damit wollte sich der Schleier nicht gänzlich heben. Gewiß, sie sah nun deutlicher, doch die gesteigerte Helle bewirkte nur neue Verzerrungen.

Es war zum Verrücktwerden. So nahe zu sein und nicht an den Punkt zu kommen ...

Ein Seufzer entrang sich ihrer Brust. Sie zog ihr Bewußtsein aus dem seinen zurück und rollte von ihm fort, mit dem Gesicht zur Wand.

»Nialli?«

»Es tut mir leid. Ich bin gleich wieder in Ordnung.« Sie weinte still in sich hinein. Sie fühlte sich stärker alleingelassen als jemals zuvor.

Seine Hände streichelten ihr den Rücken, die Schultern. »Hab ich was getan, was dich ärgert?«

»Nein. Nichts. Nicht du, Kundalimon.«

»Also haben wir es falsch angepackt?«

Sie schüttelte den Kopf. »Ich hab was gesehen. Nur ein bißchen. Den Saum der Umrisse des Nests. Alles war dermaßen überschattet. Undeutlich. Weit weg.«

»Ich hab es falsch gemacht. Du wirst es mir richtig beibringen.«

»Es war nicht deine Schuld. Es — es hat einfach nicht funktioniert.«

Dann herrschte eine Weile lang Stille. Er rückte näher an sie heran und bedeckte ihren Leib mit dem seinen. Dann plötzlich, fast erschreckend, ließ er sein Sensororgan an ihrem entlanggleiten, in einer hastigen raschelnden Berührung, die ihr einen scharfen Gefühlsschauder durch die Seele jagte.

»Wir versuchen das Tvinnr, wollen wir?« bat er.

»Willst du das wirklich, Kundalimon?« Sie hielt den Atem an und wartete.

»Aber du willst doch das Nest sehen.«

»Ja. Ja, das will ich ... will ich sehr.«

»Dann vielleicht mit dem Tvinnern ...«

»Aber es hat dich so erschreckt. Neulich.«

»Das war damals.« Er lachte weich in sich hinein. »Und wenn ich mich noch recht erinnere, hat es da mal eine Zeit gegeben, in der *du* Angst vor der Kopulation gehabt hast.«

Sie lächelte. »Die Dinge ändern sich.«

»Ja. Sie ändern sich. Also komm! Zeig mir, wie man tvinnert, und ich zeig dir das Nest. Aber vorher mußt du dich erst mal zu mir umdrehen.«

Nialli nickte und wandte sich ihm zu. Er lächelte sie

an, mit diesem wunderbaren rückhaltlosen sonnenwarmen Lächeln, das er hatte, das Lächeln eines Kindes in einem Männergesicht. Strahlend senkten sich seine Augen in ihre, hell, voller Erwartung, erregt. Es lag eine Aufforderung in dem Blick wie nie zuvor.

»Ich hab bisher nur ein einzigesmal getvinnert«, sagte sie, »das war vor fast vier Jahren. Mit Boldirinthe. Wahrscheinlich kann ich es auch nicht viel besser als du.«

»Wir werden es gut machen«, sagte er. »Also, jetzt zeig mir, was das ist, dieses Tvinnern.«

»Zuerst die Sensoren, der Kontakt. Du konzentrierst alles, dein ganzes Sein ...« Auf seinem Gesicht zeigte sich ein Hauch von Beunruhigung. »Nein«, sagte sie. »Versuch nicht, dich zu konzentrieren, versuch nicht einmal zu denken. Tu einfach nur das, was ich mache, und laß zu, was dir dann geschehen wird.« Sie zog ihren Sensor dicht an seinen. Er entspannte sich. Er schien ihr inzwischen restlos zu vertrauen.

Sie stellten den Kontakt her — und konnten ihn halten.

Nialli hatte ihre Intimitätsstunde mit Boldirinthe nie vergessen können. Der Phasenverlauf war ihr deutlich im Gedächtnis. Der Abstieg über die Leitersprossen der Wahrnehmung in die tiefen Seelenbereiche, wo dann die Kommunion stattfand. Und Kundalimon folgte ihr nun bereitwillig. Er schien intuitiv zu wissen, was er tun müsse, oder er lernte und entdeckte im Verlauf des Prozesses. Augenblicke danach folgte er ihr nicht mehr, sondern tauchte Seite an Seite mit ihr hinab, ja war ihr zuweilen sogar voraus und führte in die dunklen geheimnisumwitterten Tiefen hinab, in der es kein Individual-Selbst mehr gab und wo nichts existierte als die Einheit aller Seelen.

Dann verbanden sie sich zum vollkommenen Tvinnr.

Seine Seele stürzte in die ihre, und Niallis verschmolz mit seiner Seele, und endlich — endlich — ist sie wieder im NEST.

Und es ist das ›Nest-der-Nester‹, das Großnest, hoch droben im Norden, nicht das Behelfsnest, in dem Nialli während der wenigen Monate ihrer Gefangenschaft gelebt hatte. Außerdem waren sozusagen alle Nester ein Nest, denn die Präsenz der Königin infundierte sie alle gleichermaßen; doch Nialli hatte sogar damals erkannt, daß ihr Nest nur eines der unbedeutenderen in einem Randdistrikt der Hjjk-Domäne war, mit einer Subsidiar-Königin als Herrscherin. Aber der Ort, an dem sie sich nun befinden, ist der Urquell und der Herzschlag der Hjjk-Nation, ihr innerster Kern, der Nabel und die Nabe, der grandiose Angelpunkt und die Achse, um die sich alles bewegt. Und hier wohnt die Königin der Königinnen.

Nialli Apuilana empfindet nichts hier als fremd. Hier hatte Kundalimon den Großteil seines Lebens zugebracht, ein Fleischlingsjunge unter den Hjjks, ohne Bewegungsbeschränkung in ihrer Welt, sich nährend von ihrer Nahrung, ihre Luft atmend, so denkend wie sie, lebend und lebendig wie sie. Dort war Kundalimons Heimat. Und deshalb war es nun auch die ihrige.

Hand in Hand schweben sie hindurch, wie umherstreifende Geister, ungesehen, ungehindert. Sie ist Kundalimon, er Apuilana. Er ist sie, und sie ist er: Sie können nicht entscheiden, wo der eine aufhört, die andere beginnt.

Das große NEST ist endlos, ein Labyrinth dunkel-warmer Galeriengänge, halb unter dem Erdboden verborgen, das sich meilenweit in alle Richtungen erstreckt. Das Nest-Licht, ein weiches rosiges Glühen, ein Licht wie in Träumen, strömt aus den Wänden. In den leisen Luftzügen schwebt der erregend-süße Duft des Nest-Atems, pelzig-weich und üppig beladen mit den vielschichtigen chemischen Botschaften, die von den Nest-Bewohnern ausgetauscht werden. In diesen verwirrenden verzweigten Labyrinthgängen hausen Millionen Hjjks, und hier auch, im tiefstuntersten Bereich, am stillsten Ort des emsigen Gewimmels, im Mittelpunkt das Ganzen lagert die reglose ungeheure Masse der Superkönigin, der Königin der Königinnen, uralt, zeitlos, nicht-sterbend, maßlos, alles steuernd und alles liebend. Nialli fühlt jetzt, wie gewaltig und überwältigend groß IHRE Präsenz ist: Sie wälzt sich durch alle Hallen und Gänge wie das Dröhnen eines gigantischen Gongs. Es gibt kein Entrinnen. SIE umfängt das ganze Nest und sämtliche Subsidiarnester ebenfalls mit IHRER unendlich fließenden überwältigenden LIEBE. Und über all dies hinaus quillt die noch höhere, noch stärker alles umfassende Kraft, die auch die Königin der Königinnen als höchste anerkennt, die gewaltige, unbestrittene, unausweichliche wilde Energie des Ei-Plans, der fundamentalen Lebenskraft, der universalen unausweichlichen Weiblichkeit, die jegliche Existenz unaufhörlich vorantreibt.

Nialli überantwortet sich mit höchster Freude und Bereitschaft diesem Hohenlied der Vollkommenheit. Deswegen verlangte es sie, hierher zu kommen: um erneut sicher zu fühlen, daß die Welt einen Sinn hat und eine Struktur, um wieder glaubhaft zu wissen, daß eine Gestalt, ein Plan, ein tiefer Zweck der bestürzenden Mechanik des Kosmos zugrundeliegen.

»Hier ist die wahre Nest-Wahrheit«, sagt Kundalimon zu ihr, und sie sagt zu ihm: »Hier herrscht die Königin-Erleuchtung.«

Und sie schweben, treiben ungehindert weiter... hierhin, dorthin, überallhin.

Lautlos gehen die Myriaden Nestbewohner ihren Aufgaben nach. Ein jeglicher kennt seinen Platz und seine Funktion. Das ist die Nest-Bindung: Harmonie, Einheitlichkeit, festgefügtes Muster. Draußen in der chaotischen Welt der Zu-Fälle gibt es nichts dergleichen. Hier ist nichts chaotisch oder zufällig. In diesen Gangsystemen herrscht eine profunde Stille, und doch sind sie überall von zielstrebiger Aktivität erfüllt.

Hier stapfen Manipeln von Soldaten von ihrem neuesten Beutezug zurück, und Arbeiter eilen auf sie zu, sammeln die Waffen ein und reinigen sie und schleppen den Proviant, die heimgebrachte Beute, fort zu den Säuberungs- und Speicheranlagen. Und hier, wo das Licht dunkelpurpurn ist wie rauchig-schwelendes Feuer, lagern die Eierlegerkompanien in ihren Boxen. Unablässig streifen Cordons von Lebenszündern ruhig an ihnen vorbei und verweilen da oder dort, um den Befruchtungsakt zu vollziehen. Und hier kauern nahrungsbereite Ammen über den schlüpfbereiten Eiern und neigen sich, um den Neugeborenen Nahrung zu bieten.

Und hier, in engen düstren Abteilungen, unterrichten die Nest-Denker die Jugend, die in gespannter Aufmerksamkeit reglos vor ihnen steht. Hier sind auch die Leibdiener der Königin in ihrer warmen Katakombe und bereiten Ihr die Frühmahlzeit. Dort stehen in festgeschlossener Formation, Arm in Arm geschlungen, die Königlichen Leibwachen und riegeln den Weg zu den unteren Galerien mit der Kammer der Königin ab. Da warten Prozessionen der Jugend — nach männlich und weiblich getrennt — auf ihren Aufruf zur Audienz in der Kammer, wo sie das Geschenk der Königlichen Berührung erhalten und zur Reife erweckt werden sollen — oder aber um für eine andersartige Bestimmung ausgesondert zu werden, gezeichnet mit dem Mal eines Kriegers oder Arbeiters, oder um vielleicht einer der wenigen Auserwählten zu werden, ein Nest-Denker.

Die Kammer der Königin ist der einzige Nestbereich, den Nialli und Kundalimon in dieser Vision nicht betreten. Es ist ihnen nicht erlaubt — noch nicht —, denn während ihres früheren Aufenthaltes im Nest war Nialli nicht die Gunst der Erst-Audienz zuteil geworden, und Kundalimon kann sie nicht in die Gegenwart der Königin bringen, nicht jetzt und nicht einmal auf diesem Weg einer Vision, eines Traumes. Damit würden sie bis zum angemessenen Zeitpunkt warten müssen. Dann endlich würde sie die Königin in Ihrer gewaltigen und unergründlichen Masse in Ihrer geheimen Kammer im Herzen des Nests ruhen sehen.

Sonst aber liegt ihnen alles vor Augen. Und Nialli wandert staunend und in hingerissener Nest-Liebe darin umher.

Nest-Denker sagt: »Da sind sie, der Fleischling und des Fleischlings Braut. Kommt, setzt euch zu uns und tretet mit uns ein in die Nest-Wahrheit.«

Also sind sie ja gar nicht unsichtbar für die Nestbewohner. Natürlich nicht. Wieso sollten sie?

Sie streckt die Hand aus, und eine harte borstige Kralle ergreift sie und hält sie fest. Dicht vor ihr glühen schimmernde blauschwarze multifacettierte Augen. Wellenförmige Kraftströme pulsen durch ihre Seele: die starke Emanation des Nest-Denkers.

Nest-Denker tritt jetzt in ihren Geist ein und zeigt ihr die hohe Nest-Wahrheit, das eine, höchste, umfassende Konzept des Universums, die Macht, die alle Dinge bindet: der Friede der Königin. Und er weist ihr das Große Muster: die gewaltige Königin-Liebe, die sich im Ei-Plan verkörpert, um Nest-Überfluß in alle Dinge zu bringen. Er füllt Niallis Bewußtsein, genau wie einst vor Jahren ein anderer Nest-Denker in einem anderen Nest es getan hat.

Und wie damals dringt die schlichte Kraft in Niallis Seele ein, ergreift Besitz von ihr, und sie verneigt sich vor dem Wirklichen, gegen das es keine Widerrede gibt. Da kniet sie, schluchzt vor Entzücken, als die gewaltige Musik der Wahrheit durch die Hauptkanäle und Verästelungen in ihrem Geist donnert. Und sie überantwortet sich dem in völliger Hingabe.

Sie befindet sich wieder in ihrer wahren Heimat.

Und von nun an wird sie nie mehr fortgehen.

»Nialli?« Der Klang einer Stimme, eine unerwartete, eine betäubende Störung. Sie brach über sie herein wie eine einen endlosen Hang herabdonnernde Steinlawine. »Nialli? Bist du in Ordnung?«

»Nein ... ja ... ja ...«

»Ich bin's, Kundalimon. Mach die Augen auf, Nialli. Mach sie auf!«

»Sie ... sind ... geöffnet ...«

»Bitte! Komm zurück aus dem Nest. Es ist vorbei, Nialli. Schau, so schau doch, da ist mein Fenster, dort die Tür, da drunten liegt der Hof.«

Sie wehrte sich. Warum sollte sie fortgehen von dem Ort, der ihre Heimat war?

»Nest-Denker ... Königin-Präsenz ...«

»Ja. Ich weiß.«

Er hielt sie, streichelte sie, zog sie eng an sich heran. Seine Wärme gab ihr Sicherheit. Sie blinzelte ein paarmal, ihre Sicht begann sich zu klären. Sie erkannte die Wände des Zimmers, den kleinen Fensterschlitz, das helle flirrende Herbstlicht. Sie hörte den dürren Wind sausen. Widerwillig gab sie der unbestreitbaren Wirklichkeit nach. Das Nest war verschwunden. Hier gab es kein Nest-Licht, keinen Nest-Duft. Und sie fühlte nicht länger die Präsenz der Königin. Und doch — die Worte des Nest-Denkers hallten noch immer in ihrem Geist nach, und die gewaltige Tröstung, die ihr daraus zuteil geworden war, besänftigte noch immer ihre Seele und lullte sie ein.

Plötzlich blickte sie Kundalimon verblüfft an.

Kundalimon, dachte sie. Ich hab mit ihm getvinnert!

»Warst du dort mit mir?« fragte sie. »Hast du es ebenfalls gefühlt?«

»Ja. Alles.«

»Und wir werden es wieder sehen können, ja? So oft wir wollen.«

»In unseren Visionen, ja. Und eines Tages werden wir es in Wahrheit und Wirklichkeit sehen. Wenn die Zeit da ist, werden wir zusammen zum Nest gehen. Bis dahin müssen wir uns mit den Visionen begnügen.«

»Ja«, sagte Nialli. Sie zitterte ein wenig. »Und ich hab es gewußt, daß wir tvinnern müssen, wenn wir es gemeinsam sehen wollten. Und das haben wir. Und wir haben es recht gut angestellt.«

»Ja, jetzt sind wir Tvinnr-Partner«, sagte er.

»Woher kennst du denn den Ausdruck?«

»Ich hab ihn von dir gelernt. Gerade eben, als wir tvinnerverbunden waren und ich in deiner und du in meiner Seele.« Er lächelte. »Tvinnerpartner, Tvinnerpartner, du und ich.«

Sie blickte ihn zärtlich an. »Ja. Ja, das sind wir.«

»Es ist wie eine Liebeskopulation, nur viel tiefer, viel näher.«

Nialli nickte. »Kopulieren kann jeder. Aber das echte Tvinnr ist nur mit wenigen möglich. Wir haben sehr großes Glück, wir zwei.«

»Wenn wir wieder zusammen im Nest sind, wird es da viel Tvinnern für uns geben?«

»Ja. Aber gewiß doch!«

»Ich werde sehr bald zur Heimkehr ins Nest bereit sein«, sagte er.

»Ja.«

»Und du wirst mit mir gehen, wenn ich von hier fortziehe? Wir werden zusammen gehen, du und ich?«

Sie nickte begierig. »Ja. Das verspreche ich dir.«

Sie blickte zum Fensterschlitz. Dort draußen ging die ganze große Stadt den verschiedensten Beschäftigungen nach ... ihre Mutter, ihr Vater, das feiste Faß Boldirinthe, der hinterhältig-glatte Husathirn Mueri, der Schmuddelschleimer Curabayn Bangkea und sein Schmutzfink von Bruder ... Tausende biederer Bürger im hektischen Getriebe ihres kleinen individuellen Lebensablaufs. Und allesamt so blind gegenüber der Wahrheit! Ach, wenn die doch nur wüßten, dachte sie. Alle die da draußen! Aber die hatten keine Ahnung, was sich hier drinnen ereignet hatte. Welche Partnerbeziehung hier an diesem Tag geschmiedet wurde. Was für

Gelöbnisse wir einander geleistet haben. Und wir werden sie halten!

Die ersten Tage des Staatsbesuches von Thu-Kimnibol waren dem protokollarischen Festprogramm vorbehalten gewesen, den zehn Festmahlen und Tänzen und dem Liebeslager und den Schaukämpfen der Bein-Ringer und Feuerfänger, und am Ende und Höhepunkt — dem Austausch der Geschenke. Nun aber war die Zeit für die ernsten Geschäfte gekommen. Also, weswegen er überhaupt nach Yissou zurückgekehrt war.

Salaman bezog Platz auf seinem erhabenen Thron in der ›Halle des Staates‹. Der Sitz war aus einem einzigen tropfenförmigen schimmernden Obsidianblock, mit leuchtenden Flammenwirbeln durchwachsen, geschnitzt, den Salaman vor langer Zeit bei Grabungen im Herzen der Ur-Stadt gefunden hatte. Alle Welt nannte das nun den ›Thron Harruels‹, und dies war einer der wenigen Tribute, welche die Stadt ihrem ersten König zollte. Salaman hatt nichts dagegen. Ein Häppchen Ehrerbietung gegenüber dem Angedenken an den geliebten Ur-Gründervater, warum denn nicht? Es spielte keine Rolle, daß Harruel seinen angeblichen Thron nie zu Gesicht bekommen, geschweige denn jemals auf ihm gesessen hatte.

Harruel war für das Volk — wenn es denn überhaupt an ihn dachte — ein gewaltiger Kriegsheld und ein weiser und weitblickender Staatsmann. Nun, ein großer Krieger, das war er gewiß gewesen, aber ein Staatsmann? Eine Führerfigur? Weise? Also da hatte Salaman denn doch seine Zweifel. Allerdings war ja auch kaum noch jemand am Leben, der sich an den wahren Harruel noch erinnern konnten, diesen griesgrämigen Brüter und Trunkenbold, dieser brutale Schläger und Frauenschänder, der sich unablässig auf dem Folterbett seiner selbst-produzierten Seelenängste wohlig quälte.

Und da kam nun jetzt Harruels Sohn in Harruels

Stadt und trat vor Harruels Thron als Gesandter der Stadt Dawinno zu Harruels Nachfolger. Das Große Rad rollte, und in seinem Rollen fügte es alles zu allem. Warum war der Mann gekommen? Bisher hatte er sich nicht den kleinsten Hinweis entschlüpfen lassen. Bislang war alles glatt und gut verlaufen, immerhin. Anfangs hatte er, Salaman, ja dieses unangemeldete Eintreffen Thu-Kimnibols als einen Unstern und eine Last empfunden, als rätselhaft, ja gar bedrohlich. Zugleich aber war es eine nicht uninteressante Herausforderung: Kannst du, Salaman, ihn noch immer manipulieren? Ihn auf deinem Brettspiel in Schach halten?

Der König sprach voll Liebenswürdigkeit: »So setz dich doch, Thu-Kimnibol, ja?«

»Wenn es deiner Majestät genehm wäre, ich befinde mich recht wohl, so wie ich jetzt bin.«

»Wie immer es dir beliebt. Etwas Wein?«

»Etwas später vielleicht, nachdem wir geredet haben.« Für mich ist es etwas früh am Tag, um schon zu trinken.

Nicht zum erstenmal überlegte Salaman, ob Thu-Kimnibol besonders raffiniert sei — oder bloß ein schlichter argloser Naivling. Es war unmöglich, diesen Mann zu durchschauen. Indem er es vorgezogen hatte, im Stehen zu sprechen, hatte er sozusagen sich die Option zugeschanzt, allein durch seine Körpergröße und seine Stärke den Raum zu beherrschen. Aber — war dies eine gezielte Planung oder (wie er vorgab) wirklich weiter nichts als eine reine Bequemlichkeitsentscheidung? Und durch die Zurückweisung des Weines hatte er der Begegnung einen steif-formalen Charakter aufgezwungen, der sich bei eventuellen späteren scharfen Verhandlungen zu seinen Gunsten auswirken könnte. Oder war es einfach so, daß er bei der Arbeit nicht gern trank? Die Söhne von Säufern neigen schließlich oft dazu, einen gegenteiligen, trockeneren Pfad zu gehen.

Der König fühlte sich dringlich veranlaßt, den Vorteil,

den Thu-Kimnibol (unabsichtlich oder gezielt) über ihn gewonnen hatte (und dermaßen blitzschnell und im Handumdrehen) wieder wettzumachen. Es war ja schon schlimm genug, daß der Kerl dermaßen riesenhaft war! In der Nähe großer Männer fühlte Salaman sich stets ziemlich unwohl; nicht etwa weil er unter einem deutlicheren Minderwertigkeitskomplex gelitten hätte, weil er selbst stummelbeinig war, sondern weil körpermassige träge Mannsbrocken (wie dieser Thu-Kimnibol) ihm das Gefühl gaben, er selbst sei vielleicht in seinen Bewegungen überhastig und fieberisch wie ein kleines wieselndes huschendes Tier. Doch davon ganz abgesehen, er durfte einfach nicht zulassen, daß Thu-Kimnibol bestimmte, in welchem Rahmen das Gespräch stattfand.

»Du kennst meine Söhne?« fragte Salaman, als die Prinzen in den Saal kamen und ihre Sitze einnahmen.

»Ich kenne Chham und Athimin, gewiß. Und bei meinem Eintreffen begegente ich Ganthiav.«

»Nun, dies ist Poukor. Hier Biterulve. Und diese sind Bruikkos und Char Mateh. Mein Sohn Praheurt ist noch zu jung, an dieser Versammlung teilhaben zu können.« Der König breitete die Arme weit, als wolle er sie alle an seine Brust ziehen. Ja, und sollten sie doch sich um Thu-Kimnibol scharen. Ihn in ihrer Mitte erdrücken. Groß mag er ja sein, aber gemeinsam sind wir ihm allemal überlegen.

Sie bauten sich im Raum auf, die sieben Prinzen, die sämtlich ein getreuliches Abbild ihres Vaters waren — bis hin zu den kalten grauen Augen, dem vierschrötigen Leib ... alle, bis auf den einen, der Biterulve hieß und weit weniger klobig-klein aussah als der Rest, aber eher bläßlich, auch wenn er immerhin wenigstens den Königsblick besaß. Salaman genoß es, als er einen Hauch von Unbehagen über Thu-Kimnibols Gesicht huschen sah, während sich die Salamanischen Doppelgänger einfanden. Eine beachtliche Phalanx, fürwahr. Sie legten Zeugnis ab für die Stärke seiner Lebenslendenkraft:

Wenn *er* ein Weib bestieg, dann bestimmte sein Samen die Erbmerkmale, seine Gestalt, seine Gesichtszüge waren da wiedergeboren. Ein jeglicher konnte es an seinen versammelten Söhnen sehen. Er war mächtig stolz darauf.

»Na, da hast du aber eine recht löbliche Kompanie«, sagte Thu-Kimnibol.

»Ja, so ist es. Sie sind mein ganzer Stolz. Besitzt auch du viele Söhne, Thu-Kimnibol?«

»Nein, Mueri hat mich nie damit segnen wollen. Und nun wird es wohl auch kaum noch geschehen. Die edle Dame Naarintha ...« Seine Stimme schwankte und verstummte. Sein Gesicht erstarrte zur Maske.

Salaman verspürte einen scharfen Schock. »Sie ist — tot? Nein, sag mir, Gevatter, daß es nicht wahr ist!«

»Du wußtest, daß sie krank war?«

»Ich vernahm Gerüchte, als die Karawane zuletzt hier war. Aber die Kaufleute sagten da, es bestehe Hoffnung, daß sie genesen werde.«

Thu-Kimnibol schüttelte den Kopf. »Sie siechte den ganzen Winter über dahin, und im Frühjahr wurde sie schwächer. Sie starb — nicht lange, bevor ich mich nach Yissou aufmachte.«

Die Worte fielen düster und dumpf wie Steine in den Saal. Sie trafen Salaman jedenfalls ganz unvorbereitet. Bisher hatten sie es an diesem Abend zuwege gebracht, einander ganz sachlich und formell zu begegnen, sich fest an ihre jeweilige offizielle Rolle zu halten, und eben König und Gesandter zu sein, wie erstarrt auf einem steinernen Fries, um zu verhindern, daß die ärgerliche gemeinsame Vergangenheit, die zwischen ihnen lauerte, hervorbrechen und womöglich den glatten Verlauf der höflichen Diplomatiebestrebungen stören könnte. Jetzt aber hatte sich unerwartet das Moment des ganz realen Sterbens in die Diskussion gemischt. »Ich beklage das«, sagte Salaman nach kurzem Schweigen und seufzte. »Ich beklage das sehr. Weißt du, ich habe für ihre Genesung gebetet, als die Kauffahrer mir berichteten. Und ich traure mit dir und teile deinen Gram, Cousin.« Und er blickte Thu-Kimnibol mit echtem Mitgefühl an. Auf einmal war der ganze Tenor des Staatsbesuches verändert. Dieser Mann da, dieser turmhohe Gigant und Erzrivale aus der Jugendzeit, dieser gefährliche Sohn des gefährlichen Harruel: Das war ein Mann, verletzlich und verletzt, und er hatte gelitten. Auf einmal war es möglich, in ihm etwas anderes zu sehen, als nur einen verwirrenden und ärgerlichen Eindringling. Ganz plötzlich. Salaman stellte sich vor, wie Thu-Kimnibol am Sterbelager seiner Gemahlin stand und die Fäuste ballte und weinte. Er stellte sich vor, daß er in rasender hilfloser Wut heulte und brüllte, so wie er selbst es getan hatte, als seine erste geliebte Gefährtin, Weiawala, starb. Thu-Kimnibol bekam dadurch für Salaman auf einmal eine deutlichere, gesteigerte Wirklichkeit. Und dann erinnerte sich der König, wie Thu-Kimnibol und er Seite an Seite in der Schlacht gegen die Hjjks gekämpft hatten, wie Thu-Kimnibol, damals noch ein Kind — ja, er hatte sogar noch seinen Kindsnamen getragen —, an dem Tag gekämpft hatte wie ein Held. Und in Salamans Herzen breitete sich ein starkes Gefühl der Zuneigung, ja sogar der Liebe zu diesem Mann aus, den er gehaßt hatte, den er aus seinem Königreich vertrieben hatte. Er beugte sich nach vorn und sprach mit leiser rauher Stimme: »Kein Fürst von deiner Bedeutung sollte ohne Söhne sein. Du solltest dir eine neue Gefährtin wählen, Cousin, sobald du deine Trauer überwunden hast.« Und dann — mit einem komplizenhaften Augenzwinkern: »Oder nimm dir zwei oder drei ... So hab jedenfalls ich es hier gemacht.«

»In Dawinno erlauben wir uns noch immer nur jeweils einen festen Gefährten, lieber Vetter«, antwortete Thu-Kimnibol ruhig. »In dieser Hinsicht sind wir unglaublich konservativ.« Salaman empfand dies irgendwie als einen Verweis, und das frisch erlebte Wohlwollen gegenüber Thu-Kimnibol verflüchtigte sich großenteils und ebenso rasch, wie es in ihm heraufgequollen war. Thu-Kimnibol tat es achselzuckend ab und sagte: »Zum jetzigen Zeitpunkt erscheint mir die Wahl einer neuen Gefährtin noch als recht befremdlicher Gedanke. Aber die Zeit wird das wohl ändern, vermute ich.«

»Die Zeit verwandelt alles«, sagte Salaman gewichtig, als verkünde er den Weisspruch eines Orakels.

Er merkte, daß Thu-Kimnibol allmählich die Geduld zu verlieren drohte. Womöglich bedrückte ihn ja das Gerede über Söhne und Gemahlinnen. Vielleicht aber war auch diese sichtbare Ungeduld nur ein weiterer Trick. Er hatte in dem weiten Raum umherzustapfen begonnen wie ein gewaltiges Tier, war an einer Prinzenreihe vorbeigestampft, herumgewirbelt und an der anderen wieder nach vorn gekommen. Die prinzlichen Augen folgten jeder seiner Bewegungen.

Dann ließ sich Thu-Kimnibol plötzlich auf einen Diwan in der Nähe des Königs sinken und sprach: »Genug davon, Gevatter. Laß mich nun zu meinen Aufträgen kommen. Vor einigen Monaten tauchte in unsrer Stadt ein seltsamer Fremder auf. Ein junger Mann, fast noch ein Knabe. Er kam auf einem Zinnobären aus dem Norden geritten. War unserer Sprache kaum kundig und brachte nur Hjjk-Laute hervor und vielleicht ein, zwei Brocken aus der Volkssprache. Wir konnten nicht herausbringen, woher er kam, was er wollte oder wer er war, bis Hresh, unter Anwendung von Tricks, wie sie nur Hresh kennt, mit der Hilfe des Wundersteins in sein Bewußtsein eindrang. Dabei entdeckte er, daß der Fremdling ursprünglich aus unserer Stadt stammte und als Kind, vor etwa dreizehn Jahren, gestohlen worden war.«

»Gestohlen von den Hjjks, willst du sagen?«

»Richtig. Dort wurde er von ihnen im Nest-der-Nester aufgezogen. Und nun haben sie ihn zu uns zurückgeschickt — als Gesandten mit einer Botschaft, dem Angebot der Liebe und des Friedens der Königin. Sagt Hresh.«

»Ach?« sagte Salaman. »Zu uns ist auch so jemand vor einer Weile gekommen. Ein Mädchen. Sie hat uns den ganzen Tag lang auf hjjkisch angefaucht und angespuckt. Wir konnten nicht schlau draus werden.«

»Sie kannte ein paar Wörter aus unsrer Sprache, Vater«, sagte Chham.

»Ja ja, stimmt. Sie brabbelte uns was von der Größe und Macht der Hjjk-Königin vor und von ihrer hochgöttlichen Wahrheit. Oder ähnlichen Quatsch. Wir schenkten dem weiter keine Aufmerksamkeit. Wann war denn das, Chham?«

»Ich glaube, es war im Erstmond.«

»Im Erstmond, richtig. Und was geschah dann weiter? Ach ja, ich erinnere mich. Sie hat zu fliehen versucht, war es nicht so, und wollte wieder zurück zu den Hjjks?«

»Ja«, antwortete Chham. »Aber Poukor holte sie vor der Mauer ein und tötete sie.«

»*Tötete* sie?« Thu-Kimnibol klang erstaunt, er riß weit die Augen auf.

Diese Demonstration scheinbaren Zartgefühls fand der König belustigend, ja geradezu rührend sentimental. Oder war auch damit wieder eine Zurechtweisung beabsichtigt? Salaman fuhr mit weitausholenden Armbewegungen majestätisch durch die Luft. »Was hätten wir denn sonst machen können? Sie war ganz offenkundig eine Spionin. Wir konnten nicht zulassen, daß sie mit allem, was sie bei uns herausgefunden hat, ins Nest zurückkehrt.«

»Warum habt ihr sie nicht einfach in eure Stadt zurückgebracht? Sie gut gefüttert, ihr die Sprache beigebracht? Sie hätte bestimmt früher oder später ihre Hjjkischkeit abgestreift.«

»Würde sie das getan haben?« fragte der König zurück. »Ich bezweifle das sehr stark. Dem äußeren Anschein nach war sie wie eine aus dem VOLK, aber in ihrer Seele war sie eine Hjjk. Und daran hätte sich nie was geändert. Sobald die dir erst einmal das Gehirn vergiftet haben, bist du nie wieder wie vorher. Besonders wenn dir das in jungen Jahren passiert. Nein, Cousin, es hätte nicht lang gedauert, und sie wäre wieder zu denen zurückgeflohen. Also war es besser, sie zu töten, als das zu riskieren. Es ist ein schrecklich schandbares Übel, daß ein Mädchen aus unserem VOLK im NEST hausen sollte. Mitten unter diesen widerwärtigen Kreaturen. Schon der bloße Gedanke erregt selbst den Göttern Übelkeit.«

»Dem würde ich zustimmen. Dennoch, sie einfach so abzuschlachten — ein Mädchen, eine Jungfrau ...« Thu-Kimnibol zuckte die Achseln. »Je nun, das ist nicht meine Angelegenheit. Dennoch glaube ich, daß sie vielleicht doch keine Spionin war. Vielleicht war sie zu euch gesandt als Botschafter, genau wie dieser Kundalimon — so heißt er — zu uns entsandt wurde. Hresh sagt, derartige Gesandtschaften sind in alle Sieben Städte ergangen.«

»Dem mag sein, wie ihm will. *Wir* sind an Botschaften von den Hjjks nicht interessiert«, erwiderte Salaman gleichgültig. »Aber Hresh muß da ja zwangsläufig andrer Ansicht sein. Weiß er zufällig auch den Grund, warum die Königin solch ein Diplomatenkarussell veranstaltet?«

»Die Königin bietet uns ein Abkommen an«, sagte Thu-Kimnibol.

Salaman saß plötzlich kerzengerade. »Ein Abkommen? Was für ein Abkommen?«

»Einen Friedensvertrag, mein Cousin. Quer über den ganzen Kontinent soll von Vengiboneeza bis zur östlichen Küste eine imaginäre Linie gezogen werden. Die Hjjks verpflichten sich, außer auf Einladung nie über diese Grenze in unser Gebiet zu kommen, vorausgesetzt natürlich, daß wir nicht in eines ihrer Territorien vorstoßen. Als unser Machtbereich sollen die Länder von Yissou südwärts über Dawinno hinaus zur Südlichen See gelten — oder wo immer in dieser Richtung das feste Land enden mag. Der ganze Rest der Welt soll Hjjk-Bereich sein und der Zugang dorthin uns auf ewig verschlossen. Ach ja, noch eins: Wir müssen uns verpflichten, Fachinstruktoren der Hjjks bei uns aufzunehmen, damit sie uns in den Wahrheiten ihrer Religion und der Weisheit ihrer Lebensart unterrichten.«

Es klang unwirklich. Das mußte ein Traum sein!

Meinten die das im Ernst, diese Hjjks? Einen dermaßen absurden Vorschlag zu unterbreiten?

Das alles war dermaßen blödsinnig, daß Salaman den Verdacht in sich aufkeimen fühlte, es könne sich bei dem Ganzen womöglich um einen raffinierten Trick von Taniane oder Thu-Kimnibol handeln. Aber nein, nicht doch, das wäre ja genauso verrückt gewesen.

»Was für ein bezauberndes Angebot«, sagte er mit leisem Lachen. »Ich vermute, ihr habt dem Gesandten die Haut abziehen lassen und auf ihr der Königin schriftlich eure Antwort mitgeteilt. Das hätte jedenfalls ich getan.«

Thu-Kimnibols Augen wurden schmal; wieder dieser tadelnde Blick.

Er hält uns für Barbaren, dachte Salaman.

»Der junge Mann befindet sich noch in Dawinno. Er steht unter Bewachung, wird jedoch gut behandelt. Die Häuptlingstochter persönlich bringt ihm täglich das Essen und unterrichtet ihn in unserer Sprache, die er natürlich in den vielen Jahren der Gefangenschaft vergessen hat.«

»Aber dieser Vertrag? Ihr habt ihn natürlich abgelehnt.«

»Weder abgelehnt noch akzeptiert, mein Cousin. Jedenfalls bislang noch nicht. Wir haben darüber in den Hohen Ratsversammlungen debattiert, aber keine Entscheidung getroffen. Manche plädieren heftig für die Unterzeichnung, weil er eine Friedensgarantie bietet.

Diese Fraktion ist überzeugt, daß auch du unterschreiben wirst, wo doch die Hjjks von Vengiboneeza deiner Grenze im Norden so nahe sind — und du dir so große Sorgen machst wegen einer potentiellen Invasion.«

Verblüfft und empört schnaubte Salaman: »Das denken die von mir? Daß ich einen solchen feigen Schandvertrag unterschreibe?«

»Einige wohl, mein Cousin. Ich selbst konnte mir so etwas nie vorstellen.«

»Du selber bist also gegen den Vertrag?«

»Selbstverständlich. Und Hresh auch: Er kann sich nicht damit befreunden, die unerforschten Teile der Welt so einfach den Hjjks zu überlassen.«

»Und Taniane?«

»Sie hat sich noch nicht geäußert. Doch sie verabscheut die Wanzlinge. Sie haben ihr vor ein paar Jahren ihre Tochter geraubt, wie du ja sicher weißt, und sie monatelang als Gefangene gehalten. Damals dachte ich schon, Taniane würde den Verstand verlieren. Nein, es ist recht unwahrscheinlich, daß sie sich auf Geschäfte mit der Königin einläßt. Besonders da Hresh sich ja bereits dagegen ausgesprochen hat.«

Salaman schwieg. Diese Neuigkeiten waren verwirrend. Er rollte sich in die glattpolierten Tiefen seines Thronsessels und ließ die Augen über die Reihen seiner Söhne schweifen. Ernst erwiderten sie seinen Blick, in ihren Mienen spiegelten sich seine eigene ernste nüchterne Sorge. Wahrscheinlich begreifen sie nicht einmal zur Hälfte, was auf dem Spiel steht, dachte er, aber was soll's? Sie werden es früh genug verstehen.

Es fiel ihm sehr schwer zu glauben, daß Dawinno der Königin ihren unverschämten Vorschlag nicht sofort und ohne weitere Finessen ins Gesicht zurückgeschmettert hatte (sofern man das bei Ihr ein Gesicht nennen konnte). Dieser sogenannte Vertrag war doch nichts weiter als das besiegelte Dokument einer Unterwerfung auf ewige Zeiten! Und dennoch gab es da drunten bei denen Leute, die es tatsächlich fertigbrachten, *für* den Vertragsabschluß zu sein! Wahrscheinlich die Beng-Lobby, vermutete Salaman, die feisten Kaufleute und die träg und gemütlich stimmviehisch an ihren Mandaten klebenden Politiker. Ach ja, laßt uns doch Appeasement-Politik mit den Hjjks betreiben und weiter schön gemütlich in unserer angenehmen, von balsamischen Winden durchwehten Stadt leben, die zudem ja auch noch so angenehm weit vom Mittelpunkt der hjjkischen Territorialmacht entfernt liegt. Aber sicher würden diese Leute das so haben wollen. Ungeachtet der langfristigen Gefahren. Ungeachtet des Preises, den es letzten Endes zu zahlen galt.

Nach einer Weile sprach Salaman: »Wie groß sind die Chancen, daß die Kneifärsche siegen und ihr diesen Vertrag unterzeichnen werdet?«

»Das wird nicht geschehen.«

»Nein. Damit rechne ich allerdings auch nicht. Aber ich werde dir sagen, wie meine Position für diesen Fall sein würde. Wenn Dawinno seine fundamentalen Grundrechte an die Hjjks preisgeben will, sage ich, schön, dann tut es. Aber nichts, was Dawinno vertraglich festlegt, wird für *uns* bindend sein. Diese Stadt hier wird niemals in irgendeinem Punkt eine hjjkische Autorität anerkennen, solang ich lebe. Und dies gilt auch für meine Söhne.«

»Es besteht kein Anlaß zur Sorge«, sagte Thu-Kimnibol. »Der Hjjk-Vertrag ist eine Leiche von gestern. Und es geht auch bei meiner Mission hier gar nicht um ihn.«

»Um was also dann?«

»Ich bin gekommen, um dir ein Bündnis vorzuschlagen, lieber Cousin. Dawinno und Yissou — Seite an Seite vereint, zu einem einzigen Ziel.«

Salaman ruckte vorwärts und umklammerte die Armstützen seines Thrones. »Und worin würde dieses Ziel bestehen, Gevatter?«

In Thu-Kimnibols eisigen dunklen Augen flammte

ein fremdartiges, ganz neues Feuer auf. »In der Führung des Krieges gegen die Hjjks«, sagte er, »und der Vernichtung dieses Ungeziefers!«

Der Zoologische Garten, kurz vor Sonnenuntergang. Es ist der Vorabend vor dem Dawinno-Fest, und die ganze Stadt bereitet sich auf die Spiele vor. Alle — außer Hresh natürlich, der immer gegen den Strom schwimmt. Allein wandert er zwischen seinen Tieren umher und denkt, daß jetzt eigentlich der Zeitpunkt gekommen sein müsse, um herauszufinden, wie das Denkvermögen seiner Caviandis nun tatsächlich beschaffen sei.

Als er jünger war, zog er oft durch den Tag und versuchte insgeheim, sich so zu bewegen, wie er sich einen Saphiräugigen vorstellte, in der Hoffnung, dadurch auch so denken zu können wie ein Saphiräugiger. Jetzt, an diesem Nachmittag, erinnert er sich dessen. Nimm die entsprechende Körperhaltung ein, bewege dich entsprechend, vielleicht kannst du dann dein Gehirn dazu bringen, so zu funktionieren wie ihre. Und hin und wieder der Versuch, wie ein Traum-Träumer zu gehen, wie ein Menschlicher, wenn er unbeobachtet war: Dann tat er, als sei er lang und von schmaler Gestalt, mit unbehaarten Beinen, ohne Sensor. Aber je heftiger er sich diesbezüglich bemühte, desto affenhafter kam er sich vor. Ein Prähominide, nein, eigentlich eher ein auffrisiertes Äffchen. Dann sagte er sich immer, er gehe zu hart mit sich selber ins Gericht, und mit dem VOLK. Schließlich sind wir doch viel mehr als bloße Nachäffer und sehr, sehr viel mehr wert, als daß man uns zu Affen macht. Er mußte sich das immer wieder einmal selbst sagen. Nein, eigentlich redet er sich das schon fast sein ganzes Leben lang immer wieder ein. Und glaubt es. Meistens. Da, schau dir doch diese Stadt an, nur als Beispiel. Ist Dawinno wirklich so unoriginell? Was haben wir hier nicht alles zustandegebracht. Das ist doch eine große, eine gigantische Leistung. Aber manchmal im Schlaf träumt Hresh, daß er wieder in den Kokon zurückgekehrt ist, wieder ein spilleriger schmaler Junge ist, der mit den andren Beinringkämpfe auskämpft oder sich in spelunkologische Segelabenteuer versteigt und wider alle Chance hofft, einen hurtigen Blick in die Geheimkiste mit den Chroniken des Alten Thaggoran zu erhaschen. Dieses müßiggängerische, leere, stagnierende Leben. Wir leben wie die Tiere, obwohl wir uns Namen gegeben haben, uns Rituale und Zeremonien erfunden haben, ja sogar unsere Geschichte aufzeichneten. Warum sind wir eigentlich nicht längst an unsrer Langeweile krepiert, fragte Hresh sich oft. Da haben wir siebenhunderttausend Jahre eingepfercht in diesen winzigen Höhlenlöchern zugebracht und eigentlich nichts Nennenswertes getan. Kein Wunder, daß wir da ausbrachen, gewaltige Stadtgebilde aufbauten, die wir mit unseren Nachkömmlingen vollstopften. Ach, all diese dunklen, erstickend engen Jahre, die ganze verlorene Zeit, die es wiedergutzumachen galt. Aufbauen, Wachsen, Entdecken, Kämpfen. O ja. Und da stehen wir jetzt! Wohin haben sie uns gebracht, diese unsere ehrgeizigen Bestrebungen? Was haben sie Gutes bewirkt? Alle unsere schlauen Pläne und grandiosen Projekte?

Wozu? Was nutzt es? fragte uns einst der Wassergänger, als wir den Weg nach Vengiboneeza erfragten. Ja, wahrlich, wozu? Was nutzte es? Was? Ja — was denn? was sind wir denn weiter als fellbekleidete Affen, die sich einbilden, sie könnten Menschen spielen …

Nein! Nein und Nein!

Wir sind das VOLK, dem die Götter die Welt als Erbe und Besitz gegeben haben.

Und jetzt ist der rechte Moment, wie ein Caviandi zu gehen … der rechte Augenblick, um herauszufinden, wie sie wirklich sind.

Sie haben sich dem Leben in Hreshs kleinem Tierpark

gut angepaßt. Seine Arbeiter haben einen Teil des Bachs im Park abgezweigt, und der linke Arm fließt jetzt durch das unebene Hanggelände, das man den Caviandis als Habitat eingerichtet hat. Hinter spinnwebdünnem Gitter, das aber fest genug ist, einen Zinnobären zu bremsen, fischen die zwei sanften Geschöpfe, sonnen sich, arbeiten geduldig an einem Netz flacher unterirdischer Gänge an beiden Ufern des Wasserlaufs. Sie scheinen den Schrecken ihrer Gefangennahme überwunden zu haben. Manchmal sieht Hresh sie nebeneinander auf dem großen glatten rosa Felsen über ihrem Nest sitzen; dort starren sie dann hingerissen auf die Dächer und weißen Mauern des Wohnbezirks, der an den Park grenzt, als blickten sie zu den Palästen eines ihnen unerreichbaren Paradieses.

Hresh hegt mittlerweile keine Zweifel mehr an ihrer Intelligenz. Doch er will die Beschaffenheit dieser Intelligenz bestimmen. Zuerst allerdings mußte er ihnen etwas Zeit lassen, sich an ihre Gefangenschaft zu gewöhnen. Sie müssen sich beruhigen, zutraulich und zugänglich werden, ehe er den Versuch irgendeines Tiefenkontakts unternimmt.

Nun beginnt er die Annäherung. Er tritt in das Gehege und setzt sich auf einen Stein am Bach, wo er wartet, daß sie sich ihm nähern. Die beiden glatten geschmeidigen großäugigen purpurfarbenen Tiere sind gegenüber, nahe am Zaun, und stehen aufrecht, wie sie dies oft tun. Seine Anwesenheit scheint ihre Neugier zu erregen. Doch noch zögern sie.

Stufenweise aktiviert er sein Zweitgesicht, auf geringer Energiestufe zunächst, und baut das dabei entstehende Wahrnehmungsfeld sphärisch um sich aus.

Er fühlt die prickelnde Wärme eines Kontakts. Er spürt die Auren ihrer Seelen, vielleicht auch den Mechanismus ihres Bewußtseins. Doch er fängt nur eine dumpfe Tiefenströmung auf, ein unklares, unstetes Pulsen einer entfernten Bewußtheit.

Behutsam stellt er die Sonde schärfer.

Dieses Erkennen fremden Bewußtseins und Denkens ist für ihn nichts Neues. Zahlreiche Arten des Neuen Frühlings sind denkfähig, möglicherweise sogar alle. Und könnten mit ihm in Kontakt treten, vermutet er, wenn er nur lernen könnte, ihre Ausstrahlungen aufzuspüren.

Im Lauf der Jahre hat er gelegentlich gewissermaßen mit Goldzähnen und mit Xlendis, mit Taggaboggas und Zinnobären ›gesprochen‹. Er erinnert sich an die klirrende Mentalstimme des Wasserschrittlings, wie er sich zu seiner gewaltigen Größe aufrichtete und das Stammesvolk Koshmars verhöhnte, das auf der Suche nach dem verlorenen Vengiboneeza umherhirrte. Und wie er als Junge hinter einem Felsen kauerte und mit Zweitgesicht dem blutlüsternen Gesang eines Rudels von Rattenwölfen lauschte, die ein scheußliches Geheul als Sprache hatten, deren Wörter aber für ihn dennoch unmißverständlich waren: *Kill — kill — Fleisch — Fleisch!*

Einmal, als der Stamm erst einige Tage aus dem Kokon aufgebrochen war, hatte er sogar mit fröstelnder Fasziniertheit das wortlose trockene Schnurren der Hirnsprache eines Hjjks gehört, der anläßlich einer zufälligen Begegnung auf einem kalten kahlen Feld den Stamm höhnisch begrüßt hatte.

Überall in der Welt spricht Bewußtsein zu anderem Bewußtsein, ruft in der stimmlosen Sprache des Geistes ein Geschöpf dem anderen zu. Es ist nichts Ungewöhnliches. Vor langer Zeit schon hatte die Welt in ihrem Wachstum eine Entfaltungsstufe erreicht, auf der solche Fähigkeiten weitverbreitet waren. Fast alles hat eine Sprache, auch wenn einige Arten nur sehr wenig zu sagen haben, und dieses Wenige ist dann oft einfach und wenig luzide.

Doch diese Caviandis hier — aufrecht auf den Hinterbeinen, die zarten Händchen vorgestreckt, die schnurrhaarigen Schnauzen zucken nachdenklich, die dunklen leuchtenden Augen sind warm und voll Leben … Hresh vermutet, daß sie etwas Außergewöhnliches sind und viel mehr als bloßes Getier des Feldes …

Er hebt seinen Sensor, wodurch die von Hresh ausgehende Strahlung verstärkt wird. Sie harren aus und ziehen sich nicht zurück.

»Ich bin Hresh«, sagt er. »Ihr habt von mir nichts zu befürchten.«

Stille, kein Kontakt vorhanden. Dann taucht in der Stille ein wirbelnder Störungsknoten auf, wie eine winzige rote Sonne bei der Geburt im schwarzen Schild des Himmels, und nach einiger Zeit sagt das Caviandi-Weibchen lautlos mit Gedankenstimme: »Ich bin Sie-Kanzi.« Und das Männchen sagt: »Ich bin Er-Lokim.«

Namen! Sie geben sich Namen! Sie besitzen ein individuelles Identitätsbewußtsein!

Hresh zittert vor verblüfftem Erstaunen.

Nirgends — außer beim VOLK — ist er bisher auf dieses Konzept der Namensgebung gestoßen. Alle bisher erforschten Tiere schienen namenlos gewesen zu sein, wie Bäume oder Steine. Nicht einmal die Hjjks benutzen Namen, so geht jedenfalls das Gerücht. Sie erkennen sich nicht als Einzelwesen in der Masse des Nests.

Aber da haben wir auf einmal *Sie*-Kanzi und *Er*-Lokim, und sie erklären sich als eigenständiges Ich. Und ihre Namen, wird Hresh beinahe sofort klar, sind mehr als bloße Bezeichnungen. Er erkennt, daß die Angaben eine ganze Vielfalt von komplexen Dingen bezeichnen, die er kaum erfassen kann, die aber in einem Zusammenhang stehen müssen zu der Beziehung der beiden Caviandis zueinander, zu den anderen Individuen ihrer Gattung, zur Welt ganz allgemein und sogar vielleicht zu den Caviandi-Gottheiten, wenn er die Emanation richtig gedeutet hat. Er glaubt, das ist der Fall. Er vermutet, daß er bisher nur zu einer groben ersten Näherung gelangt ist. Doch selbst das ist schon erstaunlich.

Die Caviandis stehen nahezu reglos da und beobachten ihn. Sie wirken gespannt. Die eleganten Fingerchen an ihren feingeformten Händen krümmen und strecken sich wieder und wieder. Die schnurrbärtigen Schnauzen zucken. Aber die riesenhaften schimmernden Augen schauen ohne Blinzeln zu Hresh herüber wie tiefe dunkle Wasser, still, gelassen und unergründlich.

Nun umfaßt Hresh sie mit seinem Zweitgesicht, und sie zeigen ihm ihre Innenbereiche umfassender. Vieles ist noch unklar. Doch er empfängt die Vision von einem friedfertigen, anspruchslosen Leben, das eng an die Webstruktur der Natur angepaßt gelebt wird.

Menschlich sind sie nicht, jedenfalls nicht nach Hreshs Definition: Sie haben kein Verlangen nach irgendwie geartetem Zuwachs oder Fortschritt, keine Sehnsüchte, kein Expansionsstreben, keinen Wunsch, irgend etwas zu beherrschen, außer ihrem kleinen Bach da. Aber auf eigene Art haben sie ein starkes Bewußtsein. Allein die Erkenntnis der eigenen Existenz! Das allein hebt sie schon weit über die meisten Tiere der Wildnis hinaus. Sie haben ein Wissen über Vergangenheit und Zukunft. Sie besitzen Traditionen, haben eine Geschichte.

Und das Ausmaß dieses geschichtlichen Bewußtseins ist überraschend. Die Caviandis wissen vom hohen Alter der Welt, kennen den gewaltigen gekrümmten Zeitbogen, der hinter sämtlichen Kreaturen des Neuen Frühlings liegt. Sie fühlen den Druck der verschwundenen Epochen, der verlorenen Abfolge von Zeiträumen. Sie wissen, daß Könige und Kaiser kamen und gingen, daß bedeutende Rassen erwuchsen, aufblühten, wieder verfielen und ohne Hoffnung dem Vergessen anheimfielen. Und sie begreifen, daß dies die Endzeiten einer Welt sind, die gelitten hat, verwandelt wurde und alt, und die nun wieder jung ist.

Besonders scharf ist ihr Bewußtsein des Langen Winters. Die Erinnerung daran ist in ihrem Herzen lebendig. Aus ihrem Gehirn kommen Bilder eines sich verfinsternden Himmels, als die herabstürzenden Todessterne Wolken von Rauch und Staub aufwirbeln. Bilder von Schnee und Hagel, von der wachsenden Eislast, die über das Land kriecht. Sie zeigen Hresh flüchtige Bilder von zerlumpten Überlebenden der frühen Kataklysmen, die über die vereiste Erde irren und nach Orten suchen, an denen sie Schutz finden: Caviandis, Hjjks, sogar Bilder vom VOLK selbst, wie sie in die Kokons flüchten, um dort auf das Ende der langen Kälteperioden zu warten.

Hresh hat sich schon lange gefragt, wie viele der Wildtierarten, die er für seinen Garten gesammelt hat, die Zeit des Langen Winters überdauert hatten. Wie hatten sie das ungeschützt überleben können? Es waren doch sicher die meisten frühen Spezies mit der Großen Welt zugrunde gegangen. Und als die Erde sich langsam wieder erwärmte, mußte es eine erneute Schöpfung gegeben haben. Vielleicht, dachte er da manchmal, zeugten die Strahlen der wiederkehrenden Sonne aus dem tauenden Erdboden neue Geschöpfe — oder, wahrscheinlicher, die Götter verwandelten die älteren kälteresistenten Geschöpfe in die neuen Tiere des Neuen Frühlings. Es war das Werk Dawinnos.

Aber die Caviandis sind uralt, genau wie das VOLK selbst.

Die ganze Geschichte ist da, eingelagert im Bewußtsein seiner zwei Caviandis, als wären die Erinnerungen angeboren, als würden sie mit dem Blut von der Mutter auf das Kind übertragen. Die Eiswinde, die durch die Städte der Großen Welt fegen — das edle Volk der saphiräugigen Reptilien harrt standhaft seinem Untergang entgegen ... Die zarten Vegetalischen verdorren schon in den frühen Froststürmen ... Die bleichen haarlosen rätselhaften Menschlichen, die man hin und wieder zu Gesicht bekommt, bewegen sich gelassen durch das sich verdichtende Chaos ...

Und die Caviandis passen sich an, graben sich flache Tunnels, kommen nun wieder hier und dort hervor und brechen durch das Eis, das ihre Fischgründe bedeckte ...

Mit Bewunderung begreift Hresh, daß diese Geschöpfe fähig waren, den Langen Winter ungeschützt im Freien zu überdauern. Während wir uns versteckt haben. In Felslöchern dicht zusammenhockten. Und jetzt, nachdem sie bis in den Neuen Frühling herüber überlebt haben, geschieht es ihnen, daß sie gejagt und totgeschlagen werden und wegen ihres Fleisches denen als Braten dienen müssen, die ganz zuletzt aus ihren sicheren Schlupflöchern hervorgekrochen kamen ... Oder man fängt sie ein und steckt sie in einen Pferch, um sie zu studieren ...

Und dennoch empfinden sie keinen Groll gegen ihn, Hresh, oder gegen seinesgleichen. Und diese Erkenntnis ist womöglich der erstaunlichste Fund.

Er öffnet sich ihnen so völlig, wie er kann. Er will, daß die Caviandis ihm direkt in die Seele schauen und darin lesen — und vielleicht begreifen, daß dort nicht Böses lauert. Er versucht, ihnen bewußt zu machen, daß er sie nicht hierhergebracht hat, um ihnen Schaden zuzufügen, sondern nur weil er danach verlangt, ihren Geist zu erreichen und zu berühren, was in ihrer angestammten Wildnis ihm nicht möglich sein würde. Ihr könnt jederzeit eure Freiheit, wiederhaben, wenn ihr wollt, sagt er zu ihnen — sogar heute noch —, nachdem ich erfahren habe, worauf ich gehofft hatte.

Diesem Anerbieten begegnen sie mit Gleichgültigkeit. Sie haben ihren kühlen rauschenden Bach; ihre gemütlichen bequemen Tunnels und Höhlen; es gibt Fische im Übermaß. Sie sind zufrieden. Wie wenig sie doch vom Leben erwarten. Und doch, sie haben Namen. Sie kennen die Geschichte dieser Welt. Wie seltsam sie sind, wie einfach und doch so komplex.

Jetzt scheint ihr Interesse an Hresh zu schwinden. Oder aber sie sind ermüdet. Er selbst spürt, daß seine Energiereserven zur Neige gehen, und weiß, er kann den Kontakt nicht länger aufrecht erhalten. Sein Bewußtsein durchzieht ein Grauschleier. Dann versinkt er im Nebel.

Es gibt natürlich viel, viel mehr, was er von ihnen erfahren möchte. Aber das wird warten müssen. Dies heute war bloß ein vielversprechender Beginn. Er läßt den Kontakt ausschwingen.

Morgengrauen. Schon. Der Tag der Dawinnischen Spiele, das alljährliche Jubiläum der Stadtgründung und Ehrentag des Schutzgottes und Namensgebers.

Vor dem Häuptling lag ein arbeitsreicher Tag. Aber im Grunde waren alle Tage so, arbeitsreich und voller Geschäfte; nur heute würde es noch schlimmer werden als üblich, denn heute sah sie sich auch noch einem Konflikt zweier Rituale gegenüber. Zufällig fielen die Eröffnung des Festivals und des Ritus der ›Stunde Nakhabas‹ auf diesen selben Tag, und Tanianes Anwesenheit war bei beiden Anlässen umumgänglich; leider mehr oder weniger zur gleichen Zeit.

Bei Sonnenaufgang mußte sie im Beng-Tempel die Kerze entzünden, um den Beginn der Nakhaba-Stunde zu zelebrieren. Dann mußte sie — auf ihren eigenen Füßen, nicht einmal eine Sänfte war erlaubt, um Demut vor den Gottheiten zu demonstrieren! — die ganze weite Strecke bis zum Koshmar-Park zurücklegen und die Spiele offiziell für eröffnet erklären. Und dann wieder zu den Bengs zurück, um sicherzustellen, daß Nakhaba der Wiedereintritt in die Welt nach seiner Höhenfahrt in Höchste Regionen, um den Erschaffer zu besuchen und mit IHM die Weltprobleme zu besprechen, auch gut gelungen sei. Und dann wieder rüber zu den Dawinno-Spielen, um das Präsidium bei den Athletikwettkämpfen des Nachmittags zu übernehmen.

All diese Götter! Und diese ganzen Zeremonien!

In früheren, schlichteren Zeiten wäre ein Teil der Pflichten Boldirinthe zugefallen. Aber Boldirinthe war nun alt und sehr fett, überdies wurde sie mit der Zeit ein wenig töricht, und außerdem, wie hätte Boldirinthe ein Beng-Ritual zelebrieren können? Den Beng bedeutete sie nichts. Die Opferfrau hatte eigentlich nur noch eine gewisse, allerdings schwache Autorität bei den Leuten, die sich für unverfälschte, reinrassige Abkömmlinge des Koshmari-Stammes hielten und hartnäckig am alten Glauben an die Himmlische Fünffaltigkeit festhielten.

Nein. Taniane würde die Nakhaba-Stunde selbst zelebrieren müssen. Nicht etwa, daß sie auch nur einen Tropfen Beng-Blutes in sich gehabt hätte, oder auch nur einen Augenblick lang an die Existenz Nakhabas geglaubt hätte (und schon gar nicht daran, daß er einem noch erhabeneren, noch ferneren Gott periodische Konsultationsbesuche abstattete), sondern ausschließlich deshalb, weil sie Chef der Regierung war und diese war nun einmal die gemeinsame Vertretung der Koshmaris und Beng gleichermaßen. Gemäß dem Vereinigungsvertrag war sie sogar nominelle Nachfolgerin der ganzen langen Sequenz von Beng-Häuptlingen. Also würde Taniane eben bei Sonnenaufgang zur Stelle sein und die Kerze entzünden, die dem Gott der Bengs auf dem Weg in die Wohnstatt des Schöpfergottes heimleuchtete.

Vorher aber blieb leider noch die ärgerliche Sache mit diesem Husathrin Mueri zu erledigen ... Der hatte ihr, spätnachts, per Boten das Ersuchen um eine Privataudienz überbringen lassen und das dermaßen dringlich gemacht, daß ›die Angelegenheit auch nicht einen Tag Aufschub‹ erlaubte. »Eine höchsternste Angelegenheit«, hatte er gesagt. »Betreffs einer Gefährdung des Stadtstaates«, ja auch ihrer eignen Person, »die sich durch gewisse Aktivitäten deiner Tochter ergeben. In meiner Position kann ich nur nachdrücklich darauf verweisen, daß derlei Affären nicht zu unterschätzen sind.«

Zweifellos, das konnte der Mann nicht. Für Husathirn Mueri war alles eine ›höchsternste Angelegenheit‹, besonders dann, wenn sich dabei für ihn selbst ein Vorteil absehen ließ. So war der Mann nun einmal. Dennoch legte Taniane keinen Wert darauf, ihn zu vergrätzen. Er war zu nützlich — und außerdem verfügte er von der Vaterseite her über einflußreiche Verbindungen in der Beng-Bevölkerung ... Und wenn Nialli in eine Geschichte verwickelt war, und wenn es wirklich ernst war, nicht bloß der Versuch, das Staatsoberhaupt auf sich aufmerksam zu machen ...

Also ließ Taniane ihm mitteilen, sie werde ihn in ihrem Amtssitz empfangen, eine Stunde vor Tagesanbruch.

Als sie hinunterkam, stapfte Husathirn Mueri bereits ruhelos in dem weiten Empfangsraum umher. Es war kühl, der Himmel bedeckt, es fiel ein leichter Regen. Der Mann sah dennoch glatt und geschniegelt aus und völlig un-verregnet. Sein dichtes schwarzes Fell war makellos gestriegelt, und die weißen Streifen darin, die so deutlich an seine Mutter, Torlyri, erinnerten, hoben sich besonders deutlich ab.

Als sie eintrat, verneigte er sich höchst zeremoniell und schlug das Dawinno-Zeichen gegen sie, und der götterparteilichen Ausgewogenheit zuliebe wünschte er ihr auch noch, daß Nakhabas Freude mit ihr sein möge. Dieser ganze frömmlerische Seich war ihr zuwider, besonders von ihm. Schließlich war es ja für sie kein Geheimnis, wie wenig er von den Göttern überhaupt hielt, egal ob bengischen oder koshmarischen.

Sie verzichtete also auf die Erwiderung der heiligen Zeichen und fragte ungeduldig: »Also, was ist los, Husathirn Mueri?«

»Wollen wir etwa hier darüber sprechen? Im Vorzimmer?«

»Wieso nicht? Der Ort ist so gut wie jeder andere.«

»Ich — hatte erwartet — vielleicht unter etwas weniger öffentliche Aufmerksamkeit erregenden Umständen ...«

Taniane stieß einen lautlosen Fluch aus. »Also, dann komm schon! Hresh hat da unten am Ende des Gangs ein kleines Privatbüro.«

Ein nervöser zuckender Blick. »Und Hresh wird auch dabei sein?«

»Er steht mitten in der Nacht auf und geht ins Haus des Wissens und spielt dort mit seinen Sachen herum. Aber wieso? Handelt es sich um etwas, das er nicht wissen soll?«

»Das zu entscheiden möchte ich dir überlassen, Hohe Frau«, sagte Husathirn Mueri. »Mir liegt nichts andres am Herzen, als dir diese Dinge mitzuteilen, doch wenn du meinst, der Chronist sollte ebenfalls informiert ...«

»Also schön. Komm!« sagte Taniane. Sie wurde zunehmend ärgerlicher. Dieser ganze Quark von Verbeugungen und Kratzfüßen und Ehrenbezeugungen vor Göttern, an die er nicht glaubte, und diese ölglatten Umschweifigkeiten ...

Sie ging ihm zu dem kleinen Privatstudio voraus, und dann machte sie fest die Tür hinter ihnen zu. Der Raum war vollgestopft mit Stapeln von Hreshs Schriften, Pamphlete und handschriftliche Aufzeichnungen in Bergen. Durch das schmale Fenster sah Taniane, daß das Nieseln sich inzwischen zu einem heftigen Regen verwandelt hatte. Damit war das Festival schon mal eine Pleite. Sie sah sich schon triefendnaß im Stadion auf der Häuptlingstribüne stehen und die qualmende, spukkende Fackel schleudern, durch die der Wettkampf offiziell eröffnet wurde.

»Schön, also da sind wir«, sagte sie. »Unter vier Ohren.«

»Ich muß dir zweierlei berichten«, sagte Husathirn Mueri. »Das eine sind Informationen, die mir von den Justiz-Wachbeamten vorgelegt wurden, die auf meine Anordnung hin den Hjjk-Botschafter ständig überwachten.«

»Du sagtest aber, es handle sich um Nialli Apuilana.«

»Das ist auch der Fall. Aber ich sagte ebenfalls, daß es sich um eine Gefahr für die Stadt handelt. Ich würde das gern vorab vortragen, wenn du erlaubst.«

»Gut, dann los!«

»Dieser Gesandte, mußt du wissen, streift Tag um Tag ungehindert durch die Stadt. Vorher hatten wir ihn ja unter Hausarrest gestellt, doch der wurde auf Verlangen von Nialli Apuilana aufgehoben. Und geht der Mann herum und verdirbt unsere Jugend, Hohe Frau.«

Sie blickte ihn kalt an. »*Verdirbt?*«

»Er verbreitet hjjkisches Gedankengut unter den Kindern. Er predigt ihnen eine fremde Ideologie, so Begriffe wie Nest-Wahrheit, Königin-Liebe, Nest-Bindung und Ei-Planung. Du bist mit diesen Begriffen vertraut?«

»Ich habe sie gehört, ja. Jeder hat davon gehört. Aber ich weiß wirklich nicht so recht, was sie bedeuten.«

»Wenn du das wirklich wissen möchtest, brauchst du nur irgendein Kind auf den Straßen der Stadt zu fragen, besonders die ganz jungen. Dieser Kundalimon predigt täglich vor ihnen, und täglich stopft er ihnen das Hirn voll mit diesem sündhaften Unsinn.«

Taniane mußte tief Luft holen. »Du bist dir da ganz sicher?«

»Er steht unter strenger ständiger Überwachung, Edle.«

»Und die Kinder — hören sie auf ihn?«

»Edle, die hören ihm zu, und sie glauben, was er sagt. Ihre ganze Einstellung gegenüber den Hjjks hat sich verändert. Sie denken über sie nicht mehr so wie wir, und sie finden sie auch nicht abscheulich und widerwärtig. Sie sehen in ihnen nicht mehr Das Böse. Sprich mit einem der Kinder, Edle, fast jedem beliebigen Kind, und du wirst herausfinden, daß dieser Kundalimon sie dazu verführt hat zu glauben, daß die Hjjks tiefgründig und voller Weisheit sind. Fast göttergleich. Oder immerhin Geschöpfe von einer erhabeneren, besonderen Art. Der Mann predigt ihnen, wie altehrwürdig die Rasse der Hjjks ist, wie groß ihre Bedeutung in den Tagen der Großen Welt war. Du weißt doch, wie fasziniert alle Kinder auf Märchen und Geschichten aus der Großen Welt reagieren. Und da stellt sich der Kerl hin und gibt unseren Kindern zu verstehen, daß es in diesen unseren Tagen noch immer Abkömmlinge einer der sechs großen Rassen der Großen Welt gibt, die weit weg in einem phantastischen unterirdischen Schloß wohnen und keinen sehnlicheren Wunsch hegen, als uns mit ihrer Liebesbotschaft zu überschwemmen und zu beglücken ...«

»Doch, ja«, sagte Taniane scharf. »Ich erkenne die Gefahren. Aber was hat er vor? Will er uns alle unsre Kleinen aus der Stadt fortstehlen — ein flötender Rattenfänger, der sie mit seiner Melodei und seinem Getanze verführt und fortlockt ... durch die Täler, über die Hügel weit — bis ins NEST?«

»Soweit ich weiß, könnte genau das seine Absicht sein.«

»Und du behauptest, Nialli Apuilana ist in diese Sache verwickelt? Wie?«

Husathirn Mueri beugte sich nach vorn, bis seine Nase fast an die Tantianes stieß. »Herrin, sie ist die Geliebte dieses Kundalimon.«

»Die *Geliebte?*«

»Aber du weißt doch, sie geht jeden Tag zu ihm in seine Kammer, Edle. Um ihm ... ah, sein Essen zu bringen und ihn in unsrer Sprache zu unterrichten.«

»Ja. Natürlich weiß ich das.«

»Herrin, manchmal bleibt sie die ganze Nacht hindurch bei ihm. Meine Wachen haben Geräusche aus diesem Zimmer kommen hören, die — vergib mir, Edle, vergib mir! — unzweifelhaft und eindeutig *Kopulations*geräusche sind.«

»Na, und wenn schon?« Taniane fuchtelte irritiert mit der Hand. »Kopulieren ist eine sehr gesunde Sache. Sie hat sich bisher nie besonders dafür interessiert. Höchste Zeit, daß sie endlich auf den Geschmack kommt und so.«

Husathirn Mueris Gesichtsausdruck versteinerte, als hätte Taniane damit begonnen, ihm einen Finger nach dem anderen abzuhacken.

»Edle ...«, begann er.

»Nialli ist eine erwachsene Frau. Sie kann kopulieren, mit wem sie will. Auch mit einem Gesandten der Hjjks!«

»Herrin, aber die tvinnern ja auch.«

»*Was?*« Taniane war so überrascht, daß sie laut wurde. Tvinnern, das war ja nun wirklich etwas ganz anderes! Die Vorstellung, daß sich die beiden Seelen verschmolzen, daß Kundalimon giftfiebriges Gedankengut der Hjjks in das Hirn ihrer Tochter ergoß, die sowieso bereits durch die Erlebnisse in der Gefangenschaft destabilisiert war, das war wie ein betäubender Schlag für sie. Momentan hatte sie das Gefühl, als trügen sie die Beine nicht mehr und als müsse sie auf den rosafarbenen Marmorboden sinken. Sie zwang sich und gewann die Beherrschung wieder. »Wie kannst du sowas behaupten?«

»Ich habe dafür keinen Beweis, Edle«, sagte Husathirn Mueri mit heiserem Kehlton. »Du weißt ja, daß man mir Beschränkungen auferlegt hat, was ihre Überwachung angeht. Aber die viele Zeit, die sie mitsammen verbringen — das Ausmaß ihrer Intimität — und natürlich die Tatsache, daß beide die Erfahrung der Gefangenschaft bei den Hjjks gemacht haben ... sowie daß sie bereits jetzt unbestreitbar ein Liebespaar sind, und außerdem beide bereits im Tvinnr-Alter ...«

»Es sind also bei dir bisher bloße Vermutungen.«

»Ja. Aber ich vermute, korrekte.«

»Ja. Gut. Ich verstehe, was du meinst.«

Taniane warf einen Blick zum Fenster. Nach dem plötzlichen heftigen Guß ließ der Regen nun ein wenig nach, und der Himmel hellte sich auf.

»Hast du irgendwelche Anweisungen für mich, Herrin?«

»Ja. Ja, sicher.« Ihre Kehle war strohtrocken, und in ihrem Kopf pochte es. Sie mußte endlich aufbrechen, im Tempel der Beng erscheinen und das Ritual ableiern, durch das Nakhaba in die privaten himmlischen Gefilde des Erschaffers katapultiert wurde. Aber die bildliche Vorstellung, daß ihre Nialli und dieser Kundalimon tvinnerten, brannte ätzend in ihren Gedanken. Sie versuchte das Bild zu verdrängen, aber es wich nicht. Also sagte sie steif und von oben herab: »Behalte sie weiterhin im Auge wie bisher. Wenn du wirklich etwas Genaues darüber herausfindest, was zwischen ihr und Kundalimon vorgeht, wünsche ich davon in Kenntnis gesetzt zu werden. Doch sorge dafür, daß sie nicht merkt, daß sie überwacht wird.«

»Selbstverständlich. Und wie verfahren wir im anderen Punkt, der hjjkischen Indoktrination unserer Kinder?«

Der Häuptling wandte ihm das volle Gesicht zu. »Dem muß sofort ein Ende gesetzt werden. Wir können nicht zulassen, daß er die Jugend verdirbt. Du verstehst, was ich sage? Ein Ende!«

»Jawohl, Edle. Ich habe verstanden. Vollkommen.«

Im nieselnden Morgen des Dawinno-Festivals hockte Hresh im Haus des Wissens und machte sich Notizen über seinen Besuch bei den Caviandis. Im späteren Tagesverlauf würde er sich auf der Tribüne des Festivals zeigen und seinen Ehrenplatz an der Seite Tanianes einnehmen und den jungen Athleten der Stadt bei ihren Hampeleien zuschauen müssen. Er konnte sich leider da nicht drücken, es hätte einen Skandal gegeben und wäre überdies auch als gottesfrevlerisch angesehen worden. Immerhin hatte er ja höchstselbst vor Jahren dieses Fest sich ausgedacht, um den klugen, erfinderischen und unberechenbaren Gott zu ehren, der sein persönlicher Schutzgott war — und der der Stadt. Aber es blieben ihm ja immerhin noch einige Stunden, um ein bißchen vernünftige Arbeit zu leisten.

Er hörte Geräusche vor der halboffenen Tür. Dann ein sachtes Klopfen und ein verstohlenes Räuspern.

»Vater?«

»Nialli? Es ist doch nicht etwa schon Zeit für die Spiele?«

»Nein. Es ist noch ganz früh. Ich wollte nur mit dir reden, ehe das Ganze losgeht.« Eine Pause. »Ich habe jemanden mit mir.«

Hresh kniff die Augen gegen die Dunkelheit zusammen. »Wer ist es denn?«

»Kundalimon. Wir wollten zusammen mit dir etwas besprechen.«

»Ah.« Er preßte die Handflächen zusammen. »Also, schön. Dann kommt eben rein. Beide.«

Sie kamen aus dem Regen, aber die Tropfen schienen, anstatt in ihr Fell einzudringen, wie schimmernde Perltröpfchen an den Haarspitzen zu hängen. Und von den beiden selbst ging gleichfalls ein strahlender Schimmer aus. Es umgab sie eine Aura von einzigartiger Freude. Sie traten vor Hresh und hielten sich an den Händen, unschuldsvoll wie Kinder, aber bis zum Rand voll von Glückseligkeit, ja überfließend.

Bei ihrem Anblick empfand Hresh beunruhigt so etwas wie Freude, aber auch eine beklemmende Vorahnung. Er begriff nur zu gut, von welchem inneren Feuer dieses Glühen stammte, das von den beiden ausstrahlte.

Sie glucksten und ließen den Blick nicht voneinander, aber keiner sprach.

»Also?« half Hresh, »Was habt ihr zwei ausgeheckt?«

Nialli wandte den Kopf ab und kicherte erstickt in ihre Schulter hinein. Aber Kundalimon blickte ihn fest und starr an und lächelte in der für ihn charakteristischen schiefen seltsamen Art.

Der Junge wirkte jetzt gar nicht mehr wie ein Wildling. Er hatte ein bißchen Gewicht zugelegt und sah gar nicht mehr so weltfremd aus und fast nicht mehr wie ein gespenstischer Gast von einem fernen unbekannten Planeten, sondern eigentlich eher mehr wie all die anderen jungen Männer in der Stadt. Und er schien voll einer bisher ungewohnten neuen Kraft und Sicherheit zu sein.

Schließlich sagte Nialli: »Also, die Geschichte ist nicht so ganz leicht, Papa. Und ich weiß gar nicht, wo ich anfangen soll.«

»Schön, dann laß mich mal raten. In dem Fall werde ich wohl kaum den Barak Dayir brauchen, was? Also — du und Kundalimon, ihr liebt euch, wie?«

»Ja.« Es war ein gehauchtes Flüstern.

Hresh war nicht im geringsten überrascht. Von Beginn an war es ihm als beinahe unvermeidlich erschienen, daß diese beiden Kinder sich finden würden.

»Und wir sind Tvinnr-Partner, Vater.«

Das auch noch? Damit hatte er nicht gerechnet. Mit dieser noch tieferen Verbindung. Aber auch dies nahm er relativ gelassen zur Kenntnis. Kein Wunder, daß die zwei dermaßen glühten!

»Tvinnr-Partner, aha. Sehr schön. Sehr gut. Tvinnern reicht so weit über die Kopulation hinaus, wißt ihr. Na klar, inzwischen wißt ihr das. Es ist die wirkliche echte Vereinigung.«

»Ja. Wir haben es entdeckt«, sagte Nialli. Sie fuhr mit der Zungenspitze über die Lippen. »Vater ...«

»Na nun komm schon, erzähl mir auch den Rest.«

»Weißt du das denn nicht auch schon?«

»Du willst eine Partnerschaft mit ihm eingehen?«

»Mehr als das«, sagte sie.

Er verzog die Stirn. »Mehr? Was kann es denn mehr geben?«

Sie gab darauf keine Antwort, sondern wandte sich Kundalimon zu, der sprach: »Ich werde sehr bald wieder zum Nest zurückkehren. Die Königin ruft mich zurück. Mein Werk hier ist getan. Und so bitte ich Nialli Apuilana, mit mir zu gehen, zum Nest und zur Königin.«

Die leisen Worte schnitten Hresh durchs Herz wie Sicheln.

»Was?« stammelte er. »Ins Nest?«

Drängend und in überstürzten Worten sagte Nialli: »Du kannst einfach nicht wissen, wie das dort ist, Vater. Keiner kann das, der nicht selber dort war. Was für ein Ort das ist; was für Leute das sind. Wie reich und erfüllt ihr Leben ist, wie tief. Sie leben in einer Luft voller Träume und Magie und Wunder. Und du atmest diese Nest-Luft, und sie füllt deine Seele, und du kannst nie wieder sein wie früher, nicht nachdem du die Nest-Bindung gespürt und die Königin-Liebe begriffen hast. Ach, es ist so ganz anders, als wie wir hier leben. Unser Leben ist so beängstigend *einsam,* Vater. Trotz der Kopulation. Sogar noch trotz des Tvinnerns. Wir sind ganz allein, jeder ganz allein für sich, verkapselt in unserem Kopf, und trotten im Göpeljoch unserer kleinen Existenz im Kreis herum. Aber dort haben sie eine Vision von der Welt als einem Ganzen, einer Einheit, einem gemeinsamen Ziel und einem durchgehenden Muster, und alles und jeder ist mit allem und jedem verknüpft. Ach, Vater, bei uns denken alle, die dort sind übles unheimliches Ungeziefer, umherhuschende summende, scheußlich mechanisches Zeug, aber das ist nicht wahr, Vater, es ist ganz und gar nicht so, sie sind überhaupt nicht so, wie wir sie uns vorstellen! Jedenfalls will ich zu ihnen gehen. Ich muß! Mit Kundalimon. Er und ich, wir gehören zusammen, und wir beide gehören — *dorthin!*«

Hresh starrte seine Tochter betäubt und sprachlos an.

Auch dies war wohl unvermeidlich, seitdem sie aus dem Nest zurückgekommen war. Er hätte es vorhersehen müssen. Doch er hatte sich nicht erlaubt, das zu sehen oder gar darüber nachzudenken.

»Wann?« fragte er. Und: »Wie bald?«

»In einigen Tagen, einer Woche vielleicht. Kundalimon ist hier noch nicht ganz fertig. Er lehrt die Kinder die Nest-Wahrheit und die Königin-Liebe. Damit sie verstehen lernen, wie es den älteren Leuten wohl kaum möglich wäre. Und er will ihnen noch einiges mehr sagen und zeigen. Danach werden wir fortgehen. Aber ich wollte mich nicht einfach so davonstehlen, ohne es dir vorher zu sagen. Taniane kann ich's nicht sagen — die würde das niemals erlauben. Die würde mich glatt einsperren lassen, ins Kittchen, um mich am Weggehen zu hindern — aber du, du bist eben anders, du siehst alles so viel tiefer und eindringlicher ...«

Trotz des Schocks, der in ihm noch nachbebte, gelang Hresh ein Lächeln.

»Was ich sehe, meine liebe Nialli, ist nur, daß du mich in deiner Angelegenheit zum Mitverschwörer gemacht hast. Und wenn ich darüber mit deiner Mutter spreche, dann wirst du mir das niemals verzeihen, stimmt's?«

»Aber du wirst ja nicht mit ihr darüber reden, mit überhaupt niemand. Das weiß ich.«

Hresh betrachtete seine Fingerkuppen. In seiner Brust breitete sich etwas kalt und bedrückend aus. Erst jetzt traf ihn das so ganz, was Nialli gesagt hatte: Seine Tochter, sein einziges Kind, war von diesem Augenblick an für immer für ihn verloren, und er konnte nichts dagegen tun, gar nichts!

»Also gut«, sagte er schließlich und hoffte, daß sie ihm die Trauer nicht an der Stimme anmerken werde. »Ich werde stumm sein.«

»Ich wußte, du würdest das tun.«

»Eins allerdings mußt du für mich tun, ehe du fortgehst. Sonst gilt unsere Abmachung nicht, und Taniane erfährt binnen einer Stunde genau, was ihr beiden vorhabt.«

Nialli strahlte wieder. »Was du willst, Vater. Sag es nur.«

»Ich möchte, daß ihr mir vom Nest berichtet. Beschreibt mir, wie die Königin ist, sagt mir, was Nest-Bindung bedeutet und Königin-Liebe und alle diese anderen Begriffe. Du hast alles für dich behalten, Nialli, seit du wieder in der Stadt gelebt hast. Begreifst du nicht, wie sehr mich das interessiert hat, Nialli? Aber ich konnte dich natürlich nicht zwingen, mir etwas zu sagen. Und du hast ja nicht das kleinste bißchen erzählen wollen, nie. Aber jetzt mußt du! Sag mir alles. Ich muß es wissen. Denn du bist die einzige Person, die mich diesbezüglich instruieren kann. Und sobald heute die Spiele beendet sind, wirst du das bitte auch tun! Das ist das einzige, worum ich dich bitte, ehe du mit Kundalimon ins Nest zurückkehrst ... ehe du mich für immer verläßt!«

Curabayn Bangkea war eifrig damit befaßt, in der kleinen Zelle im Annexbau der Basilika, in der er sein Büro hatte, seinen Helm zu polieren, als Husathirn Mueri auftauchte. Die Stimmung des Wachhauptmanns war düster, und das schon seit etlichen Tagen. Das Bild der Nialli Apuilana verfolgte ihn im Wachen und im Schlaf. Sie tanzte vor ihm, nackt, in seinen Träumen, lockend, spöttisch lächelnd, stets seinem Zugriff sich entwindend. Es verlangte ihn nach ihr mit einer Lust, die er selbst als absurd und ungeheuerlich begriff. Denn sie war eine Frau, die in mehr als nur einer Hinsicht völlig außerhalb seiner Reichweite war: eine Angehörige der höchsten Nobelklasse der Stadt, und er selber — nichts weiter als ein Wachbeamter der Justizbehörde. Er hatte keinerlei Chancen, und das Ganze war einfach lachhaft. Aber dennoch zerfraß es ihm das Herz. Beständig hatte er diesen bitteren Metallgeschmack im Mund, und dieses unablässige Pochen in der Brust unter den Rippen, und alles nur, weil er an sie denken mußte. Diese törichten, erbärmlichen, idiotischen Phantasievorstellungen und Selbstzerfleischungen! Und so hoffnungslos, absolut hoffnungslos! Hin und wieder erhaschte er einen Blick auf sie in den Straßen der Stadt, stets weit entfernt, in achtvoller Distanz, aber sie blickte dennoch verächtlich und voller Abscheu in seine Richtung, als wäre er irgendwas, das aus dem Abflußrohr herausgekrochen war.

»Ah, da bist du ja«, sagte Husathirn Mueri beim Eintreten.

Curabayn Bangkea entglitt sein Helm und fiel scheppernd auf die Tischplatte. »Deine Gnaden?« Er bellte fast, keuchte und zwinkerte bestürzt mit den Lidern.

»Wieso diese üble Laune heute morgen, Curabayn Bangkea? Nervt dich der Regen, oder hast du schlecht geschlafen?«

»Ausgesprochen schlecht, deine Gnaden. Meine Träume sind ausgesprochen sündenstachliger Natur und stoßen mich hinein in die rauhe Wirklichkeit, und da lieg ich dann und wünschte, daß ich wieder schliefe ... Und wenn ich dann schlafe, kehrt der Traum zurück und ist nicht weniger steif und stachlig als zuvor.«

»Du solltest wirklich mal wieder einen Tabernakel aufsuchen«, sagte Husathirn Mueri mit einem freundlichen Grinsen, »und dir dort ein paar schöne volle Becher gönnen — und mit ein, zwei oder drei guten Partnern kopulieren, und dann noch eine Runde Wein auffahren lassen. Und so mal eine ganze Nacht durchmachen und überhaupt nicht zu schlafen versuchen. Ich habe immer gefunden, daß man dabei seine ärgerlichen Träume loswird. Und in der nächsten Morgendämmerung bist du dann wieder ein ganz gesunder, normaler Mann, und es dürfte ziemlich lang dauern, ehe dir deine Träume wieder Seelenblähungen verursachen werden.«

»Ich bedanke mich bei deinen Gnaden«, sagte Curabayn Bangkea, eher kühl. »Ich werde bestimmt darüber nachdenken.«

Er hob den Helm wieder auf und begann weiter daran herumzuwischen und zu wienern. Er fragte sich, ob Husathirn Mueri auch nur ahnte, was ihm wirklich zu schaffen machte. Es war immerhin stadtbekannt, wie geil Husathirn Mueri selber auf die Nialli Apuilana war (da mußte man bloß mal genau hinschaun, wenn sie in seine Nähe kam, und man wußte Bescheid), aber war dem Kerl eigentlich bewußt, daß praktisch jeder Mann in der Stadt ganz die gleichen Probleme hatte? Würde er wütend werden, wenn man ihm klarmachte, daß ein bloßer kleiner Hauptmann der Wachen von ihr ebenso heillos besessen war? Möglich war das. Also bleib vernünftig, Junge, und sag ihm nichts davon, befahl sich Curabayn Bangkea.

»Du warst heute morgen nicht im Tempel zur Nakhaba-Stunde«, sagte Husathirn Mueri.

»Nein, Edler. Ich bin im Dienst hier.«

»Bis wann?«

»Bis zur Tagesmitte, deine Gnaden.«

»Und danach?«

»Wollte ich zum Festival gehen. Mir die Spiele anschauen.«

Husathirn Mueri beugte sich nahe zu ihm und lächelte. Es war ein merkwürdig vertrauliches, intimes, anschmeißerisches Lächeln, ein beunruhigendes Lächeln, denn es signalisierte etwas — Abnormes. Die leise Stimme sagte: »Ich hätte da einen kleinen Job für dich, heut nachmittag.«

»Aber, Herr, da sind doch die *Spiele!*«

»Keine Angst, du kommst schon noch rechtzeitig. Hinterher. Aber vorher brauche ich dich noch. Du mußt 'ne Kleinigkeit für mich erledigen, geht das klar? Und es ist von höchster Wichtigkeit für die Sicherheit unserer Stadt. Und du bist nun einmal der einzige, zu dem ich genug Vertrauen habe, daß er das auch richtig ausführt.«

»Ja? Deine Gnaden?« Curabayn Bangkea schwamm völlig im unklaren.

»Es geht um den Hjjk-Gesandten.« Husathirn Mueri lagerte sich so ganz beiläufig mit einem Schenkel auf die Kante des Schreibtischs in der Wachzentrale. »Taniane weiß inzwischen darüber Bescheid, was der treibt — ich meine seine subversiven Aktivitäten ... Seine

Predigerei ... Wie er unsere Jugend verdirbt. Sie wünscht, daß dem so schnell wie möglich ein Ende gemacht werde.«

»Ein Ende — wie, Edler? Sollen wir ihn wieder unter Hausarrest stellen?«

»Nein. Etwas mit mehr Durchschlagskraft.«

»Mehr ...?«

»Aber du begreifst doch, was ich dir sage.«

Curabayn Bangkeas Blick wurde starr. »Ich bin mir nicht sicher, daß ich begriffen habe. Also — ohne große Umschweife, Herr. Willst du mir damit sagen, ich soll ihn *töten* lassen?«

Husathirn Mueri hatte einen seltsam heiteren Ausdruck im Gesicht, als er sagte: »Der Häuptling fühlt sich von den Vorgängen zutiefst beunruhigt. Sie hat mir aufgetragen, dieser subversiven Beeinflussung unserer Kinder ein Ende zu bereiten. Sofort, radikal und für immer. Das ist doch wohl klar genug.«

»Aber ... die Beseitigung eines Gesandten ...«

»Es besteht doch wahrlich kein vernünftiger Grund, ihn als so etwas zu bezeichnen, oder?«

»Aber du willst ihn — weg haben, und er ist ein Botschafter, oder?«

Husathirn Mueri sprach unbeirrt weiter. »Die Lage ist kritisch. Diese Person führt zu enormen Störungen im Leben unserer Stadtgemeinschaft. Und hier liegt unsere Verantwortung, mein lieber Curabayn Bangkea, und bei allen Göttern, wir werden uns dieser Verantwortung gewachsen zeigen.«

Und Curabayn Bangkea nickte. Inzwischen kam er sich vor wie ein verlorenes Blatt, das von einem raschfließenden Wasserlauf davongetragen wird.

Husathirn Mueri sprach weiter: »Also wirst du zur Eröffnungsfeier zu den Spielen gehen und dafür sorgen, daß man dich sieht. Dann verschwindest du, und zwar so, daß man dich *nicht* sieht. Dann besorgst du das Nötige und kommst auf die Tribüne zurück, wo ich zufällig dir in den Weg laufe und dich in meine Loge einlade, wo dich alle Welt sehen kann, und dort sitzen wir ein Weilchen und plaudern — über die Favoriten in den Ausscheidungskämpfen des Tages. Und niemand wird auch nur einen Verdacht hegen, du könntest an etwas Ungewöhnlichem beteiligt gewesen sein, während die Spiele im Gange waren.«

Er blickte stier. »*Ich* soll das Nötige besorgen, sagst du? Meinst du damit, ich *persönlich?*«

»Ja, du und keiner sonst. Ausdrücklicher Befehl von Taniane. Mehr noch, und es ist von entscheidender Wichtigkeit, wir müssen verhindern, daß die Sache irgendwie mit ihr in Verbindung gebracht werden kann, mit mir im übrigen auch nicht. Dabei könnte die Regierung der Stadt sehr schwer kompromittiert werden. Deshalb mußt du es tun, und zwar allein. Ist das klar? Und du mußt es sofort hinterher vergessen.« Er machte eine Pause. »Natürlich wirst du angemessen belohnt werden.«

Die einzige angemessene Belohnung, dachte Curabayn Bangkea, wäre, daß ich mir eine Nacht lang die Nialli vornehmen darf, wie ich möchte. Aber das werden sie mir bestimmt nicht gewähren.

Er verspürte einen plötzlichen Zorn. Was glaubten die eigentlich, was er sei, ein Tier, ein Barbar? Er war der Hauptmann der Wachen, der Schützer und Bewahrer von Recht und Ordnung. Warum wählten sie gerade ihn für dieses schmutzige Geschäft aus? Konnten sie dafür nicht irgendeinen Strolch in einer Kaschemme auftreiben, den man danach bequem verschwinden lassen konnte?

Ich brauche dich ... Du bist der einzige, dem ich vertraue ...

Nun ja, vielleicht. Daß er gebraucht wurde, ganz besonders auserwählt war, besänftigte ihn ein wenig. Ein Geheimauftrag, und auf ganz speziellen Wunsch des Häuptlings. Irgendwie schmeichelhaft. *Der einzige, dem ich vertrauen kann.* Ein Säufer und Strolch würde die Sache vielleicht verhauen. Oder das Maul nicht halten können, ehe er an die Arbeit ging. Schließlich handelte es sich um eine staatswichtige Sache. Tanianes Befehl: dem Kinderverführer ein Ende zu machen! Eine Krisensituation war das, jawohl, eine Bedrohung von Recht und Ordnung, diese ganze Propaganda der Hjjk-Liebe und dieses ganzen Zeugs.

Seine Verärgerung legte sich etwas.

Außerdem erkannte er, daß ihm gar keine andere Wahl gelassen war, als mitzumachen, ob es ihm gefiel oder nicht. Er steckte bereits viel zu tief mit drin. Er wußte zuviel. Nun mußte er das Spiel bis zum Ende durchstehen. Diene deinen Herrn und Meistern getreulich, dann kommst du nach oben. Zeig ihnen die kalte Schulter, wenn sie dich brauchen, und du kannst dich eingraben lassen.

»Du wirst uns doch nicht im Stich lassen?« fragte Husathirn Mueri, als hätte er ihn mit dem Zweitgesicht durchforscht.

»Aber keineswegs, deine Gnaden.«

»Also, was beunruhigt dich dann noch?«

»Ich würde gern Genaueres über die versprochene Belohnung wissen, wenn es dich nicht stört.«

Husathirn Mueri wich glatt aus: »Diese ganze Geschichte hat sich dermaßen schnell entwickelt, daß ich bisher noch keine Zeit hatte, alle Einzelheiten zu berücksichtigen. Ich werde dir dazu mehr sagen können, heute nachmittag bei den Spielen. Doch eines kann ich dir immerhin versichern: Die Belohnung wird angemessen sein, mehr als angemessen.« Und erneut dieses einschmeichelnde Lächeln, beruhigend, verschwörerisch: Wir stecken doch da gemeinsam drin, und eine Hand wäscht die andre. »Man wird sich deiner annehmen. Du weißt doch, du kannst dich in der Sache auf mich verlassen. Also, kann ich mit dir rechnen?«

Ich hätte eher Vertrauen zu einem Rattenwolf als zu

dir, dachte Curabayn Bangkea. Aber es gab kein Zurück mehr.

»Selbstverständlich kannst du das«, sagte er.

Hinterher, nachdem sein Besucher gegangen war, saß Curabayn Bangkea eine ganze Weile still da und ließ den Atem durch seinen Leib ein- und ausgehen. Den ersten Schock hatte er überwunden. Sein Zorn war verflogen, nun begann er die Vorteile zu sehen.

Nicht nur die Vorteile, die ihm daraus erwachsen mußten, daß er eine kitzlige Geheimmission erledigen würde, für die man ihn ganz speziell auserkoren hatte, auch nicht die Macht, die ihm durch seine Mitwirkung an der Beseitigung Kundalimons über Husathirn Mueri, ja sogar über Taniane zuwachsen würde. Nein, da war auch die Tötung selbst — und was durch sie bewirkt werden würde. Die Ausmerzung von etwas, das ihn zur Raserei trieb, das Ausreißen eines unerträglichen Stachels. Wenn ich sie schon nicht kriegen kann, dachte er, dann hat er sie wenigstens auch nicht. Der Gedanke an den Mord selbst erregte ihn angenehm. Sich hinter den Kerl zu schleichen, der sich erfrecht hat, Niallis Geliebter zu werden ... ihn zu packen ... ihn in einen dunklen Gang zu zerren ... den Lebensfunken langsam aus ihm herauszudrücken ...

Vielleicht war dies genau das Purgativ, das er brauchte und das ihn von diesen unmöglichen wilden quälenden Gedanken befreien würde. Von der zwanghaften Besessenheit, die ihn schon so lange in den Klauen hielt. Seit Tagen schon kein anderer Gedanke in seinem Hirn als der an Nialli Apuilana. Kaum ein wenig Schlaf und niemals Ruhe: Nialli und Kundalimon, Kundalimon und Nialli ... fieberische Wahnvorstellungen ... wie sie in diesem kleinen Zimmer mit dem Hjjk-Gesandten zusammen war, und wie der sie mit perversen Zärtlichkeiten überschüttete, die er im Nest gelernt hatte, sie mit irgendwelchen exotischen abscheulichen und abstoßenden hjjkischen Liebestechniken begattete, die sie in seiner Umarmung zu ekstatischen keuchenden Lustschreien brachte ...

Höchstwahrscheinlich waren auch Husathirn Mueris Gründe, warum er die Tat wünschte, irgendwie mit Nialli verknüpft und hatten überhaupt nichts mit der ›Verderbnis der Jugend‹ zu tun. Denn warum sollte sich Husathirn Mueri einen Hjjkfurz um sowas kümmern? Nein, die Tatsache, daß die Kleine und Kundalimon ein Liebespaar waren, das war wichtig! Zweifellos konnte Husathirn Mueri das nicht schlucken! Und deshalb war er zu ihm gekommen, weil er wußte, daß er die Sache besser erledigen konnte als irgendwer sonst. Wer würde schließlich schon den Wachhauptmann eines derartigen Verbrechens verdächtigen? Wer überhaupt auf solch einen Gedanken kommen?

Er überlegte, was er als Belohnung fordern sollte. Seine Verhandlungsposition würde ziemlich stark sein. Ein Wort aus seinem Mund, und die Stadt würde von einem Riesenskandal erschüttert werden. Und das war denen bestimmt bewußt. Also, er würde bestimmt auf Tauscheinheiten bestehen, und zwar einem ganzen Packen. Und auf einer Beförderung in einen höheren Rang. Und auf Weibern — nein, nicht Nialli, natürlich, denn sie würden *sie* ihm niemals preisgeben, keiner würde so etwas können, aber schließlich gab es ja noch viele andere ›höhere‹ Damen, die in ihrer Gunst weniger exklusiv waren, und eine davon, doch, die konnten sie ihm schon erlauben, wenigstens für eine Weile.

Doch. Ja.

Alles rückte in Sekundenschnelle in Curabayn Bangkeas Kopf an den rechten Ort.

Er erhob sich, stülpte sich den Helm über und erledigte den Rest seiner morgendlichen Aufgaben. Danach brachte ihn ein Wagen der Stadtwache zum Stadion, und er nahm in dem leichten Regen, der fiel, an der Eröffnungszeremonie und den ersten Wettkämpfen teil.

Taniane präsidierte, und neben ihr saß Nialli Apuilana. Das machte ihm seine Aufgabe viel einfacher, daß sie hier war und nicht bei Kundalimon. Wie schön sie ist, dachte er. Ihr Pelz war regendurchnäßt, man sah jede Schwingung ihres Körpers darunter. In der Häuptlingsloge hockte auch der Chronist Hresh bei ihnen, gelangweilt in sich zusammengesunken, als liege ihm ganz und gar nichts daran, vor aller Welt zu verheimlichen, wie sehr ihn dies alles anödete. Doch Nialli Apuilana saß kerzengerade da, ihre Augen blitzten hellwach, und sie schnatterte fröhlich vor sich hin.

Er starrte sie so lange an, bis er es nicht mehr aushalten konnte, dann wandte er sich ab. Er ertrug es einfach nicht, sie längere Zeit zu sehen. Diese ganze unerreichbare Schönheit — es war zu frustrierend, zu beunruhigend für ihn, der Anblick Niallis bewirkte, daß seine Eingeweide sich verkrampften.

Später ließ der Regen dann wieder nach. Er verließ das Stadion durch einen der unterirdischen Zugänge und begab sich zurück ins Stadtzentrum. Um diese Stunde machte Kundalimon gewöhnlich seinen Spaziergang den Mueri-Weg hinunter und in den Park. Curabayn Bangkea war bereit. Er postierte sich am Ausgang eines schmalen Gäßchens im Schatten einer Straße direkt unterhalb des Mueri-Hauses. Zehn Minuten, fünfzehn, eine halbe Stunde lang. Die Straße war verlassen. Fast alle waren im Stadion bei den Spielen.

Und da kam er auch schon, der Junge. Und er war ganz allein.

»Kundalimon?« rief Curabayn Bangkea leise.

»Wer ist da? Was ...?«

»Hier bin ich. Mich schickt Nialli Apuilana zu dir. Mit einem Zeichen ihrer Liebe.«

»Ich kenne dich. Du bist Cura ...«

»Genau der. Da, laß es mich dir übergeben.«

»Sie ist heute bei den Spielen. Ich hab mir gedacht, ich gehe später dann zu ihr.«

»Geh statt dessen lieber zu deiner Königin!« sagte Curabayn Bangkea und schlang Kundalimon den seidenen Würgeschal um den Hals. Der Gesandte setzte sich zur Wehr, er stieß mit den Füßen und den Ellbogen, doch nutzte dies nichts gegen Curabayn Bangkeas gewaltige Stärke. Er zog das Tuch fest. Er stellte sich die Hände dieses Mannes auf den Brüsten Niallis vor, seine Lippen auf ihrem Mund, und er zerrte fester zu. Ein paar Augenblicke lang gab Kundalimon heisere krächzende Hjjk-Laute von sich, aber vielleicht war es ja auch nur das Todesröcheln. Seine Augen quollen hervor. Seine Lippen wurden schwarz. Dann sackten ihm die Beine unter dem Körper weg. Curabayn Bangkea ließ ihn sacht zu Boden gleiten und schleifte ihn tiefer in das Gäßchen hinein. Dort lehnte er ihn gegen eine Mauer wie einen Betrunkenen und verließ ihn. Es war kein Atem mehr in ihm. Curabayn Bangkea wickelte sich den Strangulationsschal um das Handgelenk, als wäre es ein Zierband, und begab sich zu seinem Wagen zurück, den er drei Straßen entfernt abgestellt hatte. Eine halbe Stunde darauf war er wieder im Stadion. Er war überrascht, wie gelassen und ruhig er war. Aber es war ja auch alles dermaßen glatt gegangen; ein echter Profi-Job, ganz ohne Frage. Rasch und sauber. Hopp-und-ex. Und jetzt war die Stadt wieder sauberer.

Husathirn Mueri hatte seine Loge auf der Regierungstribüne dicht neben dem Hauptaufgang. Curabayn Bangkea blickte zu ihm hinüber und nickte. Er glaubte, ein antwortendes Nicken zu erkennen, war sich dessen aber nicht sicher.

Dann nahm er seinen Platz in der Sektion für das gewöhnliche Volk wieder ein und wartete ab.

Es dauerte lang, bis die abgesprochene Einladung in Husathirn Mueris Loge erfolgte. Der Langstreckenlauf war schon vorbei, es liefen die Stabsprung-Wettbewerbe, und man bereitete sich schon zum Staffellauf vor. Doch endlich tauchte ein Kerl auf, in dem Curabayn

Bangkea einen Bediensteten des Hauses Husathirn Mueri erkannte. »Wachhauptmann?«

»Ja? Was gibt es?«

»Seine Exzellenz, Prinz Husathirn Mueri, schickt mich mit einem freundlichen Gruß zu dir. Er hofft, du hast die Spiele bisher interessant gefunden.«

»Aber gewiß. Sehr.«

»Der Prinz möchte dich einladen, mit ihm einen Becher Wein zu trinken.«

»Es wird mir eine Ehre sein«, antwortete Curabayn Bangkea.

Es dauerte ein wenig, bis er begriff, daß der Mann ihn ja gar nicht zum Logenbereich im Mittelfeld der Tribünen führte, wo die Aristos saßen. Vielmehr geleitete er ihn auf einem weiten Umweg über die gegenüberliegende Seite in den Bogengang, der das Stadion umschloß.

Also, vielleicht hat ja Husathirn Mueri sich anders entschieden, schloß Curabayn Bangkea, und will mich nicht grad an einem so auffälligen Ort treffen, wie in seiner Loge. Vielleicht fürchtete er, der Job könnte schiefgegangen sein, es könnte Zeugen gegeben haben, so daß es doch nicht ganz so klug wäre, sich öffentlich mit Curabayn Bangkea sehen zu lassen, ehe er genau wußte, was wirklich geschehen war. Curabayn Bangkea fühlte, wie der Zorn erneut in ihm aufstieg. Hielten die ihn wirklich für einen solchen Pfuscher?

Und da war nun Husathirn Mueri und kam durch den Gang auf ihn zu. Es wurde immer rätselhafter. Wo sollte denn nun dieser gemeinsame Siegestrunk, der Becher Weins, getrunken werden? Doch nicht etwa in einer der öffentlichen Kellerkaschemmen da drunten?

Er *schämt* sich, mit mir gesehen zu werden, dachte Curabayn Bangkea wütend. Ja, das ist es. Ein Nobelprinz wie der, der lädt doch nicht einfach einen ordinären Gardehauptmann wie mich in seine Loge ein! Aber — warum hat er dann gesagt, daß er das tun will? Nein, das hätte er wirklich nicht tun dürfen.

Aber Husathirn Mueris Gesicht sah aus, als freue er sich wirklich, ihn zu sehen. Er strahlte so voll genußfreudiger Erwartung, als ginge er zu einem Rendezvous mit Nialli Apuilana.

»Curabayn Bangkea, mein Guter!« rief er aus zwanzig Schritt Entfernung. »Ich bin ja so froh, daß wir dich in diesem Tollhaus endlich finden konnten.«

»Nakhaba sei dir hold, Edler. Gefallen dir die Spiele?«

»Die bisher schönsten, findest du nicht?« Husathirn Mueri hatte ihn nun erreicht. Der Diener, der Curabayn Bangkea geführt hatte, war verschwunden wie ein Sandkörnchen in einen Wirbelsturm. Husathirn Mueri ergriff ihn mit der für ihn typischen überschwenglich vertraulichen Art am Ellbogen und fragte sehr leise: »Also?«

»Erledigt. Keine Zeugen.«

»Prächtig, prächtig!«

»Es hätte gar nicht besser laufen können«, sagte Curabayn Bangkea. »Aber jetzt, wenn es dir nichts ausmacht, deine Gnaden, würde ich gern vielleicht doch über meine Belohnung reden.«

»Hier hast du sie«, sagte Husathirn Mueri. Und Curabayn Bangkea spürte urplötzlich etwas Heißes in seiner Flanke und schaute erstaunt zu dem kleinen Mann neben ihm hinab. Die Klinge war so blitzschnell eingedrungen, daß er nicht einmal die Chance gehabt hatte, zu begreifen, was da geschah. Auf einmal war sein Mund voll Blut, und in seinem Bauch brannte ein schneidendes Feuer. Schmerz schwoll durch seinen ganzen Körper. Und Husathirn Mueri lächelte ihm zu und beugte sich zu ihm, und er spürte eine zweite heiße Explosion, betäubend zunächst, dann mehr Schmerz, viel mehr als beim erstenmal, und dann war Curabayn Bangkea allein. Er klammerte sich an das Geländer und sank langsam zu Boden.

5. Kapitel

Durch Eingreifen des Verwandlers

Hresh kam es vor, als dauerten die Spiele endlos. Um ihn herum tobte begeistert die Menge, aber er wäre liebend gern anderwärts gewesen, *irgendwo* anders. Doch er wußte, es bestand keine Hoffnung für ihn, aus dem Stadion zu entkommen, ehe das letzte Rennen gelaufen, der letzte Gewichtwurf erledigt waren. Er mußte hier hockenbleiben, angeödet und triefnaß, und beständig an den unwiederbringlichen Verlust denken und sich verzweifelt bemühen, seine Pein nicht sichtbar werden zu lassen. Da saß sie neben ihm, Nialli, und war ganz gepackt von den Ereignissen drunten auf dem Kampffeld; sie jubelte bei jeder Entscheidung, ganz so, als hätte ihr Gespräch am Abend zuvor nicht stattgefunden, als wäre sie unfähig zu begreifen, daß sie ihn tief ins Herz getroffen, ihm einen Schlag versetzt hatte, von dem er sich nie wieder würde erholen können.

»Da, schau doch, Vater!« Sie wies hinab. »Jetzt kommen sie mit den Cafalas!«

Ja, es folgte das Cafalas-Rennen, eine komische Einlage, bei der die Reiter auf den plumpen kurzbeinigen Tieren sich verzweifelt abmühten, die widerspenstigen trägen Bestien in Bewegung zu setzen. Nialli hatte das immer besonders genossen, es war so blödsinnig, so völlig absurd. Einer der kleinen Scherze, die Hresh sich (selten genug) erlaubte, mehr war es nicht. Er war nur einer spielerischen Laune gefolgt, als er das Cafala-Rennen den offiziellen Wettkampfdisziplinen hinzugefügt hatte. Aber das Volk hatte das ernstgenommen, die Idee zündete, und jetzt war das Ganze einer der Höhepunkte des Tages.

Hresh hatte nie viel für sportliche Wettkämpfe übrig gehabt, nicht einmal als Junge im Kokon. Manchmal hatte er zwar mit den anderen Kindern beim Beinringen oder Höhlensegeln mitgemacht, aber nie mit besonderer Begeisterung. Er war für solche Sachen einfach zu leichtgewichtig und zu klein gewesen, und vor allem zu ›besonders‹. Ihm hatte es mehr zugesagt, bei dem alten Graupelz Thaggoran, dem Stammeschronisten, zu hokken, oder immer wieder einmal ganz allein das Gewirr der uralten aufgegebenen Gangsysteme unterhalb der zentralen Wohnkammer zu durchwandern.

Dennoch, der Sport hatte seine Bedeutung. Er bot den Massen ein Vergnügen; er zog das Interesse der Oberflächlichen und Leichtfertigen auf sich; und was noch viel wichtiger war, er lenkte die Seelen auf zentrale Höhere Dinge: das Streben nach herausragender Leistung, nach Vollkommenheit. Deshalb hatte Hresh dieses Jahresfest entworfen: die Spiele zu Ehren Dawinnos — der der Gott des Todes und der Zerstörung war, aber auch der Anpassungsfähigkeit, der Verwandlung, des Erfindungsreichtums und witziger Weisheit und tausendfältiger Energieströme. Und nachdem er nun einmal der Erfinder und Planer der Spiele war, saß er hier fest, ob ihm das gefiel oder nicht, und mußte sie sich bis zum Ende anschauen.

Es regnete immer wieder in Schüben. Mal war es ein feines Nieseln, dann wieder peitschten schräge Schauer nieder. Niemand schien es zu stören. Das Stadion war nur an der Peripherie überdacht, die unteren Ränge, sogar die Loge des Häuptlings, und natürlich das Spielfeld lagen unter freiem Himmel. Zwischen den Güssen wehte immer wieder ein warmer trockener Wind, und die Sonne zeigte sich, und dies genügte anscheinend dem Publikum und den Athleten gleichermaßen, um sich wohl zu fühlen. Die Spiele faszinierten sie dermaßen, daß sie dem Regen überhaupt keine Beachtung schenkten. Hresh in seinem triefnassen trostlosen Elend verspürte nicht die geringste Begeisterung und argwöhnte, daß er wohl wieder einmal als einziger keinen Spaß habe.

Und dann waren die Cafalas endlich gestartet und watschelten die verschlammten Bahnen entlang. Gewöhnlich war ein Beng Sieger in dieser Disziplin. Auf ihren Wanderungen durch die Grenzregionen des Hjjk-Gebiets, lange vor der Vereinigung, hatten die Bengs Herden von Wild-Cafalas aufgespürt und sie wegen ihres Fleisches und ihrer dichten Wolle domestiziert. Seitdem galten sie als große Cafala-Kenner.

Aber diesmal war es ein Koshmari-Junge, der an der Spitze lag, oder? Aber ja, ja! Es war Jalmud, einer der jüngeren Söhne von Preyne. Nialli war aufgesprungen, fuchtelte frenetisch mit den Armen und feuerte ihn an. »Los, Jalmud! Los! Du schaffst es!«

Der Junge hockte, tief nach vorn gebeugt, auf seinem Cafala, die Knie eisern in des regennasse bläuliche Fell seines Reittiers gebohrt, und zog mit den Fingern heftig an den ledrigen lappigen schwarzen Ohren. Und sein stumpfblickendes flachnäsiges Cafala reagierte heldenhaft und stampfte mit nickendem Kopf und spreizbeinig stetig vorwärts. Inzwischen hatte es sich eindeutig an die Spitze des Feldes geschoben.

»Jalmud! Jalmud!« schrie Nialli. »Los! Gib's den Bengs!« Sie tanzte jetzt herum, ahmte den unbeholfenen Kanter der Cafalas nach und lachte, wie Hresh sie lange, lange Zeit nicht mehr hatte lachen hören. Sie wirkte mehr wie ein ganz junges Mädchen beim allerersten Cafala-Rennen als wie eine Frau, die er nie wiedersehen würde.

Er fühlte — wie er sie da so beobachtete, während sie dem Rennen zusah — einen scharfen stechenden Gram in sich. Er schaute sie unablässig an, als erwartete er, daß sie hier und gleich jetzt vor seinen Augen verschwinden werde. Aber noch blieb ihnen ja ein wenig Zeit. Zuerst mußte sie ihm ja noch all das über die Königin und das Nest erzählen, was zu sagen sie ihm versprochen hatte. Und Nialli hielt sich stets an ihre Versprechungen.

Wie bald schon würde sie fortgehen? In ein paar Tagen, einer Woche, einem Monat?

Schon als Kind war sie abenteuerlustig gewesen, stets voll Neugier, stets lernbegierig. Mit schmerzlicher Zärtlichkeit sah Hresh sie jetzt in seiner Erinnerung vor sich, wie sie als kleines Mädchen gewesen war: die hellen wachen Augen immer voll Lachen, war sie an seiner Seite durch die Gänge des Hauses der Wissenschaft gestolpert, von Fragen übersprudelnd: Was ist das? Was ist das?

Jedoch, es stand zweifelsfrei fest, sie würde fortgehen. Sie sah darin das Große Abenteuer ihres Lebens, die Große Suche und Heilsfindung, und nicht, gar nichts sonst war ihr daneben noch wichtig. Weder Vater noch Mutter und auch nicht die Stadt. Es war wie ein Zauberbann, eine Verhexung. Und er würde sie nicht zurückhalten können. Er hatte dieses Leuchten an ihr gesehen. Sie *liebte* diesen Kundalimon und — Dawinno helfe ihr! — sie liebte die *Königin*. Die eine Liebe war ganz natürlich und eigentlich durchaus lobenswert. Die ander entzog sich seinem Begriffshorizont und außerdem, wie er sehr wohl wußte, jeglicher Beeinflussung seinerseits. Was immer man mit ihr während ihrer Gefangenschaft im Nest gemacht haben mochte, es hatte sie unwiderruflich verändert. Also würde sie nun wieder zu den Hjjks gehen; und ebenso sicher war wohl, daß sie diesmal nicht zurückkehren würde. Niemals. Es kam ihm so unwirklich vor: In ganz kurzer Zeit sollte er sie für immer verlieren. Aber er war machtlos dagegen. Die einzige Möglichkeit, sie hier bei sich festzuhalten, wäre, daß man sie einsperrte wie eine gewöhnliche Kriminelle.

Und Nialli schreit schrill: »Jalmud!« Sie wirkt ganz außer Rand und Band.

Das Wettrennen ist vorbei. Jalmud steht grinsend vor dem Dawinno-Altar und nimmt seinen Siegerkranz entgegen. Stallknechte versuchen die umherwandernden Cafalas zu sammeln, die sich überallhin verstreut haben.

In diesem Augenblick taucht eine behelmte Gestalt am Zugang zur Häuptlingsloge auf: ein dicklicher, untersetzter Mann mit der Schärpe der Justizwachen. Er beugt sich zu Taniane herab und sagt sehr gedämpft: »Hohe Frau, ich muß dich sprechen.«

»So sprich denn!«

Der Gardist wirft Hresh einen unsicheren Blick zu. Dann auch einen ebenso unsicheren auf Nialli.

»Es ist ausschließlich für deine Ohren bestimmt, Edle.«

»Schön, dann flüstere!«

Der Gardist schiebt den Helm in den Nacken und beugt sich, unverschämt dicht, zu Taniane nieder. *»Nein!«* murmelt Taniane nach den ersten paar Worten heiser. Sie greift kurz mit beiden Händen an den Hals. Dann hämmert sie mit den Fäusten heftig und in wilder Wut auf ihre Schenkel. Hresh starrt sie verblüfft an. Sogar der Wachsoldat scheint verwirrt, was für eine Wirkung seine Nachricht auslöste, und weicht zurück und schlägt die Zeichen sämtlicher Götter nervös immer wieder und wieder.

»Was ist denn?« fragte Hresh.

Und sie schüttelt nur langsam den Kopf. Auch sie macht jetzt die heiligen Zeichen. »Yissou sei uns gnädig!« sagt sie mit seltsam tonloser Stimme und wiederholt es mehrere Male.

»Mutter?« Nialli, fragend.

Hresh ergreift Taniane am Handgelenk. »Bei den Göttern, Taniane, so sag mir schon, was passiert ist!«

»Ach, Nialli, meine Nialli ...«

»Mutter, also, bitte ...«

Mit einer Stimme, die wie aus einer Gruft zu dringen

scheint, sagt Taniane: »Der junge Mann, der von den Hjjks zu uns gekommen ist, der Abgesandte ...«

Nialli, ärgerlich: »Was ist denn, Mutter? Ist was mit ihm?«

»Man hat ihn vor kurzem in einer Gasse gefunden. An der Straße vom Mueri-Haus. Tot. Erwürgt.«

»Götter!« krächzt Hresh.

Und er breitet für Nialli die Arme aus, um sie zu umfangen und sie zu trösten. Doch er kommt damit zu spät. Das Mädchen stößt einen entsetzlichen Schrei aus, macht kehrt, springt wild vor Schmerz über die Logenbrüstung und stürzt sich in die Menschenmenge, die sie mit der Kraft einer Tobsüchtigen aus dem Weg stößt, als wären die Leute Strohhalme. Dann sieht er sie nicht mehr. Und gleich danach kommt ein zweiter Wachsoldat angekeucht, schnaubend und so täppisch wie ein Cafala, und klammert sich mit irrem Blick atemlos mit beiden Händen an die Logenbrüstung, als wollte er die Welt zum Stillstand bringen, und blubbert: »Herrin! Edle! Im Stadion ist ein Mord passiert! Herrin, unser Wachhauptmann ... der Chef ...«

Es war fast Mitternacht. Der Regen hatte aufgehört, und überall stiegen dichte weiße Nebelschwaden vom Boden auf wie die Scheinleiber der Toten, die sich in die Lüfte erheben. Die wichtigsten Mitglieder des Präsidiums saßen schon den ganzen Abend über in einer Krisensitzung und berieten — es war ihnen allen als vernünftigster politischer Schachzug —, und sie hatten endlos über die zwei Morde geredet und kein Ende gefunden, als könnte das Bereden die Toten zurückbringen. Am Ende hatte Taniane sie allesamt weggeschickt und die Sitzung als ergebnislos vertagt. Nur Husathirn Mueri war geblieben. Sie hatte ihn darum gebeten.

Der Häuptling war einem Zusammenbruch nahe. Der Tag war ihr so lang erschienen, als hätte er tausend Jahre gedauert.

Nicht ein Mord, sondern gleich zwei. Tod durch Gewalteinflüsse war in der Stadt nahezu unbekannt. Und an einem einzigen Tag hatte es nun gleich zwei Fälle gegeben. Und dies noch dazu am Nationalfeiertag!

Sie blickte Husathirn Mueri kalt und scharf an. »Ich habe dir nur aufgetragen, seiner Predigerei ein Ende zu machen, nicht ihn umbringen zu lassen. Was bist du für eine Bestie, einen Menschen einfach so ermorden zu lassen?«

»Edle, es lag ebensowenig in meiner Absicht, daß er getötet werde, wie in deiner«, sagte Husathirn Mueri heiser.

»Trotzdem hast du deinen Wachhauptmann losgeschickt mit eben diesem Auftrag.«

»Nein. Ich schwöre dir, Herrin, nein!« Er sah ebenso mitgenommen und erschöpft aus, wie sie selber sich fühlte. Sein schwarzes Fell hing schwer von Schweiß an ihm, und die weißen Streifen darin waren stumpfgrau vom öligen Schmutz des ganzen Tages. Die bernsteinfarbenen Augen wiesen den glasigen Schimmer äußerster Erschöpfung auf. Er ließ sich auf die Steinbank vor dem Arbeitstisch fallen und sagte: »Ich habe Curabayn Bangkea nicht mehr gesagt, als was du mir gesagt hast: Daß er ihn zum Schweigen bringen soll, daß er dafür sorgen soll, daß der nicht weiter predigt. Ich habe nicht ein einziges Wort über Töten gesagt. Wenn also Curabayn Bangkea ihn ermordet hat, dann war das ganz allein seine Idee.«

»*Wenn* er ihn getötet hat?«

»Das wird sich schwerlich jemals ermitteln lassen, oder?«

»Aber der Würgeschal, den er benutzte, war doch um sein Handgelenk geschlungen.«

»Nein«, erwiderte Husathirn Mueri müde. »Als man ihn fand, trug er ein Strangulationstuch bei sich, da gebe ich dir recht. Aber viele Männer von der Art dieses Curabayn Bangkea schmücken sich mit Würgebändern, vorwiegend aus ornamentalen, denn aus zweckmäßigen Gründen. Daß er ein solches Band am Arm trug, beweist gar nichts. Noch ist es ein gesicherter Beweis, daß damit dieser Kundalimon getötet wurde. Und selbst falls dies der Fall gewesen sein sollte, Herrin, besteht immer noch die Möglichkeit, daß der, der Kundalimon tötete, auch der Mörder von Curabayn Bangkea ist und ihm das Band nur an den Arm gebunden hat, um den Verdacht auf ihn zu lenken. Oder laß mich dir noch eine weitere mögliche Hypothese vorlegen: Curabayn Bangkea hat den Mörder gefaßt und ihm das Würgetuch abgenommen, als Beweisstück, und wurde danach selbst getötet. Vielleicht von einem Komplizen des Mörders.«

»Du verfügst über ein ganzes Arsenal von Hypothesen.«

»So arbeitet nun einmal mein Verstand«, sagte Husathirn Mueri. »Ich kann nichts dafür.«

»Ja, wirklich«, erwiderte Taniane scharf.

Was sie wirklich am liebsten getan hätte: Ihr Zweitgesichtssensorium einzusetzen und zu sondieren, wie tief Husathirn Mueri tatsächlich in diese scheußliche elende Geschichte verwickelt war. Sie hatte immer noch den Eindruck, da sie ihn ja kannte, daß er ganz absichtlich ihre Anordnungen als Order fehlinterpretierte, Kundalimon beseitigen zu lassen. Immerhin, Kundalimon war für Husathirn Mueri ein Rivale in der Gunst um Niallis Zuneigung gewesen, ja, er hatte ihn besiegt und ihre Gunst tatsächlich gewonnen. Es kam also Husathirn Mueri durchaus recht gelegen, ihre Worte falsch zu verstehen und dann seine Subalternkreatur, diesen Wachhauptmann, loszuschicken, um Kundalimon zu ermorden. Und dann auch gleich den Hauptmann umbringen zu lassen, um ihn zum Schweigen zu bringen.

Es paßte alles zusammen. Außerdem verströmte Husathirn Mueri, wie er da so vor ihr hockte, eine Aura wie eine dumpfe Wolke von übelriechendem Sumpfgas.

Dennoch, sie konnte nicht einfach ihr Zweitgesicht

einsetzen und sich auf eine Faktensondierung in seinem Bewußtsein begeben. Es wäre eine höchst skandalöse Verletzung seiner Persönlichkeitsrechte gewesen und überdies unangemessen unfein. Nein, sie würde zuerst formell Anklage erheben, ihn vor ein Gericht stellen lassen müssen, ehe so etwas möglich war. Und sollte er in der Tat und an der Tat unschuldig sein, so hätte sie damit persönlich gar nichts gewonnen, außer daß sie sich einen unversöhnlichen Feind geschaffen hätte, der zufällig auch noch einer der schlausten und mächtigsten Männer der Stadt war. Nein, das Risiko lohnte sich nicht.

Könnte es sein, daß es mir je durch den Kopf ging, ohne daß ich es bewußt erkannt hätte, fragte sie sich jetzt, daß ich Kundalimon einfach beseitigen lassen wollte? Und ist es denkbar, daß ich dies Husathirn Mueri irgendwie zu verstehen gab, ohne ganz zu begreifen, was ich von ihm verlangte?

Nein. Nein. Nein.

Sie hatte nie gewollt, daß dem jungen Mann irgendein Leid geschehen sollte. Sie wollte nur die Kinder der Stadt schützen gegen diesen irrwitzigen, abersinnigen Hjjk-Glauben, den er verbreitete. Doch, da war sie ganz sicher. Nein, es war unmöglich, daß sie den Tod des ersten und einzigen Geliebten ihrer eigenen Tochter angeordnet haben sollte.

Und wo war sie jetzt, Nialli? Seit sie aus dem Stadion gelaufen war, hatte niemand sie mehr gesehen.

»Du verdächtigst mich immer noch der Mitwisserschaft?« fragte Husathirn Mueri.

Taniane starrte ihn steinkalt an. »Ich verdächtige jeden — außer vielleicht meinen Partner und meine Tochter.«

»Welche beweiskräftigen Sicherheiten könnte ich dir geben, Edle, daß ich mit dem Tod des jungen Mannes nichts zu schaffen hatte?«

Sie zuckte die Achseln. »Genug davon. Aber es war

dein Untergebener, dieser Polizist, der es übernahm, Kundalimon töten zu lassen oder ihn selbst zu töten.«

»Höchstwahrscheinlich. Ich stimme zu.«

»Aber wem legen wir dann die Ermordung dieses Curabayn Bangkea zur Last?«

Husathirn Mueri breitete die Hände aus. »Ich habe keine Ahnung. Vielleicht ein paar Rowdies bei den Spielen, die ihn in einer dunklen Ecke überfielen. Vielleicht eine alte Rechnung, die da beglichen wurde. Er war immerhin Hauptmann der Wachen und ziemlich überheblich. Er muß etliche Feinde gehabt haben.«

»Aber am selben Tag, an dem Kundalimon ermordet wird ...«

»Ein zufälliges Zusammentreffen, das wohl nur die Götter erhellen könnten. Ich jedenfalls nicht, Edle. Doch die Nachforschungen werden natürlich fortgesetzt, bis wir den Fall gelöst haben, selbst wenn es hundert Jahre dauern sollte. Beide Todesfälle werden aufgeklärt, das verspreche ich dir.«

»In hundert Jahren spielt das alles nicht die geringste Rolle mehr. Aber heute ist es wichtig, daß ein Abgesandter der Königin-der-Königinnen in unserer Stadt ermordet wurde. Bei schwebenden Vertragsverhandlungen.«

»Dies also beunruhigt dich?«

»Ich wünsche nicht in einen Krieg mit den Hjjks verwickelt zu werden, bevor wir dazu vorbereitet sind. Nur Yissou mag wissen, was in den Gehirnen von Hjjks vorgeht, aber wenn ich die Königin wäre, ich würde die Ermordung meines Gesandten wahrhaftig als eine höchst gravierende Provokation betrachten. Effektiv als einen Akt feindseliger Aggression und Anlaß für Krieg. Und wir sind noch längst nicht so weit, daß wir es mit ihnen aufnehmen könnten.«

»Ich stimme zu. Doch es handelt sich ja nicht um einen derartigen Akt der Provokation. Bedenke doch, Edle ...« Er zählte seine Fakten an den Fingern auf. »Erstens: Sein Gesandtschaftsauftrag war erfüllt. Er hatte seine Botschaft überbracht, und zu weiterem war er nicht befugt. Er war nicht als Unterhändler hergeschickt, sondern nur als ein Bote — und nicht einmal ein besonders fähiger. Zweitens: Er war Bürger dieser unsrer Stadt und nach einer langen, langen Abwesenheit, einer Folge seiner Entführung, hierher zurückgekehrt. Er war also in keiner Weise Untertan der Königin. Er hatte sich nur in ihrem Machtbereich befunden, weil ihre Leute ihn uns gestohlen hatten. Welchen Anspruch auf ihn könnte sie geltend machen? Drittens: Es bestehen keine regulären Kontakte zwischen Dawinno und dem NEST, also auch kaum Grund zu Befürchtungen, daß die dort je erfahren, was aus ihm geworden ist, vorausgesetzt, es kümmert sie überhaupt. Wenn wir auf ihr Vertragsangebot antworten, falls wir das überhaupt tun, sind wir in keiner Weise verpflichtet, irgendwelche Auskünfte über Kundalimons eventuellen Aufenthaltsort zu liefern. Und vielleicht antworten wir ihnen ja überhaupt nicht. Viertens ...«

»Nein!« sagte Taniane schneidend. »In Yissous Namen, keine weiteren Hypothesen! Hört dein Hirn denn nie auf zu ticken, Husathirn Mueri?«

»Nur wenn ich schlafe. Vielleicht.«

»Dann begib dich in dein Bett. Und ich verzieh mich endlich in meins. Du hast mich überzeugt. Die Ermordung dieses jungen Mannes wird uns nicht die Hjjks auf den Hals laden. Dennoch ist unserer Gemeinschaft eine tiefe Wunde geschlagen worden, und die läßt sich nur heilen, wenn diese Mörder gefunden werden.«

»Der im Fall des Kundalimon ist meiner Überzeugung nach bereits selbst schon tot.«

»Nun, dann treibt sich aber immer noch mindestens ein Mörder frei unter uns herum. Ich beauftrage dich, ihn ausfindig und dingfest zu machen, Husathirn Mueri.«

»Ich werde keine Mühe scheuen, Herrin. Darauf kannst du dich verlassen.«

Er verneigte sich und ging. Sie blickte ihm nach, bis er an der Biegung des Korridors ihren Augen entschwand.

Endlich war der Tag zu Ende. Also, auf nach Hause jetzt. Hresh wartete dort schon auf sie. Die Nachricht vom Tode Kundalimons hatte ihn schwerer getroffen, als sie erwartet hätte. Selten hatte sie ihn so bekümmert gesehen. Und dann — Nialli! Das Kind mußte gefunden werden! Man mußte sie trösten …

Es war wirklich ein sehr langer Tag gewesen.

Hier ist tiefste Tropenwildnis. Die Luft klebt im Hals mit jedem Atemzug, und der Boden ist weich und federnd unter jedem Schritt wie ein nasser Schwamm. Nialli Apuilana hat keine Ahnung, wie weit von der Stadt weg sie geflohen ist. Sie hat überhaupt keine klaren Vorstellungen. Ihr Kopf ist von Gram und Schmerz ganz verstopft. Es fließen keine Gedanken.

Anstelle des Denkens gibt es jetzt nur noch ihr Zweites Gesicht, das auf irgendeine Weise automatisch funktioniert und ihr in dumpfen pulsenden Schüben Informationen über ihre Umgebung übermittelt. Sie hat ein Bewußtsein der Stadt, weit in ihrem Rücken, wo sie auf ihren Hügeln hockt wie ein riesenhaftes Ungeheuer mit unzähligen Fangarmen, ein Ungeheuer aus Ziegeln und Steinen, das Wellen kalten bedrohlichen Unheils ausstrahlt. Sie spürt die Sümpfe, durch die sie rennt, und das verborgene, große und kleine Leben, von dem sie erfüllt sind. Sie spürt die Weite des Kontinents, der sich vor ihr erstreckt. Doch nichts ist klar, alles ist ohne Zusammenhang. Einzig real ist nur die Flucht selbst für sie, der wahnsinnhafte brüllende Drang — zu laufen, laufen und laufen.

Eine Nacht und ein Tag und eine weitere Nacht und fast ein voller Tag sind verstrichen, seit sie aus Dawinno floh. Einen Teil des Weges war sie auf einem Xlendi geritten, das sie unbarmherzig in das südliche Seengebiet vorangetrieben hatte; doch irgendwo spät am ersten Tag der Flucht hatte sie an einem Bach haltgemacht, um zu trinken, und das Xlendi war davongewandert. Und seitdem ist sie zu Fuß weitergeirrt. Sie hält kaum an, außer um ein, zwei Stunden lang zu schlafen. Und jedesmal versinkt sie dabei in eine fast todesähnliche Finsternis, und wenn sie daraus wieder auftaucht, erhebt sie sich und rennt weiter, richtunglos und ohne Ziel. Ein Fieber hat sie erfaßt, so daß sie überall zu brennen glaubt, doch es verleiht ihr Kraft. Sie ist wie ein Lavastrom, der sich eine feurige Bahn durch das unvertraute Land frißt. Sie verschlingt Früchte, die sie im Laufen von den Bäumen und Büschen zerrt. Sie bückt sich und pflückt Schwämme mit gelbleuchtenden Hüten vom Boden und stopft sie sich in den Mund, ohne innezuhalten. Überkommt sie der Durst, trinkt sie, wo sie Wasser findet, gleich, ob es frisch ist oder abgestanden. Es ist alles unwichtig. Wichtig ist nur ihre Flucht.

Ihr Leib ist längst schon in jenen merkwürdig kristallinen Bereich geglitten, der jenseits der äußersten Erschöpfung liegt. Sie spürt das Hämmern in den müden Beinen nicht mehr, nimmt den keuchenden Protest ihrer Lungen nicht mehr wahr, auch nicht die Schmerzen, die ihr im Rücken nach oben schießen. Sie läuft in graziösen Sätzen, rasch und irgendwie in gedankenloser Gelöstheit.

Sie darf ihrem Verstand nicht erlauben, wieder bewußte Kontrolle zu erlangen.

Denn dann würde sie wieder die todesschwangeren Worte hören müssen: *In einer Gasse gefunden. Tot. Erwürgt.*

Das Bild seines schlanken Körpers würde vor ihr auftauchen: verkrümmt, zusammengesunken, blicklos zum grauen Himmel emporstarrend. Die Hände ausgestreckt. Die Lippen leicht geöffnet.

In einer Gasse gefunden …

Kundalimon. Ihr Geliebter. Tot. Dahin für alle Zeit.

Sie wollten gemeinsam nach Norden gehen, zur Königin. Gemeinsam, Hand in Hand, wären sie ins Nest-der-Nester hinabgestiegen, in dieses warme, süßduftende geheimnisschwangere Reich unter den fernen weiten Grasebenen. Das Lied der Nest-Bindung hätte ihre Seelen mit sich fortgerissen. Der Sog der Königin-Liebe hätte alles Disharmonische in ihren Herzen aufgelöst. Freundliebe hätten sie in ihre Umarmungen gezogen: die Nest-Denker, Ei-Former, Lebensfunken-Spender, die Soldaten auch, jede Kaste hätte sich um die Neuankömmlinge gedrängt und sie in ihrer wahren Heimat willkommen geheißen.

Tot. Erwürgt. Mein Ein und Alles!

Nialli hatte nie geahnt, daß es eine Liebe wie die zwischen Kundalimon und ihr geben könne. Und sie weiß: Es wird für sie nie wieder eine solche Liebe geben. Sie sehnt sich jetzt nach nichts mehr, als zu ihm zu gelangen, an welchem Ort er jetzt auch sein mag.

Und sie läuft und sieht nichts und denkt nichts.

Wieder die Dämmerung. Die Schatten wachsen tiefer, legen sich wie dunkle Hüllen um sie. Ab und zu fällt ein sanfter warmer Regen. Dichte goldene Nebelschwaden heben sich von der feuchten Erde. Um sie herum kreisen weiche Wolkenspiralen und nehmen die Form von Göttern an, die keine Gestalt besitzen und an deren Existenz sie nicht glaubt. Sie umgeben sie, ragen höher hinauf als die gewaltigen glattstämmigen rebenüberwucherten Bäume, und sie sprechen zu ihr mit Stimmen, die zu ihren Ohren niederfallen in leuchtenderen Harmonien, als sie sie je gehört hat.

»Ich bin Dawinno, Kindchen. Ich nehme alles fort und verwandle es und mache es neu und schenke es der Welt wieder. Ohne mich wäre hier nur unveränderlicher Fels.«

»Ich bin Friit. Ich bringe Heilung und Vergessen. Ohne mich gäbe es nur die Qual.«

»Und ich bin Emakkis, Mädchen. Ich bin der Ernährer. Ohne mich könnte sich das Leben nicht fortsetzen.«

»Ich, mein Kind, ich bin Mueri. Ich bin die Tröstung. Ich bin die Liebe, die geduldig fortbesteht und alles durchdringt. Ohne mich wäre nur Tod und ein Ende aller Dinge.«

»Und ich bin Yissou. Ich bin der Beschützer vor dem Übel. Ohne mich wäre die Welt ein Tal voller Dornen und Reißzähne.«

Tot. Erdrosselt. In einer Gasse. Erwürgt. In der Gosse.

»Es gibt keine Götter«, murmelt Nialli. »Es gibt nur die Königin, die uns mit ihrer Liebe trägt. *Sie* ist unser Heil und unser Trost, unser Schutz und unsere Ernährerin. Und unser Heil und unsere Verwandlung.«

Goldenes Licht umflutet sie in der wachsenden Dunkelheit. Die Dschungel glastet von Licht. Die Seen und Tümpel und Wasserläufe in ihr schimmern von dem Licht. Aus allem strömt Licht. Die Luft ist dick und brennend-heiß, und in ihr wirbeln spiralig die geheiligten Bilder der Himmlischen Fünffaltigkeit. Nialli preßt die Hände vors Gesicht, um ihre Augen zu schützen, weil das Licht so gewaltig stark ist. Doch dann läßt sie sie sinken und läßt das Licht auf sich zufluten, und es ist sanft und voll Liebe. Sie gewinnt daraus frische Kräfte. Und sie rennt weiter und tiefer in diesen kristallinen Bereich jenseits der Ermüdung hinein.

Wieder vernimmt sie die Stimmen. Dawinno, Friit, Emakkis, Mueri, Yissou ... Zerstörer — Heiler — Ernährer — Tröster — Beschützer.

»Die Königin«, murmelt Nialli. »Wo ist die Königin? Warum kommt SIE mir denn jetzt nicht zu Hilfe?«

»Ach, Kindchen. Sie ist WIR — wir sind SIE. Verstehst du denn nicht?«

»*Ihr* seid die Königin?«

»Die Königin *ist* Wir.«

Sie bedenkt das.

Ja, denkt sie. Ja, natürlich, so ist es.

Auf einmal kann sie wieder denken. Ihre Augen sind offen. Sie kann wieder die Sterne sehen, und sie kann die vielen Welten sehen und das leuchtende Netzgewebe der Königin-Liebe, das die Welten zusammenhält. Und sie weiß, daß alles eins ist, daß es keine Differenzen gibt, keine Abstufungen, keine Abgrenzungen zwischen einer und den anderen Formen von Realität. Bisher hat sie das nie bemerkt. Jetzt aber sieht sie und hört und akzeptiert es.

»Siehst du uns, Kind? Hörst du uns? Fühlst du unsere Nähe? *Erkennst* du uns?«

»Ja! O ja!«

Formlose Gestalten. Gesichter ohne Individualstrukturen. Mächtige Klanggebilde hallen durch die sich lagernden Schatten. Aber Licht sprudelt von überallher, aus dem Inneren heraus. Dichte. Fremdheit. Rätselhaftigkeit. Sie ist umgeben von — Gotthaftigkeit ringsum. Schönheit. Frieden. Ihr Gehirn lodert, aber es ist ein kühles weißes Feuer, das alle Schlacken ausbrennt. Aus der Erde dringt ein dröhnender Laut, der sich bis zum Firmament erhebt, doch es ist ein süßes Dröhnen, und es umfängt sie schützend wie eine Hülle. Die Fünf Himmlischen sind überall, und Nialli ruht in ihrer Umarmung.

»Ich begreife«, flüstert sie. »Die Königin — der Erschaffer — Nakhaba — die Fünffaltigkeit — alles ist ein und dasselbe, nur verschiedene Aspekte ein und derselben Wesenheit …«

»Ja. Ja.«

Die Nacht kommt nun rasch. Der schwerhängende Himmel hinter Nialli streift sich mit Blau, mit Scharlachrot, Purpur, mit Grün. Vor ihr das Dunkel. Laternenbäume entzünden sich. Überall tauchen Dschungelbewohner auf. Rings um Nialli flirren schimmernd Flügel und Hälse und Krallen und Schuppen und Gebisse.

Sie sinkt auf die Knie. Sie kann nicht mehr weiter. Als ihr Denkvermögen sich wieder herstellte, kehrte auch die reale Erkenntnis ihrer völligen Erschöpfung zurück. Sie gräbt die Hände in den warmen feuchten Erdboden und krallt sich dort fest.

Aber dann hat es den Anschein, nur kurz, während sie dort so zitternd und keuchend und furchtbar erschöpft kauert, daß sie wieder ganz allein sei — bis auf all diese Kreaturen, die in der schwärzer werdenden Nacht um sie herum kreischen und keckern und brüllen und zischen. Sie verspürt ein kleines furchtsames Frösteln. Wohin sind die Götter verschwunden? Ist sie vielleicht so schnell gelaufen, daß sie hinter ihr zurückgeblieben sind?

Nein. Sie kann sie ja immer noch nahe fühlen. Sie braucht sich ihnen nur zu öffnen, und sie sind da.

»Ja, Kind, hier bin ich. Ich bin Mueri. Ich bring dir Trost.«

»Hier. Yissou. Ich beschütze dich.«

»Emakkis. Ich werde dich nähren.«

»Ich bin Friit. Ich heile dich.«

»Ich bin Dawinno. Ich werde dich — verwandeln — verwandeln — verwandeln — Kind.«

Es war die fünfte Woche von Thu Kimnibols Aufenthalt in der Stadt Yisso. Mit den sachlichen Verhandlungen über ein Militärbündnis zwischen Salaman und dem Stadtstaat Dawinno hatte man noch nicht begonnen; man steckte noch in den Vorgesprächen, die zudem noch recht wenig handfest waren. Salaman schien es überhaupt nicht eilig zu haben. Er wich Thu Kimnibols Versuchen, endlich zum Kern der Sache zu kommen, beständig aus. Statt dessen erfreute der König ihn mit immer neuen, nie endenwollenden Festen und Feiern, als betrachte er ihn als ein Mitglied der königlichen Familie, und das Mädchen Weiawala teilte Nacht um Nacht sein Lager mit ihm, als wären sie einander bereits anverlobt. Und er hatte sich ja nun wirklich sehr rasch daran gewöhnt, sich ihre eifervoll bereitwillige Leidenschaft gefallen zu lassen. Irgendwie war ihm dadurch wieder der Geschmack am Lebendigsein zurückgekehrt.

Also beunruhigte ihn der schleppende Fortschritt der Verhandlungen nicht. Es bot ihm die Möglichkeit, die schmerzliche Wunde nach Naarintas Tod ausheilen zu lassen, daß er hier so weit fort war von den alten vertrauten Umständen und Verbindungen. Hier hatte er ja im Grunde noch weitaus ältere Verbindungen. Auf eine geradezu merkwürdige Weise genoß Thu Kimnibol es geradezu, daß er nun nach so langer Zeit wieder in der Stadt zurück war, in der er die entscheidenden, prägenden Jahre seines Lebens verbracht hatte, von seinem dritten bis zum neunzehnten Jahr. Seine Geburtsstadt, Vengiboneeza, kam ihm wie ein Ort aus einem Traum vor, undeutlich, verschwommen, nichts weiter. Und Dawinno, so grandios es sein mochte, war ihm nun auf einmal fern und wesenlos. Sein ganzes dortiges Leben, das Prinzenpalais und seine Gefährtin und die Freunde und die Lustbarkeiten waren immer blasser geworden, bis sie ihm kaum jemals wieder in den Kopf kamen. Hier dagegen, im dunklen Schatten der Titanenmauer Salamans, dieses grotesken Gebildes, und in dem dumpfen, engen und Klaustrophobie ausbrütenden Verhau von Stadt begann er sich allmählich irgendwie heimisch zu fühlen. Das kam für ihn ganz überraschend, und er verstand es auch nicht. Er bemühte sich nicht einmal darum, es zu verstehen. Und was seine Mission betraf, den Zweck seiner Entsendung, je weniger man sich dabei übereilte, desto besser. Ein Bündnis, wie es ihm vorschwebte, das schmiedete man besser nicht überstürzt.

Oft ritt er aus, ins Umland jenseits der Mauer. Gewöhnlich mit Esperasagiot und Dumanka und Simthala Honginda, gelegentlich aber auch mit dem einen und anderen älteren Sohn des Königs. Diese Ausflüge waren auf einen Vorschlag Salamans hin erfolgt. »Deine Xlendis brauchen Auslauf«, sagte er. »Die Straßen in der

Stadt sind zu eng und zu kurvenreich. Da können die Tiere doch gar nicht richtig mit ihren Beinen ausgreifen.«

»Besteht die Gefahr, daß wir da draußen auf Hjjks stoßen?« fragte Thu Kimnibol. »Ich hab irgendwie so den Eindruck gewonnen, daß die dort überall herumkreuchen.«

»Solltest du sehr weit nach Nordosten vorstoßen, dann ja. Sonst besteht keine Gefahr von Belästigungen.«

»Richtung Vengiboneeza, willst du sagen?«

»Genau. Da hocken diese dreckigen Wanzlinge. Eine ganze Million Ungeziefer vielleicht. Zehn Millionen, was weiß ich schon. Aber es brodelt in Vengiboneeza nur so von denen«, sagte Salaman. »Sie wimmeln dort herum wie Flöhe.« Er warf Thu-Kimnibol einen schlauen Blick zu. »Aber selbst wenn du bei deinen Ausritten mal ab und zu auf ein, zwei Hjjks stoßen solltest, was macht das schon? Du hast doch mal, wenn ich mich recht erinnere, ganz gut gewußt, wie man sie umbringt.«

»Höchstwahrscheinlich weiß ich das auch heute noch«, sagte Thu-Kimnibol ruhig.

Dennoch, vor der Mauer der Stadt bewahrte er Vorsicht. Gewöhnlich ritt er durch das befriedete Ackerland südlich der Stadt, aber ein paarmal stieß er mit Esperasagiot ein Stück weit in den wenig bedrohlich wirkenden Waldbezirk östlich vor, wagte sich jedoch niemals gen Norden. Nicht, daß es ihn besonders beunruhigt hätte, dort vielleicht auf Hjjks zu stoßen (er verwünschte Salaman für seine hinterhältige Unterstellung von Feigheit); es wäre ein feiner Sport gewesen, mal ein paar Hjjks zu tranchieren... Doch er war mit einem Auftrag hergekommen, und sich in einer Schlägerei mit den Wanzen umbringen zu lassen, das wäre mehr als bloße Dummheit gewesen, es wäre verantwortungslos gehandelt.

Dann schlug Salaman einen gemeinsamen Ausritt vor. Und mit Erstaunen bemerkte Thu-Kimnibol, daß der König sich westwärts wandte, über eine Hochebene, die in rauhes, von schmalen Schluchten durchzogenes Gelände überging, wo ihre Xlendis Mühe hatten, sicheren Tritt zu fassen. Ein schwieriges Gelände voller Brüche. Überall konnten Gefahren lauern. Verspürte Salaman vielleicht das Bedürfnis, den Mut seines Gastes auf die Probe zu stellen? Oder seinen eigenen zu beweisen? Thu-Kimnibol ließ sich seine Gereiztheit nicht anmerken. »Hier ist der Ort«, sagte der König schließlich, »an dem wir die Hjjks vernichtend geschlagen haben, an jenem Tag der Großen Schlacht. Erinnerst du dich? Du warst noch so jung damals.«

»Alt genug, mein Cousin.«

Sie hielten und starrten ins Land. Thu-Kimnibol fühlte, wie alte Erinnerungen, so verdeckt sie sein mochten durch die Schleier der Zeit, in ihm heraufstiegen. Zuerst waren die Hjjk-Formationen durch jene Erfindung Hreshs in Verwirrung geraten, die ihre Zinnobären in einer wilden Stampede in diese von Gesteinsbrocken übersäten Rinnen trieb. Und dann die Schlacht selbst. Wie hatte er an jenem Tag gekämpft! Hatte sie zu Stükken zerhauen, während sie benommen herumtaumelten! Ganze sechs Jahre war er damals alt, oder? Ja, so ungefähr. Aber schon doppelt so groß wie irgendein Gleichaltriger. Und er führte sein eigenes Schwert — und nicht etwa einen Spielzeugsäbel! Die prachtvollste Stunde seines Lebens: er — der kindliche Held, der Schwertknabe, voll Wut und Zorneseifer hackend und alles niedermähend ... Es war das eine, das einzige Mal in seinem Leben, daß er die wahre Lust des Schlachtens gekostet hatte. Er sehnte sich danach, diesen berauschenden Wein erneut auf seinen Lippen zu schmekken.

Bei ihrem zweiten gemeinsamen Ausritt wurde der König sogar noch kühner, denn diesmal strebte er dem bewaldeten Hochland im Nordosten der Stadt zu. Also genau jener Region, vor der er Thu-Kimnibol gewarnt hatte. Und er ritt unbeirrt stundenlang weiter, ohne umzukehren. Und während der Tag verstrich und sie immer weiter und weiter ritten, schien es Thu-Kimnibol allmählich denkbar, daß Salaman vorhaben könnte, die ganze Strecke bis nach Vengiboneeza zu reiten. Oder eine ähnliche Wahnsinnsaktion. Das war natürlich unmöglich, eine solche Fahrt würde Wochen dauern, und an ihrem Ende lauerte der sichere Tod. Aber angeblich wimmelte es selbst so nahe der Stadt im Nordosten nur so von Hjjks. Wenn es also auf dieser Strecke so gefährlich war, wieso hatte der König sie diesmal gewählt?

Sie ritten schweigend bis spät in den Nachmittag einen hohen Kamm entlang, der sich dahinzog, soweit das Auge reichte. Die Gegend wurde immer wilder. Einmal verfinsterte ein Zug von Blutvögeln kurz den Himmel dicht über ihnen. Auf einem sonnenheißen Kogel bewegte sich gemächlich ein Trupp der großen bleichen Grünklauen genannten Insekten (feiste vielgliedrige Brocken, halb so lang wie ein Mann) umher. Später kamen sie an einer Stelle vorbei, an der der Grund in Bewegung war, als ob ein großer Bohrer sich unterirdisch vorwärtsarbeite, und als Thu-Kimnibol hinabsah, blickten ihm riesige scharlachrote Telleraugen aus dem weichen Erdhub entgegen, und mächtige gelbe Zähne rieben sich knirschend gegeneinander.

Schließlich hielten sie an einer offenen grasbewachsenen Stelle an einer Kammspitze. Der Himmel färbte sich schon dunkel und sah nun aus wie starker Wein. Thu-Kimnibol starrte in die sich sammelnden Schatten im Osten. Dort draußen lag irgendwo Vengiboneeza, aber natürlich weit, weit jenseits seines Blicks. Er erinnerte sich nur noch an einen Haufen von Trümmern und Schutt, an das Bild eines Turmes, das Kopfsteinpflaster eines weiten Boulevards, den erhabenen Schwung eines weiten Platzes. Diese leuchtende uralte Stadt — voller

Gespenster. Und die Millionen Hjjks, wild schwärmend in ihrem Stock. Wie gräßlich der Ort nach ihnen stinken mußte!

Nach einiger Zeit glaubte Thu-Kimnibol, daß er Gestalten erkennen könne, die sich in sehr weiter Ferne, fremdartig und kantig, in dem Flachcanyon unterhalb des Kammes bewegten.

»Hjjks«, sagte er. »Siehst du sie?«

Auf diese Entfernung wirkten sie sehr klein, kaum größer als gelbe Punkte mit schwarzen Streifen.

Salaman kniff die Lider zusammen und schaute angestrengt. »Wahrhaftig, bei Yissou! Einer, zwei, drei, vier ...«

»Und ein fünfter, flach auf dem Boden. Mit dem Bauch nach oben.«

»Deine Augen sind jünger als meine. Aber ja, jetzt kann ich sie auch unterscheiden. Siehst du jetzt, wie nahe an Yissou sie sich heranwagen? Immer näher und näher kommen sie frech heran.« Er spähte noch angestrengter. »Die beiden Dicken sind Weibchen. Kämpfer-Hjjks, das sind sie. Bei denen sind die Weiber die Stärkeren. Ich nehme an, sie geleiten die übrigen drei irgendwohin. Ein Spähtrupp. Der Hjjk auf dem Boden ist schwerverletzt, wie es aussieht. Oder tot. Wie immer, sie werden in Kürze einen Festschmaus haben.«

»Einen — Festschmaus?«

»Ja. Von dem Toten. Sie lassen nichts verkommen, diese Hjjks. Hast du das nicht gewußt? Nicht mal ihre eigenen Toten.«

Über diese monströse Vorstellung mußte Thu-Kimnibol lachen. Doch dann überlegte er die Idee noch ein wenig, und ihn überlief ein Schauder. War es möglich, daß Salaman im Ernst sprach? Ja, doch, anscheinend meinte er es ganz ernst. Und das Quartett der fernen Hjjks schien inzwischen auch über dem Leib des Liegenden zu kauern und ihn säuberlich zu zerstückeln, die Gliedmaßen abzutrennen, sie zu zerspalten, um an das Fleisch darinnen zu gelangen. Er sah sich dies voll Entsetzen an, konnte jedoch den Blick nicht abwenden. Vor Ekel fröstelte ihn auf der Haut, und seine Eingeweide zuckten. Die geschäftig säbelnden Scheren, die gierigen Schnäbel, dieser beharrliche, gewissenhaft erledigte Freßprozeß — wie abscheulich, wie widerlich waren diese Geschöpfe ...

»Also sind sie Kannibalen? Und bringen sich gegenseitig wegen des Fleisches um?«

»Ja, Kannibalen. Sie finden es durchaus in Ordnung, die eigenen Toten aufzufressen. Sie sind höchst sparsame, ökonomiebewußte Wesen. Aber Mörder, nein, das sind sie nicht. Ihresgleichen zu *morden,* mein Cousin, das scheint bei ihnen keine allgemeine Praktik zu sein. In diesem Fall da drunten vermute ich, der Hjjk ist mit etwas noch Scheußlicherem als einem Hjjk zusammengestoßen. Und Yissou weiß, in diesem weiten Land lauern allüberall Gefahren, hunderterlei verschiedene wilde Bestien ...«

»Sparsam? Sagst du?« Thu-Kimnibol spuckte fast vor Ekel. »Leichenfresserische Dämonen, das ist es, was sie sind. Wir sollten sie allesamt bis zum letzten Säugling ausrotten!«

»Ach, ist das deine Überzeugung, mein Cousin?«

»Sie ist es.«

Salaman lächelte breit. »Nun, so denken wir beide ähnlich. Ich hatte mir erhofft, daß du unsern Ausritt instruktiv finden würdest. Erkennst du jetzt, mit welchem Feind wir hier konfrontiert sind? Und warum ich meinen Wall baue, den ihr alle so komisch findet; ich weiß, ich weiß, und warum dermaßen hoch? Wir sind nur eine kleine Strecke von der Stadt ausgeritten — und da siehst du sie, vor unseren Augen, ihre Greuel begehen, und es bekümmert sie nicht im mindesten, daß wir sie dabei beobachten.«

Thu-Kimnibols Augen glitzerten. In seiner Stirn pochte es. »Wir sollten runtergehen und sie töten, während sie fressen. Wir sind zu zweit — die nur vier … keine schlechte Aussichten.«

»Aber hinter den Bäumen dort könnte noch eine ganze Hundertschaft lauern. Hättest du Lust, die nächste Mahlzeit für sie abzugeben, mein Cousin?« Salaman zupfte ihn am Arm. »Komm! Die Sonne ist gesunken, und wir sind weit von der Stadt. Wir kehren besser um, glaube ich.«

Doch Thu-Kimnibol war nicht fähig, den Blick von dem Schlachtfest drunten im Canyon zu wenden.

»Eine Vision überkommt mich, wie ich hier stehe«, sprach er leise. »Ich sehe ein Heer, eine Armee von Tausenden der Unsrigen, über dieses Land reiten. Aus deiner Stadt und von der unsrigen und aus all den kleinen Siedlungen dazwischen. Das Heer zieht rasch voran, schlägt blitzschnell zu und macht jeden Hjjk nieder, auf den wir stoßen. Ohne Rast und Halt ziehen wir bis mitten ins Herz des Großen Nests, bis direkt in das persönliche Versteck der Königin. Ein Blitzkrieg, dem sie nicht standhalten können, gleichgültig, wie zahlreich sie sind. Ihre Stärke liegt in der Königin. Wenn *sie* getötet ist, sind sie hilflos, und wir können leicht und nach unserem Belieben alle übrigen liquidieren. Was sagst du dazu, Salaman? Ist das nicht ein wundervolles Szenario?«

Der König nickte. Er sah angenehm überrascht aus. »Wir denken wirklich in die gleiche Richtung, Gevatter. Ja, wir denken *gleich!* Kannst du dir denken, wie lange ich schon darauf warte, daß einer aus Dawinno kommt und mir dies sagt? Ich hatte die Hoffnung schon beinahe aufgegeben.«

»Du hast also nie erwogen, den Krieg allein zu führen?«

Für einen Moment regte sich etwas wie Verärgerung im Blick des Königs. »Wir sind zahlenmäßig nicht stark genug, mein lieber Cousin. Unsere Niederlage wäre gewiß. Aber eure Stadt, seit ihr diese ganzen Bengs aufgenommen habt … Da wären die Truppen, die ich brauchte. Aber welche Chance besteht, daß ich sie bekommen kann? Es lebt sich in deiner Stadt zu angenehm, Thu-Kimnibol. Dawinno ist kein Ort für Kriegshelden. Deine Person selbstverständlich ausgenommen!«

»Vielleicht unterschätzt du uns ein wenig, Cousin.«

Salaman zuckte die Achseln. »Die Bengs, ja, das waren einst Kämpfer, als sie noch wandernd durch die Ebenen streiften. Aber sogar sie sind da drunten in eurer südlichen Wärme fett, faul und träge geworden. Sie erinnern sich nicht mehr, welchen Riesenärger die Hjjks ihnen vor langer Zeit bereitet haben. Dawinno ist zu weit von den Hjjk-Landen entfernt, als daß sich irgendwer da drunten bei euch über sie noch Sorgen machen würde. Wie oft passiert es denn, daß ihr streunende Hjjks so nahe bei eurer Stadt habt, wie die dort unten bei meiner Stadt sind? Alle drei Jahre einmal? Wir leben Tag um Tag mit ihrer Nähe. Bei euch gibt es momentan mal ein bißchen zornig aufbrodelnde Volksseele, wenn ein Kind gestohlen wird, und dann kehrt das Kind zurück, oder man vergißt es, und alles bleibt schön gemütlich wie vorher.«

Thu-Kimnibol sagte steif: »Du gibst mir das Gefühl, mein Cousin, daß meine Mission zwecklos ist. Du sagst mir mitten ins Gesicht, daß ich für eine Nation von Feiglingen spreche.«

Der Stimmungsumschwung war plötzlich. Die beiden Männer betrachten einander nun starr und weit weniger freundschaftlich als noch vor wenigen Augenblicken. Lange hängt die Zurückweisung unerwidert zwischen ihnen. Drunten im Canyon geht das Freßfest weiter: Scharfe Geräusche, Knirschen und Knacken wehen mit der kühlen Abendluft herauf.

Dann sagt Salaman: »Es ist jetzt ein paar Wochen her, daß du mir gesagt hast, du bist gekommen, um mir eine Allianz vorzuschlagen, daß Dawinno seine Streitmacht mit uns vereinen will, um Krieg gegen die Hjjks zu führen. Sie zu vernichten wie Ungeziefer, das würdest du gern mit ihnen tun. Hast du gesagt. Ausgezeichnet. Wunderbar. Und jetzt präsentierst du mir dieses hübsche Bild, daß unsre beiden Streitmächte sich vereinigen und nach Norden marschieren. Prächtig, mein Cousin. Aber vergib mir meine Skepsis. Ich weiß, wie das Volk in Dawinno ist. Ein Bündnis her oder hin, aber was gibt mir die Sicherheit — wirklich eine Sicherheit —, daß eure Leute dann auch tatsächlich hier erscheinen und mitkämpfen? Was ich brauche, ist eine *Garantie*, daß du mir das dawinnische Heer ranschaffst. Kannst du mir diese Garantie geben, Thu-Kimnibol?«

»Ich glaube, ich kann es.«

»Daß du das glaubst, genügt mir nicht. Schau noch einmal dort hinunter, mein guter Gevatter. Sieh, wie sie ihren Genossen zerfetzen und zerfleischen, zerknacken und zerkauen. Kannst du deinen Leuten vermitteln, was du hier jetzt siehst? Das sind die Hjjks, und nur ein paar Stunden im Sattel von *meiner* Stadt entfernt. Mit jedem Jahr werden es mehr. Und jedes Jahr rücken sie uns ein bißchen näher.« Salamans Lachen klingt bitter. »Aber was stört es schon die Leute in Dawinno, wenn die Hjjks auf unsrer Türschwelle ihre Lager aufschlagen, he? Es wird ja das Fleisch *unsrer* Söhne und Töchter sein, nicht das der ihrigen, in Dawinno, von dem die Hjjks sich in einiger Zukunft nähren werden, oder, mein lieber Cousin? Aber machen eure Leute da drunten im Süden sich eigentlich klar, daß die Hjjks, wenn sie erst einmal uns erledigt haben, weiter nach Süden und auf Dawinno vorstoßen werden? Ihre Gier ist nicht zu bremsen. Und sie werden garantiert weiter nach Süden drängen. Wenn nicht sofort, dann in zwanzig, dreißig oder fünfzig Jahren. Und ist euer Volk wirklich fähig, so weit vorauszuschauen?«

»Einige ja. Und eben deshalb bin ich ja hier.«

»Ja, ja. Dieses famose Bündnis! Aber wenn ich dich frage, ob Dawinno tatsächlich zum Kampf bereit ist, gibst du mir keine Antwort.«

Salamans Augen funkeln jetzt hell in wildem Eifer. Sie bohren sich erbarmungslos in den Blick Thu-Kimnibols. Dessen Kopf beginnt zu schmerzen. Ihm schweben die diplomatischen Lügen auf der Zungenspitze, aber er drängt sie zurück. Dies ist ein Augenblick für die nackteste Wahrheit. Auch die kann sich zuweilen als brauchbares Instrument einsetzen lassen.

Also sagte er plump und direkt: »Du mußt gute Spione in Dawinno sitzen haben. Cousin.«

»Ja, sie machen ihre Arbeit ganz gut. Wie stark ist bei euch das Pazifistenlager, falls du mir das sagen willst?«

»Jedenfalls nicht so stark, daß die irgendwas durchsetzen könnten.«

»Du bist also tatsächlich überzeugt, eure Leute werden gegen die Hjjks in den Krieg ziehen, wenn die Zeit reif ist?«

»Ja.«

»Und wenn du sie überschätzen solltest?«

»Was ist, wenn *du* sie unterschätzt?« fragt Thu-Kimnibol zurück und blickt starr und hochmütig von seiner überragenden Höhe im Sattel des Xlendis auf den König nieder. »Sie werden kämpfen. Darauf gebe ich dir mein ganz persönliches Wort, Cousin. Auf die eine oder andere Weise werde ich dir eine Armee herbeischaffen.« Ein ausgestreckter Finger deutet in die Schlucht hinab. »Ich werde es irgendwie bewerkstelligen, daß meine Leute sehen und begreifen, was ich jetzt hier sehe. Ich will sie wachrütteln, und ich werde sie zu Kämpfern machen. Darauf hast du mein Wort!«

Über Salamans Gesicht huscht der Ausdruck einer entmutigend ungebrochenen Skepsis. Sofort danach aber mischt sich anderes bei: Eifer, Hoffnungsbereitschaft, bereitwillige Erwartung. Dann verschwindet das Gefühlsgemisch wieder, und das Gesicht des Königs drückt erneut nur steinernen, grob abweisenden Argwohn aus.

»Darüber wird man noch ausführlicher sprechen

müssen«, sagte er. »Nicht hier und nicht jetzt. Auf! Oder wir reiten in finsterster Nacht zurück.«

Und die Dunkelheit hatte sie auch wirklich erreicht und umfangen, als sie endlich die Stadt wieder erreichten. Auf der Mauerkrone loderten Fackeln, und als Chham, Salamans Sohn, zu ihrem Empfang aus dem Östlichen Tor geritten kam, war der besorgte Ausdruck auf seinem Gesicht unmißverständlich.

Der König tat das alles mit einem Lachen ab. »Ich hab unseren Gevatter auf einen Ritt ein Stückchen weit in Richtung Vengiboneeza geführt, damit er das Lüftchen schnuppern kann, das aus dieser Richtung weht. Aber wir waren natürlich keinen Moment in Gefahr.«

»Dem Beschützer sei Dank!« rief Chham.

Dann wandte er sich an Thu-Kimnibol: »Es ist ein Bote gekommen, mein Herr und Prinz, aus deiner Stadt. Er sagt, er ist Tag und Nacht geritten, und es muß wohl so sein, denn das Xlendi, das er ritt, war dermaßen überarbeitet, daß es eher tot als lebendig aussah.«

Thu-Kimnibol runzelte die Stirn. »Wo ist er jetzt?«

Chham wies zum Tor. »Er wartet auf dich in deinen Gemächern, mein Herr Prinz.«

Der Bote war ein Beng, einer der Wachsoldaten der Justizbehörde, und ein jüngerer Bruder des Hauptmanns der Stadtwache, Curabayn Bangkea. Thu-Kimnibol erinnerte sich, daß er den jungen Mann hin und wieder in der Basilika Dienst tun gesehen hatte. Sein Name lautete Eluthayn, und er sah wahrhaftig erschöpft und abgerissen genug aus, ein schmaler Schatten seiner selbst und vor Erschöpfung dem Zusammenbruch nahe. Er konnte gerade noch seine Botschaft stammeln. Und diese war bestürzend genug.

Salaman gesellte sich bald darauf zu Thu-Kimnibol.

»Du siehst bekümmert aus, Cousin. Es muß eine üble Nachricht gewesen sein. Es sieht so aus, als wäre in meiner Stadt eine Mordepidemie ausgebrochen.«

»Mord?«

»Noch dazu bei unserem Heiligsten Fest. Zwei Morde. Der eine Tote ist der Hauptman unserer Stadtwache, der ältere Bruder meines Boten. Der andere Tote ist dieser junge Mann, den die Hjjks mit ihrem Vertragsangebot zu uns geschickt hatten.«

»Der Botschafter der Hjjks? Wer würde den töten wollen? Und wozu?«

»Wenn man das wüßte!« Thu-Kimnibol schüttelte den Kopf. »Der Junge war ganz harmlos, also, jedenfalls kam er mir so vor. Der andere Kerl — nun ja, er war ein Idiot, aber wenn es schon genügt, daß jemand ein Idiot ist, um ermordet zu werden, dann müßten unsere Straßen ja von Blut schwimmen. Das Ganze ergibt überhaupt keinen Sinn.« Er verzog finster die Stirn, trat ans Fenster und starrte eine Weile in den düsteren Hof hinab. Dann wandte er sich wieder Salaman zu. »Es könnte sich erweisen, daß wir unsere Verhandlungen abbrechen müssen.«

»Du bist zurückbeordert worden, ja?«

»Der Kurier hat davon nichts gesagt. Doch wenn zu Hause derartige Dinge passieren ...«

»Was für Dinge? Zwei Mordfälle?« Salaman lachte leise in sich hinein. »Und sowas nennst du eine Mordepidemie?«

»Bei euch hier mag es ja fünf Morde jeden Tag geben, mein Cousin. Aber wir sind an sowas nicht gewöhnt.«

»Wir auch nicht. Aber zwei Fälle scheinen doch wohl kaum ...«

»Der Chef der Garde. Der Gesandte. Und ein Eilbote kommt die ganze weite Strecke hierher, um mich zu informieren. Warum? Nimmt Taniana an, die Hjjks werden Vergeltung üben? Vielleicht — vielleicht rechnen sie daheim mit Ärger, etwa gar mit einem Überfall der Hjjks auf Dawinno ...«

»Wir hier haben ihren Gesandten getötet, Gevatter, aber wir haben nie was darüber gehört. Ihr Südländer seid eben zu leicht erregbar, da liegt das Problem.« Salaman streckte Thu-Kimnibol die Hand entgegen. »Wenn du nicht offiziell abberufen bist, dann bleib genau hier, wo du jetzt bist, das wäre mein Rat. Taniane und ihr Präsidium können ohne dich mit dieser Mordsache fertigwerden. Und wir haben hier Arbeit genug, und wir haben kaum damit begonnen. Bleib in Yissou, mein Cousin. Das ist meine Überzeugung.«

Thu-Kimnibol nickte. »Du hast recht. Was in Dawinno passierte, betrifft meine Aufgabe nicht. Ja, wir haben viel zu tun.«

Hresh ist allein in seinen Privaträumen oben im Haus des Wissens; es ist noch früh am Abend, und er versucht, mit den ganzen jüngsten Ereignissen ins reine zu kommen. Seit Niallis Verschwinden sind zwei Tage vergangen. Taniane ist überzeugt, daß sie sich irgendwo in der Nähe aufhält, daß sie sich nur verkrochen hat, bis ihr Schmerz sich leergebrannt hat. Ganze Schwadronen der Wachen durchkämmen die Stadt und die Außenbezirke nach ihr.

Doch niemand hat sie gesehen. Und Hresh ist auch überzeugt, daß man sie nicht finden wird.

Sie ist zur Königin geflohen; dessen ist er sich sicher. Wenn sie dort unbeschadet ankommt, denkt er, wird sie ihr künftiges Leben bei den Hjjks verbringen. Sie wird Bürgerin des Nest-der-Nester werden. Und wenn sie an ihre Heimatstadt überhaupt jemals denkt, dann nur, um sie zu verfluchen, weil hier der Mann, den sie liebte, ermordet wurde. Nun liebt sie nur noch die Hjjks. Und zu den Hjjks gehört sie jetzt, sagt er sich. Aber warum? Warum?

Welche Macht üben diese Hjjks über Nialli aus? Welchen Zauber haben sie benutzt, um sie zu sich zu ziehen?

Er fühlt sich verwirrt und schwach. Die Ereignisse haben ihn beinahe gelähmt. Denken strengt ihn unendlich an. Seine Seele liegt wie in einem Sarg aus Eis. Diese Morde — wann hat es in Dawinno zuletzt einen gewaltsamen Tod gegeben? Und Niallis Verschwinden … Er muß zu denken versuchen — zu denken …

Gestern hatte jemand gesagt, jemand habe an dem verregneten Nachmittag weit draußen vor der Stadt ein Mädchen auf einem Xlendi reiten sehen. Aber nur aus der Ferne, ziemlich weit aus der Ferne. Es gab unzählige Mädchen in der Stadt und sehr viele Xlendis. Aber angenommen, es war Nialli. Wie weit konnte sie kommen, allein, unbewaffnet, ohne den Weg zu kennen? Hatte sie sich da draußen auf den leeren Ebenen verirrt und war dem Tode nahe? Oder hatten Hjjk-Banden sie erwartet und führten sie nun zum Nest-der-Nester?

Du kannst einfach nicht wissen, wie das dort ist, Vater … Sie leben in einer Luft voller Träume und Magie und Wunder …

Sie hatte versprochen, ihm das alles zu erklären, ehe sie ihn verlassen würde. Aber es war ihnen keine Zeit geblieben. Und nun war sie fort. Und er begreift noch immer nichts, gar nichts. Nest-Bindung? Nest-Liebe? Träume? Magie? Wunder?

Er blickt zu dem wuchtigen schweren Kasten mit den Chroniken hinüber: Sein Leben lang durchstöbert er den Wirrwarr der uralten, zum Teil kryptischen Dokumente da drin. Seine Vorgänger haben die zerfallenden Bücher während der Hunderttausende von Jahren im Kokon immer wieder und wieder kopiert. Und seit Hresh ein Kind war, das dem alten Thaggoran über die Schulter lugte, sieht er in diesen Chroniken einen unerschöpflichen Born der Weisheit.

Er öffnet die Siegel und Verschlüsse und hebt die Bände heraus und legt sie nebeneinander auf die glattpolierten weißen steinernen Arbeitstische an den Wänden.

Hier ist das ›Buch des Langen Winters‹ mit seinen Erzählungen über die Herabkunft der Todessterne. Und hier das ›Buch Kokon‹, das berichtet, wie der Lord Fanigole und Balilirion und die Lady Theel das VOLK in den Zeiten der Kälte und Finsternis in Sicherheit brachten. Und da, das ist das ›Buch des Pfades‹ mit den Weissagungen über den Neuen Frühling und die glorreiche Rolle, die dem VOLK bestimmt war, sobald es sich erneut in die Welt begab. Und da war auch das ›Buch des Auszugs‹, das Hresh persönlich geschrieben hatte — mit Ausnahme der ersten paar Blätter, die noch sein Vorgänger, Thaggoran, als Chronist verfaßte. Darin wird vom Ende des Winters berichtet, von der Wiederkunft der Wärme und vom schließlichen Vorstoß des Stammes ins freie Land.

Und da ist das ›Bestiarium‹, das alle Tiere aufführt, die es jemals gab. Das ›Buch der Stunden und Tage‹ über die Mechanik der Welt und des weiteren Kosmos. Und dies hier — der Einband besteht fast nur noch aus verblichenen Fetzen — ist das ›Buch der Städte‹, und es stehen die Namen aller Hauptstädte der Großen Welt darin.

Und die drei da: Ach, wie traurig! Das ›Buch Unheils-Dämmerung‹, das ›Buch Trügerische Morgenröte‹ und das ›Buch Eisiges Erwachen‹; drei klägliche Berichte über die Zeiten, da Häuptlinge fälschlich glaubten, daß der Lange Winter zu Ende sei, und das VOLK aus dem Kokon führten, nur um von den erbarmungslosen Eisstürmen rasch wieder zurückgetrieben zu werden.

Bezüglich der Hjjks findet Hresh nur die altvertraute Phraseologie. *In den dürren Nordlanden, wo die HJJKs in ihrem großen NEST hausen ...* oder: *Und in selbigem Jahr zogen die HJJKs in sehr großer Zahl über das Land und verschlangen alles, was auf ihrem Wege lag ...* Oder: *Es war die Zeit im Jahr, da die mächtige KÖNIGIN der HJJK-Völker eine Horde ihres Volkes entsandte wider die Stadt Thisthissima und eine weitere gewaltige Horde gen Tham ...* Leeres Historienstroh das Ganze, keine wirklich handfeste Information darin.

Aber Hresh gräbt weiter. Die Bücher ganz unten am Boden der Lade sind namenlos. Es sind die allerältesten, bloße Fragmente voller Lakunen, und in einer dermaßen antiken Schrift geschrieben, daß Hresh nur umrißhaft die Bedeutung erfaßt. Texte aus der Großen Welt sind sie, Gedichte vielleicht, oder dramatische Werke, heilige Schriften — oder gar alles drei zusammen. Wenn er die Fingerspitzen auf sie legt, beleben sich die brüchigen Pergamentbögen mit Bildern von jener grandiosen Zivilisation, welche durch die Todessterne zugrunde ging, Bilder aus jener Zeit der Hochblüte, als die Sechs Völker durch die leuchtenden Straßen der Großen Städte wanderten ... Aber alles bleibt nebelhaft, rätselhaft, trügerisch wie in einem Traum ... Er legt die Bücher in die Lade zurück und verschließt sie.

Unbrauchbar, das Ganze. Was er braucht, ist ein ›Buch Hjjk‹, aber er weiß, daß es so etwas nicht gibt.

»Drei Tage schon«, sagte Taniane mit tonloser Stimme. »Ich will wissen, wo sie ist. Und ich will wissen, von was für einem Wahnsinn sie befallen wurde.«

Zorn und Frustration trieben ihre Seele schrecklich um an diesem hellen windigen Herbsttag. Sie hatte keinen Schlaf gefunden. Ihre Augen waren entzündet und schmerzten. Immer wieder überfiel sie ein Schüttelfrost. Aber sie durfte nicht aufgeben. Ruhelos stapfte sie über den Steinboden der Kammer im Hinterteil der Basilika, das sie zum Kommandozentrum für die Suchaktionen nach Nialli Apuilana und gleichzeitig für die Aufklärung der zwei Morde bestimmt hatte.

An der Wand hinter ihr hingen wirr durcheinander Dutzende von Dokumenten — Aussagen von Bürgern, die behaupteten, Nialli an jenem schicksalhaften Nachmittag gesehen zu haben, wilde Gerüchte um drei Ekken herum über angeblich in Kneipen mitangehörte Mordkomplotte, vage Berichte voller Vermutungen von den Stadtgardisten über ihre bisherigen Ermittlungen.

Nichts davon taugte etwas. Taniane wußte noch immer nicht mehr als an jenem Nachmittag, nämlich gar nichts.

»Du mußt versuchen, ruhig zu bleiben«, sagte Boldirinthe.

»Ruhig! O ja!« Taniane lachte bitter auf. »Natürlich. Vor allem muß ich mich bemühen, *ruhig* zu bleiben! Zwei Mordfälle, und meine Tochter verschwunden, unauffindbar, vielleicht irgendwo in einem Kellerversteck, oder wahrscheinlich bereits tot ... Und ihr verlangt, daß ich *ruhig* bin!«

Alle starrten zu ihr her. Der Raum war voll von ›bedeutenden Persönlichkeiten‹ in diesem Moment. Hresh war da, und wieso sah er auf einmal so verhärmt und alt aus? Und Chomrik Hamadel, der Hüter der Beng-Talismane, und Husathirn Mueri, und der Beng-Justiziar, Puit Kjai, und der kommissarische Hauptmann der Wachen.

»Wieso kommst du auf den Gedanken, sie könnte tot sein?« fragte Puit Kjai.

»Wenn es sich wirklich um eine umfassende Verschwörung handelt? Ermordet den hjjkischen Gesandten, ermordet den höchsten Polizeibeamten, ermordet die Tochter des Häuptlings, vielleicht den Häuptling selber als nächstes ...«

Alle starrten sie ungläubig und stumm an. Sie sah es an ihren Gesichtern, daß sie bereits dachten, sie gehe unter dem Druck in die Brüche. Vielleicht hatten sie damit sogar recht.

Sanft sprach Boldirinthe zu ihr: »Nialli Apuilana ist nicht gemordet worden, Taniane. Sie lebt, und sie wird gefunden werden. Ich habe die Himmlische Fünffaltigkeit befragt, und sie sagen mir, sie ist in Sicherheit, es geht ihr gut, sie ist ...«

»Die Heiligen Fünf!« Tantianes Stimme kreischte fast. »Du hast die Fünf befragt? Ich nehme an, wir sollten auch Nakhaba konsultieren. Sämtliche uns bekannten

Götter befragen und möglichst auch noch die, die wir nicht kennen. Und die Hjjk-Königin — vielleicht sollten wir auch sie fragen ...«

»Das wäre vielleicht gar keine so schlechte Idee«, sagte Hresh.

Taniane schaute ihn verblüfft an. »Jetzt ist wirklich nicht der Zeitpunkt für plumpe Witze.«

»*Du* warst plump und zynisch. Ich rede im Ernst.«

»Was sagst du da, Hresh?«

Zögernd sagte er: »Dabei geht es um Dinge, die am besten nur wir beide unter vier Augen besprechen sollten, glaube ich. Es betrifft die Hjjks. Und Nialli.«

Tanianes Hand fuchtelte ungeduldig im Kreis herum. »Wenn es die Sicherheit der Stadt berührt, müßte es sofort hier und jetzt offengelegt werden. Außer natürlich, du hältst Puit Kjai oder Husathirn Mueri oder Boldirinthe für nicht vertrauenswürdig, es zu hören ...«

Er warf ihr einen seltsamen Blick zu. »Es handelt sich nur um unsere Tochter. Wohin sie, wie ich vermute, gegangen ist. Und warum ...«

»Dann ist es einen Sicherheitssache. Also, heraus damit, Hresh!«

»Wenn du darauf bestehst.« Hresh seufzte, schwieg aber dennoch weiter, bis sie ihn mit einer gebieterischen Geste antrieb. »Die beiden hatten geplant, gemeinsam zum Nest zu fliehen«, sagte er schließlich, und die Worte kamen ihm nur zögernd von den Lippen. »Nialli und Kundalimon. Zum Nest-der-Nester, dem großen, weit im Norden, wo die Königin lebt. Ihr wißt, sie liebten einander, und sie waren auch Tvinnr-Partner. Sie wollten an dem Leben in dieser Stadt hier nicht teilhaben, alle beide nicht. Es zog sie wie mit einem Magneten zum Nest. Sie sind zu mir gekommen und haben mir was vorerzählt von Nest-Bindung und Königin-Liebe, von Traum und Zauberei, und wie süß die Nest-Luft dir die Seele erfüllt und dich für alle Zeit verwandelt ...«

Die Worte trafen sie wie Dolche. Taniane preßte die

Hand aufs Herz. Hresh hatte recht: Nie hätte so etwas vor all den anderen hier öffentlich gesagt werden dürfen. Es betraf nur ihre Familie, war skandalös und demütigend. Doch jetzt war es zu spät.

»Das haben sie dir gesagt?« fragte sie schleppend.

»Ja.«

»Wann?«

»Am Tag vor den Spielen. Sie kamen zu mir, um mich um meinen Segen zu bitten.«

Ungläubig fragte Taniane: »Du hast gewußt, daß sie fortlaufen wollten, und hast das für dich behalten?«

Seine Miene verdüsterte sich. Mit dünner Stimme sagte er: »Wie ich dir gerade gesagt habe, es wäre weiser gewesen, wenn wir das unter uns besprochen hätten. Aber du hast ja darauf beharrt, vergiß das nicht! Was Nialli mir anvertraute, habe ich geheimgehalten, Taniane, weil ich wußte, daß du sie daran zu hindern versuchen würdest!«

»Aber du hattest nichts dagegen, daß sie ...?«

»Was hätte ich tun sollen? Sie alle beide einsperren lassen? Auch damit wäre gar nichts erreicht gewesen. Du kennst sie doch, unsere Tochter. Nichts hält sie auf. Sie ist wie eine Naturgewalt. Von ihren Plänen hat sie mir aus Liebe erzählt, damit ich es verstehen würde, wenn sie dann fort sein würde. Und sie wußte, daß ich nichts unternehmen würde, sie zu hindern.«

Taniane schüttelte ungläubig den Kopf. Über Hreshs Torheit. Über Niallis zielstrebige Eigenwilligkeit. Und über ihre eigene Idiotie, mit der sie Nialli diesem Kundalimon regelrecht in die Arme getrieben hatte. Nein, Idiotie war es nicht. Es geschah zum Wohl der Stadt. Es hatte da Dinge gegeben, die sie in Erfahrung bringen mußte, und nur Nialli hätte sie ihr beschaffen können. Sie würde es immer wieder tun!

»Du glaubst also, sie ist dorthin? Zum Nest?«

»Ja: Und zwar zum Nest-der-Nester.«

»Obwohl Kundalimon tot ist?«

»*Weil* Kundalimon tot ist«, sagte Hresh. »Für sie ist das Nest ein Ort voll Liebe und Weisheit. Und als sie von seinem Tod hörte, lief sie fort, um bei den Hjjks Zuflucht zu suchen.«

Im Raum herrschte eine erschreckende Stille.

Taniane zitterte vor rasendem Zorn und ungläubiger Wut. »Aber — das dauert doch Monate, sogar Jahre, um dorthin zu gelangen! Wer weiß schon genau, wie weit es bis zum Groß-Nest ist? Wie konnte Nialli auch nur auf die Idee kommen, es allein zu versuchen?« Für einen Moment spürte sie, daß sie am Abgrund taumelte. Es war zuviel. Hreshs Hinterhältigkeit. Niallis Wahnsinn. Und jetzt, hier ein Zimmer voller Gesichter mit weiten Augen und klaffenden Mäulern, und alle zu verdattert, um etwas zu sagen. Voll Mitleid mit ihr. Oder vielleicht verachteten die sie ja? Gibt vor, sie regiert die Stadt — und kann nicht einmal die eigene Tochter unter Kontrolle halten. Nein. Nein, sie würde sich davon nicht unterkriegen lassen. Scharf sagte sie: »Du redest törichtes Zeug, Hresh. Wahrscheinlich, daß das Kind vor Liebe den Verstand verloren hat, vielleicht leidet sie sogar an irgendeinem ansteckenden Hjjk-Wahnsinn, den der Junge ihr eingeflößt hat. Aber sie würde niemals dermaßen verrückt sein, daß sie sich allein auf eine derartige Reise wagte. Nicht meine Nialli. Nein, Hresh, ich glaube noch immer, sie hält sich irgendwo hier in der Stadt auf. Versteckt sich, wie ein verwundetes Tier. Bis sie ihren Kummer überwunden hat.«

»Geb's Dawinno, daß du recht hast«, sagte Hresh.

»Du glaubst das nicht?«

»Ich habe sie und Kundalimon gesehen, am Tag, ehe sie verschwand. Ich hab mit ihr gesprochen. Ich weiß, wie ihre Gefühle für Kundalimon waren. Und auch die zu den Hjjks.«

Zornig entgegnete Taniane: »Dann suche du nach ihr auf deine Weise, und ich setze meine Methoden ein. Du bist doch der, der die übernatürlichen Kräfte hat. Wenn du meinst, sie ist zu den Hjjks unterwegs, dann sende ihr doch deinen wunderbaren Verstand hinterdrein, spüre sie auf, und wenn du kannst, überrede sie heimzukommen. Ich werde aber trotzdem meine Stadtwachen weiter nach ihr suchen lassen.« Sie blickte zu Husathirn Mueri, der die Morduntersuchungen leitete, und zu Chevkija Aim, dem neuernannten kommissarischen Wachhauptmann. »Ich wünsche alle vier Stunden einen Bericht, auch nachts. Ist das klar? Das Mädchen ist hier irgendwo in der Nähe. Es kann gar nicht anders sein. Findet sie! Die Geschichte dauert schon viel zu lange!«

Glatt und geschmeidig wie stets lächelte Husathirn Mueri, als hätte sie nichts weiter verlangt als eine zusätzliche Kopie irgendeines Routineberichtes. Mit seiner volltönendsten Stimme erklärte er: »Edle, ich bin sicher, bis zum Einbruch der Nacht haben wir sie wieder zurück. Oder spätestens morgen. Ich bin da ganz zuversichtlich. Bei allen Göttern, ich bin sicher!«

Und er ließ den Kopf langsam in einem Halbkreis von einem zum andern schweifen, als wollte er sie herausfordern, ihm zu widersprechen. Dann erbat er mit schwungvoller Gestik die Erlaubnis, sich zurückziehen zu dürfen, um sich seinen Pflichten zu widmen.

Taniane nickte Gewährung. Auch für sie war es an der Zeit, sich aus diesem Raum zurückzuziehen. Sie hatte ein Zucken in den Schultern. Sie begriff plötzlich, daß sie an der Grenze ihres Durchhaltevermögens angelangt war und gleich zu einem schluchzenden Häuflein Elend zusammenbrechen würde. Das war neu für sie, diese Art Schwäche. Sie kämpfte mit sich, um nicht die Beherrschung zu verlieren. Es durfte nicht geschehen, daß sie vor all diesen Leuten hier zusammenbrach, die sie so lange Zeit mit allen widersprüchlichen Ambitionen in Schach gehalten hatte: durch schiere Stärke, durch List und — wo es nötig war — durch pure Willenskraft. Und die hatte sie in diesem Augenblick dringend nötig. Aber sie fühlte sich dermaßen schwach —

dermaßen entleert von all der Kraft und Stärke, die ihr doch bisher stets zur Verfügung gestanden hatte ...

Dann trat jemand neben sie. Sie hörte mühsames, pfeifendes Atmen. Spürte weiche Arme, warmes mütterliches tröstliches Fleisch.

Boldirinthe. Die riesenhafte Masse der Opferfrau umfing sie und bot ihr Halt.

»Komm mit mir«, sagte Boldirinthe freundlich. »Du mußt jetzt ausruhen. Komm! Wir werden zusammen beten. Die Götter wachen über Nialli ... Komm, Taniane. Komm jetzt mit mir.«

Also, ich könnte ja zu Dawinno beten, sagt Hresh zu sich. Aber er bezweifelt, daß das etwas Positives bringen würde. Schließlich hat ja Dawinno ihm seine Nialli Apuilana genommen ... Nicht der Dawinno-der-Zerstörer, sondern Dawinno-der-Verwandler, der Gott in Seiner höheren Manifestation. Und Dawinno hat es sich anscheinend in den Kopf gesetzt, daß Nialli bei den Hjjks leben soll. Und darum hat er es überhaupt erst zugelassen, daß sie damals entführt wurde, damit man sie dort mit Liebe zu den Hjjks indoktrinieren konnte. Und jetzt hat der Gott sie wieder zu ihnen zurückgeschickt. Schön, also wenn es Dawinnos Wunsch und Wille ist — so sei ER gepriesen! Wer dürfte sich anmaßen, Ihn und Seine Wege zu erkennen? —, dann nützen aber auch die allerheftigsten massierten Gebete nichts, um sie zurückzubringen! Nein, das Kind wurde ihm fortgenommen, entrissen durch das direkte Eingreifen des Verwandlers, der für Nialli eigene Zwecke verfolgt, die das Begriffsvermögen bloßer Sterblicher übersteigen.

Nach einiger Zeit tastet Hreshs Hand nach dem kleinen Amulett, das über seinem Brustbein baumelt. Er hat es vom Körper des alten Thaggoran genommen, nachdem ihn die Rattenwölfe auf der Frostebene getötet hatten, nur wenige Tage nachdem der Stamm sich aus dem Kokon aufgemacht hatte. Wie lang ist das her! Der

Talisman ist ein ovales Bruchstück wohl einstmals glatten grünen Glases, allem Anschein nach uralt, und er weist in der Mitte Schriftzeichen auf, die so schwach und dünn sind, daß niemand sie entziffern kann. Thaggoran hatte gesagt, das Amulett stamme aus der Großen Welt. Und seit Thaggorans Tod hat Hresh es fast immer getragen.

Und er faßt den Talisman jetzt an, streichelt die vom Tragen glattpolierte Oberfläche. Das Ding besaß selbst nicht wirklich irgendeine zauberische Macht, jedenfalls hatte er sie nie spüren können. Aber es hatte Thaggoran gehört; und in der Zeit, da Hresh ihn als Chronist ablöste, berührte er dieses Amulett oft, in der Hoffnung, daß Thaggorans Weisheit auf ihn selber herabkommen möge. Vielleicht ist dies ja so.

»Thaggoran?« sagt er und schaut in das Dämmerdunkel des Zimmers hoch oben im Hause des Wissens. »Kannst du mich jetzt dort hören, wo immer du sein magst? Ich bin's, Hresh.«

Stille. Eine so tiefe Stille, daß sie zu dröhnen scheint. Und sie vertieft sich noch weiter, wird stiller als still: nicht nur, daß jeder Laut verstummt ist, nein, es fehlt sogar die Voraussetzung für jedes Geräusch. Und dann weht sacht ein Murmeln wie von einem leisen Wind herein. Und die Luft wird leicht und leuchtet kaum wahrnehmbar. Hresh spürt: Es ist eine höhere Präsenz hereingekommen. Er meint, er sieht den hageren Zausel, den krummrückigen alten Thaggoran vor sich, mit seinen von Alter und Rheuma rotentzündeten Augen, und sein Pelz ist inzwischen reines Weiß.

»Du?« sagt Hresh. »Du bist hier, mein Alter?«

»Aber ja. Natürlich. Was gibt es denn, Kind?«

»Hilf mir«, bittet Hresh leise. »Nur noch dies eine letzte Mal.«

»Aber, Junge! Und ich hab immer geglaubt, du bestehst so fest darauf, alles immer nur nach deinem Kopf zu machen!«

»Jetzt nicht mehr. Wirklich. Hilf mir, Thaggoran!«

»Wenn du mich brauchst, aber sicher. Aber warte noch einen Augenblick. Schau da hinüber, Junge. Dort — an der Tür.«

Und wieder diese dröhnende, allumfassende Stille und die noch tiefere Lautlosigkeit, und jenseits des Türrahmens erneut im Dunkel eine sich graduell regende Geisthaftigkeit; und auch jetzt wieder das Wehen eines sanften Windes. Eine zweite Gestalt ist hereingekommen, ebenso verhutzelt, ebenso altersschütter, ja vielleicht sogar noch bröseliger. Es ist der zweite große Mentor aus Hreshs Jugend. Der Weise Mann und Schamane des Stammes der Behelmten. Noum Om Beng, der Hresh in den Vengiboneezer Tagen befahl, ihn ›Vater‹ zu nennen. Der Hresh durch die Methode abwegiger Fragestellungen und plötzlicher unerwarteter Ohrfeigen zu tiefer Weisheitserkenntnis gebracht hat.

»Aha, du bist also auch gekommen, Vater?«

Die hagere Gestalt, zerbrechlich wie ein Wasserschreiter — wer anders könnte es sein als Noum om Beng? Er nickt Thaggoran zu, der ihn wie einen alten Weggefährten zurückgrüßt, obwohl sie einander im früheren Leben nie begegnet sind. Sie unterhalten sich flüsternd, wackeln mit den Köpfen und lächeln wissend vor sich hin, als hechelten sie ihren widerspenstigen Schüler Hresh durch und fragten einander: »Ja, was sollen wir nur mit ihm machen? Der Junge hat so vielversprechende Anlagen, aber manchmal ist er dermaßen vernagelt!«

Hresh lächelt. Für die beiden Alten würde er immer der aufmüpfige Schüler sein, obschon er selber bereits so altersangestaubt ist wie sie und aus seinem silbrig werdenden Pelz bald der letzte Hauch Farbe verschwunden sein wird.

»Also — warum hast du uns gerufen?« fragt Noum om Beng.

»Die Hjjks haben mir erneut meine Tochter entführt«,

erklärt Hresh den zwei kaum sichtbaren Spektralgestalten, die nebeneinander im tiefen Schatten am anderen Ende des Raumes stehen. »Beim erstenmal haben sie sie nur einfach gekidnapped und fortgeschleppt. Damals konnte sie fliehen. Jetzt aber befürchte ich etwas viel Schrecklicheres. Jetzt haben sie ihre Seele gefangen.«

Die beiden schweigen, aber Hresh spürt ihre freundlich-wohlwollende Nähe. Sie trägt ihn, verleiht ihm Kraft.

»Ach, Thaggoran, und auch du, Vater, ich habe große Furcht. Und mein Herz ist betrübt und müde wie ...«

»Quatsch!« Noum Om Beng ist scharf und knapp wie ehemals.

»Ja, wirklich — Quatsch, mein Junge! Es stehen dir doch etliche Möglichkeiten offen«, tönt heiser wie raschelndes Gras Thaggorans Stimme. »Das weißt du doch! Hresh, die Schimmer-Steine. Jetzt ist endlich mal eine Gelegenheit, die Klunker mal auszuprobieren!«

»Die Edlen Steine? Aber ...«

»Ja. Und dann den Barak Dayir«, flüstert dünn die Stimme Noum om Bengs. »Den mußt du auch ausprobieren.«

»Aber erst die Schimmersteine, die zuerst!«

»Ja, also die Glitzerklunker«, sagt Hresh.

Er geht ans andere Ende des Raumes. Mit unsicherer Hand holt er die kleinen Talismane aus ihrem Versteck. Nach all diesen Jahren sind diese Glitzerdinger für ihn noch immer rätselhaft. Thaggoran starb, ehe er noch Hresh in ihrem Gebrauch unterweisen konnte.

Wahrsagegerät sind sie, soviel weiß Hresh: Naturkristalle, die man tief unter dem Kokon in der Erde gefunden hat. Man kann sie irgendwie benutzen, um das Zweitgesicht zu konzentrieren, und dann erhascht man Einsichten auf Dinge, die mit gewöhnlichen Methoden nicht möglich wären.

Behutsam legt er die Steine aus, in dem fünfseitigen Muster, an das er sich noch erinnert von jenem Tag im

Kokon her, als er heimlich einmal Thaggoran zugeschaut hatte. Jetzt hat er das Gefühl, daß Thaggoran neben ihm steht und ihn behutsam lenkt.

Die Glimmersteine sind schwarz, glatt und reflektieren wie Spiegel, in deren Tiefen ein kaltes fernes Licht brennt. Dieser Stein, das weiß Hresh noch, wird Vingir genannt; der da ist Nilmir, und die anderen da heißen Dralmir, Hrongnir und Thungvir. Er schaut sie lange unbeirrt an. Dann berührt er sie, einen nach dem anderen. Er spürt, welche Kraft in ihnen verborgen liegt.

Sagt mir — sagt es mir — sagt es ...

Wärme strömt ihm zu. Es vibriert kitzelnd. Er setzt sein Zweitgesicht ein und spürt, wie die Steine auf irgendeine Weise interaktiv werden.

»Weiter so«, sagt Thaggoran heiser aus dem Zimmerschatten herüber.

Sagt mir, sagt mir, sagt es mir ...

Die Steine werden wärmer. Unter seinen Händen beginnen sie zu schwingen, zu pulsen. Angstvoll und bänglich formuliert er die Frage, vor deren Antwort er im Grunde fast zurückschreckt.

Meine Tochter ... Lebt sie noch?

Und er baut in seinem Bewußtsein das Bild von Nialli Apuilana auf.

Zeit, ein Augenblick, vergeht. Dann bricht das Abbild von Nialli mit himmlischer Strahlenklarheit hervor. Sie ist von einer leuchtenden Corona aus weißem Licht umgeben. Ihre Augen strahlen hell und klar. Und sie lächelt ... Eine Hand streckt sie ihm liebend entgegen. Hresh fühlt ihre Lebendigkeit, den aus der Tiefe heraufquellenden Strom von Energie.

Also lebt sie?

Das Bild nähert sich ihm, leuchtend. Die Arme sind ihm entgegengestreckt.

Ja. Ja. So muß es sein. Sie lebt.

Ihre Nähe ist fast überwältigend real. Hresh hat das Gefühl, als sei Nialli wahrhaftig hier im gleichen Raum bei ihm und nur auf Armeslänge von ihm entfernt. Ganz gewiß, das ist der Beweis, daß sie lebt, denkt er. Bestimmt. Sicher!

In dankbarem Staunen blickt er fest auf die Schimmersteine.

Aber wo *ist sie denn?*

Die Steine können es ihm nicht sagen. Ihre Wärme schwindet, das Vibrieren hört auf. Ihr Leuchten im Innern scheint zu flackern. Das Bild Niallis, das er beschworen hat, verdünnt sich. Er blickt zu Thaggoran und zu Noum Om Beng, aber die beiden alten Gespenster findet er fast nicht mehr. Sie sehen blaß aus, durchsichtig, substanzlos in der Dunkelheit des Raumes.

Wild greifen seine Hände nach Vingir und Hrongnis. Er berührt Dralmir, den größten der Schimmersteine, und drückt ihn fest. Er reckt die Fingerspitzen nach Thungvir und Nilmir und fleht die Steine an, ihm zu antworten. Aber er erfährt keine Antwort mehr von ihnen. Sie haben ihm gesagt, was sie ihm an diesem Tag zu verraten gewillt waren.

Doch — Nialli lebt. Dessen immerhin ist er gewiß.

»Sie ist zu den Hjjks gegangen, ja?« fragt Hresh. »Warum? Sagt es mir! Warum?«

»Du hast die Antwort in deiner Hand«, sagt Thaggoran.

»Ich verstehe nicht. Wie ...«

»Der Barak Dayir, Sohn«, sagt Noum om Beng. »So nimm doch den Barak Dayir!«

Hresh nickt. Er schaufelt die Schimmersteine in ihr Behältnis; dann holt er aus dem Beutel den anderen, den mächtigeren Talisman, den der Stamm als ›Wunderstein‹ bezeichnet, ein Ding, älter sogar als die Große Welt, das alle fürchten und dessen Gebrauch nur Hresh versteht.

Auch er hat in den letzten Jahren gelernt, die Macht dieses Steins zu fürchten. Als er ein Knabe war, fand er nichts dabei, mit seiner Hilfe bis an die Grenzen der

Wahrnehmung zu fliegen. Aber nicht mehr, vorbei, vorbei. Der Barak Dayir ist jetzt zu stark für ihn geworden. Wann immer er ihn mit seinem Sensor berührt, fühlt er jetzt, wie der Stein ihm seine schwindende Stärke absaugt; und die Visionen, die er dabei erlebt, sind dermaßen bedeutungsgeschwängert, daß er hinterher völlig benommen und verwirrt ist. In jüngerer Zeit hat er den Zauberstein nur noch sehr selten benutzt.

Er legt den Stein vor sich hin und schaut in seine geheimnisvollen Tiefen.

»Nur weiter«, sagt Thaggoran.

»Ja. Ja.«

Hresh stellt sein Sensor-Organ auf und schlingt es — ohne ihn direkt zu berühren — um den Wunderstein; dann umfaßt er in einer blitzschnellen konvulsivischen Bewegung den Talisman mit der innersten Schwanzwindung und drückt die Spitze seines Sensors auf ihn.

Es kommt ihm eine scharfe Empfindung schockartiger Dislokation, als stürze er in einen endlos tiefen Schacht. Zugleich aber ertönt auch diese vertraute Himmelsmusik, diese Sphärenklänge, die er mit dem Gerät assoziieren gelernt hat, und sie senken sich um ihn herab wie umhüllendes Schleiertuch, das ihn fängt, umfängt und auffängt. Und er weiß: Du brauchst dich nicht zu fürchten. Er tritt ein in diese Musik — wie schon so oft früher — und läßt sich von ihr einfangen und löst sich darin auf und wird von ihr hinweggetragen, hinauf in eine Welt voll Helligkeit und Farben und Wandelformen, in der alles Möglichkeit wird und in der der gesamte Kosmos ihm greifbar nahe ist.

Er schwebt nach Norden, weit über die mächtige Krümmung des Planeten hinweg. Er schwebt hoch über dem dunklen Land, das schuppig überkrustet ist von den Myriaden von Ablagerungen, die sich im Laufe der langen Geschichte der Erde aufgeschichtet haben, diesem Schutt und Müll und den Trümmern, die das Erbteil einer Welt sind, die war, ehe die Welt wurde.

Unter ihm liegt die Große Stadt Dawinno. Weiß und lieblich und erhaben, und so angenehm wohlig an die saftigen Hügelhänge der Bucht geschmiegt ... Gen Westen sieht Hresh die immense Weite des Ozeanpanzers, schwarz und schwer über der Hälfte des Planeten Erde lasten, und die dort verborgenen Geheimnisse sind zu tief für sein Verständnis. Also steigt er höher und immer höher hinauf, und wieder weiter nach Norden, bis zu der Zone, wo die Stadt sich in verstreuten vereinzelten Wohnblocks auflöst und in Ackerland und Wald übergeht.

Während er hinaufsteigt, sucht er den heißen leuchtenden Funken, der die Seele von Nialli Apuilana ist. Doch er spürt nirgendwo einen Hauch von ihr auf.

Er ist inzwischen ziemlich weit im Norden und schaut auf winzige Agrargemeinden, Kleindörfer, hinab, die sich als helle weiße und grüne Flecken von den frisch umbrochenen Äckern abheben. Und er sieht weiter hinüber in das Land, das im Neuen Frühling noch nicht wieder bebaut wurde und wo die wilden Tiere des Langen Winters noch ungehindert und frei durch die Wälder und die verkohlten, verwitternden Reste der Großwelt-Städte schweifen, die wie zerbröselnde Knochenscherben auf den unbehausten, windzerfurchten Hochplateaus lagern. Aber, so tot sie sind, es strahlt aus ihnen noch immer das starke vibrierende Echo der Gegenwart der Sechs Stämme, deren Gebiet dies einstmals war.

Aber keine Nialli. Das verwirrt ihn. Sind sie mit einem Zauberwagen gekommen, sie zu holen, und haben sie — in einem Nu, solang, wie ein Lidschlag dauert — über die Tausende von Meilen bis zum NEST entführt?

Er strebt weiter nordwärts.

Jetzt gleitet die Stadt Yissous in sein Blickfeld, hoch oben im Norden, hinter einem gigantischen Bollwerk versteckt wie eine argwöhnische Schildkröte. Und im nächsten Augenblick ist Hresh darüber hinausgesegelt und nähert sich nun Vengiboneeza, dessen türkisgrüne und scharlachrote Türme von wimmelndem Insektenleben nur so glühen. Ja, hier gibt es ein Nest, ein oberirdisches, und es breitet sich wie eine ungehörige graue Wucherung über die Gebäudereste aus der Großen Welt. Aber Nialli ist nicht hier. Hresh ist inzwischen so hoch hinaufgestiegen, daß er den Bogen der Küstenlinie klar ausmacht, die von hier aus scharf nach rechts auskrängt. Die ganze Kontinentalküste krängt merklich von Süd nach Nord immer mehr nach außen, so daß Yissou durchaus weit östlich von Dawinno liegen kann und dennoch dem Meer so nahe, und Vengiboneeza kann noch weiter im Osten sein und trotzdem seinen leichten Zugang zum Großen Wasser haben.

Aber weiter. Über Vengiboneeza hinaus und in Gebiete, die Hresh außer in seiner Phantasie nie zu betreten gewagt hat.

Hier ist das Land der Hjjks. Sie herrschten darüber schon in den Tagen der Großen Welt, und sie haben ihre Herrschaft niemals aufgegeben, nicht einmal in den ärgsten Zeiten des Langen Winters, als alles Land von Flüssen und Bergen aus Eis überdeckt war. Irgendwie haben sie überlebt; irgendwie ernährten und versorgten sie sich, als alle anderen Lebewesen gezwungen waren, sich in den milderen Süden zu flüchten.

Aber jetzt ist das Eis verschwunden, und das karge, unfruchtbare Land liegt traurig bloß. Hresh schaut auf rote Bergkegel und Tafelplateaus hinab, auf wulstige Vorgebirgsterrassen, die über trostlosen graubraunen Wüsten aufsteigen, in denen kein Grashalm wachsen mag; er blickt auf ausgetrocknete Flußläufe, die von langen Salinenzungen durchzogen sind, und er sieht eine zum Frösteln öde, verlassene Landschaft von abstoßender lebensfeindlicher Dürre.

Und dennoch gibt es hier Leben!

Der Barak Dayir liefert ihm dafür unzweideutige Impulse. Hier, dort — und dort: Unverkennbar die Hauchspur von Leben. Es sind nur vereinzelte Funken und weit voneinander entfernt in dieser erbarmenswürdig erbärmlichen Inferno-Welt, über der Hresh schwebt, aber es sind Lebensfunken von derart hoher Intensität, daß nichts sie wohl ersticken könnte.

Aber es sind die Energiefunken *hjjkischen* Lebens, keine Spur von etwas andrem, außer *Hjjks.*

Hresh spürt Insektenseelen in Zweier- und Dreierkombination, oder zu zehn und zwanzig oder etlichen hundert. Kleine Trüppchen (und manche davon gar nicht sooo klein), die über die kargen Nordlandebenen streifen und Aufgaben erfüllen, die ihm nicht einmal der Wunderstein entschlüsseln kann. Diese verstreuten Gruppen ziehen mit einer Entschlossenheit dahin, die eiserner ist als Erz und starrer als Stein. Hresh weiß: Nichts wird sie aufhalten, weder Kälte noch heiße Dürre, noch der Zorn der Götter. Sie könnten Planeten sein, die unbeirrbar ihre Bahnen durch den Himmel ziehen. Und die Kraft, die von ihnen ausgeht, ist furchterregend.

Das sind sie, dachte Hresh, die un-menschlichen, herz- und eingeweidelosen Hjjks, vor denen sich unser VOLK schon seit unvordenklichen Zeiten fürchtete, die unverletzbaren, die erbarmungslosen Insektenwesen aus den Mythen und Fabeln und Bibeln.

Und zu diesen Monstren hat sich seine Tochter geflüchtet, um bei ihnen Nest-Bindung und Königin-Liebe zu finden? Wie war das nur möglich? Was für eine Liebe, welches Erbarmen kann sie denn von diesen Leuten erwarten?

Und doch — dennoch ...

Er stellt seine Wahrnehmungen schärfer ein, erweitert und vertieft die Reichweite des Barak Dayir, und zu seiner Bestürzung torkelt er durch das Gitternetz seiner eigenen Vorurteile und stürzt wie ein Taumelstern in einen ganz neuen Bewußtseinsbereich, und wie er zuvor Leben in der Unbelebtheit gesehen hat, so scheint es ihm jetzt, daß er Beseeltheit in dem angeblich Seelenlosen erkennt. Er spürt die Ausstrahlung, die Nähe des Nests.

Vieler Nester — eigentlich. Weithin über das Land verstreute, vorwiegend im Untergrund liegende warme gemütliche Röhrensysteme, die von einem Zentralpunkt radial in ein Dutzend verschiedene Richtungen sich erstrecken, so daß Hresh sich überdeutlich erinnert fühlt an den Kokon, in dem sein eigener Stamm die siebenmal hunderttausend Jahre des Langen Winters überdauert hat. Hier wimmelt es von Hjjks in unzählbaren Mengen, und sie bewegen sich mit eben jener Zielstrebigkeit und hirnlosen Stumpfsinnigkeit, welche dem VOLK ein so großes Entsetzen einflößt. Aber die Zielstrebigkeit ist nicht wirklich seelen- oder sinnlos. Es gibt einen Plan, ein zentrales Organisationsprinzip, einen inneren Zusammenhang; jede dieser Myriaden Geschöpfe bewegt sich in Einklang damit und gemäß der Teilfunktion, die er im Plan erfüllt. Es ist, wie Nialli das damals gesagt hat, als sie vor dem Präsidium sprach: Das ist nicht etwa bloßes Ungeziefer. Ihre Kultur, auch wenn sie *uns* fremd erscheint, ist eine reiche und vielschichtige — und vielleicht sogar große Kultur.

In jedem Nest schlummert eine Königin, ein gewaltiges traumverlorenes massiges Geschöpf, gewindelt, gewickelt, verpackt und bewacht, und um sie kreist das gesamte hochkomplizierte Leben der Siedlung. Hresh spürt die Nähe der Königinnen nun deutlich und fühlt sich stark in Versuchung, mit seinem Bewußtsein in das einer von ihnen vorzudringen, sich in diese schlafende Ungeheuerlichkeit zu versenken, in ihre kraftvolle Seele einzudringen und sie zu begreifen versuchen. Doch er wagt es nicht. Nein, er hat den Mut nicht. Unsicher zögert er, hält sich zurück, zögert, die durch hohe Jahre und entsprechende Müdigkeit bedingten Besorgnisse beklemmen ihn, und er redet sich ein, daß er ja nicht deswegen hierhergekommnen ist, jedenfalls nicht jetzt, jetzt noch nicht.

Sein schweifendes Bewußtsein sucht nach seiner Tochter. Findet sie nicht.

Hier nicht? Auch hier nicht einmal ist sie?

Also, vielleicht weiter droben im Norden. Das da sind schließlich nur subordinate Königinnen in untergeordneten Nestern ... Also, suche anderswo. Dann fühlt er schwer wie von einem Magnetstein die Anziehung der gewaltigen Haupt-Statt, die jenseits davon liegt, des Wohnsitzes der Königin-der-Königinnen, für die diese stumm-trägen gewaltigen Kreaturen hier nichts weiter sind als untergeordnete Bedienerinnen.

Nialli? Nialli?

Und er sucht weiter und weiter. Immer noch kein Anzeichen ihrer Nähe. Und jetzt spürt er, wie sein entkörpertes Bewußtsein sich dem Nest-der-Nester nähert, das am Nordhorizont glüht wie eine zweite Sonne. Es strömt eine bestürzende und unwiderstehliche Wärme von ihm aus ... die brünstigmachen und allesumfassende seelenverschlingende lodernde All-Liebe der Königin-der-Königinnen ... Und sie ruft ihn, sie zieht ihn in sich hinein.

Aber auch da ist keine Nialli. Ich habe mich selber in die Irre geführt. Sie ist also doch nicht ins NEST zurückgekehrt. Ich bin in die falsche Richtung gezogen. Tausend Meilen weit weg von dem Ort, an dem ich hätte suchen sollen.

Hresh stoppt seinen Flug. Die helle Strahlung über dem Horizont rückt nicht mehr näher. Zeit, daß er umkehrt. Heute ist er so weit gegangen, wie er nur konnte. Die Königin-der-Königinnen ruft ihn, doch er wird dieser Aufforderung nicht folgen. Jedenfalls noch nicht jetzt. Die Versuchung ist gewaltig: Zugang zum NEST zu erhalten, seine Seele mit IHRER zu verschmelzen, mehr darüber zu erfahren und zu begreifen, wie die Welt in diesem gewaltigen Hjjk-Stock sich im Innersten zusammensetzt. Der Hresh der alten Zeiten, der wilde unbremsbare Hresh, der immer voller Fragen steckte, hätte nicht einen Moment gezögert. Doch der alte Hresh, der von heute, weiß, daß er auch anderwärts Pflichten und Verantwortung hat. Also kann die Große Königin ruhig noch ein Weilchen auf ihn warten.

Die Wärmestrahlung aus dem Nest brennt sich in Hreshs Fleisch. Die Hitze der Königin-Liebe tobt durch seinen Geist. Doch mit einem gewaltig anstrengenden Ruck zwingt er sich zur Umkehr, kann sich lösen und beginnt die Heimkehr.

Nun flog er wieder südwärts, über das Ödland weg, über das strahlende Vengiboneeza und über Yissou hinaus, über die ausgedorrten Plateaus mit ihren zerbrökkelten Ruinenstädten. Dann tauchte das vertraute heimatliche Grün seiner Provinz auf. Er erkennt die Bucht, die Küstenlinie, die vor ihm auf Berge und die weißen Türme der Stadt, die er selber erbaut hat. Er sieht die Dachbrüstung des hohen, schlanken Hauses des Wissens — und er sieht sich selbst, in diesem Haus blinder Auges an seinem Tisch sitzen und mit dem Sensor den Barak Dayir umklammern. Kurz darauf ist er wieder mit sich selber vereint.

»Thaggoran?« rief er und schaute sich um. »Noum om Beng? Seid ihr noch da?«

Nein. Sie sind fort. Und er ist allein mit seiner Verwirrtheit, und er ist ganz umnebelt von der Reise, die er gerade gemacht hat. Irgendwie ist die Nacht verstrichen, während er dahinflog. Goldenes Ostlicht strömt durch seine Kammer.

Und Nialli ... Er muß sie finden ...

Gewiß ist sie irgendwo in der Nähe, wie Taniane dies schon die ganze Zeit behauptet hatte. Und bestimmt lebt sie noch. In dieser Hinsicht würden ihn die Schimmersteine gewiß nicht getäuscht haben. Der Lebensimpuls, den er ausgemacht hat, war unverkennbar der von Nialli. Doch — wo war sie? Wo? — Zermürbt und müde besah er sich den Barak Dayir und überlegte, ob er die Kraft für eine neue Exkursion aufbringen konnte.

Nein, ich ruh mich erst mal ein wenig aus, sagte er sich. Zehn Minuten, ein halbes Stündchen …

Dann nahm er das Geschrei drunten auf der Straße wahr. Ein Tumult? Ein Überfall? Mühsam raffte Hresh sich auf und trat hinaus an die Dachbrüstung. Drunten rannten die Leute wild herum und riefen einander zu. Was schrien die da? Er hörte es nicht genau, nichts eigentlich …

Ein Windstoß wehte ihm ein paar Wortfetzen herauf: *Nialli! Apuilana!*

»Was ist denn?« schrie Hresh hinunter. »Was ist passiert?«

Aber seine Stimme trug nicht. Keiner hörte ihn. Angsterfüllt rannte er die endlose Wendeltreppe bis zum untersten Stock hinab und hinaus auf die Straße. Dort klammerte er sich, nach Atem ringend, an die Umzäunung. Die Beine zitterten ihm. Er blickte sich um. Niemand zu sehen. Die da gebrüllt hatten, waren weitergezogen. Doch dann kamen andere, ein Trupp von Knaben auf dem Weg zur Schule, und sie purzelten durcheinander und hüpften herum und bewarfen sich mit ihren Schulheften. Als sie ihn erblickten, blieben sie stehen und nahmen dann eine etwas würdigere Haltung ein, wie es sich gehörte, wenn man dem Chronisten über den Weg läuft. Aber die Augen, die Augen dieser Kinder waren hell und funkelten vor Lebensfreude.

»Was gibt es Neues?« fragte er streng.

»Ja, Herr, es gibt Neues, ja, Herr. Deine Tochter Herr, die Edle Nialli Apuilana …«

»Was ist mit ihr?«

»Sie wurde gefunden, Herr. Im Seengebiet. Der Jäger Sipirod hat sie gefunden. Gerade bringen sie sie zurück!«

»Und ist sie …«

Er brachte die Frage nicht vollständig heraus. Die

Knaben waren schon weitergezogen und schubsten und purzelten weiter.

»... gesund?«

Sie riefen etwas zu ihm zurück. Er konnte die Worte nicht begreifen. Aber ihre Stimmen klangen fröhlich, und man konnte den Sinn kaum mißverstehen. Es war alles in Ordnung. Nialli lebte, und sie kehrte in die Stadt zurück. Hresh schickte ein Dankgebet zu den Göttern hinauf.

»Du mußt mit mir kommen, Mutter Boldirinthe«, sagte der junge Wachsoldat ernst. »Der Häuptling verlangt nach dir. Ihre Tochter braucht dringend eine Heilung.«

»Ja. Ja, natürlich«, sagte die Opferfrau. Die Feierlichkeit des jungen Soldaten zwang ihr ein Lächeln ab. Ein Beng, wie die meisten der Wachmänner, ein massiger Kerl mit schwerfälliger Zunge und furchtbar gravitätisch in seinem Auftreten. Aber eben noch sehr jung. Und das machte vieles verzeihlich. »Glaubst du nicht, ich wüßte schon, daß man mich rufen würde? Nachdem sie vier Tage in diesen giftigen Sümpfen gelegen hat — in welchem Zustand das arme Ding sein muß! Also, Junge, hilf mir mal auf die Beine. Ich werd allmählich so gewaltig wie ein Zinnobär.«

Sie streckte den Arm aus. Doch der Stadtgardist schlüpfte mit unerwartet beflissener Höflichkeit hinter ihren Stuhl, legte ihr seinen Arm um die Brust und hob sie empor. Sie wackelte ein wenig, und er stützte sie. So kräftig er war, fiel ihm das nicht leicht. Boldirinthe mußte über sich selber und ihre träge Masse kichern. Die Fleischesmassen lagerten sich auf ihr geradezu lawinenartig ab, jeden Tag eine neue Schicht. Bald würde sie in sich selber begraben sein und sich praktisch überhaupt nicht mehr bewegen können. Ihre Beine waren wie Säulen, der Bauch ein faltiger fester Lavaberg. Aber sie machte sich deswegen keine größeren Sorgen. Sie war den Göttern dankbar dafür, daß sie sie lang genug hatten leben lassen, um diese Verwandlung durchzumachen, und daß sie ihr stets das Lebensnotwendige gewährten, aus dem heraus sie ihre Leibesfülle aufbauen konnte. Vielen anderen war ein derartiges Glück nicht beschieden gewesen.

»Da drüben«, sagte sie jetzt, »den Ranzen auf dem Tisch — gib ihn mir her!«

»Ich kann das doch für dich tragen, Mutter.«

»Keiner darf ihn tragen, außer mir. Gib ihn schon her. Braver Bub. Hast du einen Wagen parat?«

»Ja, im Hof.«

»Nimm meinen Arm. So ist's recht. Wie heißt du?«

»Maju Samlor, Mutter.«

Sie nickte. »Bist du schon lang bei der Garde?«

»Erst seit einem Jahr.«

»Schrecklich, die Sache mit der Ermordung eures Hauptmanns. Aber sein Tod wird nicht ungesühnt bleiben, wie?«

»Wir suchen Tag und Nacht nach dem Mörder«, antwortete Maju Samlor. Er grunzte ein wenig unter Boldirinthes schwankenden, rollenden Gewichtsmassen, doch es gelang ihm, sie geradeaus zu steuern. Behutsam arbeiteten sie sich auf den Hof hinaus vor. Es war das zweitemal innerhalb von zwei Tagen, daß sie ihre Klosterzelle verließ, denn erst am Vortag hatte sie an der Versammlung teilgenommen, die Taniane in die Basilika einberufen hatte. In diesen Tagen war das ganz ungewöhnlich für Boldirinthe, daß sie so oft außer Haus ging. Alle Bewegung fiel ihr so schwer. Bei jedem Schritt rieben ihre Schenkel aneinander, und die Brüste zogen sie wie Steingewichte zu Boden. Aber vielleicht tat es ihr ja auch ganz gut, wenn sie sich etwas öfter einmal ein bißchen bewegte.

Der lange Ranzen bereitete ihr nun doch größere Mühe, als sie erwartet hatte. Sie hatte am Morgen alles hineingepackt, was sie für die Behandlung der Nialli Apuilana benötigen würde — die Talsimane von Friit und

Mueri selbstverständlich, aber auch die aus schwerem Holz geschnitzten Medizinstäbe und ein Sortiment von Kräutern und Tränklein in steinernen Gefäßen. Vielleicht zuviel Zeug. Aber es gelang ihr zum wartenden Wagen zu watscheln, ohne den Sack fallenzulassen.

Ihre Berg-Zelle lag fast ganz oben an der ›Mueri-Weg‹ genannten steilen Straße. Knapp hundert Schritt weiter oben lag das ›Mueri-Haus‹, und die Gasse, in der Kundalimon ermordet worden war, lag auf halbem Wege dazwischen.

Es erzürnte sie, daß ein Leben — noch dazu unschuldiges Leben —so nahe bei ihrem Heiligtum vernichtet worden war. Wie durfte es einer — und sei es ein Verrückter — wagen, den Ort der Heilung und des Heils zu besudeln mit der üblen Aura eines gewaltsamen Todes? An jedem Morgen seit dem Mord hatte sie eine ihrer Jungpriesterinnen an die Stelle gesandt, um dort das Reinigungsritual durchzuführen. Sie selbst war nicht hingegangen. Aber jetzt, als Maju Samlor die Zügel ergriff und das Xlendi auf die Straße hinausbog, wandte Boldirinthe den Kopf und blickte zu dem Ort des Verbrechens hinauf.

Dort schien sich eine Menschenmenge angesammelt zu haben. Sie sah dreißig, vierzig Leute, vielleicht mehr, die sich um den engen Zugang zu der Gasse drängten. Die Hineingehenden schleppten Netztaschen, prall voller Früchte, andere trugen Blumengarben oder ganze Arme voll grünen Blattwerks — von den Bäumen abgerissene Äste, wie es schien. Die anderen, die aus der Gasse heraustraten, kamen mit leeren Händen.

Stirnrunzelnd wandte sie sich Maju Samlor zu. »Was geht hier vor, weißt du es?«

»Sie bringen Opfergaben, Mutter.«

»Opfergaben?«

»Ja, Naturopfer. Belaubte Zweige, Früchte, Blüten und so. Für den Toten, weißt du, den Jungen von den Hjjks. Das geht jetzt schon seit zwei, drei Tagen so.«

»Sie legen Opfergaben an der Stelle nieder, an der er gestorben ist?« Wie seltsam. Ihre Priesterinnen hatten ihr davon nichts berichtet. »Bring mich hin, ich will mir das mal anschauen.«

»Aber die Häuptlingstochter ...«

»... kann ein paar Minuten länger warten. Bring mich hin!«

Der Wachmann lenkte achselzuckend den Wagen herum und fuhr hinauf bis an die Einmündung des Gäßchens. Aus der Nähe erkannte Boldirinthe, daß nur wenige erwachsene Personen unter der Menge waren. Überwiegend waren hier Kinder, Jungen und Mädchen, manche von ihnen noch sehr klein, versammelt. Von ihrem Haltepunkt aus war es schwer, genauer zu sehen, was sich tat, aber sie wollte auch nicht aussteigen und die Sache direkt untersuchen. Immerhin sah sie soviel, daß in der Gasse jemand eine Art Altarschrein errichtet hatte. An der Spitze der Schlange der Opferträger waren Äste und grüne Zweige höher als mannshoch aufgetürmt, und sie waren mit Stoffstücken, glitzernden Metallstreifen und langen bunten Papierbändern geschmückt.

Lange blieb sie so sitzen und sah zu. Einige Kinder bemerkten sie, winkten und riefen sie beim Namen, und sie lächelte und erwiderte die Grüße. Aber sie stieg nicht aus.

»Möchtest du vielleicht aus der Nähe sehen?« fragte Maju Samlor. »Ich könnte dir raushelfen ...«

»Ein andermal«, sagte Boldirinthe. »Fahr mich jetzt zu Nialli Apuilana!«

Der Gardist wendete und fuhr wieder hügelabwärts.

Also jetzt verehren sie ihn, dachte Boldirinthe kopfschüttelnd. Der da gestorben ist, wird von ihnen zum Gott gemacht. Jedenfalls sieht es danach aus. Wie seltsam. Alles ist überhaupt so höchst seltsam, alles, was irgendwie mit diesem jungen Mann zu tun hat.

Sie empfand es als ärgerlich und beunruhigend, daß

sich derartige Dinge ereigneten. Daß es da auf einmal in diesem Gäßchen einen Votivaltar geben sollte und daß die Kinderchen Kundalimon Opfergaben darbringen sollten, als wäre er ein Gott ... Das kam ihr unrichtig, ja sündhaft vor.

Aber vielleicht ist es ja gar nicht so ernst, beruhigte sie sich.

Sie dachte an all die antidoxen Ketzereien, die sie im Lauf ihres langen Lebens schon hatte aufkeimen sehen. Hatte auch nur einer dieser Irrglauben wirklichen Schaden angerichtet? Und man lebte in unsicheren Zeiten. Das Nahen des Jungen Frühlings hatte das VOLK aufgerüttelt und gezwungen, die engstirnig beschränkten Glaubenskonzepte aus den Zeiten des Kokons abzustreifen, einfach indem es dazu zwang, hinauszustreben und sich den unbekannten Rätseln einer größeren Welt zu stellen. Also war es doch überhaupt nicht verwunderlich, daß das VOLK nach neuen Heilslehren grapschte, sobald die altvertrauten keine sofortigen Resultate mehr brachten.

Manche von diesen Neuheiten waren recht kurzlebig gewesen. Wie etwa dieser merkwürdige Kult der Menschen-Anbetung, der während der letzten Tage von Vengiboneeza entstand und bei dem sich Grüppchen von Leuten aus dem einfacheren Volk heimlich trafen und um die Statue eines Menschlichen tanzten, die man irgendwo in der alten Stadt gefunden hatte und vor der sie dann Gebete und Opfer vollzogen. Aber zur Zeit der Zweiten Wanderung war dieser Aberglaube bereits wieder ausgestorben.

Andererseits hatte man die Verehrung des fremdstämmigen Gottes Nakhaba nach der Vereinigung mit den Bengs in das kultische Leben des Stammes einbezogen — und dies immerhin schien von Dauer zu sein. Und immer wieder waren andere neue Glaubensvorstellungen aufgetaucht und modisch geworden, solche, in deren Mittelpunkt die Gestirne standen, die Sonne, der große Ozean oder gar noch unwahrscheinlichere Sachen. Boldirinthe hatte sogar gerüchteweise flüstern hören, daß Nialli Apuilana eine Hjjk-Gläubige sein sollte und angeblich in ihrem Privatgemach im Hause Nakhaba irgendeinen heiligen Talisman der Hjjks aufbewahrte.

Na, und wenn schon, dachte Boldirinthe. Sie war zwar Priesterin, aber immerhin doch fromm und gläubig genug, um zu begreifen, daß Göttlichkeit in allen Dingen steckt. Die Himmlische Fünffaltigkeit war nicht unbedingt und zwangsläufig die einzige Form, in der sich ›das Heilige‹ ausprägen mußte. Sie war nichts weiter als der Götter-Clan, dem zu dienen sie nun eben geschworen hatte. Und sie waren auch nicht etwa die ›wahren‹ Götter und die anderen die ›falschen‹, sondern für sie waren sie eben die brauchbarsten und wirksamsten und mit einem Höchstmaß an Heiligkeit ausgestatteten Götter. Wenn darum also diese Kinder an einer Gedenkstätte für Kundalimon Gaben darbringen wollten, warum nicht? Gottesehrfurcht ist löblich, gleich in welcher Form.

»Beeil dich!« sagte sie zu ihrem Fahrer. »Kannst du das verdammte Xlendi da nicht zu etwas mehr Tempo bringen? Nialli Apuilana ist sehr geschwächt, weißt du. Sie braucht mich dringend.«

»Aber grade vorhin hast du doch gesagt ...«

»Wenn du die Peitsche nicht benutzen willst, dann her damit. Glaubst du, ich traue mich nicht, sie zu benutzen? Schneller, Junge! Schneller!«

Nialli Apuilana lag auf einer Matratze in einem der oberen Gemächer der Häuptlingsresidenz. Sie lag mit geschlossenen Augen, und ihr Atem ging flach und langsam. Ihr Fell war stumpf und feucht-verklebt. Ab und zu murmelte sie unverständlich in sich hinein. Sie schien in einer Region jenseits des Bewußtseins umherzuirren, tiefer fort als im Schlaf, aber noch diesseits der Schwelle zum Tode. Boldirinthe erinnerte der Anblick an ein Erlebnis aus ihrer fernen frühen Jugend: Dieses merkwürdige Geschöpf — Hresh sagte, das sei ein Menschlicher gewesen —, den der Stamm den ›Träume-Träumer‹ genannt hatte, das jahrelang in tiefem endlosen Schlaf lag, nur um genau an dem Tag zu erwachen und zu sterben, als dem VOLK die Omina der Götter zuteil wurden, daß die Zeit des Auszugs gekommen war. Auch der Träumer hatte so schlafend gelegen, als befinde er sich mehr in einer jenseitigen als in dieser Welt.

Um die Lagerstatt Niallis geschart stand eine Gruppe bedrückter ernster Leute. Taniane war da, selbstverständlich, und sie sah so übermäßig angespannt und kraftlos aus, als müsse sie gleich zerbrechen. Auch Hresh, er schien in wenigen Tagen um Jahre gealtert zu sein. Und Husathirn Mueri und Tramassilu, der Juwelier, und Fashinatanda, die blinde, greisenhafte wackelige Mutter Tanianes; und der Baumeister Tisthali und der Getreidehändler Sturnak Khatilifon nebst seiner Gefährtin Sipulakinain, die krank war und nur noch ein ausgeglühtes Stück Schlacke ihres früheren Selbst — man konnte beinahe schon die Hand des Todes auf ihrer Schulter liegen sehen. Und noch andre Leute waren da, von denen die Opferfrau einige ganz und gar nicht unterbringen konnte.

Was eine solche Herde von Leuten in einem Krankenzimmer zu suchen haben sollte, überstieg Boldirinthes Begriffsvermögen. Zweifellos wollten sie allesamt helfen. Aber sie drängten sich alle viel zu dicht an das arme Kind heran, überhitzten die Luft und entzogen dem Raum Lebenskraft. Boldirinthe fuchtelte ungeduldig mit den Händen und verscheuchte die ganze Gesellschaft, bis auf Taniane und Sipulakinain, deren Anwesenheit gewissermaßen sinnvoll war. Auch die alte Fashinatanda duldete sie still in einem Winkel, denn sie schien sowieso nicht mehr zu begreifen, was geschah.

»Wo hat man sie gefunden?« fragte Boldirinthe.

»Im Seengebiet«, antwortete Taniane. »Bäuchlings,

mit dem Gesicht im Schlick an einem kleinen Tümpel, sagt Sipirod, und um sie herum ein ganzer Haufen Tiere, die sie beobachteten, ein paar Caviandis und Stinchitole, eine kleine Schar von Scantrinen, ein, zwei Gabools. Sipirod sagt, sie hätte noch nie etwas dermaßen Verblüffendes gesehen wie diese ganzen Tiere, die sich um sie geschart haben. Fast als würden sie sie beschützen wollen. Da muß sie dann so etwa zwei Tage lang gelegen haben. Mit brennendem Fieber, sagt Sipirod. Sie muß Wasser aus den Tümpeln getrunken haben, sagt Sipirod. Und natürlich hatte sie nichts zu essen.«

»Ist sie irgendwann wieder bei Bewußtsein gewesen?«

»Nein, immer im Delirium. Ab und zu stammelt sie was — von der Königin, vom Nest, eben so dieses Zeug. Und ruft Kundalimons Namen. Die beiden waren ein Liebespaar, wußtest du das? Und sie wollten zusammen flüchten, Boldirinthe. Zu den Hjjks in ihr Land!«

»Armes Kind. Kein Wunder, daß sie davongelaufen ist.« Aber dann grunzte die Opferfrau und schob das Ganze als jetzt völlig unwichtig beiseite.

»Bringt mir mal den Tisch da drüben hierher, ja? Da stellt ihr dann meinen Sack drauf. Nein, auf dieser Seite, wo ich rankommen kann! Und dann holt mir was, worauf ich mich setzen kann. Am Bett. Ich kann mich nämlich nur grad so mühsam auf den Beinen halten, wißt ihr ...«

Dann nahm sie Niallis Arm hoch und strich mit den Fingern über die ganze Länge hin, um die Lebensströme zu ertasten. Sie waren sehr schwach. Das Mädchen war warm, doch ihr Lebensstrom floß stockend wie erstarrendes Quecksilber. Boldirinthe drehte den Kopf von Taniane fort, weil sie nicht wollte, daß der Häuptling ihr die tiefe Besorgnis am Gesicht abläse. Einige Stunden länger in diesem Sumpf, und wir hätten hier ein totes Mädchen. Und es war immer noch möglich, daß sie nicht zu retten sein würde.

Nein, das werde ich nicht zulassen, dachte Boldirinthe.

Sie zog aus ihrem Sack die zwei großen Heilstäbe und legte sie Nialli an beide Seiten. Die bewegte sich kaum. Dann zog sie ihre Kräuter und Salben hervor und stellte sie säuberlich in einer Reihe auf dem Tisch auf. Den Talisman des Heiler Friit und den von Mueri-Trostspenderin plazierte sie an Niallis Kopf, beziehungsweise an den Füßen.

Zu Sipulakinain sprach sie: »Schaff mir das Kohlebecken da näher. Wir werden das Laub Friits darin brennen, und sieh zu, daß du selber auch von dem Rauch einatmest. Er wird auch dir zuträglich sein.«

»Ich bin bereits Rekonvaleszentin, Boldirinthe«, sagte Sipulakinain.

Die Opferfrau bedachte die Lebenspartnerin des Kornhändlers mit einem skeptischen Blick. »Na, dafür sei Yissou aber Dank«, sagte sie, mit geringer Überzeugung.

Gemeinsam mühten sie sich ab, die aromatischen Kräuter zu entzünden. Taniane schaute schweigend und reglos zu. Gegenüber in der Ecke murmelte die uralte Fashinatanda tonlose Gebete blind vor sich hin. Bläulichroter Rauch wölkte auf.

»Mehr!« sagte Boldirinthe. »Noch fünf Stengelchen.«

Sipulakinains Hände zitterten, doch sie legte die Kräuterzweiglein auf die Glut. Boldirinthe ergriff Nialli an den Knöcheln und hielt sie fest. Sie spürte die Stauung in der Lunge des Mädchens, das erschöpfte Herz. Der Seelenkern war unterkühlt und geschwächt. Doch Nialli war stark. Man würde diese Schwachheiten aus ihr heraustreiben können.

Der Rauch im Raum verdichtete sich.

Und jetzt zeigten sich auch die Götter sichtbar.

Schon lange, lange besaß Boldirinthe die Gabe (und die Technik), die Himmlische Fünffalt deutlich sehen zu können. Sie sprach darüber nie zu anderen, denn sie wußte, daß die Götter, so real existent sie waren, bisher niemals sich anderen handgreiflich gestalthaft manifestiert hatten, sondern ausschließlich als mächtige abstrakte Präsenzen. Aber bei ihr war das anders. Ihr zeigten sie sich in deutlicher Gestalt und mit deutlichem Gesicht, und in beidem urvertraut. Mueri, die Trostspenderin, sah für Boldirinthe ziemlich deutlich so aus wie Torlyri, eine hochgewachsene, kräftige und beeindrukkend schöne Frau, deren dunkler Pelz eine weiße Zeichnung aufweist. Dawinno-der-Zerstörer sah aus wie Harruel: ein wildwütiger rotbärtiger Riese. Yissou war weise und abweisend-fern, dünnpelzig und fast so etwas wie ein Menschlicher. Der Ernährer, Emakkis, sah feist aus und fröhlich. Friit-Heiland blickte enorm ernst drein, war zierlich, fast schwach, beinahe ein bißchen so wie Hresh. Aber jetzt standen sie neben ihr und standen ihr zur Seite. Sie zeigte auf das schlafende Mädchen, und die Götter nickten, und Friit erklärte ihr, was getan werden müsse, und Boldirinthe — obwohl sie einen kurzen Stich von Bedenklichkeit verspürte — schickte sich ohne Zögern an, es zu tun.

»Du mußt jetzt das Zimmer verlassen«, sagte sie zu Taniane.

»Ich ...«

»In dir ist zu große Kraft. Wir können hier drin jetzt nur die Kranken und die Alten und die Fetten brauchen!«

Tanianes Mund öffnete sich und klappte wieder zu. Sie warf Boldirinthe einen Blick zu, der Erstaunen, vielleicht sogar Verärgerung enthielt, aber sie verließ wortlos den Raum.

Und nun applizierte Boldirinthe die heiligen Salbungen. Ein Tupfer auf die Lippen der Nialli Apuilana, und einer auf ihre Brüste, und ein dritter an den Ort zwischen ihren Schenkeln. Nialli bewegte sich und begann zu murmeln, als die starke Wärme der Kräutersalben die Haut zu durchdringen begann.

»Bring die Alte rüber«, sagte sie zu Sipulakinain. »Ich

will, daß sie sich aufs Bett hockt und mit ihren Händen die Beine des Mädchens festhält. Und du, du setzt dich hier rauf und drückst ihren Kopf an deine Brust. Ich werde mit ihr tvinnern.«

Sipulakinai nickte. So schwach sie sich fühlte und so unsicher sie selber auf den Beinen war, sie legte der bebenden uralten Großmutter den Arm um und schleppte sie ans Bett, wo sie sie in die von Boldirinthe vorgeschriebene Position brachte. Dann legte sie sich nieder und barg Niallis Kopf mit den Armen an ihrer Brust.

Unter heftigem Stöhnen wuchtete Boldirinthe ihre Körpermassen so herum, daß ihr Sensor-Organ in Reichweite dessen von Nialli kam. Es kam natürlich nicht in Frage, daß sie sie sich in der sonst gebräuchlichen Position neben das Mädchen legte, aber schließlich mußte man ja auch auf andere Weise tvinnern können. Sie blickte auf und sah, daß Mueri ihr zulächelte, und sie sah, daß Friit zustimmend seine Hand hoch erhoben hatte. Und Yissou höchstpersönlich half ihr dabei, die rechte Position einzunehmen.

Und nun ergab sich ein Moment der Unsicherheit und des Unbehagens.

Boldirinthe war zwar eigentlich schon viel zu alt, als daß sie noch Furcht gekannt hätte, aber über eine gewisse vernünftige Bersorgnis war sie noch nicht erhaben. Sie hatte mit Nialli einmal getvinnert, vor vielen Jahren, am Tvinnr-Tag des Mädchens — ja, wie sich herausstellen sollte, am Vorabend ihrer Entführung durch die Hjjks. Nialli war damals zu Boldirinthe gekommen, um sich traditionsgemäß in die Kunst einweisen zu lassen. Aber Boldirinthe hatte nicht vergessen, von welcher Art diese Tvinnr-Initiation gewesen war.

Sie hatte damals mit nichts weiter gerechnet als dem gewöhnlichen pubertären Chaos einer Erst-Tvinnerung, bei der die weiche, noch ungeformte, sehr verletzliche junge Seele qualvoll kämpft, sich in der Peinlichkeit einer derartigen neuen ungewohnten Intimität zurechtzufinden und sich zu konzentrieren. Aber Nialli Apuilana hatte sich nach der endlich erreichten Vereinigung ihrer beider Seelen als stark und als wild erwiesen, als so hart und kantig wie eine Maschine aus schimmerndem Metall und voll einer nicht zu bremsenden Antriebskraft. Es ist immer bestürzend, einer derartigen zielstrebigen Kraft in einem sehr jungen Wesen zu begegnen. Und diese Tvinnr-Erfahrung hatte Boldirinthe vollkommen erschöpft. So sehr, daß sie die Erfahrung niemals zu wiederholen wünschte.

Doch die Fünf hatten es befohlen. Boldirenthe legte ihren Sensor an den des bewußtlosen Mädchens und leitete die Kommunion ein.

Niallis Seele war verschlossen und entzog sich. Es gab Momente, in denen Boldirinthe das Gefühl bekam, sie würde sie niemals erreichen; es gab Momente, wo Niallis Geist sich völlig vom Körper löste und davonglitt. Doch Boldirinthe und Sipulakinain fungierten als Bollwerke und hinderten die Seele am Davonfliegen. Sie grenzten sie ein. Und nach und nach gelang es Boldirinthe, sie zu umhüllen und in ihre umfassende Umarmung zu schließen.

Und dann öffnete sich Niallis schlafendes Selbst ihr bereitwillig.

Ihre Seele war unendlich viel tiefer, fremdartiger und reicher als beim erstenmal vor vier Jahren. Damals war Nialli ein kleines Mädchen, jetzt war sie eine Frau, mit allem, was darin an Bedeutungstiefe enthalten ist. Sie hatte kopuliert; sie hatte getvinnert; sie hatte geliebt.

Und sie hatte die Fünf Himmlischen akzeptiert.

Was für eine Überraschung! Beim erstenmal war in Nialli kein Fetzchen Gläubigkeit zu entdecken gewesen. Unter der modernen Jugend war solche Gottferne nicht außergewöhnlich. Doch Nialli stand damals der Güte der Götter nicht nur gleichgültig gegenüber, nein, sie hatte sich gegen sie abgeschirmt, sie regelrecht zurückgewiesen.

Jetzt aber spürte Boldirinthe zu ihrem großen Erstaunen in der Seele des Mädchens die Wesenheit der Fünf. Es gab keinen Zweifel an ihrer Nähe, ganz neu und frisch war sie. Alle fünf Aurae, deutlich: Friit und Emakkis, Mueri und Dawinno, besonders hervorgehoben: Yissou-der-Beschützer, breiteten ein göttliches Glühen durch die Wege und Windungen in Niallis Seele. Mit so etwas hätte Boldirinthe bei weitem nicht zu rechnen gewagt. Das göttliche Feuer brannte in dem Kind, und es allein — oder doch beinahe allein — erhielt sie noch im Leben. Vielleicht waren die Himmlischen in sie eingegangen, während sie dem Tode nahe in diesem Sumpf lag.

Doch auch das NEST war in ihr, die Königin war da.

Boldirinthe spürte die gewaltige geballte fremdartige Stärke der Insektenherrscherin; sie überlagerte und durchdrang jede Facette in Niallis Geist, ja vermischte sich sogar wechselseitig mit den Aurae der Fünf auf eine ebenso blasphemische wie unwahrscheinliche Art und Weise. Hjjkisches Licht loderte wie ein zorniges Feuer. Hjjk-Dünste umhüllten Niallis Seele. Klammernde Klauen krallten sich überall fest. Ohne Zweifel, davon mußte das Kind während der Gefangenschaft befallen worden sein. Die Opferfrau mußte sich gewaltig anstrengen, um vor solchen Geheimnissen nicht zurückzuweichen — oder gar in ihre Tiefen hinabgezogen zu werden.

Aber sie wußte, was sie zu tun hatte. Sie war gekommen, um zu heilen. Und mit der Hilfe der Götter würde sie das Übel austreiben.

Ohne Zaudern machte sie sich ans Werk. Sie rang mit dem Dunklen im Innern der Häuptlingstochter. Sie hackte auf es ein, sie spießte es auf, sie zerschlitzte es bis in seinen Kern. Es schien schwächer zu werden. Die Krallenklauen wirbelten und zuckten. Boldirinthe zerrte eine Kralle los, eine weitere, noch eine, allerdings packten sie beinahe so schnell wieder zu, wie sie sie wegzerrte. Das Ding setzte sich mit wütender Bosheit zur Wehr, peitschte sie mit Kraftgittern, überschüttete sie mit eisig brennenden Sturzbächen. Aber sie wich nicht vor dem Angriff zurück. Ihr Leben lang hatte sie sich auf diesen Augenblick vorbereitet. Immer wieder und wieder regte sich das träge unbesiegbare Ungeheuer, richtete sich auf und sprang, und jedesmal zwang Boldirinthe es nieder, und wieder erhob es sich und wurde erneut zu Boden geschmettert, und Boldirinthe-das-Opferweib schmiedete neue Waffen und wuchtete sich in den Kampf und focht mit all ihren Kräften.

Langsam, widerstrebend zog sich das Ding in die Tiefen von Niallis Seele zurück und verkroch sich dort in der Höhle, in der es sich aufgehalten hatte. Es war nicht besiegt, doch es war zurückgewichen. Nun bestand die Hoffnung, daß Nialli Apuilana allein die Schlacht zu Ende kämpfen konnte. Boldirinthe hatte getan, was ihr möglich war.

Dann sprach die Opferfrau zu Friit: »Übernimm du jetzt das Kommando über sie, ich bitte dich, und verleih ihr Stärke.«

»Ja, das mach ich«, antwortete der Gott.

»Und ihr auch, Dawinno, Emakkis, Mueri, Yissou!«

»Machen wir«, antworteten die Götter einer nach dem anderen.

Boldirinthe baute eine Passage für sie, und die Götter traten in Nialli ein und verschmolzen mit ihren bereits in der Seele vorhandenen Auren. Sie stützten Nialli, wo sie schwankte, sie stärkten sie, wo sie geschwächt war, und füllten ihre leeren Stellen auf.

Dann verschwanden sie wieder, einer nach dem anderen.

Zuletzt ging Mueri, doch sie hielt kurz inne und berührte Boldirinthes Seele und umfing sie auf besonders zärtliche Weise, etwa so wie Torlyri sie vor langer, langer Zeit umarmt haben würde. Dann war auch Mueri verschwunden.

Nialli Apuilana bewegte sich. Ihre Augen öffneten sich. Sie blinzelte mehrmals sehr rasch. Dann runzelte sie die Stirn. Und dann lächelte sie.

»Schlaf, Kindchen«, sagte Boldirinthe. »Wenn du aufwachst, bist du wieder bei Kräften.«

Nialli nickte traumverloren. Boldirinthe wandte sich zu Sipulakinain: »Taniane soll reinkommen. Aber nur sie!«

Der Häuptling schleppte eine Wolke von Besorgnis hinter sich herein; doch sie verschwand, sobald Taniane die Veränderung an Nialli bemerkte. Sofort kehrte ihre Persönlichkeitsstärke zurück, und ihre Augen gewannen wieder den alten Glanz. Aber Boldirinthe war zu erschöpft für Dankestiraden. »Ja. Das Werk ist getan. Und gut getan«, sagte sie. »Aber sorgt jetzt dafür, daß das Kind Ruhe hat. Haltet diese Leute von ihr fern, jedenfalls jetzt. Danach: Warme Kraftbrühe und frisch gepreßten Fruchtsaft. In ein paar Tagen wird sie wieder munter und auf den Beinen sein, so gut wie neu, das versprech ich dir.«

»Boldirinthe ...«

»Bemüh dich nicht«, sagte die Opferfrau. Das Mädchen hatte die Augen wieder geschlossen und war in einen tiefen gesunden Heilschlaf gesunken. Aurae umglühten ihren Leib. Doch Boldirinthe konnte hinter dem äußeren Erscheinungsbild noch immer die verwundete Nest-Kreatur sehen, tief drunten, den verborgenen inneren Hjjk, er glühte wütend wie eine rotentzündete Wunde. Und Boldirinthe überlief ein leichtes Schaudern.

Aber sie wußte, sie hatte dem Ding einen schrecklichen Schlag versetzt. Alles andere lag nun bei Nialli selbst. Und bei der Fünffaltigkeit, selbstverständlich.

»Helft mir auf«, bat sie. Ihr Atem pfiff leise. Sie fuhr sich über die Stirn. »Oder holt zwei, drei von den anderen rein, wenn ihr's nicht alleine schafft.«

Taniane lachte. Dann hob sie Boldirinthe ganz mühelos von ihrem Hocker, als wäre sie so leicht wie ein Kind.

In der grauen Steinhalle, im flackernden Schein der grünen Glühkugeln trat Husathirn Mueri auf sie zu und faßte sie am Arm. Er sah gereizt aus und irgendwie hilflos.

»Wird sie leben, Boldirinthe?«

»Aber sicher wird sie. Ganz ohne den geringsten Zweifel!«

Sie wollte weiterwatscheln. An diesem Tag war sie in tiefste Tiefen hinabgestiegen und von da wieder zurückgekehrt, und das hatte sie ziemlich viel körperliche und seelische Kraft gekostet. Sie hatte im Augenblick nicht die geringste Lust, sich hier aufhalten zu lassen, um mit Husathirn Mueri zu schwatzen.

Aber der hielt sie weiterhin fest. Ließ einfach nicht los. Ein heuchlerisch warmes Grinsen zog über sein Gesicht.

»Du bist allzu bescheiden«, schmeichelte er. »Ich kenne mich selbst ein wenig in den Heilkünsten aus. Dieses Mädchen lag im Sterben, ehe du hergekommen bist, um sie zu behandeln.«

»Nun, jedenfalls stirbt sie jetzt nicht mehr.«

»Ich bin dir zu tiefstem Dank verpflichtet.«

»Ach ja, da bin ich mir ganz sicher.«

Sie schaute ihn lange scharf an, versuchte, hinter den Sinn seiner Worte zu kommen. Bei ihm mußte man stets gewärtig sein, daß sich hinter seinen Äußerungen etwas Doppeldeutiges verbarg. Sogar wenn dieser Mann nieste, hatte das irgendwie etwas Hinterhältiges.

Husathirn Mueri erträglich oder nett zu finden, das war etwas, was Boldirinthe niemals möglich gewesen war, und dies beunruhigte sie ein wenig, denn sie fand es abscheulich, irgendwen widerwärtig zu finden; aber er war außerdem auch noch Torlyris Sohn, was die ganze Sache nur noch schlimmer machte. Torlyri hatte sie so sehr geliebt, wie sie die eigene Mutter nicht hätte inniger lieben können. Und da war jetzt dieser Husathirn Mueri, ein alerter Mann, gescheit, attraktiv und gewissermaßen sogar warmherzig, und er sah nun einmal Torlyri ziemlich ähnlich; mit diesen leuchtendweißen Streifen in seinem schwarzen Pelz ... Und dennoch brachte Boldirinthe es nicht über sich, den Mann zu mögen. Sie mochte ihn ganz und gar nicht! Es ist seine Schläue, dachte sie, und sein ungehemmter Ehrgeiz. Woher stammten diese Eigenschaften? Gewißlich nicht von Torlyri. Und auch nicht von seinem Vater, diesem nüchternen, unbeugsamen Bengkrieger. Na ja, sagte sie sich, auch die Götter gehen manchmal geheimnisvolle Wege. Und jeder von uns ist eines ihre ganz besondren Rätsel.

Leise sagte Husathirn Mueri: »Du weißt doch, daß ich sie liebe.«

Boldirinthe tat das achselzuckend ab. »Wir alle lieben sie.«

»Ich meinte aber, auf eine besondere Weise.«

»Ja. Sicher ist das so.«

Seine Torheit machte sie traurig. Sie hatte kein Verlangen danach, zuzuschauen, wie einer sich bei sowas weh tat. War denn diesem Husathirn Mueri nicht klar, wie anders sie war, diese Mädchenfrau, die zu lieben er behauptete? Es mußte ihm doch inzwischen wenigstens der Verdacht gekommen sein, daß Nialli sich Kundalimon als Geliebten erwählt hatte. Und dies, nachdem sie die feinsten Jungmänner abgewiesen hatte, welche die Stadt zu bieten hatte. Nun, Kundalimon war tot; vielleicht fand Husathirn Mueri ihn deshalb nicht weiter wichtig. Was aber würde er sagen, wenn er wüßte, daß er es mit einem anderen, einem viel größeren Rivalen zu tun hatte, nämlich niemand Geringerem als der Königin der Hjjks? Mit welchem Abscheu er sich abwenden würde! Allerdings würde er mit Nialli tvinnern müssen, um das ganz genau herauszufinden, und Boldirinthe bezweifelte, daß er in der Hinsicht die geringste Chance hatte.

Sie schob sich langsam weiter auf die Tür ins Freie zu.

»Dürfte ich noch um ein paar Worte unter vier Ohren bitten?« sagte Husathirn Mueri.

»Wenn du mit mir gehst. Seit ich so riesenhaft geworden bin, ist es mir nicht mehr angenehm, so herumzustehen.«

»Laß mich deinen Sack tragen.«

»Diese Tasche ist die heilige Bürde meines Berufs. Was hast du mir zu sagen, Husathirn Mueri?«

Wahrscheinlich noch mehr Zeug über Nialli, dachte sie. Aber er sprach: »Ist es zu deiner Kenntnis gelangt, Boldirinthe, daß sich um die Person des ermordeten Hjjk-Gesandten sowas wie ein religiöser Kult herauszubilden beginnt?«

»Ja, ich weiß, es gibt da einen Altar, irgendwie zu seinem Gedächtnis.«

»Es ist mehr als eine bloße Gedenkstätte!« Er fuhr sich nervös über die Lippen. »Ich habe Berichte der Wachmiliz vorliegen. Die Kinder *beten* zu ihm. Und nicht bloß die Kinder. Aber mit denen hat es angefangen. Jetzt haben sie kleine Fetzchen seiner Kleidung in die Finger bekommen, auch Sachen aus seinem Zimmer, Hjjk-Zeug, das nach seinem Tod irgendwie verschwunden ist. Boldirinthe, die machen ihn zu einem Gott!«

»Ach ja?« antwortete sie gleichgültig. »Nun, derlei ereignet sich eben immer wieder mal von Zeit zu Zeit. Wie es den Leutchen gefällt. Für mich ändert sich dadurch nichts. Für meine Bedürfnisse genügt die Himmlische Fünffaltigkeit durchaus.«

Mit einiger Bissigkeit antwortete er: »Ich hatte ja auch nicht erwartet, daß du zum Kundalimon-Glauben konvertierst. Aber beunruhigt dich denn sowas ganz und gar nicht?«

»Warum sollte es? Beunruhigt es dich?«

»Ja, aber verstehst du denn nicht, Boldirinthe? Die bauen da einen Jungen, der seinem Denken nach ein halber Hjjk war oder sogar mehr als halb, zu einem Machtpotential in unserem Staat auf, zu einer Leitfigur! Sie erbitten sich seine Gunst und Gnade. Sie beten um seine Führung. Und sie bieten ihm als Gegenleistung ihre Hingebung und Liebe. Willst du wirklich zuschauen, wie hier eine neue Religion aufgebaut wird? Wie eine ganz neue Priesterkaste entsteht, neue Tempel und vor allem, wie neue Ideen Auftrieb finden? Aus sowas kann sich doch alles entwickeln. Alles. Als Kundalimon lebte, zog er herum und predigte den Leuten Nest-Zeugs und forderte sie auf, ihm nachzufolgen — in das Nest! Und die Kinder fallen darauf herein und lieben diese Botschaft. Sie haben sie ihm direkt von den Lippen gesaugt, dafür habe ich unumstößliche Beweise. Was wird aber, wenn diese — dieser neue Kult — jemandem in die Hände gerät, der genug Macht und Kontrolle ausüben kann, um auf dem aufzubauen, was Kundalimon da begonnen hat? Werden wir alle schließlich die Hjjks innig lieben und sie anflehen, daß sie uns doch bitte-bitte auch lieben möchten? Soll Nakhaba, soll die Himmlische Fünffaltigkeit einfach von der Tagesordnung weggewischt werden? Du gehst zu leichtfertig an die Sache heran, Boldirinthe. Es wird nämlich nur noch viel schlimmer werden, und zwar sehr schnell, wie ein Feuer, das sich über das trockene Buschland ausbreitet. Ich spüre es kommen. Und du weißt ja, ich bin in derlei Sachen nicht gänzlich ohne kluge Klarsicht.«

Sein Gesicht hatte sich gerötet, und die Muskeln zuckten. Die Bernsteinaugen funkelten in fieberhafter Erregtheit. Sie sahen aus wie glatte Glaskuller. Es arbeitete in ihm, ganz zweifellos. Boldirinthe konnte sich nicht erinnern, ihn je dermaßen aufgeregt erlebt zu haben. Und es paßte überhaupt nicht zu ihm, irgendwelche Emotionen so ungehemmt zu zeigen.

Aber dieser hektische Ausbruch war das Letzte, was

ihr gerade jetzt noch gefehlt hätte. Sie war noch immer ganz verwirrt von dem Schock, den ihr der Kontakt mit Niallis Seele bereitet hatte. Nein, was *sie* jetzt nötig brauchte, das war die Rückkehr in ihre Klosterzelle und Ruhe. Dann ein gemütliches Abendmahl mit dem lieben alten Staip, ein paar Schalen Wein — und dann — ja, dann, ins Bett ...

Ach, soll doch kommen, was mag, dachte sie. Neue Kulte, Religionen, Götter — und was ihr sonst noch wollt. *Ich* hab heute Schwerstarbeit geleistet ... Ich bin müde ... Und ich sehne mich nach meinem Bett!

Kühl sagte sie also: »Vielleicht machst du ja einen Zinnobärhaufen aus einem Mückenschiß. Die Kleinen haben Kundalimon geliebt, gewiß. Er hat sie unterhalten — und bezaubert. Hat ihnen interessante Sachen erzählt. Und nun trauern sie um ihn. Bringen seinem Geist Opfergaben. Ich hab sie dabei gesehen, als ich heute hier herüberkam. Harmlose Liebesgesten, weiter nichts, eine Gedenkdemonstration. Und in einigen Tagen ist das alles vom Wind verweht. Der Junge wird zu einem Teilchen der Geschichte werden, einer Episode, die Hresh in seiner Chronik erwähnt, und das war es dann auch schon.«

»Und wenn du dich irrst? Wenn es statt dessen zu einer Revolution käme? Was dann, Boldirinthe?« Er fuchtelte erregt mit den Händen herum.

Aber sie hatte jetzt wirklich genug.

Sie sagte: »Sprich mit Taniane, Husathirn Mueri, wenn dich derartige Probleme plagen. Ich bin eine fette alte Frau, und wohlgemerkt, sehr fett und sehr alt, und wenn sich da irgendwann Veränderungen ergeben sollten, sofern es Veränderungen sein werden, dann höchstwahrscheinlich erst, wenn ich nicht mehr da bin und sie nicht zu sehen brauche. Aber falls ich noch da bin, weißt du, ich hab in meinem Leben bereits mehr und größere Veränderungen erlebt, als du dir vorstellen kannst. Und ich verkrafte durchaus noch ein paar mehr.

Und jetzt laß mich endlich gehen. Und Mueri schenke dir Frieden, ja? Oder auch Nakhaba, wenn du das lieber hast. Mir sind alle Götter gleich.«

»Was? Aber du bist doch den Fünfen eidverschworen!«

»Die Fünf sind meine Götter. Aber alle Götter sind göttlich.« Sie schlug das Mueri-Zeichen gegen ihn, schob sich langsam an ihm vorbei und watschelte die Stufen hinab zu dem wartenden Wagen.

Der Junge trug den Namen Tikharein Tourb. Und er war neun Jahre alt. Er trug das schwarzgelbe Amulett des Nest-Wächters auf der Brust.

Das Mädchen hieß Chhia Kreun. Sie trug ihr Amulett am Handgelenk.

Sie standen vor einer Gruppe aus elf Kindern und drei Erwachsenen. In dem Kellerraum waren aromatisch duftende Zweige hochaufgetürmt, und der starke stechende Geruch des Sippariu-Safts mischte sich mit der Süße der Dilifar-Nadeln, so daß die Luft beinahe berauschend schwer war.

»Faßt euch an den Händen«, sagte Tikharein Tourb. »Alle! Berührt euch! Schließt die Augen!«

Chhia Kreun, die dem ganzen Gezweig am nächsten war, geriet praktisch in eine Trance. Sie begann lallend zu singen und stieß unbekannte klobige und grobe Worte aus. Vielleicht waren es hjjkische Laute oder Wörter. Wer hätte das sagen können? Aber es waren die Laute, die Kundalimon sie gelehrt hatte. Ihre Bedeutung kannte keiner. Jedoch sie klangen sehr heilig.

»Und alle!« schrie Tikharein Tourb. »Na, macht schon! Alle sprechen jetzt die Worte! Also sprecht! Sprecht! Es ist die Anrufung der Königin!«

Die Verhandlungen — soweit man davon sprechen konnte — traten auf der Stelle. Seit ihn die Nachricht von den zwei Morden in Dawinno erreicht hatte, war

Thu-Kimnibol in ein tiefes schwärzlich brütendes Nachdenken versunken. Salaman beobachtete ihn mit Erstaunen und wachsender Beunruhigung. Den ganzen Tag lang stapfte er wie ein riesenhaftes Tier durch die Gänge des Palastes, und bei den abendlichen Königsgelagen blieb er nahezu stumm.

Ihn beunruhige, sagte er jedenfalls, die Verspätung der Herbstkarawane aus Dawinno. Ihre Ankunft hatte sich schon um neun Tage verzögert. »Wo sind sie denn?« fragte Thu-Kimnibol immer wieder. »Wo bleiben sie denn?« Er schien an gar nichts mehr denken zu können als an das verspätete Erscheinen der Kaufleute. Aber dahinter mußte mehr stecken. Ein paar Tage Verspätung, das reichte nicht als Erklärung für soviel ärgerliche Besorgnis.

»Gewiß herrscht drunten im Süden irgendwo übles Wetter«, versuchte Salaman den Gast zu besänftigen. Wenn der in einem solchen Zustand der Unruhe war, wurde er einfach zu unberechenbar, zu aufbrausend. »Schwere Stürme vielleicht, unterwegs, Überschwemmungen auf den Landstraßen, irgend sowas ...«

»Stürme? Wir hatten doch einen goldenen Herbsttag nach dem anderen!«

»Aber vielleicht da drunten im Süden ...«

»Nein. Die Karawane verspätet sich, weil es in Dawinno einigen Ärger gibt. Wenn Mord und Totschlag erst einmal beginnen, wohin kann das führen? Nein, bei mir zuhaus herrscht irgendwie Unruhe und Aufstand.«

Aha, das bekümmert ihn also, dachte Salaman. Er glaubt immer noch, er hätte sofort heimreisen müssen, sobald er von den Morden erfuhr. Er plagt sich mit Schuldgefühlen herum, weil er hier oben bei uns herumsitzt und nichts tut, während Dawinno vielleicht in Aufruhr ist. Aber falls Taniane gewollt hätte, daß er heimkommt, dann hätte sie ihn bestimmt abberufen. Und da sie das nicht getan hat, darf man ja wohl den vorsichtigen Schluß ziehen, daß es keinerlei Probleme gibt da drunten.

»Ich werde in meinen Gebeten deiner gedenken, mein Cousin«. sagte Salaman salbungsvoll. »Geb's Yissou, daß alles zum Guten stehe in deiner Stadt!«

Doch die Tage verstrichen, inzwischen waren es fünf oder sechs, oder gar sieben, und es kam keine Karawane. Und inzwischen begann auch Salaman ein wenig beunruhigt zu sein. Die Kaufleute waren mit ihrem Treck eigentlich immer pünktlich. Winters und im Frühling entsandte Yissou Kaufmannskarawanen gen Süden, und im Sommer und Herbst kamen sie aus Dawinno in den Norden heraufgezogen. Sie spielten eine wesentliche Rolle im Wirtschaftsleben beider Städte. Doch inzwischen sah Salaman selbst sich dem nörgelnden Gemaule der unzufriedenen Kaufleute und Fabrikanten seiner Stadt ausgesetzt, deren Warenlager überquollen von Handelsgütern, die keinen Absatz fanden. Wem sollen wir denn verkaufen, fragten sie den König, wenn die Karawane nicht kommt? Und die Tandler und Verkäufer auf dem öffentlichen Markt, die mit den Produkten aus Dawinno handelten, hatten die entgegengesetzten Probleme: Sie brauchten dringend Nachschub an Waren. Aber wo blieb die Karawane? »Sie kommt bald«, erklärte Salaman ihnen allen. »Sie ist unterwegs!« Aber — Yissou! — wo blieb sie denn? Er wurde allmählich ebenso reizbar wie Thu-Kimnibol!

Stimmte da drunten im Süden wirklich was nicht? Selbstverständlich hatte er ein paar Agenten in Dawinno sitzen. Aber von denen hatte er seit Wochen nichts mehr gehört. Die Entfernung zwischen den Städten war so groß, die Nachrichtentransmission dauerte so lange. Wir brauchen dringend ein funktionstüchtigeres Nachrichtenübermittlungssystem, dachte der König. Irgendwas Schnelleres, ohne daß Eilkuriere Hunderte von Meilen reisen müssen. Vielleicht — etwas, bei dem man das Zweite Gesicht einsetzen könnte ... Und er machte sich eine Notiz, daß er sich gelegentlich mit der Sache noch nachdrücklicher befassen wollte.

Aber Thu-Kimnibol stapfte weiter düster und grübelnd durch den Palast. Und Salaman entdeckte zu seiner Verblüffung, daß auch er selbst das inzwischen tat.

Ihr Götter! Wo blieb nur diese Karawane?

Husathirn Mueri sagte: »Ich bin sicher, die Genesung deiner Tochter, Edle, macht gute Fortschritte.«

»Na ja, soweit damit zu rechnen war«, antwortete Taniane in dumpf-bedrücktem Ton.

Es verblüffte ihn, wie müde sie aussah. Sie hockte mit hängenden Schultern und schlaff im Schoß liegenden Händen da. Ihr Fell war stumpf und sah struppig aus. Früher war sie ihm eher als eine ältere Schwester von Nialli Apuilana erschienen. Aber heute gewiß nicht mehr.

Möglicherweise war es ja auch ein Fehler gewesen, das Gespräch mit einem Verweis auf Niallis Gesundheitszustand zu beginnen. Er stieg beflissen und rasch auf ein anderes Thema um.

»Wie du es verlangtest, Edle, hab ich hier die neuesten Berichte über die Suche nach dem Mörder von Curabayn Bangkea. Leider haben wir bisher diesbezüglich noch keine Fortschritte gemacht.«

Taniane starrte ihn trübsinnig an. »Es wird da ja wohl kaum jemals Ermittlungsfortschritte geben, Husathirn Mueri. Oder?«

»Ich fürchte, Edle, nein. Wie es aussieht, war es ein dermaßen zufälliges, beiläufiges Verbrechen …«

»Beiläufig? Ein Mord?«

Und plötzlich sprühte aus ihren Augen ein eisiges Feuer.

»Ich wollte damit nur sagen, daß es sich wohl um einen plötzlich ausgebrochenen Streit gehandelt haben muß, etwas ganz ohne Motiv, vielleicht gar ohne Anlaß. Natürlich werden wir die Ermittlungen in jeder nur denkbaren Weise fortsetzen, aber …«

»Laßt diese Nachforschungen. Sie können zu nichts führen!«

Ihre Schroffheit war bestürzend. »Wenn du es so wünschst, Edle.«

»Ich wünsche, daß deine Polizisten und du über diese neue Religion nachdenken, mit der wir es zu tun haben. Diesen neuen Kult. Diese Sekte: Das scheint sich ja wie eine Seuche in der ganzen Stadt zu verbreiten.«

»Chevkija Aim hat bereits ein massives Eindämmungsprogramm in die Wege geleitet, Edle. Schon letzte Woche allein ist es uns gelungen, drei von diesen neuen Kapellen aufzuspüren, und wir haben ...«

»Aber nein! Mit Unterdrückung ist da nichts zu gewinnen.«

»Edle?«

»Mir kommen beunruhigende Dinge zu Ohren. Männer wie Kartafrain, Si-Belimnion, Maliton Diveri — Männer von Substanz und Besitz und Status, die herumgekommen sind und sich auskennen, sie erklären mir, daß für einen von diesen Sektierertempeln, den wir schließen, zwei andere neu eröffnet werden. Das ganze Volk da drunten spricht nur noch von Kundalimon. Sie nennen ihn einen Märtyrer. Einen Heiligen und Propheten! Diese Ideologie der Königin-Liebe breitet sich in der Arbeiterklasse noch rasanter aus als irgendeine neue Softdrink-Mode. Es zeigt sich doch sehr schnell, daß wir mit einer restriktiven Politik weit mehr Schaden heraufbeschwören, als uns die Sache nutzt. Ich wünsche, daß du Chevkija Aim anweist, seine Unterdrückungskampagne abzubrechen.«

»Aber, Edle, wir *müssen* sowas doch unterdrücken! Es handelt sich immerhin um ausgesprochene Ketzerei und Götterlästerung! Wir können doch nicht einfach zulassen, daß so etwas sich ungestraft ausbreitet, oder?«

Tanianes Augen wurden schmal. »Seit wann bist du denn dermaßen fromm und gottesgläubig, Husathirn Mueri?«

»Nun, ich erkenne Gefahren, wenn sie vor mir auftauchen.«

»Das tue ich auch. Aber hast du nicht begriffen, was ich gerade gesagt habe? Es könnte sich letztlich als weitaus gefährlicher erweisen, derlei Bestrebungen unterdrücken zu wollen, als ihnen einfach ihren Lauf zu lassen.«

Ja, wahrscheinlich hast du recht, dachte er.

»Mir gefällt diese ... diese neue Religion ebensowenig wie dir«, sprach sie weiter, »doch es wäre möglich, daß die beste Methode, sowas unter Kontrolle zu halten, derzeit darin besteht, die Entwicklung *nicht* unter Kontrolle halten zu wollen. Wir brauchen vorab erst etwas genauere Informationen, ehe wir entscheiden können, wie gefährlich, wie staatsgefährdend, meine ich, das wirklich ist. Vielleicht handelt es sich ja um weiter nichts als wieder eine dieser Dummheiten, wie sie sich das gemeine Volk ab und zu einfallen läßt, oder aber es ist ein aktiver Umsturzversuch seitens der Hjjks. Aber wie sollen wir denn wissen, *was* es ist, he? Das können wir doch nur entdecken, indem wir uns das ganz genau anschauen. Also, ich will, daß du alle anderen Aktivitäten fallenläßt und dich darauf konzentrierst, was wirklich vorgeht. Von jetzt an plazierst du deine Späher in diesen neuen Kongregationen. Sie sollen dort infiltrieren, sich einnisten und aufpassen, was dort gepredigt wird.«

Husathirn Mueri nickte ergeben. »Ich werde mich persönlich um die Angelegenheit kümmern.«

»Ach ja, da ist noch was. Lasse die Liste der Reisenden überprüfen, die mit der Karawane nach Yissou ziehen wollen, ja? Und sorge dafür, daß keiner darunter ist, der zu diesen Kultisten gehört. Das fehlte grade noch, daß sich die Geschichte auch noch in Yissou ausbreitet.«

»Eine exzellent weise Überlegung«, sagte Husathirn Mueri.

Endlich war die Karawane aus Dawinno eingetroffen. Mit mehr als einem halben Mond Verspätung: Elf Xlendigespanne vor den rotgolden bewimpelten Warenlastwagen kamen durch den graugelben Staub über die Südliche Straße herangetrottet.

In dieser Nacht gab es ein großes Volksfest: Auf den Hauptplätzen brannten Freudenfeuer, Straßenmusikanten spielten bis in den nächsten Morgen, und es wurde allgemein wild gefeiert und gezecht, und es gab wenig Schlaf, aber reichlich Remmidemmi. Die Ankunft der Karawane in Yissou setzte stets so etwas wie ein Signal, und es brach dann ungezügelt Jubel, Trubel und Fröhlichkeit aus in dieser Stadt, in der ansonsten eher eine Atmosphäre von Zurückhaltung und Verklemmtheit vorherrschte. Es war beinahe, als bewirke die Ankunft des Karawanenzuges aus dem Süden, daß die gewaltige Steinummauerung der Stadt eine Bresche bekam, und als ob auf einmal die schwülwarmen verführerischen Winde des tropischen Südens durch die engen krummen Gassen wehten ... Aber die verspätete Ankunft des Handelszuges, die Ungewißheit, ob die Karawane diesmal überhaupt kommen werde, machte dann — als sie endlich kam — daraus ein noch größeres Ereignis als gewöhnlich.

Vor Salaman trat, in dessen geheimem Privatgemach im Palast, der Kaufherr Gardinak Cheysz, der brauchbarste, nützlichste Agent, den der König in Dawinno eingesetzt hatte. Ein rundlicher, dabei seltsam unfröhlicher Typ, mit einem Fell von merkwürdig gelblichgrauer Färbung, und seine Lippen sackten wegen einer Lähmung der Gesichtsmuskeln auf der einen Seite schief nach unten. Der Mann war zwar in Yissou geboren, aber er hatte fast sein ganzes Leben in Dawinno verbracht. Seit Jahren stand er als Agent in Salamans Diensten.

»In Dawinno geht es drunter und drüber«, begann er seinen Bericht. »Deshalb sind wir so spät dran. Wir konnten deswegen nicht früher aufbrechen.«

»Hm. Berichte!«

»Du weißt doch, daß ein Knabe namens Kundalimon, den die Hjjks vor vielen Jahren aus Dawinno geraubt haben, in diesem Frühling in seine Stadt zurückkam und ...«

»Ja, natürlich weiß ich all das. Ich weiß auch, daß man ihn ermordet hat und auch den Chef der Stadtwachen. Das ist doch altes Zeug!«

»Aha, du weißt das also schon alles?« Gardinak Cheysz schwieg eine Weile, wie um seine Gedanken wieder in die rechte Richtung zu bringen. »Schön, sehr schön, mein Herr!« Aus einem der Vorhöfe des Palastes drangen wilde dudelnde Geräusche, ein schrilles Gepfeife und lautes Lachen. »Aber, mein Herr und König, weißt du auch, daß am Tag, an dem die beiden Morde geschahen, die Tochter von Häuptling Taniane dem Wahnsinn verfiel und aus der Stadt verschwand?«

Das war neu. »Nialli? Heißt sie nicht so?«

»Ja, Nialli Apuilana. Ein schwieriges, ein aufsässiges Mädchen.«

»Was anderes als Aufsässigkeit und Schwierigkeiten hätte man denn von einem Kind von Taniane und Hresh erwarten sollen?« Salamans Lächeln war scharf. »Ich kannte Hresh, als er ein Kind war. Wir waren zusammen im Kokon. Himmel, war das ein wilder, verrückter kleiner Bursche ... Immer hatte er was Verbotenes im Sinn ... Also schön, und diese Nialli Apuilana hat den Verstand verloren und ist verschwunden. Und die Karawane, der verspätete Aufbruch — wohl wegen der Trauerzeit, eh?«

»Oh, aber sie ist nicht tot. Allerdings, man hat mir berichtet, daß es nahe dran war. Man entdeckte sie in Fieberkrämpfen in den Sümpfen östlich der Stadt. Erst ein paar Tage später. Und die Opferpriesterin betete sie wieder gesund. Aber tagelang, sagt man, stand es schwer auf der Kippe. Taniane konnte mit gar nichts andrem befaßt werden. Die ganze Zeit hindurch, in der das Mädchen darniederlag, kein Fetzelchen Regierungsgeschäfte erledigt. Unser Ausreisevisum lag auf Tanianes Schreibtisch, und da blieb es und verstaubte, und sie unterschrieb nicht. Und Hresh — also, der verlor beinahe selber den Verstand. Er sperrte sich in dem Turm ein, wo er diese ganzen alten Chroniken aufbewahrt, und kam überhaupt kaum zum Vorschein, und wenn doch, dann kam kein vernünftigee Wort aus ihm raus.«

Salaman schüttelte den Kopf. »Hresh ...«, murmelte er, halb ehrerbietig, halb verächtlich. »Es gibt auf der ganzen Welt keinen Verstand wie seinen. Aber — wahrscheinlich kann ein Mann wohl gleichzeitig brillant sein und dabei doch ein Narr.«

»Oh, es gibt noch mehr«, sagte Gardinak Cheysz.

»Also, raus damit, weiter!«

»Ich erwähnte bereits den — Tod des Hjjk-Gesandten. Kundalimon. Also, in Dawinno hat das Volk damit begonnen, ihn zu einem Gott zu machen. Na, also jedenfalls wenigstens zu 'nem Halbgott.«

»Einem *Gott?*« Der König mußte mehrmals ganz heftig blinzeln. »Was soll das heißen — einem *Gott?*«

»Na, so Andachtsstätten, Devotionsaltäre, sogar schon ganze Gemeinden mit Votivkapellen. Sie halten ihn für einen Propheten, einen Überbringer göttlicher Offenbarungen, einen ... — ach, ich weiß wirklich kaum, wie ich es dir sagen soll. Es übersteigt mein Begriffsvermögen. Jedenfalls wuchert um seine Person herum ein ganzer Kult auf, mehr kann ich dir nicht sagen, König. Mir erscheint das Ganze als völlig blödsinnig. Aber es hat zu einem schrecklichen Durcheinander geführt. Als Taniane sich endlich mit was andrem als ihrer Tochter beschäftigen mochte, hat sie ein Edikt erlassen, wonach die neue Religion als staatsfeindlich unterdrückt werden soll.«

»Ich hätte ihr etwas mehr Hirn zugetraut!«

»Genau. Sowas blüht erst recht, wenn es verfolgt

wird. Wie sie sehr rasch erkennen mußte. Das ursprüngliche Verbotsedikt, Majestät, ist bereits widerrufen worden. Die Stadtwachen versuchten die Plätze herauszufinden, an denen dieser Kundalimon verehrt wird — übrigens gibt es jetzt einen neuen Chef der Garde, einen jungen Beng namens Chevkija Aim, ein höchst ehrgeiziger Bursche mit konsequenter Sturheit — na, und sie versuchten eben das Ganze an der Wurzel auszureißen. Indem sie die Kapellen schändeten, die Gläubigen inhaftierten. Es brachte gar nichts. Das Volk ließ es sich einfach nicht gefallen. Also mußten die Verfolgungen abgebrochen werden, und die Anhänger des neuen Kults nehmen von Tag zu Tag zu. Und es geht so schnell, daß man es kaum glaubt. Ehe wir von Dawinno nach Yissou aufbrechen durften, mußten wir einen Eid ablegen, daß wir nicht selber auch schon Neugläubige sind.«

»Und worum geht es bei diesem neuen Glauben, kannst du mir das sagen?«

»Ich gestehe es dir ehrlich, mein König, solches Zeug übersteigt mein Verständnis. Das einzige, was ich davon begreife, ist, daß es sich anscheinend darum handelt, wir sollten uns den Hjjks ergeben.«

»Den — Hjjks — ergeben?« Salamans Stimme kam stockend vor Bestürzung und Empörung.

»Ja, Herr. Uns der Königin-Liebe unterordnen, was immer das sein soll, Erhabener. Du weißt ja wohl, dieser junge Mann, Kundalimon, kam mit dem Angebot eines Friedensvertrag von den Hjjks, wonach der Kontinent geteilt werden sollte zwischen uns und denen, und die Grenzen ...«

»Ja, ja. Klar weiß ich davon.«

»Nun, also diese neuen Kultführer fordern die sofortige Unterzeichnung dieses Vertrags. Mehr noch: Es sollen zwischen der Stadt Dawinno und dem Hjjk-Gebiet regelmäßige friedliche Kontakte aufgebaut werden, und bestimmte Hjjks, die sogenannten Nest-Denker, sollen vertragsgemäß ersucht werden, unter uns zu leben. Damit sie uns *ihre* Heilslehre beibringen können und wir dann auch die Weisheit der Königin erkennen lernen.«

Salaman stierte den Mann an. »Der reinste Wahnsinn!«

»Das ist es wohl, Hoher Herrscher. Und darum kommt die Karawane verspätet hier an, weil drunten in der Stadt alles in der Schwebe ist. Möglich, daß es inzwischen sich ein bißchen beruhigt hat. Als wir abreisten, war die Häuptlingstochter anscheinend genesen — es geht übrigens das Gerücht um, daß sie eine der führenden Personen in diesem neuen Kult ist, aber vielleicht ist das ja auch nur Tratsch ... Jedenfalls hat Taniane jetzt wieder Zeit, sich den Regierungsgeschäften zu widmen. Auch Hresh ist wieder auf der Bildfläche erschienen. Also ist es durchaus denkbar, daß sich dort alles wieder normalisiert. Aber, mein König, laß mich dir sagen, wir haben da drunten ein paar schwere Wochen hinter uns gebracht!«

»Ja, das kann ich mir vorstellen. Sonst noch was?«

»Nur, daß wir mit elf Wagen feinster Ware heraufgekommen sind und uns auf den Aufenthalt in deiner Stadt freuen.«

»Schön, ja, schön. Wir sprechen uns morgen vielleicht noch einmal, mein guter Gardinak Cheysz. Ich möchte das alles noch einmal nüchtern und bei Tage hören ... Vielleicht erscheint es mir dann glaubwürdiger als jetzt.« Er verzog das Gesicht zu einer Grimasse und warf die Arme hoch in die Luft. »Frieden schließen mit den Hjjks! Sie bitten, nach Dawinno zu kommen, damit sie dort ihre Ideologie verkünden können! Es ist nicht zu glauben!« Er griff in seinen Leibgurt, zog einen Beutel Tauschtaler der Prägung von Dawinno-City hervor und warf ihn Gardinak Cheysz zu. Sein Agent fing den Beutel geschickt auf und salutierte devot. Sein Hängemaul verzog sich zu so etwas wie einem Ansatz eines Grinsens, als er schließlich den Raum verließ.

In derselben Nacht, in einem ganz anderen Teil der Stadt. In einer Taverne. Esperasagiot, Dumanka und ein paar andre Typen aus der Karawane, die Thu-Kimnibol nach Xissou gebracht hat, hocken mit ein paar andren aus dem neuen Treck zusammen. Es ist spät. Man hat am Wein nicht gespart. Schließlich ist man unter lauter alten Freunden. Die Männer aus Thu-Kimnibols Karawane hatten schon oft auch in der Handelskarawane zwischen den beiden Städten Dienst getan. Bei den frisch Eingetroffenen befand sich auch Thihaliminion, der Bruder Esperasagiots, der über beinahe soviel Xlendi-Verstand verfügte. Er hatte die soeben angelangte Truppe angeführt.

Es sitzen auch ein paar Einheimische in der Gruppe — ein Sattler namens Gheppilin, ein Schlachter namens Zechtion Lukin und Lisspar Moen, eine Frau, deren Gewerbe die Fertigung feiner Porzellanteller ist. Alle sind Dumankas Freunde. Freunde neueren Datums.

Thihaliminion ergeht sich schon eine ganze Weile über die ungewöhnliche Häufung von plötzlichen umwerfend neuen Begebnissen in der Stadt Dawinnos: die zwei Morde, das Verschwinden nebst der darauffolgenden Geistesverwirrung der Häuptlingstochter und über den neu erblühten Kundalimon-Kult. Er kichert in seinen Weinbecher und sagt: »Es ist das Ende der Welt. Alles wird ganz urplötzlich anders und fremd.« Er wackelt mit dem behelmten Kopf. »Aber wieso lach ich denn? Es ist doch gar nicht komisch!«

»Ach, das ist es eben doch«, sagt Dumanka. »Wenn alles sonst sich zu Xlendi-Dünnschiß verwandelt, da bleibt einem doch nur noch das Lachen. Wenn die Götter uns mit Katastrophen beglücken, was können wir machen — als lachen? Geheul heilt keine Hiebe. Aber das Lachen, das begräbt unsre Kümmer-Nüsse doch wenigstens unter einer Schicht Spaß.«

»Du warst schon immer ein Spötter, Dumanka, und

machst dich über alles lustig«, erklärt Thihaliminion dem Karawanenführer. »Dir ist nichts heilig!«

»Ganz im Gegenteil, Bruder«, sagte Esperasagiot. »Ganz im Gegenteil, Dumanka ist einer der ernsthaftesten Männer, die ich kenne. Mußt nur mal hinter das geile unflätige Grinsen steigen, das er sich immer aufsetzt.«

»Dann soll er eben mal ernst sein, wenn es ihm grad recht ist. Was da nämlich in Dawinno passiert, das ist was Ernstes, und ihr werdet es merken, wenn ihr mal wieder dort seid. Es lacht sich leicht, wenn man ein paar hundert Meilen weit weg ist vom Schuß!«

»Bruder, er hat dich doch nicht beleidigen wollen. So ist er nun halt mal. Er hat doch bloß so mit Worten herumgespielt. Begreifst du das nicht?«

»Nein«, sagt Dumanka. »Genau das hab ich nicht gemacht!«

»Nein?« Esperasagiot runzelt die Stirn.

»Ich war so … wein-ernst, wie ich es überhaupt kann, lieber Freund. Und wenn ihr mir einen Moment lang zuhören wollt, dann versuch ich es, mich euch klarzumachen.«

»Ach, das ist doch bloß Zeitverschwendung und Geschwätz«, sagt Thihaliminion mit einem Lallen, das eher ein Knurren ist. »Wir könnten lieber was saufen, als so blöd herumzuschwatzen.«

»Nein. Hört mir mal einen Augenblick lang zu! Ich glaub nämlich, daß es sich ganz und gar nicht als nutzlose Zeitverschwendung erweist«, sagt Dumanka, und die anderen achten auf einmal auf ihn, denn sie haben ihn noch nie zuvor in so ernstem Ton sprechen hören. »Ich hab gesagt, wir sollten lachen, wenn die Götter uns mit Mißgeschicken beglücken, und nicht heulen und jammern. Und ich bin überzeugt, daß ich damit recht hab. Oder, wenn wir schon nicht lachen können, dann doch wenigstens achselzuckend darüber weggehen, denn was bringt das schon Positives, wenn wir klagen und knurren und jammern wider den Willen der Götter? Diese Leutchen da ...«

»Das reicht, Dumanka!« Thihaliminion sagt es ein wenig zu scharf und hastig.

»Noch ein, zwei Worte, ich bitte euch. Diese drei da, Zechtior Lukin, Lisspar Moen und Gheppilin, kennt ihr sie? Nein, natürlich kennt ihr sie nicht. Aber ich. Und laßt mich euch was sagen: Es steckt Weisheit in ihnen. Und sie könnten uns allen eine ganze Menge beibringen, was die Unterwerfung unter den Willen der Götter angeht. Hast du schon irgendwann mal darüber nachgedacht, mein guter Thihaliminion, warum es so kam, daß die Saphiräugigen es so gelassen hinnahmen, als die Götter die Todessterne vom Himmel schleuderten und ihnen ihre Welt zerstörten? Schließlich weiß doch ein jeder, daß die Saphiraugen die Todessterne einfach glatt zurückschleudern hätten können, wenn sie dazu Lust gehabt hätten, aber ...«

»Nakhaba! Was haben denn die Saphirer verdammt noch mal zu tun mit dem Wahnsinn, der sich in unsrer Stadt ausbreitet? Das erklär mir mal, Dumanka!«

»Reich mir den Wein rüber. Ich will's dir erklären. Und dann wirst du vielleicht sogar bereit sein, Zechtior Lukin zuzuhören, und vielleicht bist du dann auch bereit, mal das Büchlein zu lesen, das er geschrieben hat, wie, Thihaliminion? Denn darin könntest du Trost finden, wenn dir diese angeblichen Schwierigkeiten in Dawinno wirklich derart auf den Magen gehen, wie du sagst.« Und Dumanka nickt dem Schlachtermeister zu, einem kleinen untersetzten, fast feisten Mann, der aussieht, als platze er vor Kraft und Stärke. »Was mich Zechtior Lukin in unseren Gesprächen gelehrt hat«, spricht er weiter, »ist genau das, was ich mein ganzes Leben lang praktiziert habe, ohne daß ich dafür einen Namen gehabt hätte, und das ist: die Erkenntnis von der absoluten Größe der Götter und ihrer Rolle, die sie für unser Schicksal haben. Sie beschließen, und wir haben freudig zu gehorchen, weil nämlich die einzige andere Wahl für uns darin besteht, uns kläglich jammernd oder zornig in das uns von ihnen Geschickte zu fügen, und wir damit ganz einfach genau am gleichen Zielpunkt landen, nur nicht ganz so vergnüglich. Also müssen wir halt hinnehmen, was auf uns zukommt, seien es nun die Todessterne oder die Hjjks, oder merkwürdige neue Religionen, oder blutiger Mord auf den Straßen ... oder was sonst immer. Lieber Freund, was Zechtior Lukin und seine Freunde von der Gruppe der Akzeptisten glauben — und unsre beiden andren Freunde hier, Lisspar Moen und Gheppilin, sind ebenfalls gläubige Akzeptisten, und ich auch — und ich war es schon immer, auch wenn ich es grad erst so richtig erkannt habe —, das ist ein religiöser Glaube, der euch Frieden in eure Herzen bringt und Ruhe in euer Denken ... Und mich hat der Glaube zu einem besseren Menschen gemacht, ganz ohne Zweifel, Thihaliminion, zu einem ab-so-lut besseren Menschen!!! Und wenn ich nach Dawinno zurückkehre, das kann ich euch sagen, dann bringe ich bestimmt Zechtior Lukins Büchlein mit und werde die darin enthaltene Wahrheit allen mitteilen, die sie hören können und wollen.«

»Genau, was uns grad noch gefehlt hat«, sagt Thihaliminion und stiert trübsinnig in seinen Wein. »*Noch* eine neue Religion!«

Thu-Kimnibol klopfte höflich und trat ein. Salaman, der neben seiner fast geleerten Flasche Wein dahindöste, war sogleich hellwach.

»Du wolltest mich sprechen, lieber Gevatter?«

»Richtig. Inzwischen hast du ja wohl die neuesten Depeschen aus deiner Stadt durcharbeiten können?« fragte der König. »Das mit dem Wahnsinn dieser Tochter von Taniane? Und sie selber, Taniane, dermaßen durchgedreht deswegen, daß sie außerstande war, ihre Stadt ein paar Tage lang anständig zu regieren?«

Thu-Kimnibols Fell stellte sich auf, und seine Augen begannen zu funkeln. Er sagte mit gepreßtem Ton: »Ja. Ich habe so etwas in der Richtung gehört.«

»Aber hast du auch von dieser neuen Religion der Hjjk-Liebe gehört, die da drunten bei euch auf einmal aus dem Boden geschossen ist? Man hat mich unterrichtet, daß es die Ermordung des Gesandten Kundalimon war, die das alles ausgelöst hat. Meine Informationsquellen berichten, daß das Volk in Dawinno von ihm spricht als von einem heiligen Propheten, der wegen seiner Liebe zum VOLK sterben mußte.«

»Deine Informanten sind recht gut, lieber Vetter.«

»Dafür bezahle ich sie schließlich — und gut. Aber sie bringen mir auch Informationen, daß diese Kundalimon-Sekte *für* den Abschluß und die Unterzeichnung dieses Vertrags mit der Königin ist. Stimmt es, daß sie Hjjk-Missionare nach Dawinno einladen, die sie in den Geheimnissen der Hjjk-Religion unterrichten sollen?«

»Lieber Cousin, warum stellst du mir solche Fragen?«

Brüsk und grob sagte Salaman: »Weil du mir versichert hast, daß deine Leute kämpfen würden, wenn die Zeit gekommen ist. Und was tun sie statt dessen? — Das! So eine Idiotie, so etwas hinternrissig Blödes!«

»Aha. Also darum geht es«, sagte Thu-Kimnibol.

»Aber es *ist* doch der reine Irrsinn, Cousin!«

»Sicher, aber sehr nützlich, glaube ich.«

Der König hob verblüfft den Kopf. »Nützlich?«

Thu-Kimnibol lächelte. »Aber klar, mein Lieber. Die Friedenslobby spielt uns doch direkt in die Hände. Sie treiben die Dinge soweit ins Extrem, daß es ihnen den Hals brechen wird. Möchtest du dir vielleicht einmal ausmalen, wie das wäre, mein Cousin, Dawinno voller Hjjk-Prediger, die an jeder Straßenecke schnatternd und klickend ihre frohe Botschaft verkünden, und die ganze Bevölkerung dort schleicht umher und sabbert nur noch von Königin-Liebe, und die Hjjks trampeln in Horden unsere Strände entlang, ganz frech und kotzfrei und machen dann Urlaub in ihrer eigenen Kolonie im Süden?«

»Das — ist ein Alptraum!« sagte Salaman.

»Eben! Ein Katastrophentraum. Aber — er ließe sich recht gut einsetzen, vorausgesetzt, es gibt in Dawinno noch ein paar Personen, die noch nicht völlig den Verstand verloren haben. Und ich glaube, es gibt sie.« Thu-Kimnibol beugte sich ganz nahe ans Ohr des Königs. »Ich muß nur erreichen, daß die dort die Sache so sehen, wie ich sie dir gerade geschildert habe. Man muß ihnen nur klarmachen, daß die Hjjks planen, uns von innen heraus mit Subversion zu erobern. Verstehst du nicht? Ich würde unterstellen, daß diese neue Religion uns allesamt den Krallen und Klauen der Wanzen ausliefert? Diese Liebe ihrer Königin ist verderblicher als ihr Haß, werde ich den Leuten sagen. Wo es um diesen Haß geht, wissen wir wenigstens, wo wir stehen. Und im Grunde sind diese Königin-Liebe und dieser Erzhaß gegen die Königin nur zwei unterschiedliche Verkleidungen ein und derselben Sache ... Freunde, werde ich sagen, die Bedrohung für uns ist tödlich. Wenn wir diesen Vertrag akzeptieren, dann heißt das, daß wir unsren Todfeinden mit weit offenen Armen begegnen. Wollt ihr wirklich, daß Hjjks herrschen sollen in Dawinno, in Massen überall herumwimmelnd, wie sie das in Vengiboneeza getan haben? Na, und so weiter und so fort, bis wir diese neue Religion ins Abseits gedrängt haben, oder bis sie eben ganz aus dem politischen Geschäft verschwunden ist.«

»Und dann?«

»Dann — dann fangen wir an Hymnen auf die Würde des Krieges zu singen«, sagte Thu-Kimnibol. »Wie löblich und mannhaft-tugendsam es ist, dem Angriff unseres Feindes zuvorzukommen und — Sicherheit für das VOLK in der Welt herzustellen. Ein Krieg gegen die Hjjks! Er ist unsre einzige Rettung! Und, Cousin, es ist ein Krieg, den wir beide äußerst gründlich und sorgfältig planen müssen, ehe ich von hier abreise. Und dann werde ich denen in Dawinno sagen können, daß König Salaman unser treuer Bundesgenosse ist und darauf brennt, daß wir unsere Macht mit seinen Truppen in diesem Heiligen Krieg vereinigen, und daß unsere zwei Städte Seite an Seite stehen müssen im Kampf gegen die Wanzen. Und dann brauchen wir nur noch dafür zu sorgen, daß der Krieg ausbricht. Dafür tut es fast jeder beliebige kleine Zwischenfall. Was hältst du davon, Gevatter? Ist diese neue Religion mit der Hjjk-Ideologie nicht haargenau der Anlaß, auf den wir gewartet haben?«

Salaman nickte.

Dann begann er zu lachen.

Der Junge Tikharein Tourb berührte den schimmernden Nestschutz-Talisman an seinem Hals und sagte: »Wenn wir damit doch nur die Königin sehen könnten, Chhia Kreun! Vielleicht könnten wir mit seiner Hilfe IHR Bild sehen, was meinst du? Wenn wir den Talisman zugleich mit unserm Zweitgesicht benutzen, meine ich.«

»Sie ist viel zu weit weg«, antwortete das Mädchen. »So weit reicht das Zweitgesicht nicht.«

»Also dann könnten wir es mit Tvinnern versuchen.«

Chhia Kreun unterdrückte ein leichtes Kichern. »Was verstehst du schon vom Tvinnern, Tikharein Tourb?«

»'ne Menge. Ich bin schon neun, weißt du.«

»Mit dreizehn kommt man ins Tvinnr-Alter.«

»Du bist schließlich auch erst elf, aber du tust, wie wenn du schon alles weißt.«

Sie begann sich ausgiebig zu striegeln, das Fell zu zupfen und zu glätten. »Jedenfalls weiß ich mehr als du.«

»Über Tvinnern vielleicht. Aber nicht über Nestwahrheit. Egal, das bringt uns sowieso nicht weiter. Hör mal, was meinst du, wenn ich den Nestschützer mit meinem Sensororgan festhalte und wir beide dann tvinnern, direkt hier vor dem Altar …«

»Das kann doch nicht dein Ernst sein.«

»Doch, ich mein es ernst, ganz ernst!«

»Aber es ist verboten, bis wir alt genug sind! Außerdem wissen wir ja gar nicht, wie man das macht. Wir bilden uns vielleicht ein, wir wissen es, aber bevor uns nicht die Opferfrau gezeigt hat ...«

»Willst du nun die Könign sehen oder nicht?« fragte der Junge verächtlich.

»Natürlich will ich das.«

»Also, was kümmert's dich dann, ob es verboten ist oder was die Opferfrau uns zeigen soll oder was nicht? Die alte Kräuterhexe bedeutet gar nichts für uns. Das ist alles altmodisches Zeug. Die Nestwahrheit, das ist die wahre Sache. Und das Amulett auf meiner Brust — da liegt die Nestwahrheit versteckt.« Er streichelte vorsichtig zärtlich über das Stückchen Hjjk-Panzer. »Das hat Kundalimon selber gesagt. Und wenn ich das nun festhalte und wir zwei dann tvinnern — und vielleicht die andern uns beistehen und alle gleichzeitig unsere Hymnen singen —, vielleicht erscheint uns dann die Königin — oder wir erscheinen vor IHR ...«

»Ach, das glaubst du wirklich?«

»Ein Versuch kostet ja nichts, oder?«

»Aber — tvinnern ...?«

»Na schön«, sagte er. »Dann such ich mir eben wen, der alt genug ist und mir das Tvinnern beibringt. Und dann sehen wir zusammen die Königin ... Und du, du kannst tun und lassen, was du willst!«

Er wandte sich ab, als wolle er fortgehen. Chhia Kreun stieß ein leises Keuchen aus und griff nach ihm.

»Nein! Warte, warte doch, Tikharein Tourb ...«

6. Kapitel
Stürmische Zeiten

Thu-Kimnibol wird also in ein, zwei Tagen abreisen, allerhöchstens in dreien, sobald die Karawane aufbrechen kann. Heute findet das Abschiedsbankett statt, daß Salaman ihm zu Ehren gibt. Und draußen heult der schwarze Wind. Hagel schmettert gegen die Fensterscheiben. Schon in der Nacht zuvor hatte es gehagelt, scharfe kleine Geschosse, die stachen und schnitten und brannten wie erstarrte Feuertropfen. Und diese Nacht ist es sogar noch wilder draußen. Und über dem Osten lagert sich eine Finsternis, die Schnee erwarten läßt.

Das Jahr wechselt das Gesicht. Es wird rascher dunkel. Die ersten Vorboten der Winterstürme fegen durch die Stadt Yissous.

Für Salaman bedeutete der Anbruch der rauhen Jahreszeit auch eine Menge neuer Probleme. Das war zwar jedes Jahr so, aber es war eben in jedem Jahr immer ein bißchen schlimmer geworden. Mit wachsendem Alter hatte seine Spannkraft nachgelassen. Und sein sowieso schwarzgalliges Gemüt verdüsterte sich noch mehr, wenn die schwarzen Stürme wiederkehrten, und dies von Jahr zu Jahr immer mehr. Diesmal schien ihn die Melancholie schlimmer als je zuvor zu packen. Seit dem Wetterumschwung schien ihm das letzte Geduldsfaserchen abhanden gekommen zu sein, und er bestand nur mehr aus zänkischem Zornesbeben. Am meisten traf das natürlich jene, die ihm am nächsten standen, und die traten ganz leise auf. Alles und ein jeglicher ging ihm in die Quere. Sogar Thu-Kimnibol, sein Ehrengast, sein geliebter und hochgeschätzter Freund, dem am heutigen Abend der Ehrenplatz am Busen des Königs eingeräumt worden war, den er vor so langer Zeit angestrebt hatte — über den Königsöhnen Chham und Athimin —, sogar er ging Salaman auf die Nerven.

»Wahrlich, beim Vernichter«, sagte Thu-Kimnibol, »dieser Wind schneidet regelrecht durch die Mauern!« Man servierte gerade die gebratene Thandibar-Keule. »Ich hatte völlig vergessen, wie scheußlich das Wetter im Winter bei euch ist!«

Salaman, dessen Augen vom Wein bereits gerötet waren, goß sich erneut ein. Thu-Kimnibols Bemerkung hatte ihn getroffen wie eine Ohrfeige, und er fuhr herum und starrte seinen Gast zornig an.

»Ach, du sehnst dich nach eurem angenehmen Klima in Dawinno, ja? Ihr habt ja dort überhaupt keinen Winter, hör ich? Nun, du wirst bald genug wieder daheim sein.«

Einen Winter, also, was man so einen richtigen Winter nennen kann, hatte das VOLK in den Vengiboneezer Tagen nicht durchstehen müssen. Die Stadt lag kuschelig angenehm, zwischen den Bergen und dem Meer, in einem begünstigten Klimabereich, in dem die ›kalte‹ Jahreszeit kurz und mild verlief und außer zeitweiligen ausgedehnten Regenfällen nichts Schlimmeres geschah. Und Dawinno-City, noch weiter südlich gelegen, badete das ganze Jahr über in warmen mildwehenden Luftströmungen. Aber die Stadt des Königs Salaman, so geschützt sie auch in dem uralten Kraterloch eines Todessterns liegen mochte, war von Osten her offen für die scharfen Stürme, die zur Jahresneige aus dem Herzen des Kontinents herüberbliesen, wo der Lange Winter noch immer nicht völlig losgelassen hatte.

Der Winter in Yissou war kurz, konnte aber grausam sein. Wenn die Schwarzwinde wehten, rissen sie das Laub von den Bäumen, und der Erdboden vertrocknete und wurde unfruchtbar. Die Feldfrüchte verdarben, und das Vieh magerte zu klapperdürren Skeletten ab.

Manchmal, wenn auch nicht oft, gab es Schnee. Die Herzen der Frauen und Männer in der Stadt wurden in den Zeiten der Stürme verdrießlich und verstockt. Alle Großmut ging ihnen verloren, und es herrschte allgemein ein Klima der Gereiztheit; zwischen Freunden und Gefährten brach erbitterter Zank aus, und es kam sogar zu Gewalttaten. Und obwohl die böse Zeit nur ein paar Wochen dauerte, betete doch ein jeder beständig, sie möge endlich enden; so wie dies längst vergessene Generationen der Ahnen im Langen Winter getan hatten.

»Und es kommt noch übler«, sagte Salamans Gefährtin Thaloin mit düster-trostloser Stimme. »Du hast Glück, Prinz, daß du fortreisen kannst. In ein, zwei Wochen sieht es hier aus, wie wenn der Lange Winter zurückgekommen wäre.«

»Halt den Mund!« befahl Salaman ihr brüsk.

»Aber, mein Herr, du weißt doch, es ist wahr! Der Wind da, das ist doch erst der Anfang!«

»Wirst du den Mund halten, Weib!« brüllte Salaman und hieb die flache Hand so heftig auf den Holztisch, daß die Gläser und Gedecke hüpften und etlicher Wein verschüttet wurde.

Und zu Thu-Kimnibol sprach er: »Weiberhafte Übertreibung. Jetzt, wo sie alt wird, geht ihr das kalte Wetter in die Knochen und macht sie mißlaunig. Ich aber versichere dir, es gibt hier bei uns nur ein paar Wochen lang ab und zu ein bißchen ärgerlichen Wind und manchmal ein bißchen Schnee, dann kommt auch schon der Frühling.« Er lachte dröhnend, aber so gezwungen heftig, daß er leichte Schmerzen unter den Rippen verspürte. »*Ich* genieße den Wechsel der Jahreszeiten! Ich empfinde es als erfrischende Abwechslung. Und ich möchte nicht an einem Ort leben, an dem immer nur schönes Wetter herrscht. Doch selbstverständlich bedaure ich es, Gevatter, wenn dir einige geringfügige Unbehaglichkeiten zugemutet werden, seit es ein wenig kälter wurde.«

»Aber keine Rede, mein Cousin. Ich vertrag durchaus ein bißchen — Frostigkeit.«

»Unser kleiner Winter ist doch wahrhaftig nicht besonders schlimm. He? Was sagt ihr, he?« Der König ließ die Blicke um den Tisch schweifen. Chham nickte, dann Athimin, danach alle übrigen, auch Thaloin. Sie alle kannten sich mit seinen Gemütsschwankungen nur zu gut aus. Wieder brauste der Sturm heftiger heran. Salaman spürte, daß sein Temperament um einen weiteren Grad stieg, und bemühte sich um Beherrschung.

Er riß den Becher hoch und schwang ihn unsicher in Thu-Kimnibols Richtung. »Aber Schluß mit solchem Gerede. Ein Toast, ein Toast! Auf meinen teuren Freund und geliebten Gevatter, auf Thu-Kimnibol!«

»Auf Thu-Kimnibol!« Chham war ein rasches Echo.

»Thu-Kimnibol!« fielen die übrigen ein.

»Teurer Freund ...« Thu-Kimnibol hob seinerseits den Becher. »Wer hätte das vor zwanzig Jahren gedacht, daß ich am heutigen Abend hier sitzen würde, an dieser Tafel und auf diesem Platz an Salamans Herdfeuer und in meinem Herzen denken würde: Was für ein grandioser Mann ist er doch, was für ein großer Freund, was für ein zuverlässiger Verbündeter! Auf dich, mein lieber Salaman!«

Der König schaute Thu-Kimnibol argwöhnisch an, während dieser trank. Er wirkte aufrichtig. Nein, er *war* aufrichtig. Sie *waren* wirklich *Freunde* geworden. Also, damit hätte ich nun wirklich zu allerletzt gerechnet, dachte er, und Tränen traten ihm in die Augen. Der liebe alte Thu-Kimnibol. Der gute alte Thu-Kimnibol. Ach, du wirst mir wirklich fehlen, wenn du von mir fährst!

»Wein!« rief er. »Wein für Thu-Kimnibol! Und Wein für den König!«

Weiawala sprang sogleich auf, um nachzuschenken. Als sie in Thu-Kimnibols Griffweite kam, fuhr er mit der Hand über ihre Hüfte und das Bein abwärts. Er ließ nie eine Gelegenheit aus, sie zu berühren und zu streicheln. Seit der Nacht kurz nach seiner Ankunft, in der sie begonnen hatte, das Schlafgemach mit ihm zu teilen, hatte er kaum noch einen Blick für andere Frauen übrig gehabt. Gut, dachte Salaman. Vielleicht führt das zu einer Königlichen Hochzeit. Es gibt einigen Grund zu der Annahme, daß Thu-Kimnibol sich in Dawinno zum Häuptling machen kann, sobald Tanianes Herrschaft vorbei ist, denn dort scheint es keine für diese Stellung geeignete Frau zu geben. Und wie nutzbringend wäre es dann, wenn eine von meinen Töchtern an seiner Seite auf dem Thron von Dawinno säße.

Er trank einen tiefen Schluck. Allmählich fühlte er sich ein wenig besser. Auch der Wind schien sich zu legen.

»Mein lieber Thu-Kimnibol«, wiederholte er nach einiger Zeit.

Und dann erfolgte ein Knall, als klatschte ein Riese die Hand gegen die Palastmauer. Die kurze Windstille war vorüber. Der Sturm griff mit verdoppelter Wut erneut an. Und damit war auch Salamans kurzer Augenblick des Wohlbehagens vorbei. Auf einmal war da ein Hämmern unter seiner Schädeldecke und eine Verkrampfung in seiner Brust.

»Was ist das für eine gräßliche Nacht«, flüsterte Thaloin Vladirilka zu. »Das wird den König verrückt machen.« Es war wirklich kaum hörbar geflüstert, doch Salamans Ohren waren außergewöhnlich geschärft, wenn der Schwarzwind wehte. Die Worte kamen bei ihm an wie ein Gebrüll.

»Was war das? Wie? Ihr glaubt, ich werde wahnsinnig? Redet ihr das über mich?« Er schrie es laut und sprang auf. Thaloin hielt den Arm zum Schutz vors Gesicht und wich zurück. Alle im Saal waren wie erstarrt. Salaman reckte sich drohend vor der Frau auf. »Eine gräßliche Nacht. Diese gräßliche Jahreszeit. Eine gräßliche Nacht! Schrecklich! Furchtbar! Der Lange Winter ist zurückgekehrt, sagst du? Weib, du jammerst und beklagst dich die ganze Zeit über nur. Kannst du dich denn niemals mit dem zufriedengeben, was du hast? Ich sollte dich wahrhaftig in die Kälte verbannen, damit du endlich begreifst, was das *wirklich* ist!« Thu-Kimnibol schaute ihn starr an. Der König klammerte sich, um Halt zu finden, an der Tischkante fest. Wut schießt wie Lava durch sein Gehirn. Im nächsten Moment fängt er an zu brüllen und zu toben. Mit größter Mühe kann er sich davor zurückhalten, Thaloin quer durch den Saal zu schleudern. Seine eheliche Gefährtin, die er hochschätzt. Vielleicht hat sie ja recht. Vielleicht ist er schon wahnsinnig geworden. Dieser verfluchte Wind, dieses verdammte Wetter!

Ich ruiniere den Abend, denkt er. Ich bringe Schande über mich und meine ganze Familie — vor den Augen Thu-Kimnibols.

»Ihr müßt mir vergeben«, sagt er mit einem heiseren rauhen Flüstern. »Dieser Wind — es geht mir nicht gut ...«

Er blickt durch den Saal, halb zornfunkelnd, halb um Entschuldigung bittend. Fordert alle auf, etwas zu sagen. Doch es sagt niemand etwas. Seine drei Gefährtinnen sind schreckensstarr. Thaloin sieht aus, als wollte sie gleich unter den Tisch kriechen. Vladirilka ist kreidebleich. Nur Sinithista, die gelassenste und kräftigste der drei, scheint einigermaßen die Kontrolle bewahrt zu haben. »Du!« sagt er und befiehlt sie mit einem Kopfnikken an seine Seite. Dann eilt er unter dem Brüllen des Sturmes mit der Frau in sein Schlafgemach.

Mitten in der Nacht befällt den König eine Schrekkensphantasie. Er bildet sich ein, er liegt nicht bei seiner gewohnten Bettgenossin, Sinithista, sondern schläft einem Weibe der Hjjks bei, deren harter beschuppter Leib sich fest an ihn preßt.

Ihre schwarzborstigen Vorderkrallen streicheln ihm die Wangen. Die kräftigen mehrfach artikulierten Hinterbeine umklammern fest seine Schenkel, und die mittleren Glieder haben seine Hüften umfaßt. Die riesigen glitzernden Facettenaugen wölben sich wie giftige Pilzkappen und senken sich voll Leidenschaft über seine Augen. Sie stößt scharfe schabende Wollustlaute aus. Und das schlimmste, auch er preßt sich mit gleicher Glut an sie, seine Finger gleiten behutsam über die orangeroten Atmungsschläuche, die neben ihrem Kopf baumeln, seine Lippen irren zu ihrem kräftigen scharfen Schnabel. Und seine Zeugungsrute, riesenhaft und luststeif, steckt tief in einer geheimnisvollen Öffnung an ihrem langen starren Chitinthorax.

Vor Entsetzen schreit er, und es ist ein schreckliches Jammergebrüll, halb schmerzhaft, halb Wut, das fast die Wälle der Stadt zum Einstürzen bringen könnte, dann reißt er sich los. Mit einem heftigen Satz springt er vom Lager und begibt sich blindwütig auf die Suche nach einer Glühbeerkerze.

»Mein Herr?« Sinithistas Stimme rief ihn leise, klagend-enttäuscht.

Salaman stand nackend und von konvulsivem Zukken gepackt am Fenster. Es gelang ihm, ein Licht zu finden und es zu enthüllen. Keine Hjjk! Nein. Nur Sinithista, die im Bett sitzt und ihn erstaunt anstarrt. Sie zitterte. Ihre Brust wogte, und ihr Genitalbereich zeigte sich in Erregungsschwellung. Er blickte zu seiner Paarungsrute hinab, die noch immer steif war und schmerzhaft pochte. Also war alles nur ein Traum gewesen. Er hatte in seinem trunkenen Schlaf mit ihr kopuliert und sie für etwas anderes gehalten — für ...

»Mein Herr, was bekümmert dich denn?«

»Nichts. Es ist nichts weiter. Nur ein böser Traum.«

»Dann komm doch wieder ins Bett!«

»Nein«, sagte er fest. Denn wenn er in dieser Nacht wieder schlafen sollte, würde ihn der Traum erneut pakken. Vielleicht — wenn er Sinithista aus der Schlafkammer schicken würde —, aber nein, nein, es wäre noch schlimmer, dann allein zu sein. Er wagt nicht, die Augen zu schließen, nicht für einen Moment. Denn dann würde hinter seinen Lidern das Schreckensbild dieses Ungeheuers erneut über ihn herfallen.

»Mein Herr und König ...« Das Weib schluchzte jetzt.

Sie tat ihm leid. Schließlich, er hatte sie mitten im Kopulationsakt alleingelassen. Er hatte sie in vielen Wochen nicht zu sich genommen, nicht seit ihn die Faszination mit Vladirilka überkommen hatte, und nun mußte sie den Eindruck gewinnen, daß er sie zurückwies.

Doch ins Bett würde er nicht zurückkehren.

Er trat zu ihr, legte ihr sacht die Hand auf die Schulter und flüsterte: »Dieser Alptraum hat mich so durcheinandergebracht, daß ich erst mal frische Luft brauche. Ich komm dann später wieder zu dir, wenn mein Kopf wieder klar ist. Schlaf du erst mal ein bißchen weiter.«

»Herr, dein Schrei war schrecklich ...«

»Ja.« Er griff sich ein Gewand, warf es über und verließ das Zimmer.

Im ganzen Palast herrschte Finsternis. Die Luft war eisig. Aus dem Osten fegte ein schneidender Wind herüber, und wie grimmige Gespenster kamen weiße Schneewirbel auf ihm dahergeritten. Doch Salaman konnte nicht hierbleiben — das ganze Haus kam ihm von seinem ungeheuerlichen Wahntraum wie vergiftet vor. Er stieg also hinab und hinunter und trat hinaus zu den Stallungen. Verschlafen blickten zwei Stallknechte auf, als er eintrat, aber als sie sahen, daß es der König war, rollten sie sich wieder zusammen. Sie waren an seine Launen gewöhnt. Wenn der König mitten in der Nacht ein Xlendi haben wollte, schön, für sie war das nicht weiter aufregend.

Er suchte sich ein Tier, und dann ritt er an den Stadtwall und zu seinem persönlichen Aussichtspavillon.

Über ihm tobte der Sturm, und er war dermaßen heftig, daß es ein Wunder war, daß er nicht den Mond vom Himmel fortblies. Und es kam mehr Schnee herunter, als Salaman es je erlebt hatte. Immerhin bedeckte er den Boden bereits fingertief, und es fiel immer heftiger immer mehr herab. Er blickte über die Schulter, und im fahlen Mondschimmer sah er, daß die Hufe des Xlendis scharfgezeichnete Abdrücke in der weißen Decke hinterließen.

Er band das Tier unter dem Pavillon fest und raste die Stufen hinauf. Das Herz hämmerte ihm gegen die Rippen. Droben klammerte er sich an den Sims und reckte den Kopf nach draußen, ohne auf die eisigen Böen zu achten. Er mußte sich von jedem Restchen des Traums reinigen, der ihm sein schlafendes, weinbesoffenes Hirn verstört hatte.

Das Land vor der Stadt — von zuckenden Fetzen Mondlicht erhellt, wo der Schein durch die schweren Schneelasten des Sturmes brechen konnte — war weiß wie der Tod. Ein Wind, scharf wie eine Messerklinge, schabte die gefallenen Wasserkristalle vom Boden und wirbelte sie in unheimlichen Formationen empor und weiter. Es gelang dem König nicht, den Geschmack aus dem Mund zu bekommen, den ihm der Schnabelmund des Hjjk-Weibs übermittelt hatte. Sein Begattungsschwengel hatte sich inzwischen wieder gesenkt, aber er schmerzte noch von dem ungestillten Verlangen, und Salaman hatte das Gefühl, als sei der ganze Schaft von einem kaltbrennenden Feuer überzogen, ein Beweis, daß er bei dieser gespenstischen Kopulation mit irgendeiner ätzenden hjjkischen Körperabsonderung in Berührung gekommen sein mußte.

Vielleicht sollte ich da hinausgehen, dachte Salaman. Und mir das Gewand vom Leib reißen und mich nakkend im Schnee wälzen, bis ich wieder rein bin ...

»Vater?«

Er fuhr herum. »Wer ist da?«

»Ich, Vater, Biterulve.« Unsicher schaute ihm der Junge vom Eingang zum Pavillon her entgegen. Die Augen groß und weit. »Vater, du hast uns Angst gemacht. Als meine Mutter uns sagte, du bist aufgestanden und wie wild aus deinem Schlafzimmer gestürzt ... Und dann hat man dich noch gesehen, wie du aus dem Palast geritten bist ...«

»Da bist du mir gefolgt?« schrie Salaman. »Du hast mich — bespitzelt?«

Er stürzte nach vorn, packte den schlanken Jungen, zerrte ihn in das Aussichtstürmchen und versetzte ihm mit aller Kraft drei Ohrfeigen. Biterulve schrie nach dem ersten Schlag laut auf, wahrscheinlich ebenso aus seiner Bestürzung wie wegen des Schmerzes, dann aber blieb er stumm. Im Mondlicht sah der König den nichtbegreifenden Blick in den schimmernden Augen seines Sohnes, und er sah den gleichen kalten Schein auf den wirbelnden Schneeflocken. Er ließ den Jungen los und taumelte wieder auf den Auslug zu.

»Vater«, sagte Biterulve leise und kam auf ihn zu — mit ausgestreckten, weit geöffneten Armen, als scherte er sich nicht mehr darum, was er damit riskierte.

Den König durchfuhr ein heftiges konvulsivisches Zucken, und er riß Biterulve in seine Arme und preßte den Jungen so heftig an sich, daß der pfeifend ausatmen mußte. Dann ließ er ihn los und sprach ganz leise: »Ich hätte dich nicht schlagen dürfen. Aber auch du hättest mir nicht hierher folgen dürfen. Du weiß doch, niemand darf mir nahe kommen, wenn ich nachts in meinem Pavillon bin.«

»Aber wir hatten doch so große Angst, Vater. Meine Mutter sagte, du warst nicht mehr recht bei Sinnen.«

»Vielleicht.«

»Können wir dir helfen, mein Herr Vater?«

»Das bezweifle ich stark. Ja, wirklich, sehr stark.« Salaman griff wieder nach dem jungen Prinzen und zog ihn mit dem Arm dicht an sich. Mit hohler Stimme sagte er: »Ich hatte in dieser Nacht einen Traum, Junge, einen solchen Traum, wie ich ihn keinem je enthüllen werde, nicht dir und keinem sonst, außer daß ich vielleicht sagen werde, es war ein Traum, geeignet, einen

Mann aus seiner gesunden Vernunft herauszuschälen, wie wenn jemand eine Frucht enthäutet. Der Traum — er lastet noch auf mir. Und vielleicht werde ich ihn niemals ganz von mir abwaschen können.«

»Ach, Vater, mein Vater ...«

»Es ist diese scheußliche Jahreszeit. Der Schwarze Wind trommelt mir gegen den Schädel. Und von Jahr zu Jahr treibt er mich tiefer in den Wahnsinn.«

»Und ich soll dich also jetzt alleinlassen?«

»Ja. Nein. Nein! Bleib!« Gedankenverloren starrte der König dann wieder in die Dunkelheit draußen vor der Mauer. Den Jungen hielt er dicht an seine Seite gepreßt. »Du weißt doch, wie sehr ich dich liebe, Biterulve.«

»Sicher, das weiß ich.«

»Und wenn ich dich vorhin geschlagen habe — das war dieser Irrsinn in mir, der dich schlug, nicht ich ...«

Biterulve nickte, sagte jedoch nichts.

Salaman zog ihn noch enger an sich. Allmählich legte sich der wütende Aufruhr in seiner Seele.

Dann spähte er wieder in die Nacht hinaus. Plötzlich sagte er: »Hat es mich schon wieder gepackt, oder kannst du da draußen eine Gestalt erkennen? Jemand auf einem Xlendi, von der Südstraße her?«

»Du siehst richtig, Vater! Ich sehe es auch.«

»Aber wer würde denn so spät durch Nacht und Wind, in diesem Wetter, in diesem Braus zu uns reiten?«

»Wer immer es sein mag, wir müssen ihm das Tor aufmachen!«

»Warte.« Salaman legte die Hände an den Mund und rief mit trompetenlauter Stimme: »He-Holla! Du da draußen! Holla, kannst du mich hören?« Eine andere Möglichkeit hatte er nicht, mit der Stimme gegen den Sturm anzudringen.

Das Xlendi taumelte durch den Schnee und schien am Ende seiner Kräfte. Der Reiter war in kaum besserem Zustand. Er hockte vornübergekrümmt verzweifelt an den Sattel geklammert auf dem Tier.

»Wer bist du?« schrie Salaman. »So nenn uns doch deinen Namen, Mann!«

Der Fremde blickte zu ihnen herauf. Er gab einen schwachen krächzenden Laut von sich, den der Sturm unhörbar machte.

»Was? Wer?« brüllte Salaman.

Der Mann wiederholte den Laut, schwächer schon als vorher.

»Vater, der stirbt doch«, drängte Biterulve. »Laß ihn herein. Was kann er schon für Schaden anrichten?«

»Ein Fremder — nachts — im Sturm ...«

»Aber es ist doch nur *ein* Mann und außerdem halb tot, und wir sind zu zweit.«

»Und wenn dort draußen noch andre lauern, die nur darauf warten, daß wir das Tor aufmachen?«

»*Vater!*«

Etwas in der Stimme des Knaben drang durch Salamans Wahnsinn. Er nickte, rief den Reiter erneut an und dirigierte ihn ans Tor. Dann stiegen der König und sein Sohn hinab und schoben das Tor für ihn auf. Der Reiter konnte sein Tier nur unter großen Schwierigkeiten durch die Mauer bringen. Das Xlendi taumelte im Zickzack durch den Schnee, und zweimal wäre der Mann beinahe aus dem Sattel gefallen, und als er schließlich in der Stadt war, ließ er einfach die Zügel los, rutschte vom Rücken des Tiers und landete bebend auf den Ellbogen und Knien. Der König gab Biterulve ein Zeichen, er solle ihm aufhelfen.

Es war ein Beng-Behelmter. Obwohl er fest in Häute und Pelze verpackt war, die mit gelben Stricken um ihn geschnürt waren, wirkte er halb erfroren. Seine Augen waren glasig, ein schimmernder Eisfrost überzog sein Fell, das von einer ungewöhnlichen rosiggelben Färbung war, sehr ungewöhnlich an einem Beng.

»Nakhaba!« rief er plötzlich, und ein so heftiger Schauder überlief ihn, daß es ihm fast den Kopf von den Schultern gerissen hätte. »Was für ein Wetter! Die Kälte brennt ja wie Feuer! Ist der Lange Winter zurückgekehrt?«

»Wer bist du, Mann?« fragte Salaman streng.

»Bringt mich ... ins Warme ...«

»Zuerst — wer bist du?«

»Kurier. Von Häuptling Taniane. Mit Botschaft für den Edlen Thu-Kimnibol.« Der Mann schwankte und wäre fast gestürzt. Dann raffte er sich gewaltsam auf und sprach mit festerer, tieferer Stimme: »Ich bin Tembi Somdech, Gardist der Stadt Dawinno. In Nakhabas Namen, bringt mich sofort zu dem Edlen Thu-Kimnibol.«

Dann stürzte er vornüber in den Schnee.

Finster hob Salaman ihn auf und trug ihn, als wäre er federleicht. Er bedeutete Biterulve, alle drei Xlendis zusammenzubringen und ihre Zügel zu verknüpfen, damit man sie wegführen könne. Zu Fuß machten sie sich dann in die Innenstadt auf. Ein paar hundert Schritt entfernt lag ein Wachposten.

Als sie darauf zugingen, sah Salaman etwas derart Seltsames, daß er sich fragte, ob er vielleicht noch immer neben Sinithista im Bett liege. Noch ein paar hundert Schritt tiefer in der Stadt befand sich ein Platz, und Salaman, den bewußtlosen Fremden in den Armen, konnte von der Front der Wachstube die Straße hinab auf diese Plaza sehen. Im Schein von Fackeln hüpften und tanzten dort etwa zwanzig, dreißig Gestalten im Kreis herum. Männer und Weiber gemischt, auch ein paar Kinder darunter, alle nackt, oder doch fast nackt, mit nichts weiter als Leibbinden und Stolen bekleidet, bewegten sich in einem wilden Freudenreigen durch den Schnee, fuchtelten mit den Armen, schleuderten hektisch den Kopf in den Nacken und rissen die Knie bis zur Brust hoch.

Vor Salamans verblüfften Augen beendeten sie die Umkreisung der Plaza und verschwanden am anderen Ende in der Straße der Confiseure.

»Biterulve?« fragte er zweifelnd. »Hast du sie ebenfalls gesehen, diese Menschen auf der Plaza der Sonne?«

»Die Tänzer? Ja.«

»Ist heut nacht die ganze Stadt wahnsinnig geworden, oder spinne nur ich?«

»Das waren Anerkenner oder Bekenner, glaube ich.«

»Anerkenner? — Was ist das?«

»Das sind Leute — also so 'ne Art Leute, die ...« Biterulve brach mit einer verwirrten Geste ab und zeigte die leeren nach außen gekehrten Handflächen. »Ich weiß nicht genau, Vater. Du solltest Athimin fragen. Der weiß einiges über sie. Aber, Vater, wir müssen den Mann da ins Warme bringen, oder er stirbt uns.«

»Ja. Ja gewiß.« Salaman starrte immer noch auf die Plaza. Sie war inzwischen völlig leer. Wenn ich jetzt dort hinübergehe, überlegte er, werde ich dann ihre Spuren im Schnee sehen, oder gehört das, was Biterulve sagt, auch zu meinem Traum? Anerkenner — Bekenner ... Wen erkennen die an, was bekennen diese Leute?

Er trug den Kurier in die Wachstube.

Drei Wächter mit verschwiemelten Augen, allzu sichtbar aus dem Schlaf gerissen, kamen ihm entgegen. Als sie den König erkannten, husteten sie verlegen und krochen entsetzt in sich zusammen, dann salutierten sie. Aber der König hatte jetzt keine Zeit, sich mit derartigen Kreaturen zu befassen. »Macht ein Bett bereit für den Mann da, besorgt heiße Brühe und zieht ihm trokkene Sachen an!« befahl er. Und leiser, zu Biterulve, sagte er: »Schau in den Satteltaschen seines Xlenid nach. Ich will diese Botschaft sehen, ehe Thu-Kimnibol sie erhält.«

Er starrte seine Fingerspitzen an, während er auf die Rückkehr des Jungen wartete.

Wenige Minuten späte brachte Biterulve ihm ein Paket. »Das ist es, glaub ich.«

»Lies es mir vor. Meine Augen sind heut nacht nicht besonders gut.«

»Es ist versiegelt, Vater.«

»Dann brich das Siegel auf. Aber vorsichtig.«

»Ist das klug, Vater?«

»Gib schon her!« fuhr Salaman ihn an und entriß ihm das Päckchen. In der Tat, es trug das rote Sigill Tanianes mit dem Häuptlingszeichen. Eine Geheimbotschaft an Thu-Kimnibol. Nun, es gibt Methoden, Versiegeltes zu öffnen. Er brüllte den Wachen zu, sie sollten ihm ein Messer bringen und eine Fackel. Dann erwärmte er das Siegel, bis es weich war, und hob es vorsichtig mit der flachen Schneide ab. Das entfaltete Päckchen erwies sich als ein einzelnes breites Blatt Pergament.

»Und jetzt, lies es mir vor!« befahl der König.

Biterulve legte die Finger auf das Blatt, und die darauf geschriebenen Worte wurden lebendig. Anfangs war er anscheinend etwas verwirrt, da er in der bengisch beeinflußten Lineatur nicht geübt war, die in letzter Zeit in Dawinno in Mode gekommen war; doch er brauchte nur einen Moment, um sein Gehirn anzupassen. »Ein sehr kurzer Text. *Kehre sofort zurück, ohne Rücksicht auf den Stand der Dinge,* schreibt Taniane. *Und dann: Es sieht hier sehr schlecht aus. Wir brauchen dich.*«

»Das ist alles?«

»Das ist alles, Vater.«

Salaman nahm ihm den Brief ab, faltete ihn und drückte behutsam das Siegel wieder darauf. »Steck es wieder in die Satteltasche, genau wo du es gefunden hast«, befahl er.

Einer der Gardisten erschien. »Er kann die Brühe nicht bei sich behalten, Herr und König. Er ist zu geschwächt. Es sieht so aus, als wär er halbverhungert und erfroren. Ich glaube, er stirbt, ja, das glaub ich.«

»Flößt ihm die Bouillon eben gewaltsam ein«, sagte der König. »Ich will nicht, daß er mir unter den Händen stirbt! Los, Mann, steh nicht so blöd da rum!«

»Hat keinen Zweck mehr«, sagte ein zweiter Wachsoldat. »Der Kerl ist bereits hinüber, Herr.«

»Tot? Bist du sicher?«

»Also, er hat sich aufgerichtet, irgendwas auf bengisch gerufen, und dann hat er am ganzen Leib so zu schütteln angefangen, daß es ganz scheußlich war. Und dann fiel er auf das Bett zurück und hat sich nicht mehr bewegt.«

Ach, diese verweichlichten Südländer, dachte Salaman. Ein Ritt von ein paar lächerlichen Wochen durch eine kältere Gegend, und sie fallen tot um.

Doch den Wachposten zuliebe schlug er hastig ein paar der heiligen Zeichen, brummte ein »Yissou-sei-ihm-gnädig« und befahl ihnen, einen Heilkundigen herbeizuholen, falls in dem Kerl doch noch ein Funken Leben stecken sollte. Aber außerdem sollten sie Vorsorge für seine Beisetzung treffen. Zu Biterulve sagte er: »Führ sein Xlendi in die Palast-Stallungen. Dann bringst du seine Satteltaschen in meine Privatgemächer und verschließt sie dort gut. Danach begibst du dich zum Gästehaus und weckst Thu-Kimnibol. Unterrichte ihn über das Vorgefallene und sag ihm, er könne seine Kurierpost in Empfang nehmen, wenn er zur Morgenvisite in den Palast kommt.«

»Und du, mein Vater?«

»Ich geh noch einmal für eine Weile in meinen Pavillon, glaub ich. Ich möchte mir über einiges klarwerden.«

Dann ging er hinaus. Er spähte nach links, die Straße entlang und hinüber zur Plaza der Sonne, um zu sehen, ob diese Tänzer vielleicht zurückgekommen waren. Diese Anerkenner und Bekenner. Aber der Platz war leer. Er fuhr sich mit der Hand über die fiebrig-pochende Stirn, bückte sich, schaufelte eine Handvoll Schnee auf und rieb sich damit die Schläfen. Es half ein wenig.

Inzwischen war es kurz vor dem Morgen. Der Wind heulte unvermindert weiter. Aber es hörte nun auf zu schneien. Die Flocken bedeckten erstaunlich hoch die Erde. In dreißig Jahren hatte er keinen derart heftigen Schneefall erlebt. War das vielleicht der Grund, warum diese Leute mitten in der Nacht aus ihren Wohnungen gekommen waren? Um im Schnee, in seiner ungewohnten frischen Neuheit zu tanzen?

Anerkenner — Bekenner — Erkenner — er spielte mit den Bedeutungen.

Ich muß unbedingt gleich heute früh mit Athimin über das reden!

Dann stieg er die Stadtmauer hinauf und stand lange im Auslug seines Pavillons und starrte auf die Ödnis der Südlichen Ebenen hinaus, bis sein Gehirn völlig leer von Gedanken war und sein schmerzender Leib einen Teil der muskulären Verspannung verloren hatte. Nach und nach zeigte sich im Osten ein rosiger Lichtschein. Diese ganze Nacht war nichts als ein Traum, sagte Salaman zu sich. Er fühlte die seltsame Überwachheit der Erschöpfung, als sei er in einen Zustand sogar jenseits der denkbaren körperlichen Müdigkeit eingetreten — oder vielleicht, als wäre er bereits gestorben, irgendwann in dieser Nacht, ohne es zu bemerken ... Langsam stieg er die Treppe hinab, und langsam ritt er dann durch die erwachende Stadt zu seinem Palast zurück.

Athimin kam zuerst zu ihm, als er sich am Morgen im Thronsaal in etwas gespenstischer Ruhe der Audienz widmete. Die Bewegungen des Prinzen waren ein wenig seltsam, als er sich zeremoniengerecht dem Thron näherte, sie wirkten irgendwie gehemmt, und Salaman gefiel das gar nicht. Sonst legte Athimin eher ein entschlossenes, eher derbes Gehabe an den Tag, wie es dem zweitältesten der acht Königlichen Prinzen durchaus angemessen war. Diesmal aber schien er auf den Thron nicht stolz zuzuschreiten, sondern eher näher zu kriechen, und er warf seinem Vater dabei wachsame Blicke zu — wie über einen zum Schutz vor Prügeln vors Gesicht gehobenen Arm hinweg.

»Möge es den Göttern gefallen, dir einen angenehmen Morgen zu bescheren, mein Vater.« Er klang merkwürdig zurückhaltend bei der Formel. »Ich hab gehört, du hattest keine gute Nacht. Die Edle Sinithista ...«

»Ach, ihr habt bereits miteinander getratscht, ja?«

»Chhaim und ich durften mit der Dame das Frühstück einnehmen, und sie erschien uns ein wenig beunruhigt. Sie sagte, du hast einen schweren Schwarztraum gehabt und bist dann fortgestürzt aus ihren Armen wie ein Besessener hinaus in die kalte Nacht ...«

»Die edle Dame Sinithista«, sagte Salaman, »täte besser daran, ihr königliches Maul zu halten, oder ich werde es ihr stopfen! Aber ich hab dich nicht rufen lassen, um das Szenarium meiner Träume mit dir zu diskutieren.« Er warf dem Prinzen einen scharfen Blick zu. »Wer und was sind Anerkenner, oder wie sie heißen, Athimin?«

»Anerkenner, mein Herr und König?«

»Ja. Genau. Du hast davon doch schon gehört, oder?«

»Aber ja, Vater. Sicher. Nur, es überrascht mich, daß du etwas davon weißt.«

»Passierte grad heute nacht. Auch eins der vielen überraschenden Abenteuer dieser meiner verflossenen Nacht. Ich war vor dem Wachposten an der Plaza der Sonne, und da hab ich doch tatsächlich gesehen, wie ein Haufen Verrückter nackt im Schnee herumtanzte. Biterulve war bei mir, und ich sagte: Was sind denn das für Leute? Und er sagte: ›Das sind Anerkenner, Bekenner, Kenner, mein Vater.‹ Aber mehr wußte er nicht. Aber *du*, sagte er, *du* könntest mir darüber genauere Auskunft geben.«

Athimin verlagerte unbehaglich sein Körpergewicht von einem Bein aufs andere. Salaman hatte ihn nie zuvor dermaßen in Verlegenheit erlebt, so unsicher, so unruhig. Vor des Königs geistiger Nase stieg ein Ruch von Hochverrat auf.

»Herr, diese Erkenner — diese Tänzer, die du gesehen hast — diese Leute, die du mit Recht als vom Geiste Verzückte bezeichnet hast ...«

»Verrückte, Irre, das war meine Bezeichnung, nicht

›Verzückte‹. Mondsüchtige — Leute, die der Vollmond verrückt macht. Allerdings war da bei dem Schneetreiben verdammt wenig Mond zu sehen, während die da herumzappelten. Was sind das für Leute, Athimin?«

»Unglückliche Sonderlinge sind sie, denen man den Sinn verwirrt hat durch Geseiber und Aberwitz. Eben halt so Leute, die gern tanzen, wenn der Schwarzwind weht, oder denen es eine Lust ist, nackt im Schnee herumzutollen. Oder auch noch viele andere absurde Sachen zu veranstalten. Nichts kann sie beirren. Sie sind überzeugt, daß der Tod weiter keine Bedeutung hat, daß man sich nie Gedanken über eine Gefahr, ein Risiko machen sollte, sondern nur einfach das tun, was einem als richtig erscheint — ohne Furcht und ohne Hemmnis.«

Salaman beugte sich vor und umklammerte die Armstützen des Harruel-Throns.

»Also, eine Art neue Philosophie, meinst du?«

»Eher sowas wie eine Religion, Herr. Vermuten wir jedenfalls. Sie haben ein System von Glaubenssätzen, die sie einander lehren — sie haben ein Buch, eine Heilige Schrift ... und sie halten geheime Versammlungen ab, doch in die müssen wir erst noch unsere V-Leute einschleusen. Weißt du, wir stehen erst am Beginn unserer Erkenntnisse über diese Leute. Am meisten scheinen sie die Saphiräugigen zu bewundern, weil diese gelassen und gleichmütig dem Tod entgegensahen, als der Lange Winter nahte. Diese Bekennersekte sagt, das ist die eine große Weisheit, die von Dawinno-dem-Zerstörer kommt, daß man dem Sterben mit Gleichmut entgegensehen soll, daß der Tod nur ein Aspekt der Verwandlung ist und somit heilig.«

»Gleichmut gegenüber dem Sterben — hm«, sagte Salaman nachdenklich. »Den Tod annehmen als einen Aspekt der Verwandlung ...«

»Deswegen nennen sie sich vielleicht selbst Akzeptänzer«, sagte Athimin. »Und sie nehmen es tanzend hin, weil es der Plan der Götter ist, daß man dem Tod nicht entgehen kann. Also tun sie, was ihnen grad in den Sinn kommt, Vater, und achten dabei weder auf Gefahren noch Mißhelligkeit.«

Salaman ballte die Fäuste. Nach den paar ruhigen Stunden am frühen Morgen fühlte er wieder den Furor in sich aufsteigen.

Also war Dawinno-Stadt nicht der einzige Ort, der von dieser Pest neuer absurder Glaubensvorstellungen befallen war? Ihr Götter! Es machte ihn krank zu hören, daß sozusagen direkt vor seiner Nase ein solcher Wahnwitz wuchern konnte. Ein derartiger Kult von bereitwilligen Märtyrern, das konnte ja zur Anarchie führen! Menschen, die nichts fürchten, arbeiten nicht. Und seine Stadt brauchte keinen Todeskult. Was er hier brauchte, das war Leben, nichts als Leben, neue Blüte, frisches Wachstum, wachsende Stärke!

Zornig stand er auf.

»Aberwitz!« brüllte er. »Wie viele von diesen Wahnsinnigen gibt es in unsrer Stadt?«

»Wir haben hundert und neunzig davon erfaßt, Vater. Aber vielleicht gibt es mehr.«

»Du scheinst eine Menge über diese Akzeptänzer zu wissen.«

»Ich hab den ganzen letzten Mond Nachforschungen angestellt, Herr.«

»Ach, hast du? Und mir kein Wort davon berichtet?«

»Unsre Nachforschungen sind noch vorläufig. Wir wollten Genaueres erfahren, ehe ...«

»Genaueres?« Salamans Stimme dröhnte. »Der Irrsinn breitet sich wie eine Seuche in meiner Stadt aus — und *du* willst erst genauer Bescheid wissen, bevor du dich herabläßt, mich auch nur zu informieren, daß bei uns sowas aufgetreten ist? Und mich wolltet ihr damit nicht behelligen? Weshalb? Und wie lang wolltet ihr mich verschonen, he? Wie lange noch?«

»Vater, die Schwarzwinde wehten, und wir haben halt gedacht ...«

»Ah! Aha! Jetzt begreife ich!« Er trat vor, erhob gleichzeitig den Arm und schlug Athimin heftig auf die Wange. Der Kopf des Prinzen schnellte nach hinten. Und so kräftig der Mann war, er hätte doch fast unter der Wucht der Ohrfeige das Gleichgewicht verloren. Kurz flammte wilde Wut in den Augen des jungen Mannes auf; dann fing er sich und trat einen Schritt vom Thron zurück. Er atmete heftig, und er rieb sich die getroffene Stelle. Und er starrte seinen Vater mit dem Ausdruck völliger Ungläubigkeit an.

»Also so beginnt es«, sagte Salaman nach einer Weile sehr ruhig. »Man hält den Alten für dermaßen wackelig, für so leicht aus der Fassung zu bringen, daß man ihn während der schlimmen Jahreszeit lieber im unklaren läßt über wesentliche Vorgänge in der Stadt, damit er sich beileibe nicht etwa so aufregen muß und vielleicht was Unvorhersehbares tut. So fängt's an! Man schirmt den Alten gegen kritische Probleme in der Zeit ab, in der er erfahrungsgemäß zu überstürzten Entscheidungen neigt. Der nächste Schritt ist dann, daß man ihm auch die belanglosen, aber leidlich ärgerlichen Sachen verheimlicht, damit er nur ja keine Störung erfahren muß. Denn, wer weiß schließlich schon? Der Alte könnte ja gefährlich werden, wenn er auch nur im geringsten irritiert wird, nicht wahr? Und kurze Zeit später setzen sich die Herren Prinzen zusammen und kommen zu dem Schluß, daß der Alte dermaßen geißbockig sprunghaft und unberechenbar geworden ist, daß man ihm nicht einmal mehr bei schönem Wetter trauen darf, also entfernt man ihn sanft vom Thron, unter allen möglichen weichmäuligen entschuldigenden Vorwänden, schickt ihn in einen der kleineren Paläste, wo er unter Hausarrest steht, und sein ältester Sohn besteigt statt seiner den Thron Harruels und ...«

»Vater!« rief Athimin mit erstickter Stimme. »Aber nichts davon ist wahr! Bei allen Göttern, ich schwör dir, nicht einer unter uns hat je solche Gedanken ...«

»Schweige, du!« donnerte Salaman und hob erneut die Hand, als wollte er erneut zuschlagen. Heftig winkte er dann den Palastwachen im Thronsaal. »Du da und du — ihr überführt den Edlen Athimin sogleich ins Nordgefängnis, wo er in Gewahrsam bleibt, bis ich weitere Order über seinen Verbleib sende.«

»Vater!«

»Du wirst genügend Zeit haben, über deine Fehler nachzudenken, während du dort in deiner Zelle sitzt«, sagte der König. »Ich lasse dir Schreibzeug bringen, damit du einen ausführlichen Bericht abfassen kannst über deine geistesgestörten Glaubenstänzer. Und darin wirst du mir *alles* sagen, was du mir aus Feigheit oder Hinterlist verheimlicht hast, bis ich es heute früh teilweise aus dir herausholen konnte. Denn das ist noch nicht alles. Ich bin ganz sicher, da steckt noch mehr dahinter. Und du wirst es mir sagen. Alles! Hast du mich verstanden?« Er fuhr mit dem Arm durch die Luft. »Bringt ihn hier weg!«

Athimin schaute ihn betäubt und verwirrt an. Doch er sagte nichts und wehrte sich auch nicht im geringsten, als die ebenso verblüfften Wachen ihn aus dem Großen Saal geleiteten.

Salaman ließ sich wieder auf seinem Thron nieder. Er lehnte sich schwer und tief atmend an den glatten Obsidian. Nach all dem wütenden Gebrüll merkte er jetzt, wie er ganz mühelos wieder in jene gottähnliche Ruhe zurückglitt, die ihn in der Morgendämmerung in seinem Pavillon erfüllt hatte.

Seine Hand allerdings brannte noch von dem Schlag, den er Athimin versetzt hatte.

Zwei meiner Söhne habe ich in einer einzigen Nacht geschlagen, dachte er.

Er konnte sich nicht erinnern, irgendeines seiner Kinder jemals zuvor geschlagen zu haben, und nun hatte er gleich zwei in wenigen Stunden körperlich gedemütigt und überdies noch Athimin inhaftieren lassen. Wahrlich, die Schwarzen Winde bliesen ... Und Biterulve hatte sich über eine Anordnung hinweggesetzt und war zu ihm in den Pavillon gekommen. Glaubte er vielleicht, weil man ihm einmal den Zutritt gestattet hatte, daß er von jetzt an beliebig dort antanzen dürfe? Und auch Athimin — was für eine kühne Frechheit, die Information über diese neue Sekte für sich zu behalten! Glattes schuldhaftes Amtspflichtsversäumnis war das! Und derlei mußte bestraft werden, auch wenn einer der Königlichen Prinzen sich dessen schuldig gemacht hatte. Nein, *besonders* wenn es ein Prinz aus dem Königshaus war!

Dennoch, den lieben, sanften Biterulve zu schlagen ... und den gesetzten, recht kompetenten Athimin, der eines Tages durchaus König in der Stadt sein mochte, falls seinem Bruder Cham ein Unglück zustoßen sollte ...

Ach was. Sie würden ihm eben vergeben müssen. Immerhin war er ja ihr Vater — und außerdem ihr König! Und es wehten ja diese Schwarzwinde ...

Salaman rückte bequem auf dem Thron zurecht und fuhr streichelnd über die Armstützen. Sein Geist war still; und dabei raste es dort in einem Tempo, das sein Begriffsvermögen fast überforderte. Gedanken, Ideen, Pläne fegten durch sein Gehirn wie tobende Windstöße. Er knüpfte unerwartete Fakten zusammen, erkannte neue Möglichkeiten. Streben diese Neugläubigen wirklich das Martyrium an? Gut. Sehr gut! Wir werden ihnen dazu verhelfen. Wir werden hier in Bälde Verwendung für ein paar Opfermutige haben. Wenn die sich nach dem Martyrium sehnen, fein, dann sollen sie es kriegen. Und damit ist dann jedermann bestens gedient. Denen und uns.

Er würde sich mal ausführlich mit dem Anführer dieser bekennerfreudigen Tanzgruppe unterhalten müssen!

Geräusche in der Vorhalle. »Der Prinz Thu-Kimnibol«, verkündete ein Vorbote.

Dann stand die hochragende Gestalt von Harruels Sohn unter dem Türbogen.

»Schon im Begriff, uns zu verlassen?« fragte Salaman.

»Wenige Stunden noch, und wir brechen auf«, antwortete Thu-Kimnibol. »Falls der Sturm nicht erneut losgeht.« Er kam näher. »Dein Sohn hat mir gesagt, daß im Laufe der Nacht ein Bote aus Dawinno eingetroffen ist.«

»Ja. Ein Beng. Ein Gardist. War in den Sturm geraten, der arme Kerl. Ist mir praktisch in den Armen krepiert. Er hatte einen Brief für dich. Da, dort drüben auf dem Tisch.«

»Mit deiner Erlaubnis, Cousin«, sagte Thu-Kimnibol.

Er griff hastig nach dem Schreiben, starrte es aufmerksam eine Weile an, dann riß er es auf, ohne sich das Siegel genauer anzuschauen. Er las es langsam, vielleicht mehrmals mit über das Velin gleitenden Fingern durch. Anscheinend fiel das Lesen Thu-Kimnibol nicht gerade leicht. Schließlich blickte er auf und sprach: »Von meinem Häuptling. Wie gut, daß ich bereits zum Aufbruch bereit bin, mein Cousin. Ich, werde hiermit sofort nach Dawinno zurückbeordert. Dort gibt's Ärger, sagte Taniane.«

»Ärger? Macht sie irgendwelche spezifischen Angaben?«

Thu-Kimnibol zuckte die Achseln. »Nein. Sie sagt nur, es steht ziemlich schlimm.« Er begann auf und ab zu stapfen. »Cousin, die Sache beunruhigt mich tief. Zuerst diese zwei Mordfälle, dann trifft die Herbstkarawane hier ein und berichtet von Aufruhr und Verwirrung und einer neuen Religion, und jetzt auch noch *das!* Ich soll sofort heimkommen, sagt sie! Es steht sehr schlimm! Yissou, ich wünschte, ich wäre jetzt dort! Ach, wenn man doch nur Flügel hätte, lieber Cousin!« Er schwieg, um die Fassung wieder zu finden. Dann fragte er mit völlig veränderter Stimme: »Gevatter, kannst du mir etwas darüber sagen?«

»Worüber, mein Cousin?«

»Dieses Durcheinander in Dawinno. Ich frage mich, ob du nicht vielleicht aus eigenen ... ähem, Informationsquellen Kenntnis hast, was mich dort drunten erwarten könnte ...«

»Nichts.«

»Aber diese geschickten hochbezahlten Agenten, die du einsetzt ...«

»Haben mir nicht das geringste berichtet, Cousin. Gar nichts!« Das Schweigen zwischen ihnen war nicht von langer Dauer, aber es hatte etwas Klebrig-Zähes an sich. »Ja, du glaubst doch nicht etwa, ich würde dir Informationen aus deiner eigenen Stadt vorenthalten wollen, Thu-Kimnibol? Wir zwei, du und ich, wir sind doch Verbündete, ja sogar Freunde! Oder hast du das vergessen?«

Mit leiser Schamesröte sagte Thu-Kimnibol dann: »Vergib mir, Cousin! Ich hab mich bloß gefragt ...«

»Du weißt ebensoviel wie ich über das, was da drunten bei euch los ist. Aber, Gevatter, hör mir mal zu, hör zu! Vielleicht steht es nicht gar so übel, wie Taniane glaubt. Sie hat eine schwere Zeit hinter sich. Und sie wird allmählich alt, sie ist müde, und sie hat zudem auch noch eine Tochter, die Schwierigkeiten macht. Nein, nein, bei deiner Heimkunft wirst du vielleicht feststellen, daß es ein paar Problemchen gibt, ein bißchen Durcheinander, aber ich verspreche dir, du wirst kein Chaos vorfinden, und die Stadt brennt auch nicht — und kein Hjjk wird im Präsidialpalast Königinnen-Liebe predigen. Taniane hat nur ganz einfach entschieden, daß sie in dieser Zeit der Prüfung deine ruhige Hand an ihrer Seite haben möchte. Und genau das wirst du ihr ja sein. Du hilfst ihr dabei, das Notwendige zu tun, um die Ordnung wiederherzustellen, dann wird alles wieder bestens sein. Immerhin bringst du ja auch einen Allianzvertrag mit nach Hause, und nach dem Bündnis gibt es einen Krieg. Ich sag dir das eine, lieber Cousin: Nichts bringt die Leute in einem unruhigen Land rascher wieder zur Vernunft als die Aussicht auf einen saftigen, feinen Krieg!«

Thu-Kimnibol lächelte. »Ja, vielleicht. Was du da sagst ... Also, das klingt — vernünftig.«

»Aber sicher doch!« Salaman zelebrierte eine ausdrucksvolle Abschiedsgeste. »Also dann, Guten Weg! Du hast hier getan, was möglich war. Jetzt braucht deine Heimatstadt deine Hilfe. Ein Krieg steht vor der Tür, und du wirst der Mann der Stunde sein, wenn es zum Kampf kommt.«

»Aber *wird* es dazu kommen? Ach, Salaman, wir haben darüber gesprochen, daß wir einen Zwischenfall brauchen, eine Provokation, etwas, was die ganze Sache ins Rollen bringt, etwas, das ich einsetzen kann, um die Leute zu bewegen, daß sie Truppen hierher in den Norden entsenden, die sich mit den deinigen verbünden ...«

»Ach, das überlaß ruhig mir«, sagte Salaman.

Auch im Süden in der Stadt Dawinnos war das Wetter problematisch gewesen: zwar ohne schwarze Winde hier, auch ohne Hagel oder Schnee, aber wochenlang fielen die Regen unablässig, bis daß Berghänge sich zu Lehmbächen verwandelten und hohe Wasser die Straßen überfluteten. Es war der übelste Winter seit der Stadtgründung. Das Firmament war von einem bleiernen Grau, die Luft kühl und zugleich drückend, die Sonne schien für immer dahin.

Das primitive Volk begann sich zu fragen, ob etwa wieder ein Todesstern auf die Erde herabgestürzt sei und der Lange Winter zurückkehren werde. Aber die dummen Leute hatten sich solcherlei Sachen immer schon gefragt, seit das VOLK aus dem Kokon aufgebrochen war, wann immer das Klima und die Witterung ihnen nicht angenehm waren. Klügere Leute wußten natürlich, daß zu ihren Lebzeiten für die Welt keine Gefahr bestand, daß ein neuer Langer Winter eintreten könnte, weil derartige Katastrophen nur alle paar Millionen Jahre die Erde trafen, und daß die jüngste derartige Katastrophe auf dem Planeten vorbei und erledigt war. Aber sogar diese etwas klügeren Leute nörgelten über die trostlosen nicht endenwollenden, tage- und nächtelangen Regenfälle, und wenn das Flutwasser durch die niederen Stockwerke ihrer luxuriösen Häuser gurgelte, litten sie.

Nialli Apuilana verließ ihr Zimmer hoch oben im ›Nakhaba-Haus‹ nur selten. Dank der hilfreichen Tränklein und aromatischen Kräuter und der Gebetsanrufungen Boldirinthes war es ihr gelungen, die Fieber und Pestilenzen auszutreiben, die sich ihrer bemächtigt hatten, während sie erschöpft im Sumpf lag, und sie hatte ihre Vitalität zurückgewonnen. Aber Zweifel und Verwirrung setzten ihr weiter zu, und dagegen gab es eben keine Zaubertränklein. Die meiste Zeit blieb Nialli für sich. Einmal erschien Taniane, aber der Besuch erwies sich als für beide stark spannungsgeladen und unbefriedigend. Kurz danach fand Hresh sich ein. Er nahm sie bei den Händen und hielt sie und lächelte sie an und blickte ihr tief in die Augen, als könnte er mit einem tiefen Blick all ihre Kümmernisse lindern.

Sonst empfing sie niemanden. Von Husathirn Mueri kam ein Billet, in dem er fragte, ob sie ihm das Vergnügen bereiten wolle, mit ihm zu Abend zu speisen. Sie würdigte ihn keiner Antwort.

»Du bist enorm gescheit«, sagte der junge Beng-Priester, der das Zimmer nebenan hatte, eines Tages, als sie sich ihr Essentablett vom Gang holte. »Du kuschelst dich da die ganze Zeit gemütlich ein. Das würde ich auch liebend gern machen. Dieser Drecksregen hört und hört einfach nicht auf.«

»Ach ja?« antwortete Nialli gleichgültig.

»Eine echte Plage, ein Fluch, eine Gottesgeißel von Nakhaba, das ist es.«

»Ach ja?«

»Die ganze Stadt wird fortgespült. Ist wirklich gescheiter, wenn man im Haus bleibt, kann ich nur sagen. O ja, du bist sehr gescheit!«

Nialli nickte und lächelte ihm bläßlich zu, ergriff ihr Tablett und verschwand in ihrem Zimmer. Danach schaute sie immer zuerst auf den Flur, um sich zu vergewissern, daß der leer war.

Aber sie ging danach auch manchmal ans Fenster und schaute dem Regen zu. Meistens aber saß sie mit gekreuzten Beinen mitten in ihrem Zimmer und wusch und kämmte sich stundenlang mechanisch das Fell und ließ die Gedanken ziellos ins Weite schweifen.

Hin und wieder nahm sie den Hjjk-Stern von der Wand, das aus Gras geflochtene Amulett, das sie vor Jahren aus dem Nest mitgebracht hatte. Und das hielt sie sich dann vor die Augen und starrte auf die leere Stelle in der Mitte und ließ ihr Denken treiben. Manchmal konnte sie da das rosige Schimmern des Nestlichts sehen und verschwommene Gestalten, die sich dort bewegten: Soldaten, Eierproduzenten, Erwecker, Nest-Denker. Einmal glaubte sie sogar einen flüchtigen Blick in die Königin-Kammer und auf den darin bewegungslos ruhenden geheimnisvollen massigen Rumpf erhascht zu haben.

Doch es waren undeutliche Visionen. Meistens sah sie in ihrem Stern gar nichts.

Ihr war nicht recht klar, wohin sie als nächstes gehen sollte, noch was sie tun sollte, noch auch, wer sie eigentlich war. Sie kam sich zwischen Welten verloren vor, auf rätselhafte Weise in der Schwebe und hilflos.

Der Tod Kundalimons hatte für sie auch den Tod der Liebe bedeutet, das Sterben der Welt. Niemand hatte sie so tief verstanden wie er; und sie hatte noch nie für einen anderen so abgründiges Verständnis gefühlt. Es war nicht nur die Tvinnr-Bindung — und schon gar nicht die Kopulation —, die sie aneinander gebunden hatte. Es war das sichere Gefühl der gemeinsamen Vorerfahrung, des gemeinsamen Ur-Wissens. Die Nest-Bindung. Sie hatten beide die Königin berühren dürfen, und die Königin hatte sie gesegnet — und von da an war die Königin zwischen ihren Seelen wie eine Brücke gewesen, über die sie beide freien Zugang zu dem anderen finden konnten.

Aber es war nur ein Anfang gewesen. Und dann war ihr Kundalimon entrissen worden. Und alles, alles war zu Ende.

Was allerdings kein Ende zu nehmen schien, war der Regen. Denn es regnete weiter, auf die Stadt und über der Bucht, in den Bergen und über dem Seendistrikt. Östlich vom Emakkis-Tal, im Agrarbezirk Tangok Seip, wo die innere Kette der Küstenberge allmählich höher zu werden begann, stürzte der Regen mit solcher Gewalt nieder, daß er ganze Schlammlawinen von den Hängen riß, die sich in Sturzbächen ergossen, wie man dies seit Gründung der Stadt nicht gekannt hatte. Ganze Berghänge wurden glatt abgesägt und rutschten ins Tiefland hinab.

Ein Stadrain-Bauer namens Quisinimoir Flendra, der ein kurzes Abflauen des letzten Sturms ausnutzen wollte, nach einem Preisbullen seiner Vimborzucht zu suchen, der aus dem Corral ausgebrochen war, zog an einer Bergflanke im Regen dahin, als der Boden sozusagen unter seinen Füßen wegsackte. Er warf sich nieder und grub die Finger in den Modder und rechnete sicher damit, daß er über den Rand in diesen gerade entstandenen Abgrund gerissen und lebendigen Leibes begraben werden würde. Es gab ein entsetzliches schwindelerregendes Getöse, eine Art saugendes Röhren, einen schmatzenden Donner.

Quisinimoir Flendra krallte sich fest und flehte zu jedem Gott, dessen Name ihm grade einfiel. Vorab zu seinem eigenen Gott, dem All-Erbarmer, dann zu Nakhaba, der für Interventionen zuständig war, danach zu Yissou, Dawinno und Emakkis. Es fiel ihm etwas schwer, sich an die Namen der restlichen zwei Koshmari-Götter zu erinnern, als ihm plötzlich auffiel, daß der Berg aufgehört hatte, ins Tal zu fahren.

Er schaute in die Tiefe. Vor ihm war sichelförmig der Hang weggebrochen, und es zeigte sich glatte braune Erde mit einem Klöppelgeflecht nackter heller Wurzeln.

Es zeigte sich auch noch mehr. So zum Beispiel ein mächtiger gekachelter Bogen; eine Reihe stämmiger Säulen, deren Basen irgendwo tief im Grund verborgen lagen; verstreute Fragmente und Scherbentrümmer von zerborstenen Konstrukten wie Müll auf dem neu aufgebrochenen Hang verteilt. Da Flendra kopfunter hing, vermochte er den Eingang zu einer Höhle auszumachen, und er spähte in ehrfürchtigem Grausen in ihre geheimnisvollen Tiefen.

Dann setzte der Regen erneut ein. Der Hang konnte weiter einbrechen und ihn mit sich in die Tiefe reißen. Also krabbelte er eilends auf der Rückseite des Berges hinab und machte sich zu seinem Haus auf.

Er sprach mit keinem über das, was er gesehen hatte.

Aber er konnte es nicht loswerden. Es stahl sich sogar in seine Träume hinein. Er begann sich einzureden, daß die Bewohner der Großen Welt noch immer in diesem Berg hausten: die trägen, ernsten massiven Saphiräugigen krochen dort mit reptilischer Grazie umher, sprachen in mystischen Gedichtzeilen zueinander. Und die langgliedrigen, so empfindlichen bleichen Menschlinge waren auch da. Und die blütenbesetzten Vegetabilischen. Die Mechanischen mit ihren Kuppelschädeln ... Und alle, alle die anderen verwirrenden und hinreißend aufregenden Wesen aus jener grandiosen Zeit ... Und sie lebten immer weiter in einem schützenden Kokon.

Ganz ähnlich dem Bunker, den Flendras eigener Stamm während des endlosen Langen Winters bewohnt hatte.

Und wieso auch nicht? *Wir* hatten unsern Kokon. Warum sollten nicht auch *sie* an Schutzräume gedacht haben?

Er überlegte, ob er diesen Ort weiter untersuchen sollte, und gelangte zu dem Schluß, daß ihm das zu riskant war. Doch dann kam ihm blitzhaft der Gedanke, daß in dieser Höhle vielleicht Schätze lagen, und wenn nicht er hinging und nachschaute, würde es früher oder später jemand anderer tun.

Als nacheinander drei Tage lang einmal kein Regen fiel, kehrte er an den niedergefahrenen Hang zurück. Er hatte sich mit einem Seil ausgerüstet, mit einer Pike und einem Bündel Glühbeeren. Ganz vorsichtig seilte er sich über den Rand des Einbruchs ab und schlängelte sich in die Tunnelöffnung. Machte eine Pause. Lauschte. Hörte keinen Laut. Wagte sich vorsichtig tiefer hinein.

Dann war er in einer Kammer mit gewölbter Steindecke. Dahinter lag eine weitere, aber der Zugang zu ihr war durch Steinschlag versperrt. Nirgends Anzeichen von Lebendigem. Die Stille lastete mit dem Gewicht von Tausenden Jahren auf ihm. Quisinimoir Flendra entdeckte beim ersten Herumstöbern — und er tat das sehr vorsichtig — zunächst nichts, was irgendwie nützlich aussah. Da waren nur die gewöhnlichen Scherben und Fragmente, wie man sie gewöhnlich an derartigen Stätten aus alter Zeit findet. Doch weiter hinten im zweiten Raum entdeckte er einen grünen Metallkasten, der in dem Schutt auf dem Boden halb begraben lag. Aber die Schuttschicht fiel auseinander wie nasse Papierfetzen, als er darin herumzustochern begann.

In dem Kasten waren Maschinen: von welcher Art sie waren, davon hatte er nicht die geringste Vorstellung. Elf Stück waren es, kleine Kugeln aus Metall, allesamt größer als seine Faust, mit kleinen Ausstülpungen und Noppen außen drauf. Er holte eine heraus und berührte eine der Noppen. Und aus einer Öffnung in dem Ding brach ein grünes Licht hervor, und mit einem leisen Zischen schnitt das Licht ein rundes Loch, so groß wie sein eigener Brustkorb, genau ihm gegenüber in die Höhlenwand. So tief hinein, daß er nicht sehen konnte, wie tief. Hastig ließ er die Kugel fallen.

Er hörte, wie in der neuen Öffnung Gestein herabrollte. Der Berg ächzte und stöhnte. Es klang wie Felsmassen, die sich tief im Innern irgendwo verschoben.

All-Erbarmer verschone mich! Die ganze Scheiße kommt auf mich runter!

Aber dann war auf einmal alles wieder still, bis auf das trockene Rieseln von Sand in dem Loch, das er so unabsichtlich gemacht hatte. Quisinimoir Flendra wagte kaum zu atmen und schlich auf Zehenspitzen zum Tunneleingang zurück, kletterte schnell und hastig zum sicheren Bergkamm hinauf und rannte dann, bis er wieder in seinem Haus war.

Von solchen Maschinen hatte er gehört. Das waren Dinge aus der Großen Welt. Und der Bürger hatte die Pflicht, derartige Funde in der Stadt, im Haus des Wissens zu melden. Nun, so sollte es denn so geschehen. Ihm war es nur recht. Sollten doch die Gelehrten gern alles an sich reißen, was es dort in dieser Höhle zu finden gab. Nein, er wollte nicht mal eine Belohnung haben. Sollten sie ruhig alles nehmen. Wenn ich bloß nie wieder in die Nähe von so einem Zeug kommen muß, dachte er. Solang sie nicht von mir verlangen, daß ich da selber noch mal hingehe und ihnen zeige, wo das ganze Zeug ist ...

Plötzlich und mit einem fröstelnden Schauder bildet Nialli Apuilana sich ein, daß ihr Zimmer voller Hjjks sei. Und sie hat nicht einmal den Flechtstern in den Händen, als sie kommen. Sie platzen einfach in die Leibhaftigkeit rings um sie herum, als erstarrten sie aus der Luft selbst zu Kristallen.

Es sind nicht die sanften weisheiterfüllten Geschöpfe ihrer Fiebererinnerungen. Nein, jetzt sieht sie sie so, wie die übrigen von ihrer Art die Hjjks schon immer gesehen haben: als riesige furchteinflößende Wesen mit schimmernden Panzern, starrgliedrig, mit gefährlichen Reißschnauzen und Beißwerkzeugen und riesenhaften Glitzeraugen, und sie wirbeln in beängstigender Menge um sie herum und klicken und schnattern fürchterlich. Und hinter ihnen erspäht sie undeutlich die gigantische träge Masse der KÖNIGIN auf ihrem Ruhelager — reglos, monströs, abstoßend riesig. Und Sie ruft Nialli und bietet ihr die Wonnen der NEST-Bindung und die Wohltaten der KÖNIGIN-Liebe.

Was bedeuteten denn diese Worte? Sie waren doch nichts weiter als leere Geräuschhülsen. Speise ohne Nährwert.

Nialli zittert und weicht mehr und mehr in den hintersten Winkel ihres Zimmers zurück. Sie kneift die Augen zu, aber auch das hilft nicht, sie sieht immer noch diese Alptraum-Gestalten, die sich — *klick-klick-klick* — immer näher an sie herandrängen.

Geht weg von mir!

Gräßliche, abscheuliche Insekten! Wie sehr sie sie haßt! Dabei weiß sie aber immer noch, daß es einmal eine Zeit gegeben hat, da hatte sie eine von denen sein wollen. Sie hatte sogar eine Weile geglaubt, sie sei es. Oder war das alles nur ein Traum gewesen? Nur ein Phantasma der gerade vergangenen Nacht? Ihr Aufenthalt im Nest, die Gespräche mit dem Nest-Denker, der Geschmack, den sie von der Nest-Wahrheit in sich trug? Hatte sie nicht wirklich mit Freuden unter den Hjjks gelebt, und hatte sie nicht sie und ihre Königin lieben gelernt? — Aber, wie war so etwas möglich: die Hjjks zu lieben?

Kundalimon — hatte sie auch *ihn* nur geträumt?

Königin-Liebe! Nest-Bindung! Komm zu uns, Nialli! Komm! Komm! Komm!

Wie seltsam. Wie fremd und feindlich. Wie schrecklich.

»Laßt mich in Ruhe! Geht weg von mir!« schreit sie. »Ihr alle! Geht weg!«

Sie starren sie vorwurfsvoll an. Diese riesigen Augen, glitzernd kalt. *Du bist eine von uns. Du gehörst dem NEST.*

»Nein! Das war nie so!«

Du liebst die KÖNIGIN. Und die Königin liebt DICH.

Wahrheit? Nein. Nein. Das vermochte sie einfach nicht geglaubt haben. Niemals! Sie mußten sie mit einem Zauber belegt haben, als sie im Nest war. Ja, so muß es gewesen sein. Aber jetzt ist sie frei. Und sie werden sie nie wieder einfangen.

Nialli kniet und kauert sich in sich selbst. Sie zittert. Sie schluchzt. Sie berührt ihre Arme, ihre Brüste, ihr Sensor-Organ. Ist das hjjkisch? fragt sie sich, während sie sich über ihr dichtes üppiges Fell und das warme Fleisch darunter streicht.

Nein. Nein. Und — nein!

Sie drückt die Stirn auf den Boden.

»Yissou!« ruft sie. »Yissou, beschütze mich!« Dann fleht sie Mueri an, ihr Ruhe zu schenken, und Friit, sie gesunden zu lassen und sie von diesem Fluch zu befreien.

Sie müht sich, diese schrecklichen Klickgeräusche aus ihrem Kopf zu vertreiben.

Und nun sind die Götter bei ihr, die ganze Himmlische Fünffaltigkeit. Sie spürt ihre Nähe wie einen schützenden Panzer, der sie umgibt. Einst hatte sie jedem, der ihr zuhören wollte, erzählt, daß sie nichts weiters als dumme alte Mythen seien. Aber seit ihrer Rückkehr aus den Sumpfseen waren sie beständig um sie. Und sind es auch jetzt. Sie werden obsiegen. Die Hjjks, die sich in ihr Zimmer gedrängt haben, werden nebelhaft und gestaltlos. Tränen laufen über Niallis Wangen, und sie stammelt Gebete des Dankes, der Lobpreisung zum Ruhme der Götter.

Nach einer Weile wird sie ruhig.

Auf ebenso rätselhafte Weise wie bei ihrem Auftreten ist die Verkrampfung ihres Geistes wieder von ihr gewichen, und sie ist wieder ganz sie selber. Abscheu und Ekel verschwinden. Ich bin frei, denkt sie. Aber doch nicht ganz. Zwar kann sie die Hjjks nicht mehr sehen, doch sie fühlt noch immer ihre anziehende Kraft. Und sie liebt sie wie zuvor. Wieder steigt in ihren Gedanken das Bewußtsein der erhabenen Harmonie des Nests auf, der fleißigen Geschäftigkeit seiner Bewohner, gewaltigen pulsenden Wellen der Königin-Liebe, von denen es unablässig durchströmt ist. Und auch in Niallis Herzen pocht die Königin-Liebe. Und die Nest-Wahrheit ist ihr nicht verloren.

Sie begreift es nicht. Wieso schwankt sie derart von einem Pol zum anderen? Wie kann es geschehen, daß sie die Himmlischen Fünf in sich trägt — und zugleich auch die Königin? Wohin gehört sie? Zur Stadt oder zum Nest, zum Volk oder zu den Hjjks?

Vielleicht zu beidem. Oder zu keinem von beiden ...

Wer bin ich? fragt sie sich verwundert. Und was bin ich?

Ein andermal erschien Kundalimon vor ihr. Es war gegen Abend. Sie hatte sich nicht die Mühe gemacht, die Lampen in dem kleinen Zimmer anzuzünden, und so breitete sich früh die regentrübe Dämmerung über alles. Sie sah ihn an der Wand der Tür gegenüber stehen, dort wo der aus Halmen geflochtene Hjjk-Stern hing.

»Du?« flüsterte sie.

Er gab keine Antwort, sondern stand nur so vor ihr da und lächelte.

Ihn umgab ein irgendwie golden schimmerndes Leuchten. Aber in dieser Lichtaura sah er genauso aus wie während der letzten Wochen seines Lebens: schlank, ja fast zerbrechlich, und dennoch auf drahtige Weise stark, und dieses heiße Strahlen in den Augen.

Zuerst scheute sie davor zurück, ihn sich zu genau anzusehen, weil sie fürchtete, an seinem Leib die Spuren der Gewalt zu entdecken. Doch dann faßte sie Mut und sah, daß er unverletzt war.

»Du trägst ja deine Amulette gar nicht«, sagte sie.

Er lächelte und schwieg.

Vielleicht hat er sie jemand gegeben, dachte sie. Einem der Kleinen, mit denen er so gern auf der Straße gesprochen hat. Oder er hat sie dem Nest zurückgegeben, weil jetzt seine Mission beendet ist.

»Komm doch näher«, sagte sie. »Damit ich dich berühren kann.«

Er aber schüttelte den Kopf und lächelte die ganze Zeit. Und Ströme von Liebe gingen von ihm aus. Es war gut. Sie brauchte ihn gar nicht zu berühren. Sie fühlte eine große Ruhe, eine totale Sicherheit. Es gab vieles auf Erden, was sie nicht verstehen konnte, was sie wahrscheinlich niemals begreifen würde. Aber das war nicht wichtig. Wichtig war nur, gelassen zu bleiben und voll Liebe und Offenheit und anzunehmen, was kommen mochte.

»Bist du bei der Königin?« fragte sie.

Er schwieg.

»Liebst du mich?«

Ein Lächeln. Nichts weiter als dieses Lächeln.

»Du weißt, daß ich dich liebe.«

Er lächelte. Er war wie ein Tabernakel aus Licht.

Er blieb stundenlang bei ihr. Schließlich nahm sie wahr, daß er allmählich blasser wurde und zu schwinden begann, doch das geschah so langsam, daß man von Augenblick zu Augenblick nicht hätte behaupten können, daß er von ihr ging. Doch dann war er ganz verschwunden.

»Kommst du zurück?« fragte sie. Sie hörte keine Antwort.

Aber er kam wieder zu ihr. Stets bei Einbruch der Dämmerung. Dann stand er manchmal an ihrem Lager, manchmal vor dem Grasstern. Nie sprach er etwas. Aber immer lächelte er. Und stets erfüllte er den Raum mit Wärme und mit jenem tiefen Gefühl von Wohlbehagen und Gelassenheit.

Inzwischen war Thu-Kimnibol fast zum Aufbruch in seine Stadt bereit. Er blickte zu Weiawala, Salamans Tochter, hinab und spürte den Schwall von Furcht und Trauer und Trennungsangst, der von ihr ausging. Ihr kastanienrotes Fell hatte fast all seinen Schimmer verloren. Ihr Sensor ragte in scharfem Winkel verkrampft empor. Sie machte einen ganz verlorenen Eindruck und wirkte ganz schrecklich verängstigt. Und sie sah so bestürzend klein aus, viel kleiner, als sie ihm je zuvor erschienen war. Doch von seiner großen Länge herab sahen alle Frauen klein aus. Die meisten Männer übrigens auch.

»Also gehst du nun doch von uns?« fragte sie und schaute ihm dabei nicht direkt in die Augen.

»Ja. Esperasagiot hat die Xlendis bereit. Dumanka ist mit der Ausrüstung und dem Proviant der Wagen fertig.«

»Also — kommt nun der Abschied.«

»Für diesmal.«

»Ja, für diesmal.« Es klang bitter. »Deine Stadt ruft dich. Deine Königin.«

»Unser Häuptling, meinst du.«

»Ach, es ist egal, wie du sie nennst. Sie sagt, komm! Und du springst! Und dabei bist du ein Prinz, sagen sie jedenfalls!«

»Weiawala, ich bin seit vielen Monden hier. Mein Staat braucht mich. Ich hab von Taniane den direkten Befehl zur Rückkehr erhalten. Prinz her oder hin, wie könnte ich den Gehorsam verweigern?«

»Aber ich brauch dich auch!«

»Ich weiß.«

Er betrachtete sie verwirrt. Es würde ja ganz leicht

sein, sie in die Arme zu reißen und sie vor Salaman zu tragen und ihm zu sagen: »Hör mal, lieber Cousin, ich möchte deine Tochter zu meiner Gefährtin haben. Laß mich sie mit nach Dawinno nehmen, und in etlichen Monden kehren wir zurück und begehen dann hier in deinem Palast feierlich die offizielle Hochzeit.« Denn genau das hatte ja Salaman wohl vom ersten Moment an im Sinn gehabt, als er ihm die junge Frau anbot, »damit sie dir heut nacht das Bett wärmt«, wie der König sich in seiner fröhlich-derben Manier auszudrücken beliebt hatte.

Nicht als Konkubine, sondern als potentielle Lebenspartnerin hatte Salaman ihm Weiawala zugeführt, daran gab es für Thu-Kimnibol keinen Zweifel. Nichts lag dem König mehr am Herzen, als diesen alten Bruch zwischen ihnen beiden durch eine eheliche Verbindung seiner Familie mit dem mächtigsten Mann in Dawinno zu heilen. Und auch für Thu-Kimnibol wäre eine solche Aussicht vielversprechend gewesen. Selber eines Königs Sohn und dann noch Ehegemahl der Tochter des Nachfolgers dieses Königs ... Sein Anspruch auf den Thron in Yissou würde damit ziemlich stark sein, falls dieser Thron frei werden und aus irgendwelchen Gründen kein Salaman-Sohn in der Lage sein sollte, ihn zu besteigen.

Dem standen zwei Hindernisse im Wege.

Das eine war, daß es einfach noch zu früh nach Naarintas Tod war, als daß er sich eine neue Partnerin hätte zulegen dürfen. Er gehörte zur Kaste der Edlen; man mußte auf Dekorum achten, und es galt, die Gefühle von Naarintas Familie zu berücksichtigen. Ganz gewiß würde er sich wieder partnerbinden, aber doch nicht schon jetzt und so überstürzt.

Davon abgesehen gab es aber ein tieferes Hemmnis. Er fühlte für Weiawala keine Liebe, jedenfalls nicht jene Art Liebe, die den Wunsch nach Partnerschaft entstehen läßt. Gewiß, seit seinem ersten Abend hier am Hof waren sie unzertrennlich gewesen. Sie hatten voll Eifer und Leidenschaft immer wieder kopuliert, aber sie hatten kein einzigesmal getvinnert. Thu-Kimnibol hatte es einfach nach dieser Intimität nicht verlangt, und auch Weiawala hatte durch nichts ein Interesse daran erkennen lassen. Und das, dachte er, war eben bezeichnend. Was wäre eine Ehepartnerschaft schon ohne Vertvinnerung — eine leere Sache.

Und außerdem war sie ja wirklich fast noch ein Kind — kaum älter, vermutete er, als seine Nichte Nialli Apuilana. Wie hätte er ein Kindweib zur Partnerin nehmen können? Er hatte die vierzig Jahre bereits überschritten, war bereits ein alter Mann, wie manche sagen würden. Nein! Weiawala war ihm in diesen Monden in Yissou eine genußvolle Bettgenossin gewesen, doch nun hatte die Sache ein Ende. Er mußte sie verlassen, sie aus seinen Gedanken verbannen, und wenn sie noch so sehr bettelte und wimmerte.

Das alles empfand Thu-Kimnibol als alles andere als ehrenhaft. Doch er würde Weiawala dennoch nicht mit nach Dawinno nehmen.

Wie er da so stand und verlegen nach Worten suchte, die das junge Weib beruhigen konnten — oder doch ihm zumindest einen würdevollen Abgang erlauben würden, trat der Königssohn Biterulve (der mit dem falben Fell, dieser bildhübsche, blitzgescheite Junge) vor sie hin. Er ergriff Thu-Kimnibols Hand mit selbstsicherer Bestimmtheit.

»Ich wünsch dir eine sichere, angenehme Reise, Oheim. Und mögen die Götter dich beschützen.«

»Innigen Dank dir, Biterulve. Wir werden uns in nicht allzu ferner Zeit wiedersehen, dessen bin ich gewiß.«

»Ich freue mich bereits darauf, Oheim.« Er ließ hastig den Blick zwischen Thu-Kimnibol und Weiawala schweifen und schaute dann wieder herauf in Thu-Kimnibols Augen. Die unausgesprochene Frage schwebte kurz zwischen ihnen, dann senkte sich der Blick wieder, und Biterulve schien nachdenklich die Dinge abzuwägen: die Ferne zwischen ihnen, den Ausdruck in den Augen seiner Schwester.

Wieder ein peinlicher Moment. Biterulve war Weiawalas Vollbruder, von der gemeinsamen Mutter Sinithista. Und er war der Liebling des Königs, was nur allzu deutlich war. Er war unter allen jungen Prinzen anscheinend der klügste und der bei weitem kultivierteste und hatte kaum etwas von jener Überheblichkeit, durch die sich Chham und Athimin auszeichneten, oder von der lauten Grobheit der übrigen Salamanssöhne. Aber hier fand er nun seine Schwester, und sie wurde vor seinen Augen verschmäht. Bei aller Nobelkeit des Herzens, so etwas war vielleicht doch schwer zu schlucken. Würde er das Problem ans Licht zerren und so alle Welt in Verlegenheit bringen?

Offensichtlich nicht. Mit feinstem Takt wandte Biterulve sich an Weiawale und sagte: »Nun, meine Schwester, wenn du dich von Thu-Kimnibol verabschiedet hast, dann komm jetzt mit mir zu unsrer Mutter. Sie möchte gern mit uns das Frühstück einnehmen.«

Weiawala stierte ihn nur dumpf an.

»Und danach«, sprach Biterulve weiter, »steigen wir alle auf die Mauerkrone und winken unserem Gevatter aus Dawinno zu, wenn er zu seiner Fahrt aufbricht. Also, komm! Komm schon!« Er legte dem Mädchen den Arm um die Schulter. Er war kaum größer als sie und auch kaum kräftiger. Aber er zog sie mit sanfter Gewalt einfach mit sich. Einmal wandte Weiawala sich um und warf Thu-Kimnibol einen panikerfüllten waidwunden Blick über die Schulter zu. Dann war sie endlich aus dem Zimmer, und Thu-Kimnibol empfand überschwengliche Dankbarkeit. Wie klug doch dieser kleine Bursche war!

Aber würde Salaman ebenso verständnisvoll reagieren? So kooperativ?

Nun, da würde man eben später die Sache irgendwie

wieder einrenken müssen. Irgendwie. Es dürfte ja nicht schwerfallen, dem König zu verdeutlichen, daß es nicht der rechte Zeitpunkt gewesen wäre, sich eine eheliche Gefährtin aus dem Königshaus der Stadt Yissous zu wählen, jedenfalls noch nicht. Das Weiawala plausibel zu machen, war zweifellos schwieriger. Aber sie war ja so jung. Sie würde vergessen und sich in jemand anders verlieben.

Und wenn ich jemals hier König sein sollte, dachte er, dann will ich diesen wahrhaft königlichen Prinzen Biterulve hoch erheben und ihn an meine Seite setzen. Und sollte mir kein Sohn geschenkt werden, so soll er nach mir König sein in Yissou. Wir werden uns in der Dynastie abwechseln — ein Salamanssohn nach dem Sohn Harruels.

Er mußte über seine törichten Ideen lachen. Er eilte da der Entwicklung arg viele Schritte voraus. Zu viele, wahrscheinlich.

Esperasagiot wartete bei den Reisewagen, draußen im Hof. Mißmutig betrachtete der Karawanenführer den schweren grauen Himmel. Vor Zorn stand ihm das hellgoldene Fell aufgeplustert vom Körper ab. Thu-Kimnibol bedachte er mit einem finsteren Blick. »Also, wenn es nach mir ginge, ich sag das ist kein anständiges Wetter, um aufzubrechen.«

»Ja, es könnte besser sein. Aber heute fahren wir nun eben von hier ab.«

Esperasagiot spuckte aus. »Die Leute hier sagen, diese Winterstürme dauern höchstens noch eine oder zwei Wochen.«

»Oder drei oder vier. Wer kann das schon wissen? Der Befehl des Häuptlings hat mich heimbeordert, Esperasagiot. Bist du von dieser trostlosen Stadt dermaßen hingerissen, daß du hier auf das Frühjahr warten möchtest?«

»Ich liebe meine Xlendis, Prinz!«

»Und? Werden sie in der Kälte nicht durchhalten?«

»Die Rasse hat im Langen Winter Schlimmeres überdauert. Aber es wird ihnen nicht bekommen, da draußen in der Kälte. Ich hab dir doch oft genug gesagt, das sind Tiere aus der Stadtzucht. Sie sind es warm gewöhnt.«

»Dann werden wir sie eben warmhalten. Laß dir von den Knechten König Salamans zusätzliche Decken geben. Und wir wollen dafür sorgen, daß sie nicht überanstrengt werden. Wir fahren ganz gemächlich, genau wie du es gern hast. Und wenn diese elende Jahreszeit sowieso fast vorbei ist, nun, dann stehen uns ja nur noch einige wenige kalte Tage bevor. Aber bis dahin sind wir schon ein gutes Stück weiter auf dem Weg nach Dawinno.«

Der Wagenmeister lächelte frostig. »Wie du befiehlst, Prinz.«

Er stapfte zu den Stallungen. Thu-Kimnibol erblickte Dumanka auf der anderen Seite des Hofes, wo er die Proviantlisten überprüfte. Er winkte Thu-Kimnibol fröhlich zu, ohne jedoch seine Arbeit zu unterbrechen.

Es war Mittag, als sämtliche Vorbereitungen endlich abgeschlossen waren und der Treck sich durch das Südtor in Bewegung setzte. Es schien eine helle Sonne, und der Wind blies fast gar nicht. Das Land vor der Mauer allerdings wirkte recht abweisend. Kahle laublose Bäume ragten überall wie abgestorben zum Himmel, und an den Nordhängen klebte eine Schicht eisigen Reifs. Am späten Nachmittag braßte der Ostwind auf und schnitt wie ein Krummschwert über die dürre Ebene. Das einzige Anzeichen von Leben kam von den Laternenbäumen direkt südlich der Stadt, denn selbst in diesem rauhen Wetter waren sie nicht von den winzigen Vögeln verlassen, die ihr Glühen bewirkten. Bei Anbruch der Nacht begannen sie ihren schwachen flimmernden Lichtschein zu verbreiten, was allerdings keinerlei besonders freudigen Jubelrufe bei den Reisenden bewirkte.

Thu-Kimnibol blickte zurück. Von der Brüstung der Stadtmauer schauten ihnen winzige Gestalten nach. Salaman? Und Biterulve? Weiawala? Er winkte ihnen zu. Und einige der Gestalten — nicht alle — winkten zurück.

Die Wagen zogen voran. Hinter ihnen verschwand Yissous Stadt. Langsam, behutsam machte sich die Gesandtschaft aus Dawinno auf den Heimweg nach Süden durch das winteröde Land.

7. Kapitel
Kriegsrollen

Eine Woche nach Thu-Kimnibols Abreise ließ Salaman den Anführer der Akzeptänzer in den Palast führen. Sein Name lautete Zechtior Lukin. Prinz Athimin, nach seiner Haftentlassung mehr als nur ein wenig zerknirscht, begab sich persönlich mit einem Halbdutzend Gardisten in das heruntergekommene Viertel im Osten der Stadt, um ihn zu verhaften. Er rechnete mit Widerstand. Doch zu seiner Überraschung zeigte Zechtior Lukin ebensowenig Bedenken, mitzukommen und mit dem König zu sprechen, wie er sich gescheut hatte, nackend auf den Straßen zu tanzen, als die Schwarzwinde bliesen. Er betrug sich vielmehr, als habe er damit schon lange gerechnet, daß der König ihn rufen lassen werde — ja, als sei er erstaunt, daß die Vorladung erst jetzt erfolgte.

Aber auch Salaman standen einige Überraschungen bei der Begegnung bevor.

Er hatte sich vorgestellt, daß der Anführer dieser Sekte irgend so ein wildäugiger Fanatiker sein würde, reizbar und aufbrausend, mit Schaum vor dem Mund, der brüllen und geifern und unverständliche Reden brabbeln würde. In einem sollte er immerhin recht behalten: Zechtior Lukin war über allen Zweifel hinaus ein Fanatiker. Alles an ihm — die Kiefer wie Stahlklammern, der steinern-kalte freudlose Blick seiner Augen, die kompakte muskulöse Gestalt unter dem weißlich-grauen Fell — verriet eine außergewöhnliche Engstirnigkeit und Zielstrebigkeit und Hingabe an seinen absurden Glauben. Und höchstwahrscheinlich war er auch leicht reizbar.

Aber ein Brüller? Ein Geiferer? Ein Brabbler unverständlicher Rede? Nein! Der Mann da war cool und zäh und zeigte eine eisige Zurückhaltung, die Salaman sogleich als seiner eigenen verwandt erkannte. Dieser Mann hier vor ihm, er hätte gewißlich ein König werden können, wenn die Dinge in den frühen Jahren der Stadt ein wenig anders verlaufen wären. Statt dessen war er ein Schlachter geworden, ein Fleischhauer, und statt in einem steinernen Palast verbrachte er seine Tage im Schlachthaus und zerhackte Knochen und Lendenstükke und Rückenhälften inmitten von Strömen von Blut. Und abends trafen er und seine Gefolgsleute sich in einer zugigen Turnhalle im Ostviertel und drillten sich gegenseitig die sonderbaren Dogmen ihres Glaubens in die Köpfe.

Breitschultrig stand er in ruhiger Unerschrockenheit vor dem König.

»Wann habt ihr mit der Sache angefangen?« fragte der König.

»Vor Jahren.«

»Wann? Vor drei Jahren? Fünfen?«

»Nein, fast schon seit Gründung der Stadt.«

»Nein, das ist unmöglich«, sagte Salaman, »daß es euch schon so lang geben sollte, ohne daß ich von eurer Existenz auch nur ein Wort gehört hätte.«

Zechtior Lukin zuckte die Achseln. »Wir waren nur sehr wenige und blieben ziemlich für uns. Wir studierten unsre Texte, hielten unsere Versammlungen und übten uns in unseren Disziplinen, und wir zogen nicht los, um zu missionieren. Es war unsere Privatangelegenheit. Mein Vater Lakkamai war der erste Gläubige, dann ...«

»Lakkamai?« Schon wieder eine Überraschung. In den Zeiten des Kokons und später in Vengiboneeza war dieser Lakkamai ein schweigsamer Kerl gewesen, der sich keinem anschloß, ein Typ von sehr geringem seelischen Tiefgang. In Vengiboneeza war er der Geliebte der Opferfrau Torlyri gewesen, aber als es zur Großen Spal-

tung kam, hatte Lakkamai Torlyri ohne Bedenken aufgegeben und war mit Harruel fortgezogen,um dann einer der Gründerväter der winzigen Niederlassung zu werden, aus der sich die Stadt Yissous entwickeln sollte. Jetzt war er schon lange tot. Salaman vermochte sich nicht daran zu erinnern, daß er sich jemals eine Gefährtin genommen oder gar einen Sohn gezeugt hätte.

»Du hast ihn gekannt.« Es war keine Frage.

»Vor vielen Jahren, ja.«

»Lakkamai lehrte uns, daß das, was der Großen Welt geschah, in der Absicht der Götter lag. Er sagte, alles, was geschieht, ist Teil ihres Planens, gleichgültig, ob es uns als gut oder übel erscheint, und als die Völker der Großwelt sich zum Sterben anschickten, so, weil sie den Willen der Götter verstanden und wußten, daß ihre Zeit gekommen war, von der Welt Abschied zu nehmen. Darum rührten sie keinen Finger, um die Todessterne abzuwehren, ließen sie auf die Welt herabsausen, und die Große Kälte kam über sie alle. Das alles, sagte uns Lakkamai, hat er in Gesprächen mit Hresh gelernt, dem Chronisten des Koshmar-Stammes.«

»Stimmt«, sagte Salaman. »Wenn man mit Hresh redet, hat man hinterher den ganzen Kopf voller Hirngespinste und Seltsamkeiten.«

»Es sind Wahrheiten!« sagte Zechtior Lukin.

Salaman zog es vor, die derbe Widerrede zu ignorieren. Es lohnte nicht, mit dem Kerl zu streiten. »Also, im Anfang gab es bloß ein paar von eurer Sorte. Eine Handvoll Familien, wenn ich dich recht verstehe? Nun aber berichtet mir mein Sohn, daß eure Zahl einhundert und neunzig beträgt.«

»Dreihundert und siebzig und sechs«, berichtigte Zechtior Lukin.

»Aha.« Wieder ein Strafpunkt gegen Athimin. »Und ihr habt also jetzt beschlossen, euch doch in die Missionierung zu stürzen und neue Anhänger zu werben, stimmt's? Warum?«

»In meinen Träumen erschien mir die Hjjk-Königin am Himmel über unsrer Stadt schwebend. Ich spürte ihre gewaltige Nähe wie ein großes Gewicht auf uns lasten. Das war im verflossenen Jahr. Und so erkannte ich, daß der Tag der Abrechnung nahe ist. Wie jeder weiß, blieben die Hjjks bei der Vernichtung der Großwelt verschont. Die Fünf Himmlischen hatten etwas anderes mit ihnen im Sinn und führten sie sicher durch die Zeit der Kälte und des Eises, auf daß sie im Neuen Frühling diese ihre Aufgabe erfüllen könnten.«

»Und ihr wißt natürlich, was das für eine Aufgabe ist.«

»Sie sind dazu bestimmt, die VÖLKER und ihre Städte zu vernichten«, sagte Zechtior Lukin ruhig. »Sie sind die Geißel der Götter.«

Also ist er ja doch irre, dachte Salaman. Wie schade.

Doch mit ebenso großer Ruhe fragte er: »Und in welcher Weise würde das den Zielen der Fünffaltigkeit dienen? Sie führte uns sicher durch den Langen Winter, damit wir das Erbe der Welt antreten ... sagen jedenfalls alle unsere Chroniken. Wozu haben sich die Götter denn überhaupt die Mühe gemacht, uns zu erhalten, wenn sie nur darauf abzielten, uns jetzt von den Hjjks vernichten zu lassen? Es wäre doch weit einfacher gewesen, uns in der Kälte stehen zu lassen, damit uns der Lange Winter schon vor hundertmal tausend Jahren ausgelöscht hätte.«

»Du erfaßt es nicht. Wir wurden auf die Probe gestellt, und wir haben sie nicht bestanden. Wie du sagst, blieb uns der Kältetod erspart, auf daß wir die Erde erben sollten. Doch wir haben den falschen Weg eingeschlagen. Einen Irrweg. Wir erbauen große Städte; wir leben in immer bequemeren Häusern; wir verweichlichen und werden faul. In Dawinno ist es übler als hier, doch allüberall kehrt sich das VOLK ab vom Willen der Fünf und wird abtrünnig. Was erstrebten wir denn wirklich, als wir diese großen Städte erbauten? Wir wollten doch nur den Luxus und das Behagen der Großen Welt nachahmen, wie es sich zeigt. Doch eine solche Nachahmung ist vom Übel. Wenn die Götter gewünscht hätten, daß die Welt so sein soll wie zu Lebzeiten der Saphiräugigen, sie hätten die Große Welt ganz einfach so gelassen, wie sie war. Aber statt dessen haben sie sie zerstört. Und so werden sie auch uns vernichten. Und ich sage dir, o König, die Hjjks sollen das Werkzeug sein zu unserer Züchtigung. Sie werden über uns hereinbrechen; sie werden unsere Städte in Schutt und Asche legen; sie werden uns hinaustreiben in die Wildnis und Wüste, und dort werden wir endlich die Lebensgebote annehmen, die zu lernen die Götter für uns bestimmt haben. Jene wenigen unter uns, die den Vernichtungsschlag überleben, werden erneut den Versuch machen, eine anständige Welt zu bauen. So ist der Wille Dawinnos, dessen, der verwandelt.«

»Und wenn ihr euch alle zu Tode erfriert, wenn ihr nächtens auf den Straßen und Plätzen tanzt, wird euch das diese eure wunderbare Welt schaffen?«

»Wir frieren nicht. Wir werden nicht sterben.«

»Verstehe. Ihr seid unverletzlich.«

»Wir sind sehr stark. Du hast uns doch gesehen, damals in der Nacht unserer Feiern. Du hast uns aber nicht bei unsre Ausbildung gesehen. Bei unseren spirituellen Exerzitien, dem Körpertraining. Wir sind Kämpfer. Wir haben unendlich hohes Durchhaltevermögen entwickelt. Wir können tagelang ohne Nahrung und ohne Schlaf durchmarschieren. Uns schreckt nicht Kälte noch Entbehrung. Wir haben unsere Identität als einzelne aufgegeben und sind Teil einer neuen Einheit.«

Das alles kam für Salaman völlig überraschend. Natürlich war das Denkkonzept dieses Sohnes von Lakkamai nur wirres verrücktes Zeug; aber trotzdem, der König fühlte eine tiefe natürliche Gefühlsverwandtschaft mit diesem Mann und zugleich auch beträchtliche Zuneigung zu ihm. Seine Kraft und seine Wildheit waren offenkundig. Ganz insgeheim hatte er sich innerhalb des Königreiches sein ganz eigenes kleines Königreich aufgebaut. Er strahlte echte königliche Kraft aus. Fast hätten sie Brüder sein können. Trotzdem, der Mann war natürlich verrückt. Was für ein echter Jammer und wie schade, dachte Salaman.

Er sprach: »Ihr müßt mir erlauben, mal an eurem Training teilzunehmen.«

»Gleich in dieser Nacht, wenn du es wünschst, König Salaman.«

»Abgemacht. Zeigt mir eure allerschwierigsten Übungen. Und dann, mein Freund, wirst du mit deinen Freunden allmählich zu packen beginnen. Ihr werdet nämlich von hier fortgehen.«

Zechtior Lukin nahm das ohne jede Überraschung, ja fast gleichgültig auf, wie er es anscheinend in allem war, was ihm widerfuhr.

»Und wohin willst du, daß wir ziehen?« fragte er ruhig.

»Nach Norden. Es ist offenkundig, daß euch das Leben in Yissou, inmitten unserer erbärmlichen Verweichlichung, nicht glücklich macht. Und ich sage dir ehrlich, daß auch ich keine große Freude bei dem Gedanken empfinde, daß du mit den Deinen euren Glauben von der unvermeidlichen Vernichtung der Stadt, die ich liebe, weiterhin verbreitet. Es ist also sowohl in eurem wie in meinem Interesse, daß ihr hier wegzieht, meinst du nicht auch? Nach Süden würdet ihr natürlich nicht gehen wollen. Denn dort ist das Leben für euch bestimmt viel zu angenehm. Außerdem, unsere Stadt wird sich in die Regionen südlich von uns ausbreiten, Dawinno wird sich nordwärts ausdehnen, so daß wir also zwangsläufig euch und eure persönliche Lebensform beeinträchtigen müßten. Kälte macht euch nichts aus, sagtest du. Hungern bedeutet euch nichts. Also zieht nach Norden, Zechtior Lukin. Es gibt Land massenweise im Norden, wo ihr eine Siedlung gründen könnt, in der ihr ganz nach euren Vorstellungen und Glaubensprinzipien leben könnt. Es könnte ja leicht die Hauptstadt der großen, reinen und sauberen Welt werden, die wir aus den Großen Städten zu schaffen unterlassen haben.«

»Du meinst, wir sollen ins Hjjk-Land gehen?«

»Ja, das meine ich. Sogar über Vengiboneeza hinaus und weit bis in die trockenen kalten Nordlande hinein. Dort wählt euch eine Gegend, die euch paßt. Es kann sogar geschehn, daß die Hjjks euch unbehelligt lassen. Nach deiner Aussage ist eure Lebensart der ihren ja sehr ähnlich: Krieger, die keine Unbill schreckt, ohne persönlichen Ehrgeiz. Da ihr ihnen so ähnlich seid, heißen sie euch vielleicht sogar willkommen. Oder sie beachten euch gar nicht. Was sollten sie auch einige hundert Neusiedler stören, wo sie doch einen halben Kontinent zur Verfügung haben? Ja, zieht zu den Hjjks? Was hast du dazu zu sagen, Zechtior Lukin?«

Schweigen. Zechtior Lukins Gesicht blieb ausdruckslos: Kein Anzeichen von Verärgerung, kein Trotz, nicht einmal Bestürzung. Es *ging* etwas in dem Kopf vor, doch der Mann sah so unbeeindruckt aus, als hätte der König ihn irgendwas über die Fleischpreise gefragt.

»Wie lange gibst du uns Zeit, um uns auf den Auszug vorzubereiten?« fragte er schließlich.

Nialli Apuilana hat die unerträgliche Einsamkeit satt. Die ganzen letzten Monde war sie sozusagen in einem Winterschlaf gewesen; wie ein Tier, das alljährlich eine Metamorphose durchmacht und sich in seinem Geweb verborgen ruhend auf die Zeit des Ausschlüpfens vorbereitet. Und nun ist diese Zeit da. An einem Spätwintertag, an dem der Regen in Sturzbächen niederprasselt, die in Dawinno sogar für diese Jahreszeit erbarmungsloser Regen erstaunlich sind, verläßt Nialli am frühen Nachmittag ihr Zimmer im Nakhaba-Haus. Hin und wieder ist sie schon gelegentlich spät nachts ausgegangen, doch nun ist es das erstemal seit ihrer Genesung, daß sie sich am Tag hinauswagt. Es ist aber auch niemand unterwegs, der sie sehen könnte, denn der Sturm bläst dermaßen wild, daß die Straßen ganz verlassen sind. Nicht mal die Wachposten sind da. Hinter allen Fenstern brennt Licht, und die ganze Stadt hängt in den Häusern herum. Aber Nialli lacht dem wilden Sturm ins Gesicht. »Es ist wirklich verdammt zuviel«, sagt sie laut mit einem Blick zu Dawinno im Himmel hinauf. Er ist es, der das große Rad der Jahresgezeiten dreht und heute Sonne sendet und morgen Sturm. »Du übertreibst es ein bißchen, findest du nicht?« Sie hat außer einer Stola nichts am Leib. Und sie hat noch keine fünf Schritte getan, da ist ihr Fell völig durchnäßt. Es klebt wie ein enger Mantel an ihr, und das Wasser läuft ihr die Schenkel hinab.

Sie geht quer durch die Stadt zum Haus des Wissens und steigt dort die Wendeltreppe zum obersten Stockwerk hinauf. Sie hat keinen Moment daran gezweifelt, daß Hresh dort sein würde. Und da hockt er auch und kritzelt eifrig in einem seiner riesigen alten Bücher.

»Nialli!« ruft er. »Hast du den Verstand verloren? Bei so einem Wetter auszugehen? Komm her, laß dich abtrocknen ...«

Er wickelt sie in ein Tuch und knuddelt sie, als wäre sie ein kleines Kind. Widerstandslos läßt sie sich trokkenreiben, obwohl davon ihr Fell ganz unfein durcheinandergerät.

Als er fertig ist, sagte sie: »Vater, wir sollten damit anfangen und uns einiges sagen. Es wäre schon längst an der Zeit dafür gewesen.«

»Einiges? Was denn?«

»Nun, Dinge über das Nest ...«, sagt sie zögernd. »Über — die Königin ...«

Er schaut sie ungläubig an. »Du willst wirklich mit mir über die Hjjks reden?«

»Über die Hjjks, ja. Über das, was du über sie erfahren hast, und über das, was ich weiß. Das ist möglicherweise nicht ganz dasselbe. Du hast immer gesagt, du willst die Hjjks besser verstehen lernen. Nun, du bist nicht allein. Ich muß sie auch besser verstehen, Vater, ich auch.«

Chevkija Aim zeigte auf ein verwittertes rauchgraues rundes Holztor am Ende einer Sackgasse direkt an der Straße der Fischhändler. Zu beiden Seiten standen heruntergekommene Geschäftshäuser mit verdreckten roten Backsteinfassaden. Husathirn Mueri war noch nie vorher in diesem Tel der Stadt gewesen. Irgendwie ein Industrieviertel und mehr als nur ein bißchen anrüchig. »Dort hinten, ganz am Ende«, sagte der Wachhauptmann. »Im Kellergeschoß. Hinter der Tür gehst du nach links und die Treppen runter.«

»Und ich kann da so einfach reingehen? Ohne Gefahr?« fragte Husathirn Mueri. »Werden die mich nicht erkennen und in Panik geraten?«

»Nein, Herr, das geht schon in Ordnung. Es ist nicht besonders hell da drunten. Man kann grad so Gestalten ausmachen, aber keine Gesichter erkennen. Keiner wird wissen, wer du bist.« Der gertengeschmeidige junge Beng grinste und knuffte Husathirn Mueri mit erstaunlicher Vertraulichkeit in den Arm. »Geh nur einfach rein, Herr! Los! Geh schon! Ich sag dir doch, dir passiert schon nichts.«

Der lange schmale Raum, in dem es penetrant nach getrocknetem Fisch roch, war in der Tat sehr dunkel. Einzige Lichtquellen waren zwei schwache Glühbeerbündel an der gegenüberliegenden Wand. Dort standen an einem Tisch mit Früchten darauf und duftenden Zweigen, wahrscheinlich wohl der Altar, ein Junge und ein Mädchen.

Husathirn Mueri kniff die Augen zusammen, sah aber in der Finsternis sonst nichts. Dann gewöhnten sich seine Augen, und er sah auf nackten schwarzen Fässern in Reihen etwa fünfzig Personen eng beisammenhocken. Sie brabbelten und sangen und stampften auch ab und zu mit den Füßen auf, in einer Art Responsorien zu den Worten, die von den Kindern am Altar kamen. Da und dort ragte ein Benghelm über die Menge, doch die meisten waren barhäuptig. Die Stimmen, die Husathirn Mueri hörte, waren grob und tief, die Stimmen von ordinärem Volk, Proletarier, Arbeiter. Husathirn Mueri verspürte erneut eine gewisse Beunruhigung. Er hatte nie viel mit Proleten zu tun gehabt. Und jetzt sie einfach so in ihrem heiligen Versammlungsort zu bespitzeln ...

»So setz dich doch!« flüsterte Chevkija Aim und stieß ihn fast heftig auf eines der Fässer in der hintersten Reihe. »Setz dich hin und hör zu! Der Junge ist Tikharein Tourb. Er ist der Priester. Die Priesterin heißt Chhia Kreun.«

»Priester und Priesterin?«

»So hör doch zu, Herr!«

Er glotzte verblüfft. Er kam sich vor, als stünde er auf der Schwelle zu einer anderen Welt.

Der Priesterknabe gab fremdartige gurgelnde Laute von sich, scheußliche zirpende, klickende Geräusche, die fast wie das Geschnarre der Hjjks klangen. Und die Gläubigen vor Husathirn Mueri respondierten mit ebensolchen bizarren Lauten. Ihn schauderte, und er bedeckte sich das Gesicht mit den Händen.

Dann auf einmal rief der Junge mit heller klarer Stimme laut: »Die Königin ist unsre Trösterin und unsre Lust. So lehrte uns der Prophet Kundalimon, gesegnet sei sein Name.«

»Die Königin ist unsre Trösterin und unsre Lust«, wiederholte die Gemeinde im Singsang.

»Sie ist das Licht und der Weg.«

»Sie ist das Licht und der Weg.«

»... die Essenz und die Substanz ...«

»... Essenz ... Substanz ...«

»Sie ist der Anfang und das Ende ...«

»... Anfang ... Ende ...«

Husathirn Mueri zitterte. Beim Klang der süßen unschuldigen Knabenstimme streifte ihn ein Anflug von Entsetzen. Das Licht und der Weg? Essenz und Substanz? Was war das für ein Wahnsinn? Träumte er?

Er fühlte ein Würgen im Hals und preßte die Hand auf den Mund. Dieser Kellerraum war fensterlos, und die Luft war heiß und stickig. Der dumpfe penetrante Gestank des salzgetrockneten Fischs aus den Fässern, der wilde Geruch verschwitzter Pelze, das starke stechende Aroma der Sippariu- und Dilifar-Zweige auf dem Altartisch ... Ihm wurde übel ... Ihm schwindelte im Kopf. Er verschränkte die Finger und preßte die Ellbogen fest gegen die Rippen.

Dann kreischten sie alle wieder in lauten Hjjk-Geräuschen los, der Junge, das Mädchen und die ganze Gemeinde.

Im nächsten Moment, malte er sich aus, wird sich die Erde unter mir auftun, und ich schaue hinab in eine weite Grube, die so voller glitzernder Hjjk-Schwärme ist, daß es aussieht, als kochte es da drunten.

»Ruhig, Herr, nur ruhig«, zischelte Chevkija Aim neben ihm.

Dann sah er, wie der Knabe und das Mädchen vorn am Altar sich bewegten, Früchte und Zweige aufhoben und sie der Gemeinde zeigten und sie wieder niederlegten, während das Volk mit den Füßen trampelte und dröhnende klickende Laute ausstieß. Was bedeutete das Ganze? Und woher kam das alles auf einmal?

Der Junge trug auf der Brust ein blitzendes schwarzgelbes Amulett, ziemlich ähnlich dem, das der tote Kundalimon getragen hatte. Vielleicht war es sogar dasselbe. Das Mädchen hatte ein Armband, ebenfalls aus einem Hjjk-Panzer. Selbst in der herrschenden Düsternis leuchteten die Talismane in übernatürlichem Schein. Husathirn Mueri erinnerte sich, wie die Panzer der Hjjks geleuchtet hatten, wenn sie ihre rätselhaften Runden durch die Straßen von Vengiboneeza machten, als er ein Kind war.

»Kundalimon führt und leitet uns von droben. Er sagt uns: Die Königin ist unsre Trösterin und unsre Lust!« rief der Junge erneut.

Und wieder respondierte die ganze Gemeinde: »Die Königin ist unsre Trösterin und unsre Lust ...«

Doch diesmal sprang drei Reihen weiter vorn ein untersetzter Mann auf und röhrte: »Die Königin ist der eine und einzige wahre Gott!«

Und die Gläubigen plapperten auch das nach: »Die Königin ist der eine und einzige wahre ...«

»Nein!« rief der Knabe laut. »Die Königin ist kein Gott!«

»Aber was ist sie dann? Was?« Auf einmal war der liturgische Rhythmus gestört. Überall sprangen Leute auf, fuchtelten mit den Armen und riefen: »So sag uns doch, was SIE ist!«

Der Priester-Knabe sprang auf den Altartisch. Sofort hatte er wieder die volle Aufmerksamkeit der Gemeinde.

»Die Königin«, sagte er wieder mit dieser unheimlichen hohen Singsangstimme, »ist von göttlicher Essenz, kraft ihrer Abstammung von dem Volk der Großen Welt, das im Angesichte der Götter lebte. Aber sie selbst ist nicht Gott.« Der Junge schien einen Text herunterzuplappern, den er auswendig gelernt hatte. »Sie ist die Erbauerin der Pforte, durch welche die wahren Götter eines Tages zurückkehren werden. Also sprach Kundalimon.«

»Du meinst — die Menschlichen?« fragte der grobschlächtige Mann. »Sind denn die Menschlichen die wahren Götter?«

»Die Menschen sind ... sie sind ...« Dem Knaben auf dem Altar blieben die Worte weg. Seine Augen wurden glasig. Dafür hatte er keinen vorbereiteten Text parat. Er schaute zu dem Mädchen hinab, und sie reckte ihr Sensor-Organ hoch und schlang es in erstaunlich vertraulicher Weise um den Knöchel des Knaben. Verdutzt holte Husathirn Mueri tief Luft. Die Berührung schien dem Knaben wieder Sicherheit zu geben. Er reckte sich wieder hoch und rief: »Die Offenbarung der Menschlichen wird erst noch kommen! Wir müssen weiter auf die Offenbarung der Menschlichen warten! Und bis dahin ist die Königin unser Leitstern und unsere Führerin.« Dann kamen wieder diese Hjjk-Klicklaute. »Sie ist unsre Trösterin und unsre Lust!«

»Sie ist unsre Trösterin und unsre Lust!«

Und alle machten jetzt diese respondierenden Klickgeräusche. Es war abscheulich. Der Knabe hatte sie wieder alle unter Kontrolle. Und auch das war scheußlich.

»Kundalimon!« brüllte die Menge. »Oh, du hochheiliger Märtyrer Kundalimon, führ uns zur Wahrheit!«

Dann hob der Priesterknabe die Arme über den Kopf. Selbst von ganz hinten konnte Husathirn Mueri erkennen, daß seine Augen von der Glut der Überzeugung loderten.

»Sie ist das Licht und der Weg.«

»Sie ist das Licht und der Weg.«

»Sie ist die Essenz und die Substanz.«

»Sie ist die Essenz ...«

»Da, schau!« wisperte Husathirn Mueri. »Jetzt hat die Kleine ihren Sensor auf seinem.«

»Sie werden gleich tvinnern, Herr. Alle werden es gleich machen.«

»Aber ganz bestimmt nicht! Alle hier an einem Ort gemeinsam?«

»Ja, so machen die's nun mal«, antwortete Chevkija Aim ungerührt. »Die tvinnern alle zusammen und dabei geht dann die Königin in ihre Seelen ein, so hab ich das jedenfalls gehört. Es ist ein religiöses Ritual bei ihnen.«

Betäubt und ungläubig sagte Husathirn Mueri: »Aber das ist ja die abscheulichste Blasphemie, die es je gab.«

»Ich hab draußen meine Leute warten. Wir können

diese ganzen Hjjkophilen binnen fünf Minuten festnehmen und abtransportieren, wenn du befiehlst, und den Schuppen zertrümmern.«

»Nein!«

»Aber du hast doch gesehen, was die ...«

»Ich hab nein gesagt. Es darf keine neuen Verfolgungen geben. Das ist der ausdrückliche Befehl des Häuptlings, und der ist dir durchaus bekannt.«

»Verstehe, Herr, aber ...«

»Niemand wird festgenommen! Wir lassen dieses Bethaus absolut unbehelligt. Jedenfalls vorläufig. Und überwachen es genau. Wie sonst sollten wir herausfinden, welche Bedrohung da auf uns zukommt, wenn wir dem Feind nicht genau auf die Finger schauen? Kannst du mir folgen?«

Der Hauptmann der Wache nickte. Seine Lippen waren fest zusammengepreßt.

Husathirn Mueri hob den Kopf. Vor ihm erhoben sich die dunklen Schatten der Gläubigen von ihren Fässern, bewegten sich im Raum und bildeten Gruppen. Man hörte nicht mehr das hjjkische Geklicke, sondern statt dessen ein tiefes intensives Summen. Niemand kümmerte sich um die beiden flüsternden Männer im Hintergrund des Raums. Dann wurde es in dem engen Schlauch von Keller übermäßig heiß. Der Raum konnte sich jeden Moment entzünden und in Flammen aufgehen.

Leise sagte Chevkija Aim: »Wir verschwinden jetzt besser.«

Er bekam keine Antwort.

Husathirn Mueri hatte das Gefühl, als hätten seine Beine Wurzeln geschlagen. Am anderen Ende des Kellers tvinnerten der Junge und das Mädchen schamlos vor dem Altar, und nach und nach bildete die Gemeinde Zweierpaarungen und begann in die Kommunion zu treten. Noch nie hatte Husathirn Mueri von so etwas gehört. Nie hätte er sich so etwas einfallen lassen, nicht einmal im Traum. Er schaute entsetzt und fasziniert zu.

Chevkija Aim flüsterte: »Wenn wir hierbleiben, Herr, werden die wollen, daß wir auch ...«

»Ja. Ja, wir müssen wohl gehen.«

»Alles mit dir in Ordnung, Herr?«

»Wir — müssen — müssen wohl — gehen.«

»Na, gib uns mal das Händchen, Herr. So. So ist's recht. Und jetzt — hoch und auf!«

»Ja«, sagte Husathirn Mueri. Seine Füße fühlten sich unter dem Körper wie abgestorben an. Er stützte sich schwer auf seinen Begleiter und stolperte taumelnd auf die Tür zu.

Sie ist das Licht und der Weg. Sie ist die Essenz und die Substanz. Sie ist der Anfang und das Ende.

Die frische kalte Luft draußen traf ihn wie ein Faustschlag.

Hresh sagte: »Was ich früher mal über die Hjjks gedacht hab, war das, was alle immer geglaubt haben. Daß sie bösartige Fremdlinge sind. Unsere geschworenen Erzfeinde, fremd eben und eine Bedrohung. Aber in der letzten Zeit fange ich an, darüber etwas anders zu denken.«

»Genau wie ich«, sagte Nialli Apuilana.

»Und wieso?«

Sie zuckte die Achseln. »Es wird leichter für mich sein, wenn du zuerst sprichst, Vater.«

»Aber du sagst doch, du bist gekommen, um *mir* etwas zu sagen.«

»Das werde ich auch. Aber es wird ein Tauschgeschäft sein müssen: Was du weißt gegen das, was ich weiß. Aber ich möchte, daß du anfängst. Bitte! Bitte!«

Hresh schaute sie groß an. Sie war so verwirrend wie immer.

Nach einer Weile begann er: »Also gut. Vermutlich hat es bei mir begonnen, als du vor dem Präsidium gesprochen hast. Als du sagtest, man darf die Hjjks nicht als Ungeheuer ansehen, weil sie in Wahrheit intelligente Wesen mit einer tiefen und reichen Kultur sind. Du nanntest sie sogar menschlich. Mit jener besonderen Wortbedeutung, wie ich sie zuweilen angewandt habe. Das war der erste Hinweis, den du mir gegeben hast, auf das, was dir im Nest widerfahren ist. Und mir wurde bewußt, daß deine Behauptung zweifellos irgendwann einmal wahr gewesen sein muß, denn die Hjjks waren Teil der Großen Welt, und in der Vision der Großen Welt, die mir einst zuteil wurde, sah ich sie, und sie lebten in Frieden und Harmonie mitten unter den Saphiräugigen und den Menschlichen und den übrigen Rassen. Wie also hätten sie dämonische Ungeheuer und dennoch Teil der Großwelt sein können?«

»Genau das«, sagte Nialli.

Hresh blickte zu ihr hinauf. Sie wirkte heute noch seltsamer als gewöhnlich. Sie war wie eine aufgerollte Peitschenschnur.

Er sprach weiter: »Aber natürlich, was sie in der Große Welt waren, und das, was sie in hundertmal Tausenden Jahren seitdem geworden sind, ist nicht zwangsläufig das gleiche. Vielleicht *haben* sie sich ja verändert. Aber wer weiß das schon? Es gibt bei uns Leute, die von Grund auf überzeugt sind, daß die Hjjks böse sind. Thu-Kimnibol zum Beispiel. Aber inzwischen gibt es unter uns auch solche, die den ganz entgegengesetzten Standpunkt vertreten. Diese neuen Gläubigen, ich höre, daß sie in ihren Versammlungshäusern von den Hjjks als den Werkzeugen zu unserm Heil predigen, sie für nichts weniger als gütige heiligmäßige Wesen halten. Und Kundalimon gilt als eine Art Prophet.« Hresh blickte sie forschend an. »Du weißt von diesen Bethäusern? Besuchst du sie?«

»Nein«, sagte Nialli. »Nie. Doch wenn sie predigen, daß die Hjjks gütig sind, irren sie sich. Die Hjjks kennen keine Güte. Nicht, wie wir das Wort verstehen. Doch sie sind auch nicht böse. Sie sind ganz einfach — sie selbst.«

»Ja, aber was *sind* sie denn dann? Ungeheuer — oder Heilige?«

»Beides. Und keins von beidem.«

Hresh dachte eine Weile darüber nach.

»Und ich hab gedacht, du verehrst sie«, sagte er dann. »Ich hab geglaubt, du wünschst dir nichts sehnlicher, als zu ihnen zu gehen und dort dein restliches Leben mit ihnen zu verbringen. Sie leben in einem Fluidum von Traum und Magie und Wunder, so ähnlich hast du gesagt. Man atmet die Luft im Nest, hast du zu mir gesagt, und deine Seele wird ganz erfüllt.«

»Das war einmal.«

»Und jetzt?«

Sie schüttelte schwach den Kopf. »Ich weiß nicht, was ich will. Oder was ich glaube. Nicht mehr. Ach, Vater, Vater, ich kann dir gar nicht beschreiben, wie verwirrt ich bin! Geh zurück ins Nest, sagt eine Stimme in mir, und lebe fortan in ewiger Königin-Liebe! Bleibe in Dawinno, sagt eine andere Stimme. Die Hjjks sind nicht, wofür du sie gehalten hast, sagt diese Stimme. Die eine ist die Stimme der Königin, und die andere — die andere ...« Sie blickte ihn an mit Augen, die vor Qual leuchteten. »Die andere Stimme kommt von den Himmlischen Fünf. Und ihr möchte ich gehorchen.«

Hresh schaute sie mit zusammengekniffenen Augen an. Er konnte es einfach nicht glauben. Damit hätte er zu allerletzt gerechnet, daß Nialli ihm so etwas sagen würde.

»Die Fünf? Du erkennst die Fünffaltigkeit an? Ja, seit wann denn, Nialli? Das ist ja ganz was Neues!«

»Nicht als höchste Autorität akzeptiere ich sie, nein, das nicht.«

»Was dann?«

»Ihren Wahrheitsgehalt. Die Weisheit in ihnen. Das überkam mich, als ich im Sumpf lag. Sie gingen in mich ein, Vater. Ich fühlte es. Ich dachte, ich würde sterben, und da kamen sie zu mir. Du weißt ja, ich habe früher an nichts geglaubt. Nun aber glaube ich.«

»Verstehe«, sagte er vage. Aber er begriff ganz und gar nicht. Je mehr sie ihm sagte, desto weniger schien er zu verstehen. Gerade als er begonnen hatte, die Anziehungskraft des Nests zu spüren —und das war teilweise durch Niallis Einfluß geschehen —, wandte sie sich anscheinend davon ab. »Also ist es nicht wahrscheinlich, daß du zum Nest zurückgehst, jetzt, wo du wieder stark bist?«

»Keine Gefahr, Vater. Nicht mehr die geringste Gefahr.«

»Bitte, Kind, sag mir die reine Wahrheit.«

»Es ist die Wahrheit. Du weißt, ich wäre mit Kundalimon gegangen. Aber nun ist alles anders. Ich zweifle an allem, woran ich einst glaubte, und ich glaube an Dinge, die ich früher in Zweifel gezogen habe. Die Welt ist für mich zum Rätsel geworden. Nein, ich muß bleiben und mir hier Klarheit verschaffen, ehe ich irgendwelche Entscheidungen treffe.«

»Ich frag mich, ob ich dir das glauben kann.«

»Ich schwör es dir! Bei jedem Gott, den es gibt! Bei der Königin, Vater!«

Sie streckte ihm die Hand hin, und er nahm sie und hielt sie behutsam fest wie etwas Kostbares.

Dann sagte er: »Wie rätselhaft bist du doch, Nialli! Fast ein so großes Rätsel wie die Hjjks.« Er lächelte sie zärtlich an. »Aber vermutlich werde ich dich nie begreifen. Dennoch, ich glaube, ich fang wenigstens an, die Hjjks ein bißchen zu verstehen.«

»Wirklich, Vater?«

»Da, schau dir das mal an«, sagte er. »Ein erst kürzlich aufgefundener Text. Sehr alt.«

Vorsichtig hob er aus der größeren seiner beiden Schriftkästen eine Pergamentrolle und knüpfte die Schnur auf. Dann legte er die Schrift vor Nialli auf den Tisch.

Sie beugte sich vor und besah es sich. »Wo hat man es gefunden?«

»In meiner Chronikensammlung. Da hat es wahrhaftig die ganze Zeit gelegen. Aber es ist in bengisch geschrieben, einer dermaßen uralten fast unverständlichen Form. Deshalb habe ich mich wenig darum gekümmert. Aber Puit Kjai, als ich ihm sagte, daß ich mich mit hjjkischer Geschichte zu beschäftigen begonnen hätte, schlug mir dann vor, das da unbedingt mal anzusehen. Du weißt ja, er war der Kustos der Beng-Archive, bevor sie an mich überstellt wurden. Nun, er half mir bei der Dechiffrierung.«

Sie legte die Hände über das Manuskript. »Darf ich?«

»Du wirst nicht viel davon haben. Aber ja, mach nur!«

Er sah ihr zu, während sie sich über den Text beugte. Die Lineatur war für sie natürlich völlig unverständlich. Diese uralten Beng-Hieroglyphen waren völlig anders als die jetzt gebräuchlichen Charaktere und gingen einem modernen Begriffsvermögen ganz und gar nicht leicht ein. Aber Nialli schien fest entschlossen, das Problem zu meistern. Ach, sie ist mir doch in vielem verdammt ähnlich, dachte Hresh. Und in so vielen anderen Dingen so ganz und gar fremd.

Sie brummte tonlos vor sich hin, drückte die Finger fester auf, mühte sich, aus dem Blatt einen Sinn zu erschlüsseln. Als ihm schien, sie hätte sich lange genug vergeblich damit abgeplagt, griff er nach dem Skript, um es für sie zu entziffern, doch sie schob ihn weg und arbeitete allein weiter.

Er betrachtete sie, und sein Herz quoll ihm über vor warmer Zärtlichkeit. Er hatte sie schon so oft als verloren aufgegeben, aber da saß sie nun still und friedlich bei ihm in seinem Arbeitsstudio ... wie früher oft, als sie noch klein gewesen war.

Wie entschlossen und intensiv sie sich auf das antike Manuskript stürzte, das entzückte ihn. Er sah eine wiedergeborene Taniane in ihr, und das führte ihn zurück in die Tage seiner Jugend, als er mit Taniane Vengiboneeza durchstöbert hatte, auf der Suche nach den Geheimnissen der Großen Welt.

Aber Nialli war natürlich etwas mehr als nur der Abklatsch ihrer Mutter. Er entdeckte auch den Hresh in ihr. Sie war impulsiv und unstet gewesen, ein nervöses, ein eigenwilliges Kind, genau wie er. Vor der Gefangenschaft bei den Hjjks war sie neugierig und überschwenglich gewesen, aber auch (wie Hresh es war) einsam, psychotisch, von unersättlicher Neugier, unangepaßt ... Wie sehr er sie liebte! Wie tief er mit ihr fühlte!

Sie blickte von der Schriftrolle auf. »Es ist wie eine Sprache, wie man sie im Traum hört. Nichts bleibt lang genug fest, daß ich den Sinn erkennen könnte.«

»So ging es mir zuerst auch. Aber jetzt nicht mehr.«

Sie schob ihm das Skript hin, er legte die Finger darauf, und die seltsamen archaischen Wortgebilde stiegen in sein Bewußtsein herauf.

»Es ist ein Dokument aus den ganz frühen Jahren des Langen Winters«, sagte er. »Alle Stämme des VOLK waren gerade erst in die Kokons gezogen. Und es gab da einige Beng-Krieger, die einfach nicht glauben wollten, daß sie ihr ganzes Leben lang versteckt in Höhlen sollten zubringen müssen. Und einer von denen veranstaltete einen ›Aufbruch‹, um herauszufinden, ob man die äußere Welt zurückerobern könnte. Du mußt dir verdeutlichen, daß dies Tausende Jahre *vor* unseren eigenen drei verfrühten Versuchen eines Auszugs aus dem Kokon stattfand. Die nennen wir heute das ›Kalte Erwachen‹, ›Trugglühen‹ und ›Unselige Morgenröte‹. Der Großteil des Texts fehlt, doch was wir haben, lautet so:

»... und sodann stand ich in dem Eisland, und eine Todesbeklemmnis überkam mein Herz, denn ich erkannte, ich würde nicht leben.

Sodann wandte ich mich und suchte den Ort unseres Volkes, doch konnte ich den Eingang zur Höhle nicht mehr finden. Und sodann kamen welche vom Hjjk-Volk über mich und packten mich an selbiger Stelle, und legten Hand an mich, und schleppten mich hinweg. Ich aber war frei von Furcht, da ich ja schon dem Tod anheimgefallen war, und welcher Tapfere kann mehr als einmal sterben? Es waren ihrer zwanzig und gar grauenvoll ihr Anblick, und sie nahmen mich gewaltsam mit ihren Klauenhänden und brachten mich an jenen warmen dunklen Ort, woselbst sie hausen, und war es dortselbst wie in einem Kokon, nur gewaltig viel größer, und er erstreckte sich unter der Erde, weiter, als ich zu sehen vermochte, und gab es dortselbst zahlreiche große Straßen und Seitengänge, die in jegliche Richtung abzweigten.

Es befand sich aber an diesem Ort auch der Sitz der Groß-Hjjken, welche ein Ungeheuer ist und von ungeheurem, höchst erschrecklichem Übermaß, bei dessen Anblick mir das Blut rückwärts durch die Adern floß. Sie aber berührte meine innerste Seele und mein Herz mit ihrem Zweiten Gesicht und sprach zu mir also: *Siehe, ich schenke dir Frieden und Liebe.* Ich aber fürchtete mich nicht. Denn es war diese Berührung, als ihre Seele meine Seele ergriff, als nähme mich eine Große Mutter in IHRE Arme und an IHR Herz, und es verwunderte mich gewaltig, daß ein so riesenhaft furchtbares Tier mir solche Tröstung bieten konnte. Und abermals sprach sie und sagte: *Zu früh bist du zu MIR gekommen, denn MEINE Zeit ist noch nicht da. Wenn aber die Welt erwachen wird und ein Ort der Wärme sein, dann will ICH euch alle in MEINE Arme schließen.*

Und dies waren alle Worte, die sie zu mir sprach, und fortan hörte ich sie nicht mehr. Ich weilte aber unter diesen Hjjks zwanzig Tag und zwanzig Nächte lang, welche ich höchst sorgsam zählte, und es kamen zu mir und bestürmten mich mit den Stimmen ihres inneren Wachseins Hjjks von geringerem Rang mit zahlreichen Fragen über mein VOLK, und wie wir leben und was unser Glaube ist, und sie sagten zu mir auch etliches, wie ihr Glaube sei, aber dies alles ist nun nur mehr wie ein Nebel in meinem Kopf und war es wohl auch zu der Zeit, da sie mir davon sprachen. Ich aß aber auch von ihrer Speise, welche ein abscheulicher Brei ist, welchen sie vorkauen und dann aus sich herausspucken, auf daß ihre Gefährten ihn nach ihnen noch einmal verzehren, was mich anfangs mit einigem Ekel abstieß, aber später überwältigte mich der Hunger, und so aß ich dennoch von dieser Speise und fand sie weniger widerwärtig, als mancher vielleicht denken mag. Als sie aber abließen, mich zu befragen, sprachen sie zu mir: *Wir wollen dich nun zu deinem Volk heimführen,* und sie führt mich hinaus in bittere Kälte und tödlichen Schnee und brachten mich hinweg bis ...«

Hresh ließ die Schriftrolle sinken.

»Und damit endet es?« fragte Nialli.

»Das Manuskript bricht hier ab. Aber was wir haben, ist doch deutlich genug.«

»Und was schließt du daraus, Vater?«

»Ich vermute, es erklärt, warum die Hjjks Gefangene machen. Sie tun das anscheinend seit Tausenden von Jahren. Allem Anschein nach, damit sie uns studieren können. Aber sie behandeln ihre Gefangenen sorgsam und lassen sie nach einiger Zeit wieder frei, immerhin manche, wie etwa diesen armen Trottel von Bengkrieger, den sie retteten, als er in den Eisfeldern herumirrte.«

»Also deshalb glaubst du inzwischen nicht mehr, daß die Hjjks Ungeheuer sind.«

»Ich habe niemals geglaubt, daß sie Ungeheuer sind«, sagte Hresh. »Feinde, ja. Erbarmungslose, gefährliche

Feinde. Vergiß nicht, ich war dabei, als sie Yissou angegriffen haben. Doch vielleicht sind sie nicht einmal Feinde. Nach all der langen Zeit wissen wir bis heute noch nicht einmal genau, *was* sie sind. Wir haben uns nie die Mühe gemacht, auch nur Ansätze zu ihrem Verständnis zu machen. Wir hassen sie — schlicht und einfach, weil wir nichts über sie wissen.«

»Und sie werden uns wahrscheinlich immer unbekannt bleiben.«

»Ach? Und ich habe gedacht, du verstehst sie.«

»Ich verstehe sehr wenige Dinge, Vater. Ich hab mir vielleicht eingebildet, daß ich es tue. Ich hab mich geirrt. Wer versteht schon, warum die Himmlischen Fünf uns Wirbelstürme schicken, Hitzewellen oder Kälteperioden, oder Hungersnöte? Sie müssen ja doch wohl ihre Gründe dafür haben. Aber wie könnten *wir* uns anmaßen, zu bestimmen, *was* sie sind? Und das gilt auch für die Königin. Sie ist wie eine Kraft aus dem Universum. Es ist unmöglich, SIE zu erfassen und zu begreifen. Ich weiß ein klein bißchen, wie das Nest ist, wie seine Form ist, wie die Atmosphäre ist, wie man dort lebt. Aber das ist bloßes Wissen. Und Wissen heißt nicht Verstehen. Ich habe allmählich erkannt, daß keiner aus dem VOLK auch nur ansatzweise wird verstehen lernen können, was die KÖNIGIN bedeutet. Außer vielleicht jemand — der selbst im Nest war.«

»Aber *du* warst doch dort. Im Nest.«

»Ja, aber nur in einer kleinen Filiale. Was ich dort an Wahrheiten erfuhr, waren Kleinwahrheiten. Aber die Königin-der-Königinnen, die hoch droben im Norden residiert, sie ist die Quelle der wahrhaftigen Offenbarungen. Ich hatte gedacht, sie würden mich ihr zuführen, wenn ich älter geworden wäre; aber statt dessen haben sie mich laufen lassen und hierher nach Dawinno zurückgebracht.«

Hresh blinzelte verwirrt. »Sie haben dich — *laufenlassen?* Uns hast du aber gesagt, du bist geflohen.«

»Nein, Vater, ich bin nicht geflohen.«

»Nicht? Nicht geflohen?«

»Aber natürlich nicht! Sie haben mich freigelassen — genau wie den Beng da in deiner Chronik. Warum auch hätte ich einen Ort verlassen sollen, an dem ich vollkommen glücklich war — zum erstenmal in meinem Leben?«

Die Worte trafen ihn schmerzhaft wie Hiebe. Doch Nialli sprach fröhlich weiter.

»Ich mußte gehen. Freiwillig und aus eigenen Stükken wäre ich niemals dort weggegangen. Egal, ob das Nest nun ein guter oder ein böser Ort ist, eines ist wahr: Solange du drin bist, fühlst du dich höchst sicher und geborgen. Du weißt einfach, du lebst an einem Ort, an dem Zweifel, Ungewißheit und Qual unbekannt sind. Ich habe mich dem vollkommen preisgegeben, mich überantwortet. Mit Freuden. Und wer würde das nicht tun? Aber eines Morgens holten sie mich und erklärten mir, ich sei nun so lange bei ihnen geblieben, wie es nötig sei, und dann brachten sie mich hinaus und verfrachteten mich auf einem Zinnobären bis hierher an die Stadtgrenze und ließen mich dann laufen.«

»Aber du hast uns doch erzählt, du bist ihnen entronnen«, stammelte Hresh wie betäubt.

»Nein. Du und meine Mutter, ihr habt *entschieden*, daß ich ihnen entronnen bin. Wahrscheinlich, weil es euer Vorstellungsvermögen überstiegen hätte zu akzeptieren, daß jemand es vorziehen könnte, im Nest zu bleiben, anstatt hierher zurückzukehren, nach Dawinno in die *Heimat*. Nun, ich habe euch nicht widersprochen. Ich habe überhaupt nichts gesagt. Ihr habt unterstellt, daß ich den Klauen der widerlichen Wanzenmonster entfliehen konnte, wie das der Wunsch einer jeden vernünftigen Person zu sein hat, und ich habe euch in dem Glauben gelassen, weil ich wußte, ihr brauchtet dringend diese Überzeugung, und außerdem fürchtete ich, wenn ich euch irgendwas sagen würde, was der Wahrheit auch nur nahekam, ihr würdet mich für unzurechnungsfähig erklären. Wie hätte ich euch also die Wahrheit sagen können? Wenn jeder Bürger in dieser Stadt glaubt, daß die Hjjks scheußliche raubgierige Dämonen sind, und wenn ihr das seit ewigen Zeiten glaubt, und ich stelle mich dann hin und sage, nein, das ist nicht so, ich habe bei ihnen nur Liebe und Wahrheit gefunden, wer wird mir dann glauben? Wird man mir nicht vielmehr bestenfalls ein bißchen mitleidige Verachtung zuteil werden lassen?«

»Ja. Ja, ich verstehe ...« Die Bestürzung und das elende Versagergefühl wichen allmählich von Hresh. Nialli wartete stumm. Schließlich sagte er, sehr leise: »Ich verstehe, daß du uns belügen *mußtest,* Nialli. Jetzt verstehe ich das. Ich verstehe jetzt eine Menge Dinge besser.« Er verstaute den alten Beng-Papyros, verschloß den Schriftkasten und ließ die Hände auf dem Deckel ruhen. »Wenn ich damals schon gewußt hätte, was ich jetzt weiß, es wäre anders gekommen.«

»Was willst du damit sagen?«

»Die Hjjks. Das Nest.«

»Ich versteh nicht, worauf du hinauswillst.«

»Ich habe inzwischen eine Vorstellung davon, wie das NEST ist. Die gewaltige lebendige Maschine, die es darstellt. Die perfektionierte Planung, nach der sich alles, um die sich alles dreht — um die lenkende Intelligenz — die Königin ... die ihrerseits die Verkörperung der Steuerungskraft im Universum ...«

Nun war es an Nialli, verblüfft zu sein. »Aber — du redest ja fast wie einer, der im Nest war!«

»War ich«, sagte Hresh. »Und das war auch etwas, das ich dir noch sagen mußte.«

Niallis Augen blitzen vor ungläubiger Überraschung. »*Was?* Du warst im *Nest? Du?*« Sie wich zurück, erhob sich und stemmte sich mit beiden Händen gegen die Tischkante. Vor Verblüffung stand ihr der Mund offen. »Was erzählst du mir da, Vater? Soll das vielleicht ein

Witz sein? Die Sache ist aber ganz und gar nicht spaßig.«

Er nahm ihre Hand wieder und sagte: »Ich hab wirklich die kleineren Nester gesehen, wie das, in das du entführt worden bist. Und einmal näherte ich mich dem Hauptnest mit der Großkönigin darin. Doch ich kehrte um, ehe ich es erreicht hatte.«

»Wann? Wie?«

Er lächelte mild. »Nicht wirklich körperlich, Nialli. Ich war nicht real dort. Es geschah mit Hilfe des Barak Dayir.«

»Aber dann *warst* du doch dort!« rief sie und packte ihn erregt am Arm. »Der Barak Dayir gibt dir Wahrvisionen, Vater. Das hast du mir selber gesagt. Du hast in das Nest geschaut! Darum mußt du auch die Nest-Wahrheit kennen. Verstehst du nicht?«

»Verstehe ich? Ich fürchte, ich bin sehr weit von jeglichem Verständnis entfernt.«

»Aber nein!«

Er schüttelte den Kopf. »Vielleicht verstehe ich ein wenig. Aber nur sehr wenig, fürchte ich. Ich begreife vielleicht ein paar Ansätze. Ich hatte nur eine flüchtige Vision, Nialli. Und sie dauerte nur einen Augenblick.«

»Auch ein Augenblick wäre schon genug. Ich versichere dir, Vater, es gibt keine Möglichkeit, mit dem Nest in Berührung zu kommen, ohne die Nest-Wahrheit zu erleben. Und damit weiß man von der Nest-Bindung, dem Ei-Plan, von allem.«

Er forschte in seinem Gedächtnis. »Ich weiß aber nicht, was diese Worte begrifflich bedeuten, nicht so recht jedenfalls.«

»Wir haben vor ganz kurzem davon gesprochen. Als du das Nest eine gewaltige lebende Maschine genannt hast und von der Vollkommenheit seiner Struktur sprachst.«

»Sprich mir davon, sag mir mehr!«

Ihr Gesichtsausdruck veränderte sich. Sie schien tief

in sich selber zu entweichen. »Nest-Bindung«, sprach sie dann mit seltsam hochgeschraubter Stimme, als sagte sie eine auswendig gelernte Lektion auf, »ist das klare Bewußtsein der Beziehung eines jeglichen Dinges im Universum mit allen anderen. Wir sind alle Teile des Nestes, sogar jene unter uns, die nie eine solche Erfahrung gemacht haben, auch die, für die Hjjks furchteinflößende Ungeheuer sind. Denn alles ist in einem einzigen großen Muster miteinander verwoben, welches da ist die unendliche, unbremsbare Energie des Lebens. Die Hjjks sind nur das Medium, der Träger, in denen sich diese Kraft in unserer Zeit manifestiert; und die Königin ist der Leitstrahl in unserer Welt. Das ist Nest-Wahrheit. Und der Ei-Plan ist die Energie, die die Königin zum Ausdruck bringt durch die Hervorbringung eines unablässigen Stromes von Erneuerung. Königin-Licht ist das Glühen ihrer Wärme; Königin-Liebe das Symbol ihrer großen liebevollen Fürsorge für uns alle.«

Von dem plötzlichen Ausbruch von ungewohnter Beredtheit reagierte Hresh verdutzt und wie vom Blitz gestreift. Die Worte waren fast hemmungslos aus ihr hervorgesprudelt, fast als spräche jemand (oder etwas?) anderes durch sie. Ihr Gesicht glühte, die Augen leuchteten vom Feuer absoluter, unerschütterbarer Überzeugung. Sie wirkte wie von einem plötzlichen Anfall visionärer Glaubensglut emporgerissen: Sie flammte geradezu, sie loderte.

Dann flackerte die Flamme, erlosch, und sie war wieder nur Nialli Apuilana. Und genauso durcheinander und beunruhigt wie zuvor.

Sie hockte betäubt und schlaff vor Hresh. Was für ein rätselhaftes Geschöpf sie doch ist, dachte er.

Aber was diese anderen Rätsel betraf, die des Nests — sie waren gewaltig und kompliziert, und er wußte, nur auf diese Weise davon zu hören, würde ihm niemals den wahren Zugang zu ihnen vermitteln können. Er wünschte sich nun, er wäre damals länger verweilt, als er die Barak-Dayir-Reise in das Hjjk-Land unternahm. Er begriff, daß er, sehr bald schon, diese Fahrt erneut unternehmen müsse, um eine viel tiefere Erkenntnis des Nests als beim erstenmal zu erlangen. Er mußte erfahren, was Nialli dort begriffen hatte, und zwar aus erster Hand und direkt. Und sollte ihn diese Erfahrung auch das Leben kosten ... Er fühlte sich sehr müde. Und Nialli wirkte erschöpft. Hresh begriff, daß sie für diesmal am Ende ihres Gespräches angelangt waren und nicht weiterkommen würden.

Doch Nialli war offenbar noch nicht dazu bereit. »Nun?« fragte sie. »Was sagst du dazu? Verstehst du jetzt, was Nest-Bindung bedeutet? Ei-Plan? Königin-Liebe?«

»Nialli, du siehst so erschöpft aus.« Er strich ihr über die Wange. »Du solltest gehen und dich ein bißchen ausruhen.«

»Das werde ich. Aber erst sag mir, daß du verstanden hast, was ich dir gesagt habe, Vater. Und ich hätte es ja eigentlich auch gar nicht sagen müssen, ist es nicht so? Das alles hast du doch bereits gewußt, oder? Du mußt es doch gesehen haben, als du mit deinem Wunderstein ins Nest geschaut hast.«

»Einiges davon, ja. Ein Eindruck von Form, Modellhaftigkeit, universaler Ordnung. Das hab ich gesehen. Aber es ging so rasch ... Und dann floh ich davor. Nest-Bindung — Königin-Licht ... Nein, das sind bloße Worthülsen für mich, ich verbinde keine reale Substanz mit ihnen.«

»Ich glaube, du begreifst mehr, als du annimmst.»

»Es ist nur der Beginn eines dämmernden Verständnisses.«

»Immerhin — ein Anfang.«

»Ja. Ja, wenigstens weiß ich nun, was die Hjjks *nicht* sind.«

»Keine Dämonen, willst du sagen? Keine Ungeheuer?«

»Keine Feinde.«

»Keine Feinde, nein«, sagte Nialli. »Widerstreiter — vielleicht. Aber gewiß keine Feinde.«

»Eine sehr subtile kritische Begriffsnuance.«

»Aber eine faktengerechte, Vater.«

Thu-Kimnibol war endlich wieder daheim. Die Fahrt nach Süden war rasch vonstatten gegangen, wenn auch längst nicht schnell genug für ihn, dafür aber ohne Zwischenfälle. Jetzt stapfte er durch die großen verlassenen Räume seiner prächtigen Villa in Dawinno und entdeckte sie sozusagen neu und machte sich nach der langen Abwesenheit wieder mit seinem Heim und seinen Besitztümern vertraut. Es war niemand bei ihm, als er von einem hallenden Raum zum nächsten schritt und hier und dort innehielt, um die Objekte in den Schaukästen zu begutachten.

Überall schwebten Phantome und Gespenster. Denn die Sammelgegenstände hatten ja eigentlich Naarinta gehört; *sie* hatte zum großen Teil die antiken Schätze, von denen diese Räume überquollen, zusammengetragen und sie geordnet: die Brocken von Skulpturen aus der Großwelt, Architekturfragmente, seltsam verbogenen, verdrehte Metallgegenstände, deren Verwendungszweck man wahrscheinlich niemals würde erschließen können. Während er die Sammlung betrachtete, begann sein Sensor zu kribbeln, und er spürte, wie das ungeheure Alter dieser angeschlagenen, verbeulten Artefakte sich um ihn verdichtete, ihn stark und lebendig zu bedrängen begann, in fremdartigen Energieströmen pulste und vibrierte, so daß seine Villa ihm wie ein Totenhaus vorkam, und dabei war sie doch erst vor einem Dutzend Jahren erbaut worden.

Es war noch früh am Tag, kaum Stunden nach seiner Ankunft. Aber er hatte keine Zeit verloren, seine Kriegsvorbereitungsmaschinerie in Gang zu setzen. Für den Nachmittag hatte er einen Termin bei Taniane; zunächst aber hatte er Läufer ausgeschickt an Si-Belimnion, Kartafirain, Maliton Diveri und Lespar Thone: allesamt Männer mit Macht, Männer seines Vertrauens. Er wartete voll Ungeduld auf ihr Erscheinen. Es war nicht angenehm, hier so allein zu warten. Er hatte nicht damit gerechnet, wie schmerzhaft es sein würde, in ein leeres Haus zurückzukehren.

»Deine Gnaden?« Es war Gyv Hawoodin, sein Majordomus, ein betagter Mortiril, der seit Jahren in seinen Diensten stand. »Deine Gnaden, Kartafirain und Si-Belimnion wären da.«

»Schick sie rauf! Und dann bring uns Wein!«

Er umarmte die Freunde feierlich. Ein feierlicher Ernst schien überhaupt der passende Gesamttenor für diesen Tag zu sein: Si-Belimnion trug einen dunklen Umhang von trübseliger, geradezu begräbnishafter Düsterkeit, und sogar der sonst übersprudelnd fröhliche Kartafirain wirkte heute bedrückt und übellaunig. Thu-Kimnibol reichte ihnen den Wein, und sie leerten ihre Becher, als wäre es Wasser.

»Du wirst es nicht glauben, was sich hier während dein Abwesenheit getan hat«, begann Kartafirain. »Die gemeine Plebs singt Hymnen auf die Hjjk-Königin. Sie versammeln sich in Kellern, und kleine Kinder predigen ihnen einen verrückten Katechismus.«

»Die Hinterlassenschaft dieses Gesandten Kundalimon«, brummte Si-Belimnion und stierte trübselig in seinen Becher. »Husathirn Mueri hat uns ja gewarnt, daß der Kerl ein Jugendverderber ist, und das war er dann ja auch. Was für ein Jammer, daß er nicht früher umgebracht wurde.«

»Und es war Curabayn Bangkea, der ihn erledigt hat?« fragte Thu-Kimnibol.

Mit einem Achselzucken antwortete Kartafirain: »Der Wachhauptmann, ja. Jedenfalls sagt man das allgemein. Aber den hat auch jemand umgebracht. Am selben Tag.«

»Ich hab droben im Norden davon gehört. Und wer hat ihn beseitigt, was meint ihr?«

»Höchstwahrscheinlich die Person, wer immer das war, die ihn angestiftet hat, Kundalimon umzulegen«, sagte Si-Belimnion. »Damit der nicht reden kann, zweifellos. Keiner weiß, wer es gewesen sein könnte. Ich hab zwanzig verschiedene Hypothesen gehört, allesamt völlig absurd. Auf jeden Fall sind die Ermittlungen zunächst einmal fast eingeschlafen. Alles dreht sich nur noch um diese neue Religion.«

Thu-Kimnibol starrte ihn verblüfft an. »Ja, aber unternimmt denn Taniane nichts, um das auszumerzen? Ich hab da doch sowas gehört.«

»Es ist leichter, einen Waldbrand im Hochsommer zu löschen«, sagte Kartafirain. »Das hat sich rascher ausgebreitet, als die Wachtruppe ihre Kapellen schließen konnte. Und Taniane hat dann schließlich entschieden, daß es zu riskant sein würde, die neue Religion mit Stumpf und Stiel auszurotten. Es hätte zu einem Volksaufstand kommen können. Das niedere Volk beteuert lautstark, wie segensreich die Lehren der Königin sind. Sie ist ihre Trösterin und ihr Lustobjekt, so singen sie in ihren Gebeten. Das Licht und der Weg. Und sie glauben, alles hier bei uns wird Liebe-Frieden-Honigschlekken sein, sobald nur erst einmal diese bezauberndsanftmütigen Hjjks unter uns weilen.«

»Es ist nicht zu fassen!« murmelte Thu-Kimnibol. »Völlig unbegreiflich!«

»Ha! Es gab Liebe und Friedfertigkeit massenhaft in jenen Tagen, da unsere Vorfahren im Kokon hausten«, rief Maliton Diveri, der gerade in den Saal gekommen war. »Vielleicht ist es ja das, was sie in Wahrheit anstreben. Das Leben als Städter völlig abstreifen, in einen Kokon zurückkehren und ihre Tage mit Schlafen hinter sich zu bringen, oder mit Fußringen, oder wie das sonst heißt, und dem unentwegten Kauen von Samtbeeren! Pfui! Es widert mich wirklich an, wie unsere Stadt verkommen ist, Thu-Kimnibol! Und dir wird es ebenso gehen.«

»Der Krieg wird all diesen Torheiten ein Ende machen«, sagte Thu-Kimnibol scharf.

»Der — Krieg?«

»Ich habe in all den verflossenen Monden unentwegt mit König Salaman konferiert. Es ist mein Eindruck, daß er glaubt, es herrsche Unruhe und Verärgerung unter den Hjjks, daß unsere Nichtakzeptanz ihres Vertragsangebots sie vor den Kopf gestoßen hat und daß sie uns alle demnächst mit Krieg überziehen werden. Der erste Schritt wird ein Angriff auf Yissou sein, noch in diesem Jahr. Aber wenn das Präsidium zustimmt und den Vertrag ratifiziert, werden wir brüderlich verpflichtet sein, ihm in diesem Fall zu Hilfe zu kommen.«

Maliton Diveri sagte glucksend: »Also, der Salaman, der hat ja schon seit dreißig Jahren unentwegt Angstträume von einer Invasion der Hjjks. Hat er nicht deswegen Yissou hinter seiner grotesken Mauer versteckt? Aber die Invasion — die findet nie statt. Was bringt ihn dazu anzunehmen, daß sie ausgerechnet jetzt kommen wird? Und wieso meinst du, daß er recht hat?«

»Ich habe gute Gründe für diese Überzeugung«, antwortete Thu-Kimnibol.

»Und dann, was?« fragte Si-Belimnion. »Wird diese unsere plötzlich so hjjk-liebende Stadt, wie die Dinge nun mal grad laufen, auch nur einen Finger rühren zur Rettung von Yissou, das schließlich ziemlich weit weg ist?«

»Wir werden ein wenig nachhelfen müssen, damit sie einsehen lernen, wie wichtig es für uns ist, daß wir uns in diesem unsrem neuen Pakt bündniskonform verhalten«, sagte Thu-Kimnibol ruhig. »Wenn es nämlich einen Angriff geben sollte — und Salaman besiegt die Hjjks ohne unsere Hilfe, dann wird er Vengiboneeza und die Gebiete nördlich davon für sich beanspruchen. Und dürfen wir ihm erlauben, das alles zu schlucken?

Wenn andererseits Yissou den Hjjks in die Hände fällt, dann wird es nicht lange dauern, und wir sehen ganze Wanzenarmeen durch unser eigenes Territorium marschieren. Und das ist ja noch weniger angenehm. Wir werden den Leuten hier in unserer Stadt das klarmachen. Sie werden begreifen müssen, daß eine hjjkische Invasion Yissous ein aggressiver kriegerischer Akt gegen alle aus dem VOLK und in jeglicher Stadt wäre. Es wird ja doch sicher nicht jeder hier bei uns inzwischen ein Anbeter der Königin geworden sein. Wir werden genügend loyale Bürger finden. Die anderen können — wenn sie so wollen — ja daheimbleiben und zu ihrer neuen Göttin beten. Wir aber werden nordwärts marschieren und dieses Nest zerstören.«

»Das Nest zerstören?« fragte Lespar Thone, Er war unter allen Prinzen der vorsichtigste, denn er war ein Mann von beträchtlichem Besitz, was ihn ehrenwert machte und zu bedächtig-vorsichtigem Verhalten zwang. »Und du meinst, das würde so leicht sein? Die Hjjks haben uns gegenüber eine zehnfache Übermacht, ja vielleicht eine hundertfache. Und sie werden kämpfen wie die Teufel, die sie sind, um zu verhindern, daß wir auch nur in die Nähe ihres Nestes kommen. Wie sollen wir denn mit einer derartigen Übermacht fertigwerden?«

»Ich erlaube mir, dich daran zu erinnern, daß ich ihrer Übermacht bereits einmal gegenüberstand«, schnarrte Thu-Kimnibol. »Wir haben die Hjjks vor langer Zeit schon einmal hinweggefegt, in der Schlacht um Yissou ... Wir werden sie auch diesmal wieder vernichtend schlagen.«

»In der Schlacht um Yissou hatte das VOLK aber Unterstützung durch so ein Waffensystem aus der Großen Welt, war es nicht so?« bemerkte Lespar Thone.

Thu-Kimnibol warf ihm einen giftigen Blick zu. »Du redest wie Puit Kjai. Oder wie Staip. Wir haben diesen Kampf aus eigner Kraft und Mannhaftigkeit gewonnen.«

»Aber Hresh hatte doch irgend so ein altes Ding, das euch dabei ziemlich nützlich war, so hab ich es jedenfalls sagen hören«, bohrte Lespar Thone weiter. »Manchmal ist es halt mit kämpferischem Mut und Mannestugend nicht getan, mein guter Thu-Kimnibol. Und angesichts einer dermaßen gewaltigen Hjjk-Horde, die verzweifelt entschlossen ist, ihre Königin zu verteidigen ...«

»Worauf willst du eigentlich hinaus?«

»Auf das gleiche wie Husathirn Mueri, als wir diesen ganzen Komplex im Präsidium behandelten. Ehe wir die Hjjks relativ sicher vor eignem Schaden angreifen können, brauchen wir ein paar neue Waffensysteme.«

»Vielleicht könnte das Zeug, das man vor kurzem draußen im Land entdeckt hat, den Zweck erfüllen«, sagte Kartafirain.

Alle schauten zu ihm hinüber.

»Da mußt du mich erst ein bißchen genauer informieren«, sagte Thu-Kimnibol.

»Also, die Geschichte ist irgendwie aus dem Haus des Wissens durchgesickert. Aber ich glaube, dahinter steckt was Brauchbares. Also anscheinend hat es während dieser — windigen Zeit im Emakkis-Tal einen gewaltigen Erdrutsch gegeben, und irgend so ein Bauerntrottel, der auf der Suche nach seinen verirrten Viechern war, stolperte dabei über den Eingang zu einem Schacht, der in einen Berg führte. Und dort fand er gewisse antike Artefakte. Inzwischen hat man sie ins Haus des Wissens gebracht. Ein Mitglied des Hresh-Teams ist überzeugt, daß es sich um Kriegsgerät aus der Zeit der Großen Welt handelt, oder doch immerhin um Zerstörungsmechanismen. Diese Information habe ich von einem Vertrauensmann, der dort arbeitet, einem Koshmari. Er heißt Plor Killivash. Seine Schwester steht in meinen Diensten.«

Thu-Kimnibol schoß ein triumphierendes Lächeln in Richtung Lespar Thole. »Da hast du es! Wenn sich das als nur halbwegs fundiert erweist, haben wir doch genau, was wir brauchen.«

Si-Belimnion sagte: »Es heißt, daß Hresh der Idee eines Krieges gegen die Hjjks ziemlich abgeneigt ist. Vielleicht verweigert er die Kooperation.«

»Abgeneigt oder nicht, der Krieg kommt. Und er wird uns helfen.«

»Wenn er sich aber weigert?«

»Er ist mein Bruder, Si-Belimnion. Er wird mir nicht staatswichtige Informationen vorenthalten.«

»Trotzdem«, fuhr Si-Belimnion beharrlich fort, »vielleicht solltest du erwägen, einen von Hreshs Mitarbeitern anzusprechen, anstatt ihn selbst. Diesen Plor Killivash beispielsweise. Ich brauche ja wohl nicht gerade dir zu sagen, wie unberechenbar Hresh sein kann.«

»Ein guter Punkt. Wir werden an ihm vorbeimanövrieren. Kartafirain, könntest du noch so eine kleine Unterhaltung mit deinem Freund im Haus des Wissens arrangieren?«

»Will sehen, was sich machen läßt.«

»Ja, und sieh zu, daß es funktioniert. Diese Wunderwaffen sind genau, was wir brauchen. Natürlich, falls es wirklich Waffen sind.« Thu-Kimnibol goß die Weinschalen erneut voll und trank dann genüßlich. Nach einer Weile sagte er: »Es beunruhigt mich, daß Taniane nicht bereit war, gegen diesen neuen Kult der Hjjk-Verehrung vorzugehen. Und sagt mir bloß nicht, daß sie inzwischen so sehr in die Königin verliebt ist wie ihre Tochter!«

Kartafirain lachte. »Kaum. Sie verabscheut sie so abgründig wie du.«

»Ja, aber warum erlaubt man denn dann, daß diese Bethäuser so florieren?«

»Es stimmt schon, was Kartafirain gesagt hat«, meldete sich Si-Belimnion. »Sie fürchtete einen Volksaufstand, wenn die Geschichte weiter unterdrückt worden wäre.«

»Früher hat es Taniane nie an dem nötigen Mut gefehlt.«

»Du wirst feststellen, daß sie sich sehr verändert hat«, sagte Si-Belimnion. »Sie wirkt alt. Man sieht sie kaum noch im Präsidium, und wenn sie schon mal erscheint, sagt sie kaum etwas.«

»Ist sie krank?« fragte Thu-Kimnibol und dachte dabei an Naarinta.

»Müde, hauptsächlich. Müde und betrübt. Sie ist schon länger Häuptling, als die meisten von uns an Jahren zählen, guter Freund, und das Amt und seine Bürden haben sie schwer gezeichnet. Und nun muß sie auch noch erleben, daß ihr die Stadt unter den Händen zerfällt.«

»Aber so schlimm kann es doch nicht sein!«

Si-Belimnion lächelte ihn trübe an. »Eine bizarre neue Religion grassiert unter der Bevölkerung. Ihre eigene Tochter hat sich in unverständliche Phantastereien verstiegen. Auf den Straßen wird sie von der Menge bedroht, und man fordert ihre Abdankung — Hitzköpfe aus meinem eigenen Stamm überwiegend, wie ich mit Scham bekenne. Und es regnet und regnet immerfort weiter, wie man das hier noch nie gesehen hat. Taniane glaubt, die Götter haben sich gegen uns gewandt, und sie glaubt, ihr eigenes Ende kann nicht mehr weit sein.«

Thu-Kimnibol blickte Kartafiraun an. »Ist das wahr?«

»Sie ist stark verändert. Und ich glaube, nicht zum Besseren.«

»Unglaublich. Nicht zu fassen. Nie gab es eine vitalere Person als diese Frau. Aber ich will mit ihr reden. Ich will ihr aufzeigen, daß der Krieg unsere Rettung bedeuten wird. Sie wird sich wieder jung fühlen, sobald wir losmarschiern, um die Hjjks zu zerschmettern!«

»Es ist möglich, daß sie, was den Krieg betrifft, gegen dich stimmt«, warf Maliton Diveri ein.

»Meinst du?«

»Husathirn Mueri ist in letzter Zeit einer ihrer engsten Vertrauten. Und du weißt ja, Thu-Kimnibol, daß er konstant die Gegenposition zu allem einnimmt, was du vertrittst. Bist du für den Krieg, stimmt er gewiß dagegen. Er plädiert immer noch dafür, daß wir beobachten und abwarten sollen, nichts unternehmen, unsere Kräfte sammeln. Und im Präsidium wird er garantiert gegen deine Allianz mit Salaman auftreten.«

Thu-Kimnibol spuckte. »Husathirn Mueri! Dieses schlüpfrige Gespenst! Wie kann Taniane bloß so einem Kerl ihr Vertrauen schenken?«

»Wer hat gesagt, daß sie ihm vertraut? Nein, dazu ist sie viel zu klug. Aber sie hört auf ihn. Und ich garantiere dir, er wird ihr gegen jegliche Militäraktion raten, wenn du sie vorschlägst. Möglicherweise kriegt er sie sogar herum.«

»Darum wird man sich kümmern müssen«, grollte Thu-Kimnibol.

Trotz der Vorwarnungen war er bestürzt über die Verwandlung, die seit dem Sommer mit Taniane geschehen war. Sie sah aus, als wäre sie hundert Jahre alt. Es war kaum zu glauben, daß dieses trübäugige, stumpffellige Weib der wilde hitzige Häuptling sein sollte, der so viele Dekaden lang diese Stadt mit starker Hand regiert hatte. Die grotesken Masken der früheren Häuptlinge an der Wand hinter ihr schienen Tanianes müde Schlaffheit höhnisch zu unterstreichen. Thu-Kimnibol schämte sich beinahe, daß er selber so vital und stark war.

»Endlich«, sagte sie. »Ich hab schon geglaubt, du kommst überhaupt nicht mehr zurück.«

»Die Verhandlungen mit Salaman waren kompliziert. Und sie erforderten ziemlich viel taktvolle Planung. Außerdem hat er sich enorm bemüht, mir den Aufenthalt so angenehm wie möglich zu machen.«

»Ein seltsamer Mann, dieser Salaman. Ich hätte eher erwartet, daß er dich noch immer haßt.«

»Ich zunächst auch. Aber das alles sind inzwischen

alte Geschichten. Er war ausgesprochen lieb und freundlich.«

»Salaman? Lieb und freundlich?« Taniane brachte ein blasses Lächeln zustande. »Nun ja, vielleicht. Sogar die Hjjks, sagt man, können lieb und freundlich sein.« Sie sank in ihren Sessel zurück. Mit einer Stimme, die aus einer tiefen Gruft zu dringen schien, sprach sie dann: »Hier hat sich inzwischen eine Art Wahnsinn ausgebreitet, mein Thu-Kimnibol. Ich habe fast keine Kontrolle mehr über die Dinge. Ich brauche alle Hilfe, die du mir geben kannst.«

»Ich hab dich noch nie dermaßen verzagt erlebt, Schwester.«

»Du hast von dieser neuen Religion gehört? Diesem Kundalimon-Glauben?«

»Hjjk-Glauben, meinst du wohl.«

»Ja. In Wahrheit läuft es auf das hinaus.«

»Die Herbstkarawane hat uns darüber einiges berichtet.«

»Die Anhänger dieses Glaubens — und es sind ihrer Hunderte, Thu-Kimnibol, vielleicht Tausende! — bedrängen mich, diesen Vertrag mit der Königin zu akzeptieren. Jeden Tag überhäufen sie mich mit Petitionen. Sie marschieren zu Demonstrationen vor dem Präsidium auf. In der Öffentlichkeit, auf den Straßen brüllen sie mich an. Ich sage dir, dieser junge Mann hat in den paar Wochen, die er unter uns weilte, die Köpfe unserer Kinder mit einem Gift verseucht. Bei den Göttern, Thu-Kimnibol, ich sag dir, ich wünschte, man hätte ihn eher umgebracht!«

Beunruhigt sagte er: »Aber du hast doch sicher nichts mit seinem Tod zu tun gehabt, Taniane?«

In ihren Augen blitzte kurz das alte Feuer auf. »Nein! Natürlich nicht! Ganz und gar nicht! Bin ich etwa eine Mörderin? Ich hatte keine Ahnung, daß der Junge einen derartigen Schaden anrichten würde. Außerdem war er der Geliebte von Nialli. Glaubst du etwa, ich hätte ihn deswegen beseitigen lassen wollen? Nein, Bruder, ich hatte damit nichts zu tun. Und ich wünschte, ich wüßte, wer das getan hat.«

»Er war ihr — Geliebter?« fragte Thu-Kimnibol erschüttert.

»Ja, hast du das denn nicht gewußt? Sie waren Kopulationspartner und überdies auch noch Tvinnr-Partner. Ich dachte, das ist inzwischen allgemein bekannt.«

»Ich war mondelang fort, Schwester.«

»Aber du scheinst sonst über alles gut unterrichtet zu sein, was sich hier abspielte.«

»Ihr Geliebter«, wiederholte Thu-Kimnibol, der diese Vorstellung noch immer nicht verdaut hatte. »Also, daran hätte ich nie gedacht. Aber wie plausibel das plötzlich wird! Kein Wunder, daß sie den Verstand verloren hat, als er getötet wurde.« Er schüttelte den Kopf. Die Vorstellung, daß seine Brudertochter sich überhaupt einen Geliebten nehmen könnte, nachdem sie sich die ganze Zeit dermaßen erhaben über derlei gegeben hatte, war befremdlich genug. Daß sie sich dann aber ausgerechnet diesen verträumten Hjjk-Zögling auserwählen mußte ... Das sieht ihr wirklich ähnlich, dachte er. Und daß der sich dann auch noch umbringen lassen muß. Wie traurig. »Die Götter waren nicht sehr freundlich zu dem Mädchen«, sagte er. »Es scheint irgendwie nicht gerecht, daß jemand so Junges dermaßen viel Erschütterungen erleben muß. Ich nehme an, sie hat sich nun fest dieser neuen Religion verschrieben?«

»Nicht daß ich wüßte. Wenn alles mit rechten Dingen zuginge, dann müßte das wohl so sein. Aber man berichtet mir, daß sie immer nur in ihrem Zimmer im Nakhaba-Haus sitzt und kaum je ausgeht. Auch ich sehe sie nicht sehr oft, verstehst du?« Taniane lachte bitter. »Begreifst du nun, was hier los ist? Mein eigenes Kind ist mir so fremd geworden, als wäre sie eine Hjjk. Mein Lebenspartner versteckt sich wie üblich im Haus des Wissens und vergräbt sich völlig in Wichtigkeiten, die zehn

Millionen Jahre alt sind. Mein Volk blökt mich an, ich solle einen Vertrag unterschreiben, der unser Ende bedeutet. Es wurden Stimmen laut, die sogar meinen Rücktritt fordern, hast du davon gehört, mein Thu-Kimnibol? ›Du bist schon viel zu lang im Amt‹, sagen sie mir, fast direkt ins Gesicht. ›Es wird Zeit, daß du Platz machst!‹ ... Bei den Göttern, Thu-Kimnibol, ich wünschte, ich dürfte mir wünschen, das zu tun!«

»Taniane — meine liebe arme Taniane ...«, begann er mit seiner sanftesten Stimme.

Ihre Augen begannen zu lodern. »Wie kannst du es wagen, so mit mir zu sprechen! Ich brauche dein Mitgefühl nicht! Ich brauche überhaupt kein Mitleid! Von niemandem!« Und weniger scharf setzte sie hinzu: »Ich brauche Unterstützung. Begreifst du nicht, wie isoliert ich hier bin? Wie hilflos? Und erkennst du nicht, was für Belastungen wir ausgesetzt sind? Was hast du mir sonst noch zu bieten, Thu-Kimnibol, außer Mitleid?«

»Ich kann dir einen Krieg bieten«, sagte er.

»Einen — Krieg?«

»Falls das Präsidium die Ratifizierung vornimmt, haben wir bald einen Allianzpakt mit der Yissou-Stadt. Damit wären wir verpflichtet, Salaman zu Hilfe zu kommen, wenn seine Stadt von den Hjjks angegriffen werden sollte; und ich kann dir versichern, es bestehen gar keine Zweifel daran, daß Yissou und die Hjjks in Kürze, und zwar sehr bald, im Kriegszustand sein werden. Und damit dann auch wir. Und danach wird es hier in unserer Stadt Hochverrat sein, etwas Hjjk-Freundliches zu äußern, denn dann sind sie offiziell der Feind. Und damit wäre dann dem ganzen Gequassele ein Ende gemacht, daß wir das Vertragsangebot der Königin annehmen sollen. Und auch dieser verderblichen neuen Religion, die da mitten unter uns frech ihr Haupt erhebt. Und auch allen anderen Sorgen, die du hast, Schwester. Was sagst du dazu? Na? Wie findest du das?«

»Darüber möchte ich gern erst noch etwas mehr wissen«, sagte Taniane. Und Thu-Kimnibol hatte den Eindruck, als wären in einem Augenblick die lastenden Schuppen vieler Jahre von ihr abgefallen.

»Na, da sind wir ja allesamt endlich mal wieder beisammen!« rief Boldirinthe. »Du warst aber wirklich scheußlich lang weg, Simthala Honginda! Wie ergötzlich, daß ihr endlich alle wieder hier unter uns seid!«

Und es war wirklich ein Freudentag für die alte Opferfrau, daß ihr ältester Sohn aus dem Norden heimgekehrt war. Und sogar der endlos herabprasselnde Regen hatte für eine Weile nachgelassen. Zum erstenmal seit Monden war ihre gesamte Familie um sie versammelt — daheim, in dem warmen gemütlichen Nest auf dem Hügel, das sie mit Staip bewohnte: ihre drei Söhne nebst Partnern, ihre Tochter mit ihren Partnern ... und die ganze Trabantenschar ihrer Enkelkinder. Boldirinthe ruhte gemütlich in ihren Fettmassen, wohlig eingehüllt in ihrem gewaltigen Leib wie in einem Hügel von Dekken, und sie kamen alle nacheinander zu ihr, um sich umarmen zu lassen. Nach der Embrassade hievte man sie hoch und schleppte sie zu Tisch, wo dann auch bald das Essen und der Wein gebracht wurden. Es gab als Hors-d'œuvre gegrillte Scantrine, die kleinen saftigschenkligen Tierchen aus der Bucht, nicht ganz Fisch und nicht ganz Echslein, irgendwo so mitten drin; und danach gewaltige Schüsseln voll dampfender Kivvinfrüchte; und als Krönung ein Vimborbraten in Teigkruste und dazu Ströme von dem guten dunklen Emakkis-Wein, um das alles hinunterzuspülen. Und nach dem Schmaus sangen sie und erzählten alte Geschichten, und Staip — wie er das bei solchen Anlässen stets tat — erging sich in langwierigen Erinnerungen an die erschröckliche Not, die das VOLK auf seinen Wanderungen nach dem Auszug aus dem Kokon nach Vengiboneeza erdulden mußte, und von Vengiboneeza in die Südlande ... und irgendeiner der Enkel sagte ein Gedicht auf, das er verfaßt hatte, und eine Enkelin klimperte ein Musikstück auf dem Serilingion ... Und der Wein floß reichlich, und es herrschte allgemein Lachen und Fröhlichkeit. Doch es fiel Boldirinthe auf, daß ihr Junge, zu dessen Ehren das alles veranstaltet wurde, daß Simthala Honginda ziemlich schweigsam dasaß, ab und zu pflichtschuldig lächelte und daß es ihn allerhöchste Anstrengung kostete, den Vorgängen ringsum auch nur flüchtig-freundliche Aufmerksamkeit zu schenken.

Leise sagte sie zu der Gefährtin ihres Sohnes, Catiriil, die neben ihr hockte: »Aber er redet ja so gar nicht. Was meinst du, was ist mit ihm los?«

»Vielleicht fällt es ihm nur schwer, sich daheim wieder einzugewöhnen, nach solch einer langen Reise.«

Boldirinthe runzelte die Stirn. »Schwerfallen? Wieder daheim zu sein, bei seiner Mamma? Kindchen, wie könnte er? Er ist wieder bei seiner Familie, na und bei dir und seinem Sohn und seiner Tochter — er ist daheim, in unserm wunderbaren Dawinno, und nicht mehr in Salamans elendigem dumpf-kalten Yissou. Aber wo ist seine Fröhlichkeit geblieben? Seine Lustigkeit? Das ist überhaupt nicht der Simthala, wie ich ihn kenne!«

»Ich auch nicht ...«, flüsterte Catiriil. »Er führt sich auf, wie wenn er noch immer weit weg in einem fernen Land wäre.«

»Und so ist er schon den ganzen Tag?«

»Von Anfang an. Gleich als heute früh die Karawane eintraf. Im Morgengrauen. Ach doch, er hat mich freundlich genug begrüßt und umarmt und hat mir gesagt, wie sehr ich ihm gefehlt habe, und er hat natürlich Geschenke für mich und die Kinder rausgeholt, und er hat von dem unangenehmen Ort erzählt, an dem er war, und darüber geredet, wie schön es hier in Dawinno ist, trotz dieses endlosen Regens. Aber das waren nichts weiter als bloße Worte. Kein Funken Gefühl dahinter.«

Dann, mit einem Lächeln: »Es kann nur so sein, daß Thu-Kimnibol ihn einfach zu lang in dieser kalten Stadt Salamans festgehalten hat und daß die Kälte ihm ins Herz gedrungen ist. Aber gib mir ein, zwei Tage, Mutter Boldirinthe, dann taue ich ihn schon wieder auf. Mehr wird nicht nötig sein.«

»Geh jetzt zu ihm«, befahl Boldirinhte. »Setz dich zu ihm und gieß ihm Wein ein, und sorg dafür, daß sein Becher nie leer ist. Hast mich verstanden, Kindchen, ja? Du weißt schon ...«

Catiriil nickte und drängte sich durch den Raum hinüber an die Seite ihres Gefährten. Boldirinthe nickte beifällig. Solch ein liebes, sanftes Kind, diese Catiriil, so gut und in jeder Beziehung so angenehm, und eine hervorragende Partie für ihren etwas grobgeschliffenen Jungen. Und schön war sie noch dazu, so schön wie seinerzeit ihre Mutter Torlyri es gewesen war, mit dem gleichen üppigen schwarzen Pelz und den auffallenden weißen Spiralzeichnungen. Und den gleichen heißen dunklen Augen. Torlyri war allerdings sehr groß gewesen, und Catiriil war klein und zart, aber an manchen Tagen, wenn sie die Partnerin ihres Sohnes aus dem Augenwinkel sah, bekam Boldirinthe das Gefühl, als sähe sie die von den Toten wiedergekehrte Torlyri, und das brachte sie dann oft recht durcheinander. Und Catiriil besaß außerdem auch noch den sanften liebevollen Charakter Torlyris. Wie merkwürdig, überlegte sich Boldirinthe, daß Catiriil so vielfältig liebreizend und angenehm war ... und daß es einem dermaßen schwerfiel, ihren Bruder, Husathirn Mueri, zu mögen ...

Catiriil gab sich die größte Mühe, Simthala Honginda zu lockern und aufzuheitern. Sie hatte ein Grüppchen um ihn geschart — seinen Bruder Nikilain und Nikilains Gefährtin Pultha, die ein Born unerschöpflichen Lachens und übersprudelnder Fröhlichkeit war, und Timofon, seinen engen Freund und Jagdkameraden, den Partner seiner Schwester Leesnai. Sie scherzten mit

Simthala, neckten ihn freundlich, richteten alle Liebe und Aufmerksamkeit auf ihn. Na, also wenn die Truppe meinen Simthala Honginda nicht aus seiner Trübsal loseisen kann, dachte Boldirinthe, dann schafft das niemand. Aber anscheinend funktionierte es.

Auf einmal war Simthalas Stimme deutlich über dem Singen und fröhlichen Geschnatter vernehmbar.

»Soll ich euch mal 'ne Geschichte erzählen?« fragte er mit einer seltsam hochgespannten Stimme. »Bisher habt ihr lauter schöne Geschichten erzählt ... Also gut, jetzt will ich euch eine erzählen ... oder gleich ein paar.« Er goß den Rest aus seinem Becher hinab und sprach weiter, ohne auf Zustimmung oder Ablehnung zu warten. »Es lebte einmal in den Bergen im Osten von Vengiboneeza ein Vogel mit einem Leib, aber zwei Köpfen. Du hast den Vogel nie gesehen, Vater? Hab ich mir fast gedacht. Aber hier habt ihr die Geschichte. Also, es scheint, daß eines Tages einer der Köpfe bemerkte, wie der andere Kopf mit großem Wohlbehagen eine süße Frucht verzehrte, und er wurde von Neid erfaßt und sprach zu sich selber: Nun, so will ich denn Giftbeeren essen. Und das tat er, der Kopf, und dann starb der ganze Vogel.«

Es war auf einmal vollkommen still im Raum. Ein paar halbherzige Ansätze zu einem Lachen, aber sie erstarben fast sofort wieder.

»Meine Geschichte hat euch gefallen, was?« schrie er. »Noch eine? Moment, Moment, erst brauch ich noch einen Schluck Wein.«

Catiriil sagte: »Vielleicht bist du müde, Liebster. Wir könnten doch ...«

»Nein!« sagte er, füllte seinen Becher und trank ihn sogleich wieder leer. »Noch eine Geschichte ... die Geschichte von der Schlange, bei der ihr Kopf und ihr Schwanz in Streit gerieten, wer vorn sein soll. Der Schwanz sagte, du bist immer vorn und gibst die Richtung an. Das ist nicht fair. Jetzt laß mich mal 'ne Weile führen. Und der Kopf antwortete: Wie könnte ich denn meinen Platz mit dir tauschen? Die Götter haben nun mal *mich* zum Kopf bestimmt. Aber der Streit ging immer weiter und weiter, bis der Schwanz sich zornig um einen Baumstrunk schlang, so daß die Schlange nicht mehr vom Fleck kam. Schließlich gab der Kopf nach und ließ den Schwanz vorausgehen. Daraufhin fiel die Schlange in eine Feuergrube und starb elendiglich. Und die Moral von der Geschicht: Es gibt eine natürliche Ordnung der Dinge, und wenn diese Ordnung gestört ist, treibt alles in den Ruin.«

Das Schweigen war diesmal noch gespannter.

Staip hob den Hintern halb von seinem Sessel, schaute zu seinem Sohn hinüber und sagte: »Ich glaube, Sohn, du solltest jetzt vielleicht deinen Weinbecher umdrehen. Was meinst du dazu?«

»Was ich dazu meine? Ich meine, daß ich noch lang nicht genug getrunken habe, Vater! Aber anscheinend magst du meine Geschichten nicht. Ich hab geglaubt, sie würden dir gefallen, aber es scheint, ich hab mich geirrt. Also gut, keine Geschichten mehr. Nur noch klare grobe Rede. Direkt und ohne Schnörkel. Wollt ihr was über unsere Fahrt nach Norden hören? Wollt ihr wissen, was unsere Gesandtschaft in Salamans Königsstadt erreicht hat?«

Leise sagte Catiriil: »Du bringst deine Mutter durcheinander, merkst du das nicht? Das willst du doch nicht. Sieh nur, wie blaß sie geworden ist. Wie wär's, Liebster, wenn wir zwei ein bißchen an die frische Luft gehen. Es hat aufgehört zu regnen, und ...«

»Nein!« Simthala schnaubte wild. »Sie sollte das auch hören. Sie ist noch immer die Opferfrau, oder? Eine hohe Funktionsträgerin im Stamm, ja? Also, dann muß sie das auch hören.« Mit zitternder Hand grapschte er nach einem weiteren Becher Wein. »Was ich euch zu sagen habe, ist, daß wir bald Krieg haben werden«, rief er laut. »Gegen die Hjjks wird es gehen. Salaman und Thu-

Kimnibol haben das miteinander ausgemacht... Irgendeine Provokation, ein Vorwand, der die Kriegsmaschinerie in Gang setzt, und wir stecken mitten in der heißesten Schlacht, ob wir wollen oder nicht. Und das weiß ich aus dem, was ich gehört habe und was ich belauscht habe und was ich durch Herumhorchen und Stöbern herausgefunden habe. Es gibt Krieg! Thu-Kimnibol und König Salaman wollen es! Und wir alle werden blindlings hinter ihnen herrennen und über den Klippenrand stürzen!« Er trank hastig. Dann sprach er weniger heftig weiter. »Sie sind wahnsinnig, die beiden. Und ihr Wahnsinn wird die ganze Welt anstecken. Aber vielleicht ist es ja auch der Wahnsinn der Welt, von dem die zwei angesteckt sind. Vielleicht sind wir schon zu weit in die falsche Richtung gegangen, und das ist die unvermeidliche Folge, und Thu-Kimnibol und Salaman sind die unserer Zeit angemessenen Führer.«

Boldirinthe saß vor Entsetzen starr da. Sie fühlte, wie ihr das Herz in den Tiefen ihres massigen Leibes raste.

Catiriil stand auf und nahm Simthala den Becher weg. Sie wisperte ihm ins Ohr, versuchte verzweifelt, seinen Furor zu dämpfen. Zuerst reagierte er zornig, doch dann schienen einige ihrer Worte ihn zu erreichen, er nickte, zuckte die Achseln und tuschelte freundlicher mit ihr, und kurz darauf schob sie ihm den Arm unter und führte ihn ruhig aus dem Raum.

Leise sagte Boldirinthe zu Staip: »Kann das wahr sein, was er sagt? Was meinst du? Wird es Krieg geben?«

»Ich genieße nicht das Vertrauen Thu-Kimnibols«, antwortete Staip gelassen. »Ich weiß darüber ebensowenig wie du!«

»Es darf keinen Krieg geben!« sagte sie. »Wer in der Präsidialversammlung wird sich für den Frieden stark machen? Hasathirn Mueri bestimmt, das weiß ich. Auch Puit Kjai. Und Hresh, vielleicht. Und wenn sie mich reden lassen, werde ich es ganz gewiß tun. Und du? Wirst du sprechen?«

»Wenn Thu-Kimnibol den Krieg will, dann werden wir Krieg haben«, sagte Staip mit einer Stimme, die wie aus der andern Welt zu kommen schien. »Aber was regst du dich so auf? Wirst du in den Kampf ziehen müssen? Oder ich? Nein, nein, die Sache geht uns nichts an. Die Götter fügen und bestimmen alles. Das ist nicht unsere Sache, Boldirinthe. Wenn es Krieg geben soll, schön, sag ich, dann soll er halt kommen.«

»Krieg?« sagte Husathirn Mueri erstaunt zu seiner Schwester. »Ein Geheimabkommen mit Salaman? Eine künstlich bewirkte Provokation?«

»Simthala Honginda behauptet es fest und steif«, sagte Catiriil. »Er hat es vor Staip, vor Boldirinthe, vor der ganzen Familie gesagt. Den ganzen Tag lang hat das schon in ihm gekocht, und schließlich kam es dann raus. Aber er hatte schwer gepichelt, verstehst du?«

»Ob er das mir gegenüber wiederholen würde, wenn ich ihn aufsuche?«

»Also, sehr nahe steht ihr euch ja nicht grad, wie dir bekannt ist.«

Husathirn Mueri lachte. »Wie sanftmütig du bist. Was du meinst, aber nicht aussprechen magst, ist, daß er mich gründlich verabscheut. Nicht wahr, Catiriil?«

Sie zuckte fast unmerklich die Achseln. »Mir ist bekannt, daß ihr beide nie Freunde wart. Und was er beim Familiendinner sagte, das öffentlich zu machen, hat er wirklich nicht das Recht. Das grenzt doch schon an Landesverrat, nicht wenn einer Staatsgeheimnisse laut in die Welt trompetet? Er wird vielleicht keine Lust haben, dich in sein Vertrauen zu ziehen.«

»Kein Recht, der Öffentlichkeit zu enthüllen, daß man uns trügerisch in einen Krieg stürzt, der uns ruinieren wird, nur damit Thu-Kimnibol seiner Kampfeslüsternheit frönen kann? Das nennst du Verrat? Nein, Catiriil, Thu-Kimnibol ist derjenige, der Landesverrat begangen hat!«

»Ja. So denke auch ich. Deswegen bin ich ja damit zu dir gekommen.«

»Aber du bezweifelst, daß ich Simthala dazu bewegen könnte, mir selbst genauere Einzelheiten kundzutun.«

»Das bezweifle ich allerdings sehr, Bruder.«

»Gut. Gut. Für den Augenblick ist das schon höchst nützlich, zu wissen, was Thu-Kimnibol und Salaman da gemeinsam ausgeköchelt haben. Es gibt mir einen Ansatzpunkt.«

»Und mögen die Götter auf unsrer Seite sein, was immer kommen mag«, sagte Catiriil.

»Die Götter ...«, sagte Husathirn mit einem leisen Kichern zu sich selber, als seine Schwester gegangen war. »Ja, wahrhaftig. Mögen die Götter auf unsrer Seite sein!«

Für mich sind sie weiter nichts als bloße Namen. So hatte Nialli Apuilana damals so verblüffend wild vor dem Präsidium getobt. *Unsre eigenen Erfindungen, um uns in bedrängten Zeiten Trost und Halt zu geben ...* Husathirn hatte den Vorfall nie vergessen, auch nicht, was sie gesagt hatte.

Bloße Namen. Haargenau, was auch er dachte. In Wahrheit mußt er sich selbst für einen weitaus schlimmeren Fall von Ketzerei halten als Nialli, denn er glaubte an gar nichts, außer daß das Leben ein Aberwitz sei, ein grausam geschmackloser Scherz, eine Abfolge willkürlicher Ereignisse, und daß es für unser Dasein keinen Sinn braucht, als daß wir eben hier sind. Immerhin, Nialli hatte diesen Hjjk-Mythos geschluckt, daß der Welt eine Art kosmische Planung zugrundeliege, der alles bestimmt und alles zu einem Teil eines vorherbestimmten und vorherbedachten Muster macht. Aber Husathirn hatte nirgendwo einen Beweis dafür gefunden. Und darum besaß er keinen moralischen Mittelpunkt, und er wußte dies; er vermochte jeden momentan nützlichen Standpunkt zu beziehen, konnte etwa an einem Tag *für* den Krieg sein, am nächsten Tag sich *dagegen* aussprechen, je nachdem, wie es die Umstände verlangten. Worauf es ankam, war einzig und allein, Macht und Bequemlichkeit für die eigene Lebensspanne zu erlangen, denn dieses eine kurze Leben war alles, was er hatte, und alles übrige war sowieso nur ein Witz.

Er hatte einmal versucht, über diese Dinge tiefer mit Nialli zu sprechen, weil er sich davon versprochen hatte, ihr damit beweisen zu können, daß er und sie gemeinsame Überzeugungen hätten. Aber sie hatte ihn nur empört und bekümmert angeblickt und mit der eisigsten Stimme, die er je an ihr vernommen hatte, gesagt: »Du begreifst mich überhaupt nicht, Husathirn Mueri. Du hast nichts an mir verstanden.«

Nun gut. Sei's drum. Vielleicht hatte sie ja recht.

Sehr gut begriff er allerdings, was für Implikationen die erstaunliche Information besaß, die seine Schwester Catiriil ihm heute gebracht hatte. Es verblüffte ihn, daß er so wenig überrascht war. Denn *selbstverständlich* war Thu-Kimnibol in den Norden gereist, um einen Krieg gegen die Hjjks zusammenzurühren; und *natürlich* war der kriegslüsterne Salaman nur allzu geneigt, mit ihm zu konspirieren, um den Krieg auf die Beine zu stellen. Und zweifellos würde Taniane ihre schwindenden Energien und ihre ganze noch immer beträchtliche Macht einsetzen, um eine Mehrheit bei der Abstimmung im Präsidium zu mobilisieren.

Möglicherweise jedoch gab es da noch einen Weg, das zu verhindern. Eine dünne Chance, dachte er. Oder aber, wenn der Krieg denn wirklich unvermeidlich sein sollte, dann konnte man doch wenigstens die hinterhältige Rolle aufdecken, die Thu-Kimnibol dabei gespielt hatte, den Krieg anzuzetteln. Die Stadt konnte nur Schaden nehmen, wenn sie sich auf einen Krieg gegen dieses Wanzenvolk der Hjjks einließ. Es würde entsetzliche Verluste geben, und der Umsturz aller Lebensverhältnisse würde womöglich nicht wieder gutzumachen sein. Und als Nachspiel dieses Krieges würden jene, die ihn geschürt hatten, davon zermalmt werden, und jene, die vergeblich seine Vermeidung versuchten, würden zu Glanz und Größe emporsteigen.

Husathirn Mueri lächelte. Mal sehen, was ich da tun kann, dachte er. Und mögen die Götter mir beistehen — falls es sie gibt.

Sie waren wochenlang stetig nordwärts marschiert. In ihrem Rücken glitt die Welt wieder einmal fröhlich in den Frühling hinüber, aber hier, in den verlassenen Landstrichen jenseits von Vengiboneeza schien der Winter sich immer noch eisern festzuklammern. Zechtior Lukin war das gleichgültig. Wintereis und Sommerglut waren ihm einerlei. Er bemerkte die Jahreszeitenwechsel kaum, höchstens daran, daß zu bestimmten Zeiten im Jahr die dunklen Stunden länger andauerten.

Sie waren jetzt ins graue Land vorgestoßen. Der Erdboden war grau, der Himmel war grau, und selbst der Wind, der aus dem Osten heranheulte, war grau von den Staubmassen, die er mit sich trug. Die einzigen Farbakzente schienen von der Vegetation zu kommen, die sich mit dumpfer Wut gegen das umfassende Grau zur Wehr zu setzen schien. Das grobe spärliche gezahnte Gras war aggressiv karminrot; die großen strammen rundköpfigen Schwämme leuchteten in tödlichem Gelb, und wenn man sie niedertrat, stießen sie explosionsartig Wolken leuchtend grüner Sporen aus; die Bäume waren groß und schlank, mit blauschimmernden dornenförmigen Blättern und trieften beständig von einem klebrigen viskosen Saft, der wie Säure brannte.

In der Ferne bildeten niedere kalkige Berge wie Zahnstummel ganze Ketten. Das freie Land dazwischen war flach, dürr und wenig einladend: keine Seen, keine Bäche, nur hie und da sickerte eine brackige Quelle aus salzverkrusteten Spalten im Grund.

»Also, wohin jetzt?« fragte Lisspar Moen. Sie war

während des Tages der Zugfähnrich und übermittelte Zechtior Lukins Befehle den übrigen.

Er nickte zu den Bergen hinüber und gab einen steten Nordnordost-Kurs an.

»Hjjk-Gegend?« sagte sie.

»Unser Land«, korrigierte er sie.

Hinter ihm her zog über die graue Ebene die Schar der verbannten Akzeptänzer aus Yissou, dreihundert und vierzig an der Zahl inzwischen.

Von den ursprünglichen dreihundert und siebzig und sechs Anhängern war ein Dutzend zu alt und zu schwächlich für den Beginn eines neuen Lebens in der Wildnis gewesen, und ein paar andere hatten kurz vor dem tatsächlichen Auszug schlichtweg ihrem Glauben abgeschworen und sich geweigert mitzuziehen. Lukin hatte mit etwas ähnlichem gerechnet und keinen Versuch gemacht, sie zu bedrängen.

Zwangsmaßnahmen hatten in seinem Lebenskonzept keinen Platz. Er erkannte die göttliche Suprematie in allen Stücken an. Wenn die Götter es so bestimmt hatten, daß einige seiner Gefolgsleute es vorzogen, ihm *nicht* zu folgen, so war er willens, auch das zu akzeptieren. Zechtior Lukin — der von der Welt nichts erwartete, als was ihm die Welt Tag für Tag bot — hatte noch nie einen Augenblick der Enttäuschung erfahren.

Auch auf dem Marsch hatte es etliche Verluste gegeben. Auch dies nahm er gelassen hin. Die Götter setzten ja sowieso stets ihren Willen durch.

Als die Marschkolonne an Venginoneeza vorbeizog, hatte ein Hjjk-Spähtrupp fünf seiner Leute gefangengenommen. Da er wußte, daß die alte Stadt der Saphiräugigen nunmehr im Besitz des Insektenvolkes war, hatte er eine Strecke weit östlich darum herum gewählt. Wie es sich zeigte, nicht weit östlich genug. In der Dämmerung, in einem Gebirgspaß, in dichten Nebelschwaden erfolgte der plötzliche Angriff ... Geschrei und Gerangle, gewaltige Verwirrung, und dann die Erkenntnis, daß es auch schon wieder vorbei war, was immer da geschehen war. Auf dem Boden lagen ein paar zurückgelassene Rucksäcke, ein Handwagen lag umgestürzt auf der Seite. Eine Verfolgung wäre hoffnungslos gewesen; das Hjjk-Land ringsum war dunkel und weglos. Zechtior war dankbar, daß die Hjjks nur so wenige fortgeschleppt hatten.

Natürliche Übel kosteten weitere Verluste. Es war ein unkultiviertes Land. Ein Haufen losen Geästs — so stellte sich heraus — verbarg die Öffnung einer Grube, und scharlachrote Klauen und gelbe Schnappmandibeln lauerten auf ihrem Grund. Einige Tage danach brach aus dem Nichts ein gewaltiges hängebäuchiges Untier hervor, das mit dicken steinharten braunen Schuppen bekleidet war, schleuderte den kleinen trübäugigen Schädel wie eine Keule umher und tötete, wen es damit traf. Sodann gab es da auch ein komisches hüpfendes Geschöpf mit lustigen Goldaugen und absurden winzigen Ärmchen; aber aus seinem Schwanz schoß eine Gift verspritzende Nadel. Und mittags erschien einmal ein Schwarm geflügelter Insekten, so sinnverwirrend wie buntfarbige Edelsteine, und erfüllte die Luft mit einem milchigen Sprühdunst; und wer davon atmete, fiel krank darnieder, und einige erholten sich nicht mehr davon.

»Mit derlei muß man rechnen«, sagte Zechtior.

»Wir beugen uns dem Willen der Götter«, antwortete sein Volk.

Die Überlebenden zogen unbeirrt weiter. Zechtior Lukin aber wartete, daß die Himmlischen Fünf ihm eröffnen würden, wenn sie den Platz erreicht hatten, an dem sie ihre Stadt errichten sollten.

Jenseits der Kalkberge ließ die Grauheit nach. Das Land war hier fahlbraun mit roten Streifen, was vielleicht ein Anzeichen von Fruchtbarkeit war, und es floß ein Fluß von Osten nach Westen, der sich in drei Läufe gabelte. An derer Ufern zeigte sich die Vegetation in glänzendgrünem Laub, und einige der Büsche trugen dicke bläulichrote Früchte mit runzeliger Schale. Sie erwiesen sich als eßbar.

»Hier wollen wir bleiben«, erklärte Zechtior Lukin. »Ich spüre die Anwesenheit der Himmlischen Fünf.«

Er wählte eine kleine Erhebung zwischen den beiden südlichen Flußgabelungen, die ihm wohl über dem Überschwemmungsniveau des Flusses zu liegen schien, und dort schlugen sie ihre Zelte auf, in denen sie zu wohnen gedachten, bis sie die ersten festen Häuser erbaut hatten. Drei der Weiber, die mit ungewöhnlich starkem Zweitgesicht begabt waren, begaben sich eine Strecke abseits und sandten die Nachricht von ihrer Niederlassung nach Yissou; denn Zechtior Lukin hatte dies dem König versprochen. Salaman hatte ihn mit einer Methode vertraut gemacht, einer Kombination aus Tvinnr und Zweitsichtigkeit, die den Kontakt über weite Entfernungen aufrecht erhalten konnte. Zechtior war eher skeptisch, doch da ein Versprechen für ihn so viel galt wie ein heiliger Schwur, schickte er die Weiber aus, um die Nachricht zu senden.

Er sagte: »Ich nenne diesen Ort Salpa Kala«, und das heißt ›Ort der Himmlischen‹.

Am Morgen des vierten Tages der Gründung von Salpa Kala erschienen überraschend drei Hjjks, als wären sie aus der Erde gewachsen, und gingen ohne Zögern auf Zechtior zu, der gerade die Errichtung eines Zeltes überwachte. Er fühlte sie hinter sich, noch ehe er sich umwandte und sie sah; er konnte den starken eiskalten Druck gegen sein Bewußtsein spüren, die abweisende dürre bleiche Kälte ihrer nüchternen Seelen.

Ruhig sagte einer — Zechtior vermochte nicht zu sagen, welcher, denn er sprach lautlos mit der summenden dröhnenden Stimme der Gedanken: »Dieser Ort ist für euch verboten. Ihr werdet ihn heute abend verlassen und in euer eigenes Land heimkehren.«

»Dieser Ort ist Salpa Kala und ist uns von den Himmlischen Fünf als unsere Wohnstatt gegeben«, erwiderte Zachtior ruhig.

Mit dem Zweitgesicht strahlte er die Vision aus, die er einst gehabt hatte, die unermeßliche Masse der Königin des Insektenvolkes über Yissou schwebend, als wollte er damit übermitteln, daß er von ihrer Macht und Größe wisse und sie akzeptiere, wie er alles hinnahm; aber er versuchte gleichfalls zu übermitteln, daß ihm von den Göttern — den gleichen hochmächtigen Göttern, welche die Geschicke des Hjjk-Volkes lenkten — befohlen sei, daß er an diesen Ort ziehen und hier eine Siedlung gründen müsse.

Aber wenn seine Botschaft die Hjjks erreicht oder sie irgendwie beeindruckt hatte, so ließen sie sich das nicht anmerken.

»Ihr werdet heute abend von hier weggehen«, sagte die schabende Stimme erneut.

»Wir werden das Geschenk der Götter nicht preisgeben«, erwiderte Zechtior Lukin.

Die Hjjks sprachen danach nicht mehr. Er betrachtete sie ruhig, die langen schimmernden Körper, die vielfacettierten Augen, die orangeroten Segmente ihrer Atemschläuche, die vorspringenden Schnäbel, die sechs schlanken starren Beine. Der kleinste der Hjjks war einen ganzen Kopf größer als er selber, doch bezweifelte er, daß er mehr wog als ein Kind, so ausgedorrt und fleischlos wirkte der Leib. Ihre starren gelb-schwarzen Panzer reflektierten das Licht des klaren Morgens unangenehm scharf. Doch er empfand keine Furcht vor ihnen.

Nach einiger Zeit zuckte er die Achseln, kehrte ihnen den Rücken zu und wandte sich wieder der Errichtung des Zeltes zu.

»Was werden wir tun?« fragte Cheppilin der Sattler, nachdem die Hjjks davongestelzt waren.

»Nun, wir werden nicht weichen«, gab Zechtior zurück. »Dies hier ist unser, kraft des Willens der Götter, die es uns schenkten, ist es nicht so?«

Und er gab seinen Anhängern Befehl, Waffen zu verteilen: Schwerter, Speere, Messer, Keulen. Bei Sonnenuntergang scharten sie sich eng um ihre zusammengetragene Habe und warteten auf die Rückkehr der Hjjks.

Die drei von vorher — Zechtior nahm jedenfalls an, daß sie es waren — kamen aus den Schatten hervor.

»Ihr seid noch immer da«, sprach die summende Hjjk-Stimme.

»Dieser Ort ist unser.«

»Es ist kein Ort für Fleischlinge. Geht fort, oder ihr werdet sterben.«

»Die Götter haben uns hierher geführt«, sagte Zechtior. »Der Wille der Götter geschehe.«

Vom anderen Ende des Lagers ertönte ein schriller Schrei. Rasch blickte er sich um, aber der eine schnelle Blick genügte ihm. Aus dem Flußdickicht war eine Horde dunkler kantiger Gestalten hervorgebrochen: Hjjks, zu Hunderten, vielleicht Tausenden: Es war, als hätte sich jeder Kiesel am Gestade in einen Hjjk verwandelt. Und sein Volk geriet bereits in Panik.

Zechtior Lukin hob seinen Speer. »Kämpft!« brüllte er. »Kämpft! Feigheit ist Glaubensverrat und Sünde!«

Er trieb seinen Speer in das glitzernde Auge des nächststehenden Hjjk, zog ihn wieder heraus und hieb einem zweiten mit der scharfen Kante der Spitze die Atemröhre ab.

»Kämpft!«

»Wir werden alle umgebracht!« rief Lisspar Moen ihm zu.

»Wir sind den Göttern sowieso einen Tod schuldig, und heute nacht fordern sie ihn ein, ja«, sprach Zechtior und schmetterte den dritten Hjjk zu Boden, gerade als der seinen klickenden Schnabel über ihm öffnete. »Aber wir werden trotzdem kämpfen. Wir kämpfen bis zum Ende.«

Das Insektengesindel schwärmte überall im Lager

herum. Die Speere blitzten. Die scharfen kreischenden Stimmen ertränkten die Stimmen der gläubigen Akzeptänzler.

Lisspar Moen hat recht, sagte Zechtior zu sich. Wir werden hier und heute allesamt sterben.

Also habe ich wohl den Willen der Götter nicht richtig verstanden. Wie es scheint, haben sie doch nicht vorherbestimmt, daß ich es sein soll, der die Neue Welt aufbaut. Soviel scheint schon mal klar. Also gut: Auch das ist der Wille der Götter, ebenso wie es ihr Wille war, die Todessterne auf die Welt herniederstürzen zu lassen, vor sieben mal hunderttausend Jahren!

Einen Augenblick lang überlegte er sogar zaudernd, ob es rechtens war, überhaupt den Versuch eines Widerstandes zu unternehmen. Wenn nämlich die Götter seinen Tod bestimmt hatten für diese Nacht — und den Tod aller seiner Leute —, wie sie dies zweifellos getan hatten, sollte er dann nicht seinen Speer niederlegen, die Arme falten und gelassen auf sein Ende warten, genau wie es die Saphiräugigen getan hatten, als der Lange Winter sie überrollte?

Vielleicht sollte er das tun. Ein rascher Blick in die Runde verriet ihm, daß einige seiner Gefolgsleute sich zu verstecken oder zu fliehen versuchten, aber andere hielten ruhig stand und boten mit der Resignation des wahren gläubigen Akzeptänzlers den Speeren der Hjjks die Brust.

Ja, dachte er, ja, *das* ist der rechte Weg.

Doch er erkannte auch, daß er selbst dies nicht tun konnte. Hier, kurz vor seinem Ende, angesichts der unmittelbaren Vernichtung fühlte er sich geradezu zum Widerstand gestoßen, so nutzlos er sein mochte und so völlig im Widerspruch zu allem, was er geglaubt und gelehrt hatte. Anscheinend lag es nicht in seiner göttergegebenen Natur, sich so bereitwillig abschlachten zu lassen. In der letzten Stunde seines Lebens mußte Zechtior Lukin einen Aspekt seines Wesens und seiner Seele mit Erstaunen zur Kenntnis nehmen, den er niemals in sich zu entdecken erwartet hätte.

Ein Schein-Akzeptänzler! Ein Heuchler und Lügner!

Soviel immerhin vermochte er sich einzugestehen. Er erwog das Problem einen kurzen Augenblick lang im Geiste, und schob es dann von sich. Er war schließlich, wie er war und wie die Götter ihn gemacht hatten, im Guten wie im Schlechten.

Er war von einem weiten Ring von Hjjks umzingelt. Die glitzernden Augen sahen aus wie kaltblitzende dunkle Monde. Zähnefletschend ging er in breitbeinige Kampfstellung, als sie auf ihn einzudringen begannen.

Er schlug und schlug und schlug wieder zu, bis er außerstande war, noch weiter zuzustoßen.

8. Kapitel
Das Schwert Dawinnos

Husathirn Mueri sagte: »Einen Augenblick nur, Hresh, wenn du so gut sein willst.«

Der Chronist, im Begriff, das Haus des Wissens zu betreten, blieb auf der Treppe stehen und warf dem Sohn der Torlyri einen fragenden Blick zu. Husathirn Mueri nahm zwei Stufen auf einmal und stand gleich darauf neben Hresh. Mit gedämpfter Stimme fragte er: »Weißt du eigentlich, was sich bei uns in der Stadt tut, Hresh?«

»Im allgemeinen oder mit einem besonderen Bezug?«

Ein hurtiges Lächeln von Husathirn. »Also — du weißt es nicht! In diesem Moment ist dein Bruder draußen im Stadion und exerziert das Heer!«

Hresh mußte blinzeln. Es waren erst drei Tage vergangen, seit das Präsidium über die Ratifizierung dieses neuen Bündnisvertrags mit Yissou abstimmte. Taniane und Thu-Kimnibol hatten sich heftig zugunsten des Vertrags eingesetzt, und nur ein paar Übervorsichtige wie Puit Kjai hatten dagegen eingewandt, daß dieses Bündnis Dawinno früher oder später in einen Krieg hineinziehen werde. Wahrscheinlich eher später als früh, hatte Hresh dabei gedacht. Doch schien sich die Entwicklung stärker zu beschleunigen, als er erwartet hätte.

»Wir haben doch gar kein Heer«, sagte er, »bloß eine Stadtpolizei.«

»Nun, *inzwischen* haben wir eine Armee. Thu-Kimnibol und seine Freunde haben sie über Nacht auf die Beine gestellt. Sie nennen sie ›Das Schwert Dawinnos‹ ... Dein Bruder betont hartnäckig, daß wir jeden Moment

Krieg gegen die Hjjks haben werden und daß wir darauf vorbereitet sein müßten.« Husathirn Mueri gab ein rauhes Geräusch von sich, das Hresh nach einiger Überlegung als ein Lachen erkannte. »Man stelle sich das nur mal vor! Die halbe Stadt hockt in diesem Augenblick in den Bethäusern Kundalimons und singt Lobpreisungen auf die Insektenkönigin ... und die andere Hälfte der Bürgerschaft ist draußen im Stadion und exerziert und macht sich bereit, sie umzubringen!«

»Wenn ein Krieg kommt«, sagte Hresh bedächtig, »dann müssen wir natürlich zum Kampf bereit sein. Doch wieso glaubt Thu-Kimnibol ...«

»Der Bündnisvertrag mit Salaman legt fest, daß wir Yissou im Falle eines feindlichen Angriffs zu Hilfe kommen.«

»Ich weiß durchaus, was der Vertrag vorsieht. Aber die Hjjks haben doch keinerlei Feindseligkeiten begangen.«

»*Noch* nicht.«

»Besteht Grund zu der Annahme, daß sie es tun werden?«

Husathirn Mueri ließ den Blick gedankenschwer ins Leere schweifen. »Ich habe Gründe, es zu vermuten.«

»Aber Salaman erzählt uns doch seit Jahren unablässig, daß die Hjjks ihn zu überfallen beabsichtigen! Ich nehme an, seine Mauer ist höher und immer höher geworden, so daß sie nun auf höchst eindrucksvolle Weise selbst unglaublich über seine Stadt herunterdroht. Aber in der Zwischenzeit ist keine Invasion erfolgt. Nie! Und alle diese unterstellten Bedrohungen seines Reichs durch die Hjjks waren schlichte Ausgeburten seines geänderten Hirns. Wieso sollte sich das auf einmal jetzt geändert haben?«

»Ich glaube, die Dinge *haben* sich geändert«, sagte Husathirn Mueri.

»Weil Salaman das Friedensangebot der Königin zurückgewiesen und wir es ignoriert haben?«

»Zum Teil. Ich vermute jedoch, nur zu einem ganz geringen Teil. Ich glaube vielmehr, es gibt in unserm Volk Leute, die aktiv und bewußt an einem Krieg basteln, indem sie die Hjjks zu Aktionen gegen uns provozieren.«

»Was redest du da, Husathirn Mueri?«

»Ich kann es dir wiederholen, wenn du möchtest.«

»Du bringst da eine sehr schwere Beschuldigung vor. Hast du irgendwelche Beweise dafür?«

Wieder starrte Husathirn Mueri in die Ferne. »Die hab ich durchaus.«

»Dann sollte aber das Präsidium informiert werden!«

»Es betrifft aber eine Person — Personen, Hresh, die dir nahestehen. *Sehr nahe.*«

Hreshs Stirn verzog sich finster. »Diese ganzen unheilschwangeren Anspielungen auf irgendwelche Verschwörungen, Husathirn Mueri, sind recht ärgerlich für mich. Entweder du sagst mir geradeaus und offen, was du willst, oder du läßt mich in Ruhe!«

Husathirn Mueri wirkte zerknirscht. Mit einem Übermaß an Konzilianz sagte er: »Vielleicht war ich zu vorschnell. Vielleicht ziehe ich ja zu hastige Schlußfolgerungen. Natürlich zögere ich, möglicherweise Unschuldige, jedenfalls im Moment noch Unschuldige, in diesem Moment in die Sache zu involvieren. Aber laß es mich auf andre Weise dir klarmachen, darf ich? Es gibt gewisse große Kräfte des Universums, die uns zu Kampf und Krieg drängen, jedenfalls glaube ich das. Unvermeidlich! Manchmal ist eben etwas unvermeidlich, so wie das Auftreten der Todessterne unvermeidlich war. Verstehst du, was ich sagen will, Hres?«

Es war unerträglich — dieses pseudoreligiöse Gewäsch aus dem Munde eines Ungläubigen wie Husathirn Mueri. Aber Hresh begriff: Er würde aus dem Mann nichts Greifbar-Zusammenhängendes herausholen können. Der Kerl war entschlossen, vage und ausweichend zu bleiben, und keine noch so eindringliche

Befragung würde seine Schutzbarrieren durchbrechen können.

Er war stets in Versuchung, wenn er mit Husathirn Mueri sprach, ihn mittels Zweitgesicht zu sondieren, um herauszufinden, welche Absichten sich hinter seinen Worten versteckten. Aber Hresh widerstand der Versuchung. Außerdem war Husathirn Mueri zweifellos auf einen derartigen Vorstoß vorbereitet und hatte bestimmt einen Gegenschlag parat.

Reichlich gereizt sagte Hresh also: »Also, mögen die Götter uns verschonen, doch wenn die Hjjks gegen Salaman ziehen, dann sind wir verpflichtet, ihm zu Hilfe zu kommen. Das ist nun mal vertraglich abgemacht. Und was das Gerede von einer Verschwörung betrifft, so werde ich das vorläufig als bloßes Geschwätz ansehen, bis ich stichhaltige Gegengründe vorgelegt bekomme. Jedenfalls, warum regst du dich so über Thu-Kimnibols Armee auf? Wenn es Krieg gibt, sollten wir dann unvorbereitet in ihn ziehen?«

»Du übersiehst den wichtigen Punkt, obwohl du ihn soeben selbst genannt hast. Begreifst du denn nicht? Es wird *Thu-Kimnibols* Armee sein! Wenn wir so knapp vor dem Ausbruch des Krieges stehen, und ich glaube, damit hat er recht, dann läge es in den Befugnissen des Präsidiums, eine Streitmacht zu organisieren. Es müßte offiziell die Mobilmachung verkündet werden. So etwas darf nicht einfach das patriotische Privatvergnügen eines prestigesüchtigen einflußreichen Prinzen sein. Begreifst du das denn nicht, Hresh? Oder hat dich die Liebe zu deinem Halbbruder dermaßen blind gemacht, daß du vergessen hast, daß er seines Vaters Sohn ist? Oder wünschst du dir etwa einen zweiten Harruel hier bei uns? Denk darüber nach, Hresh!«

Hresh verspürte einen scharfen Schock.

Die Jahre fielen plötzlich von ihm ab, und er war wieder ein Junge. Es war der ›Tag des Schismas‹, der Spaltung des VOLKS. Hier standen die aus dem Koshmar-

Stamm, drüben, ihnen gegenüber die anderen, die sich auf Harruels Seite geschlagen und für den Auszug aus Vengiboneeza optiert hatten. Minbain, Hreshs Mutter, Harruels Gefährtin, war unter ihnen; doch Hresh hatte sich gerade entschieden, nicht mit ihr zu ziehen. »Ich habe hier noch wichtige Dinge zu erledigen«, hatte er gesagt.

Und Harruel hatte zorngeschwellt in plötzlicher blinder Wut mit seinem gewaltigen Arm ausgeholt.

»Erbärmlicher Knabe! Du verlauster, flohzerstochner kleiner Betrüger!«

Der Schlag streifte ihn nur, doch er war heftig genug, um Hresh von den Füßen zu reißen und ihn durch die Luft segeln zu lassen. Und dann lag er betäubt und zitternd auf der Erde. Und blieb da so liegen, bis Torlyri kam, ihn aufhob und in ihre warmen Arme schloß.

»Denk darüber nach«, sagte Torlyris Sohn jetzt zu ihm. »Ist es dein *Bruder* Thu-Kimnibol, der dort im Stadion jetzt seine Armee ausbildet? Oder ist es *König Harruel?*« Husathirn Mueri bedachte Hresh mit einem scharfen spähenden Blick, dann machte er kehrt und ging.

Als Hresh die Eingangshalle des Hauses des Wissens betrat, verfolgte ihn weiter das von Husathirn Mueri Gesagte, und er steckte tief in Gedanken über die Bedrückungen der Vergangenheit und die bedrohlich scheinende Zukunft. Da kam aus einem der inneren Büros Chupitain Stuld auf ihn zu und fragte: »Soll ich die Artefakte von Tangok Seip jetzt rauf in dein Studio bringen, Herr?«

»Die Artefakte von Tangok Seip?«

»Ja, die Funde, die dieser Bauer nach dem Erdrutsch dort in der Höhle entdeckt hat. Du hast gesagt, du willst sie dir heute mal vornehmen.«

»Ach ja. Ja. Diese Werkzeuge meinst du.«

Er mühte sich, den Nebel abzuschütteln, der ihn einhüllte. Seine Gedanken waren von einem Ende der Welt bis zum anderen zerstreut.

Diese versteckten Schätze aus der Großen Welt, ja ... Chupitain Stuld hatte ihn während der letzten paar Tage unablässig gedrängt, die Funde zu untersuchen. Wahrscheinlich hat sie ja recht damit, dachte er. Wochen waren seit der Entdeckung verstrichen, und er hatte sich noch nicht einmal bereitgefunden, sie auch nur anzusehen. Er war von anderen Sachen völlig präokkupiert und abgelenkt worden. Aber Plor Killivash hatte ihm den Fund als bedeutend gemeldet. Wenigstens muß ich mir das mal anschauen, sagte sich Hresh.

Chupitain Stuld wartete geduldig auf eine Antwort.

»Ja, bring sie mir hinauf. In eine halben Stunde, ja? Ich muß vorher erst noch ein paar andere Dinge erledigen.«

Dann ging er über die Wendelrampe zu seinem privaten Studio hinauf.

Auf irgendeine merkwürdige Weise befindet er sich auf einmal außerhalb des Gebäudes. An der Dachbrüstung. Und ohne daß er sich bemüht hätte, den Barak Dayir aus seinem Brustbeutel zu holen, fühlt er plötzlich, wie er emporsteigt, in die Höhenluft hinaufschwebt, über der Stadt kreist und mühelos höher und immer höher fliegt, über die Wolkenballungen hinaus und tiefer — höher — hinein in den Himmel jenseits des Firmaments. Hier oben ist alles Schwärze, von Scharlachstreifen durchzogen. Kühle Luftströme fließen an ihm vorbei. Winzige Eisgeschosse bombardieren sein Fell. An den Fingerspitzen sitzen Eiskristalle. Und er tanzt auf dem Nichts.

Wenn er nach unten blickt, kann er alles wie durch ein sauberes Fenster in der Finsternis sehen. Die ganze Stadt liegt frei vor ihm.

Er sieht das Stadiongelände und die Rekruten des ›Schwert von Dawinno‹ in Marschformation exerzieren, und an ihrer Spitze stapft breitbeinig und heftig gestikulierend die eindrucksvolle Gestalt Thu-Kimnibols und brüllt Kommandos.

Er sieht Nialli Apuilana durch einen Park gehen, und sie bewegt sich wie jemand, der sich in einem Traum verirrt hat. Geheimnisse umhüllen ihre Seele. Eine grelle scharlachrote Spannungslinie läuft hindurch, als stünde sie kurz vor dem Zerreißen.

Hinter Nialli — beträchtlich von ihr entfernt — lauert Husathirn Mueri. Auch er ein Rätsel, ein Geheimnis: An der Oberfläche ziemlich durchschaubar seine Machtgier und dies kläglich-lechzende Verlangen nach Nialli. Doch was verbirgt sich darunter? Hresh spürt nur eine Leere. Wie kann das sein? Dieses Nichts? Im Sohn von Torlyri und Trei Husathirn? Da muß doch noch etwas mehr sein in ihm als dies. Aber was? Wo?

Hreshs Blick schweift weiter.

Da, jetzt sieht er seinen Garten der Gefangenen Tiere. Die pelzigen rätselhaften blauen Stinchitolen, die friedfertigen Thekmurs, die Stanimander. Die zwitschernden Sisichile toben, als wüßten sie, daß er ihnen zuschaute. Die Stumbain — die Diswil — die Catagraks — die ganze vielzählige Schar von wundervollen und rätselhaften Geschöpfen, die Dawinno-der-Verwandler auf das Angesicht der tauenden Erde ausgeschüttet hat und die Hreshs Fänger für seinen Zoo eingesammelt haben.

Und die Caviandis. Da sind sie, an ihrem Bach, die beiden schlanken friedfertigen Geschöpfe. Wie wunderschön — der glatte purpurdunkle Pelz und die dichten leuchtend gelben Mähnen. Sie blicken empor, und sie sehen ihn hoch droben in seinem Himmel. Und sie lächeln.

Er spürt die Strahlung ihrer warmen Seelen bis hier herauf. Sie-Kanzi und Er-Lokim: seine Freunde. Freunde! Seine Caviandi-Freunde!

Ihre wortlosen Grüße schweben zu ihm herauf, und seine Antwortgrüße steigen, wortlos, nieder. Und erneut sprechen sie, und er antwortet ihnen; und dann fragt er, und sie antworten ihm. Ohne Worte, ja sogar ganz ohne Begriffe. Eine schlichte stumme Kommunion, eine Ver-Bindung im Sein, ein anhaltender Austausch des Geistes, der sich unmöglich anders als durch sich selber ausprägen könnte.

____

____

____

____

____

Hresh weiß mittlerweile, daß sie keine Wortbegriffe brauchen, jedenfalls nicht in dem Sinne, wie er Wörter und Begriffe versteht; ebenso wie ›Er-Lokim‹ und ›Sie-Kanzi‹ nicht Namen nach seinem Begriffsschema sind. Sie leben jenseits von derlei Dingen, genau wie sie und alle ihresgleichen nicht dem Zwang unterliegen, Städte erbauen zu müssen oder Dinge herstellen zu müssen, oder was all die anderen ›Zivilisationsnotwendigkeiten‹ sein mögen. Ihr ›Anderssein‹ macht den Kern ihres Wesens aus, ihrer Besonderheit, Fremdartigkeit und ›Un-Volkischkeit‹.

Ihre Seelen fließen über in Hreshs Seele, und die seine in die ihren, und auf einmal taucht eine neue Vision innerhalb der Vision auf, die er erlebt. Er sieht auf der Erde eine *zweite* Große Welt; sie unterscheidet sich von der ersten, ist aber nicht weniger grandios. Eine Welt nicht nur der sechs Rassen, sondern eine von Dutzenden, Hunderten von Rassen: solche aus dem VOLK und die der Caviandis und der Stinchitole und Thekmuren, der Sisichil und Stanimander und Catagraks … aller lebendigen Geschöpfe — alle vereint, durch fortgesetztes Verständnis aneinander gebunden, alles miteinander teilend … eine Welt, die in ihrer Ganzheit reicher und tiefer wäre als sogar die alte Große Welt … eine Neue Welt, die alles umfaßte, was Leben hat auf Erden …

Plötzlich fragt eine mißtönende Stimme in Hreshs Kopf: *Sogar die Hjjks?* Und er antwortet sofort und ohne nachzudenken: *Ja, sogar die Hjjks. Natürlich, die Hjjks auch!*

Dann jedoch denkt er etwas weiter nach und fragt sich, ob die Hjjks tatsächlich bereit wären, sich einer derartigen multirassischen Konföderation anzuschließen. Immerhin waren sie ja Bestandteil der früheren gewesen, ein Überbleibsel. Und der Verwandler hatte seit den Tagen der Großen Welt Hunderte von Jahrhunderten Zeit gehabt, sie zu verändern und emporzuheben. Es konnte doch sein, daß sie sich dermaßen weit über die restlichen irdischen Rassen hinausentwickelten, daß sie nun nicht mehr fähig sind, sich den anderen auf irgendeinem Gebiet als Gleichrangige zuzugesellen.

Aber ist das so? fragte sich Hresh. Sind sie denn zu Göttern geworden? Ist *Sie,* die Großkönigin der Hjjks, ein Gott?

In diesem Augenblick, aber wirklich nur einen Lidschlag lang, zuckt sein träumendes Bewußtsein blitzhaft nordwärts in die kahle Ödnis der kalten Lande, in denen der Horizont von einem leuchtenden Glühen erhellt ist. Und dort schaut er die gewaltige geheime KÖNIGIN, wie sie bewegungslos in ihrer Kammer ruht und die Geschicke der vielen Millionen Angehörigen des Insektenvolks lenkt und — soweit Hresh dazu eine Meinung haben kann — auch der restlichen Welt. Er spürt die Kraft und Stärke dieses unermeßlichen Bewußtseins und der gigantischen Lebensmaschine, des NESTS, über das die Königin herrscht. Er beobachtet die Verflechtung der Teile, das Hin und Her schimmernder Webkolben, die Spinnfäden im Netzgeflecht des Lebens.

Und dann ist es vorbei, und er schwebt wieder im unbestimmten leeren Raum; doch das dröhnende Echo dieser Unermeßlichkeit hallt in ihm nach.

Ein Gott? Herrschend über eine göttliche Rasse?

Nein, denkt Hresh. Nein, gewiß keine Götterrasse!

Die Himmlische Fünffaltigkeit — *sie* sind Götter: Dawinno, Emakkis, Mueri, Friit und Yissou — der Verwandler und Zerstörer, der Ernährer, der Trostspender, der Heilende, der Beschützer.

Und der Nakhaba der Beng, auch *er* ist ein Gott. Der Mediator, der vermittelnd zwischen dem VOLK und den Menschlichen steht und der zu ihnen zu unseren Gunsten spricht. So hatte der alte Noum Om Beng es Hresh gelehrt, als er ein Knabe war in Vengiboneeza.

Und deshalb muß es so sein, sagt Hresh sich jetzt, daß auch die Menschlichen Götter sind, denn wir wissen, daß sie erhaben sind sogar über Nakhaba und älter als die Große Welt.

Vielleicht waren sie es ja, die die übrigen fünf Rassen der Großwelt ins Leben gerufen haben? Die Hjjks und die Seelords, die Mechanischen und Vegetabilischen und die Saphiräugigen? War das möglich? Daß sie es müde wurden, allein auf Erden zu leben, die Menschlichen? Und daß sie sich die anderen erschufen, um mit ihnen gemeinsam eine neue große Kultur zu erbauen, die über viele Jahre hin üppig gedeihen und dann zugrunde gehen sollte, wie alle Kulturen sterben?

Wo aber sind sie dann, wenn sie denn schon Götter sind?

Sind sie tot wie die Saphiräugigen, die Vegetabilischen, die Mechanischen und die Seeherren?

Nein, denkt Hresh. Denn wie sollten Götter sterben können? Sie haben sich nur einfach aus der Welt zurückgezogen. Vielleicht hat *ihr* Erschaffer sie an einen anderen Ort berufen, und sie erbauen IHM eine neue Erde, weit, weit weg.

Oder aber sie sind immer noch bei uns, in der Nähe, aber unsichtbar, warten ihre Zeit ab, verhalten sich abweisend und halten sich versteckt und warten, daß sich ihr großer Plan zu verwirklichen beginnt, was immer dieser Plan sein mag. Und die Hjjks sind bei all ihrer Schrecklichkeit nur ein Teilaspekt dieses Plans — und nicht etwa die Urheber des Plans oder seine Bewahrer.

Vielleicht. Vielleicht.

Aber wenn es eine neue Große Welt geben soll, dann müssen die Hjjks daran beteiligt sein. Wir müssen ihnen, wie Nialli das einmal gesagt hat, als *Mit*lebewesen, als Mit*menschen* begegnen. Und jetzt sind wir dabei, uns auf den Krieg gegen sie vorzubereiten. Das ergibt doch keinen Sinn! Wo soll denn da ein Sinn liegen? Ein Sinn? Sinn?

Hresh weiß es nicht. Und er kann sich auch nicht länger in der Schwebe halten. Seine Seele sackt spiralig durch die Dunkelheit nach unten und einem schweren Aufprall auf dem Boden zu. Bei seinem Himmelssturz schaut Hresh auf die Stadt hinab, die ihm entgegenstürzt, und er erhascht einen letzten Blick auf seinen Bruder Thu-Kimnibol, der stolzgeschwellt vor seinem Heer im Stadion herumstapft. Dann durchfährt Hresh eine Zone unbegreifbarer Fremdheit, und als er wieder bei Bewußtsein ist, sitzt er an seinem eigenen Schreibtisch und ist nur etwas benommen und verwirrt.

In seinem Kopf wirbelt alles durcheinander. Nun ja, es ist alles so, wie es immer war in seinem Leben: Zu viele Fragen ... und nicht genug Antworten ...

Die Stimme Chupitain Stulds schnitt scharf in seine Verwirrtheit hinein. »Herr? Herr Hresh? Ich hab dir die Funde von Tangok Seip gebracht. Herr? Hresh? Geht es dir nicht gut?«

»Ich ... äh ... also ...«

Das Weib stürzte ins Zimmer und hing dann bedrohlich über ihm. Ihre Augen waren vor Besorgnis weit aufgerissen. Hresh raffte sich zusammen. In seiner Seele kreisten wirbelnd immer noch tumulthaft die brüchigen Trümmer seines Traums.

»Herr?«

Er raffte sich und alle verfügbare Fröhlichkeit zusammen. »Ein bißchen verträumt gewesen, weggetreten, weiter nichts. War tief in Gedanken ...«

»Aber du hast so seltsam ausgesehen, Herr!«

»Nein, nein, ist schon alles in Ordnung. War nur mal so weg und verträumt, ein bißchen Chupitain Stuld. In Gedanken weit weg, na ja und so, eben weit weg.«

»Ich könnte später wiederkommen, wenn du ...«

»Nein. Aber nicht doch, bleib schön da.« Er richtete einen Finger auf den Kasten, den sie trug. »Hast du das Zeug da drin? Also, dann laß mich mal sehen. Es ist sowieso kaum zu entschuldigen, daß ich die Dingelchen so lang auf mich hab warten lassen. Plor Killivash hat sie bereits untersucht, hast du gesagt?«

Aus irgendwelchen Gründen rief die Frage in der Frau eine unangemessene verwirrte und schnatterhafte Reaktion hervor. Er fragte sich, warum.

Sie fing an, die Objekte auf seinem Tisch auszulegen. Es waren insgesamt sieben, mehr oder weniger kugelförmige Gegenstände, und alle von einem Ausmaß, daß man sie leicht in der Hand halten konnte. Aufgrund des eleganten Designs und der üppigen Materialverschwendung erkannte Hresh sie sogleich als Arbeiten aus der Großen Welt. Allesamt waren sie aus dem unverwüstlichen bunten Metall geschaffen, wie es die exzellenten Kunstwerker jener verschwundenen Ära bevorzugten. Die Schatzkeller in Vengiboneeza hatten solcherlei ›Instrumente‹ hundertfach preisgegeben. Und manche davon hatten auch die klügsten Köpfe nicht wieder operationsfähig machen können; einige hatten kurzfristig ein paar verblüffende Wirkungen produziert und waren dann für immer betriebsuntauglich; aber einige andere hatte er begreifen und in den Griff bekommen können und sie danach jahrelang nutzbringend eingesetzt.

Solche Funde wurden in jüngerer Zeit nur noch selten gemacht. Und dieser neue war recht bemerkenswert. Und es verriet das Ausmaß der Verwirrung, in der sich Hreshs Seele befand, daß er die Fundstücke so lange seinen Assistenten überlassen hatte, ohne selbst auch nur einen Blick darauf zu werfen.

Nun betrachtete er die sieben Objekte, berührte jedoch nicht eines davon. Er wußte, wie gefährlich es war, solche Gegenstände zu handhaben, wenn man nicht wußte, welche der verschiedenen Ausstülpungen sie aktivieren konnte.

»Hat irgendwer eine Idee, zu was sie gut sind?«

»Dies hier ... ah ... es löst Stoffe auf. Wenn ich den Knopf da an der Seite drücken würde, käme ein Lichtstrahl heraus und würde alles von hier bis zur Wand auflösen. Und das da legt eine Hülle aus Dunkelheit über Gegenstände, eine Art von Schleier, durch den man nicht hindurchsehen kann; du könntest also damit durch die Stadt gehen, und keiner würde dich wahrnehmen. Und dies da — es schneidet wie ein Messer, und sein Strahl ist derart stark, daß wir die Tiefe des von ihm gemachten Lochs nicht ausmessen konnten.« Chupitain Stuld warf ihm einen argwöhnischen Blick zu, als sei sie nicht sicher, ob er ihr zuhörte. Sie nahm ein weiteres Objekt hoch. »Also, das da, Herr ...«

»Einen Augenblick!« sagte Hresh. »Ich sehe hier nur sieben von diesen Instrumenten.«

Wieder bekam sie diesen bedrückten Ausdruck. »Ja, sieben. Genau, Herr.«

»Wo sind die übrigen?«

»Die — übrigen?«

»Ich glaube mich zu erinnern, daß man mir am Tage, als sie hergebracht wurden, von elf Objekten gesprochen hat. Das war vor etlichen Monden — ich erinnere mich genau, während der Regenzeit ... elf Artefakte aus der Großwelt, das hast du mir damals gesagt, da bin ich ganz sicher; aber es kann auch Sangrais mir gesagt haben ...«

»Ich war es, Herr«, gab sie mit sehr leiser Stimme zu.

»Also, wo sind die restlichen vier?«

Ihre Bedrücktheit hatte sich nun in Furcht verwandelt. Sie stieß sich hastig von seinem Arbeitstisch ab, fuhr sich mit der Zunge über die Lippen und begann hastig, sich das Fell zu glätten.

Hresh versetzte ihr einen ganz winzigen Schubs mit dem Zweitgesicht. Und fühlte die brodelnde Furcht in ihr, die Beschämung, die Reue.

»Wo sind sie, Mädchen?« fragte er sanft. »Sag mir die Wahrheit.«

»Weg — als Leihgaben«, flüsterte sie.

»Als Leihgaben? An wen?«

Sie starrte zu Boden.

»An den Prinzen Thu-Kimnibol, Herr.«

»Meinen Bruder? Seit wann interessiert der sich für antike Fundstücke? Was in Nakhabas Namen will er denn damit, möcht ich gern wissen. Und woher weiß er überhaupt, daß die Sachen hier bei uns waren?« Hresh schüttelte den Kopf. »Wir verleihen keine Objekte, Chupitain Stuld. Schon gar nicht Neuerwerbungen, die noch nicht gründlich untersucht wurden. Auch nicht an Personen wie den Prinzen. Das ist dir doch bekannt!«

»Ja, Herr.«

»Hast du die Ausleihung autorisiert?«

»Es war Plor Killivash, Herr.« Eine Pause. »Aber ich wußte davon.«

»Und du hast mir nichts gesagt?«

»Ich hab gedacht, es geht schon in Ordnung. Wo doch der Prinz Thu-Kimnibol dein Bruder ist, und ...«

Hresh gebot ihr mit einer Handbewegung Schweigen. »Und sie sind jetzt in seinem Besitz?«

»Ich glaube schon, Herr.«

»Warum wollte er sie haben, weißt du etwas darüber?«

Sie zitterte, versuchte zu sprechen, aber sie fand keine Worte.

Chupitain Stulds Beschreibung der verbliebenen Fundstücke hallte in Hreshs Kopf nach — der Objekte, die Thu-Kimnibol *nicht* für interessant genug gehalten hatte, um sie sich ›auszuleihen‹: *... löst Stoff auf ... ein Mantel der Dunkelheit ... schneidet wie ein Messer ... unermeßlich tief ...*

O Götter! Und das waren die Objekte, die Thu-Kimnibol *nicht* mitgenommen hatte. Welche Vernichtungskapazität mochten dann erst die anderen haben?

Und in diesem Augenblick, das wußte Hresh, war Thu-Kimnibol draußen im Stadion, drillte sein Heer und bereitete sich auf den Krieg gegen die Hjjks vor. Er hatte nur wenige Tage gebraucht, um seine Armee aufzustellen.

Und jetzt besaß er auch noch Vernichtungswaffen ...

Taniane sagte: »Es ist nicht Thu-Kimnibols Armee, Hresh! Es ist *unsere* Armee. Die Streitmacht der Stadt Dawinnos.«

»Aber Husathirn Mueri ...«

»Die Götter mögen ihn verfluchen, diesen Husathirn Mueri! Er wird uns bei jedem Schritt Schwierigkeiten bereiten, soviel ist sicher. Aber ebenso sicher ist, daß es Krieg geben wird. Und deshalb habe ich Thu-Kimnibol beauftragt, eine bewaffnete Streitmacht aufzubauen.«

»Moment«, bat Hresh. Er blickte Taniane an, als wäre sie eine Fremde und nicht seit vierzig Jahren seine Gefährtin. »*Du* hast ihn beauftragt? Nicht das Präsidium?«

»Ich bin der Häuptling, Hresh. Wir stehen vor einer kritischen Entwicklung. Da bleibt keine Zeit für langatmige Debatten im Haus.«

»Ich verstehe.« Er blickte sie fest an. Er konnte kaum glauben, was er da gehört hatte. »Und dieser Krieg? Wieso bist du dermaßen sicher, daß er kommt? Du und Thu-Kimnibol und im übrigen auch Husathirn Mueri. Ist das also alles bereits beschlossene Sache? Hat es eine Geheimabstimmung über eine Kriegserklärung gegeben?«

Taniane ließ sich mit der Antwort Zeit. Hresh wartete. Er spürte an Taniane das gleiche ausweichende Zögern wie vorher bei Husathirn Mueri und bei Chupitain Stuld. Sie alle versuchten ihm etwas zu verheimlichen, ihm Fakten vorzuenthalten. Ein Netz von Trug und Täuschung war gesponnen worden, während er schlief, und sie waren alle eifrig und verzweifelt bemüht, zu verhindern, daß er es nun durchschaute.

Schließlich sprach sie: »Thu-Kimnibol hat während seines Aufenthaltes in Yissou Beweismaterial gesehen, daß die Hjjks in allernächster Zukunft einen militärischen Angriff gegen König Salaman geplant haben.«

»Beweise? Was für Beweise?«

Der Eindruck, daß sie ihm ausweiche, vertiefte sich. »Er sagte etwas von einem Ausritt mit dem König in Hjjk-Gebiet und daß sie auf einen Trupp Hjjks gestoßen sind und sie gezwungen haben, geheime Militärpläne preiszugeben. Oder etwas in dieser Richtung.«

»Und diese militärischen Geheimnisse haben sie bequemerweise in kleinen Körbchen um den Hals mit sich getragen. Persönlich von der Königin unterzeichnet und mit dem hjjkischen Staatssigill versiegelt. Taniane!«

»Hresh, bitte ...«

»Und ihr glaubt das? Daß die Invasion in Yissou, mit der Salaman schon seit ewigen Zeiten verbissen hausieren geht, tatsächlich übermorgen stattfindet?«

»Ich tue das, ja.«

»Und welche Beweise dafür gibt es?«

»Thu-Kimnibol kennt sie.«

»Aha. Verstehe. Schön, also sagen wir, die Hjjks machen schließlich doch eine Invasion. Aber wie günstig und prompt das passiert, so knapp nachdem er und mein Bruder zwischen Yissou und Dawinno einen gegenseitigen Verteidigungspakt geschlossen haben, wie?«

»Du klingst so zornig, Hresh! Du hast noch nie zuvor so mit mir geredet.«

»Und ich, ich habe sowas auch noch nie von dir erlebt! Du tänzelst um meine Fragen herum, weichst aus, quasselst was von Beweisen, bringst aber keine vor; du läßt zu, daß Thu-Kimnibol sich hier mitten in der Stadt eine Armee aufstellt, ohne daß ihr euch dazu herablaßt, das in der Kammer auch nur zu diskutieren ...«

Und nun starrte *sie* ihn an, als wäre er ein Fremder. Ihre Lider sanken über die Augen und verdeckten den Blick. Ihr Gesichtsausdruck war kalt.

Hresh konnte das nicht ertragen, diese Mauer des Argwohns und Mißtrauens, die so plötzlich zwischen ihnen emporgewachsen war und die ihm so hoch erschien wie Salamans aberwitziges Mauerbollwerk. Er verspürte den Drang, Taniane zu bitten, sie nöge mit ihm tvinnern, mit ihm die Verbindung eingehen, die keinen Argwohn, kein Mißtrauen zuläßt. Dann läge zwischen ihnen alles offen und klar da; sie wären wieder einmal Hresh-und-Taniane-Taniane-und-Hresh, und nicht die Fremden, die sie füreinander geworden waren.

Aber er wußte, daß sie das ablehnen würde. Sie würde Müdigkeit vorschützen oder eine dringende Besprechung in der nächsten Stunde, oder sonst irgendeinen Vorwand haben. Denn wenn sie mit ihm tvinnerte, würde sie vor ihm keine Geheimnisse mehr haben können; und Hresh erkannte, daß sie voll von geheimen Gedanken steckte, die sie entschlossen nicht mit ihm teilen wollte. Er fühlte sich von tiefer Traurigkeit überkommen. Natürlich wußte er, daß er alles, was er zu wissen wünschte, mit der Hilfe des Barak Dayir erfahren konnte. Die Zauberkräfte des Wundersteines würden ihn überallhin tragen, sogar in die behütetsten Winkel in Tanianes Denken. Doch er fand das widerwärtig. Die eigene Gefährtin ausspionieren? Nein. Nein! Eher soll die Stadt zugrundegehen und alle, die in ihr leben, bevor ich das tue!

Nach langem Schweigen sprach Taniane weiter: »Ich habe die Maßnahmen ergriffen, die ich für die Sicherheit der Stadt für nötig erachte, Hresh. Wenn du Einwände dagegen hast, so ist es dein gutes Recht, sie im Präsidium vorzubringen. Ist damit alles klar?« Ihr steinkalter Blick war abscheulich. »Sonst noch was, das du mir sagen möchtest?«

»Hast du Kenntnis davon, Taniane, daß Thu-Kimnibol sich hinter meinem Rücken widerrechtlich einiger neu entdeckter Funde aus der Großen Welt bemächtigt und sie aus dem Haus des Wissens entwendet hat, um sie als Waffen einzusetzen?«

»Wenn es zum Krieg kommt, Hresh, werden wir Waffen brauchen. Und es wird Krieg geben.«

»Aber sie aus dem Haus des Wissens zu entfernen, ohne mir auch nur mir ...«

»Ich habe Thu-Kimnibol autorisiert, für eine angemessene Ausrüstung der Armee zu sorgen.«

»*Du* hast ihn ermächtigt, Fundobjekte der Großwelt aus dem Haus des Wissens zu *stehlen*?«

Sie blickte ihn starr und ohne mit der Wimper zu zukken an. »Ich glaube mich zu erinnern, daß du selbst Waffensysteme aus der Großen Welt in der Schlacht von Yissou gegen die Hjjks eingesetzt hast.«

»Aber das war doch etwas ganz anderes! Das war ...«

»Etwas anderes, Hresh?« Taniane lachte. »War es das? In welcher Beziehung anders?«

Für Salaman war das ein böser Tag, oben auf seiner Mauer. Alles war schwummerig und verschwommen. In seinem Kopf wirbelte ein Brei aus scharf knirschendem Unsinn und blockierte die Leitwege in seinem Gehirn. Undeutliche wolkige Bildvorstellungen kamen ab und zu auf ihn zugedriftet. Ein hochragender Turm, der vielleicht als Symbol für Thu-Kimnibol stand. Eine hellleuchtende Flamme — vielleicht Hresh? Ein zäher wettergepeitschter Baum, vom Sturm geschüttelt — vielleicht Taniane, dachte er. Und noch eine Bildvorstellung — von einem oder einem Etwas, das schlangenhaft war und schlüpfrig. Und das konnte Salaman nun ganz und gar nicht interpretatorisch einordnen. Entscheidendes geschah an diesem Tage drunten in Dawinno. Aber *was? WAS?* Nichts von den Informationen, die er auffing, ergab einen Sinn. Er stellte den Fokus seines Zweitgesichts auf höchste Schärfe. Doch entweder waren seine Perzeptoren an diesem Tag geschwächt, oder aber seine Agenten dort unten schickten einen dermaßen zermatschten Informationsbrei, daß seine Decodierungskapazität dafür nicht ausreichte.

Er befand sich in seinem Pavillon auf der Mauer und bestrich mit seinem Sensor-Organ den Horizont in weiten schweifenden Bögen. Er schickte sein Bewußtsein parallel dazu hinaus in die weiten leeren Gefilde rings um Yissou und zog schwerfällig tiefer in den Süden, um Informationen aufzufangen. Am gegenüberliegenden Punkt der Mauer — die ganze Stadt lag zwischen ihnen — stand Salamans Sohn Biterulve und spähte die Nordflanke aus, ob sich da etwas Neues tat.

Das neue Kommunikations-Verbundsystem war inzwischen endlich aufgebaut. Die Einrichtung hatte den ganzen Winter über gedauert: Freiwillige zu finden, sie auszubilden, sie einzuschleusen, damit sie die Außenposten, als landwirtschaftliche Betriebe getarnt, aufbauen konnten. Doch inzwischen hatte Salaman sein Agentennetz wie eine Perlenkette weit in den Süden, bis fast vor die Tore von Dawinno, gefädelt; und nordwärts ins Hjjk-Territorium, soweit ein Vorstoß dorthin noch als sicher einzustufen gewesen war.

Von überallher kamen die knisternden, krächzenden Zweitgesichts-Transmissionen auf ihn hereingeströmt. Über die zahlreichen Relaisstationen unterwegs. König Salaman konzentrierte seinen starken Verstand mit voller Kraft auf dieses Überwachungsnetz. Inzwischen kam er jeden Tag im Morgengrauen hierher und lauschte und wartete.

Es war nicht leicht herbeizuführen, diese Gedanken-

Transmission. Die transmittierten Informationen waren stets verschwommen, schwer zu interpretieren, oftmals vieldeutig. Aber welche andere Möglichkeit hätte es gegeben, wollte man nicht auf die uralte Methode der hin- und herreitenden Kuriere zurückgreifen? Im Idealfall waren die neuesten Nachrichten, die sie übermittelten, erst ein paar Wochen alt. Für die jetzige Situation war so etwas unvorstellbar. Der Fluß der Dinge lief zu rasch. Ja, wenn er einen zauberischen Wunderstein besäße wie Hresh, dann könnte er wohl seinen Geist hierhin schweifen lassen und dorthin, wie es ihm beliebte, und überall und in alles hineinspähen. Doch es gab leider nur den einen Zauberstein, und den hatte nun einmal Hresh.

Heute ging ihm aber auch schon alles in die Quere! Die einlaufenden Botschaften waren wertloses Zeug, Brei und Nebel, dunkel und verquastes Durcheinander, kein bißchen Präzision. Reine Zeit- und Energieverschwendung!

Nun ja, das ließ sich nicht ändern. Salaman ließ seinen erschöpften Sensor erschlaffen. Vielleicht war morgen ein besserer Tag. Er schickte sich an, die Stufen hinabzusteigen.

Aber dann drang wie eine aufgeregte Himmelsstimme die Bewußtseinsebene seines Sohnes zu ihm herüber:

— *Vater! Vater!*

— *Ja, Biterulve?*

— *Vater, kannst du mich hören? Hier Biterulve!*

— *Ja, ich höre dich.*

— *Vater?*

— *So red schon Junge! Sag es mir!*

Dann folgte Funkstille. Salaman spürte, wie die Wut in ihm bereits wieder heraufzuwallen begann. Eindeutig, der Bub hatte ihm was Wichtiges mitzuteilen; aber es war ebenso eindeutig, daß Biterulves Sendungen und die seinigen nicht koordiniert waren. Salaman fuhr herum und richtete sein Sensororgan schräg in die Richtung, aus der Biterulves Transmissionen kamen. Es war zum Wahnsinnigwerden! Dermaßen ungenau, keine Präzision, bloße Näherungswerte an auswertbar Sinnvolles ... Bilder und Gefühlsfetzen, statt Worten, alles codiert, und man mußte es entschlüsseln, mußte es interpretieren. Eines allerdings war klar: Es gab etwas Neues im Norden. Nein, Salaman zweifelte nicht daran. Er spürte unmißverständlich die Erregtheit des Jungen.

— Biterulve?

— Vater! Vater!

— Ich kann dich hören. Sag mir, was es ist ...

Salaman fühlte, wie der Junge kämpfte. Biterulve besaß eine tiefe Sensitivität, aber sie war von einer merkwürdigen Art: schärfer über weite Entfernungen als über Nahstrecken. Salaman hämmerte die Faust auf die Backsteinbrustwehr seines Walls. Er reckte sein Sensorium so hoch, wie er nur konnte und bis es nicht mehr höher ging, und bestrich die Luft mit gespreizten Armen, als könnte er auf diese Weise die Botschaft, die sein Sohn ihm sandte, klarer verständlich aus ihm herausholen.

Dann kam eine Bildübertragung, die in ihrer Deutlichkeit keine Zweifel zuließ.

Blutbedeckte Leiber auf einem flachen Stück Lands zwischen zwei Flußgewässern. Hunderte von Leichen. Die Schar von Zechtior Lukin.

Stakige Schattengestalten stolzieren zwischen den Leichen herum, beugen sich ab und zu nieder, als suchten sie sich die eine oder andere Trophäe aus.

Die Hjjks!

— Sie sind tot, Vater! Die Akzeptänzler! Alle bis zum letzten Kind! Kannst du mich hören?

— Ich höre dich mein Junge.

— Vater? Vater? Es ist dermaßen klar über die nördlichen Relaisposten durchgekommen. Sie sind alle umgebracht worden, im Hjjk-Gebiet, an einem Ort, wo die Flüsse sich gabeln. Alle gläubigen Akzeptänzler — sie sind restlos ausgelöscht.

Salaman nickte beifällig, als stünde Biterulve dicht neben ihm. Er schleuderte mit einem wilden Stoß seine Mentalenergie dem Knaben eine Nachricht zu, so heftig, daß er sicher war, sie würde durchkommen, und erklärte ihm, er habe die Information erhalten und verstanden; und kurz darauf kam die Bestätigung von Biterulve zurück, und der Junge klang wahrlich erleichtert, daß es ihm geglückt war, sich verständlich zu machen.

Endlich! dachte Salaman.

Jetzt endlich beginnen die Räder zu rollen!

Die gläubigen Akzeptänzler hatten ihr ersehntes Martyrium gefunden. Es war an der Zeit, die zweite Kolonne vorzuschicken, die Vergeltungsstreitmacht, die wahrscheinlich gleichfalls einen blutigen Märtyrertod auf dem Schlachtfeld sterben würde, wenn auch gewiß weit weniger gelassen. Und danach mußte man bereit sein für den Totalen Krieg, der unweigerlich folgen mußte.

König Salaman wuchtete sich herum und spähte wieder nach Süden. Einen Moment lang gönnte er sich Ruhe, stand nur da, atmete flach und sammelte seine Kräfte. Diesmal durfte es weder Zweideutigkeit noch Deutungsspielraum geben. Die Botschaft mußte über die Relaiskette sofort und ohne irgendwelche Verzerrungen transmittiert werden und unverfälscht und fehlerfrei Thu-Kimnibol im fernen Dawinno erreichen.

Salaman beschwor die Bilder herauf. Die toten Leiber am Flußufer. Die dunklen kantigen Gestalten, die sich zwischen ihnen bewegten. Das neue Heereskontingent, das aus Yissou abmarschierte und tapfer in Feindesgebiet vorstoßen würde, um den feigen Meuchelmord an Zechtior Lukin und seiner Schar von Heiligen zu rächen. Der heftige Zusammenprall der Streitkräfte, der unweigerlich erfolgen würde. Die aufgebrachten Hjjks, die weitere Drohungen ausstießen.

Und dann: Das Bild der Tore von Dawinno, die sich

auftaten und durch die eine unermeßliche Kriegerschar strömte, mit Thu-Kimnibol an der Spitze.

Salaman lächelte. Er erigierte sein Sensor-Organ und hielt es steif aufrecht. Aus der Wurzel seines Rückgrats pulste Stärke bis in die äußerste Spitze hinauf. Er schloß die Augen und ließ das Wort aus sich hinausbrechen und weiter strömen. Es schoß nach Süden, ein heller Energiestrom von Relaisstation zu Relaisstation — wie ein hüpfender Blitz über die riesige Entfernung zwischen den beiden Städten hinweg.

— *Ich berufe mich auf unseren Bündnisvertrag. Wir haben Krieg.*

Etwas ist nicht in Ordnung. Nialli Apuilana ist allein in ihrem Zimmer im Nakhaba-Haus. Sie verspürt plötzlich ein Beben, ein Krachen und Knirschen, als wäre die Welt aus ihren Angeln gerissen worden und taumelte nun blindlings durch die Himmelssphären. Sie tritt ans Fenster. Drunten auf den Straßen sieht alles ganz normal aus und ruhig. Aber ihr Zweitgesicht läßt sie die Sonne sehen, die nun auf einmal riesenhaft-gewaltig dicht über ihr hängt und aus der Ströme von Blut herabtriefen. Und in der Schwärze des Himmels kreisen wirbelnd die eisgrünen Schweife der Kometen.

Sie beginnt zu zittern, wendet den Blick ab, vergräbt das Gesicht in den Armen. Später dann betet sie ... Zunächst zur Fünffaltigkeit, und dann zur Geistseele Kundalimons. Und dann — ohne daß ihr bewußt wird, warum — schickt sie ihre fernreichenden Emissionen auch an die Königin.

Nialli hebt den Hjjk-Stern von der Wand. Sie hält ihn dicht vor ihr Gesicht. Sie hält ihn sacht an den Kanten fest. Sie schaut konzentriert in den offenen Mittelraum, das Zentrum, und konzentriert ihren Sichtbereich immer schärfer, bis er nichts weiter als diese kleine Öffnung umfaßt.

Es ist dunkel dort. Vielleicht wartet im tiefsten Grund

des Dunkels ein Bild, aber sie weiß wirklich nicht, ob es da ist ... Und wenn da etwas ist, dann ist es verschwommen, verblichen, verwaschen und undeutlich, wie die verwischte geisterhafte Spur eines Gespensts. Früher einmal konnte dieser Stern ihr das Nest nahebringen — oder sie bildete es sich doch wenigstens ein. Jetzt aber ...

Nichts. Nur dunkle nebelhafte Schemen, die sich dem Blick entziehen, so sehr sie sich anstrengt, sie zu durchdringen. Und keine Spur vom NEST.

Wohin ist es verschwunden?

War es denn jemals da?

— *Willst du wirklich sehen?* fragte in ihr eine Stimme.

— *Ja!*

— *Aber was du sehen wirst, könnte dich verwandeln.*

— *Ich bin schon so viele Male verwandelt worden. Was könnte mir da noch geschehen bei einmal mehr?*

— *Also gut. So sieh denn und schaue, was es zu schauen gibt.*

Und dann hat sie den Eindruck, daß die Überschattung sich auflöst, daß die Dunkelheit im Zentrum des Sterns sich erhellt und daß sie erneut wieder durch seinen Mittelpunkt hindurch in die vertrauten unterirdischen Gänge blicken kann, die eine kurze Zeit hindurch Heimat für sie gewesen waren. Gestalten bewegen sich dort. Nialli packt den Stern fester, und sie späht noch eindringlicher.

Gestalten, ja ...

Und nun sieht sie sie nur allzu klar.

Ungeheuerlich. Bizarr. Verzerrt. Köpfe scharf wie Kriegsbeile. Arme wie schwingende Schwerter. Riesenhafte kalte Augen, Spiegel, in denen ein kaltes schwarzes Feuer tausend gebrochene Abbilder auf einmal bösartig zurückwirft. Glitzernde scharfe Schnäbel, die zuschnappen und schnarren und ihr durch die Mitte des Sternes dolchscharf entgegenstoßen. Nialli hört das beißende Zischen ihres Gelächters. Sogar ihr Stern, dieses schlichte Gebilde aus einfachem, geflochtenem Grasstroh, ist auf einmal mit scharfen schwarzen Borsten bedeckt. Und seine Mitte ist zu einem dunklen haarumwucherten Mund geworden, einem glitschig klaffenden feuchten schleimigen Loch, das sich ihr mit weichen, einladenden schmatzenden Sauggeräuschen entgegenstülpt.

Etwas zerrt an ihr, versucht sie in die Mitte des kleinen Flechtsterns hineinzuziehen.

Der verführerische Sog ist stark. Heimkehren ins Nest, ja, die Bindung erneut sich aufbauen lassen, dem Nest-Denker zu Füßen sitzen und seine Weisheit in sich aufsaugen. Vor die Königin geführt werden und IHRE Berührung fühlen. War es nicht dies, was sie sich ersehnte? Was sie sich schon immer und von Anfang an ersehnt hatte? Und Kundalimon! Die allerheftigste Versuchung. Sie würden ihr ihren Kundalimon zurückgeben ... *Komm her zu mir, und Kundalimon wird wieder dein sein.* War es so? Wie verlockend das klingt. Und wie leicht es sein würde, dem nachzugeben. Und wie angenehm, in das Nest zurückzukehren ... wie tröstlich ...wie *sicher* sie sein würde.

Nein. Nein, wie könnte so etwas überhaupt sein?

Nialli setzt sich mit all ihrer Seelenkraft zur Wehr.

Aber es zieht und zerrt sie noch immer weiter und tiefer hinein. Doch als sie sich weiter dagegen wehrt, läßt der ziehende Sog allmählich nach. Sie schüttelt sich, sie schleudert den Strohstern von sich und sieht ihn durch ihr Zimmer fliegen, bis er auf einer Spitze stehend an der gegenüberliegenden Wand zur Ruhe kommt. Aber selbst von da unten her ruft der Stern weiter: *Komm zu uns. Komm ... Komm!*

Die Alptraumbilder wollen nicht von ihr weichen. Die Schnäbel und Klauen, der borstige Mund, die Myriade von kaltglitzernden Augen. Das brennt in ihrem Bewußtsein weiter, so sehr sie sich auch müht, es von sich zu stoßen. Sie hat gedacht, daß sie schon vor Wochen ihren Kampf gekämpft und gewonnen hätte. Aber nein, der Zugriff der Königin ist noch nicht völlig gebrochen.

Nialli ringt nach Luft. Ihr Herz rast. Auf der Haut fühlt sie ein Brennen wie von eiskalten Pusteln. In ihrem Gehirn wirbeln Rätsel und Fragen.

Die Wände ihres kleinen Gemachs scheinen sich auf sie zuzubewegen. Ströme von Blut schieben sich über den Boden. Abgehackte Gliedmaßen richten sich auf und tanzen wild um sie herum. Von dem Grasstern am Fuß der Wand pulst ein unheilsames, giftiges grünes Licht. Aus der Mitte des Sterns recken sich dünne spillerige Arme und greifen nach ihr. Scharfe Flüsterstimmen rufen sie, von weit her, aber lockend.

»Nein«, sagt sie. »Nein, ich gehöre nicht mehr euch.«

Und sie weicht langsam seitwärts nach hinten, die Augen fest auf den Stern fixiert, schiebt sich behutsam auf die Tür zu und tastet nach dem Griff, und dann schlüpft sie hastig auf den Gang hinaus. Sie zerrt die Tür hinter sich zu und hält den Griff fest in der Hand. Dann lehnt sie sich gegen die Tür, holt tief Luft in ihre Lungen und wartet, daß die Benommenheit von ihr weiche und das Hämmern in ihr Brust sich lege.

Frei. Frei.

Aber was nun?

Es gibt nur einen in der ganzen Stadt, an den sie sich wenden kann.

Ich will zu meinem Vater gehen.

»Sie wollen die Königin vernichten, wenn sie können«, sprach Husathirn Mueri. »Darauf geb ich euch mein Wort.«

Er befand sich in der ›Kapelle Kundalimons‹ in dem Gäßchen dicht an der Straße der Fischhändler. Es war nicht einer der regulären Versammlungstage der Kongregation. Außer ihm waren nur Tikharein Tourb und Chhia Kreun anwesend: der knabenhafte Priester, die mädchenhafte Priesterin.

Zu seinem eigenen nicht geringen Erstaunen hatte Husathirn Mueri sich zu einem regelmäßigen Praktikanten der neuen Glaubenslehre entwickelt. Was als Ausspähung begonnen hatte, war inzwischen — ja, war es das? — gläubige Gefolgschaft geworden. Oder gehörte das noch immer zu seiner Bespitzelung? Er war sich da gar nicht sicher. Jedenfalls, in dem Sturm, der durch Dawinno tobte, war ihm dieses Bethaus, diese schäbige Kellerkapelle, in der sich im Gestank von Trokkenfisch viermal wöchentlich nach Schweiß riechende Proleten versammelten, um lautstark ihre Liebe zur Königin hinauszublöken, zu einer Art Zuflucht geworden. Chevkija Aim gegenüber gab er noch immer vor, er führe eine Kriminaluntersuchung durch. In seinem Herzen war er nicht mehr so sicher, daß es das war, was er tat.

Der Knabe sagte: »Aber sind sie denn zu sowas fähig? Kann irgend jemand dazu fähig sein? Es fällt schwer, das zu glauben.«

»Daß die Königin vernichtet werden kann?«

»Nein, daß sie so böse sind, es zu versuchen.«

»Sie werden sie ermorden«, sagte Husathirn Mueri, »genau, wie sie Kundalimon ermordet haben. Ihr Haß gegen die Nest-Wahrheit kennt keine Grenze.«

»Dann war es also Thu-Kimnibol, der Kundalimon getötet hat?« fragte das Mädchen verwirrt.

Husathirn Mueri wandte sich ihr zu. »Aber das wußtet ihr doch sicherlich längst. Es geschah auf seinen Befehl hin durch den Wachhauptmann Curabayn Bangkea. Der dann seinerseits ebenfalls ermordet wurde, um ihn zum Schweigen zu bringen.«

»Und du weißt, daß dies gewißlich wahr ist?« fragte Tikharein Tourb.

»Es ist schon wahr. Bei allen Göttern, es ist wahr!«

Tikharein Tourb blickte ihn lange stumm und starr an, als wolle er ihn abschätzen und beurteilen. Die schmalen grünen Augen des Knaben waren kalt wie das Eis, das im innersten Herzen der Welt liegt. Ein einzigesmal vorher hatte Husathirn Mueri solche Augen gesehen: die ausdruckslos hellen Augen des Gesandten Kundalimon. Doch selbst noch im erbarmungslosesten Blick von Kundalimon hatte stets ein Hauch mitkreatürlichen Mitgefühls geleuchtet. Die Augen dieses Knaben hier aber waren völlig eisig und entsetzlich.

Das eisig-wütende Schweigen hielt an und schien kein Ende nehmen zu wollen. Tikharein Tourb und das Mädchen standen statuenstarr und stumm da. Dann sah Husathirn Mueri, daß das Sensor-Organ des Jungen zu zucken und sich zu versteifen begann und sich dann unmerklich seitwärts bewegte, bis es mit der Spitze die Sensorspitze von Chhia Kreun berührte. Es sah beinahe aus, als träten die beiden in eine Kommunion vor seinen Augen. Was sie ja vielleicht taten.

Dann sagte der Junge: »Schwöre mir bei deiner Liebe zur Königin, daß es Thu-Kimnibol war, der Kundalimon ermorden ließ.«

»Ich schwöre es!« sagte Husathirn Mueri ohne Zögern.

»Und daß es das Ziel dieses von Thu-Kimnibol angezettelten Krieges ist, das Nest zu zerstören und IHREN Tod herbeizuführen, die unsre Trösterin und unsre Lust ist.«

»Das ist das Ziel. Ich schwöre es.«

Wieder blickte Tikharein Tourb starr vor sich hin. Was für ein entsetzliches, für ein beängstigendes Kind der ist, dachte Husathirn Mueri. Und das Mädchen ebenfalls.

»Nun, dann wird er sterben«, sagte der Junge schließlich.

Hresh saß in seinem Garten der Tiere, und es wimmelte um ihn von kleinen prächtig gefärbten Geschöpfen. Die beiden purpur-gelben, seine Caviandis, lagen neben ihm, und er streichelte sie sanft. Er hob den Blick, als Nialli Apuilana hereingestürmt kam.

»Vater!« rief sie sofort laut. »Vater, mir ist etwas Seltsames widerfahren — etwas ganz Absonderliches ...«

Er blickte ihr ausdruckslos und gleichgültig entgegen, wie wenn sie gar nicht gesprochen hätte. Die Augen waren in sich gekehrt, der Gesichtsausdruck noch sanfter als sonst. Eine große Trauerigkeit umgab ihn, wie Nialli sie nie zuvor an ihm gesehen hatte, und er schien unter ihrer Last geschrumpft zu sein, ein Besiegter, ein sehr alter, sehr zerbrechlicher Mann.

Das ängstigte sie. Die eigenen ungeordneten Ängste und Beklemmungen wichen in den Hintergrund. Sie war mit ihrem Entsetzen und in ihrer Not zu ihm gekommen, doch sie erkannte, daß seine Not weit größer sein müsse als die ihre.

»Was ist denn, Vater?«

Hresh zuckte unmerklich die Achseln und wiegte langsam den Kopf her und hin wie ein waidwundes Tier. Er schien ihr unendlich weit entfernt zu sein. Nach einer ganzen Weile sprach er: »Jetzt steht es fest. Es gibt Krieg.«

»Woher weißt du das?«

»Ich habe gerade das Signal aus dem Norden gespürt. Vielleicht hast auch du es aufgefangen. Und nichts kann das Furchtbare mehr aufhalten. Alles ist an Ort und Stelle, und das Wort ist ausgegeben: Es geht los!«

Sie starrte ihn begriffsstutzig an. »Ich bin nicht sicher, daß ich begreife, wovon du redest, Vater.«

»Du weißt also nichts von dem Bündnispakt, den Thu-Kimnibol aus Yissou heimgebracht hat?«

Sie schüttelte den Kopf.

»Wir haben uns dazu verpflichtet, Salaman militärisch zu Hilfe zu kommen, wenn er jemals von den Hjjks angegriffen wird. Und genau das geschieht in Kürze — ein Angriff, den Salaman vermutlich selbst provoziert hat. Vielleicht sogar mit einiger Unterstützung seitens meines Bruders. Und wenn die Hjjks erst einmal auf Yissou-Gebiet vordringen, dann muß unsere

Armee nach Norden ziehen, und es gibt einen totalen Krieg.«

»Und das ist genau, was die zwei schon immer haben wollten.«

Hresh nickte. Tonlos sagte er: »Ströme von Blut werden vergossen werden, auf unsrer und auf ihrer Seite. Schreckliche Sündbarkeiten und Greuel werden geschehen. Hjjk-Soldaten werden durch unsere Städte marschieren und sie mit Fackeln in Brand stecken, oder wir werden das Nest zerstören, oder aber es wird alles beides geschehen. Am Ende macht es keinen Unterschied, was wem geschieht. Ob wir siegen oder unterliegen ... Alles, was wir bisher erreicht haben, wird zerstört sein.«

Er sah so verloren aus, so untröstlich, daß Nialli ihn am liebsten in die Arme nehmen und streicheln wollte.

Leise sprach sie: »Du sollst dich nicht dermaßen bekümmern, Vater. Salaman träumt nur. Die Hjjks werden Yissou nicht angreifen, und es gibt keinen totalen Krieg.«

»Sie haben Yissou bereits einmal angegriffen.«

»Das waren andere Umstände. Yissou lag genau auf der Strecke einer schwärmenden Hjjk-Gruppe.«

»Einer *was?*«

»Eines *Schwarms.* So gewaltig das NEST ist, es kann doch nur eine Population von soundso vielen beherbergen. Es kommt immer wieder einmal die Zeit, da müssen Teile der Bevölkerung sich abspalten und fortziehen. Und dabei brechen sie dann zu Tausenden, manchmal zu Millionen hervor und ziehen mit einer jungen Königin fort. Und sie marschieren weiter, wenn es sein muß, sogar tausend Meilen und manchmal mehr, bis sie den Ort erreichen, an den sie gehen wollen. Und einzig die Götter wissen, wonach sie bestimmen, wo dieser Ort sein soll. Aber sie lassen sich durch nichts auf ihrem Weg aufhalten, bis sie ihn erreicht haben. Und dann erbauen sie dort ein neues Nest.«

Hresh hob den Kopf. In seinen Augen blitzte kurz das altbekannte Feuer auf.

»Und so etwas ereignete sich, als sie Harruels Siedlung angriffen?«

»Ja. Sie hatten höchstwahrscheinlich kein besondres Interesse daran, der Siedlung Schaden zuzufügen. Aber wenn sie ausschwärmen, dann streben sie blindlings geradeaus auf ihrem Weg weiter, und nichts kann sie beirren. Nichts!«

»Ja, aber wenn sie nun jetzt wieder in die gleiche Richtung schwärmen?«

»Das wird nicht geschehen. Niemals ziehen zwei Schwärme in die gleiche Richtung. Ich weiß, wie sehr Thu-Kimnibol nach einem Krieg lechzt, und Salaman auch. Aber sie werden eine Enttäuschung erleben.«

»Beten wir, daß es so kommt.«

»Es sei denn, die Himmlischen Fünf haben uns einen Krieg mit den Hjjks beschieden«, sagte Nialli. »In diesem Fall stehe Dawinno uns allen bei. Aber ich sage dir, Vater, es wird keinen Krieg geben.«

Er schaute sie groß an und lächelte auf diese neue seltsam traurige Art zu ihr herauf. Auch die Caviandis wandten ihr den Kopf zu und blickten sie an. In ihren großen violett schimmernden Augen lag ein seltsames helles Leuchten. Was war es nur? Ebenfalls Trauer? Mitleid?

Dann sagte Hresh so leise, daß sie es kaum hören konnte: »Trotz allem, was du mir sagst, fühle ich, daß der Krieg über uns hereinbricht wie ein gewaltiger Sturm, Nialli. Und wer könnte schon einem Sturm Einhalt gebieten?«

»Aber ich habe im Nest gelebt, Vater. Ich *weiß*, daß die Hjjks niemals willkürlich und grundlos einen Krieg gegen uns beginnen würden. Das ist einfach nicht artgemäß für sie.«

»Und wenn *wir* den Krieg beginnen? Wir haben inzwischen ein Heer, weißt du das?«

Ihr blieb die Luft weg. »Seit wann?«

»Es ist eine ganz brandneue Armee. Thu-Kimnibol hat sie aufgestellt. Im Augenblick sind sie im Stadion und exerzieren ... Und sobald es erst einmal Armeen gibt, fällt es ganz leicht, Kriege vom Zaun zu brechen.«

»Weiß Taniane das?«

»Ja. Und sie billigt es völlig.« Hreshs Lächeln war wehmütig. »Sie besitzen Großweltwaffen, die ohne mein Wissen oder meine Zustimmung aus dem Haus des Wissens ... entfernt wurden. Auch das findet Taniane ganz in Ordnung.«

»Sie *will* den Krieg?«

»Sie rechnet mit ihm, um das mindeste zu sagen. Hat sich mit der Vorstellung abgefunden. Wird ihn mit allen ihren Kräften fördern.«

Nialli war vor Entsetzen starr.

Sie sah die Armeen des VOLKES nordwärts in das Land der Hjjks strömen und sah die Scharen der Hjjk-Soldaten ihnen entgegenmarschieren.

Ein grauenvoller Zusammenstoß, ein entsetzliches Blutbad. Thu-Kimnibol setzt seine gestohlenen Groß-welt-Waffen ein und erzielt verheerende Verwüstung. Auf den Druck eines Knopfes werden ganze Legionen von Kämpfern zu Dunst und Rauch. Die hjjkischen Formationen, so gewaltig sie sind, werden zurückgeworfen, immer weiter zurück: Die Invasoren rücken im Triumph immer weiter in die dunklen Nordlande vor. Armee um Armee der Kämpfer, aus allen Nestern des Nordens zusammengerufen, wird den Aggressoren entgegengeworfen, und alle werden sie von der unerbittlichen Wut der Angreifer nach und nach vernichtet.

Und das NEST ist in Gefahr! Die KÖNIGIN selbst!

Ja, das Nest-der-Nester im Belagerungszustand. Dort herrscht völlige Konfusion: Der Nest-Überfluß ist dahin, Nest-Wahrheit wird vorenthalten, Ei-Planung ist aus den Fugen, die weisen Nest-Denker huschen davon und suchen Deckung im Staub. Eierproduzenten und

Lebenskeimzünder werden beim Versuch zu fliehen niedergemetzelt ... Und zuletzt die allerscheußlichste Aggression: Sogar die Königin-der-Königinnen in Eigner Geheiligter Person wird aus der tiefen Kammer gezerrt und hingerichtet. Ihr Leib zerschnitten und verbrannt.

Un-vor-stellbar! Zum zweitenmal an diesem Tag geriet um Nialli herum die Welt ins Schwanken und begann zu wirbeln.

Dieser Krieg *darf* nicht stattfinden, dachte sie.

Sie hätte gern laut losgebrüllt, ihrer Wut, Empörung und ihrer Kampfansage gegen die Kriegstreiber gern lautstark Ausdruck gegeben. Sie hätte gern warnende Botschaft ins Nest gesandt, um den Verrat zu denunzieren, den ihre, Niallis, eigenen Leute da begingen. Warnen — durch Träume, oder durch das Zweitgesicht, oder den Barak Dayir ... oder auf jede andre Weise, die ihr einfallen mochte. Mehr noch: Sich der geballten Streitmacht von Thu-Kimnibol und Salaman entgegenwerfen und ihren Vormarsch in das geheiligte Gebiet der Königin aufhalten, und durch puren persönlichen Willen und ihre Seelenkraft ihr gesetzloses sündhaftes Streben abzuwenden. Ja, das wollte und würde sie tun, und wenn es sie das Leben kostete.

Zornig ballte sie die Fäuste. Alles wollte sie tun, um die Königin und das Nest zu verteidigen. Sie wollte ...

Wollte ...

Wollte ... wollte ... *Was tun?*

Nichts.

Nichts würde sie tun ...

Alles war weg und leer. Wo einen Augenblick zuvor noch heißglühender Zorn und Abscheu waren, war jetzt nur noch Leere.

Von einem Augenblick zum anderen war ihr ganzer wilder empörter Zorn erloschen, und sie befand sich in einem merkwürdigen Zustand der Leere, der Benommenheit, fast als wäre sie scheintot. Wieso sollte es sie bekümmern, was mit dem Nest geschah? Und warum brannte sie so sehr darauf, ihr eigenes Leben für das Wohl der Königin zu opfern?

Und dann, in all ihrer Benommenheit, begriff sie, daß diese ganzen wilden Verzweiflungsgedanken, die in ihrer Seele so unfreiwillig heraufgeschossen waren, völlig unhaltbar und substanzlos waren.

Sie waren Trug und Talmi. Nichts weiter als automatische Reaktionen, bar jeden echten Gefühls. Ein letztes Aufzucken der glühenden Loyalitätsflamme, die einstmals für die Königin in Niallis Seele gelodert hatte. Aber *das hier* war ihr VOLK. Hier. Hier war *ihre* Stadt.

Und nun zeichneten sich in ihrem Kopf wie eine rote Flammenlinie die Erinnerungen an ihre morgenliche Erfahrung ab. Das gräßliche Bild, als sie ins Zentrum des Grassterns geblickt hatte. Die Eindrücke, die sie in panischer Verwirrung zu ihrem Vater hatten fliehen lassen, um bei ihm Trost zu suchen. Die Klauen, die klickenden Schnäbel, die höhnenden fremdartigen Augen. Sie hörte wieder das zischende Gelächter und die verführerisch wispernden Stimmen. Und nun wußte sie, was diese schreckliche Vision ihr zu sagen hatte.

Noch einmal beschwor sie das Bild in sich herauf, wie die siegreichen Heere des VOLKS das NEST zerstörten, wie sein Reichtum vernichtet, seine Wahrheit niedergemetzelt, der Ei-Plan ausgelöscht und sogar auf entsetzliche Weise die Köngin-der-Königinnen vernichtet wurden. Sie stellte sich dem allem und sah es höchst lebendig in ihrem Kopf.

Aber zu ihrer Verblüffung berührte das alles sie nicht mehr. Sie fand nichts mehr von der Empörung in sich, welche die gleichen Bilder noch vor kurzem in ihr ausgelöst hatten. Sie war befreit. Heute endlich hatte sie den Zauberbann ein für allemal gebrochen.

Was bedeutet es mir schon, wenn das Nest zerstört wird? Wenn die Himmlische Fünffaltigkeit beschlossen hat, daß unsere Bahn und die der Hjjks auf Kollisionskurs laufen sollen, nun, so muß das so geschehen, wird geschehen und ist gut so. Und ist gut so. Und wenn der Zusammenstoß erfolgt, dann gehört meine Loyalität meinen eigenen Leuten.

Alles war für sie nun klar und deutlich.

Wenn es denn zum Krieg kam, dann durfte sie nicht das Geschick des Insektenvolkes beklagen, für das sie so lange mutig eingetreten war, sondern die Verluste an jungen Männern und Frauen aus dem VOLK — *ihrem Volk* —, die bei dem Feldzug zugrundegehen würden und Tote sein, lang bevor ihre natürliche Zeit gekommen war ... tragische, sinnlose Verluste. Darin lag das wirklich Entsetzliche: ihr Blut meilenweit vergossen in den endlosen öden Nordlanden.

»Nialli?« Hreshs Stimme drang zu ihr wie aus einer anderen Welt.

Sie gab ihm keine Antwort. In ihrem Hirn kreisten wirbelnd Fragen, die sie nicht zu stellen wagte, und Antworten, die unvorstellbar waren.

Wer sind diese Hjjks, die zu lieben ich behauptete?

Nun, sie sind diese Kreaturen, die mich meiner Mutter und meinem Vater entrissen haben, die mich an einen fremden Ort brachten und mich dort zu etwas verwandelten, als das ich nie gedacht gewesen bin.

Aber warum wollte ich sie dann gegen mein eigenes Volk verteidigen?

Sie haben meine Seele verzaubert und mich für ihre Sache gewonnen.

Und Kundalimon — den du liebtest? Was ist mit Kundalimon?

Ihn liebe ich noch immer. Aber sie hatten mit ihm getan, was sie auch mir antaten, damit sie ihn mißbrauchen konnten; und sie würden auch mich durch ihn benutzt haben, wenn er am Leben geblieben wäre.

»Nialli? Nialli!« Schon wieder Hresh, und er rief nach ihr vom anderen Ende des Firmaments her. Wie in einer Trance sagte sie: »Ja, Vater?«

»Was geschieht mit dir, Nialli?«

Sie öffnete die Augen. »Ich wache auf«, sagte sie. »Aus einem sehr langen Traum.«

Die Caviandis drängten sich warm und weich an sie und rieben die weichen Schnauzen an ihr. Sie streichelte sie behutsam.

Hresh fragte: »Ist wirklich alles in Ordnung?«

»Ja. Ja. Alles ist gut.« Sie lächelte. »Sei nicht so betrübt, Vater. Noch immer wachen die Götter über uns. Und sie lenken und leiten uns.« Sie ergriff seine Hand. »Ich glaube, ich gehe jetzt wieder, wenn du nichts dagegen hast. Ich will mit Thu-Kimnibol sprechen.«

Die Rekruten des ›Schwerts von Dawinno‹ hatten das ganze Stadionfeld mit Beschlag belegt. Sie rannten, sprangen und kletterten über Hürden und fochten Scheinkämpfe mit stumpfen hölzernen Trainingsschwertern aus. Thu-Kimnibol war sich bewußt, daß ihm nur wenig Zeit blieb, die Krieger zurechtzuschleifen und hart zu machen. Jeden Tag mußte das Heer, das Salaman ins Hjjk-Land entsandt hatte, um die Ermordung ›seiner‹ Akzeptänzler zu rächen, auf Gegenaktionen der Nest-Verteidigertruppen stoßen. Und dann war die Zeit der Finten und Scheingefechte vorbei, und es würde endlich ernsthaft Krieg sein. Und Thu-Kimnibol wußte natürlich auch, daß lang bevor eine Nachricht von der Vernichtung des salamanischen Expeditionskorps ihn hier im Süden erreichen konnte, seine eigenen Truppen bereits auf dem Marsch in den Norden sein mußten, um sich der Streitmacht des Königs in Yissou anzuschließen.

»Reißt eure butterweichen Beine höher, springt höher, ihr Lahmärsche!« Das war Maju Samlor. Die meisten Ausbilder in Thu-Kimnibols Heer waren Angehörige der Stadtgarde. »Ihr watschelt wie trächtige Weiber herum!« kam eine andere Stimme aus der gegenüberliegenden Stadionecke. »Setzt mal ein bißchen mehr

Dampf dahinter!« Und in einer anderen Ecke lachte ein riesenhafter Beng in einem gewaltigen Helm mit sieben Hörnern dermaßen laut, daß man es deutlich quer über das ganze Feld hören konnte, und schleuderte drei Rekruten mit einem mächtigen Ausholen seiner Hellebarde durch die Luft.

Thu-Kimnibol erhob sich und klatschte Beifall. Das Kriegsvolk brauchte Ermunterung. Es war genau wie das, was Esperasagiot vor langem über seine Xlendis gesagt hatte, als die Gesandtschaft nach Yissou aufbrach: Stadtzucht, keine Erfahrung und kein Training über lange schwere Strecken. Sogar die kräftigsten Rekruten brauchten einen eisenharten Schliff, um sie auf die bevorstehenden Kämpfe vorzubereiten.

Das Ganze entbehrte nicht einer gewissen Ironie. Thu-Kimnibol erinnerte sich, was sein Vater ihm erzählt hatte: Daß in den langen trägen Tagen seinerzeit im Kokon besondere Maschinen für die Krieger aufgestellt waren, an denen sie sich abstrampeln mußten, um ihrer Muskelerschlaffung entgegenzuwirken. Den ganzen Tag lang schufteten sie schwitzend und grunzend an Apparaten, die so ergötzliche Namen trugen wie: ›Das Rad Dawinnos‹, ›Webstuhl Emakkis‹ oder die ›Fünf Götter‹ ... Und dann vergingen Tausende von Jahren Kokonleben, und es zeigte sich nie und nirgends ein einziger Feind, da sie ja dermaßen sicher in ihrem Bunker im Berghang hockten. Und nun lebte das VOLK in der Freiheit und offen, und es wimmelte allüberall nur so von Feinden. Und dennoch war das Leben in den großen Städten weiterhin zu angenehm, zu lasch. Es hatte die Leute verweichlicht.

»Springt!« brüllte Maju Samlor wieder. »Höher! Streckt eure müden Knochen! Und du, du Volltrottel, nimm deinen Sensorschwanz da weg!«

Thu-Kimnibol lachte. Dann blickte er auf und sah Chevkija Aim durch die Sitzreihen zu ihm herabsteigen. Der Wachhauptmann salutierte stramm und sprach:

»Dumanka ist da, Edler. Und Esperasagiot mit seinem Bruder.«

»Schön. Bring sie her!«

Die drei Männer tauchten aus dem Tunnel unter der Tribüne auf. Zuerst Dumanka, hinter ihm die beiden Bengs. Sie salutierten. Esperasagiot sagte: »Meinen Bruder kennst du ja, Prinz? Hat eine gute Hand für Xlendis, hat er, mein Bruder. Sein Name ist Thihaliminion.«

Thu-Kimnibol betrachtete sich den Mann. Er war um Haaresbreite größer als Esperasagiot und hatte das Fell eines reinrassigen Beng von hellstem Gold. Anscheinend zwei, drei Jahre jünger als sein Bruder. »Das ist ein hohes Lob, wenn Esperasagiot meint, du kannst mit Xlendis umgehen. Es ist das erstemal, daß ich von ihm das Zugeständnis höre, daß er nicht der einzige Mann auf Erden mit Xlendiverstand ist.«

»Prinz!« rief Esperasagiot laut.

Thihaliminion neigte den Kopf. »Was ich weiß, habe ich von ihm gelernt. Er war mein Lehrer in Xlendologie. Ebenso wie Dumanka hier mich zum Gehorsam gegenüber dem Willen der Götter geführt hat.«

»Ihr seid also Gläubige? Akzeptänzler? Alle drei?«

»Alle drei, Prinz«, erwiderte Dumanka, der Quartiermeister, und klatschte fröhlich in die Hände. »Und welchen Frieden, welche Wonnen er uns schenkt, unser Glauben! Ich werde dir ein Büchlein zeigen, Herr. Ich habe es in Yissou bekommen, von einem gewissen Fleischhauer namens Zechtior Lukin. Wenn du darin liest, wird dir das Verständnis aufgetan für die größte Wahrheit der Welt, welche da ist, daß alles so ist, wie es bestimmt ist, daß es nutzlos ist, sich gegen das Schicksal aufzulehnen, denn es sind die Götter, die uns unser Los zuteilen, und was für einen Zweck hätte es ...«

»Genug, genug, lieber Freund!« Thu-Kimnibol hob die Hand. »Bekehre mich bitte ein andermal. Im Moment müssen wir hier eine schlagkräftige Armee aufbauen. Und dafür würdest du von sehr großem Nutzen sein.«

»Was immer deine Herrlichkeit verlangt«, sagte Dumanka.

»Ich hab da so einiges über deinen Zechtior Lukin gehört, als wir in Yissou waren«, sagte Thu-Kimnibol. »Oder doch immerhin über seine Glaubenslehre. Es war König Salaman persönlich, der mir davon sprach. Der Tod ist kein Anlaß zu Jammer oder Bedauern, so ist wohl die Kernidee. Denn er ist ein Teil der göttlichen Planung der Himmlischen. Also müssen wir ihn widerspruchslos hinnehmen, gleichgültig, in welcher Gestalt er zu uns kommt. Hab ich das auch richtig verstanden?«

»Im Kern hast du es verstanden«, sagte Esperasagiot.

»Fein. Fein. Und wie viele von euch ... äh ... Akzeptänzlern gibt es derzeit bei uns in Dawinno, he?«

»Um die zweihundert, Prinz. Aber wir werden laufend mehr.« Der Karawanenführer blickte über die Schulter. »Ich seh hier in der Arena da unten ein paar von uns.«

»Und ihr drei seid die Chefideologen und Lehrer?«

»Ich hab zuerst die Lehre in Yissou gelernt«, sagte Dumanka, »und sie an Esperasagiot und Thihaliminion weitergegeben. Und sie haben sie weiterverbreitet, so rasch sie können.«

»Dann verbreitet sie noch schneller. Ich verlasse mich auf euch. Ich will, daß alle meine Männer gläubige Akzeptänzler sind, wenn wir zum Feldzug in den Norden aufbrechen. Ich will Kämpfer um mich haben, die sich vor dem Sterben nicht fürchten.«

Und damit entließ er sie.

Das dumpfe Schmettern der hölzernen Übungsschwerter hallte wie eine lustige Musik vom Exerzierfeld zu seinen Ohren herauf. Eine leuchtend helle Vision flammte in seinem Kopf auf: das Nest in Flammen, zu Tausenden über dem Schlachtfeld verstreute sterbende

Hjjks, die Schnäbel kraftlos schnarrend, die Königin in letzten Todeszuckungen …

»Herr?« Schon wieder Chevkija Aim. »Die Edle Nialli Apuilana wäre hier und wünscht dich zu sprechen.«

»Nialli? Wozu in der Götter Namen sollte sie …« Er grinste. »Aber ja. Wahrscheinlich, um mir eine Predigt über die Verderblichkeit des Krieges zu halten. Sag ihr, sie soll ein andermal wiederkommen. Nächste Woche. Oder im nächsten Jahr.«

»Sehr wohl, deine Herrlichkeit.«

Doch Nialli war ihm auf den Fersen gefolgt. Chevkija Aims Goldfell sprühte Funken vor Verärgerung.

»Seine Prinzliche Hoheit sind derzeit stark beschäftigt …«

»Ach, mich wird er schon empfangen.«

»Er hat mir aufgetragen, dir zu sagen …«

»Und *ich* befehle dir hiermit, ihm zu sagen, daß seine Gevatterin, die Tochter des Häuptlings, ihn in einer dringenden Angelegenheit zu sprechen wünscht!«

»Edle, es ist unmöglich, daß du so einfach …«

Das Gezeter konnte den ganzen Tag lang so weitergehen. »Schon gut, Chevkija Aim«, sagte Thu-Kimnibol. »Ich rede mit ihr.«

»Ich danke dir, Oheim«, sagte Nialli, und nicht übermäßig freundlich.

Es war lange her, seit er sie zuletzt gesehen hatte — nicht mehr seit seinem Aufbruch nach Yissou. Sie erschien ihm jetzt fast wie eine Fremde. Nicht so sehr ihr verändertes Aussehen verblüffte ihn, sondern die Aura, die sie umgab, die Vibrationen. Sie wirkte stärker, tiefer weiblich, hatte die letzten Reste kindlicher Mädchenhaftigkeit abgestreift. Von ihr ging eine Strahlung von Kraft und Leidenschaft und eine ganz neue Reife aus. Ihre Seele brannte in einem unmißverständlichen leuchtenden Glanz. Und es umgab sie jetzt eine furchteinflößende — Königlichkeit, die sie einhüllte wie ein schimmernder Mantel. Das verlieh ihr eine flammend lodernde Schönheit. Das alles hatte er in ihr nie vorher gesehen. Und es verwirrte ihn nun. Ihm war, als sähe er sie überhaupt zum erstenmal wirklich.

Lange standen sie sich schweigend gegenüber.

Schließlich sagte er: »Also, Nialli? Wenn du gekommen bist, um mit mir zu kämpfen, dann los! Ich bin derzeit ein ziemlich beschäftigter Mann.«

»Du glaubst, ich bin deine Feindin?«

»Ich weiß, daß du es bist.«

»Und warum?«

Er lachte. »Wie könnte es anders sein? Da drunten bilden wir Soldaten aus, bereiten uns auf einen Krieg vor. Und der Feind, gegen den wir ziehen werden, ist das Nest. Das kann dir doch nicht entgangen sein. Und du warst es schließlich, die sich vor dem Präsidium aufgebaut und uns allen erklärt hat, wie wunderbar und klug und edel die Hjjks sind.«

»Das ist lang her, Oheim.«

»Du hast damals gesagt, es sei undenkbar, einen Krieg gegen sie zu führen, weil sie solch unglaublich großartige hochzivilisierte Geschöpfe sind.«

»Ja. Das habe ich gesagt. Und es ist in mancherlei Hinsicht auch wahr.«

»In mancherlei Hinsicht?«

»Teilweise, ja. Nicht in jeder Beziehung. Damals in der Präsidialversammlung habe ich das alles viel zu simpel ausgedrückt. Aber ich war da ja noch recht jung.«

»Aha. Ja, natürlich.«

»Erspar mir dein gönnerhaftes Lächeln, Thu-Kimnibol. Du gibst mir das Gefühl, als wäre ich ein kleines dummes Kind.«

»Das ist aber wirklich nicht meine Absicht, glaube mir. Und du wirkst ganz und gar nicht kindlich auf mich. Aber ich brauche nicht so klug wie Hresh zu sein, um zu begreifen, daß du heute hier erschienen bist — auf Drängen von Puit Kjai, nehme ich an, und von Simthala Honginda und ähnlichen friedenssüchtigen Kerlen —, um mir ein paar Anklagen entgegenzuschmettern und deine Verdammnis des Krieges, den ich gegen deine geliebten Hjjks vorbereite. Schön und gut. Dann schieß los mit deinen Beschuldigungen! Aber dann laß mich in der Aufgabe fortfahren, die ich zu erfüllen habe.«

Niallis Augen funkelten herausfordernd. »Du hast ganz und gar nichts begriffen, Thu-Kimnibol, wie? Ich bin hergekommen, um dir meine volle Hilfe und Unterstützung anzubieten!«

»*Was?*«

»Ich will mich euch anschließen. Ich will mit euch nach Norden ziehen.«

»Um uns auszuspionieren — für die Königin?«

Sie feuerte einen versengenden Blick auf ihn ab, und er merkte, daß sie eine beißend scharfe Antwort in sich zurückwürgte. Und dann sagte sie sehr frostig: »Du hast nicht die geringste Ahnung, was das für Geschöpfe sind, gegen die du zum Kampf ausziehen willst. Ich aber habe sie in der intimsten Nähe erlebt. Ich kann euch leiten. Ich kann euch beim Anmarsch auf das Nest Erklärungen liefern. Und ich kann euch helfen, Gefahren abzuwehren, die ihr euch bisher noch gar nicht vorzustellen fähig seid.«

»Wenn du mich für einen derartigen Trottel hältst, Nialii, dann unterschätzt du mich gewaltig.«

»Und du liegst vollkommen falsch, wenn du unterstellst, daß ich mich hergeben würde, mein eigen Fleisch und Blut zu verraten.«

»Und? Habe ich irgendeinen Grund, etwas andres anzunehmen?«

Und nun war Niallis Blick eisig. Ihre Nasenflügel blähten sich, ihr Fell sträubte sich, und er sah, daß sie sich heftig auf die Unterlippe biß.

Und zu seiner völligen Verblüffung erigierte sie ihr Sensor-Organ und richtete es gegen ihn.

Mit tödlich-kalter Stimme sagte sie: »Wenn du meine Loyalität bezweifelst, Thu-Kimnibol, bist du hiermit aufgefordert, jetzt gleich mit mir zu tvinnern. Dann kannst du ja selbst entscheiden, ob ich eine Verräterin bin oder nicht.«

Es war ein fremdes unvertrautes Terrain hier draußen. Vier Tagesreisen nordwärts von Dawinno aus und dann noch etliche Tage landeinwärts. Hresh hatte die Gegend noch nie vorher gesehen. Er bezweifelte, daß es viele gab, die jemals hier gewesen waren. Diesseits der Inneren Bergkette gab es keine agrarischen Siedlungen, und die Hauptverkehrsstraße zwischen Dawinno und Yissou verlief weit drüben im Westen.

Ein karstiges Land, von Canyons und Erdspalten durchzogen. Aus der Mitte des Kontinents wehten kalte trockene Winde herein. Viele Male war die Region von Erdbeben erschüttert worden, und die Wanderungen altehrwürdiger Gletscher hatten sie weiter und weiter zermahlen und zermalmt, so daß das Knochengebein der Welt hier offen zutage lag in gewaltigen dunklen Steifen, die sich durch den weicheren rötlichen Fels der Hänge zogen.

Sein Wagen wurde von einem einzigen Xlendi gezogen. Es wäre wohl klüger gewesen, zwei Zugtiere zu nehmen, doch er hatte zu wenig Ahnung, wie man diese Viecher handhabte, und hatte darum beschlossen, sich lieber nicht den Gefahren auszusetzen, die ihm von einem widerborstigen, unverträglichen Zweiergespann vielleicht drohten. Er ließ sein Xlendi dahintrotten, wie es dem Tier beliebte, und rasten, wann es dazu Lust hatte.

An Wegzehrung und Vorräten hatte er nur wenig mit sich gebracht, ausreichend vielleicht, um die ersten paar Tage durchzuhalten. Danach war er in allem, was er bedurfte, auf das angewiesen, was das Land ihm bot.

Und er hatte auch kein Stück aus dem Haus des Wissens bei sich, kein einziges Buch, keine Karten, keine antiken wundersamen Funde. Dies alles war nicht mehr von Bedeutung. Er wollte das alles hinter sich lassen. ALLES. Er machte sich hier zum letzten endgültigen Abenteuer seines Lebens auf mit dieser — Pilgerfahrt. Es war wirklich am besten, daß er sich dabei nicht mit Ballast aus der Vergangenheit belud.

Eine Ausnahme gab es allerdings. Der Barak Dayir in der kleinen Samthülse war um seine Hüfte geschnürt, unter dem Leibgurt. Im allerletzten Moment hatte er sich denn doch nicht davon trennen mögen.

Tag um Tag fuhr er geruhsam weiter, wohin ihn der Weg führen wollte. Beständig suchte er den Horizont nach Stoßpatrouillen der Hjjks ab.

Wo bleibt ihr, ihr Kinder der Königin? Hier bin ich, Hresh-der-voller-Fragen-steckt, und ich bin gekommen, um mit euch zu reden!

Aber er sah nirgendwo Hjjks.

Seiner Vermutung nach befand er sich irgendwo in der Nähe des Filial-Nestes, in dem Nialli vor Jahren als Gefangene geweilt hatte. Doch wenn es in der Gegend Hjjks gab, so ließen sie sich jedenfalls nicht blicken. Oder aber sie waren in diesem Landstrich so verstreut vertreten, daß er an keinem ihrer Lagerplätze vorbeigekommen war.

Das war nebensächlich; irgendwann würde er auf Hjjks stoßen, oder sie würden ihn entdecken. Alles zur rechten Zeit. Inzwischen gefiel es ihm, gelassen weiterzuziehen, quer durch das zerklüftete rauhe Land.

Auf eine gewisse Weise wirkte dieser kühle, windzerzauste Landstrich fruchtbar. Es gab gewaltige Bäume mit schwarzem Stamm und weit sich breitenden gelben Laubkronen, und sie standen alle in gebührlichem Abstand zueinander, als könnten sie einen rivalisierenden Mitbaum in ihrer Nähe nicht dulden und müßten alle Gleichrangigen abwürgen und ersticken, die sich in ihre Dominanzzone vorzustreben wagten. Wuchernde Niedriggewächse mit weißlichem wolligen Laub klammerten sich wie ein dichtes Fell an den Boden. Andere Pflanzen, korbförmig und mit dichtverstricktem Geäst, rollten und taumelten ungehemmt durch das Land, als wären sie ein Getier des Feldes.

Aber wenn es hier Pflanzliches gab, das aussah, als wäre es ein Tier, so sah Hresh hier ebenfalls Tiere, die sehr wohl eigentlich Pflanzen hätten sein können. In einem Loch in der Erde stand eine ganze Plantage von schlangenhaften grünen Kreaturen aufrecht da. Als wären sie an Ort und Stelle im Boden verwurzelt. Hresh beobachtete, wie sie urplötzlich emporschnellten und einen ungeschickten Vogel oder ein Insekt aus der Luft schnappten und sich wieder zurückzogen, und niemals sah er, daß eines dieser Wesen ganz aus seiner Höhlung herauskam. Und dann gab es da andere, die nichts weiter waren als riesenhafte Mäuler über rudimentären Leibern; sie hockten bewegungslos an Steinbrocken und gaben verlockende dröhnende Verführungslaute von sich, die ihre Beute wie in Trance zu ihnen zogen. Hresh erinnerte sich, daß er so ähnliche Geschöpfe einmal als Knabe gesehen hatte — auf der Reise aus dem Kokon nach Vengiboneeza. Damals hätten sie ihn fast selbst an sich gelockt. Aber inzwischen war er jedoch immun gegen ihre unheilbringenden Melodien geworden.

Er hatte niemandem gesagt, daß er aus Dawinno fortgehen werde. Er hatte die Runde gemacht und mit den Menschen — ein letztesmal — gesprochen, an denen ihm besonders lag: Thu-Kimnibol, Boldirinthe, Staip, Chupitain Stuld — natürlich auch mit Nialli und Taniane. Aber er hatte noch nicht einmal Taniane gesagt, daß er für immer Abschied nahm.

Es war ihm nicht leichtgefallen, so mit der Wahrheit hinter dem Berg zu halten. Besonders Taniane gegenüber. Er hatte es schmerzlich ertragen. Aber er wußte auch, daß sie ihn zurückzuhalten versuchen würden, wenn sie erführen, was er plante. Also hatte er sich einfach im Frühdunst aus der Stadt gestohlen. Und nun, wo Dawinno weit hinter ihm lag, verspürte er nicht das geringste Bedauern. Ein langer Phasenabschnitt seines Lebens war zu Ende. Eine neue Phase begann.

Wenn er etwas bedauerte, dann, daß er die Stadt so vortrefflich konstruiert hatte. Jetzt kam es ihm so vor, als hätte er das VOLK den falschen Pfad entlanggeführt, als wäre es ein Fehler gewesen, die Stadt Dawinnos nach dem Vorbild Vengiboneezas zu erbauen, ja überhaupt den Versuch zu wagen, die Große Welt in diesem Neuen Frühling wiederholen zu wollen. Die Götter hatten die Große Welt von der Erde weggefegt, weil sie ihren Zeitablauf ausgelebt hatte. Die Große Welt war bis an die Grenzen ihrer Entfaltungsmöglichkeiten vorgestoßen und hatte dann einen toten Punkt erreicht, den totalen Stillstand. Wären nicht die Todessterne erschienen, um sie zu vernichten, die eigene Vollkommenheit dieser Welt wäre unmerklich in Fäulnis und Verfall übergegangen. Denn eine Kultur, eine Zivilisation ist eben keine Maschine, sondern lebendiges Gesamtwesen und muß entweder wachsen und gedeihen oder verfallen und zugrundegehen. Und eine andere Alternative gibt es dabei nicht.

Hresh hatte sich so sehr gewünscht, daß das VOLK zum Hochniveau der Großwelt, die Hunderte von tausend Jahren dazu gebraucht hatte, sich mit einem einzigen gewaltigen Evolutionssprung hinaufentwickeln werde. Aber das VOLK war dazu nicht fähig und nicht reif gewesen. Schließlich war ja nur eine einzige Generation vergangen, seit sie aus dem Kokon hervorgekrochen waren. Und unter dem Druck dieses evolutionären erzwungenen Sprunges waren sie aus dieser urtümlichen schlichten Einfachheit und Einfältigkeit direkt in ihre spezifische Fäulnis und Verrottung gestoßen worden und hatten nicht einmal eine Atempause und Schonzeit gehabt, um zu wirklicher Menschhaftigkeit zu reifen.

Dieser böse, dieser üble Krieg, zum Beispiel ...

Er war eine verbrecherische Verhöhnung der Götter, ein Verbrechen auch nach den Gesetzen der Stadt, ja ein Verbrechen gegen die Zivilisation selbst. Und Hresh wußte, es lag ganz und gar nicht in seiner Macht, irgend etwas zu tun, ihn zu verhindern.

Und so mußte er sich eingestehen, daß er versagt hatte. In der Zeit, die ihm noch gegeben war, wollte er alles in seiner Macht Liegende tun, dafür Sühne zu leisten. Eines jedoch weigerte er sich zu tun: Er würde nicht in trübselige Zerknirschung verfallen über Fehler, die er begangen hatte — oder über jene, die andere gerade im Begriff waren zu begehen. Denn er hatte sein BESTES getan. Das war wirklich der einzige Trost: Er hatte sich wirklich niemals geschont.

»Ich erinnere mich an den Tag deiner Geburt«, sagte Thu-Kimnibol mit Erstaunen in der Stimme. »Hresh und ich blieben zusammen die ganze Nacht auf, die Nacht davor, und ...«

»Nicht!« sagte sie.

»Nicht was?«

»Sprich mir nicht von dem, woran du dich erinnerst, daß ich klein war.«

Er lachte. »Soll ich einfach so tun, Nialli, als wäre ich nicht so viel ...«

»Ja. Tu einfach so, wenn du mußt. Nur erinnere mich nicht daran, daß du bereits erwachsen warst, als ich zur Welt kam, einverstanden? Einverstanden, Thu-Kimnibol?«

»Aber — Nialli ...« Dann lachte er.

»Komm her!« befahl sie. Sie zog ihn eng an sich. Er umschloß sie mit den Armen. Und dann war er über ihr, mit den Händen, den Lippen, dem Sensor-Organ, berührte, streichelte, knabberte, murmelte unablässig ihren Namen. Er war wie ein gewaltiger Fluß, der sich über sie ergoß und sie mit sich fortriß. Und sie ließ sich davontragen. So etwas hätte sie nie erwartet. Und er wohl auch nicht, vermutete sie.

Ob sie sich je an seine massige Größe gewöhnen würde? Er war derart riesenhaft, so stark, so völlig anders als Kundalimon. Wie merkwürdig es war, von ihm derart vereinnahmt zu werden. Aber auch sehr angenehm. Ich glaube, ich kann mich daran gewöhnen — mit der Zeit. Doch ja, das werde ich, dachte sie, als sie spürte, wie er gegen ihren Leib zu beben begann, und sie fing ebenfalls an zu zittern. Doch, ich werde mich bestimmt daran gewöhnen können.

Die Landschaft begann die Gestalt zu ändern. Während der letzten paar Tage hatte Hresh eine niedere Hügelkette zur Linken und eine zweite zur Rechten gehabt, zwischen denen sich eine scheinbar endlose Ebene breitete. Nun strebten die zwei Kämme aufeinander zu und bildeten ein enges geschlossenes Tal ohne Ausgang. Hresh machte an einem Bach mit dichtem grauen Uferschilf halt und überlegte, was er tun solle. Es schien nicht sinnvoll, weiter in diese Sackgasse hineinzufahren. Es war vielleicht am besten, er kehrte um und suchte irgendwo in den Bergen im Osten nach einem Paß.

»Nein«, ertönte eine Stimme, die keine Stimme war und die wortlos zu ihm sprach. »Du tätest besser daran, geradeaus weiterzureisen.«

»Wahrlich ja. Das ist der einzige Weg.« Eine zweite Stimme, die zu ihm in der stummen Sprache des Denkens redete.

Bestürzt blickte Hresh sich um. Nach all den Tagen ununterbrochener Einsamkeit wirkten die plötzlichen Stimmen auf ihn wie ein Donner.

Zuerst sah er nichts. Dann jedoch entdeckte er im dichten Röhricht am Wasser ein purpurnes Blitzen, und dann sah er die schlanke spitze Schnauze eines Caviandi und dann die eines zweiten. Die geschmeidigen kleinen Fischjäger kamen dann furchtlos aus ihrem Versteck auf Hresh zu. Die Händchen mit den zierlichen gespreizten Fingern wie zum Gruß erhoben.

»Ich bin Er-Kanto«, sagte das eine Caviandi.

»Ich bin Sie-Thikil«, erklärte das andere.

»Mein Name ist Hresh.«

»Ja. Das wissen wir.« Sie-Thikil gab einen weichen freundlichen Laut von sich und legte ihre Hand in die Hreshs. Die Finger waren schlank und hart, flinke Fischfängerfinger. Er-Kanto ergriff Hreshs andere Hand. Und beide luden ihn ein, mit ihnen zu kommunizieren, so wie es bei dem anderen Paar in seinem Garten der Fall gewesen war, seinen Gefangenen, Er-Lokim und Sie-Kanzi.

»Ja«, sprach er.

Ihre Seelen stürzten auf seine zu, und eine Woge von warmer Freundschaft sprang auf ihn über.

Also bedeutete Freundlichkeit gegenüber einem Caviandi Freundschaft mit allen. Als er sich den zwei Caviandis in seinem Tiergarten zur Kommunion geöffnet hatte, war er unwissentlich ein Bündnis mit der gesamten Caviandi-Rasse eingegangen. Diese beiden hier waren seinem Wagen schon tagelang gefolgt und hatten sein Xlendi insgeheim auf den rechten Pfad gelenkt, dem Weg, der zum Nest führte. Sie hatten ihn um Orte herumgeführt, an denen Gefahren lauerten, ihn zu Weidegründen gelenkt, wo das Zugtier und sein Herr frisches Wasser und Nahrung finden konnten. Hresh begriff, daß seine Fahrt keineswegs so ins Blaue verlaufen war, wie er das angenommen hatte.

Und jetzt erkannte er, daß er nicht zur Seite abbiegen durfte. Der rechte Pfad lief geradeaus und direkt in das sich verengende Tal hinein.

Ernst bedankte er sich bei den Caviandis für ihre Hilfe. Er sah ein letztesmal ihre großen dunkelschimmernden Augen, die ihn über die Reetspitzen grüßten. Dann sanken die geschmeidigen Geschöpfchen in das Schilfdickicht und waren verschwunden.

Er ging zu seinem Wagen zurück. Mit einem raschen Peitschenstreicheln seines Zweitgesichts kitzelte er das Xlendi vorwärts.

Als der Canyon enger wurde, beschleunigte der Bach, der in seiner Mitte floß, seinen Lauf und wurde immer wilder und heftiger, und als die Dämmerung hereinbrach, schoß er mit beständigem dröhnenden Tosen neben Hresh dahin. Er spähte nach vorn und sah, daß die Schlucht in der Tat im hinteren Ende offen war, doch war es nur eine Spalte, und der Bach mußte dort mit der tobenden Gewalt eines Wildwassers hervorschießen.

Hatten die Caviandis ihn getäuscht? Das erschien ihm nicht möglich. Doch wie sollte er mit seinem Wagen durch diesen Schlitz von Öffnung hindurchkommen?

Er fuhr dennoch weiter.

Und nun hörte er deutlich die tausend hallenden und widerhallenden Stimmen des Katarakts. In der scharfen kühlen Abendluft war ein großer blauer Stern heraufgestiegen, und sein Schein brach sich glitzernd in den Wassern. Der Pfad war inzwischen so schmal geworden, daß der Wagen neben dem strudelnden Bach kaum genug Platz hatte. Der Boden begann sich leicht zu heben, was den Schluß zuließ, daß das Strombett zunehmend tiefer geschnitten sein würde, je näher man an die Öffnung der Schlucht herankam.

»Da ist er ja endlich«, kam eine trockene Stimme, spröde wie ein ausgebleichter Knochen, eine stumme Stimme, eine Gedankenstimme. »Der Wißbegierige. Der Frage-Knabe.«

Hresh blickte auf. Vor dem sich tiefer verdunkelnden Himmel zeichnete sich die kantige Gestalt eines Hjjk ab. Hoch aufgerichtet und reglos. In einer seiner zahlreichen Hände hielt er einen Speer, der noch länger war als er selbst.

»Das *Kind?*« Hresh lachte. »Ein Kind soll ich sein? Ach, guter Freund, nein, ich bin ein alter Mann. Ein ziemlich müder alter Mann. Wenn du zweifelst, dann sondiere mein Gedanken etwas sorgfältiger, dann wirst du es schon merken.«

»Das Kind bestreitet, daß es ein Kind ist«, sagte ein zweiter Hjjk, der auf der gegenüberliegenden Seite des hochragenden Kliffs erschienen war. »Aber das Kind ist dennoch ein Kind. Was immer es sich einbilden mag.«

»Schön, wenn ihr so wollt, dann bin ich eben ein Kind.«

Und das war er auf einmal wirklich: Denn plötzlich fiel die Zeit einwärts in sich zusammen, und er war wieder der kleine drahtige zappelige Hresh-voller-Fragen, der im ganzen Kokon überall herumstöberte, allen mit seiner Wißbegier auf die Nerven ging, der Koshmar und Torlyri zur Verzweiflung trieb, seine Mutter Minbain plagte, seine Spielkameraden reizte und ärgerte. Die ganze Lebensmüdigkeit seiner späten Jahre fiel von ihm. Er platzte wieder vor wilder Energie und Unbekümmertheit, war erneut Hresh-die-Quasselstrippe, Hresh-der-Sucher, Hresh, im ganzen Stamm der kleinste Junge, aber voll unersättlichem Wissensdrang, der immer wieder am Lukenloch des Kokons hockte und davon träumte, da eines Tages hinauszuschnellen in die unbekannte von Wundern volle Welt, die dort lag.

Die Hjjks machten sich an den Abstieg vom Kliff und kletterten durch das Bruchgestein auf ihn zu. Er wartete mit Gelassenheit auf sie; er bewunderte ihre Geschicklichkeit, und ihm gefiel, wie das Licht des großen blauen Sterns, der — wie er nun erkannte — nur der Mond war, auf ihren starren gelb-schwarzen Panzern schimmerte. Fünf, sechs, sieben Hjjks kamen herabgeklettert. Seit seiner Kindheit hatte er keinen Hjjk mehr gesehen. Damals hatte er sie für erschreckend und häßlich gehalten; jetzt erkannte er die eigenartige Schönheit ihrer schlanken konischen Gestalten.

Sein Xlendi stand völlig reglos, als hätte es sich in einem Xlendi-Traum verlaufen. Ein Hjjk fuhr ihm sacht mit dem borstigen Unterarm den langen Kiefer hinauf, und das Xlendi folgte sogleich und begann vorwärts zu trotten. Und dort war eine dunkle Höhlenöffnung, eigentlich nur ein Spalt, den Hresh bisher nicht bemerkt hatte, der genau mitten durch die Felswand führte. Vor ihm schimmerte Sternenlicht. Hresh konnte das ferne Brüllen des Kataraktes hören. Das Xlendi trottete weiter.

Nach einer Weile langten sie auf einem Sims am Außenhang des Kliffs an. Rechts von Hresh brach das nun milchig tosende Wildwasser durch den Felsspalt, schoß in einem Bogen nach außen und stürzte tief unten in ein gischtendes Becken. Links zog sich ein gewundener Pfad den Hang hinab bis zu einem weiten offenen Grasland, auf dem in der Dunkelheit nichts von Bedeutung zu sehen war.

»Die Königin erwartet dich schon lange«, sagte eine tonlose trockene Hjjk-Stimme, als der Wagen den Abstieg in das Dunkelreich drüben begann.

9. Kapitel

Auf zum Nest der Nester!

Die ganze Woche hindurch waren mit wachsender Dringlichkeit und immer größerer Hast die Nachrichten über die Relaisstationen in Nord und Süd zu Salaman gelangt.

Thu-Kimnibol rückte von Dawinno aus an der Spitze eines gewaltigen Heeres heran. Schon war er Yissou nahe, vielleicht nicht einmal mehr ein paar Tagesmärsche entfernt. Jeder einzelne in Salamans Agentenkette hatte sich tief beeindruckt geäußert über die Größe der heranziehenden Streitmacht. Hatte Thu-Kimnibol etwa sämtliche Dawinnoaner im kampffähigen Alter rekrutiert und brachte sie jetzt her? Fast schien es so.

An der Front im Norden war das vierhundert Mann starke Heer des Königs Tag für Tag weiter in Hjjk-Gebiet vorgestoßen, genau auf der Route, welche die kleine Siedlergruppe von Akzeptänzlern eingeschlagen hatte.

Wir haben sie entdeckt, kam schließlich der Bericht. *Sie sind alle tot.*

Und dann: *Wurden selbst von den Hjjks angegriffen.*

Dann: *Ihre Übermacht ist zu groß.*

Und dann ... Stille.

»Bereits zum zweitenmal«, verkündete Salaman von seinem Pavillon auf der Mauer den Bürgern von Yissou, die sich in gewaltiger Zahl auf dem Platz unter ihm versammelt hatten, »hat das Volk der Hjjks — ohne Provokation — unser Volk angegriffen. Zuerst wurden die unschuldigen Kolonisten abgeschlachtet, die Zechtior Lukin in ein unbesiedeltes Gebiet geführt hatte. Und nun haben sie die Armee massakriert, die wir zur Rettung Zechtior Lukins und seiner Leute entsandt hatten. Von jetzt an kann es für uns nur noch eine Politik geben!«

»Krieg! KRIEG!« ertönte des Gebrüll aus tausend Kehlen.

»Ja, den Krieg«, erwiderte Salaman. »Den *totalen* Krieg aller vom VOLK gegen diesen unversöhnlichen Erzfeind. Die Hjjks bedrohen von frühester Zeit an unablässig die Existenz dieser unserer Stadt! Aber jetzt werden wir mit dem Beistand unsrer Bündnispartner aus Dawinno das Feuer in ihr eigenes Reich tragen ... Wir werden sie zu Hackfleisch verarbeiten ... Wir werden ihre abscheuliche Königin hervorzerren ans Licht des Tages ... und ihrer Scheußlichkeit und ihrem Leben ein Ende machen!«

»KRIEG! KRIEG!« brüllte die Menge wieder.

Später aber, am Nachmittag selbigen Tages, nachdem Salaman in seinen Palast zurückgekehrt war und auf dem Thron Harruels Platz genommen hatte, trat sein Sohn Biterulve vor ihn und sprach: »Vater, ich will mit dem Heer ziehen, wenn es ins Land der Hjjks aufbricht. Ich ersuche dich pflichtgemäß um deine Erlaubnis. Aber ich flehe dich an, versage sie mir nicht.«

Salaman spürte, wie eine Hand sich um sein Herz krallte. Damit hatte er nicht gerechnet.

»Du?« Er stierte den blassen schlanken Knaben verblüfft an. »Was verstehst du schon vom Kriegshandwerk, mein Biterulve?«

»Ich habe befürchtet, daß du das sagen wirst. Aber, weißt du, ich reite schon lange regelmäßig mit meinen Brüdern ins weitere Land um die Stadt. Und ich habe von ihnen auch einige Fertigkeit im Kämpfen erlernt. Du darfst mir diesen Krieg nicht vorenthalten, Vater!«

»Aber die Gefahren ...«

»Willst du mich zu einem feigen Weib machen, Vater? Ja, schlimmer noch als ein Weib, denn ich weiß genau, daß in deinen Kampfbrigaden auch Frauen mitziehen. Und ich soll daheim hockenbleiben? Mit den Tattergreisen und greinenden Säuglingen?«

»Aber du bist kein Krieger, Biterulve.«

»Doch, das bin ich.«

Die ruhige Beharrlichkeit des Jungen verriet eine Stärke, die Salaman nie vordem an ihm bemerkt hatte. Und er sah den funkelnden Zorn und den verletzten Stolz in Biterulves Augen. Und der König erkannte, daß dieser sein sanftmütiger, eher zur Gelehrsamkeit neigender Sohn ihn in eine unmögliche Lage manövriert hatte. Verweigerte er Biterulve die Teilnahme am Krieg, dann beraubte er ihn für alle Zeit seiner Fürstennatur. Und der Junge würde es ihm nie verzeihen. Ließ er ihn aber ziehen, dann würde ihm womöglich der Knabe von einem scharfen Hjjk-Speer aufgespießt und getötet. Und eine derartige Vorstellung vermochte Salaman nicht einmal als Möglichkeit in Betracht zu ziehen.

Es war eine *unmögliche* Situation. Und er spürte, wie schon wieder der Zorn in ihm heraufquoll. Wie konnte das Kerlchen es wagen, ihm eine solche Entscheidung aufzubürden? Aber Salaman beherrschte sich.

Biterulve wartete. Hoffnungsvoll und furchtlos.

Er läßt mir keine Wahl, dachte Salaman bitter.

Schließlich sprach der König mit einem tiefen Seufzen: »Ich hätte es nie für möglich gehalten, Junge, daß dich die Lust nach Kämpfen packen würde. Aber ich erkenne, ich habe mich getäuscht in dir.« Er wandte den Blick ab und verabschiedete seinen Sohn mit einer brüsken Handbewegung. »Also — dann geh! Geh, mein Sohn! Mach dich marschbereit ... wenn du es denn schon tun mußt.«

Biterulve grinste, klatschte und eilte aus dem Saal.

»Bring mir Athimin her!« befahl der König einem der Hoflakaien.

Als der Prinz sich einfand, sagte Salaman verdrossen zu ihm: »Biterulve hat mir soeben eröffnet, daß er mit uns in den Krieg ziehen will.«

Athimins Augen funkelten vor Überraschung. »Aber, das wirst du ihm doch sicher verbieten, Vater!«

»Nein. Ich habe es ihm gestattet. Er sagte, ich würde

ihn entmannen, ein Weib aus ihm machen, wenn ich ihn zwingen sollte, daheimzubleiben. Nun, so sei es denn also. Aber *du* wirst sein Pädagoge und Beschützer sein, ist das klar? Wenn ihm auch nur ein Finger verletzt wird, lasse ich dir drei von den deinen abhacken. Hast du mich verstanden, Athimin? Ich liebe sämtliche meiner Söhne, wie ich mich selber liebe. Biterulve aber liebe ich über alle Maßen. Bleib also auf dem Schlachtfeld stets und getreulich an seiner Seite. Immer!«

»Das will ich, Vater.«

»Und sieh zu, daß er uns heil und ganz aus dem Kampf zurückkehrt. Denn wenn nicht, dann tätest du besser daran, selber droben in der hjjkischen Wüstnis zu bleiben, als daß du mir wieder unter die Augen kommst.«

Athimins Blick war starr.

»Ihm wird nichts Böses widerfahren, Vater«, sagte der Prinz schließlich mit erstickter Stimme. »Ich schwöre es dir.«

Und ohne ein weiteres Wort verließ Athimin den Audienzsaal. Dabei wurde er fast von einem atemlosen Eilboten über den Haufen gerannt, der soeben hereingekeucht kam.

»Was gibt's?« blökte Salaman.

»Das Heer ... das Heer aus Dawinno«, hustete der Läufer. »Sie sind am Laternenwaldforst angekommen. In ein paar Stunden haben sie die Stadt erreicht.«

»Da! Schaut euch das mal an!« sagte Thu-Kimnibol. »Die Große Mauer von Yissou!«

Unter einem purpurgoldenen Himmel erstreckte sich ein wuchtig-massiges tiefst-schwarzes Band undenkbar weit über den Horizont, bis es schließlich am Rande sich zurückkrümmte und in der Dunkelheit jenseits verschwand. Es hätte eine tiefhängende dunkle Wolkenformation sein können, doch nein, das Ausmaß und die Festigkeit waren dermaßen erdrückend, daß man sich kaum vorzustellen vermochte, wie die Erde unter diesem unglaublichen Gewicht standhielt.

»Das kann doch nicht wirklich da sein?« fragte Nialli Apuilana schließlich. »Oder ist es nur eine Illusion, irgendein Trick, den Salaman unserm Hirn aufzwingt?«

Thu-Kimnibol lachte. »Wenn es ein Trick ist, dann hat Salaman sich damit selber übers Ohr gehauen. Die Mauer, Nialli, die ist schon real und fest genug. Seit einem Zeitraum, zweimal so lang, wie du auf Erden bist, oder doch fast, hat der Mann sämtliche Ressourcen seiner Stadt in den Bau von diesem Monsterding da gestopft. Während wir bei uns Brücken und Türme und Straßen und Parks errichteten, hat Salaman sich einen Wall gebaut. Sozusagen einen Super-Mauerwall, der über Äonen hin standhalten soll. Und wenn diese Stadt dort so alt sein wird wie Vengiboneeza und dann doppelt so tot und verlassen, wird diese Mauer immer noch dastehen.«

»Ist der Mann krank im Hirn, was meinst du?«

»Höchstwahrscheinlich. Aber dabei stark und schlau in all seinem Wahnwitz. Es wäre ein großer Fehler, ihn jemals zu unterschätzen. Es lebt auf der Welt keiner, der so stark wäre und so entschlossen zielstrebig wie Salaman. Oder so verrückt.«

»Ein Verbündeter, der wahnsinnig ist. Mich läßt das schaudern.«

»Besser man hat einen Irren zum Verbündeten als zum Feind«, sagte Thu-Kimnibol.

Er wandte sich um und gab seinen Männern in den Wagen dicht hinter dem seinen ein Zeichen. Sie hatten ebenfalls angehalten. Nun setzten auch sie sich wieder in Bewegung und zogen die schräge Tafelebene hinauf und auf die Erhebung zu, über der die sagenhafte Mauer sich quer über den Himmel zog. Nialli konnte auf der Wallkrone bereits kleine Figuren ausmachen, Krieger, deren Speere vor der dunkelnden Luft wie schwarze Stachelborsten aufragten. Einen Augenblick lang stellte sie sich vor, das wären Hjjks, die sich irgendwie der Stadt bemächtigt hatten. Dieser Ort war dermaßen absurd-fremdartig, daß er zu Phantasievorstellungen anregte. So dachte sie sich auch aus, daß die Mauer, trotz ihrer kolossalen Masse, nur in einem instabilen Gleichgewicht leicht über der wuchtigen Basis schwebe, und daß nur ein leiser Windstoß genügen würde, sie nach außen und über sie fallen zu lassen; ja, daß der Wall bereits langsam auf sie zuzuwanken begonnen habe, als der Wagen weiterrollte. Nialli lächelte. Wie dumm ich bin, dachte sie. Andererseits, was Yissou-Stadt betraf, so schien da alles denkbar. Die schwarze Mauer zum Beispiel, das gehörte doch wohl eindeutig in den Bereich der Träume — und nicht gerade solcher von besonderer Lieblichkeit.

Thu-Kimnibol sprach weiter: »Als ich hier als Junge lebte, war da nur ein hölzerner Palisadenzaun. Nicht einmal besonders stark außerdem. Als die Hjjks ankamen, hätten sie da mit Leichtigkeit in Massen herüberkommen können, wenn wir nicht eine Methode gefunden hätten, sie zurückzuwerfen. Himmel — wie haben wir an dem Tag gekämpft!«

Er versank in ein Schweigen und schien sich darin völlig zu verlieren.

Nialli schmiegte sich gegen seinen tröstlich-beruhigenden massigen Körper und versuchte sich vorzustellen, wie das an jenem Tag gewesen sein mochte, als die Hjjks nach Yissou gekommen waren. Sie sah vor sich den mannhaften Knaben Samnibolon (der sich später Thu-Kimnibol nennen würde) in der Schlacht um Yissou: Groß war er schon und kräftig und wurde niemals müde, und schwang seine Waffe wie ein Vollmann und mähte die Hjjk-Horden nieder im blutigen Abenddämmer, als die Schatten länger wuchsen. Doch, sie konnte ihn ohne Schwierigkeiten vor sich sehen, diesen Knaben von heldenhafter Gestalt, denn jetzt war er ja ein Mann von heroischen Dimensionen. Erbarmungslos kämpfte er gegen die Eindringlinge, unermüdlich, die seines Vaters junge Stadt bedrohten. Und sich irgendwo tief in sich fühlte sie eine keimende Erregung bei der Vorstellung von Thu-Kimnibol, wie er schweißgebadet und kampfeswütend tobte.

Der kriegerische Knabe Samnibolon, der zu diesem kriegsbegeisterten Manne Thu-Kimnibol aufgeschwollen war — wie waren sie doch alle beide verschieden, ja das Gegenteil von dem sanften Kundalimon, diesem scheuen, seltsam spröden Sendboten und Überbringer der Liebe und des Friedens der KÖNIGIN. Doch, ja, Nialli hatte Kundalimon hemmungslos und über alle Zweifel erhaben geliebt. Sie tat es in gewisser Weise noch immer. Und doch — und doch, wenn sie sich die Wildheit Thu Kimnibols vor Augen hielt, fühlte sie sich von unwiderstehlichem Liebesverlangen zu ihm hingerissen. Zum erstenmal war sie davon im Stadion über dem Exerzierfeld überkommen worden — voller Erstaunen und Freude. Und seitdem war es ihr Hunderte Male wieder so geschehen. Und hier fast unter dem schrecklichen Wall Salamans war dieses Verlangen stärker denn je, schien ihr. Sie kannte Thu-Kimnibol seit ihrer frühen Kindheit und dennoch, erkannte sie jetzt, hatte sie ihn überhaupt nicht wirklich gekannt; sie kannte ihn erst, seitdem sie einander in diesen letzten paar Wochen auf so eigenartige Weise nahegekommen waren.

Sein Leben lang, überlegte sie, hat er auf die Chance gewartet, wieder zu kämpfen. Und jetzt hat er sie und wird kämpfen. Und auf einmal war ihr klar, daß sie ihn wegen seiner Stärke liebte, wegen dieser Geschlossenheit, dieser Ungebrochenheit seines Wesens, die seit seinen frühesten Kindertagen bestimmend für ihn gewesen war, als der Schutzwall um die Stadt da nichts weiter als ein schütterer Holzzaun war.

Sie war sicher: Die Liebe zu Kundalimon würde unauslöschlich in ihr weiterglühen. Und doch: Dieser andere Mann, der in allem so ganz das Gegenteil von Kundalimon war, erfüllte sie so ganz und vollkommen, daß es für andere keinen Raum mehr zu geben schien.

Nie zuvor war Hresh mit einer derartigen Perfektion in Berührung gekommen. Ja, er hätte sie auch niemals für möglich gehalten. Denn wahrhaftig, das NEST funktionierte so glatt und reibungslos wie eine Maschine.

Er begriff, daß er sich nur in einem unbedeutenden Vorposten-Lager der Hjks befand, und ganz gewiß nicht im Groß-Nest selbst, aber dennoch erschien ihm die Anlage als dermaßen riesenhaft und komplex, daß er selbst nach mehrtägigem Aufenthalt keinen klaren Begriff von der Anlage gewinnen konnte. Die Tunnelgänge, warm und süßduftend und von einem rosaroten Glühleuchten schwach erhellt, das von den Wandungen ausstrahlte, verzweigten sich radial in verwirrend unübersichtlichen Mustern, bogen hierhin und dorthin ab, überschnitten sich und kehrten wieder an den Anfang zurück. Und dennoch bewegten sich alle in diesen Korridoren rasch und ohne Zögern und wußten offensichtlich ganz genau, welchen Weg sie einzuschlagen hatten.

Die Hjjks hatten ihre unterirdische Riesenstadt auf allereinfachste Weise erbaut, nämlich indem sie die Tunnelgänge mit den bloßen Krallen gegraben hatten (Hresh hatte sie bei der Arbeit beobachten können, denn sie waren unablässig damit beschäftigt, das Nest zu vergrößern) und dann die Wandungen mit einer Paste bedeckten, die aus aufgeweichtem Holz bestand, das sie selbst zerkauten und zu großen feuchten Haufen zusammenspuckten, die dann aufgeschaufelt und an die erwünschten Stellen gebracht werden konnten. In regelmäßigen Abständen stützten Holzbalken die Tunneldecke. Eigentlich hätte Hresh sich von den Hjjks etwas Raffinierteres erwartet. Außer in der Größe unterschied sich das hier nicht besonders von jenen Nestern, wie sie die Ameisen und Termiten der Wälder für sich erbauten.

Und genau wie diese Kleininsekten und Waldbodenbewohner hatten auch die Hjjks ein komplexes Gemeinwesen von Kasten und Funktionsspezialisierung entwickelt. Die größten Exemplare — durchwegs Weibchen, wenn auch anscheinend unfruchtbar — waren die Soldaten. Gewöhnlich wagten sie als einzige sich aus dem Nest in die Welt hinaus. Soldatinnen hatten Hresh hier hingeführt.

Dazu parallel gab es die Kaste der Arbeiter, unfruchtbarer Männchen, deren Aufgaben der Aufbau und die Erweiterung des Nestes und die Wartung der raffinierten Belüftungs- und Heizsysteme waren, durch die es bewohnbar blieb. Sie waren dickleibig und kurz und zeigten kaum etwas von der unheimlichen Grazie der Kämpfer.

Ferner gab es die für die Fortpflanzung zuständigen Kader, die Eiproduzenten und Lebensentfacher, die sogar noch kleiner und untersetzter waren als die Arbeiter und die kurze Gliedmaßen und stumpfe Rundschädel hatten. Wenn sie reif waren, wurden sie der Königin zugeführt, die sie zu voller Fruchtbarkeit brachte, indem sie sie irgendwie mit einer Substanz durchdrang und erfüllte, die sie selbst ausschied; dies nannte man die ›Berührung der Königin‹. Daraufhin paarten sich die Lebensentfacher und Ei-Produzenten, und aus den befruchteten Eiern schlüpften kleine bleiche Larven. Eine weitere Kaste sogenannter Nahrungspender oder Ammen versorgten und zogen diese Larven in vorgelagerten Höhlen heran. Entsprechend den Befehlen der Königin bestimmten sie sodann, zu welcher Kaste die jungen Hjjks gehören würden und bildeten sie durch Zufuhr der entsprechenden Diät dazu heran. Die Zahl der Kastenangehörigen blieb stets gleich: Wenn das Leben eines hjjkischen Soldaten oder Arbeiters oder Ei-Produzenten oder Lebensentfachers sich dem vorbestimmten Ende näherte, wurde in den Höhlen der Nährammen bereits der Nachfolger herangezogen.

All dies erfuhr Hresh von den Angehörigen einer wieder ganz anderen Kaste, für die er eine tiefe persönliche Sympathie und Geistesverwandtschaft empfand: die Nest-Denker, die Philosophen und Lehrer im Insektenstaat.

Ob diese Männchen oder Weibchen waren, das vermochte er nicht zu unterscheiden. Sie waren so lang wie die Soldatinnen, was dafür gesprochen hätte, daß sie weiblich sein müßten, hatten dabei aber die untersetzte Gestalt von Arbeitern, und waren, wo ein Segment ihrer Leiber an das nächste stieß, kaum eingeschnürt, was wiederum auf Männchen hindeutete. Jedenfalls, mit Geschlechtlichkeit und Fortpflanzung schienen sie nichts zu schaffen zu haben. Sie saßen den ganzen Tag in dunklen verschlossenen Kammern, und die Jugend kam dort zu ihnen, um zu lernen. Auch Hresh suchte sie auf und lauschte ernst, als sie ihm erklärten, wie das Nest funktionierte. Er war nie sicher, ob er zweimal mit demselben Nest-Denker sprach. Sie waren für ihn ununterscheidbar. Nach einiger Zeit gewöhnte er sich an, sie allesamt als Einheit, als plurale Individualität zu betrachten — Nest-Denker.

Nest-Denker erschloß ihm die Geheimnisse des Nests. Nest-Denker zeigte ihm auf, wie jeder Einzelaspekt des Lebens im Nest auf vollkommene Weise mit allen anderen Aspekten koordiniert war. Nest-Denker lehrte ihn die Nest-Wahrheit, erklärte ihm die komplizierten Zusammenhänge von Ei-Plan und Königin-Liebe. Nest-Denker bot ihm Trost und Sicherheit in der Nest-Bindung.

Und schließlich war es Nest-Denker, der ihn vor die Königin führte. Und da ruhte das allergrößte Geheimnis und Rätsel: die riesengestaltige bewegungsunfähige Monarchin des Stadtstaates, verborgen in einer Kammer tief unter den übrigen Etagen des Baus, schützend umsorgt von der Elitetruppe der Königlichen Leibgardisten, riesenwüchsigen Soldatinnen von unbezwingbarem Kampfesmut, die IHR Lager mit einem undurchdringbaren schützenden Ring umgaben.

»Die Königin ist unsterblich«, sagte Nest-Denker zu Hres. »Sie wurde geboren, als die Welt noch jung war, und sie wird leben bis ans Ende der Welt.« Also wirklich, soll man das wörtlich verstehen? Gewiß, die Königin mochte eine enorm hohe Lebenserwartung haben, und vielleicht lebte sie ja tatsächlich dermaßen lange, daß es allen übrigen so vorkommen mußte, als wäre sie zeitlos. Aber — unsterblich?

Hresh hatte keine Vorstellung mehr, wie lange er bereits in diesem Nest weilte, als man ihn zur Audienz bei der Königin befahl. Zeit besaß hier keine große Bedeutung: Oftmals vergingen ihm seine Tage in traumhaft dämmerigen Meditationszuständen. Er war in eine seltsam friedliche Andersheit geglitten, und die Stürme der Draußenwelt und die hektische Unruhe in Dawinno-Stadt erschienen ihm nun wie Trugbilder aus einem andren Leben. Doch schließlich kam der Tag, an dem Nest-Denker ihm eröffnete: »Heute trittst du vor die Königin. Folge mir!«

Sie stiegen gemeinsam die schmale Spiralrampe hinab, deren erdige Fläche durch generationenlange Abnutzung durch Myriaden von Füßen spiegelblank poliert war. Hresh überlegte, ob unter diesen Füßen auch welche gewesen waren so wie die seinen. Er zweifelte daran. Höchstwahrscheinlich waren nur die harten Schabekrallen der Hjjks jemals vorher hier entlanggeschlittert.

Abwärts und hinunter und immer tiefer hinab gingen sie. Der Schacht stieg wie ein Schneckenbohrer-Loch hinab durch die Tiefen der Zeit. Scharfe unbekannte Gerüche drifteten zu Hresh herauf. Ein pulsierendes Schwarzlichtglühen war die einzige Beleuchtung.

Je tiefer sie gelangten, desto rascher kamen sie voran. Der langbeinige Nest-Denker schlug eine unerbittlich rasche Gangart ein, und es wurde Hresh beinahe schwindlig, als der Schacht sich immer tiefer und tiefer spiralig senkte. Doch da war eine unbekannte Kraft, die ihm die Seele stützte und stärkte. Vielleicht kam sie ihm vom Nest-Denker, vielleicht gar von der Königin selbst zu.

Und dann erreichten sie schließlich das Allerheiligste. Es war eine länglich-ovale Kammer mit hoher Tonnendecke. Anstatt der Dachsparren trugen hier hexagonale Kassetten das Gewölbe, die so meisterlich zusammengefügt waren, daß man den Eindruck bekam, sie müßten auch dem heftigsten Erbeben der Erde standhalten können. Am einen Ende der Kammer — da, wo Nest-Denker und Hresh eingetreten waren — standen die Leibdiener der Königin auf einem Podium dicht geschart, und ihre Waffen starrten auswärts. Den restlichen Raum in der Kammer nahm die Königin ein, und sie füllte ihn völlig von einem Ende zum anderen, von Wand zu Wand aus.

Sie war ein Koloß, ein schlauchartiges fleischiges Behältnis, schwammig-schwabbelig und rosig, überhaupt nicht irgendwie hjjk-artig: ohne Augen, ohne Kneifschnabel, ohne Gliedmaßen ... ohne irgendwelche Individualcharakteristika. Dennoch spürte Hresh, daß er sich in der Gegenwart einer außergewöhnlichen Wesenheit befand, einer Gewalt von solcher Macht und Stärke, daß er Mühe hatte, nicht ehrfürchtig vor ihr auf die Knie zu fallen.

Und dabei war die da bloß eine Unter-Königin, soweit er wußte. Eine Untergebene der Großen Königin-der-Königinnen.

Der einzige Laut im Raum war Hreshs eigener Atem. Er stemmte sich die Hände in die Flanken und grub sie tief ins Fell, um sein Zittern unter Kontrolle zu bringen. Die Königlichen Wachen kamen dicht an ihn heran, umringten ihn von allen Seiten, bedrängten ihn hart mit ihren starren Leibpanzern und ihren borstigen Gliedmaßen. Ihre Klingen piekten sacht seine Haut. Wenn er auch nur die kleinste unerwartete Bewegung machte, würden die Schneiden tief in ihn eindringen.

Eine Stimme wie eine furchtbare Glocke sprach dröhnend in seinem Gehirn.

»Du hast den Fokalkontakter bei dir?«

Auf irgendeine Weise verstand Hresh, daß die Königin von seinem Barak Dayir sprach.

»Ja.«

»Setze ihn ein.«

Er holte den Wunderstein aus dem Beutel. Er fühlte sich in der Hand an, als brenne er. Ihn überlief aus tiefstem Innern ein Furchtschauder, doch wirkte dem sofort eine ausgleichende Wärme entgegen, die von der Königin auszugehen schien.

Hresh holte tief Luft und ging die Verbindung mit dem Zauberstein ein.

Sofort kommt ein Donnerschlag, oder ein Knall, als bräche die Welt aus ihren Angeln. Sein Bewußtsein schießt im Flug über einen riesigen Abgrund hinweg. Als hätte er sich aufgelöst und führe mit einem Sturm dahin. Es ist ihm unmöglich zu erfassen, wo er sich befindet oder was mit ihm geschieht; er hat nur ein Gefühl von Unermeßlichkeit, in der eine andere Unermeßlichkeit umfangen ist, und irgendwo tief darinnen brennt ein Feuerkern mit der Gewalt von zehntausend Sonnen.

Hresh ist sich der Anwesenheit von Nest-Denker, der Nähe der Leibwachen der Königin, ja nicht einmal seines eigenen Körpers noch klar bewußt ... Da ist nur diese Unermeßlichkeit, und sie umfängt ihn ganz.

»Was bist du?« fragt er.

»Du kennst mich unter dem Begriff Königin-der-Königinnen.«

Und Hresh begreift. Er ist *in* der Königin, und nicht etwa jener kleineren des Nests, das er kennengelernt hat. Alle Nester sind verbunden; alle Königinnen sind Teil und Ausdruck der ›Königin‹. Und diese größte Manifestation der Hjjks, die geheimnisvoll im rätselhaften

Norden verbogen ruht, besitzt ebenfalls einen Barak Dayir, einen Zauberstein: Er ruht eingebettet in ihrer fleischlichen Unmäßigkeit, ja wahrhaftig, und dieser Wunderstein spricht nun zu dem von Hresh. Und diese Verbindung verbindet ihn, Hresh, mit der Königin-der-Königinnen, und er taucht in diese gigantische Masse von fremder Fleischlichkeit und versinkt darin.

Hresh erinnert sich auf einmal, daß sein geistiger Vater und Mentor Noum Om Beng vor langer, langer Zeit zu ihm sagte: »Auch wir hatten einmal das, was du deinen Barak Dayir nennst. Doch er wurde uns von den Hjjks geraubt.« — Ja, und ihre Königin hat ihn gefressen und in sich hineingeschlungen. Und so war das. SIE besaß den anderen Kontaktfokus, den Wunderstein, den einstmals die Beng besessen und verloren hatten, das Zwillingsstück zu dem alten Zauberding, das er nun mit seinem Sensororgan umfaßt.

»Nun wirst du sehen«, sagt die Königin.

Und die Himmel spalten sich und öffnen sich weit. Die Jahre rollen davon, zurück, zurück, und der Barak Dayir folgt einer schmalen Flammenlinie durch die Jahrhunderte in die ferne Vergangenheit. Die Königin wünscht ihm zu zeigen, wie immens weit das Erbe ihrer Rasse zurückreicht.

Hresh sieht die Welt unter dem Eis des Langen Winters begraben: Frostzungen schieben sich in Landzonen, die früher keine Kälte kannten, und zartes Grün wird unter ihrem Angriff zu kahlem Schwarz. Geschöpfe, für die er nicht einmal einen Namen wüßte, suchen verzweifelt Schutz, und Geschöpfe von seiner eigenen Art fliehen kläglich hierhin und dorthin. Die großen bleichen Schwanzlosen, die er als Menschliche kennt, wandern zwischen ihnen umher und sprechen: *Kommt, kommt, hier ist der Kokon, ihr sollt errettet sein.*

Und er sieht auch Legionen von Hjjks, die sich unbeirrt auf ihre Speere stützen und dem Schwarzen Wind trotzen, der Schneeflocken um sie peitscht.

Und weiter, tiefer zurück in die Zeit vor der Kälte, die glorreiche Zeit der Großen Welt. Gewaltige schwerfällige, hirnschnelle reptilische Saphiräugige auf den Veranden ihrer Marmorvillen; See-Lords in ihren Sänftenwagen, Vegetabilische, Mechanische, alle die grandiosen Wesen dieser wundersamen Ära. Auch Menschliche wieder. Und Hjjks, immer schon die Hjjks. Myriaden von ihnen, perfekt organisiert, klar im Denken, kaltäugig, stets in Einklang lebend mit dem gewaltigen vieltausendjährigen Schema des Ei-Plans, mitten unter den anderen Rassen lebend, oft sogar jahrelang in den großen Städten der Großwelt, ehe sie wieder in ihr heimatliches Nest zurückkehren.

Wird die Königin ihn noch weiter zurückführen? Bis gar in die Zeit *vor* der Großen Welt?

Nein. Die Reise ist zu Ende. Hresh fühlt sich mit sinnverwirrender Schnelligkeit wieder vorwärtsgezerrt, die Bilder zucken in blitzhafter Raschheit vorüber, Kometenschweife im Himmel, Todessterne, die niederstürzen, die Luft wird schwarz, die ersten Schneestürme, das verdorrte Laub, die Welt unter Eis begraben, die stoische Gleichmütigkeit der Saphiräugigen, die panische Flucht der verzweifelten wilden Tiere — und wieder die Hjjks, immer sind sie da, und sie ziehen ruhig hinaus und nehmen die eisesstarre Welt in Besitz, sobald die anderen Rassen sie aufgegeben haben.

Es herrschte ziemlich große Stille im Gemach der Königin.

Sie waren wieder im Nest. Der Eindruck uralter Größe und Vervollkommnung der hjjkischen Welt klang in Hreshs Seele nach wie die wogende Fülle einer unermeßlichen Symphonie.

Dann sprach die Königin: »Nun erkennst du uns, wie wir sind. Warum also verwandelt ihr euch in unsere Feinde?«

»Ich bin nicht dein Feind.«

»Dein Volk weigert sich, mit uns in Frieden zu leben.

In diesem Augenblick sogar bereitet ihr euch auf den Angriff auf uns vor.«

»Was sie tun, ist übel«, sagte Hresh. »Und ich erbitte deine und eure Vergebung dafür. Ich bitte dich, sage mir, gibt es einen Weg, wie dein Volk und das meine friedlich nebeneinander leben können.«

Wieder Stille, diesmal eine sehr lange.

»Ich habe euch einen Friedensvertrag angeboten«, sagte die Königin.

»Gibt es keine Alternative? Uns einzupferchen in Teilen der Welt, die wir bereits besitzen, und uns daran zu hindern, hinauszustreben und den Rest zu erforschen, wäre das so unmöglich?«

»Wozu ist sie gut, diese ganze Erforscherei? Eine Strecke Erde ist so ziemlich genau wie eine andere. Und es sind eures Volks schließlich nicht so viele, daß ihr die ganze Welt für euch beanspruchen dürftet.«

»Aber jegliche Hoffnung fahren zu lassen und nicht weiter ins Unbekannte vorzustoßen ...«

»Vorstoßen! Fortschreiten!« Die gewaltige Glockenstimme der Königin dröhnte verachtungsvoll. »Das ist alles, wonach ihr strebt, ihr kleinen lächerlichen Pelzlinge! Wieso könnt ihr nicht mit dem zufrieden sein, was ihr habt?«

»Aber ist nicht *euer* Ei-Plan gleichfalls nach dem Prinzip konstanter Expansion angelegt?« fragte Hresh kühn.

Die Königin reagierte darauf mit einem gewaltigen kichernden Glucksen, als habe sie es mit einer kindlichen Frage zu tun, die dermaßen impertinent war, daß sie bereits wieder unwiderstehlich charmant wirkte. »Der Ei-Plan ist die Verwirklichung und Erfüllung dessen, was bereits vor dem Anfang der Zeit war. Es ist keine Erschaffung von Neuem, sondern nur die höchst konsequente Aktualisierung des Immer-Gewesenen. Verstehst du das?«

»Ja. Ja, ich glaube schon«, sagte Hresh.

»Deine Art, die aus ihren Schutzkellern herausbrodelte, als die Kaltzeit endete, die sich wie eine Seuche über das Land ausbreitete, ihr, die ihr euch ohne Maß und Plan vermehrt, die Erde mit kalten steinernen Städten zupflastert, die ihr den Boden verseucht, die Luft mit eurem Rauch schwärzt, die Flüsse zu Kloaken macht, damit sie euren Zwecken dienen ... Ihr, die ihr euch selber vorantreibt, um irgendwo an Orten anzukommen, die niemals für euch bestimmt waren — *ihr* seid die Feinde der Nest-Wahrheit. Die Feinde des Ei-Planes. Ihr seid eine wild hereinbrechende Kraft in der Ordnung der Welt. Ihr seid eine Pest, eine Krankheit, und man muß euch in Schach halten. Es ginge nicht an und wäre unmöglich, euch auszurotten ... Aber ihr müßt in Schach gehalten werden. Verstehst du mich — du Kind-voller-Fragen? Verstehst du?«

»Ja. Ich verstehe — allmählich.«

Sein Sensor verkrampfte sich um den Barak Dayir. Er zitterte am ganzen Leib, so heftig traf ihn die Offenbarung.

Ja, er hatte begriffen, und über alle Zweifel hinaus begriffen. Aber er wußte auch, daß das, was ihm hier offenbart worden war, weit über das hinausreichte, was die Königin ihm zu sagen glaubte. Die Hjjks des Neuen Frühlings waren nur noch Schatten von jenen, die in den Zeiten der Großen Welt gelebt hatten. Diese Alt-Hjjks waren Abenteurer gewesen, Reisende, eine Rasse von kühnen Kaufleuten und Entdeckern. Sie waren kreuz und quer durch diese Welt — und womöglich viele anderen — gezogen, um ihre Ziele zu verfolgen, und hatten dabei in das üppige, vielschichtige Gewebe der Großen Welt ihren leuchtendroten Faden des Erfolges eingeflochten.

Aber die Große Welt war vorbei und seit langem verschwunden. Was also waren diese Überlebens-Hjjks? Noch immer eine bedeutende Spezies, gewiß. Aber sie waren eine Rasse von Gestrauchelten, Versager, die alle ihre technischen Errungenschaften und ihre Expansionslust verloren hatten. Sie waren zu abgründlich tief-konservativem Volk verkommen, das sich an die Fetzen einstiger Größe klammerte und alles aufkeimende Neue erstickte.

Denn was ersehnten sie schließlich mehr als alles andere? Nichts weiter, als daß sie Löcher in die Erde graben und im sicheren Dunkel leben dürften. Damit sie dort ihrem ewig gleichen Zyklus frönen könnten: Geborenwerden, Sichfortpflanzen, Sterben. Und in Abständen schicken sie dann ihre überschüssige Bevölkerung fort, damit die irgendwo anders ein neues Loch graben und dort den gleichen alten Kreislauf im Trott weitermachen könne. Ihrer Überzeugung nach konnte die Welt nur Bestand haben, wenn die Lebens-Grundmuster unverändert gewahrt, gepflegt und fortgesetzt wurden. Und für die Erhaltung dieser ihrer stabilen Lebensgrundmuster waren sie zu jedem Einsatz bereit.

Das zeugt von gewaltiger Dummheit, dachte Hresh.

Die Hjjks fürchten Veränderung, weil sie einen derart gewaltigen Abstieg erfahren mußten und ein noch tieferes Absinken befürchten. Doch Veränderung ist unausweichlich. Und gerade *weil* die Große Welt sich so erfolgreich angelegen sein ließ, sich gegen jede Veränderung abzusichern, sagte Hresh nun bei sich, haben die Götter die Todessterne über sie verhängt. Diese Große Welt hat eine Art von Fast-Vollkommenheit erreicht gehabt, und Perfektionismus können die Götter einfach nicht dulden.

Was aber die Überlebenden des Langen Winters unter den Hjjks noch immer nicht zu begreifen bereit zu sein schienen, war, daß Dawinno mit ihnen unweigerlich nach SEINEM Willen verfahren würde, ob es ihnen nun paßte oder nicht. Der Große Verwandler machte das immer so. Nichts Lebendiges kann sich der Verwandlung entziehen, und wenn es sich noch so tief unter der Erde zu verbergen versucht und sich verzweifelt an seine angelebten Rituale klammert. Gewiß, man mußte den Hjjks Respekt zollen für das, was sie aus den Scherben und Splittern ihrer früheren Existenz konstruiert hatten. Es war ein starres System, und wegen dieser Inflexibilität dem Untergang geweiht; doch auf seine Weise war es furchtbar und fürchterlich vollkommen.

Die Lösung wäre allerdings auch nicht, dachte Hresh, die Einrichtung einer nur anders gearteten statischen Gesellschaft. Und zum erstenmal seit langer Zeit sah er so etwas wie einen Schimmer von Hoffnung für sein eigenes Volk, diese unsteten, umgetriebenen, unberechenbaren Leute. Vielleicht soll ja wirklich die Welt unser werden, trotz allem, dachte er. Ganz einfach weil wir so ganz und gar unsicher sind, was richtig ist.

Er wußte nicht, wieviel Zeit vergangen war. Eine Stunde, ein Tag, vielleicht ein Jahr. Er wußte nur, daß er sich in einen höchst seltsamen Traum verirrt hatte. In der Königlichen Kammer herrschte absolute Stille. Die Leibgardistinnen der Herrscherin standen starr wie Statuen um ihn herum.

Und wieder vernahm er die glockentönende gewaltige Stimme der Königin in seinem Gehirn: »Gibt es sonst noch etwas, das du zu wissen wünschst, du Kind-voller-Fragen?«

»Nichts. Nein, nichts. Ich danke dir, daß du mich an deiner Weisheit teilhaben ließest, große Königin.«

Mit raschen wuchtigen Zügen zeichnete Salaman mit der Spitze seines Speeres eine Landkarte in die feuchte dunkle Erde.

»Hier ist Yissou-Stadt« — ein geschlossener ungebrochener und undurchbrechlicher Kreis — »und hier sind wir jetzt, drei Tagesmärsche im Nordosten. Da hebt sich das Gelände, der langgestreckte bewaldete Bergrücken, der nach Vengiboneeza hinüberreicht. Du erinnerst dich, Thu-Kimnibol, wir sind einmal in diese Richtung ausgeritten.«

Thu-Kimnibol grunzte zustimmend, während er sich intensiv mit der Lageskizze beschäftigte.

Rechts von der Zeichnung brachte Salaman nun ein Dreieck an. »Das da ist Vengiboneeza, völlig hjjk-verseucht. Und hier ...« — er stach heftig in einiger Entfernung von dem Dreieck in den Boden — »liegt ein kleineres Nest, aus dem die Hjjks kamen, die unsere Akzeptänzler abgeschlachtet haben. Hier, hier und hier ...« — drei weitere wütende Speerstöße — »liegen weitere kleine Nester. Dahinter kommt das große weite unbesiedelte Niemandsland, wenn wir uns nicht sehr getäuscht haben. Und da ...« — er stapfte fünf Schritt weiter und bohrte einen grobgezackten Krater in den Boden — »ist unser Ziel: das Nest-der-Nester.«

Er wandte sich um und blickte zu Thu-Kimnibol auf, der ihm an diesem Morgen gigantisch groß, groß wie ein Berg vorkam, jedenfalls doppelt so groß, wie er wirklich war. Und das war schon unerträglich groß gewesen.

In der verflossenen Nacht war des Königs Spitzel Gardinak Cheysz zu ihm gekommen und hatte bestätigt, was Salaman bereits geargwöhnt hatte: Thu-Kimnibols ›Freundschaft‹ zu seiner Bruderstochter war mehr als bloße familiäre Freundlichkeit; vielmehr waren die beiden Kopulationspartner. Vielleicht gar Tvinnr-Partner. War das eine neue Geschichte? Anscheinend ja, dachte Gardinak Cheysz, jedenfalls waren die beiden vorher im Stadttratsch nie in Verbindung gebracht worden.

Nun, das setzte aller Hoffnung ein Ende, ihn mit Weiawala zu verbinden. Ein Jammer, das! Es wäre so nützlich gewesen, den Mann an das Yissouaner Königshaus zu fesseln. Diese unerwartete Liebesaffäre zwischen Thu-Kimnibol und Tanianes Tochter machten es nur noch wahrscheinlicher, daß er nach Tanianes Ausscheiden als der Beherrscher von Dawinno-Stadt dastehen würde. Ein König in Dawinno, anstatt eines

Häuptlings? Salaman fragte sich, was das für ihn selbst und seine Stadt bedeuten konnte. Vielleicht kam ja Gutes dabei heraus. Aber höchstwahrscheinlich nicht.

Thu-Kimnibol fragte: »Und welchen Plan schlägst du jetzt vor?«

Salaman pochte mit dem Speer auf den Boden. »Das unmittelbare Problem ist Vengiboneeza. Yissou allein mag wissen, wie viele Hjjks dort herumwimmeln, aber es sind bestimmt mehr als eine Million. Die müssen wir allesamt neutralisieren, bevor wir weiter nordwärts vorstoßen können, sonst hätten wir eine gewaltige Hjjk-Festung im Rücken sitzen und wären abgeschnitten, wenn wir auf das Große Nest zustoßen.«

»Einverstanden.«

»Kennst du dich gut aus mit der Anlage von Vengiboneeza?«

»Ich kenne den Ort überhaupt nicht«, antwortete Thu-Kimnibol.

»Also, Berge hier, im Norden und Osten. Hier eine Bucht. Dazwischen die Stadt, geschützt hinter Wällen. Hier unten dichtes Dschungelgebiet. Nach dem Auszug aus dem Kokon zogen wir durch diesen Dschungel. Das war vor deiner Geburt. Die Stadt ist schwer anzugreifen, doch es ist möglich. Ich schlage einen Zangenangriff vor, unter Einsatz deiner Großwelt-Waffen. Du kommst von der Seeseite heran und sorgst mit der Schleife und der Feuerschnur für Ablenkung. Inzwischen steige ich mit dem Erdfresser und dem Blasenrohr aus den Bergen hinab und lege die Stadt in Trümmer. Wenn wir rasch und gut zuschlagen, werden die gar nicht merken, was sie getroffen hat. Na, wie ist das?«

Er spürte das Problem, noch ehe Thu-Kimnibol zu sprechen begann.

»Ein guter Plan«, sagte der Riese bedächtig. »Aber die Großweltwaffen müssen in meiner Hand bleiben.«

»Was?«

»Ich kann sie nicht mit dir teilen. Ich besitze sie nur

als Leihgaben und bin für sie verantwortlich. Sie dürfen nicht in fremde Hände, in niemandes Hände gelangen. Nicht einmal in die deinen, mein Freund.«

Salaman fühlte heiße Wut wie glutflüssiges Gestein durch seine Adern schießen. Feurige Reifen schraubten sich um seine Stirn. Er verspürte den Impuls, seinen Speer hochzureißen und ihn mit einem wuchtigen Stoß Thu-Kimnibol in die Eingeweide zu rammen; und es bedurfte aller seiner inneren Stärke, sich zu beherrschen.

Zitternd vor Anstrengung, sich seine Erregung nicht anmerken zu lassen und ruhig zu erscheinen, sagte er: »Das kommt mir aber sehr überraschend, mein Cousin.«

»Wirklich? Nun, dann bedaure ich es sehr, mein Cousin.«

»Aber wir sind Verbündete. Ich hatte geglaubt, daß Waffenbruderschaft auch bedeutet, daß man die Waffen miteinander teilt.«

»Ich verstehe dich. Aber ich bin gezwungen, diese Waffen zu schützen.«

»Aber dir ist doch gewiß klar, daß ich sie mit Sorgsamkeit behandeln würde.«

»Das würdest du ohne allen Zweifel tun«, sagte Thu-Kimnibol konziliant. »Doch falls sie dir irgendwie abhanden kämen — sagen wir, die Vengiboneezer Hjjks locken dich in einen Hinterhalt, und die Waffen gingen dabei verloren —, dann träfen Schmach und Schande allein mich, weil ich sie aus meiner Hand gegeben hätte. Nein, Gevatter, es ist unmöglich. Du sorgst für die Ablenkung, und wir zerstören Vengiboneeza von oben her. Und danach ziehen wir brüderlich und in Liebe zum NEST.«

Salaman befeuchtete sich die Lippen. Noch immer mußte er sich zur Ruhe zwingen.

»Wie du willst, Cousin«, sagte er schließlich. »Wir gehen die Stadt vom Wasser her an. Du steigst durch die

Berge herab — mit deinen Waffen. Hier — meine Hand drauf!«

Thu-Kimnibol grinste befriedigt. »So sei es denn, Cousin!«

Salaman stand einige Zeit da und blickte dem riesenhaften Prinzen nach, bis dessen Gestalt in der Entfernung schrumpfte. Rasende Wut ließ den König beben, als hätte er ein Schüttelfieber. Von hinten sah Thu-Kimnibol aus wie sein Vater Harruel. Und er ist genauso widerborstig und stur, wie Harruel es war, dachte Salaman. Genauso aufgeblasen und überheblich. Und genauso gefährlich.

Biterulve trat zu ihm und sprach: »Ärger, Vater?«

»Ärger? Was denn für Ärger, Junge?«

»Ich spüre es in der Luft um dich herum.«

Salaman zuckte die Achseln. »Wir kriegen keine von den Großweltwaffen, weiter nichts. Thu-Kimnibol darf sie nicht aus der Hand geben.«

»Wir bekommen gar keine? Nicht mal eine?«

»Er sagt, er darf es nicht riskieren, sie weiterzugeben.« Salaman spuckte aus. »Götter! Ich hätte ihn auf der Stelle, wie er da stand, umbringen mögen! Er will den ganzen Ruhm als Hjjk-Töter und Sieger im Krieg für sich einheimsen — und uns schickt er nackt gegen das Ungeziefer in den Kampf.«

»Vater, es sind *seine* Waffen«, sagte Biterulve leise. »Wenn wir sie gefunden hätten, würden wir ihm anbieten, sie mit ihm zu teilen?«

»Aber gewiß würden wir das tun! Sind wir etwa unzivilisierte Tiere, Sohn?«

Biterulve gab darauf keine Antwort. Doch der König erkannte am Ausdruck seiner sanften Augen, daß er seine Worte mit Skepsis aufgenommen hatte, und ob er ihnen geglaubt hatte, war auch zweifelhaft.

Vater und Sohn blickten einander einen Augenblick lang fest an.

Dann wurde Salaman weich, umfaßte die schmalen

knochigen Schultern des Jungen mit dem Arm und sagte: »Aber das spielt keine Rolle. Soll er sein Spielzeug ruhig für sich behalten. Wir werden es auch allein ganz gut schaffen. Aber ich sage dir eins, mein Sohn, und gelobe es auch vor sämtlichen Göttern: Es wird das Heer von Yissou sein, und nicht das von Dawinno, das zuerst das Nest stürmen wird, und wenn es mich alles kosten sollte, was ich habe. Und ich werde die Königin mit eigener Hand töten. Ehe Thu-Kimnibol auch nur einen Blick auf sie werfen kann!«

Und dann setzte der König stumm hinzu: Ich will dafür Sorge tragen, daß ich es meinem Gevatter Thu-Kimnibol heimzahle, wenn der Krieg vorbei ist. Doch vorläufig sind wir Verbündete und gute Freunde.

Wieder einmal war einer der Tage, an denen Husathirn Mueri rotationsmäßig den Richterthron in der Basilika einzunehmen hatte. Da Thu-Kimnibol schon wieder einmal nicht in der Stadt weilte, mußten Puit Kjai und er sich täglich in der Routine abwechseln. Nicht daß sie beide in Amtspflichten ertrunken wären. Es gab kaum Prozesse, da die Stadt praktisch, bis auf die sehr Jungen und die sehr Alten, menschenleer war.

Dennoch hockte er pflichtschuldig unter der großen Kuppel und war bereit, Recht zu sprechen, sollte jemand es von ihm verlangen. In den trödelig dahinstreichenden Stunden schweiften seine Gedanken nach Norden, wo zur selben Zeit der Krieg, den er verabscheute, im Gange war. Was geschah dort droben? Hatten die Hjjks Thu-Kimnibol schon niedergeschmettert? Sich diese Szene vorzustellen, das bereitete Husathirn Mueri ein gewisses Vergnügen: die Horden von schrillenden knirschenden Ungezieferlingen strömen in erbarmungslosen Sturzbächen von den Nordbergen herab und stürzen über die Eindringlinge nieder und zersäbeln sie zu Fetzen. Thu-Kimnibol bricht unter ihren Speeren zusammen und stirbt wie sein Vater vor ihm …

»Deine Throngnaden?«

Chevkija Aim war in die Basilika und in Husathirn Mueris Träumereien eingetreten. Der Hauptmann der Stadtwache hatte sich für diesmal mit einem Helm geschmückt, der mit geschwärzten Eisenplättchen geschindelt war und von dessen Flanken zwei grellblinkende goldene Klauen zu großer Höhe aufragten.

»Irgendwelche anhängigen Fälle?« fragte Husathirn Mueri.

»Bisher keine, deine Throngnaden. Aber einige Neuigkeiten. Die alte Boldirinthe hat sich ins Bett gelegt, und man sagt, sie wird wohl nicht wieder aufstehen. Unser Häuptling hat sich zu ihr begeben. Deine Schwester Cathiriil ist auch schon dort. Sie hat mich hergeschickt, damit ich dir Bescheid sage.«

»Sollte ich nicht ebenfalls gehen? Ja. Ja, ich denke, das muß ich wohl. Aber erst wenn meine Sitzungsstunden in der Basilika abgesessen sind. Egal, ob Streitparteien kommen oder nicht, meine Pflicht ist es, hier zu sein.« Er lächelte. »Die arme alte Boldirinthe. Na ja, um die Wahrheit zu sagen, ihr letztes Stündlein ist ja eigentlich schon lang überfällig. Was meinst du, Chevkija Aim? Werden zehn starke Männer genügen, um sie zu Grabe zu tragen? Oder fünfzehn?«

Der Wachhauptmann schien das nicht amüsant zu finden.

»Sie ist die Opferfrau der Koshmari, Herr. Das ist ein hohes offizielles Amt, sagt man. Und sie war eine liebe und freundliche Frau. Ich selber würde sie tragen, wenn man mich dazu auffordert.«

Husathirn Mueri wandte den Blick ab. »Meine Mutter war vor ihr die Opferpriesterin. Hast du das gewußt? Torlyri. Das war in der alten Zeit, in Vengiboneeza. Wer wird wohl jetzt Opferfrau werden, das würde ich gern wissen? Wird es überhaupt noch einmal eine geben? Hat überhaupt noch eine das Wissen und die Praxis für die Rituale und Gegenzauber?«

»Wir leben in seltsamen Zeiten, Herr.«

»Ja, wahrlich in seltsamen Zeiten.«

Dann schwiegen beide.

»Wie still es ist in der Stadt«, sagte Husathirn Mueri schließlich. »Alle sind sie fort, um in dem Krieg zu siegen. Außer uns beiden. Jedenfalls sieht es fast so aus.«

»Unsere Pflicht erlaubte es uns nicht, Herr«, sagte Chevkija Aim taktvoll. »Auch in Kriegszeiten kann die Stadt nicht ohne Richter sein und ohne Polizei.«

»Du weißt doch, ich habe gegen diesen Krieg votiert, Chevkija Aim.«

»Dann ist es ja wohl bestens, daß deine Pflichten es dir unmöglich machten, mitziehen zu müssen. Du hättest kein guter Krieger sein können, bei deinen Überzeugungen.«

»Und wenn du gedurft hättest, wärst du mitgegangen?«

»Ich besuche jetzt unsere Erleuchtungsversammlungen, Herr. Das weißt du ja. Ich teile deinen Abscheu gegen den Krieg. Und ich sehne mich nur danach, daß endlich der Frieden der Königin bei uns einkehrt und unsrer geplagten Welt die Liebe bringt.«

Husathirn Mueris Augen weiteten sich. »Wirklich? Ja, natürlich. Ich hab es vergessen. Auch du bist also ein Jünger der Lehren Kundalimons geworden. Das geht wohl allen so, nehme ich an, die noch hier sind. Die Helden ziehen in den Krieg, und die Friedliebenden bleiben zu Hause. Und so soll es sein. Was meinst du, wo wird das Ganze noch enden?«

»Im Königin-Frieden, Herr. In IHRER allumfassenden Liebe für alle.«

»Ja. Das hoffe ich wirklich zutiefst.«

Tu ich das wirklich? fragte er sich. Diese Hingabe an den neuen Glauben, wenn es denn das wirklich war, blieb ihm immer noch rätselhaft unerklärlich. Er besuchte regelmäßig den Betsaal; er respondierte mechanisch die Litaneien, die Tikharein Tourb und Chhia

Kreun vorbeteten; und manchmal, hatte er jedenfalls das Gefühl, kam er dabei der Erfahrung einer religiösen Entrückung recht nahe. Eine vollkommen neue, unbekannte Erfahrung für ihn. Aber schließlich, er war sich in keiner Sache seiner Aufrichtigkeit jemals sicher gewesen. Und es war ja auch nur eine der vielen Absurditäten dieser Zeit, daß er auf einmal da irgendwo kniete und Lobgesänge auf die Königin-der-Königinnen herunterleierte, daß er zu diesen abscheulichen Hjjks betete, sie möchten die Welt aus der Angst befreien

Er blickte, halb hoffnungsvoll, in die Vorhalle, ob dort nicht vielleicht doch noch eine wütend schnatternde Schar von Händlern hereinbrechen würde, mit amtlichen Dokumenten fuchtelnd, sich wechselseitig mit Flüchen überschüttend. Aber die Basilika blieb weiterhin still.

»Eine leere Stadt«, sagte er, ebenso zu sich selber wie zu dem Hauptmann der Garde. »Die jungen Männer sind fort. Die alten Leute sterben. Taniane wandert herum, als wäre sie das Gespenst ihrer selber. Keine Präsidialsitzungen. Hresh ist weg, und keiner weiß, wo er ist. Wahrscheinlich stöbert er hinter irgendwelchen Rätseln in den Sümpfen her. Oder er fliegt mal eben mit seinem Wunderstein zum Nest rauf und schwatzt ein bißchen mit der Königin. Das würde genau zu ihm passen, sowas! Das Haus des Wissens — verlassen, bis auf diese eine junge Frau, die nicht mit in den Krieg gezogen ist ... Sogar Nialli Apuilana ist in den Kampf gezogen.« Bei diesem Gedanken überkam ihn dumpfe Traurigkeit. Er hatte ihre Abreise beobachtet: wie sie stolz und aufgeregt winkend neben Thu-Kimnibol stand, als das Heer aufbrach. Das Mädchen war im Geiste verstört, kein Zweifel! Zuerst erzählt sie aller Welt, was für wundervolle gottheilige Geschöpfe die Hjjks doch sind, dann läßt sie sich auf so eine Affäre ein, mit einem fremden Abgesandten, diesem Kundalimon, nachdem sie jeden in Frage kommenden anständigen Kandidaten aus ihrer eigenen Stadt abgelehnt hat ... Und dann bringt sie es fertig, sich der Armee anzuschließen, und zieht los, um die Königin zu bekämpfen! Das ergab doch keinen Sinn! Aber schließlich war noch nie etwas, was Nialli Apuilana getan hatte, logisch gewesen!

Eigentlich ist es ja ganz gut, dachte Husathirn Mueri, daß wir nicht zusammengekommen sind. Die hätte mich vielleicht mit in ihren Wahnsin hineinziehen können.

Doch es schmerzte immer noch, wenn er an sie dachte. Wahnsinn her oder hin!

Chevkija Aim sagte: »Ich glaube, wir könnten die Basilika jetzt zumachen, Herr. Gestern, als Puit Kjai präsidierte, ist niemand gekommen, und ich glaube auch nicht, daß heute noch wer erscheint. Und du könntest auf diese Weise Boldirinthe noch einen Besuch machen, ehe es zu spät ist.«

»Boldirinthe ...«, sagte Husathirn Mueri. »Ja. Ich müßte wohl zu ihr gehen.« Er raffte sich aus dem Richterthron auf. »Also gut, Chevkija Aim. Das Gericht vertagt sich.«

Der Aufstieg über die Spiralrampe aus der Königlichen Kammer hätte eigentlich anstrengender sein müssen als der Weg hinab; doch zu seiner Verblüffung stellte Hresh in sich eine seltsame Vitalisierung fest, er fühlte sich beinahe springlebendig, stapfte frisch hinter Nest-Denker her und fiel kein Schrittchen zurück, als sie aus diesem tiefen Brunnen der Geheimnisse herauf in die ihm inzwischen vertrauten Regionen des Obernests stiegen.

In Hresh schwang eine merkwürdige Hochgestimmtheit nach seiner Begegnung mit der Königin nach.

Ein bestürzendes grandioses Geschöpf, ja. Dieses riesenhafte bleiche Ding, diese monströse Masse bebenden uralten Fleisches ... Hunderte von Jahren alt? Tausende? Hresh konnte nicht einmal eine Vermutung darüber aufstellen. Er bezweifelte allerdings, daß SIE aus der

Zeit der Großen Welt überlebt hatte, obwohl — unmöglich war auch das nicht. Alles war hier möglich. Er sah nun — fundierter als je zuvor —, wie anders die Hjjks waren, wie fremd, wie wenig sie in fast allem seinem VOLK ähnlich waren.

Und dennoch, sie sind ›menschlich‹, dachte er. Menschlich in jenem besonderen, ganz speziellen Sinn, den er vor langer Zeit sich ausgedacht hatte: Sie bewahrten sich ein Bewußtsein für Vergangenheit und Zukunft, sie begriffen das Leben als einen Prozeß, als Entfaltung, Entwicklung, sie waren in der Lage, eine historische Tradition von einer Generation zur nächsten Generation aufzubauen. Die kleinen flinken Garaboons, die in den Wäldern herumkreischten, wußten nichts und lernten nichts hinzu, und sie endeten mit nichts. Und dies traf auch auf alle anderen Tiere unterhalb dieses ›Hreshischen Menschen‹-Niveaus: für die Gorynthen, die sich in den Schlammsümpfen wälzten; für die zornigen, ewig kreischenden Samarange, die edelsteinäugigen Khut-Fliegen und so fort. Sie hätten ebensogut Steine sein können. Zur Menschhaftigkeit, dachte Hresh, gehört nun einmal die Erkenntnis von Zeit und Jahreszeiten, das Sammeln und Aufbewahren und Weiterreichen von Wissen und vor allem: etwas aufbauen und es erhalten. Und nach dieser Begriffsdefinition war Hreshs VOLK ›menschlich‹; sogar die Caviandis waren es; und definitionsgemäß also auch die Hjjks ... *Menschlichkeit,* das bedeutete nicht nur die Zugehörigkeit zu jener geheimnisvollen uralten Gattung schwanzloser Bleichlinge. Es war viel umfassender, viel universaler. Und es schloß die Hjjks ein.

Er sprach zu Nest-Denker: »Dies war eines der außergewöhnlichsten Erlebnisse meines Lebens. Ich danke den Göttern, daß ich diesen Tag erleben durfte.«

Es erfolgte keine Antwort.

»Was meinst du, werde ich noch einmal zu einer Audienz zu IHR geladen werden?« fragte Hresh.

»Du wirst es zur rechten Zeit erfahren, wenn es der Fall ist«, antwortete Nest-Denker. »Und dann wirst du wissen.«

Nest-Denker klang ein wenig verdrießlich, und Hresh überlegte, ob der Hjjk ihm die tiefe Kommunion neidete, die er mit der Königin hatte erreichen können. Aber es war gefährlich, wenn man hjjkischen Äußerungen Gefühlsvaleurs unterstellte, wie sie beim VOLK gängig waren.

Inzwischen hatten sie fast die obere Etage erreicht. Hresh erkannte gewisse Artefakte wieder, die in Wandnischen lagen: einen glatten weißen Stein, der fast wie ein Riesenei aussah; einen geflochtenen Stern wie jener von Nialli, doch viel größer; einen kleinen roten Edelstein, in dem ein helles tiefes Feuer brannte. Sie waren ihm beim Beginn des Abstieges aufgefallen. Heilige Hjjk-Talismane? Vielleicht. Oder vielleicht auch bloße Dekorationsstücke.

Seit dem Eintreffen im Nest hatte Hresh in einer nüchternen Zelle an einem der äußeren Korridore gehaust — vielleicht einer Art von Isolations- oder Quarantäne-Trakt für frisch zugereiste Fremde. Es war eine runde Kammer mit einer niederen flachen Decke, auf dem hartgestampften Erdboden eine Schütte von getrockneten Binsen, die ihm als Lager diente; aber alles in allem für seine Anspruchslosigkeit bequem genug. Er freute sich jetzt auf sein Gemach. Zeit haben, um sich zu erholen und zu überdenken, was ihm soeben widerfahren war. Vielleicht würde man ihm später irgend etwas zu essen bringen, das Trockenobst und die Riegel in der Sonne gedörrten Fleisches, die hier die einzige Kost zu sein schienen, an die er sich jedoch ohne Schwierigkeit gewöhnt hatte.

Nun waren sie an der Spitze der Spiralrampe angelangt, an der Stelle, wo es zum Oberstock ging. Hier wandte Nest-Denker sich nicht nach links, wo Hreshs Zelle lag, sondern genau entgegengesetzt. Hresh zögerte. Er überlegte, ob ihm sein Orientierungssinn wieder einmal einen Streich spiele, wie schon so oft während seines Aufenthalts hier. Aber diesmal war er ganz sicher: Seine Zelle lag links. Aber Nest-Denker, der mittlerweile ein Dutzend Schritt vor ihm war, fuhr herum, schaute zurück und winkte ihm ungeduldig zu.

»Du wirst mir folgen.«

»Ich möchte gern in meine Schlafkammer. Ich glaube, die ist in *der* Richtung.«

»Du wirst mir folgen«, wiederholte Nest-Denker langsam.

Im Nest kam Ungehorsam einfach nicht in Frage. Hresh wußte, wenn er darauf bestand, in seine Zelle zurückzukehren, würde Nest-Denker nicht so sehr ärgerlich, sondern mit Nichtbegreifen reagieren, und Hresh würde schließlich in jedem Falle doch dorthin gehen, wohin Nest-Denker ihn führen wollte. Also folgte er ihm. Der Gang stieg leicht an. Nach einiger Zeit erblickte er das eindeutige Schimmern von Tageslicht vor ihnen. Sie strebten auf eine der oberirdischen Öffnungen des Nestes zu. Fünf oder sechs Soldaten erwarteten sie bereits. Nest-Denker überantwortete Hresh an diese und ging ohne ein Wort davon.

Zu den Kämpferinnen sagte Hresh: »Ich wäre euch sehr dankbar, wenn ihr mich jetzt zu meiner Schlafzelle bringen würdet. Ich habe eigentlich nicht gewollt, daß Nest-Denker mich hierher führen sollte.«

Die Hjjks starrten ihn ausdruckslos an, als hätte er überhaupt nicht gesprochen.

»Komm!« sagte eine Soldatin und deutete auf das Tageslicht.

Dort stand sein Reisewagen bereit und sein Xlendi, das ausgeruht und gutgefüttert wirkte. Die Schlußfolgerung war völlig klar. Er war vor die Königin gebracht worden, und SIE hatte mit ihm gesprochen, und damit hatte sich seine Nützlichkeit für die Zwecke der Königin erledigt. Und nichts anderes zählte an diesem Ort. Seine Zeit im Nest war vorüber, und nun sollte er ausgewiesen werden.

Schock und Bestürzung ließen ihn schaudern. Er wollte doch gar nicht fort. Er hatte hier ohne Mühe und glücklich gelebt, sich dem Rhythmus des Nestes angepaßt, so fremd der auch für ihn war. Er hatte hier sein Heim gefunden. Seine Heimat? Und er hatte einfach angenommen, er werde seine Tage in der stillen, süßen Wärme dieses Ortes beenden dürfen, hier bleibende Wohnstatt finden, bis dann der Zerstörer kommen und ihn zur endgültigen Ruhe führen würde (was höchstwahrscheinlich bald geschehen würde). Die Draußenwelt bot ihm mittlerweile wenig Verlockendes mehr. Er wünschte sich eigentlich nur noch, daß es ihm gestattet sein möchte, in der ihm vielleicht noch verbleibenden Zeit, so viel oder wenig es sein mochte, möglichst immer tiefer in das geheimnisvolle Leben der Hjjks eindringen zu dürfen.

»Bitte!« sagte Hresh. »Ich möchte hierbleiben.«

Er hätte genausogut zu steinernen Statuen sprechen können. Die Hjjkposten standen reglos auf ihre Speere gestützt da und starrten ihn unbeeindruckt an. Sie wirkten auch kaum irgendwie lebendig, wären da nicht die krausen Wellenbewegungen ihrer orangefarbigen Atemschläuche gewesen, die seitlich an ihren Köpfen hervorragten, deren Segmentspulen im Atemstrom pulsierten.

Das Xlendi gab einen leisen wiehernden Begrüßungslaut von sich. Es hatte seine Befehle erhalten und drängte jetzt vorwärts.

»Aber versteht ihr denn nicht«, erklärte Hresh den Hjjks. »Ich will nicht von hier fortgehen.«

Schweigen.

»Ich beantrage Asyl und Schutz bei euch.«

Schweigen — eisig — undurchdringlich.

»Im Namen der Königin bitte ich euch ...«

Dies löste immerhin eine Reaktion aus. Die beiden

Hresh am nächsten stehenden Hjjks richteten sich steif auf, und ein Blitzen, das möglicherweise Verärgerung ausdrückte, glitt rasch über die großen Facettenaugen. Sie hoben die Speere und streckten sie waagerecht vor sich aus, als wollten sie Hresh mit ihnen hinaustreiben.

Eine tonlose Stimme sprach: »Die Königin hat den Wunsch, daß du nun deine Pilgerfahrt fortsetzest. Also — im Namen der Königin, geh! *Hau endlich ab!*«

Hresh begriff, jeder weitere Appellationsversuch war zum Scheitern verurteilt. Die Posten starrten ihn unerbittlich eisig an. Die waagerecht ausgerichteten Speere bildeten eine Gasse und sperrten ihn unüberwindlich und endgültig aus dem Nest aus.

»Ja, dann also«, sagte er. »Na schön.«

Er hangelte sich in den Reisewagen. Und das Xlendi zog sofort an und lief fast galoppierend auf die kahle graue Ebene hinaus. Das bestürzte ihn. Das Tier war auf der Fahrt von Dawinno herauf doch so ganz gemächlich gezottelt. Aber wahrscheinlich, vermutete er, lenkt irgendeine Kraft aus dem Nest das Xlendi, ja treibt es sogar voran. Und er hatte auch eine recht gute Vorstellung davon, was für eine Kraft das war. Also setzte er sich gelassen zurecht und ließ den Wagen laufen, und als das Xlendi anhielt, um zu trinken und zu grasen, trank auch er ein Schlückchen Wasser und aß einen Happen von dem Trockenfleisch, das die Hjjks ihm in den Wagen gelegt hatten, und dann wartete er geduldig, daß die Fahrt sich fortsetze. Und so ging es dann weiter, Tag um Tag, und es war eine lange ereignislose Zeit, fast als wäre man in einem traumlosen Schlaf. Zuerst ging es durch eine Zone mit seltsam abgeflachten sandfarbenen Pyramidenhügeln, dann durch ein Gebiet, das gespenstisch von Erosion befallen war und in dem brennend grellrote Felsen zu phantastischen Arkaden und Kolonnaden geformt waren; danach durch einen Landstrich voller groben Riedgrases mit hier und dort verstreut stehenden niederwüchsigen Baumstummeln und verstreu-

Zwischendurch: [redacted] Hresh trank ein Schlückchen Wasser und aß einen Happen von dem Trockenfleisch, das die Hjjks ihm in den Wagen gelegt hatten... [redacted] Gelassen setzt er die Fahrt fort, doch weitere Abenteuer warten schon auf ihn. Um uns für die kommenden Ereignisse zu stärken, können wir Heutigen uns zwischendurch problemlos eine kleine heiße Mahlzeit zubereiten – die... [redacted]

ten Gruppen von dunkelgestreiften Weidetieren, wie Hresh sie nie zuvor gesehen hatte. Sie blickten nicht einmal auf, wenn er mit seinem Wagen vorüberzog.

Bis dann eines Mittages Hresh bei der Durchquerung eines wohl noch vor kurzem wasserbedeckten Seengeländes, das aber in dieser Jahreszeit nur mehr eine zerschrundete vertrocknete, von dünnen verwehten Sand- und Staubwächten bedeckte dürre Ödnis war, eine Gestalt auf einem Zinnobären ausmachte, direkt vor ihm auf seinem Weg, jemanden aus dem VOLK. Und das war nun wahrhaftig an diesem unvertrauten Ort ein überraschender Anblick.

Das Xlendi blieb stehen und wartete, bis die riesige rote Kreatur herangewatschelt war. Der Mann, der sie ritt, riß verblüfft Maul und Augen auf.

»Götter! Bist das wahrhaftig du, Herr? Oder träume ich? Es muß ein Traum sein. Bestimmt.«

Hresh lächelte. Er setzte zum Sprechen an. Er hatte seine Stimme so lange nicht mehr gebraucht, daß sie rauh und brüchig klang und nichts weiter war als ein heiseres Krächzen. — »Ich kannte dich einmal, glaube ich«, war alles, was er hervorbrachte.

Der Reiter sprang ab und kam auf ihn zugelaufen. Er lugte über den Wagenkorb, starrte Hresh an und schüttelte verwundert den Kopf.

»Plor Killivash, Herr. Im Haus des Wissens! Du erkennst mich nicht wieder? Ich war einer deiner Mitarbeiter, weißt du nicht mehr? Plor Killivash!«

»Ja, dann sind wir also in — Dawinno?«

»Dawinno, Herr? Nein! Wir sind tief in hjjkischem Gebiet Ich bin beim Heer, in der Armee deines Bruders, Thu-Kimnibol! Wir stehen schon seit Wochen im Kampf. Wir haben in Vengiboneeza gekämpft und in einigen von den kleineren Nestern ...« Plor Killivashs Augen weiteten sich immer mehr. »Herr, wie bist du hierhergekommen? Du kannst doch nicht diese ganze weite Strecke allein geschafft haben? Und warum bist du gekommen? Du solltest dich wirklich nicht im Kampfgebiet aufhalten, Herr, weißt du? Herr? Hörst du mich? Fehlt dir was? Herr?«

Thu-Kimnibol war in seinem Zelt. Das Heer lagerte am Rande eines flachen Terrains, das sie ›Minbains Ebene‹ benannt hatten. Er hatte alle charakteristischen Punkte dieser unvertrauten Gegenden mit Namen belegt: Harruels Berg, Tanianen-See, Torlyri-Fluß, Boldirinthe-Tal, Koshmar-Paß. Soweit er wußte, taufte Salaman seinerseits auf seinem Vormarsch eben dieselben Plätze auf ihm genehme Namen. Aber das kümmerte Thu-Kimnibol nicht. Für ihn waren die gewaltigen gezackten Felsberge, an denen sie vor drei Wochen vorbeigezogen waren, seines Vaters Berge, und dieses tafelflache lieblichheitere Land war eben seiner Mutter geweiht. Und sollte Salaman sich doch so viele Namen ausdenken, wie es ihm gefiel.

Zu Nialli Apuilana sagte er: »Da! Da ist es wieder. Ich spüre, daß der König näher rückt. An der Spitze seiner Armee. Und sie kommen hierher.«

»Ja. Ich spüre es auch. Oder doch jedenfalls irgend etwas Starkes und Wildes.«

»Salaman! Da gibt es gar keinen Zweifel.«

Sie legte ihm die Hand auf den mächtigen Unterarm, an dem er erst vor wenigen Tagen von einem Hjjk-Speer leicht verletzt worden war. »Du sprichst seinen Namen aus, als wäre *er* der Feind, nicht die Hjjks. Fürchtest du ihn denn, Geliebter?«

Thu-Kimnibol lachte. »Salaman? Ich? Fürchten? Also, ich denke wirklich kaum je an die Person von irgendeinem, vor dem ich mich in acht nehmen muß. Aber nur ein völliger Narr würde nicht vor Salaman auf der Hut sein, Nialli. Er hat sich zu einem Ungeheuer entwickelt. Ich hab dir ja gesagt, ich bin überzeugt, daß er verrückt ist. Aber jetzt ist er völlig wahnsinnig geworden. Jedenfalls glaube ich das.«

»Ein — Ungeheuer«, wiederholte Nialli. »Ja, aber im Kampf müssen doch alle Krieger Ungeheuer sein, oder?«

»Aber nicht so. Ich habe ihn beobachtet, als unsere Heere zuletzt vereint kämpften. *Er* kämpfte nicht nur so verbissen und wild, als wollte er jeden Hjjk, der ihm in den Weg lief, niedermachen und töten, sondern als wollte er ihn auch noch am Bratspieß rösten und fressen. Seine Augen loderten geradezu von feuriger Wut. Vor langen Jahren habe ich meinen Vater Harruel im Kampf erlebt, und der war gewiß ein schwergestörter Mann, und in ihm kochte zuweilen ganz schön heftig die Wut; aber in seinen allerübelsten Momenten noch, scheint mir, war er an jenem Tag gelassen und beinahe heiter, wenn ich ihn mit Salamans Gehabe vergleiche.« Thu-Kimnibols Sensor meldete sich zitternd. »So. Gerade jetzt habe ich ihn erneut gespürt. Er rückt näher. Na ja, vielleicht ist es wirklich am besten, wenn die Heeresgruppen wieder zusammenstoßen. Es war ja nie mein ursprünglicher Plan, getrennt zur Besetzung des Hjjk-Gebietes vorzurücken.«

»Möchtest du einen Becher Wein?« fragte Nialli.

»Ja. Ja, was für eine gute Idee.«

Die Dämmerung sank herab. Aller Wahrscheinlichkeit nach mußte Salaman mit seinen Heerscharen morgen gegen den Mittag heranrücken, da die Emanationen schon dermaßen stark waren. Der Zusammenschluß der beiden Streitmächte nach Wochen der getrennten Operationen würde wahrscheinlich nicht ohne Spannungen verlaufen. Und allein die Götter mochten wissen, zu was für einer gigantischen Höhe von Irrsinn sich der König inzwischen verstiegen hatte. Denn für Salaman (so schien es jedenfalls Thu-Kimnibol) war der gesamte Feldzug bisher eine Reise in immer tiefere Gefilde des Wahnsinns geworden.

Angefangen haben die ganzen Schwierigkeiten, dachte Thu-Kimnibol, bei der Ausarbeitung des Angriffsplanes auf Vengiboneeza. Der erste Bruch kam, als Salaman vor Wut fast geplatzt wäre, als er ihm erklärte, er könne ihm keinerlei Großweltwaffen aushändigen. Seitdem herrschte zwischen ihnen eine unverkennbare Kühle. Beide hielten sie die Fiktion aufrecht, daß Salaman Oberkommandierender der Streitkräfte und Thu-Kimnibol der Feldmarschall war, aber seit die Kampfhandlungen wirklich begonnen hatten, hatte es zwischen den beiden nicht gerade übermäßig große Herzlichkeit oder wirkliche Kooperation gegeben.

Trotzdem, bisher war alles recht gut gelaufen. Eigentlich besser, als sie hätten erhoffen dürfen.

Die Schlacht von Vengiboneeza war ein überwältigender Triumph geworden. Dort hatten die Hjjks nämlich ein obererdiges Nest errichtet, ein wackeliges absurdes Konstrukt von brüchigen grauen Röhren, die sich hundertfältig in alle Richtungen vom Hafen der alten Stadt bis zu den Vorbergen verzweigten. Salaman drang von Westen her in die Stadt ein, wobei er in der Hafengegend ein fürchterliches Feuerwerk von Explosionen und Flammen entfachte, während Thu-Kimnibols Streitkräfte verstohlen und vorsichtig im Norden und Osten über die Hänge der großen goldenbraunen Bergkette herniederstiegen. Für die Hjjks kam der doppelseitige Angriff völlig überraschend, und sie stürzten an die Hafenmolen, um zu erkunden, was da los sei, und währenddessen setzte Thu-Kimnibol von oben her zum Angriff an.

Und dann kam der Augenblick, in dem die Waffensysteme aus der Großen Welt ins Spiel kamen. Thu-Kimnibol hatte den von ihm ›Schleife‹ genannten Apparat eingesetzt und die Vorberge entlang eine undurchdringliche Barriere errichtet, um seine Stellungen gegen einen Hjjk-Angriff abzuschirmen. Dann durchkämmte er mit der ›Feuerschnur‹ die Stadt mit Flammen, bis die Brände über die höchsten Dachfirste hinausloderten und die aus Zellstoffpulpe gezogenen Wände des Hjjk-Nests

Vengiboneeza sich schwärzten und auflösten. Mit dem ›Blasenrohr‹ hatte er so gewaltige Luftturbulenzen erzeugt, daß die uralten Türme der Stadt — diese wundervollen Lanzen aus Scharlachrot und Blau, glitzerndem Purpur, aus schimmerndem Gold und Mitternachtsschwarz — zerbrachen wie morsche Stecken. Und nun setzte er seine stärkste Waffe ein, den ›Erdfresser‹, und hob in der Infrastruktur der sterbenden Stadt dort unten tiefe Krater aus. Sogar die Boulevards und Avenuen rutschten in Abgründe, ganze Stadtbezirke stürzten in sich zusammen und entschwanden den Blikken, und ein gewaltiges Bahrtuch aus Aschenstaub und Rauch erhob sich und erstickte den Himmel — ganz so, als wären die Todessterne zurückgekehrt.

Selbst der Lange Winter hatte Vengiboneeza in siebenhundert mal tausend Jahren nicht zerstören können. Aber Thu-Kimnibol war dies an einem einzigen kurzen Nachmittag gelungen: Mit der Hilfe von vier kleinen Maschinen, die ein unwissender Bauer bei einem Erdrutsch an einem Berghang gefunden hatte.

Sie waren die Nacht über dageblieben, um den Brand der Stadt zu sehen. Die gesamte, ungeheuer große Bevölkerung mußte dabei gleichfalls zugrunde gegangen sein, denn Thu-Kimnibols Truppen sahen keinen einzigen Hjjk, der ins Bergvorland zu fliehen versucht hätte, und Salamans Krieger an der Seefront machten alle nieder, die sich übers Wasser zu retten versuchten. Die beiden Heeressäulen vereinigten sich jenseits von Vengiboneeza und setzten sich Seite an Seite in Marsch in das wirkliche Kernland der Hjjks. Und da war es, wo Salamans Streitkräfte nach der Zerstörung eines der kleineren Hjjk-Nester hinter Vengiboneeza den Heeresverband verlassen hatten. Den König hatte heiße Mordlust erfaßt, und er bestand darauf, ein paar hundert Hjjks zu verfolgen und abzuschlachten, denen die Flucht gelungen war. Thu-Kimnibol sah ihrer Wiederbegegnung mit nur geringer Freude entgegen. Was für ein Jammer, daß

Salaman sich nicht entschließen konnte, auch den Rest der Aufmarschstrecke getrennt zu erledigen!

Er zog Nialli Apuilana dicht an sich, atmete tief ein und füllte seine Lungen mit ihrem Duft. Wenigstens in dieser Nacht würden sie ungestört zu zweit sein können. Und falls Salaman morgen auftauchen sollte, was immer wahrscheinlicher wurde, schön, dann wollte Thu-Kimnibol sich mit *dem* Problem befassen, wenn es sich ihm stellte.

»Es überrascht mich immer noch«, flüsterte er, »wenn ich aufwache und dann dich wirklich neben mir sehe. Nach so langer Zeit schau ich dich an und sage ganz verwundert zu mir selber: Das ist ja Nialli, da neben mir! Wie seltsam!«

»Weil du natürlich da immer noch Naarinta erwartest, gib es zu!« sagte sie neckend.

»Götter! Wie unbarmherzig du sein kannst! Du weißt doch genau, was ich meine, Nialli. Natürlich werde ich immer mit Achtung und Freude an Naarinta denken. Ganz gewiß. Aber sie ist schon lange von mir gegangen. Aber ich will dir doch nur sagen, daß ich immer noch und immer wieder darüber staunen muß, daß mir in dir eine solche Liebe geschenkt wurde. Von *dir*, dem Kind meines leiblichen Halbbruders. Von diesem sonderbaren wilden Mädchen, das keiner in Dawinno zähmen konnte ...«

»Und du hast mich jetzt gezähmt, Thu-Kimnibol?«

»Das wohl kaum! Aber ich sehe dich auch nicht mehr als ein Kind an, keines Mannes Kind! Oder als sonderbar. Oder als ungebärdig.«

»Ach. Und *wie* siehst du mich denn dann jetzt?« fragte sie und lächelte dabei.

»Nun — als meine höchst ...«

»Herr!? Mein Herr und Prinz!« Eine vertraute dunkle Stimme vor dem Zelt. Thu-Kimnibol zerbiß einen Fluch zwischen den Zähnen.

»Bist du das, Dumanka? Bei allen Göttern, ich hoffe,

es ist wirklich was Wichtiges, daß du es wagst, mich hier in meinem Zelt zu stören, wenn ...«

»Herr! Es ist es! Es ist wichtig!«

»Ich laß ihm die Haut abziehen, wenn es nicht stimmt«, sagte er leise zu Nialli. »Das schwör ich dir!«

»Sprich mit ihm. Dumanka gehört nicht zu den Leuten, die dich grundlos stören würden.«

»Ja, das denk ich auch.« Thu-Kimnibol setzte den Weinbecher beiseite und stapfte leise ächzend, denn seine Muskeln waren von der soeben geschlagenen nächtlichen Schlacht noch ein wenig strapaziert, an den Zelteingang und spähte hinaus.

Dumanka wirkte dermaßen durcheinander, als hätte er gesehen, wie die Sonne ihren Lauf am Firmament veränderte. Thu-Kimnibol hatte den Mann noch nie in solcher Aufregung erlebt.

»Mein Herr und Prinz ...«

»Himmel! Mann! Reiß dich doch zusammen! Was gibt's?«

»Es ist Hresh, Herr. Hresh-der-Chronist!«

»Ja, ich weiß durchaus, wer Hresh ist. Und was ist mit ihm? Gibt es eine Botschaft von ihm?«

Dumanka schüttelte den Kopf. Dann krächzte er: »Er ist da. Ich meine, *hier!*«

»Hier?«

»Ja, Plor Killivash hat ihn grad reingebracht. Hat ihn gefunden, Herr, wie er in einem Xlendi-Wagen in unsrer Sicherungszone herumirrte. Die Patrouille hat ihn sofort ins Lazarettzelt gebracht, Herr. Er scheint sonst ganz in Ordnung, bloß ein bißchen wirr im Kopf. Aber er hat dauernd nach dir verlangt, also hab ich mir gedacht ...«

Thu-Kimnibol war benommen. Er winkte dem Mann zu, er solle schweigen. Er wandte sich zu Nialli um. »Hast du das gehört?«

»Nein. Was ist? Ärger?«

»So könnte man es wohl nennen. Nialli, dein Vater ist

hergekommen ... Mein sternsüchtiger Bruder! Dumanka sagt, er ist einfach so aus dem offenen Niemandsland hereingewackelt. Mueri-Yissou-und-Dawinno! Was, verdammt noch mal, hat *er* hier zu suchen? Mitten in der Frontlinie, ausgerechnet. Das hat uns gerade noch gefehlt! Oh, ihr Götter!«

Hresh sprach ganz leise und ruhig: »Bruder, komm doch mit mir zu der Königin und laß mich dir beweisen, was sie ist.«

Das war eine Stunde, nachdem man ihn aufgefangen hatte. Und Hresh war einigen Überraschungen ausgesetzt, die ihn wie Bomben trafen: Thu-Kimnibol und Nialli hausten in ein und demselben Zelt, als wären sie Partner ... Vengiboneeza — zerstört ... die Hjjks in allen Frontabschnitten zurückgeworfen ... Doch so müde und ausgelaugt er von seiner Reise auch sein mochte, so bestürzt und unglücklich angesichts der Entwicklungen, Hresh bewahrte sich seine Geistespräsenz und wich nicht von seinem Ziel.

»Was? Zur Königin?« fragte Thu-Kimnibol und sah recht verdutzt aus. Dann ließ er ein rasches Lächeln übers Gesicht gleiten und setzte dann eine Maske herablassenden Wohlwollens auf. »Du und ich? Wir zwei? Du meinst — zur Königin-der-Königinnen?«

»Ja.«

»Und wir reden mit der? Wir bringen sie nicht um, sondern wir halten einfach nur so ein nettes Schwätzchen mit ihr?«

»Ja.«

»Und wie kommen wir dort hin? In deinem Wägelchen?«

»Ich hab das hier«, sagte Hresh und hob auf der flachen Hand das Beutelchen von seiner Brust, in dem sich der Barak Dayir befand.

Mit verblüfftem Schnaufen: »Du hast den Wunderstein einfach so mitgenommen?«

»Lieber Bruder, der Barak Dayir ist mein Eigentum und Besitz. Ebenso wie die Waffen mein Besitz waren, mit denen du Vengiboneeza vernichtet hast.«

Thu-Kimnibol unternahm keinen Versuch, diese Behauptungen abzuschmettern. »Also, damit wir uns klar verstehen: Du schlägst also vor, daß wir dem NEST einen Besuch abstatten, aber nicht wirklich leibhaftig in unseren Körpern, sondern indem wir diesen deinen Wunderstein benutzen, der uns dort hinbefördert — in unseren Seelen?«

»So ist es.«

»Und warum, lieber Bruder, willst du, daß ich mich in die Gewalt meines Feindes begeben soll?«

»Damit du anfangen kannst zu begreifen, von welcher Art dein Feind ist. Nicht nur die Großmächtigkeit der Königin, die du meiner Ansicht nach unterschätzt, sondern auch ihre Verletzlichkeit. Und die, glaube ich, erkennst du überhaupt nicht.«

»Ihre Großmächtigkeit, ihre Verletzbarkeit ...« Thu-Kimnibol runzelte die Stirn. »Also, von ihrer Großmächtigkeit habe ich eigentlich bisher schon zuviel gehört. Aber Verletzlichkeit ... Was meinst du eigentlich damit?«

»Wenn du es herausfinden willst, dann komm mit mir.«

Hreshs heitere Ruhe wirkte wie eine undurchdringbare Rüstung. Thu-Kimnibol warf Nialli einen fast hilfesuchenden Blick zu.

Hresh betrachtete sich nun die vernarbenden Wunden unter dem dichten ziegelroten Pelz seines Bruders; es waren ihrer mindestens ein halbes Dutzend. Er fragte sich, was für monströse Heldentaten er in den Kämpfen vollbracht hatte, wie viele Hunderte von Hjjks er schon in den Tod geschickt hatte.

Nialli sagte: »Was für ein Risiko besteht bei der Sache, Vater?«

»Nur das eine, daß wir Ihrem Zauber erliegen, und

der ist stark, wie du ja weißt. Aber ich denke, damit werden wir fertig werden. Ich weiß, daß wir es können. Ich bin ihrer Macht schon einmal entronnen.«

»Willst du damit sagen, du hast die Reise ins Nest bereits selbst schon gemacht?« fragte Thu-Kimnibol.

»Ja, zu einem der kleineren. Ich habe dort wochenlang gelebt. Und mit der Hilfe des Barak Dayir ging ich ins Nest-der-Nester. Die Großkönigin besitzt ebenfalls einen Wunderstein. Er gehörte einstmals den Bengs. Er befindet sich in ihrem Körper. Wir sprachen miteinander, von einem Zauberstein zum andren. Und danach schickten mich die Hjjks meines Wirtsnestes weiter auf meine Reise. Und lenkten mein Xlendi, glaube ich, bis mich einer deiner Männer aufspürte.«

»Dann ist das Ganze eine Falle«, sagte Thu-Kimnibol.

»Das Ganze ist Teil eines Dawinno-Plans«, entgegnete Hresh.

Thu-Kimnibol schwieg. Hresh betrachtete ihn geduldig. Er fühlte, daß er nun über eine unendliche Menge von Geduld verfügte. Noch nie hatte er eine derartige Seelenruhe gekannt. Nichts konnte ihn mehr von seinem Pfad abbringen.

Natürlich hatte er an allen möglichen Anzeichen sogleich bemerkt, daß seine Tochter und sein Bruder in diesem Zelt intim zusammenlebten. Das hatte ihn aus der Fassung gebracht, doch nur den Bruchteil eines Augenblicks lang. Thu-Kimnibol und Nialli Apuilana besaßen beide Größe. Und daß sie schließlich in dieser Zeit der Unruhe zueinander gefunden hatten, erschien ihm als angemessen. Ja, es war sogar unvermeidlich. Seinen Segen sollten sie haben.

Auch als er von der Zerstörung von Vengiboneeza erfuhr, traf ihn dies als ein Schock, allerdings von anderer Art. Vengiboneeza war von früher Zeit an eine Stadt voller Erhabenheit und Wunder gewesen. Es schmerzte tief, daß diese Schatzkammer antiker Wunderwerke, in der er seine Jugend verbracht hatte, nun durch diesen

Krieg gründlicher zerstört worden war, als es selbst der Lange Winter vermocht hatte.

Dann aber schob er seine Bekümmerung beiseite. Nichts war ewig — außer der Ewigkeit selber: Die Vernichtung Vengiboneezas zu beklagen, das hieß Dawinno zu leugnen. Die Götter geben, und die Götter nehmen. Die fließende Veränderung ist das einzig Konstante. Der Verwandler fegt alles zu seiner Zeit davon und setzt Neues an seine Stelle. Und Hresh wußte, es hatte auf dieser Erde gewaltigere Städte gegeben als Vengiboneeza, von denen kein Steinchen übrig geblieben war, nicht einmal ihr Name.

Thu-Kimnibol starrte ihn fest an. Nach langem Schweigen sagte er: »Ich glaube, du bedarfst der Ruhe, Bruder.«

Hresh lachte. »Willst du mir damit zu verstehen geben, daß ich senil bin oder nur ganz schlicht verrückt?«

»Nur daß du von — Yissou mag wissen was für — fürchterlichen Strapazen erschöpft bist. Und daß es so ziemlich für uns zwei im Augenblick der allerletzte Irrsinn wäre, uns der Königin in die Klauen zu stürzen.«

»Ich war bereits in ihren Klauen, wie du sagst, und hier bin ich und will dir darüber berichten. Ich kann mich auch ein zweitesmal von ihr befreien. Ehe dieser Krieg sich noch mehr ausweitet, Bruder, mußt du ein paar Dinge erfahren.«

»Dann berichte mir davon.«

»Nein, Bruder. Du mußt es selbst sehen.«

Wieder blickte Thu-Kimnibol starr vor sich hin. Wieder Schweigen. Es ging nicht weiter.

Schließlich fragte Hresh: »Vertraust du mir, Bruder?«

»Das weißt du doch.«

»Glaubst du, ich würde dich zu etwas verführen wollen, was dir schadet?«

»Du könntest es. Ohne Absicht natürlich. Hresh-voller-Fragen bist du immer geblieben. Du steckst deine

Nase überall hinein. Du warst immer furchtlos, mein Bruder. Zu furchtlos vielleicht.«

»Und du? Bist du etwa Thu-Kimnibol-der-Hasenfuß?«

Thu-Kimnibol grinste. »Ach, du denkst wohl, du kannst mich zu diesem Aberwitz verlocken, indem du meinen Stolz am Schwanz kitzelst, Hresh? Gesteh mir eine Spur von Intelligenz zu, Bruder.«

»Das tue ich ja. Und mehr als eine Spur. Ich bitte dich noch einmal, geh mit mir zur Königin. Wenn du die Welt zu beherrschen gedenkst — und ich weiß, das tust du —, dann mußt du die Natur des einen Wesens begreifen lernen, das dir den Weg dazu versperrt. Komm mit mir, Bruder!«

Und Hresh streckte die Hand aus. Seine Stimme war fest. Sein Blick fest.

Thu-Kimnibol verlagerte unruhig sein Körpergewicht von einem Bein aufs andere. Mit verdüsterter Stirn stand er gedankenverloren da und zupfte an der Pelzkrause an seinem Wangenbein. Sein Gesicht war von Zweifeln umdüstert. Dann wandelte sich sein Ausdruck. Er schien weich zu werden — Thu-Kimnibol und Weichwerden! — unter Hreshs nicht nachlassendem psychischen Druck. Mit gedrückter Stimme fragte er: »Was hältst du davon, Nialli? Soll ich es machen?«

»Ich glaube, du solltest es machen.« Ohne Zögern.

Thu-Kimnibol nickte. Es war, als tauchte er unter einer Wolke hervor. Und zu Hresh sprach er: »Wie geht das also?«

»Wir werden tvinnern, und dann trägt uns der Barak Dayir ins Nest-der-Nester.«

»*Tvinnern? Du* und *ich, wir beide?* Hresh, sowas haben wir doch nie gemacht!«

»Nein, Bruder, nie.«

Thu-Kimnibol lächelte. »Es ist schon ein wenig seltsam, die Vorstellung, daß ich mit meinem leiblichen Bruder tvinnern soll. Aber wenn es sein muß, dann machen wir es, was, Hresh? Also sei es denn!« Und zu Nialli sagte er: »Wenn ich aus irgendwelchen Gründen nicht zurückkehren sollte ...«

»Sprich sowas nicht einmal aus, Thu-Kimnibol!«

»Hresh gibt mir keinerlei Garantien. Und man muß derartige Eventualitäten bedenken. Falls ich also nicht zurückkomme, Liebste — wenn meine Seele nicht nach einiger Zeit in meinen Leib zurückfindet, sagen wir innerhalb von zwei vollen Tagen, dann mache dich auf und begib dich zu Salaman und berichte ihm, was geschah. Ist das abgemacht? Und überantworte ihm unsere Streitmacht als alleinigem Oberbefehlshaber. Und gib ihm auch die vier Waffensysteme aus der Großwelt.«

»Salaman? Aber der ist doch ein Irrer!«

»Trotzdem aber ein sehr großer Krieger. Und außer mir der einzige, der uns in diesem Feldzug führen könnte. Wirst du dies getreulich tun?«

»Wenn ich muß«, sagte Nialli leise.

»Gut.« Thu-Kimnibol holte tief Luft und streckte Hresh sein Sensor-Organ entgegen. »Schön, Bruder, ich bin bereit, wenn du es auch bist. Gehen wir und statten der Königin einen Besuch ab.«

Überall breitet sich Dunkel, eine gewaltige dichtschwarze See von solcher Finsternis, daß selbst die Idee von Helligkeit ausgeschlossen erscheint. Dann, plötzlich, erblüht über dem Horizont ein wildes Glühen wie von einer explodierenden Sonne. Die Schwärze zerbirst zu unendlich vielen feurigscharfen hellen Lichtpunkten, und Thu-Kimnibol fühlt, wie diese Myriaden Flammenpartikel an ihm vorüberschießen wie heiße Luftströme.

In der vor ihm liegenden glühenden Rätselhaftigkeit kann er nun Struktur und Gestalt erkennen. Er erblickt ein Etwas, das ihm wie eine unermeßliche schimmernde Maschine erscheint, ein Ding aus wirbelnden Stangen und kreisenden Kolben, die sich fehlerlos unermüdlich, ohne je langsamer zu werden oder das Laufmuster zu ändern, bewegen. Davon aus sticht ein scharfes reinweißes Licht wie ein Krummschwert durch den Himmel.

Das ist das Nest, denkt Thu-Kimnibol. Das Nest-der-Nester.

Und eine Stimme, die dröhnt wie zusammenprallende Welten, spricht aus dem Zentrum dieser unvorstellbaren, nie ermüdenden Mechanik: »Warum kommst du so bald schon zu mir zurück?«

Das muß die Königin sein.

Die Königin-der-Königinnen, die Superkönigin.

Er verspürt keine Furcht — nur Ehrfurcht und vielleicht, so glaubt er, so etwas wie Demut. Hreshs intime Nähe verleiht ihm bis zu einem gewissen Grade eine Selbstsicherheit, die er in sich selbst nicht mehr finden kann. Noch nie war er in seinem ganzen Leben seinem Bruder so nahe gewesen: Es fällt ihm schwer, zu bestimmen, wo seine eigene seelische Bewußtheit endet und die von Hresh beginnt.

Sie steigen nieder oder fallen oder stürzen. Ob dies auf Befehl der großen Kreatur in der Helligkeit vor ihnen geschieht, oder ob Hresh ihre Reise noch unter Kontrolle hat, das kann Thu-Kimnibol unmöglich entscheiden. Doch als sie näher an das Nest herankommen, sieht er es deutlicher und begreift, daß es überhaupt keine Maschine ist, sondern vielmehr etwas, das aus zerkauter Zellstoffpulpe und Erde besteht, und was ihm als eine schimmernde Mechanik von perfekt koordinierten stoßenden Gestängen und pumpenden Kolben erschien, ist nichts weiter als sein persönliches Wahrnehmungsbild von der bestürzenden Geschlossenheit des hjjkischen Imperiums als solchem, in dem nicht einmal der kleinste neue Schlüpfling freien Willen, Freizügigkeit und Freiheit kennt, sondern alles nach vorbestimmtem Muster so dicht verwoben ist, daß kein Platz ist für das Unvollkommene.

Und im Zentrum dieser Struktur liegt ein Geschöpf,

wie er es sich nie hätte vorstellen können: Das riesige bewegungslose Ding ist eine Welt in sich. Dank der Hilfe des Wundersteines, den sein Bruder mit dem Sensor-Organ umschlungen hält, irgendwo tausend Meilen weit entfernt, wo sie ihre bewußtlosen Leiber zurückgelassen haben, vermag Thu-Kimnibol die riesigen Ausmaße des Fleischbehältnisses erkennen, in dem der Geist der Königin haust, und verfolgen, wie die Lebenssäfte langsam durch den gigantischen uralten Leib sikkern, wie die unbegreiflichen Leibesorgane schwerfällig arbeiten.

Das — Ding hat eine halbe Ewigkeit auf sein Kommen gewartet, fühlt Thu-Kimnibol. Und er hat sein ganzes Leben in einem Traum verbracht und nur auf diesen Augenblick der endlichen Begegnung gewartet.

»Ihr seid zwei«, erklärt die Königin in demselben überwältigenden Tongedröhne. »Wer ist dein zweites Selbst?«

Hresh gibt keine Antwort. Thu-Kimnibol schickt zu seinem Bruder eine Sonde hinüber, um ihn zu irgendeiner Antwort zu stubsen. Doch Hresh scheint verstummt zu sein, wirkt benommen, als habe die anstrengende Reise ihn der letzten Kraftreserven beraubt.

Also liegt alles bei ihm. Er sagt: »Ich bin Thu-Kimnibol, Sohn des Harruel und der Minbar, von meiner Mutter Seite Bruder Hreshs, des Chronisten, den du ja bereits kennst.«

»Ah, das ist es. Ihr habt einen gemeinsamen Ei-Produzenten, aber verschiedene Lebens-Entfacher.« Dann folgt eine lange Pause. »Und du bist derjenige, der uns vernichten und ausrotten will. Wie kommt es, daß du solchen Haß wider uns empfindest?«

»Die Götter lenken meine Hand«, erwidert Thu-Kimnibol schlicht.

»Die Götter?«

»Sie, die unser Leben formen und unser Schicksal bestimmen. Sie sagen mir, ich muß die Meinen anführen im Kampf gegen jene, die sich uns hindernd entgegenstellen auf dem Weg zu dem Ziel, das wir erreichen müssen.«

Es ertönt ein gewaltiges schepperndes Gelächter, schwillt an und breitet sich aus wie die Hochwasser eines mächtigen Stromes, so daß Thu-Kimnibol alle seine Kräfte anspannen muß, um von diesem erschreckenden Ausbruch von Spott nicht davongerissen zu werden.

Was er gerade gesagt hat, hallt in seinen Ohren immer und immer wieder nach, wird verstärkt und verzerrt von dem dröhnenden Lachen der Königin, so daß seine Worte klägliche, erbärmlich komische gestammelte Fetzen werden — *Schicksal … Führen … Erreichen müssen …* Und seine pompöse völkische Absichtserklärung klingt für ihn nunmehr wie das sinnlose Gequassle eines Kindes. Zornig müht er sich, noch einen Fetzen seiner verlorenen Würde zu erhaschen, um seine Blöße zu bedecken.

»So verhöhnst du also die Götter?« ruft er laut.

Und wieder bricht das gewaltige Gelächter flutend über ihn herein. »Die *Götter,* sagst du? Die *Götter?*«

»Ja, wahrlich, die Götter. Die mich heute hierhergeführt haben und die meinem Arm Kraft verleihen werden, bis auch die letzte Kreatur eurer Art aus der Welt geschafft ist.«

Thu-Kimnibol fühlt nun auf einmal die Nähe von Hresh, schwach und undeutlich gegen ihn flatternd wie ein Vogel gegen ein verklebtes Fenster. Als wollte er ihn vor dem Kurs warnen, den er da bezogen hat. Aber er achtet nicht auf die Erregtheit seines Bruders.

»Sag mir nur dies, Königin: Glaubst du überhaupt an die Existenz der Götter? Oder ist deine Anmaßung so immens, daß du sie leugnest?«

»Eure Götter?« sagt sie. »Ja. Nein.«

»Was soll das heißen?«

»Eure Götter sind symbolhafter Ausdruck für die großen wirksamen Kräfte: Tröstung, Schutz, Nahrung, Heilung, Tod.«

»Ach? Du hast also immerhin soviel verstanden?«

»Aber gewiß.«

»Aber du glaubst nicht an diese Götter?«

»Wir glauben an Tröstung, Schutz, Nahrung, Heilung und Tod. Aber das sind keine Götter.«

»Ihr verehrt und betet also zu keinem Gott, zu nichts?«

»Nicht auf die Art wie ihr Glauben und Verehrung versteht«, antwortet die Königin.

»Nicht einmal euren *Erschaffer*?«

»Wir sind von den Menschlichen erschaffen worden«, sagt sie ganz beiläufig. »Aber verdienen sie deshalb, daß wir sie verehren und anbeten? Ich denke, das denn doch nicht.«

Und wieder tost das Gelächter der Königin über ihn hinweg. »Sprechen wir nicht von den Göttern. Sprechen wir von dem Unrecht und Schaden, die ihr uns zufügt. Wie könnt ihr, wie kannst *du* einen derartigen Krieg gegen uns anzetteln, wenn du nicht einmal eine genaue Vorstellung davon hast, was wir sind? Dein anderes Selbst hat unser Nest bereits kennengelernt. Nun bist du an der Reihe. Bereite dich also darauf vor, UNS zu erkennen.

Aber da bleibt keine Zeit zur Vorbereitung, und er hat auch keine Ahnung, wie so etwas gemacht wird, oder welchem Zweck es dienen soll. Aber noch ehe die Stimme der Königin ganz verhallt ist, bricht die Erkenntnis des Nests in seiner Totalität wie ein Wildbach über Thu-Kimnibols Seele herein.

Er sieht es alles: Die gewaltige schimmernde Maschine, die makellose Weltkonstruktion im Weltkonstrukt. Soldaten und Arbeiter, Ei-Produzenten und Lebens-Zünder, Nest-Denker und Versorger-Ammen und die Leibdienerschaft der Königin und alles andere. Und alle sind sie miteinander unentrinnbar verknüpft im Dienste an der Königin, und das bedeutet: in der Zwangsarbeit für die Totalität. Er begreift, auf welche Weise die Erschaffung von Nest-Überfluß und Nest-Stärke der Hochpäppelung des Ei-Planes dient, durch den die Königin-Liebe letzten Endes im gesamten Kosmos verbreitet werden soll. Und er sieht die kleineren Nester, hier und da verstreut, über den ganzen Planeten verteilt, jedes mit allen anderen verbunden und an das Große Zentral-Nest durch die gewaltige Kraft der Nest-Wahrheit gebunden, die von dem ungeheuerlichen Ding ausgeht, welches die ›Königin-der-Königinnen‹ ist.

Wie kläglich nichtig wirken seine Streitkräfte angesichts dieses einen geschlossenen kolossalen und selbstsicheren Kampfverbundes: des HJJK! Wie schäbig und zersplittert und durcheinander, von kleinlichen Eitelkeiten und Ruhmsucht gelähmt! Es besteht keine Hoffnung, mit *dem* Material in dieser Auseinandersetzung zu obsiegen. Das begreift Thu-Kimnibol. Der hjjkische Ei-Plan steht in Konfrontationskonflikt mit dem Streben des VOLKES, und der Ei-Plan muß einfach kraft purer Willensanspannung und dank der überwältigenden Zahl am Ende triumphieren. Thu-Kimnibol mochte die eine oder andere kleinere Schlacht gewinnen, er mochte der einen oder andren Hjjk-Truppe einen schweren Schlag versetzen, aber die allem zugrundeliegende Stärke der hjjkischen Einheit wird weiterbestehen, stets wird die Macht aus dem Nest immer neue Heerscharen hinausschleudern, bis am Ende diese frechen Aufsteiger aus dem Kokon unweigerlich scheitern müssen.

Unweigerlich — scheitern — müssen!

Oder vielleicht bereits gescheitert sind. Tiefste Verzweiflung drückt ihn nieder. Aus seinen Gliedern scheint alle Kraft zu weichen, und er begreift, daß diese seine Stärke nur Illusion gewesen ist, daß er sich stets für einen Riesen gehalten hat, wo er doch in Wahrheit nichts weiter war als ein Floh, der es wagt, einen unsterblichen Monarchen zu necken und zu piesacken.

Er schwebt auf den Koloß hinunter, dem Leib der Königin zu, als wäre er nichts als ein Aschestäubchen in der Luft. Gleich wird er auf ihrem Riesenleib landen und von IHR verschluckt werden. Und als er sich Hresh hilfesuchend zuwendet, kommt ihm vor, als sei sein Bruder noch weiter weg von ihm als zuvor, irgendwie nur ein kleines Fleckchen in weiter Ferne, längst schon rettungslos und ohne die Möglichkeit zur Flucht in der zwingenden Zauberkraft der Königin gefangen, ganz unrettbar bereits in den Morast der Fleischmassen versinkend.

Und er wird das nächste Opfer sein. Beide sind sie Todgeweihte.

Die Königin ist wie eine große kosmische Kraft, etwas tödlich Elementares, das die Macht besitzt, sein Leben mit einem einzigen verächtlichen Aufzucken ihres Willens zu beenden.

Gedenkt sie ihn zu töten? Er weiß es nicht. Er fragt sich, ob sie ihn vielleicht einfach nur verschlingen, ihn auffressen will? Er überdenkt ihre massive Riesenhaftigkeit und welche Kraft höchstwahrscheinlich der in ihren tiefinneren gigantischen Fleischesmassen verborgene Barak Dayir besitzt, und er kommt zu dem Schluß, daß sie vielleicht nicht die Absicht hat, ihn zu töten, daß er aber — sollte sie es versuchen — ihr mit Hreshs Hilfe, mit dem er vertvinnert daliegt, und mit der des Wundersteins, den Hresh besitzt, einen solchen Flammenstoß wütender Ablehnung entgegenschleudern wird, daß sie sich in unvorstellbaren Qualen winden wird.

Wahrscheinlicher ist es allerdings, so seine Schlußfolgerung, will sie mich wohl absorbieren und neutralisieren und aus sich ausscheiden, umgeformt zu einem ihrer Sklaven. Und auch das wird er nicht mitmachen.

Ihre Stärke ist nicht abzuschätzen. Und doch — und doch ...

Auf einmal glaubt er, daß er erkennt, wo ihre Grenzen liegen. Man könnte sie, wenn schon nicht ganz besiegen, so doch zu einem Patt bringen.

Das hjjkische Reich in seiner Perfektionistik summt und schwirrt und glimmert um ihn herum, und die Kraft der Königin fesselt ihn, aber dennoch und trotz der bedrückenden Wucht, die von dieser Macht ausgeht, weiß Thu-Kimnibol auf einmal, was Hresh gemeint hatte, als er sagte, daß er versuchen müsse, die Verletzlichkeit der Hjjks zu begreifen.

Ihr Perfektionismus — genau das ist ihr Schwachpunkt. In der Grandiosität ihrer autonom-abgeriegelten Zivilisation, die sie aufgebaut und so viele hunderttausend Jahre lang bewahrt haben, liegt der Keim für ihren eigenen Untergang. Hresh hat das bereits begriffen; und nun hilft Hresh — wo immer er gerade sein mag — ihm, seinem Bruder, es ebenfalls zu erkennen. Die Hjjks sind eine höchst meisterliche Schöpfungsleistung der Götter, denkt Thu-Kimnibol; aber sie können sich einfach nicht zu der Erkenntnis herablassen, zu begreifen, daß der unendliche und unablässige Wandel, daß Veränderung ein wesentlicher Bestandteil Göttlichen Waltens ist. Die Zeit hat allem, was jemals lebte, Verwandlung aufgezwungen; sie wird es auch bei den Hjjks tun ... Oder die Hjjks werden zugrundegehen.

Sie sind zu festgefahren, zu starr, zu stur. Also können sie zerbrochen werden. Wenn sie sich dem von den Göttern Gesetzten nicht beugen wollen, argumentiert Thu-Kimnibol bei sich selbst, dann wird ihnen letztlich unweigerlich das Geschick aller jener zuteil werden, die zu Geschmeidigkeit und Anpassung nicht fähig oder nicht willens sind. Irgendwann kommt die Zeit, da sie einer Kraft begegnen, der sie nicht standhalten können; und dann, dann zerbröseln und zerbrechen sie in einem Nu. Ja.

»Komm, mein Bruder!« ruft Thu-Kimnibol. »Wir haben uns hier lang genug aufgehalten. Und ich habe erfahren, was du dir für mich gewünscht hast.«

»Thu-Kimnibol?« Hresh klingt ganz undeutlich. »Bist du das? Wo bist du denn, mein Bruder?«

»Hier bin ich! Hier. Nimm meine Hand.«

»Ich gehöre jetzt der Königin, Bruder.«

»Nein! Das nicht! Niemals! Sie kann dich nicht festhalten. Komm, ich helfe dir, da!«

Weitschallendes Gelächter scheppert von allen Seiten auf ihn ein. *Sie* glaubt, sie hat sie beide eingefangen. Doch Thu-Kimnibol läßt sich nicht entmutigen. Die anfängliche Ehrfurcht, die er vor der Königin empfand, hat ihn in eine für sie günstige Position manövriert; doch die Ehrerbietung ist inzwischen vergangen, Verärgerung und Verachtung haben sie abgelöst, und *sie* hat kein anderes Mittel, ihn zu halten.

Gut, er begreift, daß er an ihrem Maßstab gemessen nicht mehr ist als ein Floh. Aber Flöhe besitzen den Vorteil, daß sie ihren Geschäften nachgehen können, ohne daß sie dabei Wesen von größerer Bedeutung auffielen. Das ist das große Plus der Flöhe, denkt er. Die Königin kann uns nicht festhalten, wenn sie uns nicht finden kann. Und sie ist sich ihrer Allmacht dermaßen gewiß, daß sie sich bestimmt auch nicht besonders heftig bemühen wird.

Also entgleitet er ihr. Und Hresh nimmt er mit.

Der Aufstieg aus ihrer Kammer ist wie das Erklettern eines Berges, der halbwegs bis zum Dach des Himmels reicht. Aber jede Reise — und sei sie noch so bedeutend — wird Schritt um Schritt und nach und nach getan. Thu-Kimnibol schleppt sich hinauf und weiter hinauf, und dabei trägt er Hresh in seinen Armen mit sich. Die Königin versucht anscheinend nicht, ihn zurückzuhalten. Wahrscheinlich glaubt sie, er werde ganz von selber ihr wieder zufallen.

Aufwärts und hinan. Hinter ihm steigen Ströme von Licht ihnen nach, werden aber verschwommen, je höher er weitersteigt. Und dann liegt vor ihm wieder die Schwärze. Tief und intensiv.

»Bruder?» sagt Thu-Kimnibol fragend. »Bruder, jetzt sind wir frei und in Sicherheit.«

Er blinzelte. Dann öffnete er die Augen. Nialli stand über ihn gebeugt und stieß jetzt einen schnurrenden leisen Freudenseufzer aus.

»Endlich bist du zurück!«

Er nickte. Er blickte zu Hresh hinüber. Der hatte die Augen ebenfalls schlitzhaft geöffnet, aber er wirkte noch arg benommen, ja wie betäubt. Thu-Kimnibol streckte den Arm hinüber und berührte den seines Bruders. Hresh schien sehr unterkühlt; sein Arm zuckte ein wenig, als Thu-Kimnibols Finger darüberstrichen.

»Kommt er wieder in Ordnung?« fragte Nialli.

»Er ist sehr erschöpft. Ich übrigens auch. Wie lange waren wir weg, Nialli?«

»Knapp anderthalb Tage.« Sie starrte ihn an, als wäre mit ihm eine grandiose Metamorphose geschehen. »Ich hab schon fast gedacht, daß du ... daß ...«

»Anderthalb Tage«, sagte er nachdenklich. »Mir kam es vor wie Jahre. Was war inzwischen hier los?«

»Nichts. Nicht mal Salaman ist erschienen. Er ist ohne anzuhalten einfach an unserm Lager vorbeimarschiert und zieht jetzt ohne uns weiter nach Norden.«

»Ja, der ist wirklich verrückt. Na schön, soll er seinen Weg gehen.«

»Und du?« Nialli starrte ihn noch immer an. »Wie war es denn? Hast du das Nest gesehen? Kontakt zu der Königin aufnehmen können?«

Er machte die Augen kurz wieder zu. »Ich hab nicht die Hälfte von alldem kapiert gehabt. Wie ehrfurchtgebietend *sie* ist ... wie gewaltig das Nest ... wie höchst raffiniert das Leben dort ...«

»Ich habe es euch allen damals zu sagen versucht, an dem Tag im Präsidium. Aber keiner hat mir zuhören wollen. Nicht mal du.«

»Ganz besonders ich nicht, Nialli.« Er lächelte. »Diese

Wesen sind ein beängstigender Feind. Sie kommen mir so sehr viel klüger vor, als wir es sind. Und sehr viel mächtiger. In jeder Hinsicht überlegene Geschöpfe. Irgendwie hab ich das Gefühl, daß ich mich vielleicht fast vor ihnen verneigen müßte.«

»Ja.«

»Also, jedenfalls vor ihrer Königin.« Ein Beiklang von Mutlosigkeit hatte sich in seine Stimme geschlichen. Seine triumphale Flucht kam ihm jetzt vor, als wäre es in einer fernen Vergangenheit passiert. »Sie ist beinahe sowas wie eine Gottheit. Dieses uralte riesenhafte Geschöpf, das überallhin verzweigt ist und alles bestimmt. Sich ihr zu widersetzen, das ist fast irgendwie — ja, irgendwie blasphemisch und gotteslästerlich.«

»Ja«, sagte Nialli. »Ich weiß, was du meinst.«

Müde schüttelte er den Kopf. »Trotzdem *müssen* wir Widerstand leisten. Es gibt keine Möglichkeit zu einer gütlichen Einigung mit ihnen. Wenn wir sie nicht weiter bekämpfen, werden sie uns zermalmen. Sie werden uns verschlucken. Aber wenn wir den Krieg fortsetzen und falls wir ihn gewinnen, verstoßen wir dann nicht gegen den Willen der Götter? Immerhin haben die Götter sie durch den Langen Winter geleitet und beschützt. Und vielleicht haben die Götter ihnen bestimmt, das Erbe der Welt anzutreten.« Er blickte sie verwirrt an. »Ich rede Widersprüchliches. Ergibt irgendwas davon einen Sinn?«

»Die Götter haben aber auch uns über den Langen Winter hinweggerettet, Thu-Kimnibol. Vielleicht erkennen sie jetzt, daß die Hjjks ein Irrtum waren, ein fehlgeschlagenes Experiment. Also wurden wir auf den Plan geschickt, um sie zu besiegen und ihre Stelle einzunehmen.«

Überrascht sah er sie an. »Glaubst du das wirklich? Könnte das möglich sein?«

»Du hast sie als erhabene, überlegene Geschöpfe bezeichnet. Aber du hast doch selbst gesehen, wie beschränkt sie in Wirklichkeit sind, wie inflexibel, wie geisteseng. Das hast du doch? Nicht wahr? Das nämlich wollte Hresh dir demonstrieren: Daß die Hjjks nicht wirklich etwas schaffen wollen, ja daß sie dazu nicht einmal fähig sind. Sie wollen nur eins, sich vermehren und neue Nester bauen. Aber nichts anderes steckt dahinter, kein Ziel. Sie bemühen sich nicht, hinzuzulernen. Sie versuchen nicht, geistig zu wachsen.« Sie lachte. »Nun stell dir das mal vor. Da hab ich die Kühnheit besessen und mich vor dem ganzen Präsidium aufgebaut und euch erklärt, wir müßten über die Hjjks denken, als wären sie menschlich. Aber das sind sie eben nicht. Ich habe mich geirrt, und ihr alle hattet recht, sogar Husathirn Mueri. Sie sind nichts weiter als *Ungeziefer.* Gräßliche übergroße *Wanzen.* Alles, was ich über sie glaubte, hatten sie mir selber in den Kopf gestopft.«

»Du darfst sie nicht unterschätzen, Nialli«, sagte Thu-Kimnibol. »Vielleicht übertreibst du jetzt zu stark in der anderen Richtung.« Hresh gab einen leisen Seufzer von sich. Thu-Kimnibol wandte sich um und betrachtete ihn. Doch Hresh schien zu schlafen, und sein Atem ging sanft und ruhig. Er sprach weiter zu Nialli. »Es gibt da noch etwas, das die Königin zu mir sagte, und das erscheint mir noch eigenartiger und fremder als alles andere. Hat man dich in deiner Zeit bei ihnen jemals gelehrt, daß die Hjjks glauben, sie seien eine Schöpfung der Menschlichen?«

Und nun starrte sie ihrerseits ihn bestürzt an. »Nein. Nein, niemals!«

»Was meinst du, könnte es wahr sein?«

»Warum nicht? Die Menschen waren doch beinahe gottähnlich. Vielleicht *waren* sie sogar die Götter.«

»Aber dann sind die Hjjks ihr auserwähltes Volk ...«

»Nein«, unterbrach sie ihn. »Die Hjjks waren *ein* auserwähltes Volk. Auserkoren, zu überleben und den Langen Winter zu überdauern und danach die Welt in Besitz zu nehmen. Doch irgendwie haben sie es nicht recht geschafft. Also haben die Götter *uns* geschaffen. Oder die Menschlichen. Das ist mir egal. Als Ersatz für sie.« Ihre Augen glühten in einem Feuer, wie er es selten vorher je gesehen hatte. »Und eines Tages werden die Menschlichen zur Erde zurückkehren«, fuhr sie fort. »Dessen bin ich mir ganz sicher. Sie werden sich vergewissern wollen, was sich seit ihrem Abschied hier getan hat. Und sie werden bestimmt nicht gern sehen, daß der ganze Planet hier ein einziges gigantisches *Nest* geworden ist, Thu-Kimnibol. Sie haben uns zu einem bestimmten Zweck in diese Kokons gesteckt, und sie werden wissen wollen, ob wir diesem Zweck gerecht wurden. Und deshalb müssen wir weiterkämpfen, begreifst du nicht? Wir müssen unser Erbrecht gegen die Königin verteidigen und uns behaupten. Nenne sie Götter oder von mir aus die Menschen, was immer sie sein mögen, sie haben uns gemacht. Und sie erwarten das von uns.«

»Genau die Art von Gegend, wie dieses Wanzenvolk sie liebt«, brummte Salaman. »Ein totes Land, in dem überall das Gerippe durchschaut.« Der König brachte sein Xlendi zum Stehen und blickte sich nach seinen drei Söhnen um. Athimin und Biterulve ritten an seiner Seite, Chham war ein Stückchen zurückgefallen.

»Glaubst du, da draußen liegt ein Nest, Vater?« fragte Chham.

»Da bin ich aber sicher. Ich fühle seinen Druck auf meiner Seele lasten. Hier spüre ich's. Und da. Und da.« Er berührte seine Brust, sein Sensor-Organ und seine Lenden.

Das Land vor ihnen wirkte dürr und ausgelaugt. Der Erdboden war fahl und sandig, darüber spannte sich ein Himmel so blau und so scharf wie ein Peitschenknall. Einziges Anzeichen von Leben war die bösartig aussehende niedere hölzerne Wölbung eines Gewächses, das einem verwitterten Schädel ziemlich ähnlich sah, und von dem zwei dicke graue riemenhafte Blätter, vom

Wind zerfetzt und zerschlissen, sich enorm weit über den Wüstenboden erstreckten. Diese Pflanzen wuchsen in großem Abstand voneinander, und jede herrschte über ihren kleinen Bereich wie ein verdrießlicher bewegungsunfähiger Kaiser. Sonst gab es hier nichts.

Athimin fragte: »Soll ich Befehl zum Lagern geben, Vater?«

Salaman nickte. Er starrte in die Ferne. Ein kalter salziger Wind fuhr ihm ins Gesicht, ein Wind, der Unheil verkündete. »Und schickt Späher aus. Und zu ihrem Schutz dicht hinter ihnen Patrouillen. Es sind Hjjks da draußen, massenhaft. Ich kann sie riechen.«

Eine seltsame Unruhe wuchs immer stärker in ihm herauf. Er wußte nicht, warum.

Bis zu diesem Augenblick war er zuversichtlich, ja sicher gewesen, daß sein Heer — und zwar allein! — fähig sein werde, die ganze Strecke zum Großnest zu marschieren und es zu zerstören. Sicher, bisher waren sie auf keinerlei wirkliche Abwehr gestoßen. Die Hjjks besaßen den Vorteil der zahlenmäßigen Überlegenheit, und sie waren starke unermüdliche Kämpfer. Doch sie schienen keine rechte Ahnung davon zu haben, *wie* man kämpft. So war es auch vierzig Jahre früher schon gewesen, erinnerte er sich, als sie versuchten, die neugegründete Stadt Yissous zu erstürmen.

Sie kamen stets nur in gewaltigen Horden hereingebrochen, kreischend und die Speere und Schwerter wirbelnd. Die meisten mit zwei Waffen gleichzeitig, manche sogar mit noch mehr. Es war ein Anblick, der einem das Blut verkehrt herum durch die Adern rinnen lassen konnte, wenn man sich von ihrer Wut und ihrem scheußlichen Aussehen beeindrucken ließ.

Doch wenn man standhielt, ein fester Keil von Kriegern Seite an Seite und Hieb um Hieb und Stoß um Stoß erwiderte, etwa dann konnte man sie überwältigen. Entscheidend, daß man die Schlacht nicht zu ihnen brachte, sondern sie herankommen ließ. Denn bei all ihrem wilden Herumgehopse waren sie im Kampf ineffizient, weil sie in zu großer und zu dichtgepackter Zahl angriffen. Man brauchte nur seine eigenen stärksten und furchtlosesten Kämpfer in einer Phalanx an die Spitze zu stellen und sie auf jeden zu nahe kommenden Hjjk lossäbeln zu lassen. Man mußte versuchen, ihre Atemschläuche durchzuhauen, diese orangefarbigen lose vom Kopf bis zur Brustseite baumelnden Lungen, dort waren sie am leichtesten verwundbar. Wenn man einen dieser Schläuche aufschlitzte, ging der Hjjk augenblicks von Luftmangel gelähmt zu Boden.

Und so war Salamans Heer weiter und weiter ins Land gezogen, von dem rauchenden Trümmerhaufen fort, der einmal Vengiboneeza gewesen war, in das immer kargere, immer versengtere Nordland, und wo sie unterwegs auf Hjjks trafen, da rotteten sie sie aus. Bisher hatte es vier größere Schlachten gegeben, und alle hatten in Niederlagen für den Feind geendet. Er fühlte im Herzen noch immer den wollüstigen Kitzel, wenn er an diese Siege dachte — die Hjjks bis zum letzten Krieger ins Verderben gehetzt, die abgehackten klauenbesetzten Gliedmaßen über das Schlachtfeld verstreut, die dürren gewichtlosen Leiber zu Haufen gestapelt. Jedem Heer, das die Königin ihm entgegensandte, war ein gleiches Schicksal widerfahren.

Nun jedoch rückte die Invasionsarmee dem ersten der kleineren wirklichen Nester näher, die sich an der Grenze des eigentlichen Hjjk-Gebietes aneinanderreihten.

Salamans Plan war es, diese Nester mitsamt ihren Königinnen nach und nach zu vernichten, während er weiter nordwärts zog, so daß in seinem Rücken keine feindlichen Streitkräfte mehr übrig wären, wenn er das andere Ende der Großen Leere erreicht hatte und zum Angriff auf das Haupt-Nest ansetzte. Er hatte noch keine sehr klare Vorstellung davon, wie er sie zerstören würde. Vielleicht, indem er irgendwie flüssiges Feuer in die Eingänge gießen würde. Alles wäre so sehr viel leichter gewesen, hätten ihm eine oder zwei von Thu-Kimnibols handlichen Superwaffen zur Verfügung gestanden. Er war jedoch zuversichtlich, er würde eine Vernichtungsmethode finden, wenn es soweit war. In dieser Hinsicht hatte er sich keine Sekunde lang Sorgen gemacht.

Jetzt aber — wo ihm dieser stinkende Wind entgegenwehte, dieses urplötzliche Beklommenheitsgefühl, diese Ahnungen einer bevorstehenden Katastrophe ihn überkamen …

»Vater!« rief Biterulve.

Aus dem Nichts tauchte vor ihnen eine Mauer aus Wasser auf, die wie eine gewaltige Meereswoge aus dem Wüstenboden heraufschoß und den halben Himmel verdeckte. Die Xlendis wieherten und bäumten sich in Panik auf. Salaman fluchte und warf vor Verblüffung den Arm über das Gesicht. Hinter sich hörte er die Entsetzensschreie seiner Leute.

Aber er brauchte nur einen Augenblick, um wieder gefaßt zu sein.

»Ein Trick, ich meine ein Trug!« brüllte er. »Eine Illusion! Wie könnte es Wasser geben in der Wüste!«

Tatsächlich hing diese titanenhaft große Woge *über* ihnen, schlug aber nicht auf sie herab. Er sah die weißgischtende Schaumkrone, die tiefe grüne Undurchdringlichkeit dahinter, die riesige Krümmung der unvorstellbaren stürzenden Wassermassen. Aber das Wasser stürzte nicht herab.

»Eine Täuschung!« brüllte Salaman erneut. »Die Hjjks greifen an! Stellt die Keilformation auf! Den Keil!«

Chham preschte mit wildem Blick dicht an ihn heran. Salaman scheuchte heftig zu der Hauptmasse des Heeres zurück. »Bring sie in Kampfstellung!« befahl er. Er sah, daß Athimin bereits nach hinten ritt und wie er gestikulierend und brüllend die Truppe vom Auseinanderstieben abzuhalten sich mühte.

Die Truppe schien zu begreifen, daß der plötzlich aufgetauchte Ozean nicht wirklich da war. Doch nun begann der Erdboden selbst zu schwingen wie eine Decke, von der man Krümel abschüttelt. Mit Entsetzen sah Salaman, wie die Erde ringsum sich wellte und aufbäumte. Ihm wurde schwindlig, und er sprang von seinem Reitxlendi. Ein echtes Beben der Erde? Oder wieder nur ein neuer Trug-Trick. Er wußte es nicht.

Aus dem Wasserwall war eine Mauer aus Feuer geworden, die sie von drei Seiten her einschloß. Die Luft zischte und knisterte und sauste. Er spürte die Hitze auf sich eindringen. Blauzüngelnde Flammen zuckten aus der bebenden Erde empor.

Und jetzt rasten grelle Lichtkeile wie verrücktgewordene Speertänzer, die Amok liefen, über den Himmel. Salaman fuhr herum, um nicht von ihnen geblendet zu werden, und sah von Norden her feuerspeiende Drachen heranrücken. Freßgierige Maulkreaturen. Vögel mit Fängen so scharf wie Messerklingen.

»Trickbilder!« schrie er. »Sie schleudern uns Wundersteinträume entgegen!«

Auch andere erkannten dies dann. Das Heer sammelte sich wieder. Man versuchte verzweifelt, die Schlachtordnung wieder aufzubauen.

Dann aber erblickte er in dem wahnsinnigen Wirbel eine kantige gelb-schwarze Gestalt direkt gegenüber, die in einer borstigen Klaue ein Kurzschwert hielt und einen Speer in einer anderen. Unter dem Deckmantel dieser Halluzinationstricks war eine Hjjk-Einheit herangerückt und setzte zum Angriff an.

Der König zerfetzte mit einem blitzschnellen Schwerthieb einen Atemschlauch, und als er sich abwandte, sah er einen weiteren Hjjk von links auf sich zukommen. Er erwischte das Geziefer am ungeschützten Kniegelenk und sandte es zu Boden. Zu seiner Rechten hieb Chham auf zwei weitere Insekten-Krieger ein. Einer ging nieder, der andere taumelte bereits. Salaman fletschte grinsend die Zähne. Na, sollen sie doch ihre

Drachen senden! Und ihre Erdbeben und ihre Ozeane! Wenn es zum Kampf Mann gegen Mann kam, dann metzelten seine Leute diese Kakerlaken noch immer glatt erbarmungslos nieder.

Die Trugbilder hielten an. Geysire aus Blut, Fontänen von blitzenden Lichtern, ganze Berge, die aus der Luft niederstürzten, plötzlich nur eine Handbreit weiter vorn sich auftuende Abgründe — ihrem Erfindungsreichtum schienen keine Grenzen gesetzt. Aber solange du dich einfach nicht darum kümmerst, dachte Salaman, und dich auf das Wesentliche konzentrierst, nämlich jeden Hjjk in Stücke zu hauen, der in die Reichweite deiner Waffe kommt ...

Und da! Da hast du's! Da! Schlag zu! Stich zu! Töte!

Die wilde Kampfeslust hatte ihn nun erfaßt wie vielleicht nie zuvor. Er kämpfte sich quer übers Schlachtfeld und achtete nicht der zuckenden Schlangen, die ihm vorm Gesicht schwebten, und nicht auf höhnisch zischende Leuchtgespenster, die zu allen Seiten aus klaffenden Erdspalten schweflig heraufstiegen, nicht auf körperlose Augen, die sein Haupt umschwirrten, und nicht auf in Panikstampede heranbrausende Zinnobären oder herabstürzende Felsen. Seine Krieger hatten sich, von Chham und Athimin geführt, zu einer Schlachtordnung von drei Kampfkeilen formiert und schlugen sich tapfer.

Doch was war das? *Biterulve* in der vordersten Linie in einer der Phalangen?

Das war gegen seinen ausdrücklichen Befehl. Der Junge hätte niemals auf diese Weise in Gefahr gebracht werden dürfen! Ahtimin wußte das. Gut, laßt ihn im zweiten Glied kämpfen, aber doch nie in der vordersten Linie! In rasendem Zorn blickte Salaman umher. Wo war Athimin? Er hatte den ausdrücklichen Befehl, seinen Bruder keinen Moment aus den Augen zu lassen.

Ah, dort war er ja. Fünf, sechs Männer weiter unten

im Glied, und nicht bei Biterulve. Und er hackte mit Eifer auf den Feind ein.

Salaman rief ihn an und gab ihm Zeichen. »Siehst du ihn nicht? Geh sofort zu ihm rüber! An seine Seite, du Trottel!«

Athimin glotzte dumm, dann nickte er. Biterulve schien sich keine Gedanken wegen seiner persönlichen Unversehrtheit zu machen. Er hieb auf die anstürmenden Hjjks mit einer wilden Wut ein, die der König ihm niemals zugetraut hätte. Athimin machte nun kehrt und kämpfte sich durch das Getümmel auf den Kleinen zu, um ihm Schutz zu bieten. Auch Salaman stürzte voran, in der Absicht, die Hjjks niederzumachen, die Biterulve am nächsten gekommen waren, und um den Jungen in der Kriegerphalanx weiter nach hinten zu drängen.

Es war jedoch zu spät.

Salaman war immer noch zwanzig Schritt entfernt, kämpfte sich durch einen Ring von Phantom-Monstern und trübschwarzem Gewölk, als er — wie durch einen plötzlich aufzuckenden Blitz — vor Biterulve einen Hjjk auftauchen sah, der zweimal so groß war wie Thu-Kimnibol und der seinen Speer dem Jungen durch den Leib rammte, so daß er bluttriefend im Rücken wieder herausfuhr.

Der König stieß ein ungeheuerliches Wutgebrüll aus. Ihm war, als hätte man ihm einen glühenden Eisenstab in die Stirn getrieben. Im Nu war er an der Stelle, wo Biterulve gestürzt war, und schleuderte mit einem raschen Hieb den Schädel des Hjjk über das Schlachtfeld. Und gleich danach war auch Athimin da und sprudelte ihm nutzlose Entschuldigungen und Erklärungen entgegen, und Salaman richtete, ohne zu zögern, seine ganze unbändige Wut gegen ihn und mähte ihn mit der Wucht seines Ausschwungs nieder und zerfetzte ihm die Brust, tief durch das Fell, bis ins Fleisch und die Knochen.

»Vater ...?« gurgelte Athimin in einem Blutschwall,

der ihm aus dem Mund quoll, und brach vor seinen Füßen zusammen.

Salaman schaute schreckensstarr hin. Links vor ihm lag Biterulve und rechts Athimin. Sein Verstand weigerte sich, den Anblick für real zu halten. Und in seiner Seele wühlte bohrend die qualvolle Frage:

Was hab ich getan? Was habe ich nur getan?!

Ringsum tobte der Kampf weiter; und der König stand still und stumm da und war in einem Nu und Augenblick von all seinem Wahnsinn und seiner Blutrünstigkeit frei. Es drangen an sein Ohr das Keuchen der verwundeten Krieger und das qualvolle Stöhnen der Sterbenden und das irrwütige Brüllen derer, die noch nicht tot waren und weiterschlachteten, und es war ihm auf einmal alles ganz unbegreiflich, daß er sich hier, an diesem Ort, zu dieser Zeit befinden sollte, und daß zwei seiner Söhne tot zu seinen Füßen lagen, daß überall ringsum Gespenster und Ungeheuer herumtanzten und daß kreischende Insektenkreaturen mit riesigen Augen ihm mit Schwertern vor dem Gesicht herumfuchtelten. Warum? Wozu das alles?

Es war Irrsinn. War nutzlose Vergeudung.

Er stand da wie zu Eis erstarrt. Betäubt und verwirrt. In seinem Schmerz gefangen.

Dann spürte er einen stechenden scharfen Schmerz ganz anderer Art, als eine Hjjk-Waffe ihm einen Muskel seines Armes durchstieß. Die Stärke der Schmerzempfindung war verblüffend. Plötzlich sprangen ihm heiße Tränen aus den Augen. Er blinzelte verwirrt. Um seine Seele breitete sich ein schwerer Nebeldunst. Unter der Schockwirkung seiner Verwundung fielen die Jahre wie Schuppen von ihm ab, und er glaubte für einen Moment, daß er wieder der ehrgeizige junge Krieger sei und fast so gescheit wie Hresh, dessen einziges Ziel im Leben es war, eine große Stadt zu erbauen, eine Dynastie, ein Großreich. Aber wenn das so war, wieso hockte er dann gefangen in diesem steifen alten Körper, und wieso tat der ihm so weh, und warum blutete er? Ah, ja. Die Hjjks. Ja, die Hjjks stürmten zum Angriff auf ihre kleine neue Siedlung. Und Harrual war bereits den Heldentod im Kampf gestorben. Es sah alles hoffnungslos aus. Aber es gab keine andere Möglichkeit, als weiterzukämpfen ... weiterzukämpfen ...

Der Nebeldunst zerteilte sich, sein Kopf war wieder klar. Da lagen sie, Biterulve und Athimin, vor ihm auf der Erde, und er selber war dem Tode nahe. Und auf einmal überkam ihn mit völliger Klarheit, wie dumm, wie nutzlos und wie sinnlos sein Leben dahingegangen war alle die Jahre, die er verschwendet hatte, um einen Wall zu bauen, um einen fernen und ihm unbekannten Feind zu hassen, den er am einfachsten besser völlig ignoriert hätte.

Er wandte sich um und sah, daß die schimmernde gelbschwarze Kreatur ihn ernst betrachtete, ganz so, als hätte sie noch nie einen Mann aus dem VOLK erblickt. Dann hob sie erneut die Waffe.

»Nur los!« sagte Salaman. »Was spielt es schon für eine Rolle!«

»Vater! Zurück!«

Chham war das. Salaman lachte. Er wies auf seine zwei gefallenen Söhne. »Da, sieh und schau!« sagte er. »Biterulve kämpfte in der vordersten Linie. Und dann Athimin ... Athimin ...«

Er spürte, wie er beiseite gestoßen wurde. Vor ihm schnitt ein Schwert durch die Luft. Der hjjkische Gegner fiel zurück. Chhams Gesicht war dann seinem ganz nahe. Aber das war ja das gleiche Gesicht wie sein eigenes, es war, als blickte er in einen Spiegel, der weit in die Zeit, aus der Zeit reflektiert.

»Vater, du bist verwundet.«

»Biterulve ... Athimin ...«

»Komm, laß mich dir helfen.«

»Biterulve ...«

Thu-Kimnibol war erstaunt. »Was? Salaman ist hier bei uns? Und seine Armee?«

»Was noch von ihr übrig ist«, sagte Esperasagiot. »Ein trauriger Anblick, Herr. Es ist wohl am besten, du reitest ihnen entgegen. Es sieht kaum so aus, als würden sie es noch bis zu uns hierher schaffen.«

»Könnte das eine Finte sein?« fragte Nialli Apuilana. »Haßt er uns vielleicht dermaßen, daß er uns aus dem Lager locken will, um uns dann auch noch anzugreifen?«

Esperasagiot lachte. »Nein, Herrin. In dem Mann ist kein Platz mehr für Haß. Wenn du ihn sehen würdest, du würdest es gleich merken. Das ist ein geschlagener Haufen. Ein Wunder, daß es überhaupt einer lebendig bis zu uns geschafft hat.«

»Wo stehen sie?« fragte Thu-Kimnibol.

»Eine halbe Stunde im Sattel.«

»Laß mein Xlendi bringen. Du, Dumanka, Kartafirain begleitet mich, und zehn Krieger.«

»Soll ich auch mitkommen?« fragte Nialli.

Thu-Kimnibol funkelte sie an. »Du bleibst besser bei deinem Vater. Man hat mir berichtet, daß er heute morgen recht geschwächt ist. Einer von uns sollte bei ihm sein, falls es zu Ende geht.«

»Ja«, sagte sie leise und wandte sich ab.

Die kläglichen Überreste der Streitmacht der Stadt Yissous hatten eine Art Lager an einem Flüßchen in ungeschütztem Gelände etwas nördlich von Thu-Kimnibols eigenem Lager bezogen. Esperasagiot hatte keineswegs übertrieben: Es *war* ein trauriger Anblick. Nur wenige hundert Mann aus der gewaltigen Kriegerhorde, die von Yissou aufgebrochen war, befanden sich da, und jeder einzelne von ihnen schien verwundet zu sein. Sie lagen wie weggeworfene Kleidungsstücke über den Grund verstreut, und dahinter ragten drei zerfledderte schiefe Zelte auf. Als Thu-Kimnibol heranritt, kam ihm humpelnd zur Begrüßung ein Mann mit grimmer Miene entgegen, den er als den Prinzen Chham, Salamans Sohn, erkannte.

»Eine beklagenswerte und betrübliche Wiederbegegnung, Prinz. Es erfüllt mich mit Beschämung, daß ich dir so unter die Augen treten muß.«

Thu-Kimnibol suchte nach Worten und fand nichts Tröstliches. Nach einem peinlichen Schweigen beugte er sich nieder und umarmte Chham stumm und sehr behutsam, aus Furcht, dabei eine Wunde wieder aufplatzen zu lassen.

»Können wir etwas für euch tun?« fragte er.

»Heilkundige. Arzeneien. Nahrung. Aber vor allem brauchen wir Ruhe und Erholung. Wir sind auf dem Rückzug — ich kann dir gar nicht sagen, wie lange schon. Seit einer Woche, seit zweien? Wir haben sie nicht gezählt.«

»Es betrübt mich zu sehen, wie schlimm die Lage sich für euch entwickelt hat.«

Es gelang Chham, seinen alten Mannesstolz kurz aufflackern zu lassen. »Ach, zu Beginn lief alles großartig. Wir haben sie geschlagen und immer wieder geschlagen. Wir haben sie erbarmungslos niedergemacht. Mein Vater kämpfte wie ein Gott. Nichts konnte seinem Ansturm standhalten. Aber dann ...« — er wandte den Blick ab — »... dann haben die Wanzlinge trickreichen Trugzauber wider uns eingesetzt. Wunderstein-Illusionen, zauberische Phantasiegebilde, Traumstoffe. Du wirst es selber sehen, denn sie werden sie auch gegen dich einsetzen, wenn du nächstesmal auf sie stößt.«

»Also kam es zu einer Traumschlacht. Und zu einer großen Niederlage.«

»Ja. Einer sehr schweren Niederlage.«

»Und euer Vater, der König?«

Chham wies mit dem Kinn über die Schulter zu dem größten Zelt hinüber. »Er lebt noch. Aber du würdest ihn nicht wiedererkennen. Mein Bruder Athimin ist tot. Und der kleine Biterulve ebenfalls.«

»Ach! Auch Biterulve ...«

»Und mein Vater ist schwer verwundet worden. Aber er ist auch innerlich anders geworden, sehr viel anders. Du wirst es ja sehen. Es war schierstes Glück, daß wir überhaupt davongekommen sind. Es erhob sich ein plötzlicher Sturm. Die Luft war voll von Staub und Sand. Die Hjjks konnten nicht mehr sehen, wo wir waren. Also haben wir uns unbemerkt verzogen. Und da sind wir jetzt, Prinz. Da sind wir, Thu-Kimnibol.«

»Der König? Wo?«

»Komm, ich führe dich zu ihm.«

Der eingeschrumpfte schwächliche Mann, der da im Zelt auf einer Pritsche lag, sah dem Salaman recht wenig gleich, den Thu-Kimnibol gekannt hatte. Das weiße Fell war stumpf und feuchtverklebt. An einigen Stellen war er völlig kahl. Auch die Augen blickten dumpf und glanzlos, diese weitstehenden grauen Augen, die einstmals so bohrend blicken konnten. Der Oberkörper wirkte unter den Bandagen wie eingesunken und sehr zerbrechlich. Salaman schien es nicht wahrzunehmen, daß Thu-Kimnibol ins Zelt getreten war. Ein dürres altes Weib, das er als die Oberste Opferfrau der Yissou-Stadt erkannte, hockte an seinem Lager, und heilige Talismane waren überall ringsum ausgebreitet.

»Wacht er?« flüsterte Thu-Kimnibol.

»So ist er schon die ganze Zeit.« Chham trat einen Schritt vor. »Vater? Prinz Thu-Kimnibol ist hier.«

»Thu-Kimnibol?« Ein schwaches papierenes Flüstern. »Wer?«

»Harruels Sohn«, sagte Thu-Kimnibol ruhig.

»Ah ja, der Kleine vom Harruel. Samnibolon heißt er. Hat er sich einen neuen Namen zugelegt? Wo ist er denn? Sag ihm, er soll näher kommen.«

Thu-Kimnibol blickte auf den Mann da hinab. Es war ihm fast nicht möglich, diesem leergebrannten Blick zu begegnen.

Salaman lächelte. Mit derselben dünnen Stimme

fragte er: »Und wie befindet sich dein Vater, Junge? Der gute König und große Krieger Harruel?«

»Mein Vater ist schon lange tot, mein Cousin«, sagte Thu-Kimnibol freundlich.

»Ach? Ach ja, das stimmt ja.« Ein kurzes Erkennen zuckte in seinen Augen auf. Salaman bemühte sich, sich von seinem Lager aufzurichten. »Sie haben uns besiegt. Hat Chham dir das gesagt? Ich hab zwei Söhne auf dem Schlachtfeld verloren — und Tausende andrer Männer. Sie haben uns glatt in Stücke gehauen. Na, wir haben es ja auch nicht besser verdient, um die Wahrheit zu sagen. Was für eine absolute Idiotie das war, sie zu bekriegen und wie die Trottel in ihr Gebiet einzumarschieren! Es war Wahnsinn, nichts weiter als Wahnsinn. Das erkenne ich nun. Und du vielleicht auch, Samnibolon. Wie? Erkennst du es auch?«

»Seit vielen Jahren nennt man mich Thu-Kimnibol!«

»Aber ja, natürlich. Thu-Kimnibol.« Salaman brachte ein kleines Lächeln zustande. »Und wirst du den Kampf fortsetzen, Thu-Kimnibol?«

»Bis der Sieg unser ist, ja.«

»Es wird niemals einen Sieg geben. Die Hjjks werden dich zurückwerfen, wie sie es mit mir getan haben. Sie werden dich in Träumen ersäufen.« Langsam, denn anscheinend bereitete es ihm Mühe, bewegte Salaman den Kopf verneinend her und hin. »Dieser Krieg war ein Fehler. Wir hätten ihr Vertragsangebot annehmen und eine Grenzlinie durch die Welt ziehen sollen. Ich sehe das jetzt ein, aber jetzt ist es zu spät. Zu spät für meinen Biterulve, zu spät für Athimin, zu spät für mich.« Er stieß ein hohles Lachen aus. »Aber mach du nur, wie es dir beliebt. Für mich ist der Krieg zu Ende. Und ich wünsche mir nun nichts weiter, als daß die Götter mir vergeben mögen.«

»Vergeben? Was?« Zum erstenmal erhob Thu-Kimnibol die Stimme über das in Krankenstuben übliche Murmeln.

Chham zupfte ihn am Arm, wie um ihm zu erklären, daß der König für derlei Auseinandersetzungen nicht mehr kräftig genug sei. Doch Salaman sprach — und nun ebenfalls mit lauterer Stimme: »Vergebung wofür? Dafür, daß ich meine Krieger in dieses Drecksland geführt habe, damit sie hier niedergemetzelt werden. Dafür, daß ich getreue Akzeptänzer ins Verderben geschickt habe, und das Expeditionskorps, das ihnen folgte, auch ... Und das alles bloß, um einen Krieg anzuzetteln, den es niemals hätte geben dürfen! Die Götter wollten nicht, daß wir gegen die Hjjks losschlagen sollten. Denn die Hjjks sind ebenso die Geschöpfe der Götter wie wir. Daran gibt es jetzt für mich keinen Zweifel mehr. Also habe ich mich versündigt, und dafür werde ich mich einer Katharsis unterziehen, und wenn Mueri und Friit mir gnädig sein wollen, werde ich entsühnt sein, bevor ich sterbe. Wahrscheinlich sollte ich auch die Verzeihung der Königin zu erlangen versuchen. Aber wie stelle ich das an?« Salaman hob die Hand und faßte Thu-Kimnibol mit erstaunlicher Kraft am Handgelenk. »Würdest du mir eine Eskorte stellen, die mich heimgeleitet, Thu-Kimnibol? Ein paar Dutzend von deinen Soldaten? Die uns den Rückmarsch durch dieses elendige Ödland erleichtern, das wir unter solch furchtbaren Verlusten durchquert haben. Sie mögen mich zurückbringen in meine Stadt, damit ich in dem Tempel, den ich ihnen vor langer Zeit erbaute, vor das Angesicht der Götter treten und sie anflehen kann, sie möchten mir Frieden schenken. Mehr verlange ich nicht von dir.«

»Wenn dies dein Wunsch ist, sicher. So soll es sein.«

Und — würdest du über mich beten, wenn du weiterziehst? Zum Nest? Beten, daß mein Geist Ruhe findet, Thu-Kimnibol? Ich will für deine Seele gleiches erbitten.«

Er schloß die Augen. Chham winkte Thu-Kimnibol aus dem Zelt.

Draußen sagte er: »Er ist außer sich vor Schuldgefühlen über den Tod meiner Brüder. Sein Herz quillt über vor Reue darüber und über alles in seinem Leben, was er jetzt als Sündenschuld ansieht. Ich habe nicht gewußt, daß ein Mensch sich in einem einzigen Nu und Augenblick so sehr verändern könnte.«

»Er soll seine Eskorte in die Heimat haben, das garantiere ich dir.«

Chham lächelte trüb. »Er wird Yissou niemals wiedersehen. Zwei, drei Tage — mehr bleiben ihm nicht, versichert mir die Heilerin. Wir werden ihn im Hjjk-Land zur Ruhe betten müssen. Und was uns andere angeht, den kläglichen Rest ...« Er zuckte die Achseln. »Wir sind bereit, uns für den restlichen Feldzug unter dein Kommando zu stellen. Wenn du uns haben willst, heißt das, so geschlagen und zerlumpt, wie wir es sind. Und wenn du das ablehnst, werden wir halt in unsere Stadt zurückhumpeln und dort darauf warten, von deinem Kriegsglück zu hören.«

»Nein, schließt euch uns an«, sagte Thu-Kimnibol. »Zieht mit uns und kämpft an unsrer Seite, natürlich nur, wenn ihr weitermarschieren könnt. Warum sollten wir euch zurückweisen? Deine und meine Stadt, sind sie nicht auf ewig Verbündete?«

Die Dunkelheit brach früh herein. Nialli Apuilana kniete bei ihrem Vater. Thu-Kimnibol stand taktvoll etwas entfernt, im Schatten, wohin der Schein der Glühkugeln nicht reichte.

»Nimm dieses Amulett von meinem Hals weg«, flüsterte Hresh. »Leg es dir um.«

Nialli Apuilanas Hände ballten sich zu Fäusten. Sie wußte, was in Hreshs Kopf vorging. Er hatte diesen Talisman sein Leben lang am Leib getragen. Nie hatte sie ihn ohne den Beutel gesehen. Und wenn er ihn jetzt ihr übergeben ...

Sie warf Thu-Kimnibol einen Blick zu. Er nickte. ›Tu es‹, sagte er stumm. ›Nimm es an.‹

Sie löste die Schnur, die das Amulett band, und holte es vorsichtig hervor. Es war klein, nichts weiter als ein Stückchen glatten grünen Glases, so schien es jedenfalls, auf das Zeichen eingeritzt waren, die viel zu winzig waren, als daß sie sie hätte entziffern können. Das Stück sah sehr alt aus und sehr abgenutzt. Sie fühlte eine merkwürdige Kälte davon ausstrahlen, aber als sie es sich dann um den Hals band, verspürte sie ein schwaches Vibrieren und den Anflug von Wärme.

Sie starrte auf das Ding zwischen ihren Brüsten.

»Was kann es bewirken, Vater?«

»Recht wenig, glaube ich. Aher es hat Thaggoran gehört, der mein Vorgänger war als Chronist. Es ist ein Stück aus der Großen Welt, hat er mir gesagt. Und es ist das Abzeichen des Chronisten. Glaube ich jedenfalls. Manchmal holt es Thaggoran zu mir herüber, wenn ich ihn brauche. Nun wirst du es tragen müssen.«

»Aber ich ...«

»Du bist von nun an der Chronist«, sagte Hresh.

»Was? Aber, Vater, ich hab doch gar keine Ausbildung! Und der Chronist war noch nie eine Frau.«

Es gelang Hresh, fast so etwas wie ein Lächeln zustande zu bringen. »Das alles ändert sich nun. Alles ist in Verwandlung begriffen. Chupitain Stuld wird mit dir zusammenarbeiten. Und Io Sangrais und Plor Killivash — falls sie diesen Krieg überleben. Die Chroniken müssen in unsrer Familie bleiben.» Er griff nach ihrer Hand und umklammerte sie fest. Seine Finger fühlten sich winzig an. Er wird wieder zum Kind, dachte Nialli. Dann schlug er die Augen kurz noch einmal auf und sagte: »Ich habe nie erwartet, daß ich eine Tochter haben würde, weißt du. Daß ich überhaupt je ein Kind haben würde.«

»Und ich habe dir soviel Kummer gemacht, Vater!«

»Aber gar nicht, Kind. Nur Freude. Glaub mir das.« Seine Hand klammerte sich sogar noch heftiger um die ihre. »Ich habe dich immer geliebt, Nialli. Und ich werde dich immer lieben. Du wirst Taniane meinen liebevollen ergebenen Gruß übermitteln, ja? Meiner Gefährtin in all den vielen Jahren. Meinem Partner. Sie wird traurig sein. Sehr. Aber das soll sie nicht, darf sie nicht. Ich werde an der Seite Dawinnos sitzen — und ihn unendlich viel fragen ...« Er schwieg. »Ist mein Bruder da?«

»Ja.«

»Ich dachte es mir. Er soll zu mir kommen.«

Aber Thu-Kimnibol war bereits an Hreshs Lager getreten. Er kniete nieder und streckte die Hand aus, und Hresh berührte sie, ganz sacht, die Fingerspitzen mit seinen Fingerspitzen. »Bruder«, murmelte er. »Ich werde Minbain deine Liebe mitbringen. Aber jetzt mußt du uns alleinlassen. Was jetzt folgen muß, ist nur zwischen Nialli und mir. Sie kann es dir ja hinterher sagen — wenn sie will.«

Thu-Kimnibol nickte. Sanft und liebevoll ließ er seine Hand kurz auf Hreshs Stirn ruhen, als hoffte er, dessen Weisheit und Klugheit würden durch die Berührung auf ihn übergehen. Dann erhob er sich und verließ das Zelt, ohne noch einen Blick zurück zu werfen.

Hresh sagte: »Unter meinem Leibgurt an meiner Lende wirst du einen kleinen Sammetbeutel finden.«

»Vater ...«

»Nimm ihn hervor! Öffne ihn!«

Sie ließ den kleinen glattpolierten Stein in ihre Handfläche gleiten und betrachtete ihn erstaunt. Sie hatte ihn nie vorher berührt. Soweit ihr bekannt war, durfte keiner außer Hresh ihn anfassen, und sie hatte ihn auch kaum jemals auch nur sehen dürfen. In gewisser Weise war er dem Amulett ähnlich, das Hresh ihr zuvor gegeben hatte, denn es war ein sehr glattes Stück, und an seiner Kante waren Linienmuster eingegraben, so zart, daß sie das Muster eigentlich gar nicht erkennen konnte. Eine leichte Wärme strahlte von dem Stein aus. Aber das Amulett besaß wenig Masse oder Gewicht. Es wirkte eigentlich eher wie ein nichtsiges, leichtzerbrechliches Ding. Der Barak Dayir war zwar kaum größer, aber Nialli kam es vor, als sei er so schwer wie eine ganze Welt. Es bereitete ihr Unbehagen ihn in der Hand zu halten. Denn die Kraft, die darin gefangen lag, war bestürzend groß.

Hrash flüsterte: »Weißt du, was das ist?«

»Der Barak Dayir, Vater.«

»Ja. Das ist der Barak Dayir. Aber *was* er ist, das kann nicht einmal ich dir sagen. Der alte Prophet der Beng sagte zu mir, es ist ein Verstärker, was bedeuten würde, er macht Dinge größer, als sie sind. Ich habe dir ja einmal erklärt, daß einst die Menschlichen, die über die Erde herrschten, ihn gemacht haben, noch ehe die Große Welt entstand. Und sie gaben ihn uns, um uns zu schützen, wenn sie nicht mehr hier sein würden. Mehr weiß ich darüber nicht. Und nun mußt du ihn hüten. Und die Kunst, ihn zu benutzen, beherrschen lernen.«

»Doch wie soll ich ...?«

»Tvinnre mit mir, Nialli.«

Ihre Augen wurden groß. »Tvinnern — mit dir, Vater?«

»Du mußt es tun. Es kann kein Übel dabei entstehen, nur viel Gutes. Und wenn wir verbunden sind, dann nimm den Barak Dayir und lege ihn auf die Spitze deines Sensor-Organs und fasse und halte ihn fest. Dann wirst du eine Musik hören. Und dann helfe ich dir weiter. Willst du das tun, Nialli?«

»Natürlich will ich.«

»Dann komm nah zu mir.«

Sie schloß ihn in die Arme. Himmel, er wiegt ja fast nichts mehr, dachte sie. Von ihm ist nur noch die Hülle übrig — und der Geist, der darin brennt.

»Deinen Sensor, dicht an meinen ...«

»Ja. Ja.«

Es war eine Kommunion, wie Nialli sie nie im Leben zu erfahren geglaubt hätte. Doch kaum hatte ihr Sensor den seinen berührt, verschwanden Furcht und Unsicherheit gänzlich, und sie fühlte mit einer fast unvorstellbaren Freude, wie sein reicher Geist sich einem Wildwasser gleich in den ihren ergoß. Die Freude war so überwältigend, daß sie ganz benommen war, und für einen Augenblick wurde sie ganz davon fortgerissen; dann aber erinnerte sie sich an den Wunderstein, legte behutsam die Spitze ihres Sensors um ihn und faßte mit all ihrer Kraft zu. Und die Welt verwandelte sich zu nebligem Dunst. Eine Säule von Klang erhob sich unter Nialli. Ein mächtiger Akkord überwältigender Liebe schleuderte sie hoch und trug ihre Seele dem Himmel zu.

Aber Hresh war an ihrer Seite, lächelte sie zärtlich und voller Heiterkeit an, hielt sie, stützte sie, leitete sie. Gemeinsam schwebten sie durch das Himmelsgewölbe. Von Westen her strömte ein mächtiges goldenes Glühen, ein helles sinnverwirrendes fließendes Strahlen, das sich dann zu betäubendem Karminrot abkühlte, dann zu üppigem Tiefscharlachrot und schließlich zu seidigem Purpur. Die Dunkelheit begann nach Hresh zu greifen. Doch während sie diesem wartenden Reich zustrebten, machte er seiner Tochter ein Letztes zum Geschenk: seine Luzidität, seine umfassende Liebe, seine Weisheit. In ununterbrochenem Strömen sagte er ihr alles, was sie wissen mußte, bis er ihr alles gesagt hatte.

So also fängt es an, denkt Hresh. Die allerletzte Reise. Die Welt ringsum verdunkelt sich.

Nialli, denkt er. Minbain. Taniane.

Kreisend kommt der Strudel zu ihm herauf, um ihn zu verschlingen. Und er starrt in das Loch hinein.

Ist es das, wohin ich gehe? Wie wird es sein? Werde ich etwas fühlen? Werde ich etwas riechen und schmekken können? Wenn ich doch nur etwas klarer sehen könnte …

Ah, jetzt ist es besser. Aber wie seltsam es hier drin

ausschaut. Bist du das, Torlyri? Thaggoran? Wie merkwürdig das alles ist!

Mutter. Nialli. Taniane.

O sieh doch, Taniane! Schau!

Als Nialli aus dem Zelt trat, stieß sie auf Thu-Kimnibol und Chham. Die Männer brachen ihr Gespräch ab und blickten ihr merkwürdig entgegen, als wäre sie in ein nicht-irdisches Geschöpf von solch sonderbarer Art verwandelt worden, wie sie es noch nie erblickt hatten.

»Wie steht's mit deinem Vater?« fragte Thu-Kimnibol.

»Er ist jetzt bei Dawinno.« Ihre Augen waren tränenlos, und sie wirkte seltsam ruhig.

»Ach.« Ein Schauder durchfuhr Thu-Kimnibols massigen Körper, und er schlug die Zeichen der Himmlischen Fünffaltigkeit, langsam und vorsichtshalber gleich zweimal, und das Zeichen Dawinnos ein drittesmal hinterdrein. »Nie hat es einen Mann wie ihn gegeben«, sagte er nach einiger Zeit mit brüchiger Stimme. »Wir sind zwar aus der selben Mutter, aber ich gestehe es euch, ich habe mich nie wirklich und wahrlich als sein Bruder fühlen können, weil er war, der er war. Sein Geist war beinahe wie der eines Gottes. Was wird nun aus uns werden, jetzt wo er nicht mehr bei uns ist?«

Nialli hielt ihm den Beutel mit dem Barak Dayir entgegen.

»Er gab mir den Wunderstein«, sagte sie. »Außerdem habe ich jetzt auch viel von Hresh in mir. Du hast gehört, wie er anordnete, daß ich der nächste Chronist sein solle? Nun, *ich* will jetzt Hresh für uns werden, wenn ich es kann. Ich werde heute abend die Worte für ihn sprechen, und wir werden, was von ihm übrigblieb, zur Ruhe betten. Doch er selbst ist bereits in Dawinnos Schoß.«

»Er war schon immer bei Dawinno, Edle«, sagte Chham plötzlich. »Oder jedenfalls wurde von ihm berichtet, daß er vom Tag seiner Geburt an Umgang mit den Göttern hatte. Und gewißlich war es so. Und ich zweifle nicht daran, obwohl ich selbst ihm nie begegnet bin. Was für ein Tag der großen Verluste dies ist!«

Thu-Kimnibol sagte: »König Salaman ist heute gleichfalls von uns gegangen. Prinz Chham — oder ist es schon *König* Chham? — kommt gerade von ihm.«

»Dann werden wir gemeinsam trauern«, sagte Nialli Apuilana. »Und wenn ich die Worte spreche, dann sollen sie für unser beider Väter gesprochen sein.«

»Wenn du so gütig sein willst, Edle. Es wäre mir ein großer Trost.«

»Wir werden sie Seite an Seite betten an diesem verlassenen Elendsort«, sprach Thu-Kimnibol. »Und es wird kein elender, kein verlassener Ort mehr sein, denn Salaman und Hresh wurden hier begraben. Sie waren die zwei klügsten Männer der ganzen Welt.«

Taniane stützte sich mit der linken Hand auf die Koshmar-Maske, und mit der rechten auf die Lirridons und kämpfte gege die Betäubung an, die den Nachmittag über in ihrer Seele immer stärker fühlbar geworden war, eine merkwürdige unangenehme Kälte unter dem Brustbein; und sie raffte, so gut es ging, ihre Kraft zusammen und zwang sich, dem zu folgen, was Puit Kjai ihr zu erklären versuchte.

»Ein Aufstand, sagst du? Gegen mich?«

»Gegen uns alle, Edle. Ein Aufruhr, der darauf abzielt, alle hinwegzufegen, die in der Stadt Dawinno über Macht und Ansehen verfügen.«

Sie warf ihm einen skeptischen Blick zu. »Verfügt noch irgendwer bei uns in Dawinno über Macht und Ansehen, Puit Kjai?«

»Aber, Edle! Herrin, was sagst du da?«

Taniane wandte den Blick ab. Die gespensterhaft intensiven roten Augen Puit Kjais waren ihr an diesem Tag einfach zuviel. Es kam ihr so vor, als lebte sie nun schon seit Jahren mit diesem Gefühl der seelischen Erschöpfung, aber heute schien sie fast das Stadium der Paralyse erreicht zu haben.

Sie streichelte die Masken. Früher einmal hatten sie die Wand in ihrem Rücken geschmückt; doch vor einer Weile — kurz nachdem Nialli in den Krieg gezogen und Hresh verschwunden waren — hatte Taniane sie abgenommen und vor sich auf den Arbeitstisch gelegt, wo sie sie leicht sehen und sie berühren konnte, wenn ihr danach war. Sie brachten ihr Trost und, so glaubte sie, verliehen ihr Kraft. In den Tagen des Kokons, hatte Boldirinthe ihr einmal erzählt, hatte es einen gewissen schwarzen Stein gegeben, der in der Zentralkammer in die Wand eingelassen war und der dem Andenken sämtlicher früherer Häuptlinge des Stammes geweiht gewesen war. Koshmar pflegte diesen Stein zu berühren und zu ihren Vorgängerinnen zu beten, wenn sie mit Schwierigkeiten zu kämpfen hatte. Dieser schwarze Stein war im Kokon zurückgeblieben, als der Stamm seinen Auszug machte. Jetzt wünschte sich Taniane, sie hätten ihn mitgenommen. Aber wenigstens hatte sie die Masken.

Nach einigem Zögern sagte sie zu Puit Kjai: »Gut. Also rede weiter. Wer sind die Anführer und Hintermänner dieser aufrührerischen Bewegung?«

»Das kann ich nicht sagen.«

»Aber du bist gewiß, sie planen einen Aufstand?«

Puit Kjai zuckte die Achseln. »Die Slogans kommen aus den Bethäusern, den religiösen Versammlungsorten des niederen Volkes. Ich erfahre dies alles von der Tochter des Neffen eines alten Reitknechts im Stall meines Sohnes. Der Kerl gehört zum Bethaus von Tikharein Tourb.«

»Die Tochter des Neffen eines Stallknechts ...«

»Eine fragwürdige Beweiskette, gewiß. Aber was man mir berichtet ist, daß sie vorhaben, Thu-Kimnibol nach seiner Rückkehr aus dem Krieg umzubringen, es sei denn, daß die Hjjks ihnen da zuvorkommen, daß man auch dich zu liquidieren beabsichtigt, und mich und nahezu alle übrigen aus dem Präsidium, außer denen, die sie verschonen wollen, damit sie vor der Stadt als Regierung in ihrem Namen auftreten können. Und dann wollen sie Frieden schließen mit den Hjjks und sie um Verzeihung anflehen.«

»Du sagst das, als hättest du selber niemals für den Frieden mit den Hjjks gesprochen, Puit Kjai.«

»Keinen derartigen Frieden. Nicht, wenn es mit gewalttätigen blutigen Säuberungsaktionen unter den Hochgeborenen verbunden ist. Und, Edle, diese Gerüchte über eine Konspiration sind wahrhaftig keine Hirngespinste. Ich argwöhne, daß diese Leute bereits Hresh beseitigt haben.«

»Nein!« fuhr Taniane ihn heftig an. »Hresh lebt.«

»Wirklich? Wo ist er dann?«

»Weit fort von hier, glaube ich. Aber ich weiß, er lebt. Zwischen ihm und mir, Puit Kjai, besteht eine Bindung, die über jegliche Entfernung hinwegreicht. Ich spüre ihn dicht an meiner Seite, wie weit entfernt er auch sein mag. Nein, Hresh ist nichts zugestoßen. Dessen bin ich sicher.«

»Möge Nakhaba gnädig gewähren, daß es so ist«, sagte Puit Kjai.

Sie starrten sich gegenseitig eine Weile stumm an. Der mächtige alte Anführer der Beng stand so hochaufgereckt da, daß seine Helmzier fast an die Decke stieß. Ein hagerer, dürrer Mann, aber in seiner Fleischlosigkeit irgendwie besonders majestätisch. Verschwommen erinnerte sie sich an Puit Kjais Vater, den Uralten und Weisen der Behelmten, Noum om Beng, zu dem Hresh gegangen war, um Weisheit zu lernen. Puit Kjai wurde dem Alten immer ähnlicher seit einiger Zeit: die gleiche starre und dabei zerbrechliche Gestalt, und seine Überlänge, die über seine Schmalheit hinwegtäuschte. Der Helm, den er diesmal trug, war schwarz, und knorrige goldene Geweihsprossen wuchsen aus ihm empor.

Schließlich sagte Taniane: »Ich werde mich um diese Gerüchte kümmern. Wenn du noch weitere hörst, komm sofort zu mir.«

»Mein Wort darauf, Edle.«

Er entbot ihr den Segen Nakhabas und ging.

Dann saß sie still da, die Hände noch immer auf ihren Masken.

Zweifellos steckte etwas Wahres hinter der Geschichte, die er ihr da berichtet hatte. In jüngster Zeit grassierte dieser Kundalimon-Glaube immer wilder in der Stadt. Warum sollten die Anführer nicht den Versuch unternehmen, dem Krieg durch einen Staatsstreich ein Ende zu machen? Sie hatten ja keinerlei Opposition hier zu befürchten. Thu-Kimnibol und seine restliche Parteifraktion waren an der Front und kämpften, Hresh war verschwunden, und was an jüngeren Männern noch in der Stadt verblieben war, hatte sich anscheinend samt und sonders dieser Sekte angeschlossen: Sie selbst gab sich nicht einmal mehr den Anschein, als übe sie Autorität aus. Irgendwie, schien ihr, war die Welt an ihr vorbeigerauscht, hatte sie überholt, und die Ereignisse waren über ihr Begriffsvermögen hinausgewachsen, und sie verstand nichts mehr. Es wird wirklich allmählich höchste Zeit, daß ich Platz mache, dachte sie. Genau wie diese Steineschmeißer es ihr verdeutlicht hatten. Noch ehe es zum Krieg kam. Aber *wem* sollte sie Platz machen? Sollte sie die Stadt diesen Kundalimon-Priestern ausliefern? Ach, wie sehr sie sich wünschte, Thu-Kimnibol käme zurück! Aber der mußte ja weit weg Hjjks umbringen — oder sich vielleicht von ihnen umbringen lassen. Und Nialli war bei ihm!

Taniane ruckte mit dem Kopf her und hin. Sie war es leid, dieses ganze Durcheinander, in dem sie leben mußte. Sie sehnte sich nach Ruhe.

Und diese andere Sache, diese dumpfe Beklemmung, die sie seit heute in der Brust spürte — was war das nur? Als würde sie von innen her ausgehöhlt. Eine

Krankheit, ja? Ihr fiel ein, wie damals in Vengiboneeza Koshmar auf einmal so leicht ermüdete, und wie sie Hresh eingestand, daß sie ein Brennen in der Brust verspüre, und fiebrige Schmerzen hatte; und bald darauf war sie tot. Und jetzt kommt also meine Stunde um die Ecke gekrochen, dachte Taniane. Sie überlegte, ob sie Boldirinthe zu einer Heilung aufsuchen solle, und dann fiel ihr ein, daß Boldirinthe ja schon tot war. Einer nach dem andern starben sie ihr weg. Koshmar. Torlyri. Boldirinte ...

Aber sie spürte ja schließlich nur so eine taube Stelle, kein Brennen, keinen Schmerz. Sie verstand es einfach nicht. Sie konzentrierte sich auf ihr Leibesinneres und suchte nach der Ursache.

Doch in eben diesem Augenblick verschwand das dumpfe Gefühl, dieser immer stärkere Druck, der sie seit Tagesanbruch geplagt hatte. Sie spürte, wie es verschwand, es war das plötzliche verblüffende Fehlen von Unbehagen, als zerreiße eine zu straff geknotete Schnur. Aber dann stellte sich ein noch bedrückenderes Gefühl ein: das eines Mangels, einer trostlosen Leere, schmerzhaft und stechend, ein gräßliches schwarzes Loch. Sie begriff sofort, was es war, und ein Schaudern überkam sie, daß ihr das Fell sträubte. Trostlos begann sie zu weinen. Der Gram brach in immer neuen Wellen über sie herein. Zum erstenmal seit über vierzig Jahren konnte sie Hreshs Gegenwart nicht mehr in ihrem Herzen fühlen. Er war fort. Für immer dahin.

Im Schein des funkelnden pockennarbigen Mondes wirkte das Schlachtfeld eisig-starr und unbewegt wie ein riesenhafter Gletscher, auch dort, wo der Boden von den jüngsten Kämpfen aufgewühlt und kraterübersät war. Thu-Kimnibols Männer krochen vorsichtig über die zerschrundete Erde und holten die Leichen der an diesem Tag Gefallenen zurück. Nialli blickte über sie hinweg zum Horizont, wo sie die Lagerfeuer der Hjjks lodern sehen konnte. Momentan war eine Gefechtspause eingetreten; aber mit dem neuen Morgen würde alles von neuem beginnen.

Thu-Kimnibol lachte rauh. »Ein Krieg der Alpträume und Gespenster! Wir schleudern Flammen und Wirbel gegen sie. Sie beschmeißen uns mit Illusionen. Wir schlagen mit unseren eigenen Gegenillusionen zurück. Feinde, die einander nicht ins Auge blicken können und blind herumtapsen.«

Sie spürte, wie erschöpft er war. Er hatte wildwütend gekämpft an dem Tag und seine Männer auf sämtlichen Sektoren des Schlachtfelds immer neu konzentriert, als eine Phantomwaffe nach der anderen über sie hereinbrach, genau wie Salamar ihn gewarnt hatte. Wiederholt war er seinen Leuten vorangestürmt durch irgendein Streufeuerfeld, irgendeine heranbrausende Horde gemeiner Ungeheuer, durch Fluten und Lawinen, durch einen blutigen Regen und einen Hagelsturm von Eisdolchen. Es war sein Ziel, sich in eine Position zu manövrieren, aus der heraus er mit seinen Großwelt-Waffensystemen den Hjjks wirklich schwere Verluste zufügen konnte; doch dies hatten sie inzwischen wohl begriffen und umtanzten ihn, versteckten sich hinter Illusionen und setzten seinem Heer mit scharfen schmerzhaften Attacken aus dem Hinterhalt zu. Nialli hatte getan, was ihr möglich war und hatte ihren Wunderstein eingesetzt, um das Blendwerk der hjjkischen Phantasmen zu durchbrechen und sie ihrerseits mit Phantomprojektionen zu verwirren. Aber es war ein harter, schwieriger Kampftag gewesen, und er hatte keine Entscheidung gebracht. Und der morgige Tag versprach nichts Besseres.

»Waren unsere Verluste heute sehr groß?« fragte Nialli.

»Nicht ganz so schlimm, wie es zunächst aussah. Ein Dutzend Gefallene, um die fünfzig Blessierte. Unter den Toten sind Leute aus Chhams Truppe, also, was davon noch übrig war. Yissou-Stadt wird über Jahre hinweg in jeder Hinsicht kaputt sein. Eine ganze Generation ist zugrunde gegangen.«

»Und Dawinno-Stadt?«

»Wir hatten keine vergleichbar hohen Verluste. Yissou hat praktisch an einem einzigen Tag eine ganze Armee eingebüßt.«

»Während wir unsere Krieger so in kleinerer Stückzahl nach und nach verlieren. Aber zum Schluß kommt es dann doch aufs gleiche heraus, nicht wahr?«

Er bedachte sie mit einem unausdeutbaren Blick. »Sollen wir also aufgeben?«

»Was meinst du denn?«

»Ich sage, wenn wir weiterkämpfen, werden sie uns nach und nach aufreiben und vernichten, egal wie großen Schaden wir ihnen zufügen; aber wenn wir nicht kämpfen, dann verlieren wir unsere Seele. Ich sage, die Zeit spielt gegen uns, und ich stecke in einem Wust von verwirrenden Rätseln, wie ich sie nie vorher in meinem Leben gekannt habe.« Er wandte den Blick ab und starrte auf seine geöffneten Hände, als hoffte er, darin Orakelsprüche zu lesen. Aber als er dann weitersprach, wurde deutlich, daß er sie dort nicht gefunden hatte. »Mir will scheinen, Nialli, als müßte ich diesen Feldzug mit einem großen Zwiespalt in meinem Herzen führen, in zwei gegensätzliche Richtungen gleichzeitig gezerrt. Ich stürme vorwärts, voll eifriger Wut, und will die Hjjks vor mir ausmerzen und niederbrennen, wie ich Vengiboneeza verbrannt habe, und will weiterziehen und das Nest mitsamt allem, was darinnen ist, austilgen. Aber zur gleichen Zeit scheut ein Teil in mir davor zurück, drängt mich zum Rückzug, betet sehnlich, daß der Krieg enden möge, ehe ich der Königin Schaden zufüge. Kannst du begreifen, was es für mich bedeutet, so hin- und hergerissen zu sein?«

»Das habe auch ich einmal gefühlt. Der verführerische Zauber des Nestes ist sehr stark.«

»Hat mich Hresh deshalb da mit hingenommen, was glaubst du? Um mich der Königin in die Hände zu liefern?«

Nialli schüttelte den Kopf. »Nein, er wollte nur, daß du jeden Aspekt des Konflikts sehen solltest. Du solltest erkennen, daß die Hjjks gefährlich sind, aber nicht böse, daß sie Größe besitzen, aber von einer Art, die so ganz verschieden ist von allem, was wir darunter verstehen könnten. Aber — wenn du in Berührung mit dem Nest kommst, dann macht es sich zu einem Teil von dir und dich zu einem Teil des Nestes. Ich weiß das. So war es auch für mich, und ich glaube, viel tiefgreifender und grundsätzlicher, als es bei dir der Fall ist. Vergiß nicht, ich *gehörte* einst zum Nest.«

»Ich weiß.«

»Und ich habe mich davon befreit. Aber eben nicht völlig. Ich kann nie vollkommen davon loskommen. Die Königin wird stets in mir bleiben.«

Thu-Kimnibols Augen loderten. »Und in mir, ist *sie* da ebenfalls?« rief er mit angstvoller Stimme.

»Ich glaube, ja.«

»Aber wie kann ich dann diesen Krieg führen, wenn meine Todfeindin Teil von mir ist und ich ein Teil von ihr?«

Nialli zögerte nur kurz. »Überhaupt nicht.«

»Aber ich verabscheue die Hjjks. Ich will sie vernichten.«

»Sicher, das tust du. Aber du wirst es dir niemals erlauben, es auch wirklich zu tun.«

»Aber, Nialli — dann bin ich verloren! Wir alle sind verloren!«

Sie blickte in das Schattendunkel. »Das ist die große Prüfung, die uns die Götter bestimmt haben, verstehst du nicht? Es gibt keine bequeme Patentlösung. Mein Vater glaubte, wir könnten mit den Hjjks zusammen eine Art Einigung erzielen, daß wir in Harmonie mit und neben ihnen leben könnten, so wie die Saphiräugigen und die anderen in der Großen Welt mit ihnen zusammenlebten. Doch so klug er war, er hat sich geirrt. Gerade als ich mich aus den Zauberverstrickungen der Königin zu befreien begann, fiel er ihr immer mehr anheim und wurde schließlich ganz davon durchdrungen. Aber wir haben hier nicht die Große Welt. Eine Assimilation zwischen zwei derart gegensätzlichen Rassen ist unmöglich. Für die Hjjks ist es ein naturgegebenes Verlangen, durch Absorption die Herrschaft zu erlangen. Und wir können bestenfalls nur hoffen, daß es uns gelingt, sie in Schach zu halten, wie dies vielleicht in der Großen Welt-Zeit die anderen Rassen mit ihnen taten.«

»Aber warum sollten wir sie nicht ganz und gar ausrotten?«

»Weil es höchstwahrscheinlich außerhalb unserer Möglichkeiten liegt, so etwas zu versuchen. Und weil es — falls es uns irgendwie gelingen sollte — einen entsetzlichen Verlust für unsere eigene Seele bedeuten würde.«

Er schüttelte den Kopf. »Also können wir bestenfalls auf eine Segregation hoffen? Eine Trennungslinie quer über die Welt? Dort die Hjjk, hier wir?«

»Ja.«

»Also genau wie die Königin es ursprünglich vorgeschlagen hatte. Warum haben wir den Vorschlag abgelehnt? Wir hätten doch ihren Vertrag einfach annehmen können, und das hätte uns dann diesen ganzen Aberwitz von Vergeudung von Leben und Material erspart.«

»Das stimmt nicht«, sagte Nialli. »Du vergißt einen wesentlichen Punkt dabei. Die Königin hat nicht nur einen Vertrag über die Aufteilung territorialer Interessensgebiete angeboten, sondern eine der Klauseln war auch, daß sie uns Nest-Denker senden wollte, Missionare, die mitten unter uns leben und ihre Wahrheiten und ihren Plan verkünden sollten. Mit der Zeit hätten die uns dazu bekehrt, die Königin-Liebe als Glauben anzunehmen; und damit wären wir für alle Zeiten in *ih-*

re Macht gegeben. Sie würde uns alle kontrollieren, genau wie sie Kundalimon kontrollierte, wie sie mich kontrollierte. Sie würde die Wachstumsrate unsrer Bevölkerung regulieren, damit wir niemals zu viele sein würden und eventuell ihre Pläne stören könnten. Sie würde uns vorgeschrieben haben, an welchen Orten wir überhaupt neue Städte gründen dürfen, um den Großteil der Welt für *ihr* Volk zu reservieren. Das nämlich wäre bei diesem Vertrag herausgekommen. Was wir unbedingt brauchen, ist die feste Grenzziehung, aber ganz gewiß nicht eine parasitäre Penetration von Nest-Denkern, Missionaren und Instruktoren in unser Leben. Davon hat es bereits viel zu viel gegeben.«

»Dann muß also der Krieg fortgeführt werden, bis *sie* geschlagen ist. Und danach werden wir in unserer Stadt alle Spuren der Königin-Verehrung ausmerzen müssen.« Er kehrte Nialli den Rücken zu und begann im Zelt umherzustapfen. »Ihr Götter! Findet der Wahnsinn denn nie ein Ende?«

Nialli lächelte. »Nun, wir könnten ihm zumindest für heute nacht ein Ende machen.«

»Was meinst du damit?«

Sie kam in der Dunkelheit näher zu ihm. »Heute nacht dürfen wir uns einen kleinen Urlaub vom Krieg gönnen, nur für uns zwei.« Ihr Sensor richtete sich auf und fuhr prüfend tastend über den seinen. Ihn überlief ein Schauder, und fast war es so, als wollte er ihr ausweichen, von ihr zurückweichen, als könne er sich von den Zweifeln und Wirrgedanken nicht lösen, die ihn umfingen; doch sie blieb dicht bei ihm und lockerte und lockte ihn sanft mehr und mehr aus seiner Verstörtheit und Beklemmung heraus. Ein paar Herzschläge später fühlte sie, wie die Spannung aus ihm wich. Er drängte sich enger an sie, wuchs vor ihr auf wie ein Berg und umfing sie mit seinen Armen. Sie nahm seine Hände und legte sie sich auf die Brust. So standen sie einige Zeit und ließen die Vereinigung langsam heranwachsen;

dann sanken sie langsam nieder, verschwistert in einem Tvinner von Körper und Seele, und lagen dann da, in den Armen des anderen verschlungen, bis die Nacht sich ihrem Ende zuneigte.

Nun ist die Stunde vor der Morgendämmerung. Thu-Kimnibol ist noch tief in seinen Träumen gefangen. Die Tonnenbrust hebt und senkt sich ruhig und gleichmäßig, der Schwertarm liegt lasch und wie zufällig über seinem Gesicht. Nialli streift ihn mit einem flüchtigen Kuß und gleitet von ihm fort und vom Lager. Sie geht zur anderen Seite ihres gemeinsamen Zeltes.

Dort kniet sie nieder und flüstert den Namen Yissous-des-Beschützers und schlägt sein Zeichen, und dann spricht sie den Namen Dawinnos-des-Zerstörers, der da auch Dawinno-der-Verwandler ist, und sie macht auch sein Zeichen. Sie fühlt, wie die Götternähe in sie übergeht, und sie dankt ihnen dafür.

Dann berührt sie das Amulett, das im dichten Fell zwischen ihren Brüsten ruht, und ruft nach ihrem Vater, und nach einer Weile erblickt sie ihn, er leuchtet im Dunkel vor ihr auf und trägt das vertraute Lächeln in seinem lieben vertrauten Spitzkinngesicht. Es ist noch einer bei ihm, ein viel älterer Mann, sein Pelz ist ganz weiß und seine Brust eingesunken. Nialli kennt ihn nicht, aber seine Nähe wirkt freundlich. Und noch tiefer im Dunkel steht noch ein ehrwürdiger Fremder, ein alter Beng, so verhutzelt und dünn und hochgewachsen, daß er aussieht wie ein langer Halm, den jeder Lufthauch davonwehen könnte.

Und nun holt sie den Barak Dayir aus dem Beutel, führt ihn zum Zeichen der Verehrung kurz an die Stirn und ergreift ihn dann fest mit ihrem Sensor.

Die Musik hebt in ihr an. Und trägt sie in die Höhen der Welt hinauf.

Das Steigen ist mühelos, und sie ist zuversichtlich und ohne Furcht vor allem: denn ist nicht Yissou mit ihr, und Dawinno, und überdies auch ihr Vater? Und erst als sie ganz hoch schwebt und die Welt nichts weiter ist als ein kleiner Fleck unter ihr, fühlt sie ein erstes leises Zittern der Besorgnis. Es wäre so leicht, von hier aus immer höher und weiter zu steigen, hinauf in diese Sphäre des Unbekannten, welche die Welt umgibt, hinaus und weiter hinaus mitten zwischen die Kometen und die Monde und in die Sterne … um nie mehr zurückzukehren. Sie braucht nichts weiter zu tun, als die Vertäuung zu zerreißen, die sie an die Erde bindet. Aber das wird sie nicht tun.

Sie ist auf der Suche nach der Königin, der Allergrößten Königin-der-Königinnen selbst, in ihrer Höhle im Nest-der-Nester im kalten kahlen Nordland.

Sie konzentriert ihr Bewußtsein und stößt es vor sich her. Zunächst ein Moment der Ungewißheit, eine seltsam doppelte Zielpeilung. Die Königin scheint an zwei Orten gleichzeitig zu sein, einem fernen und einem sehr nahen. Nialli wird daraus nicht klug. Dann aber versteht sie. Erinnerung steigt in ihr auf an jene entsetzliche Zeit nach Kundalimons Tod und ihrem Fluchtversuch in die Wildnis, als sie sich in ihrem Zimmer verkroch und mit allem kämpfte, was Besitz von ihrem Geist ergriffen hatte. Damals war die Königin in ihr gewesen; und die Königin ist bis zum heutigen Tag in ihr geblieben. Ihre düstere Gegenwart war nie von ihrem Ort in Niallis tiefster Seele gewichen.

Aber die Königin in ihrem Innern ist nur das Schattenbild der echten Königin. Und mit dieser — nicht mit deren Schatten in der eignen Seele hat Nialli es heute zu tun.

»Erkennst du mich?« ruft sie. »Ich bin Nialli Apuilana, Tochter des Hresh.«

Und aus der Tiefe des Nests-der-Nester gibt das gewaltige bewegungslose bleiche Ding, das sich dort verbirgt, ihr Antwort.

»Ich kenne dich. Was willst du von mir?«

»Ich will mit dir verhandeln.«

Spöttisches Gelächter prasselt ihr ins Gesicht wie ein feuriger Hagel. »Verhandeln — das können nur Gleichrangige, du Kleine.« Und dann sendet die Königin einen Kraftsturm aus, der die Luft erschauern läßt und in sich zusammenkrümmen, so daß Nialli durch die Struktur der Atmosphäre hindurch die Wurzeln der Welt sehen kann.

Aber sie wird sich nicht beirren lassen.

»Du besitzt einen Wunderstein«, sagt Nialli. »Und ich habe einen Wunderstein. Also sind wir Gleichrangige.«

»Sind wir das?«

»Kannst du mir Schaden tun?«

»Kannst du *mir* Schaden tun?« fragt die Königin zurück.

Aus dem Nest schießen blaue Flammenblitze herauf. Sie tanzen und huschen blindwütig her und hin und suchen nach einer verwundbaren Stelle. Nialli wischt sie beiseite, als wären es Mücken.

Die Königin läßt einen Sturm von Geröllbrocken los. Die Königin schickt einen Feuerwall. Die Königin schickt einen stechenden sengenden Nebel.

»Du vergeudest nur Zeit. Glaubst du, ich wäre ein Kind, das man mit sowas erschrecken kann? Was der Wunderstein aussendet, kann der Wunderstein abwehren. Wir könnten uns den ganzen Tag lang weiter so bedrohen, aber nichts wäre damit erreicht.«

»Und was hoffst du zu erreichen?«

»Laß mich dir eine Vision senden«, sagt Nialli.

Und von der Königen erfolgt nach einer Pause widerwillig das Einverständnis.

Von Nialli Apuilana an die Königin geht ein Bild des Umlandes des Nests-der-Nester, wie es ihrer Kenntnis nach sein muß, obwohl sie es nie mit eigenen Augen gesehen hat: hartes karges Flachland, endlose graue Ödnis unter einem erbarmungslosen Himmel. Sie holt das Bild aus Kundalimons Seele, die immer noch in ihr ist.

Er hatte im Nest-der-Nester gelebt. Sie zeigt der Königin den ausgedörrten schrundigen Boden, das unbarmherzige gezähnte Gras, die kleinen tückischen Kreaturen, die unbeirrbar im Überlebenskampf über dieses einsame schreckliche Land kriechen.

Dann zeigt sie der Königin die dunklen Mündungen des Nestes hier und dort über die Ebene verstreut, und die kaun sichtbare Erhebung des Nestes selbst, eine flache buckelige Beule im flachen Land, und Myriaden von Gängen, die in alle Richtungen streben.

»Erkennst du diesen Ort?« fragte sie.

»Weiter!«

Nun zeigt Nialli der Königin die Armeen des VOLKES im Anmarsch von Ost und West und Süden; nicht nur die Streitmacht, die Thu-Kimnibol aus Dawinno herangeführt hat, sondern die Krieger aus allen Sieben Städten des Kontinents: Aus Yissou und Thisthissima und Gharb, aus Ghajnsielem, aus Cignoi, aus Bornigrayal, von jedem Stamm in allen Ländern, und allesamt sind sie vereint in einem gewaltigen sintflutartigen Erguß gemeinsamer Stärke. Und dort — die Stammesvielzahl überragend wie der höchste Baum im Wald — ist Thu-Kimnibol von Dawinno, und in der Hand trägt er eine der Waffen aus der Großen Welt. Der Häuptling von Gharb hat eine ähnliche Waffe, auch der von Cignoi, auch alle die übrigen; und sie zielen damit auf das Nest-der-Nester.

Aus dem Nest strömen die Hjjks, die besten Krieger der Soldaten der Königin; aber wie sie gegen die Eindringlinge losstürmen, erheben Thu-Kimnibol und die übrigen Häuptlinge ihre Waffen hoch empor, und grelles Licht blitzt, und ein Donnerschlag wie der Donner beim Ende der Welt erschallt, und Feuer fegt über die Ebenen, und die Soldaten der Königin brechen wie versengte Zweige in einem Wildfeuer zusammen. Und die Heerscharen der Sieben Städte rücken auf das Nest vor.

Jetzt haben sie es umzingelt. Sie spähen in jede der zahlreichen Öffnungen. Sie erheben ihre Waffen erneut hoch empor und berühren die Knöpfe, durch die sie aktiviert werden.

Und aus diesen schimmernden uralten Apparaten springt eine Kraft, so unüberwindlich stark, daß sie die Erde zerfetzt, das Dach vom Nest reißt und es entblößt, so daß alle die Korridore und Passagen und Tunnels, die über so viele Hunderte von tausend Jahren hin so mühsam und sorgfältig angelegt wurden, offen daliegen. In dem schrecklich grellen Licht sind die Ei-Produzenten und die Lebens-Entfacher nackt und entblößt, und die Nest-Denker und die unzähligen Scharen von Arbeitern, und sie sterben in den ersten Feuerstößen. Dann steigt die Todeskraft tiefer hinab zu empfindlicheren Plätzen, an denen die Nährammen die Neugeborenen vor ihren Mund halten, um sie zu stillen; und auch sie sterben, die Ammen und die junge Brut, im nächsten Feuerschlag.

Und immer tiefer hinab, bis zu der allertiefsten von allen Höhlen ...

An den Ort, an dem verborgen die Königin selber lagert, aber jetzt nicht mehr versteckt und geheim, denn ein Zucken der Kraftpeitsche hat die Decke ihrer Kammer weggefegt, und ihre immense bleiche Körpermasse liegt nackt und schutzlos preisgegeben da, während sich die Leibwächter verzweifelt um sie drängen und sinnlos und vergeblich ihre Waffen schwingen. Über der Königin ragt Thu-Kimnibol auf, eine kleine schimmernde Metallkugel in der Hand, aus der plötzlich ein bernsteingelbes Licht strahlt. Und die Königin beginnt zu beben und zu zucken und weicht vor diesem heißen stechenden Druck zurück. Aber wohin könnte sie in dieser engen Kammer fliehen? Ohne Erbarmen streicht das goldene Licht über die ganze Länge ihres Leibes. Auf der versengten, schwarzverkohlten Haut bilden sich riesige Beulen und Blasen. Sie siedet und brät und brutzelt unter dem unerbittlichen goldgelben Lichtstrahl, und schwarzer Rauch steigt von ihr empor. Bis ...

Bis ...

»Dies könnte niemals geschehen«, ertönt die kalte Stimme der Königin.

»Bist du so sicher? Vengiboneeza liegt in Staub und Asche. Die Leichen deines Insektenvolks liegen bereits in Haufen viele hundert Meilen weit über die Ebenen verstreut. Und wir haben gerade erst angefangen.«

»Ihr seid Kreaturen mit kleinen Seelen. Ihr werdet vor Entsetzen fliehen, lang ehe ihr uns erreicht habt.«

»Bist du dir dessen absolut sicher?« fragt Nialli. »Hätten Kreaturen mit kleinen Seelen unsere Städte erbauen können? Hätten kleinmütige Feiglinge dich so bekämpfen können, wie wir es bisher taten? Ich sag es dir noch einmal: Wir haben gerade erst angefangen!«

Es folgt Schweigen.

Schließlich spricht die Königin: »Ich kenne dich. Du gehörst zum Nest, Kind. Du warst eine von uns, und dann habe ich dich aus dem Nest entsandt, zurück zu deinen eigenen Leuten. Aber meine Absicht war, daß du mir dort dienen sollst, nicht dich mir widersetzen. Wozu diese Drohungen? Wie kannst du sie auch nur aussprechen? Die Königin-Liebe ist doch immer noch in dir.«

»Ist sie das?«

»Ich weiß, daß es so ist. Du gehörst *mir,* Kind. Du bist aus dem Nest, und du wirst ihm niemals Schaden zufügen können.«

Nialli gibt keine Antwort. Statt dessen schaut sie tief in sich selbst hinein, an jenen verborgenen Ort, an den die Königin vor langer Zeit ein Stückchen ihres Selbst versenkt hat. Und Nialli packt dieses Partikel und zerrt es heraus, als wäre es nichts als ein flach in der Haut sitzender Splitter, und sie schnippt ihn von sich. Und als er der Erdoberfläche nahekommt, geht er in Flammen auf und verbrennt.

»Glaubst du noch immer, daß ich zum Nest gehöre?« fragt Nialli Apuilana.

Und wieder folgt ein gewaltiges Schweigen.

Und noch einmal führt Nialli der Königin die Vision des Entscheidungskampfes vor: das Nest aufgerissen, die Einwohner von Flammen verschlungen, die Königinkammer aufgebrochen und geplündert, der brutzelnde, verkohlende Riesenleib, aufgeplatzt und unbrauchbar, eine Leiche in der qualmerfüllten Tiefe.

»Du hast keine Ahnung, was es bedeutet zu sterben«, sagt Nialli. »Du weißt nicht, was Schmerz ist. Nicht, was Verlust heißt. Du weißt nicht, was Niederlage bedeutet. Doch du wirst es lernen müssen. Du wirst unter Qualen in den Flammen zugrundegehen, und deine schlimmste Pein wird es sein, daß du begreifen mußt, keine Möglichkeit zu haben, dich an denen zu rächen, die dir dies zugefügt haben.«

Die Königin antwortet nicht.

»Aber so wird es geschehen«, spricht Nialli weiter. »Wir sind entschlossene und hartnäckige Leute. Aber die Götter haben uns zu dem geformt, was wir sind.«

Stille.

»Also?« sagt Nialli. »Ist dies deine Antwort? Ist es das, was du von uns willst, daß wir es tun? Denn ich versichere dir, wir werden es tun, wenn du uns nicht gibst, was wir fordern.«

Stille. Schweigen.

Schließlich spricht die Königin: »Was also ist es, das ihr verlangt?«

»Ein Ende des Krieges. Ein Waffenstillstand zwischen unseren Völkern. Eine feste Grenzlinie zwischen deinen Territorien und den unsrigen, die niemals verletzt werden darf.«

»Und dies sind eure einzigen Bedingungen?«

»Die einzigen, ja«, antwortet Nialli Apuilana.

»Und die Alternative?«

»Kampf bis in den Tod. Ohne Gnade.«

»Du irrst, wenn du glaubst, es könnte jemals Frieden herrschen zwischen uns«, sagt die Königin.

»Aber wir können auf einen Krieg zwischen uns verzichten.«

Und wieder, ein letztes Mal, das lange Schweigen. Es scheint ewig dauern zu wollen.

»Ja«, sagt die Königin endlich. »Es kann die Vermeidung von Krieg zwischen uns geben. So sei es denn. Ich gewähre, worum du mich bittest. Wir werden auf Krieg verzichten.«

Also war es vollbracht. Nialli Apuilana sagte der Königin Lebewohl, und in einem Nu zog sie sich aus der Höhenregion zurück und schoß auf die Wölbung des Landes hinab, über dem inzwischen das Morgenrot zu glühen begonnen hatte. Sie löste den Griff um den Barak Dayir und richtete sich auf. Sie befand sich wieder im Zelt bei Thu-Kimnibol.

Er bewegte sich. Dann blickte er zu ihr herüber und lächelte.

»Wie merkwürdig. Ich hab geschlafen wie ein Kind, so ganz der Welt abhanden gekommen. Und mir träumte, daß der Krieg vorbei sei. Daß zwischen uns und der Königin ein Waffenstillstand beschlossen ist.«

»Das war kein Traum«, sagte Nialli Apuilana.

10. Kapitel

Die Frühlingskönigin

Der Tag war hell und klar, ein angenehm kühler Wind wehte von Westen, eine Seebrise, immer ein gutes Omen. Taniane erhob sich früh am Morgen und begab sich zum Tempel der Fünffaltigkeit, um Dank zu sagen für die sichere Heimkehr der Streitkräfte und um die Götter um ihren Segen für die künftigen Zeiten zu bitten; danach — denn schließlich war sie Häuptling des Gesamt-VOLKES — fuhr sie auch zum Nakhaba-Tempel, um dem Gotte der Beng ihre Ehrerbietung zu erweisen. Danach ließ sie ihre Staatskarosse, gezogen von vier prachtvollen weißen Xlendis, bringen und schickte sich an, zum Emakkis-Tor am Nordende der Stadt zu fahren, wo man eine große Paradetribüne aufgeschlagen hatte, damit der Häuptling und das Präsidium die heimkehrenden Helden beim Einzug auch gebührend begrüßen könnten. Taniane hatte die Koshmar-Maske mit, die schimmernd-schwarze, die sie zuweilen bei hohen Staatsfeierlichkeiten trug. Und der Tag, schien ihr, war dieser Maske würdig.

Seit vier Tagen waren die Läufer eingetroffen, die von der Heimkehr berichteten; atemlos taumelten sie in die Stadt herein und brachten die neuesten Meldungen über die Südwärtsbewegungen des Heerwurms. »Jetzt stehen sie bei Tik-haleret«, erschallte der Ruf, und fast sogleich danach: »Sie haben Samarak erreicht!» Und dann: »Nein! Sie nähern sich Ghomino!» Thu-Kimnibol, sagten die Boten, reite stolz an der Spitze, und Nialli Apuilana sei an seiner Seite, und dahinter folge das ganze Heer, so weit das Auge reichte.

Thu-Kimnibol hatte gleichfalls eigene Kuriere vorausgesandt, die von dem Waffenstillstandsabkommen kündeten, das dem Krieg ein Ende gemacht hatte. Sie überbrachten auch die erste offizielle Nachricht von Hreshs Tod. Doch dies bestätigte Taniane nur, was sie bereits wußte, denn sie hatte Hreshs Anwesenheit in der Welt nicht mehr gefühlt — seit jenem Tag der merkwürdigen dumpfen Betäubtheit, als Puit Kjai ihr mit seinem Gerede von Aufruhr gekommen war; trotzdem war es eine bittere Nachricht. Und König Salaman war ebenfalls tot, sagte man, gestorben an Gram und Erschöpfung, nachdem ihm die Hjjk einen schweren Verlust zugefügt hatten.

Taniane fragte sich, was Hresh da droben auf Hjjk-Gebiet und in der Kampfzone zu suchen gehabt hatte. Dort hätte sie ihn zu allerletzt vermutet. Doch offensichtlich war Hresh sich bis zum letzten Tag treu geblieben und seinen eigenen Gesetzen gefolgt. Vielleicht würde Nialli ihr später das Rätsel dieser seiner letzten Fahrt aufklären.

Opa Staip stand zitterig und unsicher zu ihrer Linken, als sie ihren Platz auf der Schautribüne einnahm. Simthala Honginda und Catiriil waren neben ihm. Puit Kjai hatte sie zur Rechten, daneben Chomrik Hamadel, beide prachtvollst behelmt. Vor und etwas unterhalb von ihnen, in vorderster Reihe der unteren Podiumsetage, war ein Trupp Stadtgardisten unter dem Kommando von Chevkija Aim plaziert.

Nach und nach erkletterten auch die übrigen Präsidiumsmitglieder die Tribüne. Taniane begrüßte sie entsprechend. Auf dem Boden fand sich nach und nach eine Menschenmenge ein.

Puit Kjai neigte den Kopf zu Taniane und sagte leise: »Sei heute auf der Hut, Edle. Ich fürchte, deine Feinde könnten leicht den heutigen Tag dazu benutzen, uns Ärger zu bereiten.«

»Irgendwelche stichhaltigen Beweise dafür?«

»Nur Tratsch und Gerede.«

Taniane zuckte die Achseln. »Gerede!«

»Aber oft versteckt sich dahinter etwas Wahres, Herrin.«

Sie deutete in die Ferne, wo sie weit entfernt über der Straße eine graue Staubwolke zu sehen glaubte. »In Kürze ist Thu-Kimnibol hier«, sagte sie. »Und meine Tochter. Mit einem Heer ihnen ergebener Gefolgsleute. Niemand wird es riskieren, angesichts einer derartigen Streitmacht im Anmarsch Ärger zu machen.«

»Sei dennoch auf der Hut!«

»Das bin ich immer.« Dann aber fuhren ihre Finger unruhig über die glatte schimmernde Koshmar-Maske. Sie blickte umher. »Husathirn Mueri ist nicht da. Er fehlt als einziger. Wieso?«

»Nun, ich nehme an, es bereitet ihm nicht gerade eine übermäßige Freude, Thu-Kimnibols triumphale Rückkehr mitzufeiern.«

»Aber er ist und bleibt ein Prinz des Präsidiums. Sein Platz ist hier bei uns.« Sie wandte sich um und winkte Catiriil zu. »Dein Bruder!« rief sie scharf und laut. »Wo ist er?«

»Er sagte, er wollte zuerst in sein Bethaus. Aber er kommt bestimmt rechtzeitig. Da bin ich sicher.«

»Das hoffe ich für ihn!« sagte Taniane.

Auch Husathirn Mueri war an diesem Tag früh aufgestanden. Die Nacht war ihm lang geworden, er hatte bestenfalls ein bißchen unruhig dagelegen, und war im Grunde recht erleichtert, bereits im Morgengrauen aufzustehen. Seine Träume — sofern er für kurze Augenblicke einschlummerte — waren bedrückend gewesen: Singende Hjjk-Kämpfer tanzten in der Finsternis Ringelreihen um ihn herum und herum und herum, und die überwältigende Körpermasse der Königin, monströs geschwollen und bleich, hing über ihm als titanisches Gewicht am Himmel und fiel gemächlich auf ihn herab.

Die Frühmette im Bethaus hatte bereits begonnen, als

er dort eintraf. Tikharein Tourb führte die Gemeinde an, und Chhia Kreun stand bei ihm am Altar. Husathirn Mueri glitt auf den Platz ganz hinten, den er üblicherweise einnahm. Chevkija Aim, tief ins Gebet versunken, nickte ihm beiläufig zu. Sonst kümmerte sich keiner in der Nähe um ihn. Inzwischen war es kein Anlaß zum Gaffen mehr, wenn ein Prinz der Stadt sich in einem Bethaus einfand.

»Der Tag der Offenbarung ist gekommen«, sang der Priesterknabe. »Es ist aber der Tag, an dem die Siegel aufgebrochen werden und das Buch geöffnet, und die Geheimnisse werden an den Tag gebracht, und es gibt die Tiefe preis all ihre Geheimnisse. Dies ist der Tag der Königin, die da ist unsere Tröstung und unsre Lust.«

... unsere Tröstung und unsre Lust, respondierte die Gemeinde automatisch, und Husathirn Mueri mit ihnen.

»Sie ist das Licht und der Pfad«, kreischte Tikharein Tourb und gab dabei hjjkische Krächzlaute von sich. Und die Gemeinde klickte und krächzte ihr Echo.

»Sie ist die Essenz und die Substanz.«

Essenz ... Substanz ...

»Sie ist der Anfang und das Ende.«

... Anfang ... Ende ...

Chhia Kreun trug grüne Zweige nach vorn, und Tikharein Tourb hob sie hoch in die Luft.

»Der Tag ist da, geliebte Freunde, an dem der Wunsch und Wille der Königin verkündet wird. Dies ist der Tag, an dem sich IHRE Liebe uns allen deutlich und spürbar zeigen will. Es ist der Tag, an welchem der Drachen die Dunkelsterne verschlingt und das Licht neugeboren wird. Und SIE wird mitten unter uns sein, denn SIE ist unsere Tröstung und unsre Lust!«

Sie ist unsere Tröstung und unsre Lust.

»Sie ist das Licht und der Pfad ...«

Husathirn Mueri respondierte wie alle anderen, wiederholte pflichtgemäß aufs Stichwort die Phrasen; doch heute waren die Worte für ihn nichts weiter als leere

Hülsen. Vielleicht waren sie ja nie etwas anderes gewesen. Seine sogenannte Bekehrung zur Religion — eigentlich hatte er sie selber nie so richtig verstanden. Irgendwie hatte er sich selber ausgetrickst, sich vorgemacht, ihm sei da ein Schimmer von etwas Erhabenerem als er selber zugänglich geworden, von etwas Größerem, in dem er sich selbst verlieren könnte. Ja, das war es wohl gewesen. Sein Verstand und seine Seele waren jedenfalls in diesem Augenblick anderswo. Er vermochte an nichts anderes als an Thu-Kimnibol zu denken, wie er ruhmreich und umjubelt durch das Bauernland im Norden der Stadt näherkam, der heimkehrende Kriegsheld, der sich stolz mit irgendeinem Sieg schmückte!

Ein Sieg? Was hatte der Mann denn erreicht? Hatte er die Hjjks besiegt? Hatte er die Königin erschlagen? Nichts dergleichen schien auch nur entfernt möglich. Dennoch war ihm die Kunde vorangeflogen: Der Krieg ist aus! Es wurde Frieden geschlossen! Dank der heroischen Bemühungen von Thu-Kimnibol und Nialli Apuilana ... undsoweiter und so fort ...

Was ihn aber über alle Maßen gallig giftete: Durch irgendeinen seltsam gemeinen Taschenspielertrick des Schicksals war die unerreichbare Nialli Apuilana vom eigenen Oheim, dem Halbbruder ihres Vaters, zur Paarungsgefährtin genommen worden, von dem Mann, den Husathirn Mueri verabscheute wie keinen sonst in Dawinno. Bei der Vorstellung dieser Begattung glaubte er, er müsse ersticken. Ihr glatter seidenweicher Leib an dem riesenhaften borstigen Mannskerl ... Seine Hände an ihren Schenkeln, ihrer Brust ... und ihre Sensor-Organe auf höchst-intime Art umschlungen ...

Nein! Schluß damit! Er befahl sich, nicht mehr an die beiden zu denken. Das führte nur zu Selbstquälerei und Verzweiflung. Er rang um sein inneres Gleichgewicht. Doch sosehr er sich mühte, es wollte keine Ruhe in ihn einkehren. Seine Gedanken wirbelten. Es war ja schon übel genug gewesen daß sie sich diesem Hjjk-Abgesandten hingegeben hatte ... aber dann von Kundalimon zu Thu-Kimnibol weiterzuwechseln! Es war unvorstellbar! Unerträglich! Monströs! Dieser gewaltige Klotzbrocken und Muskelprotz! Und noch dazu ihr leiblicher Gevatter!

Husathirn Mueri schloß die Augen. Er mühte sich, durch Gedanken an die Königin, die All-Liebende, die Wohltäterin, die quälenden bildhaften Vorstellungen von Nialli mit Thu-Kimnibol zu verdrängen, doch er konnte sich einfach nicht auf das konzentrieren, was der knabenhafte Priester da vorn sagte. Ihm kamen die Worte nur mehr wie sinnleere Geräusche vor. Hohles Gebrabble, absonderlicher magischer Quatsch.

Vielleicht hab ich ja überhaupt nie etwas von all dem wirklich geglaubt, dachte er. Die Königin *lieben*? Was für eine verrückte Idee war das im Grunde?

Und wenn ich nun nur von einer Art Schuldgefühl hierher getrieben wurde? Um irgendwie zu sühnen, was ich mit Kundalimon gemacht habe?

Der Gedanke bestürzte ihn. War sowas denn möglich? Er begann zu zittern.

Dann lehnte sich Chevkija Aim zu ihm herüber und murmelte: »Tikharein Tourb wünscht, daß du nach der Versammlung noch bleibst.«

Husathirn Mueri hob blinzelnd den Blick. »Wozu eigentlich?«

Der Hauptmann der Wache antwortete nur mit einem Achselzucken. »Das hat er nicht gesagt. Aber wir sollen nachher nicht an dem Tvinnr teilnehmen. Wir sollen bloß hier warten.«

»Sie ist die Essenz und die Substanz!« rief Tikharein Tourb laut. *»... die Essenz und die Substanz!«* plapperte die Gemeinde nach. Und Husathirn Mueri zwang sich und brüllte die Antwort mit.

Er war jetzt ein wenig ruhiger. Diese plötzliche Eröffnung von Chevkija Aim hatte es ihm möglich gemacht, sich aus seinem fieberhaften Brüten zu lösen. Doch als die Litanei immer weiter ging und kein Ende zu finden schien, wurde er unruhig. Er mußte in Kürze bei der Begrüßungszeremonie erscheinen; das Präsidium mußte vollzählig versammelt sein, um die heimkehrenden Helden zu bejubeln. So zuwider ihm dies war, er wagte dennoch nicht, dem Staatsakt fernzubleiben; es hätte ja so aussehen können, als erlaubte er sich eine abgrundtiefe Ranküne, und das würde ihm nur Ärger eintragen. Aber wenn Tikharein Tourb jetzt nicht bald etwas Tempo zulegte ...

Aber dann, endlich, war die Glaubenskongregation vorbei und endete mit den üblichen Tvinnereien. Und als das Feuer ihrer Kommunionen von ihnen gewichen war, stahlen sich die Gläubigen einzeln und stumm aus dem Versammlungsraum.

Husathirn Mueri und Chevkija Aim erhoben sich und traten zum Altar, wo Tikharein Tourb sie erwartete.

Die Augen des Jungen wirkten an diesem Morgen noch flammender als sonst. Sein Fell knisterte vor Spannung.

»Es ist so, wie ich es vorhin verkündet habe«, beschied er Husathirn Mueri. »Heute ist der Tag, an dem die Siegel aufgebrochen werden. Es ist der Tag der Königin. Und ihr beide sollt die Werkzeuge ihres Wirkens sein.«

Husathirn Mueri runzelte die Stirn. »Ich verstehe nicht.«

»Prinz Thu-Kimnibol hat Schmach über die Königin gebracht. Sein Leben ist bereits verwirkt für den feigen Mord an IHREM heiligen Mann Kundalimon. Jetzt aber ist er auch in das Allerheiligste des Nests-der-Nester eingedrungen und hat versucht, IHR seinen Willen aufzuzwingen. Dafür und für zahlreiche weitere Missetaten hat die Königin das Todesurteil über ihn verhängt, und du, Husathirn Mueri, wirst es am heutigen Tage vollstrecken.«

Die Luft blieb ihm weg, als hätte ihm jemand einen Hieb in die Magengrube versetzt.

»Du wirst ihn ins Herz treffen, wenn er vortritt, um sich bejubeln zu lassen. Und du, Chevkija Aim, du wirst lm selben Augenblick Taniane niederstrecken.«

Es war nicht zu glauben, daß dieser dämonische Zwerg nur ein kleiner zehn-, zwölfjähriger Knabe sein sollte.

Verdutzt fragte Husathirn Mueri: »Auf der Honoratioren-Tribüne?«

»Vor dem Angesicht des ganzen Volkes, ja. Das wird das Zeichen sein. Dann wird das VOLK sich erheben und wird die übrigen Hochgeborenen totschlagen, ehe sie auch nur begreifen, was ihnen geschieht. Die gesamte herrschende Kaste muß verschwinden, alle unsere Unterdrücker, alle die Feinde der Königin: Staip, Chomrik Hamadel, Pjuit Kjai, Nialli Apuilana — alle! In einem Nu und einem raschen Augenblick! Nur du, Husathirn Mueri, wirst aus dem ganzen Präsidium übrigbleiben.« Tikharei Tourb grinste zähnebleckend wie ein wildes Tier. »In der Neuen Ordnung wirst du hier Nest-König sein. Chevkija Aim wird der Nest-Wardein sein.«

»Nest-König?« wiederholte Husathirn Mueri dumpf. »Ich soll Nest-König sein?«

»Diesen Titel werden wir dem weltlichen Herrscher geben. Und sein Erster Minister heißt Nest-Wardein. Und ich«, sprach Tikharein Tourb weiter, »werde euer Nest-Denker sein, die Stimme der Königin in der Dawinno genannten Stadt.« Er lachte »Sobald wir die Neue Ordnung haben. Die herbeiführen zu helfen ihr zwei am heutigen Tage die Auszeichnung habt.«

Als sie aus dem Bethaus traten, sagte Husathirn Mueri: »Geh du schon mal voraus. Ich muß mir erst noch die Festrobe anziehen.«

Chevkija Aim nickte. »Also, wir sehen uns dann auf der Empfangstribüne.«

»Ja.« Er packte Chevkija Aim am Handgelenk und hielt ihn kurz fest. »Noch etwas. Trotz allem, was Tikharein Tourb gerade sagte, will *ich*, daß du eins ganz klar begreifst: Nialli Apuilana muß verschont bleiben!

»Aber ... Tikharein Tourb wünscht ausdrücklich ...«

»Es kümmert mich keinen Gorynthenfurz, was *er* ausdrücklich wünscht. Ihr könnt die ganze Bagage abschlachten, es ist mir egal. Ich bin sogar gern bereit, selber den Dolch zu führen. Aber sie bleibt leben! Ist das klar, Chevkija Aim? Sollte sich erweisen, daß sie später Schwierigkeiten macht, können wir sie immer noch beseitigen. Aber hier und heute rührt *niemand* sie an, wenn das Schlachtfest beginnt. Befiehl deinen Wachen, sie zu schützen. Oder — ich schwöre es bei der Fünffaltigkeit — ich werde dafür sorgen, daß fünfzigfältig gerächt wird, wenn ihr irgendein Harm geschieht. Ist dies klar und hast du's kapiert, Chevkija Aim?«

Thu-Kimnibol schien es, als wäre die gesamte Stadtbevölkerung auf den Beinen, um *seine* heimkehrenden Kriegshelden zu begrüßen. Direkt am Emakkis-Tor hatten sie eine mächtige hölzerne Tribüne errichtet, groß genug für sämtliche Mitglieder des Präsidiums und noch eine Menge von Leuten dazu. Und darum herum scharten sich Hunderte, Tausende von Bürgern, eine gigantische Masse, praktisch jede Seele in Dawinno, die nicht mit in den Krieg gezogen war.

Seine Hand schloß sich fester um Niallis Arm. »Da, siehst du, da droben ist Taniane? Und Staip. Und Chomrik Hamadel. Und der dort, der mit dem enormen Helm, ist vermutlich Puit Kjai ...«

»Simthala Honginda und Catiriil sind auch da, dort drüben rechts neben Staip. Und ist der dort nicht Husathirn Mueri? Ich kann ihn kaum sehen, weil dieser lange Lackel von Stadtgardist mir die Sicht versperrt. Aber diese grellen weißen Streifen, der schwarze Pelz ... er muß es sein.«

»Genau. Das ist er. Ich glaube, heut hat er auch ein noch längeres Gesicht aufgesetzt als sonst.«

»Aber wo ist denn Boldirinthe? Ich kann sie nirgends sehen.«

»Wir würden sie nicht übersehen können, falls sie da wäre. Aber es dürfte ziemlich mühsam sein, sie auf das Podium da raufzuhieven.«

»Vielleicht lebt sie gar nicht mehr.«

»Du meinst ...«

»Sie war alt. Sie war krank.«

»Ich bete, daß es nicht der Fall ist«, sagte Thu-Kimnibol. Aber insgeheim vermutete er, daß Nialli wohl recht hatte. Es war eine Zeit gewesen, in der die großen alten Leute sich verabschiedet hatten.

Eine behelmte Gestalt auf einem edel aussehenden grauen Xlendi kam ihnen jetzt mit dem Stadtbanner in der Hand entgegengeritten. Nach kurzem erkannte Thu-Kimnibol den Reiter als den jungen Edeling und Krieger Pelithhrouk, den Favoriten von Simthala Honginda, und er hatte zur Entourage während der Gesandtschaft an den Hof König Salamans gehört. Das kam ihm nun vor wie vor Millionen Jahren. Seine Gedanken wanderten zurück zu jenem Tag, an dem Dumanka die Caviandis gejagt und gebraten hatte; damals hatte Pelithhrouk ein so idealistisches Plädoyer geliefert — über die Gemeinsamkeit, die Einheit zwischen allen vernunftbegabten Geschöpfen. Daß man ihm jetzt diesen jungen Mann, einen der leidenschaftlichsten Advokaten des Friedens, als offiziellen Begrüßungsherold entgegensandte, war ein gutes Omen für die Aussöhnung, die nun zuwege gebracht werden mußte.

Pelithhruk sprang aus dem Sattel und blickte zu ihnen herauf.

»Unser Häuptling entbietet Grüße. Sie hat mich beauftragt, euch zu den Ehrenplätzen zu geleiten.«

Thu-Kimnibol nickte Nialli Apuilana zu. Gemeinsam stiegen sie aus ihrem Wagen. Pelithhruk lächelte. Er breitete weit die Arme aus und begrüßte sie mit feierlicher Akkolade, zuerst Thu-Kimnibol, dann Nialli Apuilana.

»Was für ein prachtvolles Wetter«, murmelte Thu-Kimnibol, während sie dem jungen Mann zur Honoratioren-Tribüne folgten. Stadtgardisten hielten die Menschenmenge zu beiden Seiten zurück. Überall wehten knatternde Banner. Die Sonne stand hell und warm bereits hoch am Himmel. Als sie am Fuß der Treppe zur Tribüne angelangt waren, tastete Nialli nach Thu-Kimnibols Hand. Sie schlangen ihre Finger ineinander.

Dort war eine Reihe von Gardisten aufgebaut. Dahinter warteten Taniane und die ganze höchst festlich gekleidete Nobilität der Stadt in Ehrenformation. Die Zeit hatte ihnen mitgespielt. Der Häuptling wirkte nur noch wie der verglühte graue Kohlenrest ihres früheren Selbst, und Staip sah über alle Maßen verrunzelt und uralt aus; auch die übrigen schienen bestürzend gealtert zu sein. Puit Kjai, Chomrik Hamadel, Lespar Thone ... Thu-Kimnibol fragte sich, wie *er* wohl auf sie wirken mochte ... nach den monatelangen Märschen durch kahle Wüsteneien, nach den Kämpfen, mit den Verwundungen, die er davongetragen hatte.

Trotzdem war seine Stimmung höchst aufgekratzt. Krieg und Schlachten waren fürs erste einmal vorbei; er kehrte als Sieger heim. Doch das war noch nicht alles. In vergangenen Zeiten hatte er sich oft niedergedrückt gefühlt von dem gewaltigen, unabwägbaren Gewicht der Vergangenheit der Welt. Jetzt hingegen fühlte er die erfrischende Weite der Zukunft: ihre unendlichen Möglichkeiten, dieses Mehr an Künftigem im Vergleich zu dem Vergangenen, eine Welt ohne Ende, viele Schwierigkeiten, viele Triumphe, viele Wunder, von denen niemand noch je geträumt, die niemand — selbst nicht in den größten Hochzeiten der Vergangenheit — sich hätte vorstellen können. Die Welt mochte zwar uralt sein, aber sie war zugleich auch immer neu und jung. Und das Beste sollte erst noch kommen.

Er war auf dem Podium angelangt und blieb stehen, um die Begrüßung der Stadtgrößen entgegenzunehmen.

Es war ein Augenblick, in dem alle vollkommen bewegungslos, wie zu einem feierlichen Zeremonialtableau erstarrt herumstanden. Thu-Kimnibol hielt noch immer Niallis Hand, als er sich gegen alle verneigte. Sollte er zuerst sprechen, erwarteten sie dies von ihm? Nein, das erste Wort war sicherlich Sache des Häuptlings. Er blieb stumm. Taniane hielt in beiden Händen die dunkelglänzende Koshmar-Maske. Es sah so aus, als wolle sie sie nun aufsetzen. Keiner sonst bewegte sich.

Schließlich hob Taniane an zu sprechen. Ihre Stimme schwankte ein wenig. »Die Götter haben dich, Thu-Kimnibol, sicher in die Heimat geführt. Wir freuen uns und jubeln über deine siegreiche ...«

Und auf einmal ein plötzliches heftiges Getümmel, bestürzend und überraschend. Husathirn Mueris Gestalt war hinter Taniane aufgetaucht und stürzte sich auf Thu-Kimnibol. In der hochgereckten linken Hand blitzte ein Dolch.

Im gleichen Augenblick stürmte Chevkija Aim die drei Stufen herauf, die von den unteren Rängen zur Tribüne der Notablen führten. und lief von der Seite her zu Husathirn Mueri. Auch er schwang einen Dolch.

»Edle! Vorsicht!« schrie der Gardehauptmann. »Er ist ein Verräter!«

Und eine Sekunde später waren Husathirn Mueri und Chevkija Aim mitten auf dem Podium in einen verzweifelten Kampf verwickelt. Thu-Kimnibol, zu verblüfft, als daß er sich hätte bewegen können, sah die Waffen in der Sonne blitzen. Ein grunzender Laut der Pein. Ein erschreckend starker Blutstrahl schoß aus Chevkija Aims Brust und rann über seinen goldenen

Beng-Pelz. Er taumelte nach vorn, seine Arme zuckten konvulsivisch, sein Dolch wirbelte über die Plattform und fiel fast direkt vor Tanianes Füßen nieder. Mit wildverzerrtem Gesicht fuhr Husathirn Mueri herum und ging erneut Thu-Kimnibol an. Doch Nialli trat blitzschnell zwischen sie, gerade als Husathirn Mueri zum Stoß ansetzte.

Er gaffte sie wie vom Blitz getroffen an und bremste den Stoß, bevor er sie treffen konnte. Sein Blick wurde glasig, als hätte ihn der lähmende Fluch der Götter getroffen. Mit einem lauten Verzweiflungsstöhnen wich er vor ihr zurück, senkte den Arm und ließ die Waffe aus den plötzlich kraftlosen Fingern gleiten. Inzwischen war es Thu-Kimnibol in dem Durcheinander gelungen, an Nialli vorbeizukommen, und er wollte ihn gerade angreifen. Doch Husathirn Mueri hatte bereits kehrtgemacht und taumelte wie in geistiger Verwirrung nach hinten auf Taniane zu, die Chevkija Aims Waffe aufgehoben hatte und sie nun verwundert betrachtete.

»Edle ...«, stammelte er mit verquollener Stimme. »Edle ... Herrin ... vergib mir ...«

Thu-Kimnibol streckte die Hände nach ihm aus. Taniane wies ihn mit einer Geste zurück. Sie starrte Husathirn Mueri an, als wäre er eine Gespenstererscheinung.

Mit dumpfer schmerzlicher Stimme sagte er: »Die Ermordung Kundalimons habe ich arrangiert. Und ich bin auch schuldig am Tod Curabayn Bangkeas — und an all dem Elend und Gram, die darauf folgten.«

Mit einem Schluchzen der Verzweiflung stürzte er sich auf sie, als wolle er sie umarmen. Ohne Zögern hob sich Tanianes Arm und führte einen einzigen scharfen kraftvollen Stoß gegen seinen Brustkorb. Husathirn Mueri richtete sich steif auf und holte keuchend Luft. Mit den Händen an seiner Leibesmitte taumelte er einige Schritte von ihr fort. Einen Moment lang stand er vollkommen bewegungslos da, hochgereckt auf den

Spitzen seiner Zehen. Aus dem Mund sickerte ihm Blut über die Lippen. Er machte einen taumelnden Schritt auf Nialli Apuilana zu. Dann stürzte er neben dem Leichnam Chevkija Aims nieder. Er zuckte einmal, dann bewegte er sich nicht mehr.

»Wachen! Wachen!« brüllte Thu-Kimnibol.

Er packte Nialli mit einer Hand, Taniane mit der anderer und stieß sie hinter sich zurück, dann fuhr er herum, um zu sehen, was sich auf der unteren Tribünenplattform tat. Dort ging es anscheinend ebenfalls drunter und drüber. Doch Gardisten waren bereits in Aktion und erstickten den Tumult. Etwas weiter entfernt hatten Thu-Kimnibols Truppen, denen das merkwürdige Gerangel auf der Tribüne aufgefallen war, inzwischen ihre Wagen verlassen und kamen herangestürmt. Aber mitten im Zentrum des Wirbels erblickte Thu-Kimnibol die Gestalt eines Knaben in heller Kleidung, eines Kindes, kaum zehn, zwölf Jahre alt, und der hielt inmitten der Menge die Hände hoch über den Kopf und brüllte und schrie irgendwelche Flüche mit einer wilden schrecklichen wutkeifenden Stimme, die so schneidend war wie Dolche.

»Schau«, sagte Nialli. »Er hat Kundalimons Nest-Schutz! Und sein Nest-Armband auch!« Ihre Augen funkelte jetzt so wild wie die des Knaben. »Bei den Göttern! Den nehme ich mir vor! Überlaß ihn mir!«

Plötzlich war der Barak Dayir in ihrer Hand. Geschickt umfing sie ih n mit ihrem Sensor. Thu-Kimnibol starrte sie verblüfft an, als der Wunderstein sogleich eine merkwürdige Verwandlung an ihr hervorrief: Sie schien zu wachsen, sich zu etwas Riesigem, etwas Fremdartigem zu verformen.

»Ich sehe die Königin in dir«, rief Nialli mit dunkler furchtbarer Stimme und blickte mit loderndem Blick auf den Jungen in dem helleuchtenden Gewand hinab. »Aber ich beschwöre sie herauf und verbanne sie! Ich vertreibe sie von dir! Jetzt! Jetzt! Jetzt! *Hinaus!*«

Einen Augenblick lang herrschte völlige Stille. Die Zeit selbst hing einen Herzschlag lang wie unbeweglich, wie erstarrt in der Schwebe.

Dann taumelte der Junge, als hätte ihn ein Stoß getroffen. Er stolperte und wand sich und stieß einen schrillen Laut aus, beinahe wie ein Hjjk ihn von sich geben könnte, und dann wurde sein Gesicht grau und dann schwarz, und dann fiel er kopfüber nieder und war in der herandrängenden Menschenmenge verschwunden.

Ruhig steckte Nialli den Barak Dayir wieder in sein Behältnis.

»Nun ist alles in Ordnung«, sagte sie und nahm Thu-Kimnibol wieder bei der Hand.

Stunden später. Die Öffentliche Ruhe und Ordnung waren wiederhergestellt. Sie alle waren im Großen Saal des Präsidiums.

Taniane sagte: »Also haben wir jetzt gewissermaßen so eine Art Frieden. Aus dem Irrsinn des Krieges erwuchs uns eine Art halber Sieg. Oder doch immerhin ein Waffenstillstandsabkommen. Aber was haben wir dabei wirklich gewonnen? Es kann doch jederzeit — wenn die Königin grad dazu gelaunt ist — wieder von neuem beginnen.«

Thu-Kimnibol schüttelte den Kopf. »Das glaube ich nicht, Schwiegerschwester. Die Königin hat inzwischen doch etwas genauer begriffen, wie wir sind und wozu wir fähig sind. Nein, von jetzt ab ist die Welt geteilt. Die Hjjks werden uns zufrieden und in Ruhe lassen, das verspreche ich dir. Sie behalten ihre jetzigen Einflußgebiete, wir die unseren. Und es wird keine Rede mehr davon sein, daß ihre Nest-Denker daherkommen und in unseren Städten ihre Missionierungsläden aufmachen.«

»Aber wie wird sich das in Gebieten auswirken, die weder in ihre noch in unsere Einflußsphäre gehören?

Das hat Hresh so tief beunruhigt. Daß die Hjjks uns von dem Übrigen ausschließen wollen.«

»Die übrige Welt soll frei und offen zugänglich bleiben, Mutter«, sagte Nialli. »Wir können es erforschen je nach unserem Belieben und wann immer wir dazu fähig sind. Und wer weiß schon, was wir alles entdecken werden? Vielleicht gibt es auf den anderen Kontinenten große Städte, die vom VOLK erbaut wurden. Oder die Menschlichen selbst sind vielleicht aus ihrem Exil zurückgekehrt, wo immer das gewesen sein mag, als die Große Welt zugrunde ging, und leben jetzt wieder hier. Was wissen wir da schon? Aber wir werden es herausfinden. Wir werden überallhin gehen, wohin wir wollen, und wir werden alles erforschen und entdecken, was es zu entdecken und zu erforschen gibt. Ganz so, wie mein Vater es sich für uns erhoffte! Die Königin hat inzwischen eingesehen, daß wir uns nicht auf unserem schmalen Stückchen Küstenland einpferchen lassen. Und wenn schon jemand sich abgekapselt und eingepfercht hat, dann doch wohl die Hjjks in diesen gottverlassenen Gegenden, die sie von jeher bewohnt haben.«

»Also war es doch ein Sieg«, sagte Taniane. »Gewissermaßen.« Sie klang nicht besonders jubelfreudig.

»Ja, ein Sieg, Schwiegerschwester«, sagte Thu-Kimnibol fest und ernst. »Laß dich da nicht irreführen. Wir werden einen Zustand des Friedens haben. Und was verlangst du mehr von einem — Sieg?«

»Ja. Ja, vielleicht stimmt das ja.« Nach einer Weile fragte Taniane: »Und Hresh? Nialli, du warst bei ihm, als er starb, sagt mir Thu-Kimnibol. Wie war es für ihn — das Ende?«

»Friedlich«, sagte Nialli schlicht.

»Ich wünsche, daß du mir später mehr darüber sagst. Jetzt aber müssen wir uns um andres kümmern.« Sie drehte sich um und hob die dunkle schimmernde Maske Koshmars vom Präsidialtisch, wo sie sie abgelegt hatte, nachdem sie in den Saal gekommen waren. Sie hielt sie ausgestreckt vor sich hin. Es war ein kühn-geschnittenes, ein starkes, ein unbezwingbares Gesicht mit kräftigen vollen Lippen, einem willensstarken Kinn und weitgeschwungenen Wangenbeinen. Zu Nialli Apuilana sprach Taniane sodann: »Dies war Koshmar, die bedeutendste Frau unseres Stammes. Ohne ihre visionäre Kraft und Stärke wäre heute keiner von uns hier. Ohne sie wären wir — ein Nichts geblieben. Ich übergebe dir ihre Maske, Nialli.«

»Aber was soll ich denn damit tun, Mutter?«

»Lege sie an!«

»Ich soll sie ...?«

»Es ist die Maske der Häuptlingswürde.«

»Ich verstehe nicht, was du damit ...«

»Dies war der letzte Tag meiner vierzigjährigen Herrschaft. Man sagt mir schon eine ganze Weile, daß es an der Zeit sei, daß ich Platz machte. Und die Leute haben recht. Ich trete heute von meinem Amt zurück. Nimm also diese Maske, Nialli.«

Bestürzung und Unsicherheit blitzten kurz in Niallis Augen auf. »Mutter, das kann nicht sein. Mein Vater hat mich bereits zum nächsten Chronisten ernannt. Und das will ich von nun an sein. Nicht der Häuptling.«

Und nun war es an Taniane, erstaunt zu sein.

»Er hat dich zum ... Chronisten ...?«

»Ja. In seinen letzten Augenblicken hat er es mir aufgetragen. Es war sein besonderer Herzenswunsch. Ich habe seinen Wunderstein. Und ich weiß, wie ich ihn anwenden muß.«

Taniane schwieg lange, als wäre sie in eine ferne Welt davongegangen.

Dann sprach sie mit ganz gelassener Stimme: »Wenn du denn Chronist sein sollst und nicht der Häuptling, dann hat die Alte Ordnung ihr Ende gefunden. Ich habe das Gefühl gehabt, daß du inzwischen reif bist, daß du endlich meine Nachfolge antreten kannst. Doch du willst das nicht annehmen; aber es gibt keine sonst, der ich diese Maske überantworten will. Also gut. Es wird im VOLK von jetzt an keine Häuptlinge mehr geben.«

Sie wandte das Gesicht ab.

Thu-Kimnibol sagte: »Nialli, ginge es denn wirklich nicht, daß du beides machst? Die Chronisterei und das Häuptlingsamt?«

»Beides?«

»Ja. Wieso könnte man die Titel und Amtsbefugnisse nicht miteinander verbinden? Du hättest dann die Maske und außerdem den Barak Dayir. Die Maske macht dich zum Häuptling, der Wunderstein zum Chronisten. Du hast beide in deinem Besitz, und du könntest durch beide herrschen und Macht ausüben.«

»Aber die Texte, die Chroniken — die Arbeit im Haus des Wissens — nein, das wäre viel zuviel, Thu-Kimnibol.«

»Chupitain Stuld kann die Leitung des Hauses des Wissens übernehmen. Sie kann die Arbeit machen, aber unter deiner Direktion.«

»Nein!« sagte Nialli. »Nein, ich sehe eine andere Möglichkeit. Ich werde den Wunderstein behalten, gewiß, denn mein Vater hat es so gewünscht. Aber ich bin nicht geeignet, den Vorsitz im Präsidium zu führen. Mutter — gib *ihm* die Maske. Er hat sich das Recht verdient, sie zu tragen.«

Thu-Kimnibol lachte. »Ich? Ich soll Koshmars Maske tragen? Damit vor dem Präsidium auftreten und mich Häuptling nennen? Das ist ein wundervolles, ein starkes Gesicht, Nialli ... aber es ist das Gesicht eines Weibes!«

»Dann verzichte auf die Maske«, sagte Taniane abrupt. »Und auf den Titel ebenso. Es ist jetzt alles neu. Wenn du nicht Häuptling sein magst, Thu-Kimnibol, dann nenne dich doch einfach — König!«

»König?«

»Dein Vater war ein König in Yissou. Und nun wirst eben auch du König sein.«

Er starrte Taniane verblüfft an. »Meinst du das wirklich im Ernst?«

»Du hast den Sieg errungen. Du hast das Recht. Und du bist vom gleichen Blut wie Hresh; und Nialli Apuilana hat dich zur Herrschaft erkoren. Wie kannst du dich da weigern?«

»Es hat aber nie ein König über den Stamm der Koshmari geherrscht.«

»Wir haben hier keinen Stammesverband der Koshmari«, entgegnete Taniane. »Wir leben in Dawinno-Stadt. Und bereits ab morgen hat die Stadt keinen Herrscher mehr. Willst du also hier unser König sein, Thu-Kimnibol, oder möchtest du uns führungslos lassen?«

Er stapfte vor dem Präsidialtisch auf und ab. Dann blieb er stehen, wirbelte auf den Sohlen herum und deutete auf Nialli Apuilana.

»Wenn ich König sein soll, dann wirst du aber — *Königin*!«

Bestürzt schaute sie zu ihm auf. »*Königin?* Was redest du denn da? Glaubst du, ich bin eine Hjjk? Nur die haben Königinnen.«

Lachend sagte er: »Sicher, die haben Königinnen. Aber was sollte das uns schon ausmachen? Hier in dieser Stadt bist du dann des Königs Gemahl. Und was könnte des Königs Lebenspartner anderes sein als eine Königin? Also werden die Hjjks ihre Königin haben — und wir werden auch eine haben, nämlich die unsere. Königin von Dawinno, das sollst du sein. Und wenn wir in die unerforschten Länder ziehen, dann wirst du auch dort ihre Königin sein. Na, wie ist das? Die Königin alles dessen, was wächst und blüht und gedeiht auf dem Angesicht dieser neugeborenen Welt. Die Königin des Neuen Frühlings.« Er nahm sie bei der Hand. »Nun, was meinst du dazu, Nialli? Du — als Frühlingskönigin!« Seine Stimme dröhnte hallend durch den weiten Raum in überschwenglicher Freude. »Und wenn dann jene andere, bei weitem weniger schöne Königin uns wieder einmal einen Gesandten schickt, der uns neue und ärgerliche Vorschläge unterbreitet, was sie ganz bestimmt tun wird, ehe wir alt und grau sind, dann kannst du ihr als Gleichrangige antworten, von Königin zu Königin! Was hältst du davon, Nialli? Königin Nialli? Soll es so sein? Und König Thu-Kimnibol?«

Nialli Apuilana sitzt ruhig da und blickt starr auf das leere Blatt vor ihr. Ihre Finger schweben, gleiten zögernd darüber. Chronist? Sie? Und außerdem auch noch Königin? Wie seltsam das ist! Jedoch, in diesem Augenblick ist sie ausschließlich der Chronist. Sie sitzt in Hreshs Arbeitszimmer, im obersten Geschoß des Hauses des Wissens. Und rings um sie herum atmen alle Dinge Hresh. Die Schätze, die er sammelte ... überall in diesem Raum schwebt Vergangenheit.

Sie muß das alles niederschreiben, alle diese wundersamen, bestürzenden Geschehnisse. Doch was soll sie sagen? Sie versteht sie ja kaum selbst, bringt sie kaum in eine Ordnung zusammen. War dies das Ziel, auf das sie von Beginn an zustrebte? Während der ganzen mühsamen Irrfahrt, die sie hinter sich hat? Was soll sie sagen? Was nur soll sie sagen?

Vorsichtig streift sie über das Amulett auf ihrer Brust. Ein schwaches Wärmegefühl gleitet flackernd durch ihre Hand. Und sie hat den Eindruck, als wäre im selben Augenblick eine huschende Geistergestalt hastig durch das Zimmer geweht, einer, der schlank und drahtig und geschmeidig ist, der große dunkle Augen hat, aus denen eine luzide Intelligenz wie ein Blitz hervorbrennt, und im Augenblick seines Vorbeiziehens, schien ihr, wandte er sich ihr zu und lächelte und nickte und formte das Wort »Königin« mit seinen Lippen. Die Frühlingskönigin. O ja. Ja. Der die Aufgabe zugefallen ist, die ihr Vater begonnen hatte: Herauszufinden, *wer* wir wirklich sind, was wir tun müssen, um den Absichten der Götter gerecht zu werden, wie wir uns in dieser Welt betragen sollen, in die wir gerieten, als der Lange Winter endete.

Nialli lächelt. Sie legt die Finger — endlich — auf die Seite, und die Lettern beginnen sich abzubilden. Endlich hat sie den Anfang ihrer Chronik gefunden, und sie schreibt auf dem nächstoberen leeren Blatt, daß am Tage So-und-so im Jahre So-und-soviel nach dem Auszug sich gewaltige Veränderungen ereigneten. Denn an selbigem Tage trat die hochverehrte Frau Häuptling Taniane von ihrem Amt zurück, und mit ihr fand die Häuptlingsherrschaft aus uralter Zeit endlich und für immer ein Ende, und es wurden erwählt der erste König und die erste Königin der Stadt, die herrschen und regieren und entscheiden sollten über alles, was getan werden mußte nach dem gewaltigen und schrecklichen Krieg wider die Hjjks. In welchselbigem Krieg sich das VOLK ehrenhaft geschlagen und einen gewaltigen Sieg errungen hatte.

Sie hält inne. Sie späht im Raum umher, sucht im schwachen Schein der Lampe nach ihrem Vater, nach Hresh. Aber sie ist jetzt allein. Er ist fort. Sie überblickt noch einmal, was sie soeben geschrieben hat.

Der Häuptling. Der König. Die Königin. Der Sieg. Ja, nun müßte sie auch etwas über den Wechsel im Amt des Chronisten schreiben. Auch dies eine bedeutende Veränderung.

So viele große Veränderungen. Ach ja. Und ohne Zweifel werden noch viel gewichtigere kommen. Denn wir sind ja mitten im Neuen Frühling, und der Frühling ist die Zeit, da alles sich entfaltet und wächst. Im Frühling wird die Welt aufs neue geboren.